Michael Talbot (1953-1992) fut très [illegible] phénomènes d'ordre paranormal tels que la sortie hors du corps et la rencontre avec des esprits. Parvenu à l'âge d'adulte, il voulut en savoir plus et se consacra aux recherches sur ce genre de phénomènes, curieux de savoir pourquoi l'orthodoxie scientifique était incapable de les expliquer.

Sa formation fut diversifiée puisqu'il possède un diplôme de lettres, et qu'il a suivi des cours d'histoire de l'art ainsi que des séminaires de physique à la faculté.

Les six dernières années de sa vie ont été consacrées à l'écriture. Il a publié sept livres dont quatre relatent le résultat de ses recherches concernant les phénomènes paranormaux et mystiques : on retiendra *L'Univers : Dieu ou hasard*, *Mysticisme et physique*.

Très connu aux États-Unis et en Europe, Michael Talbot a collaboré à de nombreux journaux tels que le *New York Times*, *Village Voice* et le magazine *Omni*. Il fut également un homme de télé et de radio, un conférencier reconnu sur ces sujets, qui fut invité en 1985 à exposer son point de vue sur les rapports entre la science et la spiritualité devant les Nations unies.

Du même auteur

ouvrages publiés en langue française :

Mysticisme et physique, Le Mercure de France, 1984.

Les Aventuriers du bout du monde, Les Presses de la Cité, 1987.

La Terre promise, Les Presses de la Cité, 1989.

L'Univers, Dieu ou hasard, J'ai lu, 1989.

L'UNIVERS EST UN HOLOGRAMME

Collection L'Âge d'Être
dirigée par Laurence Fritsch

VOYAGE VERS LE MAÎTRE DE LA PUISSANCE
Ibn' Arabi

LA TECHNIQUE ALEXANDER
Sarah Barker

LA ROUE DE LA MÉDECINE
Sun et Wabum Bear

VAINCRE LA CODÉPENDANCE
Melody Beattie

SOYEZ ZEN
Charlotte Joko Beck

GUIDE DES TECHNIQUES DU MIEUX-ÊTRE
GUIDE DES MÉDECINES DIFFÉRENTES
Marie Borrel/Ronald Mary

DES PLANTES POUR TOUS LES JOURS
Arlette Braine

LA VIE EST ÉNERGIE
Simonne Brousse

LA BIOLOGIE DE L'ESPRIT
Rémy Chauvin

LE TAO DE LA VOIX
Stephen Chun Tao Cheng

MIEUX MANGER POUR MIEUX VIVRE
Lionel Coudron

DU BOUDDHISME AU TAOÏSME
Pierre Crépon

LE CRISTAL, PIERRE DE SANTÉ
Korra Deaver

LA MÉMOIRE DES VIES ANTÉRIEURES
Denise Desjardins

LA MORT ACCOMPAGNÉE
Garance Denaux

CES COULEURS QUI NOUS GUÉRISSENT
Roland Di Sabatino

NOUS SOMMES TOUS IMMORTELS
DES VIES ANTÉRIEURES AUX VIES FUTURES
Patrick Drouot

PRATIQUE DE L'EXPÉRIENCE SPIRITUELLE
Karlfried Graf Dürckheim

VERS L'ÉTERNELLE JEUNESSE
LE TAO DE L'HABITAT
Gérard Edde

TROUVER SON PROPRE CHEMIN
Isabelle Filliozat

CHAMANE, GUÉRISSEUR DE L'ÂME
John A. Grim

À L'ADRESSE DE CEUX QUI CHERCHENT
Alain Guillo

LA VOIE SPIRITUELLE DU CHAMANE
Michael Harner

VOTRE ENFANT A UN PASSÉ
Peter et Mary Harrisson

COMMENT COMPRENDRE SON HOROSCOPE
Germaine Holley

TRANSFORMEZ VOS DÉSIRS EN RÉALITÉ
Richard Khaitzine

LA MORT EST UN NOUVEAU SOLEIL
LA MORT, DERNIÈRE ÉTAPE DE LA CROISSANCE
Elisabeth Kübler-Ross

DO IN VOIE DE L'ÉNERGIE
Anne-Béatrice Leygues

COMPRENEZ VOS ENFANTS GRÂCE À LA NUMÉROLOGIE
TROUVEZ VOTRE PARTENAIRE GRÂCE À LA NUMÉROLOGIE
Philippe de Louvigny

QUAND LA COLÈRE MONTE
Matthews et Judith McKay, Peter D. Rogers

PILOTER SA VIE EN CHAMPION
Guy Missoum et Jean-Marc Lhabouz

MAÎTRISEZ VOTRE DESTIN
Philippe Morando

VIVRE LA VOYANCE
Rosana Nichols

LA VIE APRÈS LA MORT
Nils O'Jacobson

NAÎTRE ET RENAÎTRE DANS L'EAU
Michel Odent

LUNA-YOGA
Adelheid Ohlig

CE QU'ILS ONT VU AU SEUIL DE LA MORT
Karlis Osis et Erlendur Haraldsson

LA REBIRTH-THÉRAPIE
Jacques de Panafieu

LES CHANNELS
Erik Pigani

COMMENT SORTIR DE SON CORPS ?
Bernard Raquin

DU SOLEIL AU QUOTIDIEN
Norman Rosenthal

DÉCODEZ VOS RÊVES
UN PRÉNOM À VIVRE
Geneviève Salvatge

BIEN VOIR POUR MIEUX VIVRE
Lisette Scholl

SAGES D'ORIENT
Idries Sham

VOS VIES ANTÉRIEURES
Elaine Stephens

ÉVEILLEZ LES FACULTÉS PSYCHIQUES DE VOTRE ENFANT
Dr Alex Tanous et Katherine Fair Donnelly

LA MAGIE DES RUNES
Edred Thorsson

L'ÊTRE ALPHA
Henry G. Tietze

LA VIE SECRÈTE DES PLANTES
Peter Tompkins / Christopher Bird

UN ÉCLAIR D'ÉTERNITÉ
Janwillen van de Wetering

LA CONSCIENCE AU SOLEIL
Monique de Verdilhac

CES POUVOIRS QUI SONT EN VOUS
John Volkmar

YI-KING AU QUOTIDIEN
Greg Whincup

SUPER-MOI
Ian Wilson

UTILISEZ LES POUVOIRS DE VOTRE CERVEAU
Jacquelyn Wonder/Priscilla Donovan

L'Âge d'Être

MICHAEL TALBOT

L'univers est un hologramme

POCKET

Titre original :
The Holographic Universe

Traduit de l'américain
par Gérard Lebec

ISBN 2-266-051350

Sommaire

Pour Alexandra, Chad, Ryan,
Larry Joe et Shawn,
mes amours.

Ces données nouvelles sont d'une portée telle qu'elles pourraient bien révolutionner notre compréhension de la psyché humaine, de ses pathologies et de leur traitement. Il en est même qui transcendent par leur signifiance le cadre de la psychologie et de la psychiatrie pour se poser comme un sérieux défi au paradigme cartéso-newtonien de la science occidentale. Elles sont susceptibles de modifier du tout au tout notre vision de la nature humaine, de la civilisation, de l'histoire et même du réel.

Dr Stanislav Grof
(à propos du phénomène holographique
dans *The adventure of Self Discovery*,
« À la recherche de soi ».)

Préface

par Patrice van Eersel

S'il fallait raconter en un seul mot la Renaissance qui, à partir de la fin du XVe siècle engendra la modernité, on pourrait, je crois, s'arrêter à celui-ci : *lentille* — que les opticiens appelent aussi *objectif.*

La lentille permet de construire des télescopes et des microscopes, et donc de pénétrer les univers infiniment petit et infiniment grand. Elle constitue surtout un filtre traducteur entre le monde (inconnu *a priori*) et notre conscience (qui nous est donnée d'emblée). Ce filtre artificiel, extrapolation des filtres naturels que sont nos cinq sens (de l'odorat au toucher, ils sont tous directement ou indirectement comparables à la lentille de nos yeux, le cristallin), présente une particularité mathématique remarquable : il est bijectif, c'est-à-dire qu'à chaque « point » supposé du monde, la lentille fait correspondre un point et un seul de la représentation qu'elle offre à notre conscience. Ainsi naît, entre autres, la perspective, invention picturale où l'espace-temps *objectif* se déploie, fixe et composé d'entités irréductibles les unes aux autres, entre lesquelles la conscience est censée pouvoir aller et venir pour jeter des « points de vue », libres mais *subjectifs*.

En réalité, c'est toute une vision du monde que la lentille va introduire à partir du XVIe siècle : peu à peu, seuls ses « filtrages » seront reconnus comme représentants légitimes du réel. Et comme une lentille (objectif) ne peut traduire le dit-réel qu'en termes d'objets (que ce soit sous l'angle visuel, ou auditif, ou tactile, ou... etc.), seuls les objets seront donc décrétés « vraiment réels ». La phrase « ceci est objectif » deviendra synonyme de « ceci existe ». Alors que « cela est subjectif » voudra plutôt dire — derrière une aumône de reconnaissance, au nom de la liberté d'opinion — : « cela est sujet à caution », ou « cela relève du fantasme », et donc au bout du compte « cela n'existe pas ».

Progressivement, la *Weltanschauung* [1] « lentille » ou « objective » embrassera les aspects les plus divers de la vie moderne. Ainsi, politiquement, pour prendre un exemple peu cité, la démocratie parlementaire inventera un système de représentation où, à chaque circonscription, correspondra un député et un seul — et il est amusant de constater que l'*hémicycle* parlementaire classique a grossièrement la forme d'une lentille [2].

Concrètement, l'*objectivisation* du monde se développera de façon exponentielle, sous forme d'une technosphère [3] de plus en plus dense. Si dense

1. La conception.
2. Même si (prémonition holographique ?) les révolutionnaires de 1789 avaient bien précisé que chaque député représentait aussi l'ensemble de la nation.
3. Par ce terme, plus tard repris par Teilhard de Chardin, le géologue russe Vladimir Vernadsky entendait l'ensemble matière/énergie transformé par l'homme, lui-même fruit de la biosphère, ensemble matière/énergie transformé par la vie biologique.

qu'elle en viendra à menacer, de manière suicidaire, l'existence même de la biosphère qui la sous-tend et à laquelle nous devons la vie.

Il est remarquable que ce soit au milieu du XXe siècle, au seuil de la dictature maximale de la lentille — théâtralisée par le cinéma et la télévision, qui reposent tous deux sur des caméras dotées d'objectifs — qu'apparaît un filtre radicalement nouveau : l'holographe.

Il s'agit d'un autre outil à traduire le monde — ce dernier demeurant toujours aussi inconnu « en soi », et même de plus en plus, puisque les sciences physiques de pointe en sont à le décréter « essentiellement indéterminé ». Cette fois, l'outil traduit le monde non plus en images/objets mais en *représentations holographiques*.

Qu'est-ce à dire ?

L'holographie présente, à son tour, une particularité mathématique remarquable : chaque point supposé du monde s'y trouve en quelque sorte « étalé » sur l'ensemble de la représentation et chaque point de cette représentation « contient » l'image de l'ensemble du monde représenté. Ainsi, dans la version optique de l'holographie, la plus connue du public, si vous brisez un hologramme en plusieurs morceaux, chacun d'eux continuera à vous restituer l'image de la globalité de la scène holographiée [1].

Jusqu'à présent, le caractère hautement révolutionnaire de l'holographie ne semble avoir été remar-

1. Avec une technologie parfaite, en théorie pure donc, cette restitution de la globalité du monde représenté, malgré le morcellement de l'image, devrait demeurer valable jusqu'à ce que la taille des morceaux atteigne la période de l'onde électromagnétique porteuse, soit une taille incroyablement petite, dont le plancher est constitué par la distance de Plank, soit 10^{-33} m.

qué que par une poignée de chercheurs, géniaux mais marginaux par rapport à l'establishment scientifico-philosophique *objectiviste*. Que les travaux de ces pionniers, notamment ceux de Karl Pribram et de David Bohm [1] portent sur la nature de la mémoire, élément décisif de notre conscience, aussi bien que sur la nature ultime de la matière/énergie, ouvre un chapitre de la plus haute importance dans l'aventure humaine — car ils signalent entre l'extrême-dedans et l'extrême-dehors, plus qu'une connivence : une commune nature, qui semble échapper à l'espace-temps.

Pour le grand public, l'hologramme n'est encore qu'un « gadget en 3D ». Les découvertes majeures doivent parfois humblement patienter dans la salle d'attente des civilisations ! Tôt ou tard, pourtant, ce nouveau filtre/traducteur (allié, non pas à la caméra, mais sans doute à l'ordinateur) dévoilera son incroyable puissance. Il est difficile de prévoir les conséquences que cela aura sur la vie des hommes.

Une chose est sûre : toute la philosophie « holistique » de notre fin de millénaire, que ce soit en médecine ou en agriculture, en écologie ou en pédagogie, tout ce désir actuel, parfois délirant mais mû par un besoin urgentissime, de considérer les situations de manière globale, toutes les formules du type « penser globalement pour agir localement » — ou « tout se tient », ou encore « un pour tous et tous pour un » ! —, toutes les lidées de « village planétaire », ou de « planète Gaïa », concourent à nous préparer à la vision holographique du monde, dont Michael Talbot nous entretien avec talent dans le livre qui suit.

1. Karl Pribram et David Bohm que j'ai eu la chance de rencontrer à plusieurs reprises, et qui ont bouleversé ma vision des choses.

D'un point de vue éthique, la question est de savoir, comme toujours, si cette tendance holistique ne se soldera pas par un accroissement de la servitude, mais au contraire par une poussée de la liberté intérieure. Dira-t-on un jour, de façon péremptoire, « ceci est holographique » pour signifier « ceci est réel », excluant tout autre filtrage ? Ou bien l'univers holographique sera-t-il moins sectaire que l'univers « objectif » créé à la Renaissance ? Il y a quelques raisons de pencher vers la seconde hypothèse. Ne serait-ce qu'à cause de l'irruption du relief dans la représentation du monde qu'il offre. Certes, la science-fiction a déjà prévu, depuis des années, de quelle façon l'holographie pourra permettre des manipulations d'image inouies et des impostures monstrueuses. Mais l'holographie nourrira aussi un monde où, comme dit le sémiologue belge Derrick de Kerkhove à propos des univers virtuels, nous ne serons plus « des *points de vue* fluctuants dans une perspective fixe », mais « des *points d'être* (tranquilles ?) dans des décors fluides ».

En imitant le monde à la (quasi) perfection, l'holographie nous obligera à regarder derrière le paravent chatoyant de nos images de plus en plus sophistiquées, derrière le masque, trop criant, des apparences, nous permettant ainsi, espérons-le, un pas de plus en direction de l'éveil. Un pas de plus dans la découverte émerveillée de notre vraie nature intemporelle.

Remerciements

Écrire est toujours le fruit d'une collaboration, et nombreux sont ceux qui, de diverses manières, ont contribué à la naissance de cet ouvrage. Il m'est impossible de les citer tous, mais certains d'entre eux méritent une mention spéciale, ainsi :

David Bohm et Karl Pribram qui n'ont épargné ni leur temps ni leurs idées, et sans qui ces pages n'auraient jamais vu le jour.

Barbara Brennan, Larry Dossey, Brenda Dunne, Elizabeth W. Fenske, Gordon Globus, Jim Gordon, Stanislav Grof, Francine Howland, Valerie Hunt, Robert Jahn, Ronald Wong Jue, Mary Orser, David Peat, Elizabeth Rauscher, Beatrice Rich, Peter M. Rojcewicz, Abner Shimony, Bernie S. Siegel, T.M. Srinivasan, Whitley Strieber, Russel Targ, William A. Tiller, Montague Ullman, Lyall Watson, Joel L. Whitton, Fred Alan Wolf et Richard Zarro qui, eux non plus, n'ont pas été avares de leur temps et de leurs conseils.

Carol Ann Dryer, pour son amitié, ses intuitions et son soutien, et pour son inépuisable générosité dès qu'il s'agit de faire bénéficier autrui de ses dons immenses.

Kenneth Ring, pour les heures de conversation fascinante, et pour m'avoir introduit à la pensée d'Henry Corbin.

Stanley Kripnner, pour avoir pris le temps de me téléphoner ou de m'écrire chaque fois qu'il tombait sur de nouvelles pistes concernant le concept holographique.

Terry Oleson, qui ne m'a pas non plus mesuré son temps et m'a aimablement permis d'utiliser sa planche du « petit homme dans l'oreille ».

Michael Grosso, pour les défis à la pensée de chacun des entretiens qu'il m'accorda et pour m'avoir aidé à mettre la main sur d'obscures œuvres de référence ayant trait aux miracles.

Brendan O'Reagan, de l'*Institute of Noetic Sciences* (Institut des sciences noétiques) pour son importante contribution au chapitre sur les miracles et pour m'avoir guidé dans le dédale du sujet.

Mon vieil ami Peter Brunjes, qui a mis à profit ses relations universitaires pour me trouver plusieurs livres difficiles d'accès.

Judith Hooper à laquelle je suis redevable de m'avoir communiqué tant d'ouvrages et d'articles de sa gigantesque documentation personnelle sur le concept holographique.

Susan Cowles du *Museum of Holography* (musée de l'Holographie) de New York grâce à qui j'ai pu rassembler l'iconographie de ce livre.

Kerry Brace, pour m'avoir fait part des correspondances qu'il établit entre la pensée hindoue et le concept holographique. À ses écrits, j'ai emprunté l'idée d'ouvrir ce livre par l'hologramme de la princesse Leia dans *La Guerre des Étoiles*.

Marilyn Ferguson, fondatrice du *Brain/Mind Bulletin*, de ceux qui tout de suite reconnurent l'importance de la théorie holographique et n'hésitèrent pas à l'écrire. Pour peu qu'il ait lu son best-seller : *Les Enfants du Verseau*, le lecteur observateur ne manquera pas de remarquer qu'à la fin de mon deuxième chapitre, je me suis contenté de la paraphraser pour résumer la vision de l'univers qui se dégage des conclusions de Pribram et de Bohm. Mon incapacité à en donner une formulation différente, et à plus forte raison meilleure, plaide en faveur des qualités d'écriture qui sont les siennes : clarté et concision.

L'équipe entière de l'*American Society for Psychical Research* (Société américaine de recherches parapsychologiques) qui m'a guidé dans la quête des références, matériaux et noms qu'il convenait de connaître.

Martha Visser et Sharon Schuyler pour leur aide documentaire.

Ross Wetzsteon du *Village Voice* : l'article qu'il me demanda d'écrire fut à l'origine de tout.

Claire Zion de chez Simon & Schuster, qui fut la première à me suggérer de développer aux dimensions d'un livre l'article dont je viens de faire mention.

Lucy Kroll et Barbara Hogenson, parce que je crois impossible d'exercer mieux qu'elles ce métier d'agent littéraire.

Lawrence P. Ashmead de chez Harper Collins pour avoir cru à ce livre et John Michel pour sa participation, toute de gentillesse et d'intuition, à sa mise en forme définitive.

Si j'ai, par inadvertance, oublié quelqu'un, qu'il m'en excuse. À tous, cités ou non dans les lignes qui précèdent, mes remerciements du fond du cœur.

Introduction

Dans *La Guerre des Étoiles*, les aventures de Luke Skywalker s'ouvrent sur le rayon lumineux que projette le robot D2-R2, lequel matérialise une petite réplique en relief de la princesse Leia. Luke, interdit, regarde cette évanescente statuette de lumière implorer l'aide d'un certain Obi-Wan Kenobi. Il s'agit d'un *hologramme*, d'une image tridimensionnelle produite avec un laser, et la magie technologique requise pour obtenir de telles images est tout à fait remarquable. Encore plus étonnant, certains savants commencent à penser que l'univers même serait un gigantesque hologramme, d'illusion extraordinairement détaillée, tout à la fois réelle et irréelle, ni plus ni moins que cette réplique miniature de la princesse Leia qui précipite notre héros dans sa quête.

En d'autres termes, on est en droit de penser que le monde et tout ce qu'il contient — des flocons de neige aux érables, des étoiles filantes au mouvement tourbillonnaire des électrons — est également images fantômes, projections issues d'un niveau de réalité si éloigné du nôtre qu'il se situe littéralement par-delà l'espace et le temps.

Les principaux architectes de cette sidérante hypothèse sont deux des plus éminents chercheurs que nous comptions : David Bohm de l'université de Londres — qui fut le protégé d'Einstein et qui continue de jouir d'un grand respect dans les milieux de la physique quantique —, et Karl Pribram, neurophysiologue à la Stanford University, auteur d'un classique en la matière : *Languages of the Brain* (*Les Langages du Cerveau*). Il se trouve que, partis de bases fort différentes, Bohm et Pribram parvinrent chacun de leur côté aux mêmes conclusions. La nature holographique de l'univers ne s'insinua dans l'esprit de Bohm qu'après des années de malaise devant l'incapacité des théories classiques à rendre compte de l'ensemble des phénomènes rencontrés en physique quantique. Quant à Pribram, ce fut le constat de l'échec des descriptions traditionnelles du cerveau — en particulier lorsqu'il s'agissait d'expliquer certains phénomènes neurophysiologiques — qui le décida.

Toutefois, après avoir développé leur nouvelle vision des choses, Bohm et Pribram prirent rapidement conscience que le modèle holographique élucidait bon nombre de mystères. Ainsi expliquait-il l'apparente impuissance de toute théorie, si exhaustive fût-elle, à jamais rendre compte de l'ensemble des phénomènes présents dans la nature, l'aptitude de certaines personnes sourdes d'une oreille à situer quand même dans l'espace la source d'un bruit, et le simple fait de pouvoir reconnaître quelqu'un perdu de vue depuis longtemps même s'il a beaucoup changé dans l'intervalle.

Mais où le modèle holographique se révèle vertigineux, c'est quand il donne sens à un vaste éventail de phénomènes si difficiles à cerner qu'ils restaient exclus du champ de la science, phénomènes comme la télépathie, la précognition, le sentiment de ne faire qu'un avec l'univers éprouvé par les mystiques, et même la psychokinésie (faculté de déplacer des objets sans les toucher, par le seul pouvoir de l'esprit).

De fait, le modèle holographique apparut très vite aux yeux des savants sans cesse plus nombreux à l'adopter comme une clé permettant peut-être d'expliquer certaines expériences mystiques et paranormales, et ces dix dernières années, il a continué de passionner les chercheurs, éclairant un nombre croissant de phénomènes jusqu'alors tenus pour inexplicables. Retraçons quelques étapes :

1980 : un psychologue de l'université du Connecticut, le Dr Kenneth Ring, suggère une explication des expériences de mort imminente dans le cadre du modèle holographique. Ring, président de l'*International Association for Near-Death Studies* (Association internationale pour l'étude des états proches de la mort), considère que ces expériences, comme la mort elle-même, ne sont rien d'autre que le passage de la conscience individuelle d'un plan de la réalité holographique à un autre.

1985 : Le Dr Stanislav Grof, directeur de recherche en psychiatrie au Maryland Psychiatric Research Center (Centre de recherches psychiatriques du Maryland) et professeur associé dans la même discipline à la Johns Hopkinks University School of Medecine (Faculté de Médecine Johns Hopkins), fait paraître un livre dont il ressort que les modèles neurophysiologiques existants sont inadéquats et qu'un modèle holographique est seul capable d'expliquer les expériences archétypales, c'est-à-dire les rencontres avec l'inconscient collectif et les autres phénomènes inhabituels survenant à l'occasion d'états modifiés de conscience.

1987 : Au congrès annuel de l'*Association for the Study of Dreams* (Association pour l'étude des rêves), le physicien Fred Alan Wolf soutint que le modèle holographique expliquait les rêves lucides (des rêves d'un réalisme inhabituel marqués par la conscience que le rêveur a d'être éveillé). Il s'agit, selon lui, d'excursions dans des réalités parallèles. Et le modèle holographique devrait nous permettre d'élaborer une « physique de la conscience » grâce à laquelle nous pourrons entamer une exploration plus systématique de ces niveaux d'existence extradimensionnels.

Et cette même année, le Dr F. David Peat, un physicien de la Queen's University canadienne, publie son *Synchronicity : The Bridge between Mind and Matter (La synchronicité : passerelle entre l'esprit et la matière)*. Il y exprime l'idée que la synchronicité — c'est-à-dire des coïncidences parfaitement insolites et si riches de sens qu'elles ne peuvent raisonnablement résulter du hasard seul — trouve une explication dans le modèle holographique. Elle constituerait « un défaut dans le tissu du réel » et trahirait chez nous des processus de pensée bien plus étroitement connectés au monde physique que nous ne le soupçonnions.

Il s'agit là d'un simple survol des concepts provocants qui seront abordés dans ce livre. Bon nombre sont sujets à controverses. De fait, c'est le modèle holographique en soi qui est controversé, une importante proportion de la communauté scientifique le refusant en bloc. Nous verrons toutefois que bien des penseurs de la première importance lui apportent leur soutien, tant est grande leur conviction qu'il pourrait s'agir de la plus approchante image du réel dont nous disposions à ce jour.

D'autant que le modèle holographique bénéficie d'assises expérimentales non moins spectaculaires. Dans le domaine neurophysiologique, on ne compte plus les études qui sont venues corroborer les intuitions de Pribram sur le caractère holographique de la mémoire et des perceptions. En 1982, sous la direction du physicien Alain Aspect, une équipe de l'Institut d'Optique d'Orsay-Paris XI démontra que les particules atomiques formant notre univers physique — le tissu même du réel, du manifesté pour le moins — sont dotées de propriétés apparemment « holographiques ». Nous commenterons en détail toutes ces découvertes dans les pages qui suivent.

La valeur de l'hypothèse holographique ne repose pas sur les seuls résultats expérimentaux. La personnalité et le comportement des deux hommes qui la conçurent en sont garants ; ils avaient déjà derrière eux d'importants travaux. Car, dans les années quarante, Pribram fit œuvre de pionnier en se penchant sur le système limbique, région du cerveau impliquée dans les émotions et le comportement. Et non moins décisifs furent, dans la décennie suivante, les travaux de Bohm sur les plasmas.

Plus significatif encore : l'un et l'autre se sont également distingués par leur courage, leur détermination à défendre leurs convictions. À l'université, préparant son doctorat, Bohm avait eu pour directeur de thèse Robert Oppenheimer. Quand en 1951, celui-ci tomba dans le périlleux collimateur de la Commission sur les Activités antiaméricaines du sénateur Joseph McCarty, Bohm, cité à charge, refusa de témoigner ; en conséquence de quoi, il perdit son poste à Princeton et n'enseigna plus jamais aux États-Unis. Le Brésil puis Londres furent ses lieux de résidence successifs.

Pribram dut subir une épreuve similaire au tout début de sa carrière. En 1935, constatant que, débarrassé de son cortex préfrontal (couche superficielle antérieure du cerveau), le patient le plus agité se transformait en mouton, un neurologue portugais, Egas Moniz, s'était imaginé découvrir la panacée à toute maladie mentale. Sous le nom de lobotomie préfrontale, l'opération avait connu un si vif succès dans les années quarante que Moniz s'était vu décerner le prix Nobel. Et ce succès n'allait pas se démentir dans la décennie suivante. Y avoir recours passa dans les mœurs au point que le chirurgien Walter Freeman — reconnaissons-lui le mérite de la franchise — put écrire que d'inadaptés sociaux « schizophrènes, homosexuels, radicaux et toute la clique, la lobotomie fait de bons Américains ».

Ce fut à cette époque que Pribram entra dans la vie active. Aussitôt, à l'encontre de bon nombre de ses collègues, il jugea moralement répréhensible de « tripoter » le cerveau d'autrui. Conviction si enracinée qu'appelé à exercer comme neurochirurgien dans une petite ville de Floride, il s'opposa à toute lobotomie dans le service placé sous sa responsabilité. Il devait récidiver quelques années plus tard à Yale et, cette fois, son intransigeance faillit lui coûter son poste.

Cette détermination à se battre pour leurs idées au mépris de toute conséquence n'est pas moins évidente dans la manière dont Pribram comme Bohm allaient mener leur étude sur le modèle holographique. Remettre en question des positions sociales déjà bien assurées pour promouvoir un concept aussi controversé n'était pas, nous le verrons, le chemin le plus facile. La constance tant de leur courage que de leur vision du monde plaide en faveur du modèle holographique.

Ultime pièce à verser au dossier : le champ total du paranormal. Ultime mais non des moindres, ces dernières décennies ayant collecté des données tendant à miner le solide et confortable édifice de notre compréhension classique du monde, de cet univers de briques fondamentales dont on nous inculquait l'existence en cours de physique. Les modèles scientifiques traditionnels restant muets devant les résultats de certaines expériences, la solution fut longtemps de les ignorer. Leur accumulation sonne le glas d'une telle attitude.

Pour ne prendre qu'un exemple, en 1987, le physicien Robert G. Jahn et la psychiatre Brenda J. Dunne, annoncèrent que dix années d'expérimentation rigoureuse dans leur *Princeton Engineering Anomalies Research Laboratory* (Laboratoire de recherches sur les anomalies technologiques rattaché à l'université de Princeton) débouchaient sur l'incontestable évidence que l'esprit était capable d'interactions psychiques avec la réalité matérielle. En particulier, Jahn et Dunne avaient pu constater que l'être humain, par la seule force de sa concentration mentale, était à même d'affecter le comportement de certains types de machines.

Le modèle holographique y parvient, lui. Et comme, négligés par notre approche scientifique classique, ces phénomènes paranormaux réclament de nous un regard autre sur l'univers, un nouveau paradigme scientifique, cet ouvrage examinera comment les témoignages qui ne cessent de s'accumuler en faveur du paranormal semblent à leur tour exiger l'existence d'un tel modèle.

Toutefois, si le paranormal reste un objet de controverses, ce n'est pas seulement parce qu'il ne peut s'intégrer dans la vision du monde couramment admise par la science. Le fonctionnement du psychisme étant souvent difficile à cerner dans les conditions de laboratoire, bon nombre de scientifiques en sont venus à simplement nier son existence. Il sera également question dans notre ouvrage de ce caractère élusif.

Une dernière raison, et d'importance majeure, est que la science, contrairement à ce que pensent la plupart des gens, n'est pas exempte de préjugés. Un physicien m'en a donné la preuve le jour où je lui ai demandé ce qu'il pensait d'une expérience de parapsychologie dont on parlait beaucoup à l'époque. Fidèle au scepticisme ordinairement affiché par lui en la matière, il m'affirma, péremptoire, qu'elle n'avait débouché « sur rien qui suggérât l'intervention du paranormal ». Je n'avais pas encore pris connaissance des résultats de l'expérience et, respectueux tant de l'intelligence que de la notoriété de ce physicien, il ne me vint pas à l'esprit de mettre en doute ses conclusions. Toutefois, quand lesdits résultats me furent communiqués, je découvris avec stupeur qu'ils constituaient au contraire l'une des meilleures preuves de l'existence des facultés psychiques. Je venais d'apprendre que des savants de réputation mondiale pouvaient eux aussi avoir leurs œillères.

C'est hélas monnaie courante dès qu'on touche au paranormal. Dans un article récent de l'*American Psychologist*, Irvin L. Child, de Yale, se penche sur le traitement réservé par la communauté scientifique à une série d'expériences menées par le *Maimonides Medical Center* (Centre médical Maïmonide) de Brooklyn sur la perception extrasensorielle. En dépit des résultats spectaculaires obtenus par les expérimentateurs, Child dut constater que leur travail ne suscitait pour ainsi dire aucun écho, et pis, que les rares expériences en présentaient une version déformée au point de leur dénier toute importance[1].

Comment est-ce possible ? D'abord parce que la science n'a pas toujours l'objectivité que nous lui souhaiterions. Nous portons sur nos savants un regard par trop respectueux ; nous affirment-ils quelque chose qu'il ne nous viendrait pas à l'esprit d'en douter. Nous oublions que ce ne sont que des hommes, sujets aux mêmes préjugés culturels, philosophiques et religieux que le commun des mortels. C'est dommage, car il y a de fortes chances, au vu des témoignages qui seront apportés par ce livre, pour que l'univers soit considérablement plus riche que ne l'y autorise notre vision courante du réel.

Mais pourquoi la science s'obstine-t-elle dans son refus du paranormal ? La réponse est moins évidente. Commentant la résistance que rencontrèrent ses propres vues peu orthodoxes sur la santé, le professeur Bernie S. Siegel, auteur du célèbre best-seller : *L'Amour, la médecine et les miracles*, soutient qu'il faut en voir le motif dans une véritable dépendance des gens à l'égard de leurs croyances. Essayez de les faire changer d'opinion sur quoi que ce soit, dit-il, et vous les verrez maintenir fermement leur position.

Il semble y avoir une bonne part de vérité dans la remarque de Siegel, et peut-être est-ce pourquoi les grandes percées et intuitions dont nous sommes si fiers à présent suscitèrent en leur temps une telle résistance. Attachés à nos croyances, nous acceptons difficilement les théories ou concepts nouveaux risquant de les ébranler. Or, la science occidentale

1. Irvin L. Child, « Psychology and Anomalous Observations », *American Psychologist* 40, n° 11 (novembre 1985), pp. 1219-1230.

refusant déjà depuis plusieurs siècles le paranormal, il est peu probable que la rencontre science/paranormal soit aisée.

Personnellement, j'ai eu de la chance ; selon moi, la richesse du monde est bien supérieure à celle que nous avons coutume de lui prêter. J'ai grandi dans une famille où les dons psychiques n'étaient pas rares et j'ai assisté dès mon plus jeune âge à nombre des phénomènes qui vont émailler ces pages. Aussi n'hésiterai-je pas de temps à autre, quand il y aura pertinence à le faire, à prendre des exemples dans ma propre expérience. Si conscient que je sois de leur simple valeur anecdotique, ils constituèrent pour moi la preuve la plus convaincante que nous vivons dans un univers dont nous ne commençons qu'à sonder l'ampleur. Aussi les inclurai-je en raison des aperçus qu'ils sont susceptibles d'offrir.

Ces derniers temps, sous prétexte que le concept holographique, encore en gestion, n'offrirait qu'une mosaïque de points de vue et d'indices disparates, certains lui ont refusé le nom de théorie ou de modèle tant que son intégration dans un ensemble plus unitaire ne serait pas achevée. Certains chercheurs se sont donc rabattus sur *paradigme*, d'autres sur *analogie, métaphore*... chacun selon son goût. Pour ma part, soucieux de traquer la répétition (et de ne blesser personne), j'ai alterné les divers termes. Modèle ou théorie pourront se présenter au fil de ces lignes, mais sans prétention aucune à leur étroite acception.

Dans la même veine, j'estime important de souligner que, pour être à l'origine du modèle holographique, Bohm et Pribram n'épousent pas l'ensemble des vues et conclusions proposées dans ce livre. J'ai plutôt obéi à l'urgence de présenter, outre leurs théories, celles des nombreux chercheurs influencés par le modèle holographique, lesquels l'ont interprété à leur manière sans être nécessairement d'accord avec les pères fondateurs ou même entre eux.

Nous aborderons également diverses notions de mécanique quantique, branche de la physique étudiant le comportement des particules élémentaires (électrons, protons, neutrons, etc.) Pour avoir l'habitude d'écrire sur le sujet, je me rends parfaitement compte que certaines personnes sont intimidées par ce mot de quantique, y voyant poindre un domaine dont elles craignent qu'il ne les dépasse. Mais être inculte en mathématiques, je le sais par expérience, n'interdit nullement la claire perception du type de problèmes dont nous parlerons ici. Vous n'aurez même pas besoin d'une quelconque teinture de savoir scientifique. Tomberez-vous sur une page comportant quelque terme scientifique inconnu, il vous sera seulement demandé de garder votre ouverture d'esprit. Je me suis attaché à réduire la fréquence de ces termes, et s'il m'arrive d'y avoir recours, je m'efforce toujours d'en donner une définition avant de poursuivre.

Pas de panique, donc. Une fois surmontée votre « peur de l'eau », vous nagerez dans l'étrange et fascinant océan de la physique quantique bien mieux que vous ne l'auriez soupçonné. Vous allez également découvrir que quelques-unes de ces notions, pour peu qu'on s'y attarde, sont même susceptibles de changer votre manière de voir le monde. En fait, j'ai bon espoir que les idées contenues dans ce livre vont effectivement modifier votre vision du réel. Et c'est dans cet humble désir que je vous le soumets.

Une nouvelle et remarquable vision du réel

« Asseyez-vous devant les faits comme un enfant, prêts à renoncer à toute opinion préconçue. Suivez humblement la nature, dans quelque abîme qu'elle vous mène, ou vous serez voués à ne jamais rien comprendre. »

T.H. Huxley

Le cerveau comme hologramme

> « Ce n'est pas que le monde des apparences soit faux ; ce n'est pas qu'à un certain niveau de réalité les objets extérieurs soient dénués d'existence. C'est simplement que si on pénètre à l'intérieur de l'univers et qu'on lui applique une grille holographique, on aboutit à un point de vue différent, à une réalité autre. Et cette autre réalité peut expliquer des choses restées jusqu'alors scientifiquement inexplicables : phénomènes paranormaux, synchronicités, coïncidences apparemment lourdes de sens. »
>
> (Extrait d'un entretien avec Karl Pribram paru dans *Psychology Today)*

Ce qui amena Pribram à concevoir son modèle holographique fut la question de savoir comment et où les souvenirs se stockaient dans la mémoire. Il commença de s'y intéresser au tout début des années quarante, alors que leur localisation dans le cerveau faisait la quasi-unanimité. On s'en tenait à l'hypothèse que chaque souvenir, celui de la dernière fois où vous avez vu votre grand-mère, ou celui d'un gardénia dont, à seize ans, vous humiez le parfum jusqu'à l'ivresse, laissait sa trace quelque part dans vos cellules cérébrales. Si ces traces avaient déjà un nom : *engrammes*, personne n'était à même d'en préciser la nature. S'agissait-il de neurones, ou encore d'un type spécial de molécule ? Dans la communauté scientifique, le moral était au beau fixe : on n'allait pas tarder à l'apprendre.

Pareil espoir n'était pas sans fondement. Dans les années vingt, des recherches menées par le neurochirurgien canadien Wilder Penfield avaient montré de manière assez convaincante que tel souvenir précis avait sa place dans tel endroit précis du cerveau. Tirant parti d'une des curiosités de ce noble viscère — celle d'être en soi inaccessible à la douleur — il avait pu mener, après une simple anesthésie locale de l'épiderme et des os du crâne, une série d'expériences décisives sur des personnes parfaitement conscientes. Il stimula donc électriquement divers points du cerveau d'épileptiques à sa disposition et fut surpris de constater que leur appliquer les électrodes sur les lobes temporaux les amenait à revivre des épisodes de leur passé dans les moindres détails. L'un d'eux se retrouvait soudain parlant avec des amis en Afrique du Sud. Un gosse entendit sa mère au téléphone et Penfield n'eut qu'à donner quelques impulsions pour obtenir la conversation *in extenso*. Une femme se crut dans sa cuisine, avec son fils qui jouait dans le jardin. Même le subterfuge de leur faire croire qu'il activait un autre point ne les faisait pas changer de souvenir.

Dans *The Mystery of the Mind (Le mystère de l'esprit)*, qu'il publia en 1965, soit peu de temps avant sa mort, il écrit : « De toute évidence, il ne pouvait s'agir de rêves. On assistait au déclenchement artificiel d'une sorte d'enregistrement, celui d'une séquence de conscience jusqu'alors tenue en réserve, apparemment. Le patient revivait sous forme de "flash-back" l'ensemble de ses perceptions, sentiments et pensées dans la période de temps concernée [1]. »

Penfield en conclut que le cerveau enregistrait l'intégralité de notre expérience passée, depuis les visages entr'aperçus dans une foule jusqu'aux moindres toiles d'araignée sur lesquelles nos yeux d'enfant se sont posés. De là, selon lui, la fréquence des détails insignifiants dans les souvenirs qui nous remontent d'eux-mêmes à l'esprit. En effet, si nous avons affaire à l'enregistrement intégral de notre quotidien dans ce qu'il a de plus terre à terre, comment s'étonner que, jeté au hasard dans un tel océan d'information, le filet ne ramène le plus souvent que du menu fretin.

Jeune interne en neurochirurgie, Pribram n'avait pas la moindre raison de mettre en doute la théorie penfieldienne des engrammes. Puis quelque chose vint radicalement et à jamais modifier son point de vue. En 1946, il fut amené à travailler au Laboratoire Yerkes de biologie des primates puis à l'Orange Park en Floride, auprès du grand neuropsychologue Karl Lashley, lequel, depuis plus de trente ans, traquait les mécanismes élusifs de la mémoire. À même d'y observer directement les fruits de ce labeur acharné, Pribram constata que non seulement Lashley n'était toujours pas arrivé à produire la moindre preuve de l'existence des engrammes, mais que ses recherches semblaient bien au contraire saper une à une les découvertes de Penfield.

1. Wilder Penfield, *The Mystery of the Mind : A Critical Study of Consciousness and the Human Brain* (Princeton, N.J. : Princeton University Press, 1975).

Les expériences portaient sur des rats que Lashley commençait par entraîner à un certain nombre de tâches comme de courir dans un labyrinthe. Il prélevait ensuite au bistouri sur le cerveau des cobayes diverses quantités de matière grise, y supprimant le secteur où était censé s'être inscrit le processus mémoriel qui leur permettait de triompher d'un labyrinthe. Il s'aperçut que quelque portion de cerveau qu'il retranchât, les souvenirs subsistaient. S'il n'était pas rare que les capacités motrices fussent sérieusement atteintes et que le parcours s'effectuât sur un mode trébuchant, la mémoire restait intacte, à l'évidence.

Pribram n'en croyait pas ses yeux. Si chaque souvenir avait sa place dans le cerveau comme un livre sur les rayons d'une bibliothèque, pourquoi les ponctions de Lashley restaient-elles sans effet ? Une seule explication : que ces souvenirs fussent dénués de localisations spécifiques et distribués dans l'ensemble du cerveau. Le problème était toutefois de n'avoir pas la moindre idée du mécanisme ou du processus apte à rendre compte d'un tel état de choses.

Lashley n'avait même pas ce début de conviction ; plus tard, il écrivit : « Récapitulant le dossier sur la localisation des traces mémorielles, j'ai parfois l'impression qu'il conclut à l'impossibilité de tout apprentissage. Pourtant, quelle que soit l'évidence du contraire, il arrive parfois qu'on en sache plus qu'avant [1]. » En 1948, Pribram se vit proposer un poste à Yale. Avant de quitter Lashley, il l'aida à consigner par écrit ses trente années de recherches monumentales.

1. Karl Lashley, « In Search of the Engram », dans *Physiological Mechanisms in Animal Behavior* (New York : Academic Press, 1950), pp. 454-482.

La percée

À Yale, Pribram continua de réfléchir sur une éventuelle distribution des souvenirs dans l'ensemble du cerveau et, plus il explorait cette hypothèse, plus il en sentait la cohérence. Après tout, les patients dont on avait retiré une partie du cerveau pour raison médicale ne perdaient jamais tel ou tel de leurs souvenirs. Avec de gros morceaux de matière grise en moins, on avait toutes les chances de ressortir du bloc opératoire les idées brumeuses mais jamais en déplorant la perte d'un souvenir précis. Par ailleurs, nul accidenté de la route victime d'un grave traumatisme crânien n'était frappé d'amnésie partielle, ne reconnaissait par exemple qu'une partie de ses proches ou ne se rappelait que la moitié d'un roman précédemment lu. Même des prélèvements effectués au niveau des lobes temporaux, ce secteur du cerveau porté au premier plan par les recherches de Penfield, ne s'étaient pas soldés par la moindre lacune dans la mémoire des sujets.

Pribram était également conforté dans son opinion par le fait que personne — pas plus lui que ses collègues biologistes — ne parvenait à dupliquer les résultats de Penfield en stimulant d'autres cerveaux que ceux d'épileptiques. Penfield non plus, au demeurant.

Toutefois, les indices de plus en plus nets d'une distribution de chaque souvenir dans l'ensemble du cerveau n'expliquaient toujours pas comment ce dernier s'y prenait pour opérer ce tour de passe-passe. Puis, au milieu des années soixante, Pribram tomba sur l'article du *Scientific American* décrivant le premier hologramme et ce fut la révélation. Non content d'être vertigineux dans ses implications, le concept holographique apportait une solution aux problèmes avec lesquels il se débattait.

Pour mieux comprendre l'exaltation de Pribram, il convient d'en savoir un peu plus sur la technique holographique. L'un des éléments qui la rendent possible est un phénomène connu sous le nom d'interférence. Il s'agit de la structure entrecroisée qui se manifeste quand deux ondes ou plus viennent à se rencontrer. Jetons un caillou dans l'eau, nous

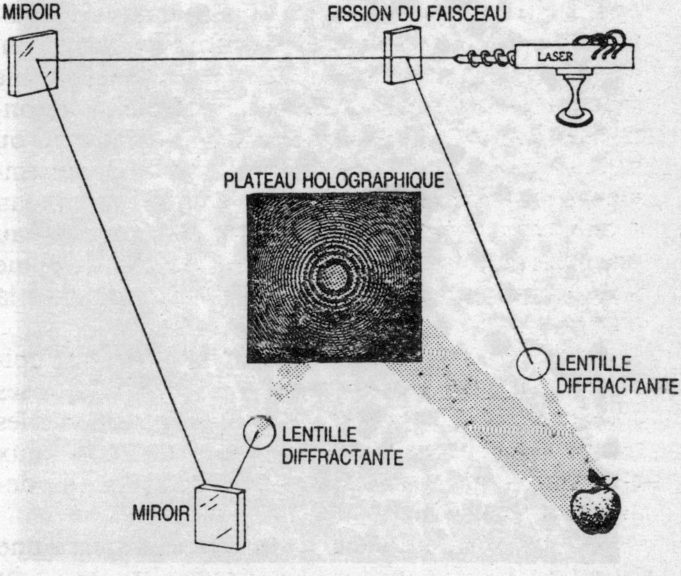

Figure 1. Un hologramme est obtenu par la division d'un unique rayon de lumière cohérente en deux faisceaux distincts. Le premier va rebondir sur l'objet à reproduire, dans cet exemple une pomme. Le second, acheminé par un jeu de miroir, entre en collision avec les ondes lumineuses diffractées du premier. Il en résulte un système de franges d'interférence qui va s'enregistrer sur une émulsion photosensible.

allons voir s'élargir autour du point d'impact une série de rides concentriques. Jetons-en deux, et ce sont deux séries qui vont se propager en surface et finiront par se rencontrer, s'interpénètreront. Le complexe agencement de crêtes et de creux résultant des collisions est un système de franges d'interférences.

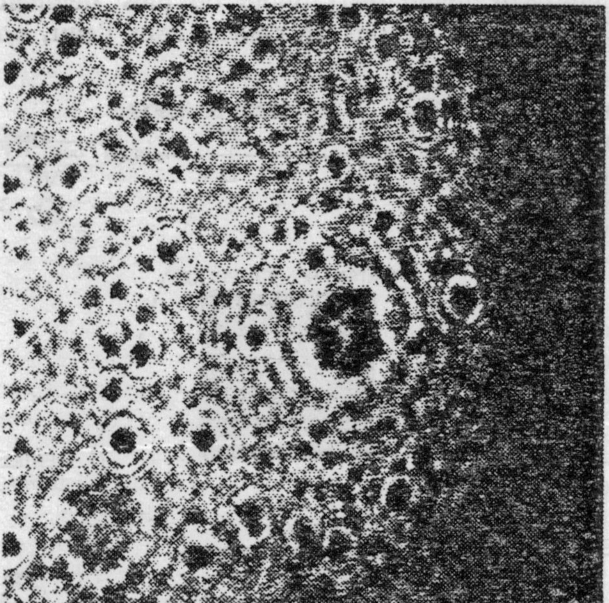

Figure 2. Fragment d'émulsion holographique contenant une image codée. À l'œil nu, ce qui se présente sur le film n'a rien à voir avec l'objet photographié et n'offre que l'apparence d'un jeu de rides irrégulières : les systèmes de franges d'interférences. Il n'en reste pas moins que, sous l'éclairage d'un troisième laser, l'émulsion restituera l'image tridimensionnelle de l'objet en question.

Tout phénomène ondulatoire est susceptible de produire ce genre de système, y compris les ondes hertziennes et la lumière. Mais le laser, lumière d'un type très pur — on la qualifie de cohérente — y est particulièrement propice. Il nous dote en quelque sorte du bon caillou, du bon plan d'eau. Aussi fallut-il attendre son invention pour obtenir les hologrammes que nous connaissons aujourd'hui.

À l'origine de ces derniers, il y a la scission d'un unique faisceau de lumière cohérente par un miroir semi-transparent. L'un des faisceaux résultants (le faisceau d'éclairage) n'atteint la plaque sensible qu'après avoir été diffracté par l'objet holographié tandis que l'autre (le faisceau de référence) l'y rejoint à l'issue d'un parcours sans histoire par un jeu de miroirs. De leur collision naît un système de franges d'interférences qui est enregistré sur l'émulsion (fig. 1).

À l'œil nu, aucune ressemblance avec l'objet holographié. Plutôt avec les cercles concentriques dont nous parlions plus haut, ceux qui pourraient naître d'une poignée de galets jetés dans un étang (fig. 2). Mais qu'un rayon laser — dans certains cas une simple source de lumière plus vive — vienne frapper le film, une image en relief de l'objet apparaît. Il n'est pas rare que la tridimensionnalité de ces images soit telle qu'il est possible d'en faire le tour, d'observer la projection holographique sous divers angles comme on le ferait d'un objet réel. Toutefois, essayez de la toucher, votre main passera au travers et vous constaterez qu'en réalité il n'y a rien (fig. 3).

Tel n'est pas le seul aspect remarquable d'un hologramme. Prenons la plaque où est enregistré celui d'une pomme et brisons-la. Chaque moitié rendra sous laser non la moitié de l'image mais sa totalité. Répétons l'opération et une pomme entière conti-

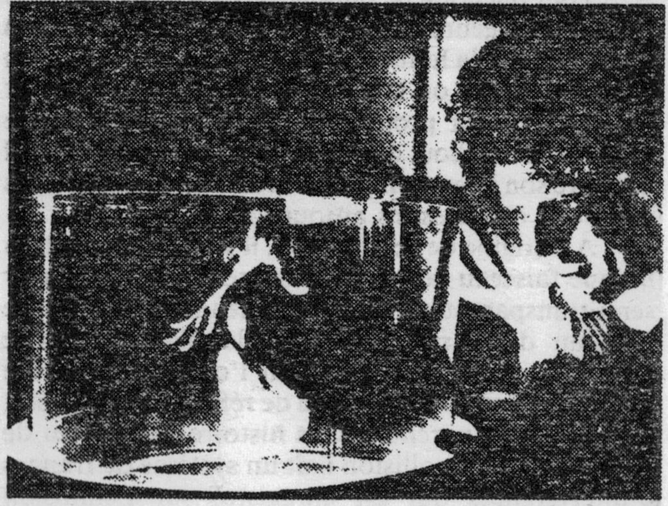

Figure 3. L'aspect tridimensionnel d'un hologramme est souvent si convaincant qu'il est possible d'en faire le tour et de le voir sous divers angles. Mais essayez de le toucher, votre main passera au travers.

nuera de naître de chaque fragment (plus floue, toutefois, à mesure que se réduira la taille de ce dernier). À la différence d'une photo, un hologramme contient dans chacun de ses points l'ensemble de l'information enregistrée (fig. 4)*.

Tel fut précisément l'aspect qui fascina Pribram, car il y vit une métaphore du mode de répartition possible des souvenirs dans le cerveau. Si chaque secteur de l'émulsion était en mesure d'enregistrer les informations requises pour la reconstitution d'une image entière, on pouvait envisager que le cerveau

* Ce n'est vrai que des hologrammes restitués par laser. Si celui que vous avez acheté en magasin est lisible en lumière naturelle, n'en faites pas des confettis : votre image aussi serait en morceaux.

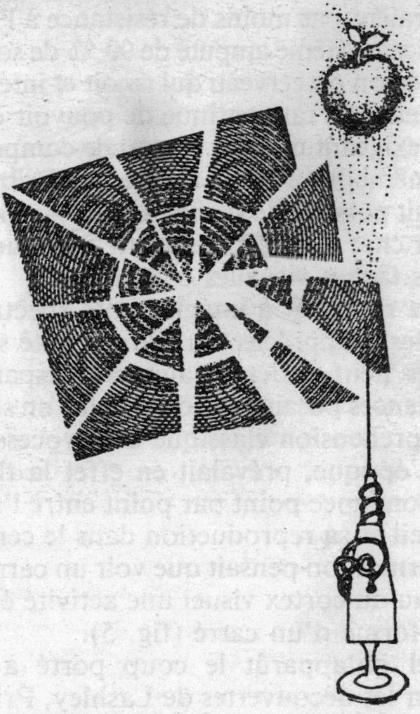

Figure 4. À la différence de ce qui se produit en photographie, l'ensemble des informations est enregistré sur chaque fragment du support. On peut ainsi briser une plaque holographique, chaque fragment pourra être utilisé pour reconstituer l'image entière.

abritât dans chacune de ses parties de quoi reconstruire un souvenir dans son intégralité.

La vision aussi est holographique

Il n'y a pas que la mémoire dont le cerveau soit susceptible d'opérer un traitement holographique.

Lashley découvrit que les centres optiques du cerveau n'offraient pas moins de résistance à l'éradication chirurgicale. Même amputé de 90 % de son cortex visuel (la région du cerveau qui reçoit et interprète ce que voit l'œil), un rat continue de pouvoir exécuter des tâches exigeant un haut niveau de compétence optique. De même, une étude menée par Pribram a révélé qu'il était possible de sectionner 98 % des nerfs optiques d'un chat sans sérieusement diminuer son aptitude à des tâches visuelles complexes[1].

Bref, cela revenant à imaginer des spectateurs encore capables d'apprécier un film projeté sur un écran dont les neuf dixièmes auraient disparu, ce genre d'expériences posait une fois de plus un sérieux défi à la compréhension classique des processus de la vision. À l'époque, prévalait en effet la théorie d'une correspondance point par point entre l'image captée par l'œil et sa reproduction dans le cerveau. En d'autres termes, on pensait que voir un carré suscitait au niveau du cortex visuel une activité électrique ayant la forme d'un carré (fig. 5).

Si mortel qu'apparût le coup porté à cette conception par les découvertes de Lashley, Pribram souhaitait d'autres preuves. À Yale, il élabora un protocole d'expériences susceptible de placer le problème sous un nouvel éclairage et consacra en partie les sept années qui suivirent à mesurer avec soin l'activité électrique cérébrale de singes s'acquittant de diverses tâches visuelles. Force lui fut de constater l'absence non seulement de toute correspondance point par point mais aussi d'un type quelconque de lien avec l'ordre dans lequel il activait les électrodes. « Ces résultats expérimentaux », note-t-il dans son

1. Karl Pribram, « The Neurophysiology of Remembering », *Scientific American* 220 (janvier 1969), p. 75.

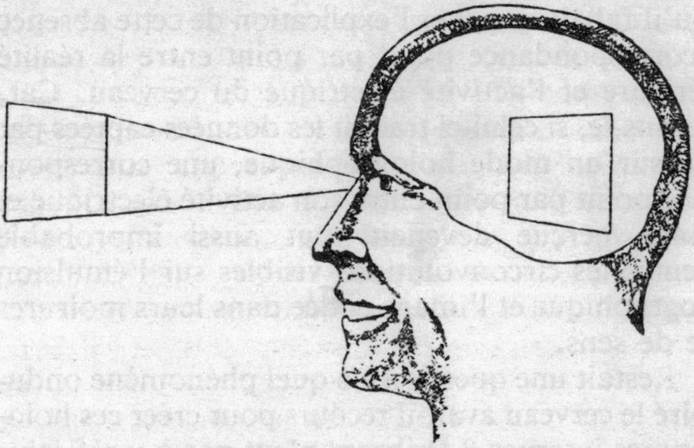

Figure 5. Des théoriciens de la vision croyaient à une correspondance point par point entre l'image vue par l'œil et la manière dont elle s'inscrit dans le cerveau. Pribram a découvert qu'il n'en était rien.

compte rendu, « sont incompatibles avec l'hypothèse d'une projection de type photographique des images sur la surface corticale[1]. »

Pareille résistance à la chirurgie suggérait une fois de plus qu'à l'instar des souvenirs, chaque image perçue se distribuait dans le cerveau. Et, découvrant l'holographie, Pribram eut l'intuition de la manière dont cette distribution s'opérait. La faculté d'un hologramme de « contenir le tout dans chacune de ses parties » expliquait à coup sûr qu'un prélèvement — même important — sur le cortex visuel restât sans effet sur la vue. Si le cerveau traitait l'information optique par l'entremise de quelque espèce d'hologramme interne, un fragment de cet hologramme — si petit fût-il — restait en mesure de restituer l'en-

1. Karl Pribram, *Languages of the Brain* (Monterey, Cal. : Wadsworth Publishing, 1977), p. 123.

semble de ce que l'œil percevait. Peut-être était-ce là qu'il fallait chercher l'explication de cette absence de correspondance point par point entre la réalité extérieure et l'activité électrique du cerveau. Car, répétons-le, si celui-ci traitait les données captées par l'œil sur un mode holographique, une correspondance point par point entre son activité électrique et l'image perçue devenait tout aussi improbable qu'entre les circonvolutions visibles sur l'émulsion holographique et l'image codée dans leurs moirures vide de sens.

Restait une question : à quel phénomène ondulatoire le cerveau avait-il recours pour créer ces hologrammes internes ? Pribram n'eut pas à y réfléchir longtemps pour entrevoir une réponse. On sait que les communications électriques entre cellules nerveuses n'ont rien d'isolé. Les neurones sont ramifiés, et lorsqu'un message électrique atteint l'extrémité d'une des petites branches, il rayonne à la manière des rides qui, dans l'eau, se propagent autour du point d'impact d'un caillou. Par suite de l'extrême densité des neurones dans le tissu nerveux, ces rides d'électricité — le voilà, notre phénomène ondulatoire — ne cessent de s'entrecroiser. En se remémorant cet aspect des choses, Pribram prit conscience que ces messages devaient probablement donner naissance à un kaléidoscope virtuellement infini de franges d'interférences, lesquelles étaient peut-être à l'origine des caractéristiques holographiques du cerveau. « L'hologramme n'a jamais cessé d'être là, dans la nature ondulatoire des échanges entre cellules nerveuses », nota-t-il. « Nous n'avions simplement pas eu l'intelligence de nous en apercevoir [1] »

1. Daniel Goleman, « Holographic Memory : Karl Pribram Interviewed by Daniel Goleman », *Psychology Today* 12, n° 9 (février 1979), p. 72.

Autres problèmes susceptibles d'être élucidés par le modèle holographique

Ce fut en 1966 que Pribram publia son premier article sur une éventuelle structure holographique du cerveau, hypothèse qu'il peaufina et enrichit durant les sept années qui suivirent. D'autres chercheurs ne manquèrent pas de s'y intéresser pour très vite s'apercevoir que les mécanismes de la mémoire et de la vue n'étaient pas les seuls mystères susceptibles d'être dissipés par le modèle holographique.

L'immensité de notre mémoire

De fait, s'y référer permet de mieux comprendre comment notre cerveau peut emmagasiner tant de souvenirs dans un espace si restreint. Selon des calculs dus au brillant physicien et mathématicien d'origine hongroise, John von Neuman, ce seraient $2{,}8 \times 10^{20}$ (280 000 000 000 000 000 000) deux cent quatre-vingts milliards de milliards de données qu'enregistreraient nos cellules cérébrales au cours d'une vie de durée moyenne. C'est énorme, et les spécialistes du cerveau ont longtemps cherché quel mode de traitement pouvait rendre compte d'une telle performance.

Or il est intéressant de noter que les hologrammes sont également dotés d'une prodigieuse capacité de stockage de l'information. Modifier l'angle d'arrivée des faisceaux sur l'émulsion autorise en effet l'enregistrement sur la même plaque de plusieurs images, chacune restituable par un laser de lecture doté du même angle d'impact. Des chercheurs ont calculé que le recours à cette méthode permettait de concentrer sur un centimètre carré d'émulsion holographique l'équivalent de cinquante Bibles [1].

Avec les hologrammes à images multiples — tels ceux décrits au paragraphe précédent — nous disposons aussi d'une clé pour la compréhension des phénomènes de mémoire et d'oubli. Quand, sous le faisceau du laser de lecture, on fait évoluer perpendiculairement au regard un fragment de film ainsi impressionné, les diverses images contenues se manifestent et s'évanouissent en un flux miroitant. On a donc pu suggérer que se souvenir de quelque chose équivaudrait à capter sous le laser telle ou telle image, et un trou de mémoire à ne pas être capable de trouver l'angle adéquat.

La mémoire associative

Dans le roman de Proust, *Du côté de chez Swann*, une gorgée de thé sur une bouchée de petite madeleine provoque soudain chez le narrateur la remontée d'un flot de souvenirs d'enfance. Passé la surprise des premiers instants, il parvient, lentement et non sans effort, à se remémorer que, jadis, lorsqu'il lui rendait visite, sa tante avait coutume de lui donner un morceau de sa madeleine trempée dans son thé. Il n'est probablement personne qui n'ait vécu ce genre d'expérience où le parfum d'un plat, la réapparition d'un objet dont on avait oublié jusqu'à l'existence font brusquement resurgir quelque scène du passé.

Pour éclairer cette tendance associative de la mémoire, le concept holographique dispose une fois de plus d'une analogie offerte par une autre technique

1. J. Collier, C.B. Burckhardt et L.H. Lin, *Optical Holography* (New York : Academic Press, 1971).

d'enregistrement des hologrammes. Cette dernière s'opère par projection simultanée du rayon laser scindé sur deux objets distincts — un fauteuil et une pipe, par exemple. Les ondes lumineuses diffractées par chacun sont ensuite amenées à se heurter, le système de franges d'interférences résultant de la collision s'enregistrant sur l'émulsion. Par la suite, chaque fois que le faisceau de lecture passera par le fauteuil avant d'atteindre la plaque, une image en trois dimensions de la pipe apparaîtra. Inversement, si le faisceau est d'abord braqué sur la pipe, l'hologramme suscité sera celui du fauteuil. Un fonctionnement holographique du cerveau expliquerait que, par un processus similaire, certains objets soient associés à des fragments précis de notre passé.

Le simple fait de reconnaître des objets familiers

Que nous soyons à même de reconnaître des objets familiers n'a peut-être à première vue rien d'exceptionnel, mais c'est une faculté dont les spécialistes du cerveau ont depuis longtemps constaté l'extrême complexité. Loin de n'être qu'une émotion subjective, l'inébranlable certitude qui est la nôtre quand nous repérons dans la foule un visage connu semble due à une forme particulièrement rapide et fiable de traitement de l'information par notre cerveau.

En 1970, paraissait dans la revue scientifique britannique *Nature* un article du physicien Pieter van Heerden proposant de comprendre cette faculté en la rapprochant d'un certain type d'holographie dite de reconnaissance*. L'objet y est holographié selon

* Van Heerden, chercheur au Laboratoire Polaroïd de Cambridge, Massachusetts, a proposé dès 1963 sa propre version d'une théorie holographique de la mémoire, dans une relative indifférence, hélas.

la méthode classique à ceci près que l'onde réfractée passe par un miroir spécial, focalisant, avant d'atteindre l'émulsion vierge. Si un second objet, semblable au premier sans être sa copie conforme, baigne dans le faisceau de lecture et que la lumière, après avoir rebondi sur le miroir, va cette fois percuter la plaque développée, un point brillant s'y manifeste. Selon le degré de similitude entre les deux objets, l'éclat et la netteté du point sont plus ou moins marqués. Sont-ils différents, rien n'apparaît. Placer une cellule photoélectrique derrière le film permet d'utiliser ce système comme instrument de reconnaissance optique[1].

Une technique voisine, l'*interférométrie holographique*, expliquerait aussi comment nous pouvons, par exemple, reconnaître quelqu'un perdu de vue depuis des années, c'est-à-dire un visage présentant à la fois des traits familiers et d'autres qui nous sont inconnus. Dans cette technique, on examine l'objet à travers une plaque holographique où est enregistrée son image. Toute modification intervenue depuis le premier enregistrement va refléter différemment la lumière, révélant immédiatement en quoi l'objet a changé et en quoi il est resté le même. Il s'agit là d'un mode de comparaison si précis que la trace laissée par la pression d'un doigt sur un bloc de granite saute littéralement aux yeux. Aussi le procédé a-t-il trouvé des applications pratiques dans les contrôles de résistance industriels des matériaux[2].

1. Pieter van Heerden, « Models for the Brain », *Nature* 227 (25 juillet 1970), pp. 410-411.
2. Paul Pietsch, *Shufflebrain : The Quest for the Holographic Mind* (Boston : Houghton Mifflin, 1981), p. 78.

La mémoire photographique

En 1972, deux chercheurs de Harvard travaillant sur la vue, Daniel Pollen et Michael Tractenberg, suggérèrent qu'une théorie holographique du cerveau pourrait expliquer la mémoire photographique (ou eidétique*) des gens qui mémorisent une scène après l'avoir visionnée quelques instants. Désirent-ils la revoir qu'il leur suffit d'en « projeter » une image mentale, les yeux fermés ou fixés dans le vide d'un mur ou d'un écran. Alors qu'ils étudiaient un cas semblable — une certaine Elizabeth, enseignante en histoire de l'art à Harvard — Pollen et Tractenberg s'aperçurent que le réalisme de ses images mentales était tel qu'à la lecture d'une page du *Faust* de Goethe ainsi remémorée, ses yeux se déplaçaient comme si elle avait eu le livre entre les mains.

Remarquant que l'image holographiée, pour être présente dans chaque fragment du support, se faisait toutefois de plus en plus trouble à mesure que diminuait la taille du morceau, Pollen et Tractenberg émirent l'hypothèse que les souvenirs incroyablement précis de ces personnes pourraient être dus à leur accès à de plus vastes secteurs de leurs hologrammes mémoriels. Inversement, le fait que nous soyons pour la plupart affligés d'une mémoire relativement défaillante s'expliquerait par un accès limité à des zones plus étroites des mêmes hologrammes[1].

La transférabilité des compétences acquises

Pour Pribram, le modèle holographique est également susceptible d'éclairer notre capacité à

* Eidétique : du grec *eidos* (forme, essence), se dit d'une image vive, détaillée, d'une netteté hallucinatoire.

1. Daniel A. Pollen et Michael C. Tractenberg, « Alpha Rhythm and Eye Movements in Eidetic Imagery », *Nature* 237 (12 mai 1972), p. 109.

transférer les compétences acquises d'un secteur de notre corps à un autre. Interrompez-vous dans la lecture de ce livre pour tracer dans l'air votre prénom avec votre coude gauche. Vous allez probablement constater que vous y parvenez aisément alors que c'est sans doute la première fois que vous vous livrez à cet exercice. Pareille aptitude peut ne pas vous surprendre, mais c'est un petit miracle dans la vision classique d'un cerveau dont les divers secteurs (tel celui contrôlant les mouvements du coude) seraient « câblés », où nulle tâche ne saurait être exécutée sans qu'un apprentissage répétitif ait, au préalable, établi les connexions voulues entre les cellules concernées. Pribram fait observer que le problème est nettement plus maniable si l'on prête au cerveau la capacité de convertir tous ses souvenirs — y compris ceux des compétences acquises comme de savoir écrire — dans un langage d'interférences entre formes d'onde. Un cerveau ainsi organisé serait beaucoup plus souple et pourrait transférer les informations stockées sans plus de difficultés qu'un bon pianiste transposant une mélodie d'une clé à l'autre.

La même souplesse peut expliquer que nous soyons à même de reconnaître un visage familier sous quelque angle qu'on l'observe. Là aussi, une fois que le cerveau a mémorisé un visage (ou tout autre objet ou scène), qu'il l'a converti en formes d'onde, il a tout loisir d'examiner cet hologramme interne sous l'angle qui lui convient.

La douleur fantôme ou l'art de se forger un « monde extérieur »

Pour la plupart d'entre nous, des sentiments et sensations tels que l'amour, la colère ou la faim sont à l'évidence des réalités internes alors que la musique jouée par un orchestre, la chaleur du soleil et l'odeur du pain sortant du four appartiennent aux réalités externes. Mais ce qui est moins clair, c'est la manière dont le cerveau s'y prend pour faire la distinction entre les deux. Pribram souligne par exemple que, si regarder quelqu'un inscrit vraiment son image sur la surface de nos rétines, nous ne percevons pas la personne comme physiquement présente au fond de nos yeux. Nous savons qu'elle fait partie du monde extérieur. Parallèlement, quand nous nous cognons le bout du pied, nous avons mal à l'orteil. Mais en fait, la douleur n'y est pas vraiment localisée ; c'est un processus neurophysiologique dont le théâtre se situe quelque part dans notre cerveau. Comment se fait-il alors que notre cerveau soit capable de prendre en compte la totalité des processus neurophysiologiques qui composent notre expérience pour nous faire croire que certains sont là où ils se produisent et d'autres par-delà les frontières de notre matière grise ? La caractéristique essentielle d'un hologramme est de créer l'illusion de choses là où il n'y a rien. S'il donne l'impression de se déployer dans l'espace, la main qui cherche à le saisir ne rencontre que le vide. Vos sens ont beau vous dire le contraire, nul instrument ne détectera jamais la moindre énergie ou substance anormale là où l'hologramme semble flotter. Et ce, pour la simple raison que l'hologramme est une image virtuelle donnant l'impression d'exister en un lieu où elle n'est pas et qui n'a pas plus d'extension dans l'espace que le reflet tridimensionnel de vous-même que vous renvoie la glace. De même que ce reflet est en fait localisé sur la couche de tain située derrière le verre, l'emplacement réel de l'hologramme est toujours l'émulsion photographique dont est revêtu le support ayant servi à l'enregistrer.

Que le cerveau puisse nous faire prendre pour

externe un processus interne, la série d'expériences menées sur la fin des années soixante par le physiologiste et prix Nobel Georg von Bekesy le démontre amplement. Les personnes qui s'y prêtèrent étaient assises, les yeux bandés, les genoux équipés de vibrateurs. En variant l'intensité des vibrations, Bekesy commença par obtenir chez eux l'impression que la source des vibrations passait d'une jambe à l'autre. Puis, jouant plus finement sur les commandes, il réussit à leur faire croire que cette source était située entre leurs deux genoux. Bref, il démontra que les êtres humains peuvent avoir des sensations là où ils sont dépourvus de tout récepteur sensoriel[1].

Pribram estime que le travail de Bekesy conforte le modèle holographique et permet de comprendre comment des fronts d'ondes en interférence — ou, dans ce cas précis, des sources interférentes de vibrations physiques — peuvent amener le cerveau à localiser certaines de ses expériences hors des frontières physiques du corps. Le phénomène du membre fantôme, cette sensation qu'ont certains amputés d'être toujours en possession du bras ou de la jambe qui leur manque, pourrait également naître d'un processus similaire. Les crampes, douleurs ou picotements dont sont fréquemment assaillies ces personnes ne seraient que le souvenir holographique du membre absent, tel qu'il reste enregistré dans les systèmes de franges d'interférences de leur cerveau.

L'épreuve des faits en faveur du modèle holographique

Si tenté fût-il par les nombreuses similitudes entre cerveau et hologramme, Pribram restait cons-

1. Pribram, *Languages*, p. 169.

cient du peu d'intérêt de toute construction théorique en l'absence de justifications plus solides. Bizarrement, ces dernières lui furent apportées par un chercheur au départ réfractaire à ses thèses — en particulier à cette absence de localisation précise des souvenirs dans le cerveau —, le biologiste Paul Pietsch de l'université de l'Indiana.

Pour démontrer que Pribram se fourvoyait, Pietsch élabora un protocole d'expériences sur des salamandres, des travaux précédents lui ayant révélé la possibilité de décérébrer ces batraciens sans les tuer, sans autre conséquence qu'une apathie totale dont, au demeurant, l'animal sortait dès qu'il avait récupéré sa matière grise.

Il raisonnait ainsi : en l'absence de localisation spécifique dans le cerveau, la manière dont on replaçait celui-ci dans la boîte crânienne ne pouvait que rester sans incidence sur le comportement — mettons alimentaire — de l'animal. Ce comportement se modifiait-il que la théorie de Pribram s'effondrait. Il remonta donc les hémisphères cérébraux de son cobaye en les inversant et eut la surprise de le voir reprendre aussitôt sa quête de nourriture.

Il prit alors une autre salamandre dont il remonta cette fois le cerveau sens dessus dessous : l'animal s'obstina dans son comportement alimentaire. De plus en plus agacé, il décida d'employer les grands moyens. Au cours de plus de sept cents essais, il trancha, découpa, cisela et même hacha menu l'encéphale de ses malheureux cobayes, mais chaque fois qu'il remettait en place les vestiges, leur comportement revenait à la normale[1].

Ces observations, et toutes celles qui vinrent les

1. Paul Pietsch, « Shufflebrain », *Harper's Magazine* 244 (mai 1972), p. 66.

confirmer par la suite, convertirent Pietsch à la théorie qu'il avait voulu prendre en défaut. Elles attirèrent aussi l'attention sur ses recherches, suffisamment pour qu'une rubrique du magazine télévisé *Soixante Minutes* leur fût consacrée. Il commente cette expérience, et donne un compte rendu détaillé de l'ensemble de ses travaux, dans un ouvrage tissé d'aperçus fascinants : *Shufflebrain (Méli-mélo cérébral).*

La langue mathématique de l'hologramme

Alors que, formulées pour la première fois dès 1947, les théories autorisant le développement de l'holographie débouchaient enfin sur des applications pratiques (et valaient à leur auteur, Dennis Gabor, le prix Nobel de physique), celles de Pribram bénéficièrent sur la fin des années soixante et le début des années soixante-dix d'un soutien expérimental encore plus net. Lors de sa première intuition du concept holographique, Gabor était loin de penser aux lasers. Il n'avait eu pour objectif que de perfectionner les microscopes électroniques, instruments tout à fait primitifs et défectueux à l'époque. Son approche était mathématique, et il se servait d'un type de calcul conçu par un mathématicien français du XVIIIe siècle, Joseph Fourier.

En bref, Fourier avait trouvé le moyen de convertir toute structure, quelle que fût sa complexité, en un langage de formes d'ondes élémentaires. Il montrait aussi comment on pouvait, à partir de ces formes d'ondes, restaurer la structure d'origine. En d'autres termes, ce qu'il mettait en évidence, c'était un processus mathématique similaire à celui par lequel nos modernes caméras de télévision traduisent des images en fréquences électromagnétiques qu'un récepteur retraduit à son tour en images. Les équations qu'il développa pour convertir des images en formes d'onde et vice versa ont reçu le nom de « Transformations de Fourier ».

Celles-ci permirent à Gabor de consigner les informations relatives à l'aspect d'un objet dans les systèmes de franges d'interférences qui enregistraient leurs moirures informes sur l'émulsion photographique. Elles lui donnèrent également le moyen de retranscrire ces systèmes de franges d'interférences en image tridimensionnelle de l'objet original. En fait, la caractéristique de l'hologramme de contenir le tout dans chacune de ses parties est l'un des sous-produits obtenus quand l'apparence d'un objet ou sa structure est traduite dans le langage de formes d'onde élaboré par Fourier.

Sur la fin des années soixante et au début des années soixante-dix, donc, divers chercheurs entrèrent en relation avec Pribram pour lui faire part de leur découverte : à savoir que le cortex visuel jouait en quelque sorte le rôle d'un analyseur de fréquences. La fréquence mesurant le nombre d'oscillations d'une onde par seconde, on pouvait en déduire que le cerveau fonctionnait un peu comme un hologramme.

Mais ce ne fut pas avant 1979 que Russel et Karen DeValois[1], neurophysiologues à Berkeley, firent la découverte qui devait régler la question. Des recherches menées dans les années soixante avaient montré que chaque cellule du cortex visuel est programmée pour répondre à un type précis de saisie de l'espace — certaines sont activées quand le regard

1. Karen K. DeValois, Russel L. DeValois et W.W. Yund, « Response of Striate Cortex Cells to Grating and Checkerboard Patterns », *Journal of Physiology*, vol 291 (1979), pp. 483-505.

se projette à l'horizontale, d'autres quand il se déplace verticalement, d'autres encore pour les différentes orientations d'oblique et ainsi de suite. Bon nombre de chercheurs en avaient donc conclu que le cerveau collecte ces données en provenance de cellules hautement spécialisées — baptisées par eux détecteurs de structures — et qu'il les agence pour nous donner notre perception visuelle du blanc décrivant sur l'écran noir des mouvements complexes et fluides (voir fig. 6). Désireux de quantifier ses découvertes, Bernstein convertit ces lignes de points en formes d'onde et eut la surprise de constater que ces dernières comportaient des structures cachées permettant de prédire le mouvement suivant d'un sujet un centimètre à l'avance.

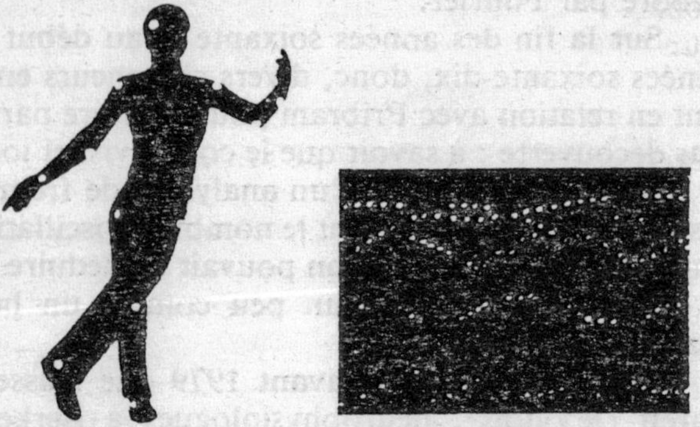

Figure 6. Le chercheur russe Nikolaï Bernstein marqua de taches blanches le corps de danseurs dont il filma les évolutions sur fond noir. Ces mouvements, convertis en formes d'ondes, se révélèrent analysables par les équations de Fourier, celles dont s'était servi Gabor pour inventer l'holographie.

Quand Pribram eut connaissance des travaux de Bernstein, il en saisit aussitôt les implications. Il se pouvait que les mouvements du sujet n'aient révélé leurs structures cachées qu'après l'analyse harmonique pour la simple raison que le cerveau les enregistrait ainsi. C'était une voie de recherche particulièrement excitante car, si le cerveau analysait tout mouvement en le réduisant à ses composantes fréquentielles, la rapidité avec laquelle nous maîtrisons tant de tâches physiques complexes trouvait là son explication. Ainsi, personne n'apprend jamais à monter à bicyclette en mémorisant à grand-peine chaque phase du processus. On n'y parvient qu'en saisissant l'ensemble du mouvement dans sa fluidité. Or l'apprentissage de tant de compétences physiques sur ce mode global et spontané reste un mystère dans l'hypothèse d'un cerveau stockant l'information donnée par donnée. Mais on comprend mieux si l'on imagine ce même cerveau procédant à l'analyse harmonique des tâches requises et s'en pénétrant comme d'un tout.

Réaction de la communauté scientifique

Si convaincante que fût la démonstration, le modèle holographique de Pribram n'en demeura pas moins fort controversé. Il se trouve que les théories sur le fonctionnement du cerveau sont légion et qu'elles disposent toutes d'une assise expérimentale. Certains chercheurs expliquent la nature distributive de la mémoire par les flux et reflux de divers messagers chimiques, d'autres voient dans les mécanismes d'apprentissage et de mémorisation des fluctuations électriques entre grands groupes de neurones. Chaque école a ses partisans et l'on peut sans trop s'aventurer dire que la plupart des hommes de science restent imperméables aux arguments de Pribram. Nous en prendrons pour exemple le neuropsychologue Frank Wood de la Bowman Gray School of Medicine

(Faculté de Médecine Bowman Gray) de Winston-Salem en Caroline du Nord qui estime « extrêmement réduit le nombre de découvertes expérimentales pour lesquelles il soit nécessaire, ou même préférable, de recourir au modèle holographique[1] ». Sidéré par ce genre d'affirmation, Pribram contre-attaque en faisant remarquer qu'il a sous presse un ouvrage comportant plus de cinq cents références à des données de ce type.

L'isolement de Pribram n'est cependant pas total. Le Dr Larry Dossey, ex-médecin chef à l'hôpital municipal de Dallas, reconnaît que la théorie de Pribram défie bon nombre de vieux préjugés sur le cerveau mais il souligne « qu'il ne manque pas de spécialistes en la matière pour se sentir attirés par cette notion, ne serait-ce qu'au vu de la flagrante inadéquation de l'orthodoxie actuelle »[2].

Le neurologue Richard Restak — à qui l'on doit la série documentaire intitulée *Le Cerveau* — partage cette opinion, déplorant qu'en dépit de l'évidence grandissante d'une dispersion de type holistique des facultés humaines dans le cerveau, la plupart des chercheurs s'accrochent à l'espoir d'y repérer des fonctions comme des villes sur une carte. Toute théorie fondée sur de telles prémisses n'est pas seulement hypersimpliste » aux yeux de Restak, c'est une véritable « camisole de force conceptuelle » qui restreint notre accès aux réelles complexités du cerveau[3]. Il estime « qu'un hologramme est non seulement pos-

1. Goleman, *Psychology Today*.

2. Larry Dossey, *Space, Time, and Medicine* (Boston : New Science Library, 1982), pp. 108-109.

3. Richard Restak, « Brain Power : A New Theory », *Science Digest* (mars 1981), p. 19.

sible, mais qu'il est à l'heure actuelle le meilleur "modèle" de fonctionnement du cerveau »[1].

Les chemins de Bohm et de Pribram se croisent

Dès les années soixante-dix, Pribram avait rassemblé assez d'indices probants pour être convaincu de la validité de sa théorie. En outre, dans le cadre du laboratoire, ses concepts lui avaient fait découvrir que des neurones isolés du cortex moteur répondaient à une bande de fréquence précise, ce qui ne fit qu'étayer ses conclusions. Toutefois, une nouvelle question commençait à le perturber : si le réel s'inscrit dans notre cerveau, non sous l'aspect d'une image photographique mais sous celle d'un hologramme, de quoi est-ce l'hologramme ? Ce dilemme n'était pas sans rapport avec celui suscité par la photo Polaroïd d'un groupe de dîneurs qui, au développement, ne révélerait, disposées autour de la table, que les taches floues d'une série de systèmes d'interférences. On serait alors en droit de se demander où est le réel ? Dans l'apparent monde objectif capté par l'appareil et par l'observateur ou dans les franges d'interférences enregistrées par la caméra/cerveau ?

À la limite, comprit alors Pribram, le modèle holographique ouvrait sur l'éventualité que la réalité objective — le monde des choses de tous les jours, du ciel, des arbres, de tout ce que saisissent nos sens — pourrait même ne pas exister, du moins pas comme nous le concevons. Et si ce que les mystiques ne cessaient d'affirmer depuis des siècles était vrai, que la

1. Richard Restak, *The Brain* (New York : Warner Books, 1979), p. 253.

réalité fût « maya* », illusion, qu'il n'y eût autour de nous qu'une vaste symphonie de résonances, d'ondes de formes, un « espace de fréquences » attendant d'avoir pénétré nos sens pour se métamorphoser en monde tel que nous le connaissons ?

Comprenant aussi que la réponse qu'il cherchait pouvait fort bien l'attendre hors de sa discipline, il s'adressa à son physicien de fils, lequel lui conseilla de jeter un œil sur les travaux de David Bohm. Ce fut une révélation. Il ne fit pas qu'y trouver la réponse à sa question, il découvrit que, selon Bohm, l'univers entier était un hologramme.

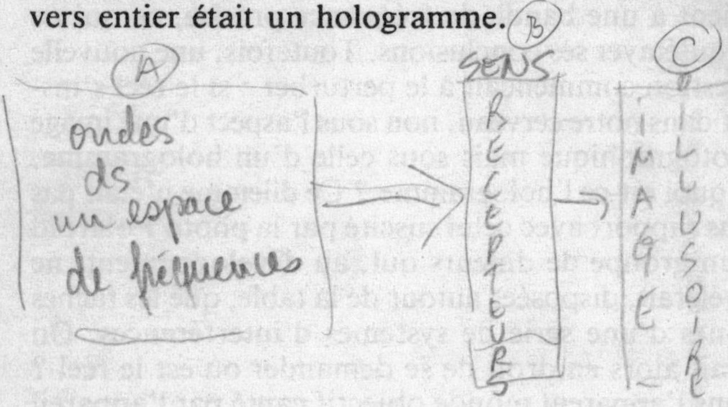

* Maya : notion complexe car si le bouddhisme désigne ainsi le caractère illusoire de la prétendue réalité des phénomènes, le brahmanisme l'intègre dans une dialectique Brahman / Maya où cette dernière, en tant que manifestation du Brahman (l'Essence, l'Absolu), redevient la Déesse « prestigieuse » qui déploie la beauté scintillante et multiple des choses.

Le cosmos comme hologramme

> « On ne peut qu'être étonné du degré auquel [Bohm] a été capable de briser l'étroit carcan du conditionnement scientifique et de se dresser seul avec une idée radicalement nouvelle et proprement grandiose, un de ces concepts qui ont tout à la fois la cohérence interne et la puissance logique d'expliquer des phénomènes de l'expérience physique hautement divergents en se plaçant d'un point de vue totalement inattendu. [...] C'est une théorie si intuitivement satisfaisante que, pour bon nombre de gens, si l'univers n'est pas tel que le décrit Bohm, il devrait l'être. »
>
> (John P. Briggs et F. David Peat *Looking Glass Universe*)

Le chemin qui devait amener Bohm à la conviction d'une similitude de structure entre l'univers et un hologramme s'amorça aux extrêmes confins de la matière, dans le micromonde des particules subatomiques. Son intérêt pour les sciences et le fonctionnement des choses s'était éveillé très tôt. Gosse, à

Wilkes-Barre, dans sa Pennsylvanie natale, il avait inventé une théière dotée d'un bec spécial qui ne gouttait pas en versant et que son père, brillant homme d'affaires, l'avait encouragé à commercialiser. Ayant appris qu'il lui faudrait, pour ce faire, commencer par une étude de marché au porte à porte, l'entreprise avait nettement perdu de son charme[1].

Sa passion pour les sciences restait intacte, et sa prodigieuse curiosité le poussa à chercher de nouveaux sommets à conquérir. Le plus haut d'entre eux lui apparut dans les années trente quand il entra à l'université et que la physique quantique exerça sur lui une fascination immédiate.

Et bien compréhensible. Les nouvelles terres que les microphysiciens venaient d'aborder au cœur de l'atome s'avéraient plus riches de merveilles que celles découvertes par Cortez et Marco Polo. Ce qu'il y avait de si troublant dans ce monde, c'était que tout y semblait défier le bon sens. On aurait plutôt dit des terres où régnait la sorcellerie qu'une extension du monde normal, comme une sorte de pays d'Alice où les forces mystérieuses étaient la norme et où toute logique avait été mise en sommeil.

Entre autres prodiges, les physiciens quantiques avaient constaté qu'à force de fragmenter la matière en éléments sans cesse plus infimes, ces particules — électrons, protons, etc. — en arrivaient à ne plus présenter les caractéristiques des objets matériels. Ainsi, bien que la plupart d'entre nous aient tendance à voir l'électron comme une sphère minuscule, une sorte de satellite tournant autour de sa planète mère,

1. Basil J. Hiley et F. David Peat, « The Development of David Bohm's Ideas from Plasma to the Implicate Order », dans *Quantum Implications*, textes choisis et présentés par Basil J. Hiley et F. David Peat (London : Routledge & Kegan Paul, 1987), p. 1.

on ne saurait être plus loin de la vérité. Car s'il reste parfois susceptible de se comporter comme un grain de matière, l'électron est en fait dépourvu de toute extension dans l'espace et, partant, de dimensions, ce qui est particulièrement difficile à imaginer puisqu'il n'est rien qui n'en comporte à notre niveau d'existence. Pourtant, mesurer la taille d'un électron est chose impossible. En fait, il ne s'agit tout simplement pas d'un objet dans l'acception courante du terme.

On découvrit également que l'électron peut se manifester à la fois comme particule et comme onde. Projetez un électron sur l'écran du téléviseur que vous venez d'éteindre ; un minuscule point de lumière apparaît à l'instant même où la particule entre en contact avec le revêtement phosphorescent du verre. Par cet unique point d'impact sur l'écran, l'électron affirme nettement son aspect corpusculaire.

Mais telle n'est pas la seule forme qu'il puisse prendre. Il peut également se dissoudre dans un brouillard d'énergie et se comporter comme s'il était une onde en train de se propager dans l'espace. Il est alors à même de faire ce dont une particule serait incapable. Ainsi peut-il, projeté sur un obstacle où l'on a ménagé deux fentes, les franchir l'une et l'autre en même temps. Et quand, sous cet aspect, plusieurs électrons se rencontrent, il en résulte un système de franges d'interférences. Bref, l'électron se manifeste indifféremment comme onde ou comme particules.

Cette polyvalence s'avère être le lot commun de toutes les particules subatomiques et même de ce qui, jadis, était tenu pour exclusivement ondulatoire. Ainsi la lumière, les ondes radio, les rayons X et gamma peuvent se changer en particules et vice versa. De nos jours, les physiciens estiment qu'il ne faudrait pas coller aux phénomènes subatomiques l'étiquette exclusive d'ondulatoire ou de corpusculaire mais en faire une simple catégorie de choses qui, de quelque manière, sont toujours les deux. Ces choses, ils les nomment *quanta**. Selon eux, l'univers en est tissé.

Et ces quanta n'ont pas fini de nous surprendre car tout porte à croire qu'*ils ne se manifestent comme particules que lorsqu'on les regarde*, la pratique expérimentale suggérant qu'un électron sans témoin est toujours une onde. À cette conclusion, les physiciens ne sont parvenus qu'après avoir élaboré et suivi divers protocoles visant à déduire le comportement d'un électron que rien ni personne n'observe. Encore ne fait-elle pas l'unanimité puisque Bohm, comme nous le verrons, est partisan d'une autre interprétation.

De nouveau il semble qu'il y ait là plus de magie que nous n'avons eu coutume d'en attendre du monde naturel. Imaginez-vous au bowling avec une boule qui n'en est une que lorsqu'on la regarde. La piste est saupoudrée de talc, et vous y lancez votre quantum. Tant que vous le suivrez du regard, il va rouler vers les quilles en traçant dans le talc un sillage rectiligne. Mais pour peu que vous battiez des paupières, dans ce quart de seconde d'inattention, le sillage se transformera en une large bande ondulante, évoquant un peu la trace que laisse dans le sable du désert la reptation latérale d'un serpent (voir fig. 7).

Pareille situation se compare à celle rencontrée par les microphysiciens quand ils tombèrent sur l'évidence que les quanta ne prenaient corps que lorsqu'ils étaient observés. Le physicien Nick Herbert, partisan de cette interprétation, dit qu'elle lui a quelquefois

* *Quanta* est le pluriel de *quantum*. Un électron est un quantum. Plusieurs électrons forment un groupe de quanta. *Quantum* est synonyme de *particule ondulatoire*. Ce dernier terme se réfère à tout objet doté à la fois d'aspects corpusculaires et d'aspects ondulatoires.

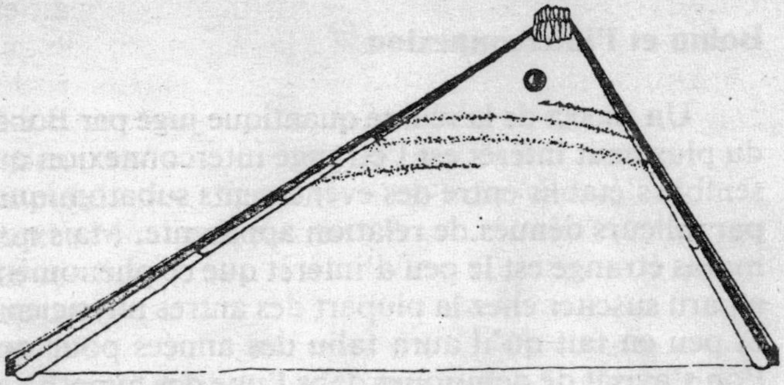

Figure 7. Des physiciens estiment possible que les électrons et autres « quanta » ne se manifestent sous forme corpusculaire que lorsqu'on les observe. Le reste du temps, ils auraient un comportement ondulatoire. Une telle façon d'agir serait aussi étrange que celui d'une boule traçant une ligne droite sur la piste quand on la regarde mais y propageant des ondes à peine a-t-on fermé les yeux.

donné l'impression d'avoir dans le dos « un univers à l'état de soupe quantique, radicalement ambiguë et sans cesse en mouvement ». Mais qu'il se retourne et tente de voir la soupe, son regard instantanément la fige et la retransforme en réel ordinaire. Selon lui, cela fait de nous tous les émules du roi Midas qui ne pouvait rien savoir de la texture d'une étoffe ou d'une peau parce qu'à son contact, tout se muait en or. « Il en est de même de nous autres humains qui sommes condamnés à ne jamais avoir l'expérience directe de la réalité quantique », dit Herbert, « ce que nous touchons se transformant aussitôt en matière »[1].

1. Nick Herbert, « How Large is Starlight ? A Brief Look at Quantum Reality », *Revision* 10, n° 1 (été 1987), pp. 31-35.

Bohm et l'interconnexion

Un aspect de la réalité quantique jugé par Bohm du plus haut intérêt est l'étrange interconnexion qui semble s'établir entre des événements subatomiques par ailleurs dénués de relation apparente. Mais non moins étrange est le peu d'intérêt que ce phénomène a paru susciter chez la plupart des autres physiciens. Si peu en fait qu'il aura fallu des années pour que l'on s'avisât de débusquer dans l'une des hypothèses fondamentales de la physique quantique l'extraordinaire exemple d'interconnexion qui s'y cachait.

L'hypothèse en question émanait de l'un des pères fondateurs de la physique quantique, le physicien danois Niels Bohr. Ce dernier avait fait remarquer que si les particules subatomiques ne se hissaient à l'existence qu'en présence d'un observateur, parler de leurs propriétés et caractéristiques en tant qu'objets préexistant à l'observation perdait tout son sens. C'était on ne peut plus déconcertant pour bon nombre de chercheurs, la science s'attachant avant tout à découvrir les propriétés des phénomènes. Or, si l'acte même d'observer participait à la création des propriétés cherchées, quelles en étaient les implications pour l'avenir de la science ?

Entre autres physiciens troublés par les affirmations de Bohr, on comptait Einstein qui, en dépit du rôle essentiel joué par lui dans l'élaboration de la physique quantique, n'était guère satisfait du tour pris par cette science naissante. L'absence de propriétés des particules non observées à laquelle concluait Bohr lui semblait d'autant plus inadmissible que, mise en relation avec une autre découverte de la physique quantique, elle aurait impliqué entre les particules un type d'interconnexion qu'il jugeait impossible.

On avait en effet constaté que certains processus nucléaires donnaient naissance à un couple de particules aux propriétés identiques ou étroitement liées. Prenons par exemple le cas d'un atome des plus instables que les physiciens nomment positronium. Cet atome se compose d'un électron et d'un positron (électron à charge positive). Un positron étant l'anticorps d'un électron, tous deux finissent par s'entre-détruire et se transforment en deux quanta de lumière ou « photons » se déplaçant dans des directions opposées (passer d'un type de particule à l'autre est encore une faculté du quantum). Selon la physique quantique, quelle que soit la distance qui s'est creusée entre eux, ces deux photons auront, lors de leur mesure, le même angle de polarisation. (La polarisation est l'orientation spatiale de l'aspect ondulatoire du photon pendant qu'il s'éloigne de son point d'origine.)

En 1935, Einstein et deux de ses collègues, Boris Podolsky et Nathan Rosen, publièrent un article désormais célèbre : « Peut-on tenir pour complète la description du réel par la physique quantique ? » Ils y expliquaient pourquoi l'existence des particules jumelles apportait la preuve que Bohr était forcément dans l'erreur. Comme ils le soulignaient, on pouvait envisager de produire des particules de ce genre, mettons les deux photons émis lors de la désintégration du positronium, puis de les laisser s'éloigner l'une de l'autre sur une distance appréciable avant de les intercepter et de mesurer au même instant leurs angles de polarisation respectifs. Si ces mesures simultanées révélaient, conformément aux prédictions de la mécanique quantique, l'égalité des deux angles et si Bohr avait raison lorsqu'il affirmait que des propriétés comme la polarisation attendaient d'être observées et mesurées pour émerger à l'existence, les deux photons avaient nécessairement trouvé le moyen de communiquer entre eux à l'instant précis de la mesure pour savoir sur quel angle de polarisation s'accorder. Et c'était là ce qui posait un problème car, selon Einstein et sa relativité, rien ne pouvait se déplacer plus vite que la lumière, encore moins sur le mode instantané, au risque d'ouvrir la voie à d'inacceptables paradoxes. Einstein et ses collègues étaient convaincus qu'aucune définition raisonnable de la réalité n'autorisait l'existence d'une interconnexion plus rapide que la lumière, donc que Bohr se trompait [1]. Leur démonstration est passée à la postérité sous le nom de paradoxe Einstein-Podolsky-Rosen, ou paradoxe EPR en abrégé.

Bohr ne fut pas le moins du monde ébranlé par l'argument d'Einstein. Plutôt que de croire en quelque espèce de communication supraluminique, il proposa une autre explication. Si les particules élémentaires n'existaient pas avant d'être observées, les concevoir comme des « objets » indépendants n'avait pas de sens.

La plupart des physiciens finirent par se ranger à l'opinion de Bohr, préférant croire à l'exactitude de son interprétation. Un des facteurs qui contribua au triomphe de ce dernier fut que la mécanique quantique s'était montrée d'une rare pertinence dans la prédiction des phénomènes, et que le désir ne fût-ce que d'y envisager des failles manquait à beaucoup. En outre, quand Einstein et ses collègues émirent leur proposition concernant les particules jumelles, des verrous technologiques et autres interdisaient à cette expérience de pensée de se transformer en expéri-

1. Albert Einstein, Boris Podolsky et Nathan Rosen, « Can Quantum-Mechanical Description of Physical Reality Be Considered Complete ? », *Physical Review* 47 (1935), p. 777.

mentation effective. Il en fut d'autant plus facile de l'oublier. Bizarrement, bien que Bohr ait conçu sa réponse comme une réplique aux attaques d'Einstein contre la théorie des quanta, sa vision d'une indivisibilité des systèmes subatomiques n'en recélait pas moins des implications profondes sur la nature du réel. Ironie des choses, ces implications restèrent également dans l'ombre et, une fois de plus, la potentielle importance de l'interconnexion alla retrouver son placard.

Un océan vivant d'électrons

Le jeune physicien Bohm accepta comme tout le monde les conclusions de Bohr mais resta perplexe devant l'absence d'intérêt de celui-ci et de ses disciples pour l'interconnexion. Diplômé de l'enseignement supérieur d'État en Pennsylvanie, il se rendit en Californie pour y poursuivre ses études à l'université de Berkeley — il devait y obtenir son doctorat en 1943 — et en vint à travailler au *Lawrence Berkeley Radiation Laboratory* (Laboratoire d'étude des radiations) où il tomba sur un nouvel exemple non moins frappant d'interconnexion quantique.

Au Berkeley Radiation Laboratory, Bohm entama en effet ce qui devait devenir son travail décisif sur les plasmas. Un plasma est un gaz doté d'une haute densité d'électrons et d'ions positifs, atomes de charge positive. À sa grande surprise, il constata que les électrons, dès qu'ils appartenaient à un plasma, cessaient de se comporter comme des individus pour se conduire comme de simples éléments d'un tout plus vaste et interconnecté. Tout en donnant dans leurs déplacements individuels l'impression d'être erratiques, ils étaient capables, par vastes collections d'électrons, de produire des effets témoignant d'une organisation surprenante. Tel un protozoaire, le plasma se régénère en permanence et isole toute impureté à la manière dont un organisme biologique enkyste un corps étranger[1]. Bohm fut si frappé par ces propriétés organiques qu'il devait avouer plus tard avoir plusieurs fois eu le sentiment que la mer d'électrons était « vivante[2] ».

En 1947, Bohm accepta un poste de professeur associé à Princeton, marque de l'estime dans laquelle on le tenait déjà, et il y étendit ses recherches de Berkeley à l'étude des électrons dans les métaux. De nouveau, il put constater que des mouvements individuels apparemment aléatoires se soldaient par des effets généraux hautement structurés. Comme dans les plasmas étudiés à Berkeley, il ne s'agissait plus de situations n'impliquant que deux particules dont chacune se comportait comme si elle était avertie des faits et gestes de sa jumelle, mais d'un véritable océan d'individus dont le comportement semblait trahir une connaissance de ce que faisaient des milliards d'autres individus. Bohm baptisa *plasmons* ce genre de mouvements collectifs d'électrons, découverte qui fit beaucoup pour asseoir sa réputation de physicien.

Bohm perd ses illusions

Tant son intuition du caractère fondamental de l'interconnexion qu'une insatisfaction croissante à l'égard de plusieurs autres points de vue alors prédominants dans les milieux concernés dotèrent Bohm

1. Hiley and Peat, *Quantum Implications*, p. 3.
2. John P. Briggs et David F. Peat, *Looking Glass Universe* (New York, Simon & Schuster, 1984), p. 96.

d'une gêne croissante à l'égard de l'interprétation que Bohr donnait de la physique quantique. Après avoir enseigné trois ans cette discipline à Princeton, il décida d'approfondir sa connaissance du sujet par la rédaction d'un manuel. Toujours aussi perplexe après avoir posé le point final à son ouvrage, il en tira deux copies qu'il envoya respectivement à Bohr et à Einstein, requérant leur opinion. Si Bohr s'abstint de lui répondre, Einstein prit contact avec lui : puisqu'ils étaient tous deux à Princeton, pourquoi ne pas se voir et en discuter. Leur premier entretien — qui allait être suivi par six mois de conversations inspirées — s'ouvrit sur un aveu enthousiaste d'Einstein, celui de n'avoir jamais vu exposer si clairement une théorie des quanta qui, ajouta-t-il, le laissait tout aussi insatisfait.

Les deux hommes se découvrirent une admiration sans réserve pour la capacité de ladite théorie à prédire les phénomènes. Ce qu'ils lui reprochaient, c'était de n'offrir aucun moyen de concevoir la structure fondamentale de l'univers. D'autre part Bohr et ceux qui s'étaient ralliés à lui prétendaient la théorie complète, postulant ainsi l'impossibilité de parvenir à une plus claire compréhension de ce qui se passait dans le royaume des quanta. Cela revenait à nier l'existence d'un niveau de réalité plus profond que le paysage subatomique et, partant, de réponse à trouver. Les sensibilités philosophiques d'Einstein et de Bohm en étaient prises à rebrousse-poil. En six mois, ils abordèrent bien d'autres points mais ceux-là précisément devaient prendre une importance nouvelle dans les réflexions de Bohm. Rassuré sur la validité de ses doutes à l'égard de la théorie quantique, il prit la décision de chercher une alternative. Quand, en 1951, parut sa *Théorie des quanta*, l'ouvrage fut salué comme un futur classique mais traitant d'un sujet dont Bohm n'était plus inconditionnel ; son esprit, toujours sur le qui-vive et à la recherche d'explications plus profondes, s'était déjà mis en quête d'un meilleur modèle descriptif du réel.

Un nouveau type de champ et la balle qui tua Lincoln

À la suite de ses conversations avec Einstein, Bohm tenta de trouver une alternative opérationnelle à l'interprétation de Bohr. Il commença par poser que des particules comme les électrons ont une existence tangible en l'absence de tout observateur. Il posa également celle d'une réalité enfouie sous l'inviolable couvercle de Bohr, d'un plan subquantique encore inexploré par la science. Se fondant sur ces prémisses, il découvrit que, par le seul fait de proposer l'existence d'un nouveau type de champ au plan subquantique, il se trouvait à même d'expliquer aussi bien que Bohr les découvertes de la microphysique. Il baptisa ce nouveau champ *potentiel quantique* et lui attribua, comme à la gravité, la propriété théorique d'être omniprésent dans l'espace. Toutefois, à la différence des champs gravitationnels, magnétiques et autres, celui-ci ne voyait pas son influence diminuer avec la distance. Pour être subtils, ses effets n'en étaient pas moins d'une égale puissance en tout lieu. Ce fut en 1952 que Bohm publia cette interprétation non bohrienne de la physique quantique.

Nouvelle approche qui fut plutôt mal accueillie. Forts de leur conviction qu'aucune autre interprétation n'était possible, certains physiciens refusèrent carrément d'examiner la proposition. D'autres se lancèrent dans une réfutation passionnée de son raisonnement. En définitive, la quasi-totalité des controverses de ce genre reposait sur des divergences philosophiques mais nul ne s'en soucia. L'opinion de Bohr était si bien enracinée dans la physique que l'alternative de Bohm en arrivait presque à sentir le soufre.

La violence des attaques dont il était l'objet n'empêcha pas Bohm de s'accrocher à la conviction d'une réalité plus riche que n'en laissait percevoir la vision de Bohr. Il sentait aussi l'horizon de la science par trop borné pour apprécier des idées nouvelles comme les siennes et, en 1957, dans un ouvrage intitulé *Causality and Chance in Modern Physics (Hasard et causalité dans la physique moderne)*, il passa en revue un certain nombre des présupposés fondant cette attitude. Entre autres, l'hypothèse largement répandue qu'une seule théorie, comme la théorie des quanta, pouvait être exhaustive. Bohm soulignait que nous avions peut-être affaire à un univers infini. Or comment se targuer d'épuiser la description d'une réalité infinie ? L'ouverture d'esprit inhérente à la science, suggérait-il en conclusion, ne pouvait que bénéficier de l'abandon par les chercheurs d'un pareil postulat.

Selon lui, dans ce livre, la conception de la causalité en vigueur dans les milieux scientifiques n'était pas moins étroite. On y considérait la plupart des effets comme résultant d'une ou de plusieurs causes alors que Bohm avait l'intuition qu'une infinité de causes pouvait être à l'origine d'un effet donné. Demandez ce qui a provoqué la mort d'Abraham Lincoln et on vous répondra sans doute que c'est la balle tirée par le revolver de John Booth. Mais une liste vraiment complète des causes de cette mort inclurait l'ensemble des événements ayant concouru à la fabrication du revolver, l'ensemble des facteurs ayant amené Booth à vouloir tuer Lincoln, les stades de l'évolution humaine au cours desquels, auparavant, s'était patiemment formée une main capable de tenir une arme, et ainsi de suite. Bohm concéda la possibilité, la plupart du temps, de faire l'impasse sur la gigantesque avalanche de causes présidant à l'émergence de n'importe quel effet, mais il resta convaincu de l'importance pour les savants de ne pas oublier qu'aucune relation de cause à effet ne saurait être isolée de l'univers considéré comme un tout.

Si vous voulez savoir où vous en êtes demandez à un non-local

Durant cette même période de sa vie, Bohm continua de peaufiner sa nouvelle approche de la microphysique. Alors qu'il réexaminait la signification du potentiel quantique, il lui découvrit un certain nombre de traits impliquant un divorce encore plus grand avec le mode de pensée en vigueur. L'un d'eux était l'importance de la globalité. La science avait toujours considéré l'état global d'un système comme le simple résultat de l'interaction de ses parties. Quoi qu'il en fût, le potentiel quantique sonnait le glas de ce point de vue et tendait à montrer le comportement des parties comme organisé par le tout. Outre l'affirmation de Bohm, que les particules subatomiques ne sont pas des objets indépendants, mais des sections d'un système indivisible au stade suivant, il y avait là l'indice que cette totalité pût, d'une certaine manière, constituer une réalité plus fondamentale.

Cela permettait également de comprendre que les électrons des plasmas (et quelques autres états particuliers comme la superconductivité) puissent avoir le comportement de globalités interconnectées. Ainsi que Bohm l'exprime : « Ces électrons restent groupés du fait que, par l'entremise du potentiel quantique, c'est l'ensemble du système qui effectue un mouvement coordonné plus proche de la chorégraphie que des aléatoires remous d'une foule. » Une fois de plus, il remarque : « que cette activité (la totalité quantique) est plus proche de l'unité de fonctionnement des différentes parties d'un organisme vivant que de l'unité dont résulte l'assemblage des pièces d'une machine »[1].

Un aspect peut-être encore plus surprenant du potentiel quantique réside dans ses implications quant au concept de localisation. Dans la réalité de tous les jours, chaque chose a son emplacement précis, mais l'interprétation donnée par Bohm de la physique quantique tend à suggérer qu'au plan subquantique, celui où opère le potentiel quantique, toute localisation cesse d'exister. Chaque point de l'espace y est consubstantiel à l'ensemble des autres et parler de quoi que ce soit comme distinct de ce tout devient absurde. C'est ce que les physiciens nomment la « non-localité ».

L'aspect non local du potentiel quantique permet à Bohm d'expliquer la connexion entre deux particules jumelles sans violation de l'interdit relativiste pesant sur tout transfert à une vitesse supérieure à celle de la lumière. Pour illustrer son propos, il suggère l'analogie suivante : imaginez-vous en train de regarder un poisson dans un aquarium. Supposez aussi que vous n'en ayez jamais vu auparavant, que vous n'assistiez à ce spectacle que par l'entremise de deux caméras vidéo, l'une enregistrant la scène de

1. David Bohm, « Hidden Variables and the Implicate Order », dans *Quantum Implications*, textes choisis et présentés par Basil J. Hiley et F. David Peat (London, Routledge & Kegan Paul, 1987), p. 38.

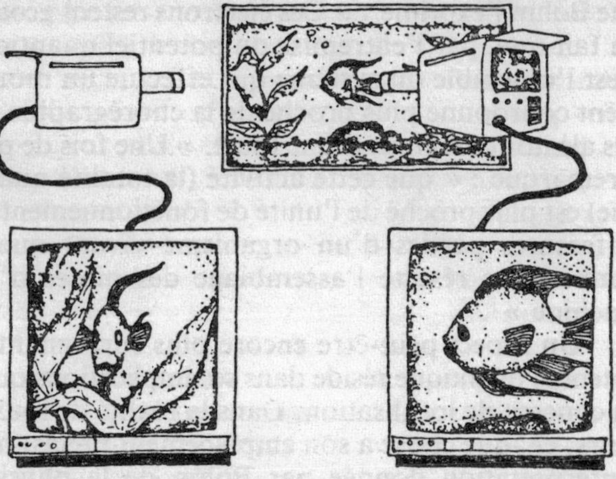

Figure 8. Bohm voit entre les particules subatomiques le même type de lien qu'entre les images du poisson sur les deux moniteurs. Si distincts l'un de l'autre que semblent être des électrons, ce ne sont en fait, à un niveau de réalité plus profond dont l'aquarium est la métaphore, que deux aspects différents d'une unité cosmique plus fondamentale.

face, l'autre par côté. Les évolutions du poisson sur l'écran de chaque moniteur pourront vous donner l'impression erronée qu'il s'agit de deux créatures distinctes. Après tout, l'angle de prise de vue n'étant pas identique, les images retransmises seront légèrement différentes. Toutefois, au bout d'un moment, vous allez prendre conscience d'une correspondance entre ce que vous voyez sur les deux écrans. Qu'un poisson amorce un virage, l'autre fera de même dans un mouvement parallèle bien que légèrement décalé, que l'un se présente de face, l'autre apparaîtra de profil, et ainsi de suite. Ignorant le fin mot de l'histoire, vous risquez d'en conclure que s'établit entre eux une forme quelconque de communication instantanée, mais il n'en est rien. Aucune communication n'est nécessaire parce qu'à un niveau de réalité plus profond — la réalité de l'aquarium et non plus celle, fallacieuse et fragmentaire, des caméras vidéo — les deux poissons ne sont qu'un seul et même animal. C'est précisément, dit Bohm, ce qui se passe entre des particules comme la paire de photons émise par un atome de positronium lorsqu'il se désintègre (fig. 8).

De fait, l'imprégnation totale de l'espace par le potentiel quantique ayant pour conséquence que l'ensemble des particules se trouve en interconnexion non locale, la vision du réel développée par Bohm va de moins en moins le présenter comme constitué de particules distinctes se déplaçant dans le vide de l'espace, et de plus en plus comme quelque chose où ces objets apparemment séparés les uns des autres participent à un enchevêtrement inextricable serti dans un espace tout aussi réel et riche de processus que la matière qui s'y meut.

Si la plupart des physiciens restèrent sourds aux conceptions de Bohm, celles-ci suscitèrent néanmoins l'intérêt d'une poignée d'entre eux. Au nombre de ces *happy few*, John Bell, théoricien du CERN (Centre de recherches atomiques non militaires situé près de Genève). Comme Bohm, Bell avait fini par ne plus se satisfaire de la théorie quantique dans son interprétation classique et estimait nécessaire de trouver autre chose. « Puis, en 1952, expliquera-t-il plus tard, un article de Bohm me tomba sous les yeux. Il suggérait d'introduire des variables supplémentaires dans la théorie quantique en vue de la compléter. J'avoue avoir été fortement impressionné[1]. »

Par ailleurs conscient que la théorie de Bohm impliquait la non-localité, Bell se demanda s'il n'y

1. « Nonlocality in Physics and Psychology : An Interview with John Stewart Bell », *Psychological Perspectives* (automne-hiver, 1988), p. 306.

aurait pas un moyen expérimental d'en vérifier l'existence. Le projet resta à l'arrière-plan de ses pensées jusqu'en 1964, où une année sabbatique lui laissa le loisir d'y consacrer toute son attention. Il ne tarda pas à en sortir une élégante démonstration mathématique confirmant la possibilité d'une telle expérience, à ceci près qu'elle aurait exigé un niveau de précision technologique qui n'était pas encore atteint. En effet, pour avoir la certitude que des particules en situation de paradoxe EPR n'avaient pas recours à un mode de communication normal, il fallait que le cœur de l'expérience s'effectuât dans un temps infinitésimal, plus court en tout cas que celui requis d'un signal lumineux pour couvrir la distance séparant les deux particules. Les instruments utilisés avaient donc à s'acquitter des opérations indispensables en quelques milliardièmes de seconde.

À l'intérieur de l'hologramme

Sur la fin des années cinquante, après avoir pâti du maccarthysme, Bohm s'était retrouvé en Angleterre, chercheur à l'université de Bristol. Là, avec l'aide d'un jeune étudiant, Yakir Aharonov, il découvrit — nouvel exemple flagrant d'interconnexion non locale — que, dans des circonstances favorables, un électron était capable de « sentir » la présence d'un champ magnétique dans un secteur où la probabilité de trouver l'électron est égale à zéro. Lorsque les deux hommes publièrent leur découverte de ce phénomène désormais connu comme l'effet Aharonov-Bohm, bon nombre de physiciens refusèrent d'y croire. Même aujourd'hui, le scepticisme est encore assez grand pour que, malgré la confirmation de cet effet par de nombreuses expériences, paraissent de temps à autre des articles niant son existence.

Comme toujours, Bohm accepta stoïquement de rester la voix qui, dans la foule, s'obstine à faire remarquer que l'empereur est tout nu. Quelques années plus tard, au cours d'un entretien, il devait résumer en termes simples l'option philosophique sur laquelle se fondait son courage : « À la longue, il est bien plus dangereux de s'accrocher à une illusion que de se confronter aux faits[1]. »

Néanmoins, le faible écho rencontré par les idées qu'il exprimait sur les notions de plénitude et de non-localité, ainsi que sa propre inaptitude à voir comment pousser plus loin ces dernières, l'amenèrent à se concentrer sur d'autres voies. Il en vint donc, dans les années soixante, à examiner de plus près la notion d'ordre. La science classique répartit généralement les choses en deux catégories, selon qu'un ordre se manifeste dans l'agencement de leurs parties ou que semble y régner, sinon le chaos, du moins l'aléatoire. Flocons de neige, ordinateurs et organismes vivants appartiennent à la première ; à la seconde, une série de numéros sortant à la roulette, le dessin que forme une poignée de grains de café jetés à terre et celui des décombres à la suite d'une explosion.

Creusant la question, Bohm constata l'existence de divers degrés d'ordre. Certaines choses étaient beaucoup plus ordonnées que d'autres, et il n'était pas interdit d'en déduire que l'univers fût ainsi hiérarchisé à l'infini. Bohm en arriva à se demander si l'idée même de désordre n'était pas une illusion. Ce qui nous semble désordonné pourrait bien ressortir

1. Robert Temple, « An Interview with David Bohm », *New Scientist* (11 novembre 1982), p. 362.

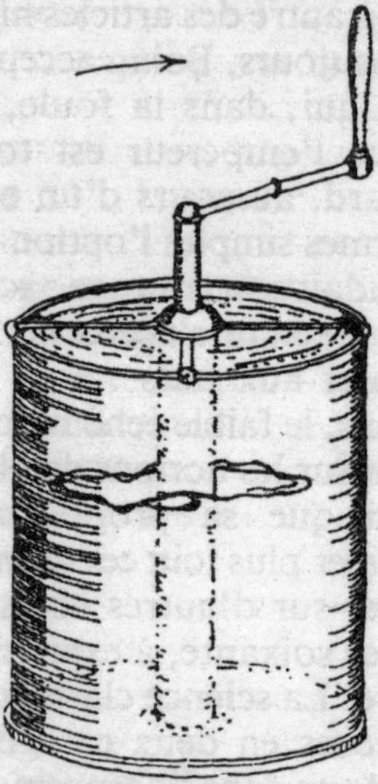

Figure 9. Quand une goutte d'encre est introduite dans la glycérine dont est rempli un récipient pourvu d'un cylindre actionné par une manivelle, la goutte disparaît si l'on fait tourner le cylindre et réapparaît si l'on inverse le mouvement. Bohm se sert du phénomène pour illustrer qu'un ordre puisse être manifeste (explicite) ou caché (implicite).

à un « degré d'ordre infiniment supérieur », au point de revêtir pour nous l'aspect du hasard. L'incapacité des mathématiciens à prouver l'existence de ce dernier n'est pas le moindre indice qu'une hypothèse semblable soit à envisager. Qualifier d'aléatoire des séquences numériques ne fut jamais qu'un vœu pieux.

Alors qu'il était plongé dans ce genre de concepts, Bohm vit à la télévision un appareil qui lui permit une avancée décisive dans sa réflexion. Il s'agissait d'un récipient de conception spéciale pourvu d'un grand cylindre rotatif. Dans la glycérine dont on avait rempli le mince espace entre le cylindre et le récipient, une goutte d'encre flottait, immobile. Tournait-on la manivelle actionnant le cylindre — et c'était là ce qui avait retenu l'attention de Bohm — que la goutte d'encre s'étirait dans le liquide sirupeux jusqu'à disparaître. Il suffisait toutefois d'inverser le mouvement pour voir ce filet coloré se rétracter sur lui-même et reformer la goutte primitive (fig. 9).

« J'y vis tout de suite une illustration de la notion d'ordre puisque la goutte d'encre, dispersée dans la glycérine, conservait un ordre "caché" (c'est-à-dire non manifeste) susceptible de réapparaître lors de sa reconstitution, mais le langage courant aurait également pu décrire cette diffusion comme un "désordre". J'en vins donc à penser qu'il devait y avoir là l'indice d'une autre manière d'envisager l'ordre [1]. »

Bohm fut très excité par cette découverte qui lui faisait porter un regard neuf sur bon nombre des problèmes qui l'avaient agité. Peu de temps après avoir croisé sur sa route l'appareil à diffuser l'encre dans la glycérine, il devait débusquer une autre métaphore encore plus adaptée à l'exploration de la notion d'ordre, métaphore qui non seulement lui permit de rassembler les divers fils suivis par sa pensée au cours des années mais de le faire avec une telle puissance démonstrative qu'elle semblait avoir été taillée sur mesure à cet effet : l'hologramme.

Dès que Bohm commença d'y réfléchir, il vit que celui-ci aussi offrait de nouvelles perspectives à la compréhension de ce qu'est l'ordre. Comme la goutte d'encre dans son état diffus, le système de franges d'interférences enregistré sur la plaque sensible donnait une impression de désordre à l'œil nu. L'un comme l'autre n'en comportaient pas moins un ordre

1. Bohm, *Quantum Implications*, p. 40.

caché, *inveloppé*, comme l'est celui d'un plasma dans le comportement apparemment aléatoire de chacun de ses électrons. Mais telle n'était pas la seule intuition suscitée par l'hologramme.

À force d'y réfléchir, Bohm acquit la conviction que l'univers puisait vraiment son mode opératif dans des principes holographiques, qu'il n'était somme toute qu'un gigantesque hologramme en perpétuel échange. Et les intuitions qu'il avait pu avoir précédemment s'en cristallisèrent en un tout d'une cohérente évidence. Ses premiers articles sur le sujet remontent au début des années soixante-dix, mais en 1980, il nous offrit une étape plus mûre de sa réflexion dans un remarquable ouvrage : *Wholeness and the Implicate Order (La plénitude de l'univers).* Il ne s'y bornait pas à lier des milliers d'idées entre elles, il en faisait naître un regard neuf sur le réel, neuf et radicalement autre.

Ordres enveloppés, réalités développées

Car il y affirmait que la réalité tangible de tous les jours n'a pas plus de substance qu'une image holographique. De même que cette dernière, réelle ou virtuelle, émane en fait du système de franges d'interférences enregistré sur la plaque sensible, les corps et apparences de notre monde matériel ne cesseraient de sourdre d'un niveau de réalité sous-jacent, d'un ordre plus fondamental pour lequel Bohm a forgé le néologisme « implié » — on y retrouve les notions d'enveloppé, de plié, d'implicite —, qualifiant parallèlement notre propre plan d'existence d'ordre explié, développé, déplié, explicite.

S'il emploie ces termes, c'est qu'il voit la manifestation de toutes choses dans l'univers comme le fruit d'enveloppements et de développements, de pliures et de dépliures sur l'interface entre ces deux ordres. Ainsi estime-t-il qu'un électron n'est pas un objet mais une totalité enveloppée dans l'ensemble de l'espace. Un instrument détecte-t-il la présence d'un électron isolé, c'est seulement parce qu'un aspect de l'ensemble électron vient de s'explier à cet endroit précis comme la goutte d'encre resurgit des pliures de la glycérine.

Usons d'une autre métaphore. Électrons et particules ont-ils plus de réalité ou de permanence que la forme d'un jet d'eau ? N'est-ce pas le flux constant émanant de l'ordre implié qui les en dote ? Quant à la particule apparemment détruite, on aurait tort de croire qu'elle soit perdue. Elle n'a fait que se renvelopper dans les profondeurs dont elle avait surgi. Autre illustration du jeu entre implié et explié, la plaque holographique et l'image qu'elle génère. La plaque ressort à l'ordre implié parce que l'image qui y est enregistrée sous la forme d'un système de franges d'interférences est une totalité cachée, *inveloppée* dans les plis d'un tout. L'hologramme qui s'en projette appartient, lui, à l'ordre explié, ne représentant qu'une version perceptible, développée de l'image.

La constance du flux entre les deux ordres expliquerait que des particules comme l'électron de l'atome de positronium puissent changer de nature. L'électron qui semble se transformer en photon pourrait en fait « se renvelopper dans l'implié » dans l'instant même où s'en déploie le photon qui prend sa place. Qu'un quantum ait le choix de se manifester comme onde ou comme particule deviendrait également acceptable. Bohm voit les deux aspects en permanence impliés dans l'ensemble quantique mais, selon lui, la manière dont l'observateur interagit avec cet ensemble dicte lequel va rester caché et lequel va se rendre explicite. Le rôle joué par l'observateur dans la détermination de la forme adoptée par le quantum n'a peut-être rien de plus mystérieux que lorsqu'un joaillier fait tourner une pierre entre ses doigts pour la présenter sur l'une ou l'autre de ses facettes.

Toutefois, le terme « hologramme » désignant d'habitude une image de type statique et rendant mal le dynamisme, l'incessante activité des enveloppements et déploiements qui, à tout instant, créent notre univers, Bohm préfère parler non d'hologramme mais d'« holomouvement ».

L'existence d'un ordre profond régi par des principes holographiques expliquerait aussi l'aspect non local pris par le réel au niveau subquantique. Nous l'avons vu, ce qui est organisé sur le mode holographique voue à l'échec toute tentative de localisation. Dire que chaque parcelle d'émulsion contient la même masse de données que la plaque entière revient à poser que l'information y est distribuée de manière non locale. Si la structure de l'univers est celle d'un hologramme, comment s'étonner qu'il soit doté de propriétés non locales ?

L'indivise plénitude de toutes choses

Mais de toutes ces idées, les plus vertigineuses sont celles que Bohm a poussées dans leurs ultimes développements autour du concept de plénitude. Comme il n'est rien dans le cosmos qui ne soit fait de ce tissu holographique d'une seule pièce de l'ordre implié, il juge aussi absurde de concevoir un univers d'éléments que de vouloir abstraire les différents jets d'une fontaine monumentale de l'eau qui les alimente. Un électron n'est pas une « particule élémentaire », juste un nom pour un certain aspect de l'holomouvement. Débiter le réel en composants puis leur coller une étiquette est toujours arbitraire, n'a valeur que de convention, les particules atomiques, comme tout ce qui existe au monde, n'étant pas plus distinctes l'une de l'autre que les motifs d'un tapis d'Orient.

Einstein avait déjà suscité l'étonnement à l'échelle de la planète avec sa théorie de la relativité générale qui, niant qu'espace et temps fussent des entités séparables, les voyait participer à une réalité plus vaste, le continuum espace-temps. Bohm allait chausser ce concept de bottes de sept lieues. Selon lui, dans l'univers, il n'est rien qui n'appartienne à un continuum, l'apparente séparabilité des choses dans l'explié recouvrant en fait l'extension sans faille de chacune d'elles à chaque autre, implié et explié finissant eux-mêmes par se fondre.

Attardons-nous sur un exemple. Regardez votre main. Regardez la lumière sous la lampe à côté de vous. Et le chien qui dort à vos pieds. Vous n'êtes pas seulement faits des mêmes choses. *Vous êtes la même chose*. Une seule chose. Indivise. Un énorme « quelque chose » qui possède des ramifications dans toutes les apparences, dans les objets, dans les atomes, dans l'incessant chaos des océans et dans les étoiles qui scintillent au firmament.

Attention, dit Bohm, il ne faudrait pas pour autant s'imaginer que l'univers est une masse indifférenciée : on peut faire partie d'un tout indivis et garder ce que l'on a d'unique. Pour illustrer son propos, il nous invite à réfléchir sur les petits tourbillons qui se forment à la surface d'un cours d'eau. Si la première impression qu'ils nous donnent est celle d'objets séparés, avec leurs caractéristiques individuelles, dimensions, direction et vitesse de rotation, etc., un examen plus attentif ne manque pas de nous mettre devant l'impossibilité d'établir une frontière nette entre tourbillon et rivière. Bohm ne suggère donc pas que les différences entre les « choses » soient dénuées de sens, il veut seulement que nous soyons conscients en permanence du principe suivant : distinguer des « choses » dans les divers aspects de l'holomouvement n'est jamais qu'une abstraction, une technique utilisée par notre mode de pensée pour faire ressortir ces aspects dans nos perceptions. Au terme de « choses » pour décrire les divers aspects de la manifestation, il préfère en conséquence substituer celui de « subtotalités relativement indépendantes »[1].

De fait, Bohm estime que notre tendance presque universelle à fragmenter le monde, à ne pas tenir compte de l'interconnexion dynamique globale qui le nourrit, est à l'origine de la plupart de nos problèmes, de ceux qui se posent dans les sciences et, plus grave encore, dans notre vie de tous les jours et dans notre univers social. Ainsi avons-nous la folie de croire qu'exploiter le sol de la planète puisse se faire sans affecter l'écosystème, que soigner telle ou telle partie de notre corps, voire de la remplacer, va nous dispenser d'une hygiène de vie assurant la santé de l'ensemble. Comme nous sommes assez fous pour nous imaginer capables de lutter contre la criminalité, la drogue et la misère sans nous confronter à la crise globale de notre société. Chaque fois qu'il prend la plume ou la parole, Bohm ne cesse de nous rappeler avec passion que cette fragmentation du monde,

1. David Bohm, *Wholeness and the Implicate Order* (London, Routledge & Kegan Paul, 1980). *La Plénitude de l'univers* (éditions du Rocher, 1990), pp. 176-177, 190, 209.

outre son inefficacité flagrante, pourrait se solder par l'extinction de l'humanité.

La conscience, une forme plus subtile de la matière

L'univers-hologramme de Bohm ne se borne pas à rendre compte des cas d'interconnexions qui sautent aux yeux des microphysiciens dès qu'ils sondent les profondeurs de la matière. Il présente dans une perspective qui pourrait s'en révéler la clé bon nombre d'autres casse-tête, dont cet effet que la conscience semble avoir sur le monde des particules. Si nous l'avons vu rejeter que ces dernières puissent n'exister que lorsqu'on les observe, il n'a rien contre la tentative de réconcilier psychisme et sciences physiques. Il a simplement l'impression que la plupart des physiciens s'y prennent mal, qu'ils fragmentent une fois de plus la réalité en posant qu'une chose, la conscience, interagit avec une autre chose, la particule subatomique.

Lesdites choses n'étant qu'aspects de l'holomouvement, parler d'interaction entre conscience et matière est absurde. En un sens, observateur et observé se recouvrent. D'autant que, par observateur, il convient également d'entendre l'instrument de mesure, le protocole de l'expérience, les résultats obtenus, le laboratoire et jusqu'au vent derrière les fenêtres. En fait, Bohm estime que la conscience est une forme plus subtile de matière et que toute relation entre les deux modes ne se situe pas sur notre plan du réel mais dans les profondeurs de l'ordre implié. La conscience est présente à divers degrés d'enveloppement et développement dans toute matière, et c'est peut-être pourquoi les plasmas ont tant de traits communs avec le vivant. Comme il le souligne : « L'aptitude structurelle à être actif est la caractéristique essentielle de l'esprit, or, sous ce rapport, nous avons déjà quelque chose qui lui ressemble avec l'électron »[1].

De même, il ne voit pas plus de sens à opposer le vivant au non-vivant. Les deux règnes s'interpénètrent ; leurs frontières sont imprécises. La vie est partout dans les replis de l'univers, attendant de s'épanouir. Même une pierre est pour ainsi dire vivante, selon Bohm, vie et intelligence ne se rencontrant pas seulement au détour de toute matière mais aussi dans « énergie », « espace », « temps », « texture de l'univers », et autres catégories qu'il nous plaît d'abstraire de l'holomouvement pour y voir à tort des réalités distinctes.

L'idée que la conscience et la vie (toute chose en fait) sont des globalités réparties dans la globalité du réel s'assortit d'un corollaire non moins vertigineux. De même chaque fragment de l'hologramme contient l'image dans sa totalité, l'univers est tout entier dans chacun de ses plis. Saurions-nous comment l'atteindre que la nébuleuse d'Andromède s'ouvrirait à nous sous notre ongle. Et nous pourrions assister à la première rencontre entre César et Cléopâtre puisque l'ensemble du passé comme l'ensemble de l'avenir sont l'un et l'autre impliés en chaque point de l'espace et du temps. Chaque cellule de notre organisme englobe le macrocosme. Pareillement chaque feuille, goutte de pluie, grain de poussière, ce qui donne un sens neuf aux célèbres vers de Blake : Tout ce qui est en haut est en bas.

Voir un monde entier dans un grain de sable
Un firmament dans une fleur des champs

Dieu créa l'homme à son image

1. Entretien privé avec l'auteur, 28 octobre 1988.

 Connais-toi toi-même.

Tenir l'infini au creux de sa paume
Et l'éternité dans un seul instant.

L'énergie d'un milliard de bombes atomiques dans chaque centimètre cube d'espace

Si notre univers n'est que le pâle reflet d'un ordre plus profond, qu'y a-t-il d'autre de caché, d'enveloppé dans les replis du réel ? Bohm estime en avoir une idée. Notre compréhension courante de l'univers nous présente, en effet, chaque région de l'espace inscrite dans les divers champs que génèrent des ondes de longueur variable. Or, il n'est d'onde sans un minimum d'énergie et voilà que ce minimum, calculé par des physiciens, révèle encore *dans chaque centimètre cube d'espace vide plus d'énergie que n'en contient toute la matière de l'univers connu !*

Certains physiciens refusent de prendre au sérieux ce calcul, arguant qu'une erreur a dû s'y glisser. Mais Bohm est convaincu de l'existence de cet océan sans fin d'énergie qui, dit-il, lève quelque peu le voile sur l'immense et secrète nature de l'ordre implié. Il pense que cette omniprésence de l'énergie n'échappe à la plupart des physiciens que parce qu'ils y baignent, qu'ils n'en ont pas plus conscience que les poissons du milieu liquide où ils évoluent. Ce n'est pas sur l'eau que ces derniers ont appris à se concentrer mais sur les objets qui en rompent l'uniformité, sur la matière.

La vision d'un espace aussi réel et riche de processus que la matière qui s'y meut est portée à son plus haut degré d'expression dans les idées que Bohm élabore autour de cet océan d'énergie caché dans l'implié. La matière ne peut exister indépendamment de cette mer, de cet espace censément vide. Elle en fait partie. Pour illustrer sa pensée, Bohm propose la métaphore suivante : Au zéro absolu, un cristal autorisera le passage sans dispersion d'un flux d'électrons. Si la température s'élève, divers défauts dans la gemme vont pour ainsi dire perdre leur transparence et dévier les trajectoires. Du point de vue de l'électron, ces défauts sont des flocons de « matière » en suspension dans une mer de néant. Mais nous savons qu'il n'en est rien, que ce néant et cette matière sont dénués d'existence indépendante, qu'ils participent à une même texture dictée par la structure profonde du cristal.

Bohm pense qu'il en est de même à notre propre niveau d'existence. L'espace n'est pas vide. Bien au contraire, il est plein. C'est le terreau fertile d'où toute chose, nous compris, émerge à l'existence. L'univers n'est pas distinct de cette mer d'énergie cosmique, c'est une ride qui se propage à sa surface, un « schéma d'excitation » comparativement restreint au sein d'un océan dont l'immensité défie l'imagination. « Ce schéma d'excitation est relativement autonome et donne naissance à des projections approximativement récurrentes, stables et séparables dans un ordre explié de manifestation à trois dimensions », explique Bohm[1]. En d'autres termes, quels que soient le gigantisme et la matérialité de ses apparences, l'univers n'existe ni en soi ni de son propre chef ; il n'est que le fruit de quelque chose d'infiniment plus vaste et plus ineffable. Bien plus, il n'en est même pas une production majeure, rien qu'une ombre qui passe, un hoquet dans le vaste dessein des choses.

Mais il n'y a pas que cet océan d'énergie qui soit

1. Bohm, *La Plénitude de l'univers*, p. 193.

enveloppé dans l'ordre implié. Fondamentalité d'où naît toute chose, celui-ci contient donc pour le moins l'ensemble des particules subatomiques qui ont été ou qui seront, chaque configuration possible de la matière, de l'énergie, de la vie ou de la conscience, des quasars au cerveau de Shakespeare, de la double hélice de l'ADN aux forces qui conjointement maintiennent et modifient les formes et dimensions des galaxies. Et ce n'est pas tout. Rien ne prouve qu'avec l'ordre implié, nous ayons atteint l'extrême limite des choses. Il peut y avoir, par-delà, d'autres ordonnances dont nous n'avons pas même encore eu l'intuition. D'autres structures d'« inveloppement » dans le tout.

Une expérience à l'appui de l'univers holographique bohmien

Quelques provocantes découvertes de la physique contemporaine suggèrent que Bohm pourrait cerner d'assez près la vérité. Quand bien même cet océan d'énergie de l'implié serait dénué d'existence, l'espace n'en resterait pas moins sillonné de lumière et d'ondes électromagnétiques, par conséquent d'interférences. Or, comme il n'est particule qui n'ait casquette d'onde, les objets matériels et tout ce que nous percevons de la réalité correspondent à des systèmes de franges d'interférences, fait qui s'avère indéniablement riche d'implications holographiques.

Une pièce nouvelle vient d'être versée au dossier. Dans les années soixante-dix, il devint technologiquement envisageable d'effectuer l'expérience des deux particules proposée par Bell, et un certain nombre de chercheurs s'attelèrent à cette tâche. En dépit de découvertes prometteuses, aucun ne fut à même d'obtenir des résultats convaincants. Puis, en 1982, les physiciens Alain Aspect, Jean Dalibard et Gérard Roger de l'Institut d'Optique d'Orsay-Paris XI élaborèrent un appareillage où des atomes de calcium stimulés au laser émettaient des paires de photons. Chacun s'engouffrait sur une trajectoire diamétralement opposée à celle de son jumeau dans six mètres cinquante de tube, franchissant en bout de course un commutateur qui le dirigeait aléatoirement vers l'un ou l'autre de deux analyseurs de polarisation. Les commutateurs mettaient dix milliardièmes de seconde à opérer leur choix, soit environ trente milliardièmes de moins qu'il n'en fallait à la lumière pour parcourir les treize mètres séparant alors les deux photons. Ainsi Aspect et ses collègues excluaient-ils entre ces derniers tout échange d'informations par un processus physique connu.

Ils s'aperçurent que, conformément aux prédictions de la physique quantique, chaque photon restait à même d'accorder son angle de polarisation avec celui de son jumeau. De là à déduire soit une violation de l'interdit d'Einstein sur les communications à des vitesses dépassant celle de la lumière soit une connexion non locale desdits photons il n'y avait qu'un pas. La plupart des physiciens répugnant à envisager l'hypothèse supraluminique, l'expérience d'Aspect fut généralement interprétée comme une preuve virtuelle du caractère non local de la connexion entre les deux photons. Le physicien Paul Davis de l'université de Newcastle, en Angleterre, fit en outre observer que, toutes les particules ne cessant d'interagir et de se séparer, « les aspects non locaux des systèmes quantiques pouvaient être tenus pour une propriété générale de la nature »[1].

1. Paul Davis, *Superforce* (New York, Simon & Schuster, 1984), p. 48.

Les résultats de l'expérience d'Aspect ne prouvent pas l'exactitude du modèle de Bohm mais lui apportent un précieux soutien. De fait, Bohm ne croit pas qu'une théorie, y compris la sienne, puisse être exacte dans l'absolu. Ce ne sont jamais que des approximations du réel, des cartes finies et fragmentaires pour tenter de nous repérer sur un territoire à la fois infini et indivis. Cela ne veut pas dire que sa théorie échappe à l'expérimentation. Il est convaincu que, dans l'avenir, des techniques seront élaborées qui permettront à ses idées d'être soumises à l'épreuve des faits. Quand il fait l'objet de critiques sur ce point, il souligne d'ailleurs que nombre de théories en vigueur dans la physique contemporaine — comme celle des « supercordes » exposée par Stephen Hawkins — risquent de rester expérimentalement invérifiables encore plusieurs décennies.

Réaction de la communauté des physiciens

Les milieux de la physique quantique ont dans l'ensemble accueilli les idées de Bohm avec scepticisme. Ainsi, sa théorie n'est-elle pas jugée « très convaincante pour un physicien » par un chercheur de Yale, Lee Smolin [1]. L'intelligence de Bohm jouit toutefois d'un respect quasi universel, sensible dans l'opinion d'Abner Shimony de l'université de Boston : « J'ai bien peur de ne simplement pas comprendre sa théorie. Elle repose sur une métaphore, et le problème est de savoir jusqu'à quel point prendre cette dernière au pied de la lettre. Toutefois,

1. Lee Smolin, « What is Quantum Mechanics Really About ? » *New Scientist* (24 octobre 1985), p. 43.

on ne saurait nier qu'il ait creusé le sujet et j'estime qu'il a rendu un énorme service à la science en portant ces questions sur le devant de la scène au lieu de les balayer sous un coin du tapis. Il a fait preuve de courage, d'audace et d'imagination[1]. »

Cet accueil réservé n'a pas empêché d'autres physiciens — et non des moindres — d'exprimer leur intérêt pour les idées de Bohm. Ainsi peut-on citer Roger Penrose d'Oxford — à qui l'on doit la théorie moderne sur les trous noirs —, Bernard d'Espagnat de l'université de Paris — dont les travaux sur les fondements conceptuels de la physique quantique font autorité dans le monde entier — et Brian Josephson de Cambridge, prix Nobel de physique en 1973. Josephson estime que l'ordre implié de Bohm pourrait un jour réintroduire la notion de Dieu ou celle d'Esprit dans le cadre opératoire de la science, réintroduction dont il se fait l'avocat[2].

Pribram et Bohm en lecture synoptique

Exprimées dans les mêmes termes, les théories de Pribram et de Bohm portent un regard totalement neuf sur le monde. *Notre cerveau construit mathématiquement une réalité objective par l'interprétation de fréquences qui sont en dernier ressort des projections d'une autre dimension, d'un ordre d'existence plus profond situé par-delà l'espace et le temps. Le cerveau est un hologramme enveloppé dans un univers holographique.*

Cette synthèse amena Pribram à prendre cons-

1. Entretien privé avec l'auteur, 14 octobre 1988.
2. Saybrook Publishing Company, *The Reach of the Mind : Nobel Prize Conversations* (Dallas, Texas, Saybrook Publishing Co., 1985), p. 91.

cience que le monde objectif n'a pas d'existence, du moins pas celle que nous lui croyons. Il n'y a « là » qu'un vaste océan d'ondes et de fréquences, la réalité ne présentant l'aspect concret que nous lui connaissons qu'après lecture et traitement par notre cerveau de ce flou holographique. Maintenant, comment s'y prend ce cerveau — alors qu'il est lui-même un enchevêtrement d'interférences — pour convertir quelque chose d'aussi insaisissable qu'un brouillard de fréquences en objets matériels strictement délimités ? « Le type d'analyse mathématique simulé par Bekesy avec ses vibrateurs est capital pour comprendre comment s'élabore notre perception d'un monde extérieur », affirme Pribram [1]. En d'autres termes, le poli d'une tasse en porcelaine ou le sable sous nos pieds nus ne sont que des versions sophistiquées du syndrome du membre fantôme.

Mais il ne faudrait pas croire que, selon Pribram, il n'existe à l'extérieur de nous ni tasse en porcelaine ni grain de sable. Il se trouve simplement que la tasse a deux manières différentes de manifester sa réalité. Filtrée par les lentilles de notre cerveau, elle révèle son aspect « tasse », mais nous débarrasserions-nous de ces verres correcteurs, nous y verrions des systèmes de franges d'interférences. Où est la réalité ? Où est l'illusion ? « Pourquoi moi, dit Pribram, les deux sont réels, ou si vous préférez, ni l'un ni l'autre ne l'est. [2] »

Et cet état de choses ne se borne pas aux tasses. Nous-mêmes nous présentons sous deux aspects. Nous pouvons nous voir comme des corps matériels se déplaçant dans l'espace ou comme des systèmes

1. Judith Hooper, « An Interview with Karl Pribram », *Omni* (octobre 1982), p. 135.
2. Entretien privé avec l'auteur, 8 février 1989.

de franges d'interférences parfaitement flous et répartis sur l'ensemble de l'hologramme cosmique. Bohm croit pour sa part la deuxième image plus proche de la vérité, car nous considérer comme un esprit/cerveau holographique en train de *porter un regard extérieur* sur un univers également holographique relève de l'abstraction. C'est encore une fois la tentative de séparer deux choses qui en dernier ressort ne peuvent l'être [1].

N'allez pas vous inquiéter si vous avez quelque peine à saisir. Intégrer le concept de holisme à notre vision du monde extérieur est relativement simple, ne serait-ce qu'en raison de l'exemple fourni par une pomme et son hologramme. Mais cette fois, nous ne sommes plus devant l'hologramme, nous en faisons partie.

La difficulté éprouvée révèle à quelle radicale révision de notre mode de pensée Bohm et Pribram nous invitent. Quand ce dernier affirme que notre cerveau construit des objets matériels, il semble proférer une évidence auprès d'une autre conclusion de Bohm : *que ce même cerveau pourrait bien forger aussi dans la foulée les notions d'espace et de temps* [2]. Les implications de cette dernière hypothèse ne seront qu'un des sujets examinés lorsque nous aborderons l'impact des idées de Pribram et de Bohm sur les travaux des chercheurs dans d'autres domaines.

1. Renee Weber, « The Enfolding-Unfolding Universe : A Conversation with David Bohm » in *The Holographic Paradigm*, ed. Ken Wilber (Boulder, Colo., New Science Library, 1982), pp. 83-84.
2. Voir n. 1, ci-dessus, *op. cit*, p. 73.

Corps/Esprit

« Examinons de près un être humain ; nous ne manquons pas d'être frappés par sa nature essentielle d'hologramme unique qui en soi se contient, s'engendre et peut se connaître. Sortons-le de son contexte planétaire et nous ne tardons pas à nous apercevoir qu'il ne diffère en rien d'un mandala ou d'un texte symbolique, car dans sa forme et dans son flux réside l'ensemble des données sur les divers contextes physique, social, psychologique, évolutif ayant présidé à sa création.

Dr Ken Dychtwald,
The Holographic Paradigm,
Ken Wilber Ed.

Modèle holographique et psychologie

> « Alors que les modèles traditionnels de la psychiatrie et de la psychanalyse collent étroitement à l'individu et à son histoire personnelle, la recherche moderne, qui s'est adjointe de nouveaux niveaux, domaines et dimensions, montre la psyché essentiellement proportionnée à l'univers dans son entier et à la totalité de l'existence.
>
> (Stanislav Grof, *Les nouvelles dimensions de la conscience.)*

S'il est une discipline où l'impact du modèle holographique s'est avéré décisif, c'est à coup sûr la psychologie. Comment s'en étonner puisque notre activité mentale, ainsi que Bohm le souligne, offre un excellent exemple de ce qu'il entend par mouvement fluant et indivis. Si les flux et reflux du conscient se dérobent à toute définition précise, il nous est néanmoins permis d'y voir un plan plus profond, plus fondamental du réel à partir duquel idées et pensées se déploient. À leur tour, ces dernières ne sont guère différentes des rides, remous et tourbillons qui se forment dans un cours d'eau, certaines récurrentes et plus ou moins stables alors que d'autres s'évanouissent à peine apparues.

Le concept holographique éclaire également les inexplicables concordances mentales qui peuvent s'établir entre deux ou plusieurs personnes. Un exemple des plus célèbres est la notion d'inconscient collectif due au psychiatre suisse Carl Jung. Très tôt dans sa carrière, Jung acquit la conviction que les rêves, rêveries, réalisations artistiques et hallucinations de ses patients étaient souvent riches de symboles et d'idées qu'il n'était pas possible de rapporter entièrement à leur histoire personnelle. De tels symboles offraient une plus grande ressemblance avec la thématique et l'imagerie des grands mythes et religions du monde. Jung en conclut que mythes, rêves, hallucinations et visions mystiques puisaient à une source commune, dans un vaste inconscient échu à l'humanité entière.

Une expérience décisive dans l'évolution de Jung vers ce point de vue eut lieu en 1906 et concernait les hallucinations d'un jeune schizophrène à composantes paranoïdes. Un jour, Jung trouva le jeune homme derrière une fenêtre, les yeux rivés sur le soleil avec une étrange façon de remuer la tête de gauche à droite. Jung lui demanda ce qu'il faisait et le malade lui expliqua qu'il regardait le sexe du soleil, ajoutant que ce sexe, lorsqu'il bougeait la tête ainsi, remuait aussi de gauche à droite et faisait souffler le vent.

Sur le moment, Jung n'y vit rien d'autre que le fruit d'une hallucination mais, des années plus tard, la lecture d'un texte religieux perse, deux fois millénaire, le fit changer d'avis. On y traitait des visions, énumérant les rituels et invocations nécessaires pour les provoquer. Le passage qui avait retenu l'attention de Jung expliquait qu'en regardant le soleil on pouvait voir un tube qui en pendait. Ce tube bougeait-il que le vent se levait. Comme il était des plus improbable que son schizophrène de jadis ait eu le moindre contact avec ce texte, Jung en conclut que cette vision du pénis solaire n'avait pas simplement resurgi de l'inconscient personnel du jeune homme mais d'un niveau plus profond, d'un inconscient collectif partagé par l'espèce humaine entière. Il nomma ces images *archétypes*, leur attribuant une incommensurable antiquité, comme si chacun d'entre nous conservait quelque part dans les abîmes de son inconscient les souvenirs d'un homme ayant vécu deux millions d'années auparavant.

Si cette notion d'inconscient collectif eut un impact énorme en psychologie — au point que les thérapeutes et chercheurs qui l'utilisent se comptent à présent par milliers — notre vision classique de l'univers n'offre rien qui justifie son existence. Il n'en va pas de même du modèle holographique, lequel postulant l'interconnexion de toutes choses, postule également celle de toutes les consciences. En dépit des apparences, nous sommes des êtres sans frontières. Ou, pour reprendre les termes de Bohm : « Au plus profond, l'humanité n'est qu'une seule et même psyché.[1] »

Si chacun d'entre nous peut accéder au savoir inconscient de l'espèce humaine, comment se fait-il que nous ne soyons pas tous des encyclopédies vivantes ? Pour Robert M. Anderson Jr, psychologue

1. Renee Weber, « The Enfolding-Unfolding Universe : A Conversation with David Bohm », dans *The Holographic Paradigm*, Ken Wilber Dir. (Boulder, Col : New Science Library, 1982), p. 72 (trad. *Le Paradigme holographique*, éd. du Jour, 1985).

au *Renssealaer Polytechnic Institue* (Institut polytechnique Renssealaer) de Troy dans l'État de New York, c'est parce qu'il nous est impossible de puiser dans l'ordre implié d'autres données que celles directement en rapport avec nos souvenirs. Ce traitement sélectif — qu'il a baptisé *résonance individuelle* — s'apparente, selon lui, au fait qu'un diapason ne va résonner avec un autre diapason ou lui transmettre sa résonance que s'il lui est semblable tant par le matériau que par la forme et la taille. « À cause de cette résonance, la conscience individuelle d'une personne donnée ne peut avoir accès qu'à une fraction relativement restreinte de la quasi-infinité d'images présentes dans la structure holographique de l'univers sous son mode implié. C'est pourquoi, lorsque l'illumination donnait à nos ancêtres un aperçu de cette conscience globale, ils n'en tiraient pas la théorie de la relativité parce que la physique n'était pas encore abordée dans le contexte où Einstein la trouva [1].

Les rêves et l'univers holographique

Il est un autre chercheur pour qui la psychologie offre un champ d'application à la notion bohmienne d'ordre implié : le psychiatre Montague Ullman, fondateur, au Maimonides Medical Center (Centre médical Maïmonide) de Brooklyn, du Dream Laboratory (Laboratoire du rêve) et professeur honoraire à l'Albert Einstein College of Medicine (Faculté de Médecine Albert Einstein), également sis à New York. Chez lui aussi, l'intérêt pour le concept hologra-

1. Robert M. Anderson, Jr., « A Holographic Model of Transpersonal Consciousness », *Journal of Transpersonal Psychology* 9, n° 2 (1977), p. 126.

phique prit sa source dans l'interconnexion fondamentale qu'un modèle de ce type suggère entre les êtres. Une interconnexion qu'Ullman était bien placé pour observer puisque, tout au long des années soixante et soixante-dix, ce fut lui qui réalisa la plupart des expériences sur la perception extrasensorielle onirique mentionnées dans l'introduction. Si bien que, de nos jours, les études menées par le Maimonides Center sur la PES onirique constituent l'une des meilleures démonstrations expérimentales qu'en rêve pour le moins, nous sommes à même de communiquer d'individu à individu sur un mode resté jusqu'alors inexpliqué. Une expérience typique fut de prendre un sujet rémunéré déclarant n'avoir aucune faculté parapsychique et de lui demander de dormir dans une pièce du laboratoire alors que, dans une autre, quelqu'un se concentrait sur des images choisies au hasard et s'efforçait de les transmettre au dormeur. Les résultats n'étaient pas systématiquement concluants mais on décelait dans bien des cas une nette influence de telle ou telle image sur les rêves du sujet.

Ainsi, une toile de Tamayo*, *Animaux*, représentant deux chiens, babines retroussées, de part et d'autre de quelques os, fit rêver le sujet d'un banquet assez chiche en viande et où chaque convive dévorait sa part en surveillant son voisin.

Une autre fois, ce fut un Chagall : *Paris vu d'une fenêtre*. Un personnage de dos sur fond d'horizon parisien. Toile haute en couleur où l'on voyait un chat à visage d'homme, de petites silhouettes humai-

* Rufino Tamayo : peintre mexicain né en 1899. Prodigieux coloriste, il se distingue de son compatriote et contemporain Siqueiros par le caractère plus intimiste de sa peinture.

nes dans le ciel et une chaise noyée sous les fleurs. Dans les nuits qui suivirent, notre sujet rêva français : de Versailles et de la tour Eiffel, d'un képi d'agent de police et d'un homme coiffé d'un béret avec une baguette sous le bras devant les diverses « strates » d'un village bien de chez nous. Les vibrantes couleurs du tableau et ses détails insolites avaient à l'évidence inspiré certaines scènes : un essaim d'abeilles voletant parmi les fleurs et un cortège de carnaval avec masques et travestis [1].

Si convaincu soit-il que des découvertes de ce type mettent en évidence l'état sous-jacent d'interconnexion dont parle Bohm, c'est toutefois dans un autre aspect du rêve qu'Ullman voit le plus pertinent exemple de globalité holographique, à savoir dans la capacité qui nous est donnée en songe d'atteindre une plus grande sagesse qu'à l'état de veille. Ainsi l'exercice de la psychanalyse le met-il parfois en contact avec des patients apparemment dénués de lucidité sur eux-mêmes — des gens mesquins, égoïstes, arrogants, toujours prêts à exploiter et manipuler autrui, bref, qui ont fragmenté, racorni, « chosifié » l'ensemble de leurs rapports humains — et dont les rêves, quels que soient l'aveuglement spirituel de leurs auteurs et leur obstination à ne pas reconnaître leurs torts, n'en sont pas moins la description sincère des échecs de leur vie sous de riches métaphores destinées à les conduire en douceur vers une plus juste appréciation de leur place dans le monde.

Qui plus est, ce genre de rêves n'a rien d'isolé. Dans sa pratique, Ullman finit par constater que si un patient n'arrivait pas à reconnaître ou accepter

1. Jon Toolas et Montague Ullman, « Extrasensory Communication and Dreams », dans *Handbook of Dreams*, Benjamin B. Wolman Dir. (New York, Van Nostrand Reinhold, 1979), pp. 178-179.

telle ou telle vérité sur lui-même, elle ne cessait de refaire surface dans ses rêves, sous un voile métaphorique différent ou en relation avec d'autres expériences passées, mais toujours dans l'apparente intention de lui donner de nouvelles occasions de s'y confronter.

Toutefois, que l'on puisse rester sourd aux conseils de ses rêves et néanmoins vivre centenaire a conduit Ullman à supposer que le premier objectif de ce mécanisme régulateur n'est pas le bien-être de l'individu mais la survie de l'espèce entière. En parfait accord avec Bohm sur l'importance de la globalité, il estime que l'activité onirique constitue l'un des moyens dont dispose la nature pour réfréner notre tendance obsessionnelle et apparemment incoercible à fragmenter le réel. « Un individu peut se couper de tout ce qui est coopération, respect des autres, amour... et cependant survivre, mais il s'agit là d'un luxe refusé aux nations. À moins d'apprendre à surmonter les fragmentations sans nombre dont nous avons affligé l'humanité dans les domaines religieux, national, économique, etc, nous garderons le risque de tout faire sauter par accident », dit Ullman. « Notre seule manière d'éviter la catastrophe, c'est d'observer comment nous fragmentons notre existence en tant qu'individus. Certes, les rêves sont le reflet de notre expérience individuelle, mais j'estime qu'ils répondent à un besoin sous-jacent plus vaste, celui de préserver l'espèce, d'en maintenir la connexion interne [1].

D'où proviennent ces bulles de sagesse qui ne cessent de crever la surface de nos rêves ? Ullman avoue l'ignorer mais propose une hypothèse. L'ordre

1. Entretien privé avec l'auteur, 31 octobre 1988.

implié offrant en un sens l'aspect d'une source illimitée de données, pourquoi n'y pas voir l'origine de ce plus vaste fonds de connaissance auxquels les rêves nous donnent accès. N'aurait-on pas dans ces derniers un pont entre les ordres perceptuel et non manifesté ? Ne seraient-ils pas « un mode de transformation naturelle de l'implié en explié[1] » ?

Vérifiée, une telle hypothèse irait à l'encontre de la vision psychanalytique traditionnelle du rêve : loin de monter à la conscience, émané de quelque substrat primitif de la personnalité, le contenu du rêve pourrait effectuer l'opération inverse.

Psychose et ordre implié

Ullman estime aussi que le concept holographique pourrait expliquer certains aspects de la psychose. Tant Bohm que Pribram ont remarqué la ressemblance des expériences rapportées par les mystiques de toute époque — sensation de ne faire qu'un avec l'univers, intuition de l'unité fondamentale du vivant, etc. — avec leur propre description de l'ordre implié. On peut imaginer que ceux-ci aient accès, par-delà la réalité ordinaire dans son mode explié, à ses propriétés holographiques fondamentales. Ullman pense que les psychotiques sont également à même d'expérimenter certains aspects de ce plan holographique, mais que leur impuissance à structurer ces expériences de manière rationnelle fait que leurs intuitions restent fondamentalement de pitoyables parodies de celles des mystiques.

1. Montague Ullman, « Wholeness and Dreaming », dans *Quantum Implications*, textes choisis et présentés par Basil J. Hiley et F. David Peat (London, Routledge & Kegan Paul, 1987), p. 393.

Ainsi n'est-il pas rare que les schizophrènes fassent état d'une sensation d'unité avec l'univers mais sur un mode trompeur. Ils parlent d'évanouissement des frontières entre eux et autrui, ce qui les amène à ne plus se croire seuls avec leurs pensées. Parallèlement, ils ont la conviction de pouvoir lire celles des autres. Et au lieu de voir les gens, objets et concepts dotés de qualités individuelles, ils y perçoivent les éléments d'un ensemble, lui-même élément d'un autre ensemble, et ainsi de suite à l'infini, ce qui semble être un moyen pour eux d'exprimer la saveur, ou plutôt l'horreur holographique de leur manière d'être au monde.

Aux yeux d'Ullman, les schizophrènes tentent de faire passer leur sensation de globalité indivise dans leur vision du temps et de l'espace. Des études les ont montrés considérant souvent l'inverse d'un rapport donné comme identique à celui-ci[1]. Ainsi, dans l'optique schizophrène, dire qu'un événement A succède à un événement B revient à dire que l'événement B suit l'événement A. L'idée même d'une succession entre deux événements, dans un sens ou dans un autre, est absurde pour qui appréhende tous les points du temps sur le mode simultané. Il en va de même des relations de type spatial : qu'un homme ait sa tête au-dessus des épaules impliquera aussi que ces dernières lui surplombent la tête. À l'instar de l'image codée sur la plaque holographique, les choses cessent d'être en un lieu précis, et les rapports qu'elles entretiennent dans l'espace d'avoir un sens.

Ullman estime que certains aspects du penser

1. I. Matte-Blanco, « A Study of Schizophrenic Thinking Its Expression in Terms of Synmbolic Logic and Its Representation in Terms of Multidimensional Space », *International Journal of Psychiatry* 1, n° 1 (janvier 1965), p. 93.

holographique sont encore plus nets chez les maniaco-dépressifs. Alors que le schizophrène ne capte que des bribes d'ordre holographique, le maniaco-dépressif dans sa phase maniaque y est totalement immergé, s'identifiant dans sa folie des grandeurs avec le potentiel infini que celui-ci véhicule. « Submergé par un tel afflux de concepts et d'images, explique Ullman, il lui faut ruser avec son entourage, lui mentir et le manipuler pour faire coïncider les faits avec l'exaltante vision qu'il en a. Il n'en résulte bien sûr que confusion et chaos, assortis toutefois d'occasionnelles bouffées de créativité, voire d'authentiques réussites dans la réalité consensuelle[1]. » La phase dépressive s'amorce au retour de ces vacances dans le surréel, quand le maniaque se trouve de nouveau confronté aux aléas et vicissitudes de la vie quotidienne.

Mais s'il nous est donné à tous d'être en contact par le rêve avec certains aspects de l'ordre implié, comment se fait-il qu'il n'en résulte pas chez nous les mêmes effets que chez les psychotiques ? Déjà, explique Ullman, parce qu'au réveil nous ne restons généralement pas dans cette logique si particulière du rêve alors que le psychotique est tenu de voir ce qu'elle donne appliquée aux entreprises de chaque jour. Par ailleurs, Ullman émet l'hypothèse qu'un filtre protecteur nous évite, en songe, d'avoir avec l'ordre implié un plus ample contact que le seuil maîtrisable.

1. Montague Ullman, « Psi and Psychopathology », document distribué lors d'une conférence de l'American Society for Psychical Research sur les facteurs psychiques en psychotérapie, 8 novembre 1986.

Rêves lucides et univers parallèles

Ces dernières années, les psychologues ont vu leur intérêt grandir pour les rêves lucides, un type d'activité onirique où le rêveur garde une conscience identique à celle de l'état de veille et où il sait parfaitement qu'il est en train de rêver. Outre cette conscience, les rêves lucides ont d'autres caractéristiques qui les distinguent de la normale. Le rêveur n'y est pas un participant passif. Il a dans bien des cas la possibilité d'infléchir son rêve — de le rendre agréable, par exemple, si c'était un cauchemar au départ — mais aussi d'en modifier le décor, le déroulement, les personnages. Ce type de songe est également plus convaincant, plus vibrant de fragrances, de saisie sensuelle des choses, animé d'une énergie étrange et plus pure. Les chercheurs qui s'y sont intéressés sont unanimes : il doit pouvoir nous guider sur la voie de l'individuation*, de la confiance en soi, d'une santé tant morale que physique et faciliter la résolution des problèmes créatifs[1].

Dans son intervention au congrès de 1987 de l'Association for the Study of Dreams (Association pour l'étude des rêves), le physicien Fred Alan Wolf proposa d'envisager ce phénomène sous l'éclairage du modèle holographique. Wolf, lui-même rêveur lucide à l'occasion, fait remarquer que, du même support holographique, naissent en fait deux images. L'une, virtuelle, semble se projeter dans l'espace derrière la surface de l'émulsion alors que l'autre, réelle,

* Individuation : processus par lequel un individu se différencie des autres membres de son espèce.

1. Voir Stephen LaBerge, *Lucid Dreaming* (Los Angeles, Jeremy P. Tarcher, 1985).

se focalise devant. L'un des points sur lequel elles diffèrent est l'impression donnée par les ondes lumineuses de l'image virtuelle de diverger de ce qui pourrait être une source ou un foyer. Il s'agit, nous l'avons vu, d'une illusion : l'image virtuelle d'un hologramme n'a pas plus d'extension dans l'espace que n'importe quel reflet. L'image réelle, en revanche, est formée d'ondes lumineuses convergentes et n'a rien d'une illusion. Elle comporte une extension dans l'espace. Hélas, dans les applications courantes de l'holographie, il est rare qu'une grande attention soit accordée à l'image réelle qui reste invisible tant qu'elle ne trouve pas à se projeter sur des particules solides, poussières ou fumée de cigarette.

Wolf est d'avis que tous les rêves naissent d'hologrammes internes et que, si les rêves ordinaires sont moins criants de vérité, c'est qu'ils ne correspondent qu'à des images virtuelles. Toutefois, selon lui, le cerveau est également à même de produire des images réelles : ces rêves lucides dont l'inhabituelle qualité vibratoire serait alors due au fait que les ondes y sont convergentes et non divergentes. « Mettons qu'il y ait un observateur là où elles se rejoignent ; il baignera pour ainsi dire dans la scène dont la mise au point se fera sur lui. Ainsi le rêve sera-t-il vécu comme "lucide"[1]. »

Wolf partage avec Pribram la conviction que c'est notre esprit qui crée l'illusion d'une réalité extérieure par le même type de processus qu'étudia Bekesy. Ces mêmes processus, il les voit à l'œuvre pour permettre au rêveur lucide de créer des réalités subjectives où les sols de marbre, fleurs et autres éléments du décor ne sont pas moins tangibles que leurs

1. Fred Alan Wolf, *Star Wave* (New York, Macmillan, 1984), p. 238.

contreparties dites objectives. Il estime en fait que notre aptitude à rêver sur le mode lucide suggère une différence assez minime entre le monde *in extenso* et celui que nous avons en tête. « Quand observateur et observé se distinguent et décrivent chacun leur point de vue, on peut alors se demander lequel des deux rêves lucides doit être tenu pour subjectif[1]. »

Wolf postule que les rêves lucides (et pourquoi pas tous ?) ne sont qu'autant d'excursions dans des univers parallèles, des hologrammes de dimensions restreintes dans celui plus vaste et plus intégrateur du cosmos. Il suggère même que la faculté de rêver ainsi pourrait porter le nom de conscience des mondes parallèles. « Lesquels, au même titre que le nôtre, sont à mon sens des images émanées de l'hologramme cosmique[2]. » Nous réaborderons plus tard et sur un mode plus approfondi tant cette notion que d'autres, similaires, touchant la nature foncière du rêve.

Dans le métro de l'infini

Que nous soyons en mesure d'accéder aux images de l'inconscient collectif, voire de visiter des univers parallèles, fait figure de détail négligeable au regard des conclusions d'un autre chercheur travaillant dans l'optique du concept holographique. Il s'agit de Stanislav Grof, directeur de recherches psychiatriques au Maryland Psychiatric Research Center (Centre de recherches psychiatriques du Maryland) et enseignant dans cette même discipline à la

1. Jayne Gackenbach, « Interview with Physicist Fred Alan Wolf on Physics of Lucid Dreaming », *Lucidity Letter* 6, n° 1 (juin 1987), p. 52.
2. Fred Alan Wolf, « The Physics of Dream Consciousness : Is the Lucid Dream a Parallel Universe ? » *Second Lucid Dream Symposium Proceedings/Lucidity Letter* 6, n° 2 (décembre 1987), p. 133.

Johns Hopkins University School of Medicine (Faculté de Médecine Johns Hopkins). Après plus de trente années consacrées aux états modifiés de conscience, Grof est désormais convaincu que le champ ouvert à l'exploration de la psyché par l'interconnexion holographique est plus que vaste, virtuellement illimité.

Grof commença de s'intéresser aux états modifiés de conscience dans les années cinquante, alors qu'il travaillait sur l'utilisation clinique du LSD à l'Institut de recherches psychiatriques de sa Prague natale. Il avait pour objectif de déterminer si cet hallucinogène présentait ou non quelque intérêt thérapeutique. À l'époque, la plupart des hommes de science ne voyaient guère plus dans les effets du LSD qu'une réaction nerveuse exacerbée, la réponse stressée du cerveau à l'agression d'un produit toxique. Mais quand Grof se pencha sur la question, il ne découvrit dans les comptes rendus d'expérience aucune preuve de récurrence de ce type de réaction. En lieu et place, il constata une continuité remarquable dans le déroulement des séances de psychothérapie. « Loin d'être aléatoire et décousu, le contenu expérimental de chacune semblait correspondre au déploiement successif de niveaux de plus en plus profonds de l'inconscient », explique-t-il [1]. On pouvait en déduire que des séances répétées sous LSD s'avéraient riches de ramifications pour la pratique et la théorie psychothérapeutique ; Grof et ses collègues y puisèrent l'impulsion qui leur était nécessaire pour poursuivre leurs recherches. Les résultats furent étonnants. Très vite, il apparut que des prises suivies

1. Stanislav Grof, *Realms of the Human Unconscious* (New York, E.P. Dutton, 1976), p. 20 (trad. *Royaumes de l'inconscient humain*, éd. du Rocher, 1992.)

de LSD étaient à même d'accélérer le processus thérapeutique et, partant, le traitement de bien des troubles. Des traumatismes dont le souvenir enfoui avait hanté des gens pendant des années refaisaient surface, et l'on pouvait enfin s'y confronter. Il arrivait même que des pathologies sérieuses comme la schizophrénie fussent guéries[1]. Mais la surprise vint de ce que bon nombre de patients s'arrachèrent très vite au cadre de leur pathologie propre pour aborder des secteurs non cartographiés de la psychologie occidentale.

Une expérience des plus communes fut de revivre son stade prénatal. Grof n'y vit d'abord qu'imagination puis, les exemples s'accumulant, il dut constater que le savoir embryologique à l'œuvre dans les comptes rendus de séance était bien supérieur au niveau scolaire des sujets. Ainsi décrivaient-ils, outre certaines caractéristiques du rythme cardiaque de la mère et les phénomènes acoustiques de la cavité péritonéale, des détails spécifiques sur la circulation du sang dans le placenta, voire sur divers processus cellulaires ou biochimiques de la vie intra-utérine. Non moins précise était leur description des pensées et sentiments de leur mère durant la grossesse et d'événements tels que les traumatismes physiques subis au cours de cette période.

En avait-il la possibilité que Grof poussait l'enquête, questionnant la mère ou d'autres personnes concernées. Les psychiatres, psychologues et biologistes qui avaient également eu des souvenirs intra-utérins au cours de leur préparation (chacun de ceux qui participaient à l'expérience s'était également soumis à plusieurs séances de psychothérapie sous

1. *Royaume de l'inconscient humain*, p. 236.

LSD) exprimèrent un étonnement similaire devant l'apparente authenticité de l'expérience[1].

De toutes, les plus déconcertantes furent sans conteste celles où la conscience du sujet semblait transgresser les frontières usuelles de l'ego pour explorer la conscience de soi d'une autre créature vivante, voire d'un objet inanimé. Grof cite l'exemple d'une patiente soudain convaincue d'être un reptile préhistorique de son propre sexe. Outre fournir une description détaillée de ses sensations dans ce nouveau corps, elle fut à même de préciser à quelle partie de celui des mâles de son espèce d'adoption elle était sexuellement sensible : une tache d'écailles colorées sur le côté du crâne. Une conversation ultérieure de Grof avec un zoologue devait confirmer ce dont cette femme n'avait jamais pu avoir connaissance : que, chez certains reptiles, des secteurs colorés du crâne jouaient un rôle majeur dans le déclenchement de la parade nuptiale.

Certains sujets avaient également accès au vécu de leurs parents ou ancêtres. Une femme se retrouva ainsi dans la conscience de sa mère âgée de trois ans et donna la relation précise d'un événement terrifiant qui avait, à l'époque, bouleversé celle-ci. Elle en décrivit aussi la maison familiale et le tablier blanc qu'elle portait — détails ultérieurement confirmés par la mère, pourtant certaine de n'en avoir jamais parlé. D'autres patients se montrèrent d'une égale exactitude dans leurs récits d'événements vécus par leurs aïeux, remontant donc à plusieurs décennies en arrière, quand ce n'était pas à des siècles.

D'autres expériences impliquèrent l'accès à un

1. *op. cit.*, pp. 159-160.

fonds plus vaste encore, à des souvenirs collectifs, à la mémoire de toute une culture. Des sujets d'origine slave vécurent ainsi leur participation au déferlement des hordes mongoles de Gengis Khan, à des danses de possession bochimans dans le désert du Kalahari, aux rites d'initiation d'aborigènes australiens, furent les témoins on ne peut plus directs des sacrifices humains aztèques parce qu'ils en étaient la victime. Et, de nouveau, les descriptions se révélèrent émaillées d'obscurs détails historiques qui trahissaient un niveau de connaissances bien souvent sans rapport avec l'éducation du sujet. Une personne qui n'avait guère fréquenté l'école décrivit par exemple les techniques d'embaumement pratiquées en Égypte ancienne, donnant les formes et significations de diverses amulettes, une liste des matériaux utilisés pour l'enveloppement des momies, les longueurs et agencements des bandelettes, bref, une moisson de renseignements sur toutes sortes d'aspects mal connus des rites funéraires égyptiens. D'autres, entrés en résonance avec les civilisations d'Extrême-Orient, fournirent des descriptions étonnantes de l'âme telle que l'envisagent les Japonais, les Chinois ou les Tibétains quand ils ne transmettaient pas divers enseignements taoistes ou bouddhistes avec précision.

En fait, il semblait n'y avoir aucune limite aux différents domaines que les expériences de Grof avec le LSD pouvaient aborder. Ses « sujets d'expérience » avaient apparemment l'aptitude d'« être » n'importe quelle espèce animale, voire végétale, et ce, à n'importe quel niveau dans la hiérarchie de l'évolution. On les trouvait apparemment capables d'appartenir à n'importe quelle espèce animale, voire végétale, et ce à n'importe quel niveau dans la hiérarchie de l'évolution. Leurs récits donnaient le point de vue d'une cellule sanguine, d'un atome, d'un processus thermonucléaire au cœur du soleil, de la conscience de la planète entière, voire de celle du cosmos. Et Grof leur découvrit aussi la faculté de transcender l'espace et le temps, de fournir des données précognitives d'une étonnante justesse. Dans une veine tout aussi insolite, ces odyssées mentales les amenaient à croiser des intelligences extraterrestres, des êtres désincarnés, des guides spirituels émanés de « plans supérieurs de la conscience » et bon nombre d'autres entités suprahumaines.

C'étaient parfois d'autres univers qu'ils semblaient visiter lors de ces voyages, d'autres dimensions de la réalité. Ainsi un jeune homme dépressif se retrouva-t-il dans un ailleurs doté d'une étrange luminescence où il ne voyait personne mais qui n'en donnait pas moins l'impression de grouiller d'êtres désincarnés. Il sentit soudain, toute proche, une présence qui, à son grand étonnement, entra en liaison télépathique avec lui, le priant de contacter un couple de Kromeriz, en Moravie, et de dire à ces gens qu'ils n'avaient pas à s'inquiéter pour leur fils Ladislav. Un nom lui fut communiqué, ainsi qu'une adresse et un numéro de téléphone.

Ni Grof ni le jeune homme n'y virent le moindre sens ou un quelconque rapport avec la dépression dont souffrait ce dernier. Toutefois, Grof n'arrêtait pas d'y penser. « Non sans hésitation, et avec des sentiments mêlés, je me suis résolu à faire ce qui n'aurait pas manqué de m'exposer aux plaisanteries de mes collègues, s'ils l'avaient appris », explique-t-il. « J'ai décroché le téléphone, composé le numéro et demandé à parler à Ladislav. À l'autre bout du fil, j'eus alors la surprise d'entendre la femme qui m'avait répondu fondre en larmes. Puis elle se calma, et me dit d'une voix brisée : « Notre fils n'est plus de ce monde ; voilà trois semaines qu'il nous a quittés[1]. »

Dans les années soixante, Grof émigra aux États-Unis où un poste lui avait été proposé au Maryland Psychiatric Research Center (Centre de recherches psychiatriques du Maryland). On s'y intéressait également aux applications thérapeutiques des hallucinogènes, et il put y poursuivre ses travaux, d'autant que le centre ne se contentait pas d'étudier les effets du LSD en séances répétées sur des personnes atteintes de divers troubles mentaux, mais effectuait ces mêmes expériences sur des sujets « normaux », médecins, infirmières, peintres, musiciens, philosophes, savants, prêtres et théologiens. Grof y constata la réapparition du même type de phénomènes. C'était presque comme si le LSD ouvrait à la conscience humaine un labyrinthe de tunnels et de couloirs s'étendant à l'infini dans les souterraines profondeurs de l'inconscient, une sorte de réseau métropolitain reliant littéralement tout à tout dans l'univers.

Après avoir personnellement guidé plus de trois mille séances (chacune durant au moins cinq heures) et pris connaissance des comptes rendus de quelque deux mille autres menées par des collègues, Grof acquit la conviction d'être en présence d'un phénomène unitaire du plus haut intérêt. « Après des années de lutte et de confusion conceptuelles, j'en vins à conclure que les données recueillies lors des recherches sur le LSD montrent du doigt l'urgente nécessité d'un nouveau paradigme en psychologie, en psychiatrie, en médecine et, pourquoi pas, dans l'ensemble des sciences, explique-t-il. Je ne doute

1. Stanislav et Christina Grof, *The Adventure of Self-Discovery* (Albany, N.Y., State University of New York Press, 1988) (trad. *Les Nouvelles Dimension de la conscience*, éd. du Rocher, 1989.)

presque plus que notre vision courante de l'univers, de la nature du réel, et surtout de l'être humain soit superficielle, défectueuse, incomplète[1]. »

Grof a forgé le terme « transpersonnel » pour rendre compte de ces états dans lesquels la conscience transcende les frontières ordinaires de la personnalité. Sur la fin des années soixante, il rejoignit plusieurs autres chercheurs dans la même ligne de pensée — au nombre desquels l'éducateur et psychologue Abraham Maslow — pour fonder la psychologie transpersonnelle.

Si notre approche classique nous interdit de trouver un sens à ces situations transpersonnelles, quelle nouvelle vision de la réalité serait à même de forcer le verrou ? Grof estime que ce pourrait être le concept holographique. Comme il le souligne, les caractéristiques essentielles des expériences transpersonnelles — sentiment que les frontières sont illusoires, absence de distinction entre la part et le tout et interconnexion générale — sont précisément celles qu'offrirait un univers holographique. En outre, la nature « inveloppée » de l'espace et du temps inhérente à ce modèle expliquerait pourquoi ces expériences échappent à nos limitations spatio-temporelles habituelles.

La capacité virtuellement infinie des hologrammes en matière de stockage et de restitution de l'information rend également compte de l'énorme masse de données sur la personnalité d'un individu que renferment toutes ces hallucinations, fantasmagories et autres « gestalts psychologiques ». Une seule image sous LSD peut renseigner sur l'attitude générale d'une personne face à la vie, sur un traumatisme de sa prime enfance, sur l'estime qu'elle s'inspire, sur ses senti-

1. Stanislav Grof, *Beyond The Brain* (Albany, N.Y. : State University of New York Press, 1985), p. 31.

ments à l'égard de ses parents ou de son conjoint — tout cela incarné dans la métaphore globale de la vision. Des expériences de ce type sont également holographiques en ce que chaque fragment de la scène est lui-même riche d'une constellation entière d'informations. Il en résulte qu'appliquée à d'infimes détails de cette scène, la libre association ou toute autre technique psychanalytique est à même de faire surgir un flot de données supplémentaires sur l'individu concerné.

Le modèle holographique explique aussi la nature composite des images archétypales. Grof fait observer que l'holographie permet de monter sur un même support une série de prises de vues, les portraits des divers membres d'une grande famille, par exemple. L'hologramme restitué sera celui d'un individu représentant simultanément toutes ces personnes différentes. « Ces images composites nous font comprendre ce que peut être un certain type d'expérience transpersonnelle, tels les archétypes de l'homme et de la femme cosmiques, de la mère, du père, de l'amant, de l'escroc, du martyr ou du fou [1] », dit Grof.

Si chaque prise de vue est effectuée sous un angle légèrement différent, on obtiendra, au lieu d'une seule image composite, toute une série en fondu enchaîné apparent. Grof y voit l'illustration d'un autre aspect de l'expérience hallucinogène : les innombrables visions qui s'y succèdent en accéléré, chacune apparaissant pour aussitôt se dissoudre dans la suivante. L'holographie permet de modéliser tant d'aspects différents de l'expérience archétypale qu'il estime hautement vraisemblable l'existence d'un lien profond

1. *Beyond The Brain*, p. 78.

entre ses processus de mise en œuvre et le mode de production des archétypes.

En fait, Grof a l'intuition qu'il n'y a pratiquement pas d'état non ordinaire de conscience qui ne soit l'émergence d'un ordre holographique caché :

« La notion d'ordres implié et explié ainsi que l'idée que certains aspects fondamentaux du réel sont en temps normal inaccessible à l'expérience et à l'observation s'avèrent d'une extrême pertinence pour la compréhension des états de conscience inhabituels. Ceux qui ont connu ces états — et, parmi eux, des scientifiques cultivés et pointus appartenant à diverses disciplines — rapportent fréquemment qu'ils y ont pénétré dans des domaines de réalité cachés qui leur paraissaient authentiques et en quelque sorte implicites dans la réalité de tous les jours[1]. »

Thérapie holotropique

Il se peut que la plus remarquable découverte de Grof soit l'émergence possible en l'absence de toute drogue des phénomènes rapportés par les sujets ayant pris du LSD. Lui et son épouse, Christina, ont donc élaboré une méthode simple et non chimique d'accès à ces états non ordinaires — ou *holotropiques** — de conscience. Ils entendent par là ceux dans lesquels on est de plain-pied avec le labyrinthe holographique reliant tous les aspects de l'existence, de l'histoire biologique, psychologique, ethnique et spirituelle d'un individu à celle tout aussi pluridisciplinaire de la planète, en passant par d'autres

* Holotropique : du grec *holos* (tout, ensemble) et *tropos* (tour). Qui tourne vers le tout.

1. *Op. cit.*, p. 89.

plans du réel et par tout ce que nous avons abordé dans le contexte de l'expérience hallucinogène.

Une respiration rapide et contrôlée, de la musique évocatrice et des massages sont, à l'exclusion de toute autre, les techniques employées par la *thérapie* holotropique — comme l'ont baptisée les Grof — pour provoquer chez les patiens des états modifiés de conscience. Ceux qui, par milliers déjà, ont fréquenté leurs ateliers témoignent d'expériences tout aussi spectaculaires et décisives sur le plan émotionnel que celles des sujets sous LSD des précédents travaux de Grof. Ce dernier expose en détail ses méthodes et commente leurs résultats dans son livre : *The Adventure of Self-Discovery (A la recherche de soi).*

Vortex de pensée et personnalités multiples

Un certain nombre de chercheurs ont eu recours au modèle holographique pour expliquer divers aspects du processus même de la pensée. Ainsi, pour le psychiatre Edgar Levenson, il jetterait un nouvel éclairage sur la brusque et radicale modification qui s'opère souvent chez le patient au cours de la psychothérapie. Compte tenu que ce phénomène s'observe quelle que soit l'approche thérapeutique ou psychanalytique utilisée, celle-ci n'a, selon lui, qu'une valeur rituelle, la transformation provenant de tout autre chose.

Levenson pense que cette autre chose est la résonance. Un thérapeute, fait-il remarquer, sait toujours à quel moment la cure est en bonne voie, souvent parce qu'il a le puissant pressentiment que les pièces d'un puzzle sont enfin sur le point de s'agencer. En pareil cas, plutôt que fournir à son patient de nouveaux éléments, il semble entrer en résonance avec quelque chose qu'inconsciemment celui-ci sait déjà : « C'est comme s'il s'élaborait au cours de la thérapie une vaste représentation tridimensionnelle — parce que spatialement codée — de l'expérience du patient, une sorte d'image globale passant en revue tous les aspects de sa vie, de son histoire personnelle et de sa relation avec le psychiatre. À un moment donné, il se produit une sorte de "surcharge" et tout se met en place[1]. »

Ces représentations tridimensionnelles seraient, selon Levenson, de véritables hologrammes enfouis dans la psyché qui attendraient pour émerger qu'une résonance s'établisse entre thérapeute et patient, un peu comme telle ou telle image d'un hologramme multiple ne se révèle que sous un laser de même fréquence que celui utilisé lors de son enregistrement. « Le modèle holographique propose donc un paradigme susceptible de renouveler notre manière de percevoir et de relier des phénomènes cliniques dont nous avons toujours reconnu l'importance mais que nous cantonnions dans un "art" de la psychiatrie, explique-t-il. Il offre un éventuel gabarit théorique au changement, un espoir pratique de mettre un peu de clarté dans la technique psychothérapeutique[2]. »

Le psychiatre David Shainberg, co-doyen du Programme Post-scolaire d'Études Psychanalytiques du William Alanson White Institute of Psychiatry (Institut de Psychiatrie William Alanson White) de New York, est partisan de prendre Bohm au pied de la lettre quand celui-ci compare les pensées aux tourbillons d'un cours d'eau. Il y aurait là, selon lui,

1. Edgar A. Levenson, « A Holographic Model of Psychoanalytic Change », *Contemporary Psychoanalysis* 12, n° 1 (1975), p. 13.
2. *Ibid.*, p. 19.

l'explication que nos comportements et croyances puissent se figer et offrir une telle résistance au changement. De fait, des études ont montré la remarquable stabilité de ces formes d'écoulement des fluides. Ainsi, la grande tache rouge de Jupiter, gigantesque vortex gazeux couvrant plus de quarante mille kilomètres, présente toujours le même aspect qu'à l'époque de sa découverte, voilà trois siècles. Pour Shainberg, cette même tendance à la stabilité serait responsable de ce que certains vortex de pensée (idées, opinions...) en arrivent à faire corps avec notre conscience.

Il juge la permanence virtuelle de ces vortex fortement préjudiciable à notre croissance en tant qu'êtres humains. Trop puissants, ceux-ci finissent par dominer notre comportement, inhiber en nous toute faculté d'assimilation des idées et des données nouvelles. Il peut en résulter des schémas répétitifs, des blocages dans le flux créateur de notre conscience, une impossibilité d'embrasser la plénitude de notre être et un sentiment de déconnexion à l'égard de notre espèce. Jusqu'à la course aux armes nucléaires qui, selon lui, y serait liée : « Il faut bien voir qu'il s'agit là d'un vortex suscité par la rapacité d'hommes isolés dans leurs ego respectifs, insensibles à ce qui les lie au restant de l'humanité. Il en résulte une sensation de vacuité particulière qui les pousse à tout convoiter pour combler en eux ce vide. Ainsi l'industrie nucléaire prolifère-t-elle, source d'immenses profits pour des gens si avides qu'ils en deviennent indifférents aux conséquences de leurs actes [1]. »

Comme Bohm, Shainberg estime que notre cons-

1. David Shainberg, « Vortice of Thought in the Implicate Orders », dans *Quantum Implications*, textes choisis et présentés par Basil J. Hiley et F. David Peat (London, Routledge & Kegan Paul, 1987), p. 402.

cience ne cesse de se déployer hors de l'ordre implié. Selon lui, lorsque nous laissons les mêmes vortex prendre forme sur un mode répétitif, nous dressons une barrière entre nous-mêmes et les interactions positives illimitées que nous pourrions avoir avec la source infinie de tout ce qui est. Pour nous donner un aperçu de la perte subie, il nous propose de réfléchir sur l'enfance. À cet âge, on n'a pas encore eu le temps de former des vortex, et cela se reflète dans l'ouverture et la souplesse des interactions avec le monde. Shainberg pense que l'effervescente vivacité des enfants exprime la véritable essence de cette nature enveloppante-développante de la conscience lorsque rien ne s'oppose à son libre exercice.

Qui veut discerner ses propres vortex de pensée devrait, selon Shainberg, porter attention à son comportement dans la conversation. Les gens qui se figent sur des opinions tentent toujours de justifier ce qu'ils sont en les épousant et en s'acharnant à les défendre. Il est rare qu'une donnée nouvelle les fasse changer d'avis, et ils montrent en fait peu d'intérêt pour un réel échange de points de vue. En revanche, une personne ouverte à la fluidité de la conscience accepte plus volontiers de voir la fixité relationnelle induite par les cortex. Elle s'attache à explorer le champ interactif suscité par la conversation plutôt que de réitérer encore et encore la même litanie statique d'opinions. « La réponse humaine et l'articulation de cette réponse, le feedback des réactions qu'elle provoque et la mise en lumière des relations qui se tissent entre des réponses différentes, tout cela forme un ensemble caractéristique de la manière dont l'humanité participe au flux de l'ordre implié [1] », explique Shainberg.

1. *Op. cit.*, p. 411.

Un autre exemple de phénomène psychologique frappé du sceau de l'implié nous est offert par les personnalités multiples. Il s'agit d'un étrange syndrome dans lequel deux (on parle alors de simple dédoublement) ou plusieurs personnalités distinctes partagent un même corps. Qui en est affligé n'a bien souvent pas conscience de son état. L'individu ne se rend pas compte que ses actes et ses pensées passent tour à tour sous le contrôle de « moi » différents et croit souffrir d'une sorte d'amnésie ou de confusion mentale. La plupart de ces « multiples » ont en moyenne huit à treize personnalités, mais il en est — on les nomme alors super-multiples — qui en affichent en alternance plus d'une centaine.

Une statistique des plus significatives à leur propos révèle chez 97 % d'entre eux une enfance traumatisante à l'extrême, le plus souvent pour avoir été le théâtre de violences physiques, psychologiques et sexuelles d'un caractère monstrueux. De nombreux chercheurs en ont conclu que devenir multiple constitue pour la psyché le moyen de lutter contre le traumatisme qui menace de la broyer. Plusieurs personnalités autorisent la répartition d'une souffrance trop massive pour être supportée par une seule.

En un sens, on ne saurait trouver meilleur exemple de ce que Bohm entend par fragmentation. De fait, on ne manquera pas de noter que lorsque la psyché se divise, il en résulte, plutôt qu'un éparpillement d'éclats manifestement incomplets, une série de totalités organiques qui, bien que plus petites et moins détaillées, n'en sont pas moins autosuffisantes et pourvues de traits, de motivations et de désirs qui leur sont propres. Si ces totalités ne sont pas la copie conforme de la personnalité d'origine, les liens étroits qu'elles gardent avec ses dynamismes semblent suggérer qu'un processus de type holographique y est à l'œuvre.

Le syndrome illustre également la pensée de Bohm quand il affirme que la fragmentation finit toujours par s'avérer destructrice. Si elle permet à l'individu de passer le cap d'une enfance à laquelle, autrement, il n'aurait sans doute pas survécu, elle s'accompagne toutefois d'une foule d'effets secondaires des plus déplaisants, allant de la dépression aux troubles cardiaques et respiratoires en passant par les phobies, crises d'angoisse ou de panique, nausées sans motif, maux de tête migraineux, tendances à l'automutilation et autres pathologies tant physiques que mentales. Fait surprenant mais pratiquement systématique, c'est en général entre vingt-huit et trente-cinq ans que ce genre de psychose se manifeste au niveau du comportement comme si quelque système d'alarme intérieur se déclenchait à cet âge, avertissant l'individu de l'urgence d'un diagnostic, première et nécessaire étape de tout traitement. Corrobore cette hypothèse l'impression qu'ont les multiples, passé la quarantaine, de n'avoir aucune chance de guérir s'ils ne trouvent pas au plus tôt quelqu'un pour les soigner [1]. Il est donc clair qu'en dépit des bénéfices temporaires que la psyché souffrante retire de sa fragmentation, la plénitude seule reste à même d'assurer la santé mentale et physique, voire la survie d'un individu.

Autre caractéristique insolite de ces troubles : à chaque personnalité d'un multiple correspond une répartition différente des ondes cérébrales. Il s'agit là d'un fait passablement surprenant car, ainsi que le souligne Frank Putnam — un psychiatre des National

1. Frank Putnam, *Diagnosis and Treatment of Multiple Personality Disorder* (New York, Guilford, 1988), p. 234.

Institutes of Health (Instituts nationaux de la santé) américains qui s'est penché sur le phénomène —, rien, pas même une émotion intense, n'est normalement susceptible de modifier cette répartition. Et il y a bien d'autres traits physiologiques qui varient d'une personnalité à l'autre : les rythmes de la circulation sanguine, le tonus musculaire et même les allergies.

La répartition des ondes cérébrales n'étant pas confinée à un neurone isolé ou à un groupe de ces derniers, il n'est pas interdit d'y voir, là aussi, le résultat d'un processus holographique de quelque espèce. À l'instar d'un hologramme à images multiples susceptible de restituer plusieurs dizaines d'images complètes, l'hologramme cérébral tiendrait en réserve et serait à même de projeter un aussi grand nombre de personnalités différentes. En d'autres termes, il se pourrait que ce que nous nommons le « moi » soit aussi un hologramme et que ces mouvements de va-

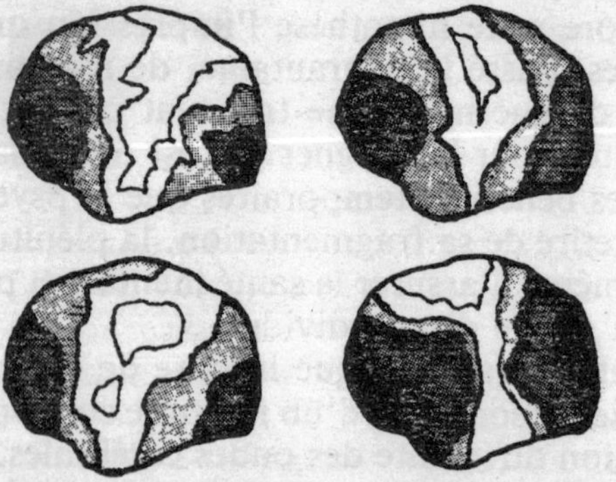

Figure 10. Systèmes de répartition des ondes cérébrales chez quatre sous-personnalités d'un patient souffrant de troubles à personnalités alternantes. Ne peut-on supposer que le cerveau ait recours à des principes holographiques pour stocker la vaste quantité de données indispensables à l'hébergement de plusieurs dizaines, voire de plusieurs centaines de personnalités dans un même corps ?

et-vient — somme toute comparables à ceux d'un projecteur de diapositives — par lesquels le cerveau d'un multiple passe d'un moi holographique à l'autre aient leur reflet dans les modifications globales dont tant l'activité ondulatoire du cerveau que le corps entier sont le théâtre (fig. 10). Les variations physiologiques qui se produisent à cette occasion sont également riches d'implications concernant les liens qu'entretiennent le corps et l'esprit, et nous en discuterons plus amplement dans le prochain chapitre.

Un défaut dans le tissu du Réel

Une autre contribution majeure de Jung fut de définir le concept de synchronicité. Il s'agit, comme nous l'avons dit dans l'introduction, de coïncidences si insolites et si chargées de sens qu'il est difficile de les attribuer au hasard seul. Chacun d'entre nous en fait l'expérience à quelque moment de sa vie, apprend par exemple un mot qu'il ne connaissait pas pour l'entendre employer une ou deux heures plus tard au cours du bulletin d'informations.

Il y a deux ou trois ans, j'ai fait l'expérience d'une série de synchronicités touchant Buffalo Bill. J'ai coutume de faire quelques exercices de gymnastique avant de me mettre au travail, et de temps à autre j'allume la télé. Un matin de janvier 1983, j'étais donc en pleine séance de pompes sur fond de « Questions pour un Champion » ou de je ne sais quoi quand soudain j'ai hurlé : « Buffalo Bill ! » Je n'ai d'abord rien compris, puis je me suis souvenu de la question posée par l'animateur : « Sous quel nom est plus connu William Frederick Cody ? » J'avais beau ne pas suivre l'émission, la question s'était frayé un chemin jusqu'à mon esprit qui y avait spontanément répondu. Sur le moment, je n'y ai pas prêté grande attention et ma journée a suivi son cours. Quelques heures plus tard, un ami me téléphone pour me demander d'arbitrer une discussion amicale sur un point de théâtre. J'accepte et mon ami enchaîne : « Est-il exact que les dernières paroles de John Barrymore ont été : "N'es-tu pas le fils naturel de Buffalo Bill ?" » Bizarre, me dis-je, que cette deuxième rencontre avec Buffalo Bill, mais il est encore possible de la mettre sur le compte d'une coïncidence... jusqu'à la troisième, quand le facteur a glissé dans ma boîte aux lettres le *Smithsonian* auquel je suis abonné. En l'ouvrant, je découvre le sommaire : Le Retour du dernier grand éclaireur. L'article concernait... vous avez deviné, bien sûr... Buffalo Bill. Soit dit en passant, j'étais toujours incapable de répondre à la question de mon ami et dans l'ignorance totale de ce qu'avait pu dire John Barrymore en mourant.

Si incroyable que ce fût, la seule chose qui semblait avoir un sens dans cette histoire était son caractère improbable. Toutefois, il est un autre type de synchronicité dont il convient de faire état, non en raison de son absurdité, mais précisément à cause du trop grand lien apparent qu'il offre avec des événements prenant place dans les profondeurs de la psyché. L'exemple classique en est le scarabée de Jung. Jung avait une patiente qu'une approche obstinément rationnelle de la vie rendait imperméable à la cure. Au bout d'un certain nombre de séances sans résultat notable, elle en vint à parler d'un de ses rêves où apparaissait un scarabée. N'ignorant pas que la mythologie égyptienne associait cet insecte à l'idée de renaissance, Jung se demanda si l'inconscient de sa patiente n'était pas en train d'annoncer sous forme symbolique l'imminence d'une renaissance psychologique d'un type ou d'un autre. Il était sur le point de lui en faire la remarque quand quelque chose cogna contre les vitres du bureau. Il leva les yeux et vit qu'il s'agissait d'un scarabée vert mordoré — fait sans précédent puisque jamais ce genre d'insecte ne s'était présenté à sa fenêtre. Il alla ouvrir, laissa entrer la bestiole, et ne soumit qu'alors à la femme son interprétation du rêve. Ébranlée dans son rationalisme, celle-ci y mit un frein à compter de ce jour au plus grand bénéfice de la thérapie entreprise.

Plusieurs fois au cours de sa carrière de praticien, Jung eut affaire à ce genre de coïncidences significatives. Elles correspondaient presque toujours, constata-t-il, à des périodes de vie émotionnelle intense, de bouleversement : modification radicale des croyances, nouvelle et soudaine perception des choses, morts, naissances, voire changement de profession. Il nota également que leur fréquence tendait à culminer juste avant que l'intuition ou la vision nouvelle ne fît surface dans la conscience du patient. À mesure que se répandaient les idées de Jung, ses confrères commencèrent à témoigner de leur propre expérience du phénomène.

Ainsi Carl Alfred Meir, psychiatre établi à Zurich et qui fut longtemps l'associé de Jung, fait état d'une synchronicité embrassant plusieurs années. Souffrant d'une grave dépression, une Américaine avait fait le voyage depuis la ville chinoise de Wuchang où elle vivait jusqu'à Zurich pour être soignée par Meir. Chirurgienne, elle dirigeait là-bas depuis vingt ans un hôpital de mission et s'était immergée dans sa civilisation d'accueil au point d'être une spécialiste de la pensée chinoise. Au cours du traitement, elle parla d'un rêve où son hôpital lui était apparu avec une aile en ruines. L'interpénétration de sa personnalité et de l'établissement dont elle avait la charge était telle que Meir sentit que, par ce rêve, elle se révélait à elle-même l'origine de son état, à savoir une perte du « moi », de son identité américaine. Il lui conseilla de rentrer aux États-Unis, ce qu'elle fit, et la dépression ne tarda pas à s'estomper, conformément à ses prédictions. Avant son départ, il lui avait fait faire un dessin détaillé de l'hôpital en partie détruit.

Des années plus tard, les Japonais attaquèrent la Chine et bombardèrent l'hôpital de Wuchang. Meir reçut de sa patiente un numéro de *Life* où une photo en double page montrait l'hôpital dans son état présent. Une aile y était en ruines comme sur le dessin exécuté neuf ans plus tôt. Le message symbolique et hautement personnel du songe de cette femme avait de quelque manière débordé de sa psyché pour s'inscrire dans la réalité matérielle [1].

Le caractère frappant de ces synchronicités amena Jung à la conviction qu'il ne s'agissait pas d'événements isolés de nature aléatoire mais qu'elles offraient un lien avec les processus psychologiques des personnes qui les vivaient. Ne pouvant concevoir comment quelque chose d'enfoui dans la psyché pouvait être la cause d'un événement ou d'une série d'événements prenant place dans le monde physique — du moins au sens classique — il proposa la prise en compte de quelque nouveau principe, d'un principe connecteur acausal ayant jusqu'alors échappé à la science.

Quand il émit cette hypothèse, la plupart des physiciens refusèrent de la prendre au sérieux, même si l'un des plus éminents du moment, Wolfgang Pauli,

1. « Science an Synchronicity : A conversation with C.A. Meier », *Psychological Perspectives* 19, n° 2 (automne-hiver 1988), p. 324.

la jugea suffisamment digne d'intérêt pour cosigner avec lui un ouvrage consacré à la question : *The Interpretation and Nature of the Psyche (L'Interprétation et la nature de la psyché)*. Mais à présent que l'existence des connexions non locales est un fait établi, certains physiciens acceptent de réexaminer l'idée de Jung*. Paul Davies est l'un d'entre eux quand il affirme : « Ces effets quantiques non locaux sont à n'en pas douter une forme de synchronicité dans la mesure où ils établissent un rapport — plus précisément une corrélation — entre des événements pour lesquels aucune forme de lien causal n'est envisageable[1]. »

F. David Peat est un autre de ces physiciens qui prennent au sérieux la synchronicité. Il pense que non seulement les synchronicités de type jungien sont des réalités mais qu'elles constituent un nouvel indice en faveur de l'existence d'un ordre implié. Rappelons-nous que, selon Bohm, l'apparente séparation entre matière et conscience est une illusion, pur épiphénomène de leur déploiement commun dans le monde explié des objets et du temps séquentiel. S'il n'y a pas de division entre l'esprit et la matière dans l'implié, le terrain d'où jaillit toute chose, on peut raisonnablement s'attendre à ce que la réalité reste injectée des traces de cette connexion en profondeur. Peat voit de ce fait les synchronicités comme des « défauts » dans le tissu du réel, des interstices momentanés qui nous autorisent à jeter un bref regard sur l'immense et unitaire ordre sous-jacent de la nature.

* Comme il est dit plus haut, des effets non locaux ne sont pas dus à une relation de cause à effet et sont par conséquent de nature acausale.

1. Paul Davies, *The Cosmic Blueprint* (New York, Simon & Schuster, 1988), p. 162.

En d'autres termes, Peat estime qu'elles révèlent l'absence de coupure entre le monde physique et notre réalité psychique interne. Ainsi, leur relative rareté dans notre existence montre à quel point nous nous sommes non seulement fragmentés, éloignés de l'unité du champ de conscience universel, mais aussi coupés de l'infini et du vertigineux potentiel des structures plus profondes de l'esprit et du réel. Selon Peat, lors d'une synchronicité, ce dont nous faisons l'expérience, c'est de « l'esprit humain fonctionnant, l'espace d'un instant, dans l'ordre des choses et de lui-même, s'étendant à l'ensemble du monde des hommes et de la nature, traversant des niveaux d'ordre sans cesse plus subtils, jusque par-delà la source de toute matière et de tout esprit, jusque dans la créativité pure[1]. »

Concept qui a de quoi surprendre puisque, dans leur immense majorité, les *a priori* du bon sens concernant le monde reposent sur une distinction radicale entre objectif et subjectif. Et c'est pourquoi les synchronicités nous paraissent si déroutantes et dénuées d'explication. Mais s'il n'existe en fin de compte aucun fossé entre la réalité extérieure et nos processus psychiques internes, nous n'allons pas pouvoir nous contenter de modifier cette seule vision du monde dictée par le bon sens car les implications en sont proprement vertigineuses.

L'une est que la réalité objective est nettement plus proche du songe que nous ne l'avions précédemment soupçonné. Supposons par exemple qu'en rêve vous dîniez au restaurant avec votre patron et son

1. F. David Peat, *Synchronicity : The Bridge between Mind and Matter* (New-York : Bantam Books, 1987), p. 235 (trad. *Synchronicité : le pont entre l'esprit et la matière*, Éd. du Mail, 1988.)

épouse. Vous savez par expérience que les constituants essentiels de cette réalité onirique — table, chaises, assiettes, couverts, salière et poivrière — ont l'aspect d'objets distincts. Imaginez maintenant que ce rêve comporte une expérience de synchronicité : on va peut-être vous servir un plat peu ragoûtant et, quand vous en demanderez le nom au serveur, il va vous répondre que c'est du « Votre Patron ». Prenant alors conscience que votre dégoût pour le plat trahit vos propres sentiments à l'égard dudit personnage, vous ne savez plus où vous mettre et vous vous demandez comment un aspect de votre moi « intérieur » a pu filtrer dans la réalité « extérieure » du rêve. Bien sûr, sitôt réveillé, vous comprenez que cette synchronicité n'avait rien de si étrange puisqu'il n'existait en fait aucune séparation réelle entre les deux mondes. Parallèlement, vous vous apercevez que l'apparente objectivité des différents éléments du rêve n'était qu'une illusion de plus, tout y étant la résultante d'une structure plus profonde, plus fondamentale : la totalité non fragmentée de votre esprit inconscient.

S'il n'y a pas de rupture entre les mondes mental et physique, il en va de même de la réalité objective. Selon Peak, il n'en faudrait pas conclure au caractère illusoire du monde matériel, implié et explié participant l'un comme l'autre à la création du réel. Non plus qu'à la perte d'une individualité qui ne se perd pas davantage que l'image d'une rose, une fois qu'elle s'est enregistrée sur la plaque holographique. Il convient simplement d'y voir que nous sommes encore une fois semblables aux tourbillons d'une rivière, distincts mais inséparables du flot de la nature. Ou encore, pour reprendre la formule de Peat, que « le moi ne manifeste qu'un aspect d'un mouvement plus subtil qui embrasse la structure entière de la conscience[1]. »

Ainsi le cycle est-il bouclé : partis de cette découverte immense que la conscience contient l'ensemble de la réalité objective — toute l'histoire du vivant sur la planète, les religions et mythologies mondiales et la dynamique tant des cellules sanguines que des étoiles —, nous sommes parvenus à cette autre découverte non moins fantastique, à savoir que le monde matériel renferme dans sa texture fondamentale nos processus de conscience les plus intimes. Telle est la nature de la profonde connexité de toutes choses dans un univers holographique. Le chapitre suivant examinera en quoi cette connexité, comme d'autres aspects du concept holographique, modifie notre vision classique de la santé.

1. Voir note 1, p. 129.

Je chante le corps holographique

> À peine sauras-tu qui je suis, ce que je signifie, mais je n'en serai pas moins ta santé.
>
> (Walt Whitman, *Song of Myself*)

Un homme de soixante et un ans — nous l'appellerons Frank — avait révélé aux examens une forme presque fatale de cancer de la gorge qui lui laissait au mieux une chance sur vingt de survivre. Son poids était tombé de soixante-cinq à quarante-neuf kilos. Il était d'une faiblesse extrême, avait à peine la force d'avaler sa salive et des difficultés pour respirer. La pertinence même d'un traitement par les rayons avait fait l'objet de longues discussions entre ses médecins, tant le risque était grand d'accroître l'inconfort du patient sans augmenter sérieusement ses chances de survie. Ils optèrent toutefois pour cette ultime tentative.

Frank eut alors la chance insigne que l'on priât le Dr O. Carl Simonton, radio-oncologiste* et direc-

* Oncologie, du grec *onkos* (grosseur, tumeur), étude des tumeurs cancéreuses.

teur médical du *Cancer Counseling and Research Center* (Centre de recherche et d'information sur le cancer) de Dallas (Texas), de participer au traitement. Simonton suggéra que Frank pouvait lui-même influer sur le cours de sa maladie et, à cet effet, lui enseigna un certain nombre de techniques de relaxation et d'imagerie mentale élaborées par son équipe. Le traitement commença. Trois fois par jour, Frank se représenta les radiations auxquelles il était soumis sous forme de minuscules projectiles d'énergie qui par millions bombardaient ses cellules. Il visualisa également ces dernières, les cancéreuses comme plus faibles et plus perturbées que les normales, donc moins aptes à se remettre d'un tel assaut. Puis il visualisa ses globules blancs, se représenta cette vaillante armée de son système immunitaire déferlant sur ses cellules malignes mourantes ou déjà mortes, assurant leur transport vers le foie puis les reins qui les évacuaient de son organisme.

Les résultats furent spectaculaires, dépassant de loin ce qu'il est permis d'espérer en pareil cas de la seule radiothérapie. Ce fut comme si les rayons opéraient par magie. Frank n'eut pour ainsi dire à pâtir d'aucun de ces effets secondaires — lésions de la peau et des muqueuses — accompagnant d'ordinaire ce genre de traitement. Il reprit les kilos perdus, retrouva ses forces ; deux mois plus tard, toute trace du mal avait disparu. Pour Simonton, cette guérison miraculeuse était avant tout due au régime de visualisations quotidiennes auquel s'était plié son patient.

En guise d'expérience complémentaire, Simonton et ses collègues formèrent à leurs techniques de visualisation cent cinquante-neuf personnes dont les cancers étaient tenus pour médicalement incurables. Normalement, on ne s'attend pas à voir ces patients survivre plus de douze mois. Or, quatre ans plus tard, le nombre des survivants se montait encore à soixante-trois ; quatorze d'entre eux n'offraient plus trace du mal, douze l'avaient vu régresser tandis que chez dix-sept autres il s'était stabilisé. La moyenne de survie du groupe complet était de vingt-quatre mois et douze jours, soit plus du double de la norme nationale [1].

Depuis, Simonton a mené plusieurs expériences similaires, toujours avec succès. Mais en dépit de ces résultats prometteurs, son travail reste controversé. Il en est, par exemple, pour arguer que les personnes y ayant pris part n'étaient pas des patients « moyens ». De fait, nombre de ces derniers étaient allés trouver Simonton dans le but avoué de s'initier à ses techniques, trahissant à l'origine une combativité exceptionnelle.

Bien des chercheurs ont néanmoins trouvé les résultats de Simonton assez convaincants pour lui apporter leur soutien, et lui-même a fini par fonder en Californie, à Pacific Palisades, le Centre Simonton. Voué au départ à la recherche sur le cancer et au traitement de ses victimes, il a élargi son champ d'action et s'occupe à présent de former aux techniques d'imagerie mentale des patients confrontés à toutes sortes de maladies. L'usage thérapeutique de la visualisation a également conquis l'esprit du public puisqu'une enquête récente le révèle en quatrième position dans le choix des méthodes douces de lutte contre le cancer [2].

Comment une image formée dans notre esprit

1. Stephanie Mathews-Simonton, O. Carl Simonton et James L. Creighton, *Getting Well Again* (New York : Bantam Books, 1980), pp. 6-12 (trad. *Guérir envers et contre tout : le guide quotidien du malade et de ses proches pour surmonter le cancer*, éd. de l'Épi, 1982.)

2. Jeanne Achterberg, « Mind and Medicine : The Role of Imagery in Healing », *ASPR Newsletter*, p. 20.

peut-elle avoir un effet sur quelque chose d'aussi terrible qu'un cancer incurable ? Là encore, rien d'étonnant à ce que l'hypothèse holographique appliquée au cerveau puisse éclairer le phénomène. La psychologue Jeanne Achterberg, directeur de recherche en Sciences de la Rééducation auprès du *Health Science Center* (Centre de recherches scientifiques sur la santé) de l'université du Texas, à Dallas — et qui a fait partie de l'équipe ayant mis au point les techniques dont se sert Simonton — estime que la réponse pourrait bien résider dans l'aptitude du cerveau à la représentation holographique.

Comme nous l'avons précisé plus haut, toute expérience n'est en dernière analyse qu'un processus neurophysiologique localisé dans le cerveau. Selon le modèle holographique, nous vivons certaines choses — les émotions, par exemple — comme des réalités internes et d'autres — l'oiseau qui chante ou le chien qui aboie — comme des réalités externes, parce que c'est là où le cerveau les situe quand il crée l'hologramme interne qu'il nous donne à percevoir en guise de réel. Or, nous savons déjà que ce cerveau n'est pas toujours en mesure de faire la distinction entre le monde extérieur et l'apparence qu'il lui prête — phénomène à l'origine de la sensation que certains amputés conservent de leur membre absent. En d'autres termes, dans un cerveau opérant sur le mode holographique, l'image remémorée d'un objet peut avoir sur les sens autant d'impact que l'objet lui-même.

Et un effet non moins puissant sur l'organisme. En témoignera volontiers quiconque a jamais senti son cœur s'affoler à la seule pensée de serrer dans ses bras l'être cher ou eu les mains moites au rappel d'une expérience particulièrement terrifiante. À première vue, il peut paraître étrange que le corps ne sache pas toujours distinguer le réel de l'imaginaire, mais si l'on se réfère au modèle holographique — lequel prétend toute expérience, quel qu'en soit le statut, réductible au langage commun des formes d'onde holographiquement structurées — la situation s'éclaire. Ou, pour reprendre les termes d'Achterberg : « Quand des images sont envisagées sous l'angle holographique, leur omnipotente influence sur l'organisme va de soi. Image, comportement et concomitants physiologiques sont un aspect unifié du même phénomène [1]. »

Bohm se sert de sa notion d'ordre implié — d'un niveau plus profond et non localisé de l'existence d'où jaillirait notre univers entier — pour exprimer sensiblement la même idée : « Tout acte naît d'une intention dans l'ordre implié. L'imagination est déjà création de forme ; elle a déjà en elle l'intention et l'ébauche de tous les mouvements nécessaires pour la mener à son terme. Il s'ensuit sur le corps une réaction qui fait boule de neige, si bien que, dans le même temps où la création se déploie sur ce mode depuis les niveaux les plus subtils de l'ordre implié, elle les traverse tous pour aller se manifester dans l'explié [2]. » En d'autres termes, dans l'ordre implié, comme dans le cerveau lui-même, imagination et réalité sont en dernier ressort confondues, et nous ne devrions donc pas être surpris que les images mentales soient en définitive susceptibles de se manifester sous forme de réalités du corps physique.

À l'occasion d'un travail sur les globules blancs, Achterberg découvrit que les effets physiologiques obtenus par visualisation se caractérisaient non

1. Jeanne Achterberg, *Imagery in Healing* (Boston, Mass., New Science Library, 1985), p. 134.
2. Entretien privé avec l'auteur, 28 octobre 1988.

seulement par leur puissance mais aussi par une extrême précision. Le terme « globule blanc » ou « leucocyte » recouvre en fait plusieurs variétés de cellules, et Achterberg se demanda s'il était possible d'entraîner des personnes à augmenter dans leur sang le nombre d'une seule de ces espèces. À cette fin, elle forma un groupe d'étudiants à visualiser le type neutrophile, majoritaire dans la population leucocytaire. Un second groupe fut entraîné à visualiser des basophiles, type plus spécialisé de globules blancs. À l'issue de l'expérience, ceux qui s'étaient concentrés sur les neutrophiles en avaient un nombre accru de manière significative dans leur organisme, alors que celui des basophiles restait inchangé. Dans l'autre groupe, en revanche, c'était dans la population basophile que l'on constatait une nette augmentation alors que celle des neutrophiles était demeurée stable[1].

Achterberg estime que la santé d'un individu dépend étroitement de l'opinion que celui-ci s'en fait. Comme elle le souligne, il n'est pratiquement personne qui, en contact avec le milieu médical, n'ait entendu raconter au moins une fois l'anecdote suivante : un patient est renvoyé chez lui pour y attendre la fin, et comme il ne se sent pas le moins du monde à l'article de la mort, le voilà qui stupéfie ses médecins en entamant un processus de rémission. Dans son livre fascinant : *Imagery in Healing (Visualiser pour guérir)*, elle donne plusieurs exemples issus de son expérience personnelle. L'un d'eux est celui d'une femme admise à l'hôpital alors qu'elle était dans le coma et paralysée. L'examen révéla une grosse tumeur au cerveau que l'on opéra aussitôt pour la « dégonfler » (en ôter autant qu'il était possible sans

1. Achterberg, *ASPR Newsletter*, p. 20.

risque). Toutefois, on n'avait pas espoir de la voir survivre, aussi la ramena-t-on chez elle sans autre forme de traitement, ni rayons ni chimiothérapie.

Mais au lieu de mourir, elle se revigora de jour en jour. Achterberg, qui la suivait en biofeedback*, fut à même de constater les progrès. En six mois, son cancer eut disparu. Pourquoi ? Bien qu'intelligente (dans le sens courant du terme), elle n'était pas très cultivée, et le mot « tumeur » ne lui évoquait rien de précis — surtout pas cette condamnation à court terme qu'il impliquait. Elle ne se voyait pas sur le point de mourir, et gardait face au mal la confiance et la détermination dont elle avait toujours fait preuve en pareille circonstance. La dernière fois qu'Achterberg la vit, la paralysie même n'était plus qu'un souvenir. La femme avait abandonné prothèses et cannes ; elle était même sortie danser une ou deux fois [1].

Achterberg étaye son hypothèse en faisant remarquer que les retardés mentaux, et autres personnes incapables de saisir la sentence de mort associée au cancer, y sont moins exposés que la moyenne dans une proportion significative. Une enquête menée au Texas sur une période de quatre ans a montré que 4 % seulement des décès dans ces deux groupes étaient dus au cancer, alors que sur l'ensemble de l'État, la fourchette allait de 15 à 18 %. On notera, fait étrange, que pas un seul cas de leucémie n'a été enregistré dans ces deux groupes entre 1925 et 1978. Des enquêtes similaires ont donné sensiblement les

* Biofeedback : technique de méditation utilisant un appareillage électronique pour présenter certains événements, telles des réactions physiologiques internes, sous forme de signaux visuels ou auditifs que le sujet s'entraîne à modifier.

1. Achterberg, *Imagery in Healing*, pp. 78-79.

mêmes résultats pour les États-Unis pris dans leur ensemble ainsi que dans divers pays au nombre desquels l'Angleterre, la Grèce et la Roumanie [1].

Ces découvertes, ainsi que d'autres amenèrent Achterberg à penser que celui ou celle qui souffre d'une maladie, même d'un simple rhume, devrait se doter du plus grand nombre possible d'« hologrammes neuraux » salutaires, sous forme de convictions, d'images de bien-être et d'harmonie et de visualisations de telle ou telle fonction immunitaire en action. À son sens, nous devons également exorciser toute croyance ou représentation mentale susceptible d'avoir un effet négatif sur notre santé, et comprendre que nos hologrammes corporels sont plus que de simples images. Ils contiennent une foule d'informations autres que visuelles, des saisies intellectuelles et des interprétations, des préjugés conscients et inconscients, des peurs, des espoirs, des soucis, etc.

Le conseil qu'Achterberg nous donne de nous débarrasser des images négatives, nous l'acceptons sans peine, si grande est l'évidence que la visualisation apte à guérir une maladie peut aussi bien la causer. Dans *L'Amour, la médecine et les miracles*, Bernie Siegel confirme qu'il a souvent vu l'image mentale que les patients ont d'eux-mêmes ou de leur existence influer sur leur état. Parmi les exemples qu'il donne à l'appui, citons cette femme qui avait à subir une ablation du sein et prétendait avoir besoin qu'on lui « retire quelque chose à la poitrine », ce patient qui, atteint d'un myélome multiple qui lui rongeait la moelle osseuse, disait « avoir toujours été considéré

1. Jeanne Achterberg, Ira Collerain et Pat Craig, « A Possible Relationship between Cancer, Mental Retardation, and Mental disorders », *Journal of Social Science and Medicine 12* (mai 1978), pp. 135-139.

comme une chiffe molle », et cet autre affligé d'un carcinome du larynx après l'avoir été d'un père qui, pour couper court à ses cris lorsqu'il le battait, faisait mine de l'étrangler en lui hurlant de la fermer !

La relation entre l'image et la maladie est parfois si frappante qu'on a peine à comprendre pourquoi elle n'est pas perçue par le patient, comme dans le cas de ce psychiatre opéré d'urgence pour se voir retirer plus d'un mètre d'intestin nécrosé et qui avoua ensuite à Siegel : « Je suis content de vous avoir pour chirurgien. J'ai suivi une analyse mais je ne savais que faire de toute cette saleté qui remontait [1]. » Ce genre d'incident a convaincu Siegel qu'il n'existe pratiquement de trouble qui n'ait à quelque degré son origine dans le cerveau, sans qu'il faille pour autant songer à les qualifier de psychosomatiques ou d'imaginaires. Il préfère les définir comme *soma-signifiants*, terme forgé par Bohm à partir du grec *soma* (corps) pour mieux rendre compte de la relation existante. Que toutes les maladies prennent naissance dans l'esprit n'a rien pour inquiéter Siegel. Ce serait même, selon lui, un formidable espoir, l'indice que, si tout un chacun a le pouvoir de se rendre malade, celui de se maintenir en bonne santé n'est pas moins bien partagé.

Si puissante est la relation entre image et maladie qu'elle autorise même le recours à la visualisation pour prédire les espérances de survie d'un patient. Dans le cadre d'une autre expérience décisive, Simonton, son épouse la psychologue Stephanie Matthews-Simonton, Achterberg et le psychologue G. Frank Lawlis soumirent cent vingt-six cancéreux

1. Bernie S. Siegel, *Love, Medicine and Miracles* (New York, Harper & Row, 1986), p. 32 (trad. *L'amour, la médecine et les miracles*, Laffont, 1989 - J'ai lu, 1990.)

à une batterie de tests sanguins. Puis ils leur firent passer des tests psychologiques non moins approfondis, dont certains où il leur était demandé de se dessiner, de dessiner leur cancer, leur traitement et leur système immunitaire. Les tests sanguins fournirent quelques renseignements sur l'état des patients mais rien de très neuf. En revanche, les tests psychologiques — surtout les dessins — furent une mine de données. En fait, par la simple analyse des dessins, Achterberg réussit à prédire avec une moyenne de seulement 5 % d'erreur lequel mourrait dans les quelques mois à venir et lequel allait triompher du mal et entrer en rémission [1].

L'esprit joue au basket

Pour incroyables que soient les résultats obtenus par les chercheurs susmentionnés, il ne s'agit là que de la partie émergée de l'iceberg dès qu'on en vient à explorer le contrôle exercé par le mental holographique sur le corps physique. D'autant que les applications potentielles d'un tel contrôle sont loin de se limiter aux seules questions de santé. De nombreuses enquêtes menées dans le monde entier ont montré que la visualisation n'est pas sans avoir en outre un impact énorme sur les performances physiques et sportives.

Dans une étude récente, le psychologue Shlomo Breznitz de l'université de Jérusalem imposa une marche forcée de quarante kilomètres à plusieurs groupes de soldats israéliens mais en donnant à chaque groupe des informations différentes. Certains n'apprirent qu'au trentième kilomètre qu'il leur en

1. Achterberg, *Imagery in Healing*, pp. 182-187.

restait dix à couvrir alors que d'autres se croyaient partis pour en faire soixante. Certains bénéficièrent de repères, d'autres n'eurent aucun moyen de savoir où ils en étaient. À l'issue de l'expérience, Breznitz s'aperçut que la tension nerveuse de ses cobayes — mesurable à leur taux d'hormones dans le sang — n'était pas proportionnelle à la distance réelle mais à celle qu'ils pensaient avoir parcourue[1]. En d'autres termes, *leur corps ne réagissait pas à la réalité objective mais à l'image subjective qu'ils en avaient.*

Selon le Dr Charles A. Garfield, ex-chercheur à la NASA et président en exercice du *Performance Science Institute* (Institut scientifique d'étude des performances) de Berkeley, les Soviétiques ont accordé une grande attention à ce rapport entre imagerie mentale et performance physique. Une de leurs enquêtes porta sur une équipe d'athlètes de niveau international répartie en quatre groupes. Le premier groupe passa la totalité de son temps d'entraînement à simplement s'entraîner. Le deuxième n'y consacra que 75 % de ce même temps, le quart de reste étant utilisé pour visualiser leurs mouvements et l'objectif qu'ils comptaient atteindre. Le troisième fit part égale entre entraînement et visualisation. Le dernier groupe, enfin, privilégia la visualisation, ne consacrant qu'un quart de son temps à l'entraînement classique. Contre toute attente, ce fut le quatrième groupe qui, aux jeux Olympiques d'hiver de Lake Placid, effectua les meilleures performances, suivi — dans cet ordre — par les groupes trois, deux et un[2].

1. Bernie S. Siegel, *L'amour, la médecine et les miracles* (Laffont - J'ai lu).

2. Charles E. Garfield, *Peak Performance : Mental Training Techniques of the World's Greatest Athletes* (New York, Warner Books, 1984), p. 16 (*Maxi performance : les techniques d'entraînement mental des plus grands athlètes du monde*, Homme, 1987.)

Garfield — qui a passé des centaines d'heures à interviewer aux quatre coins de la planète des sportifs et des chercheurs spécialisés dans ce domaine — prétend que les Soviétiques ont incorporé des techniques de visualisation à la plupart de leurs programmes sportifs. Ils auraient la conviction que les images mentales préparent le terrain dans le processus de formation des impulsions neuromusculaires. Selon Garfield, l'efficacité de la visualisation viendrait de ce que le mouvement s'enregistre dans le cerveau sur un mode holographique. Dans son livre : *Peak Performance : Mental Training Techniques of the World's Greatest Athletes (Maxi performance : les techniques d'entraînement mental des plus grands athlètes du monde)*, il affirme : « Ces images sont holographiques et leur fonction s'exerce en premier lieu au niveau subliminal. Les techniques de visualisation holographique permettent la solution rapide des problèmes touchant au repérage dans l'espace, tel l'assemblage d'un mécanisme complexe, l'élaboration d'une chorégraphie ou la prévision des coups suivants lors d'une partie d'échecs[1]. »

Le psychologue australien Alan Richardson a obtenu des résultats similaires avec des basketteurs. Après avoir testé leur aptitude au lancer franc, il les répartit en trois groupes de force égale. Au premier, il demanda de passer vingt minutes par jour à travailler cet aspect particulier du jeu, au second, de ne pas s'y entraîner et au troisième, de consacrer ces mêmes vingt minutes à s'imaginer expédiant la balle au panier à tous les coups. Comme on pouvait s'y attendre, le deuxième groupe ne fit aucun progrès. Les performances du premier enregistrèrent une

1. Voir note 2, p. 143.

hausse de 24 %. Mais le plus surprenant fut que le troisième groupe, par le seul pouvoir de la visualisation, se hissa presque au niveau de celui qui s'était physiquement entraîné avec 23 % de paniers réussis supplémentaires [1].

L'absence de division entre santé et maladie

De l'avis du physicien Larry Dossey, la visualisation n'est pas le seul outil dont dispose le cerveau holographique pour opérer des changements dans l'organisme. La simple reconnaissance de l'indivisible unité des choses se solde par des résultats similaires. Ainsi qu'il le fait observer, nous avons tendance à voir la maladie comme extérieure à nous. Elle nous viendrait du dehors, nous assiégerait, saperait les fondements de notre bien-être. Mais si le temps et l'espace sont indissociables, et qu'il en est ainsi de toute chose au monde, la distinction entre santé et maladie s'avère impossible.

Mais comment mettre ce savoir en pratique dans le quotidien ? Cessons d'isoler la maladie, répond Dossey. Considérons-la comme la manifestation d'un tout, la convergence d'un comportement, d'un régime alimentaire, d'un mode de sommeil, bref, d'un vaste ensemble de relations avec l'univers *in extenso*... et il n'est pas rare que nous nous sentions déjà beaucoup mieux. À l'appui de sa thèse, il cite un travail avec des migraineux auxquels on avait demandé de tenir un journal de leurs crises, d'en noter la fréquence et la violence. Conçu comme une première étape préparant les patients pour un traitement futur,

1. Mary Orser et Richard Zarro, *Changing Your Destiny* (New York, Harper & Row, 1989), p. 60.

cet exercice, à peine commencé, entraîna dans la plupart des cas la disparition pure et simple des maux de tête[1].

Dans une autre expérience citée par Dossey, un groupe d'enfants épileptiques et leurs parents sont filmés en vidéo dans leurs relations. De temps à autre, on y assiste à des décharges émotionnelles souvent suivies de crises effectives. Quand les enfants voient ces bandes et qu'ils font le lien entre les événements d'ordre affectif et les crises, ces dernières tendent à disparaître[2]. Pourquoi ? Tenir un journal ou se voir sur écran permet aux sujets d'appréhender leur état et de le mettre en relation avec la structure plus générale de leur vie. Auquel cas, il n'est plus question de considérer la maladie comme l'irruption de quelque chose qui prendrait sa source ailleurs, mais comme un élément dans un processus existentiel assez précisément cerné par l'expression « totalité indivise ». Dès qu'on s'attache à se recentrer sur un principe d'interconnexion et d'unité, à repousser fragmentation et isolement, la santé revient[3].

Pour Dossey, le terme *patient* n'est pas moins trompeur que celui de *particule*. En fait, nous n'avons rien d'unités biologiques distinctes fondamentalement isolées ; nous sommes des structures et processus dynamiques aussi rebelles au découpage analytique que le sont les électrons. Et des êtres connectés... aux forces qui suscitent conjointement la maladie et la

1. Barbara Brown, *Supermind : The Ultimate Energy* (New York, Harper & Row, 1980), p. 274 (trad. *Le Pouvoir de votre cerveau : votre cerveau a une puissance insoupçonnée*, Éd. du Jour, 1985), cité dans Larry Dossey, *Space, Time, and Medicine* (Boston : New Science Library, 1982), p. 112.
2. Entretien privé avec l'auteur, 8 février 1989.
3. Brown, *Le Pouvoir de votre cerveau...* (Jour), cité dans Larry Dossey, *Space, Time, and Medicine*, pp. 112-113.

santé, aux croyances de notre société, aux attitudes de nos amis, de nos proches et de ceux qui nous soignent, aux images, aux convictions et même aux mots que nous utilisons pour rendre compte de la réalité qui nous entoure.

Dans un univers holographique, cette connexion s'étend à notre propre corps et se manifeste sous diverses modalités dont quelques-unes viennent d'être abordées dans les pages qui précèdent. Mais il y en a d'autres, beaucoup d'autres, peut-être en nombre infini. Pribram s'exprime ainsi sur ce point: « Si chaque élément de notre corps est bien le reflet d'un tout, cela postule l'existence de toutes sortes de mécanismes de contrôle. Or, à ce jour, rien n'offre une base solide pour les appréhender[1]. » Compte tenu de notre ignorance en la matière, ce n'est peut-être pas sur la manière dont notre esprit s'y prend pour contrôler le corps holographique que nous devons faire porter notre interrogation mais sur un point plus fondamental, à savoir l'étendue de ce contrôle ? Connaît-il des limites, et si oui, lesquelles ? Tel est le problème qui va requérir à présent notre attention.

Le pouvoir thérapeutique de rien du tout

Autre phénomène médical qui nous entrouvre des perspectives tentantes sur ce contrôle exercé par l'esprit sur le corps : l'effet placebo. Par placebo, on entend toute forme de traitement dénuée d'action spécifique sur l'organisme qui n'en est pas moins utilisée pour soutenir le moral du patient ou servir de contre-preuve lors d'une expérience en double

1. Larry Dossey, *Space, Time, and Medicine* (Boston, New Science Library, 1982), p. 112.

aveugle, c'est-à-dire où un groupe bénéficie de soins réels et l'autre d'une simple simulation sans que les individus testés sachent à quel groupe ils appartiennent, non plus que les responsables de l'exécution du test. Ainsi l'efficacité du produit soumis à enquête est-elle parfaitement prouvée. Quand il s'agit de médicaments, le placebo le plus courant est une pilule d'excipient sucré. Une solution saline (de l'eau et du sel) en fait office pour les autres formes de traitement. Bon nombre considèrent que l'efficacité des cristaux, bracelets de cuivre et autres thérapeutiques hors normes est également due à l'effet placebo.

Jusqu'à la chirurgie dont on n'attend parfois rien d'autre. Dans les années cinquante, il était courant d'opérer dans les cas d'angine de poitrine, douleur cardiaque se diffusant dans le bras gauche et causée par une baisse de l'irrigation du cœur suite au rétrécissement d'une artère coronaire. Puis quelques praticiens astucieux eurent l'idée de tenter une expérience. Au lieu de l'intervention classique, laquelle impliquait de greffer un morceau de veine entre l'aorte et l'artère malade en aval du rétrécissement, ils se contentèrent d'ouvrir le patient puis de le recoudre. Ceux qui n'avaient eu droit qu'à cette mascarade n'en furent pas moins soulagés ; ainsi comprit-on que l'opération traditionnelle n'agissait que par effet placebo [1]. L'expérience tend également à prouver que nous avons tous quelque part au fond de nous la capacité de contrôler l'angine de poitrine.

Et ce n'est pas tout. Depuis ces mêmes années cinquante, plusieurs centaines d'études de par le monde ont porté sur l'effet placebo. Nous savons

1. Brendan O'Regan, « Healing, Remission, and Miracle Cures », *Institute of Noetic Sciences Special Report* (mai 1987), p. 3.

désormais, bien que ce chiffre puisse varier d'une situation à l'autre, qu'environ 35 % des sujets traités avec des substances neutres font état de résultats significatifs. Outre l'angine de poitrine, d'autres affections s'y sont révélées sensibles : céphalées migraineuses, allergies, fièvres, rhumes classiques, acné, asthme, verrues, douleurs de toute nature, vomissements et mal de mer, ulcères peptiques, syndromes psychiatriques tels la dépression et l'anxiété, arthrites rhumatismales et de dégénérescence, diabète, irradiation, maladie de Parkinson, scléroses diverses et cancer.

Cela va manifestement de simples broutilles à de véritables menaces sur la vie, mais dans tous les cas, même les plus bénins, l'effet placebo est susceptible d'entraîner des modifications physiologiques proprement miraculeuses. À titre d'exemple, nous prendrons les verrues, petites excroissances tumorales de l'épiderme provoquées par un virus. C'est un jeu d'enfant de les guérir par placebo comme le prouve le catalogue presque infini des pratiques rituelles — tout rite agissant comme une sorte de placebo — auxquelles diverses cultures ont recours pour s'en débarrasser. Lewis Thomas, président d'honneur du *Memorial Sloan-Kettering Cancer Center* (Centre anticancéreux Sloan-Kettering) de New York, aime à raconter l'histoire d'un médecin qui faisait disparaître les verrues de ses patients en déposant sur elles une inoffensive goutte de couleur violette. Thomas estime qu'expliquer ce petit miracle en y voyant le simple travail de l'inconscient est loin de rendre justice à la richesse de l'effet placebo. « Si mon inconscient est à même de trouver quels mécanismes déclencher pour surmonter ce virus et redisposer les cellules de manière à provoquer le rejet des tissus tumoraux, je n'ai qu'une chose à dire : c'est que mon inconscient a une sacrée avance sur moi[1]. »

Il convient de signaler que l'action d'un placebo dans une situation donnée est également des plus variables. Sur une batterie de neuf tests comparant placebo et aspirine, le taux d'efficacité du traitement simulé atteignit 45 %[2]. On aurait pu s'attendre à voir baisser ce chiffre lors de comparaisons avec des analgésiques puissants dérivés de l'opium. Or il n'en fut rien. Six autres expériences montrèrent le placebo à 56 % aussi efficace que la morphine pour triompher de la douleur[3].

Pourquoi ? C'est là qu'entre en ligne de compte le mode d'administration. On perçoit généralement la piqûre comme plus puissante que la prise orale. Injecter un placebo peut de ce fait en accroître l'efficacité. Pareillement, on attend plus des gélules que des cachets. Il n'est pas jusqu'à la taille, la forme et la couleur de la pilule qui n'aient leur mot à dire. À l'occasion d'une enquête sur le pouvoir de suggestion des couleurs en matière de produits pharmaceutiques, des chercheurs ont découvert que les gens associaient plutôt les pilules orange et jaunes à une action sur l'humeur, que ce soit pour calmer ou pour stimuler. Le rouge sombre semble correspondre aux sédatifs, le mauve aux hallucinogènes, et le blanc est synonyme d'analgésique[4].

Autre facteur d'efficacité d'un placebo, l'attitude du médecin prescripteur. Le Dr David Sobel,

1. Lewis Thomas, *The Medusa and the Snail* (New York, Bantam Books, 1980), p. 63 (trad. *La méduse et l'escargot*, Belfond, 1980.)
2. Thomas J. Hurley III, « Placebo Effects : Unmapped Territory of Mind/Body Interactions », *Investigations* 2, n° 1 (1985), p. 9.
3. *Ibid.*, n° 2.
4. Steven Locke et Douglas Colligan, *The Healer Within* (New York, New American Library, 1986), p. 224.

spécialiste en la matière, attaché au *Kaiser Hospital* (Californie), rapporte l'histoire d'un médecin dont le patient était sujet à des crises d'asthme d'une violence peu commune. Un nouveau médicament venait de sortir ; il le commanda et l'administra à l'homme qui, en quelques minutes, fut soulagé. Toutefois, lors de la crise suivante, il voulut faire une expérience et ne donna qu'un placebo à son patient. Celui-ci se plaignit de garder cette fois une certaine gêne respiratoire, et le médecin d'en conclure à l'incontestable efficacité de cette nouvelle molécule... jusqu'au jour où il reçut une lettre du laboratoire s'excusant de lui avoir fait parvenir par erreur un placebo au lieu du médicament commandé. Entre deux produits d'une égale neutralité, l'illusoire conviction du prescripteur semblait avoir créé la différence [1].

En termes de modèle holographique, la remarquable réaction du patient au placebo peut de nouveau s'expliquer par l'inaptitude du couple corps/conscience à distinguer une réalité imaginaire de sa jumelle authentique. L'homme croyait bénéficier du dernier-né des traitements pour l'asthme et, physiologiquement, cette conviction ne s'avérait pas moins salutaire pour ses poumons que la substance active censée la fonder. L'avertissement d'Achterberg sur l'extrême diversité, les innombrables facettes des hologrammes neuraux influant sur notre santé se trouve corroborée par le fait que même un détail aussi subtil qu'un état d'esprit différent (éventuellement trahi par un léger changement d'attitude) du médecin lors de l'administration des deux placebos a suffi pour que l'un soit efficace et l'autre moins. Il en ressort que même des renseignements captés au niveau

1. *Ibid.*, p. 227.

subliminal participent à la constitution des croyances et images mentales qui influent sur notre santé. On peut se demander combien de traitements ont marché ou échoué à cause de la seule attitude du médecin qui les prescrivait.

Des tumeurs qui fondent comme neige au soleil

Il est de la plus haute importance que nous comprenions le rôle joué par ces facteurs dans l'efficacité des placebos car on y voit comment notre aptitude à contrôler le corps holographique est modelée par nos croyances. Notre esprit a donc le pouvoir de faire disparaître des verrues, de nous dégager les bronches et d'imiter les vertus anesthésiantes de la morphine, mais comme nous n'en avons pas conscience, il faut nous berner pour qu'il se manifeste. On pourrait presque en rire si des drames ne résultaient trop souvent d'une telle méconnaissance de nos propres capacités.

Rien n'illustre mieux ce propos que le cas désormais célèbre rapporté par le psychologue Bruno Klopfer. Un nommé Wright, qu'il suivait, était atteint d'un cancer des ganglions lymphatiques. Les traitements classiques ayant échoué, ce dernier ne semblait plus en avoir pour longtemps. Son cou, ses aisselles, son torse, son abdomen et son bas-ventre étaient couverts de tumeurs grosses comme des oranges, et tant sa rate que son foie étaient hypertrophiés. Au point qu'on lui drainait quotidiennement de l'organisme deux litres de sécrétions laiteuses.

Mais Wright n'était pas résigné à mourir. Ayant entendu parler d'un nouveau médicament, le Krébiozène, il supplia son médecin d'en faire l'essai sur lui. Celui-ci commença par refuser — on ne traitait ainsi que les malades ayant encore une espérance de vie d'au moins trois mois. Mais devant l'insistance de son patient, le médecin finit par céder. Le vendredi, il passa voir son malade, lui fit sa piqûre, puis rentra chez lui persuadé que Wright ne passerait pas le week-end.

Quelle fut sa surprise, le lundi, de le trouver debout. Klopfer rapporte que les tumeurs avaient « fondu comme neige au soleil » et que leur taille s'était réduite de moitié. C'était de loin plus rapide que n'importe quel miracle consécutif à une radiothérapie intensive. Dix jours après la première injection de Krébiozène, Wright quittait l'hôpital, en rémission totale de l'avis de ses médecins. Il y était entré sous tente à oxygène mais retournait à présent chez lui aux commandes de son avion personnel, volant sans problème à plus de quatre mille mètres.

Cette belle forme dura près de deux mois, puis commencèrent de paraître dans les journaux des articles soutenant que le Krébiozène était sans effet sur les cancers des ganglions lymphatiques. Wright, esprit cartésien, en fut très affecté. Il fit une rechute et dut être réadmis à l'hôpital. Cette fois, son médecin décida de tenter une expérience. L'efficacité du Krébiozène, affirma-t-il à son patient, n'était nullement remise en cause ; une partie des premières livraisons s'était simplement trouvée altérée durant le transport, et les journaux avaient monté l'affaire en épingle. De toute façon, il disposait maintenant d'une nouvelle version concentrée du remède dont il allait le faire bénéficier. C'était, bien sûr, un mensonge ; il comptait ne lui injecter que de l'eau. Pour susciter des conditions favorables, il alla même jusqu'à élaborer un protocole complexe préalable à l'injection.

Encore une fois, les résultats furent spectaculaires. Les masses tumorales fondirent presque à vue d'œil. L'épanchement pectoral cessa. En un rien de temps, Wright fut de nouveau sur pied. Deux autres mois s'écoulèrent sans que réapparût le moindre symptôme, mais ce fut alors que l'*American Medical Association* (l'Ordre des Médecins, en quelque sorte) annonça qu'au terme d'une enquête nationale le Krébiozène pouvait être exclu de la panoplie thérapeutique anticancéreuse. Cette fois, le moral de Wright vola en éclats. Son cancer reprit de plus belle et l'emporta en deux jours [1].

Le cas Wright est dramatique mais porteur d'un puissant message : quand il nous est accordé de faire taire nos doutes et de puiser à la source de santé qui sourd au fond de nous, c'est du jour au lendemain que nous sommes à même d'éliminer des tumeurs.

L'affaire du Krébiozène se résume au dossier Wright, mais il y eut d'autres cas impliquant un grand nombre de personnes. Ainsi l'emploi du cisplatine. Quand les laboratoires isolèrent cette molécule, on y vit également un remède miracle, et 75 % des personnes traitées entrèrent en rémission. Puis l'engouement pour le cisplatine retomba dans le même temps que son utilisation se faisait routinière, et son taux d'efficacité chuta jusque dans les 25 à 30 %, donnant à penser que les succès de la première heure étaient en grande partie dus à l'effet placebo [2].

Les substances actives le sont-elles vraiment ?

Ces faits soulèvent un problème majeur. Si des médicaments comme le Krébiozène ou le cisplatine

1. Bruno Klopfer, « Psychological Variables in Human Cancer », *Journal of Prospectives Techniques* 31 (1957), pp. 331-340.
2. O'Regan, *Institute of Noetic Sciences Special Report*, p. 4.

ont un effet sur nous lorsque nous y croyons et n'en ont plus si nous cessons d'y croire, qu'en déduire sur la nature des substances actives ? S'il est difficile de répondre à cette question, nous disposons quand même de quelques indices. Herbert Benson, de l'École de médecine de Harvard, souligne par exemple que si les médicaments prescrits avant l'orée de ce siècle — des sangsues jusqu'au sang de lézard séché — n'avaient pour la plupart aucune vertu thérapeutique, ils n'en étaient pas pour autant inutiles — de temps à autre, du moins — à cause de l'effet placebo [1].

Avec le Dr David P. McCallie Jr, du *Thorndike Laboratory* (Laboratoire Thorndike) de Harvard, Benson passa en revue les divers traitements prescrits au cours des ans pour l'angine de poitrine, et il découvrit qu'en dépit des fluctuations de la mode — et même lorsque celle-ci avait prôné des remèdes à présent discrédités — on avait toujours enregistré un taux de réussite remarquablement élevé [2]. Il en ressort que, de toute évidence, l'effet placebo a joué par le passé un grand rôle en médecine. Mais en est-il de même à l'heure actuelle ? La réponse est oui, semble-t-il. Un organisme fédéral, l'*Office of Technology Assessment* (Bureau d'évaluation technologique), estime que les trois quarts des médicaments d'usage courant n'ont pas été soumis, pour ce qui est de leur formule, à un contrôle scientifique réellement rigoureux, chiffre qui suggère que bien des médecins pourraient administrer des placebos sans le savoir.

1. G. Timothy Johnson et Stephen E. Goldfinger, *The Harvard Medical School Health Letter Book* (Cambridge, Mass., Harvard University Press, 1981), p. 416.
2. Herbert Benson et David McCallie, Jr., « Angina Pectoris and the Placebo Effect », *New England Journal of Medicine* 300, n° 25 (1979), pp. 1424-1429.

Benson est quant à lui persuadé qu'un certain nombre pour le moins de médicaments vendus sans ordonnance agissent avant tout par effet placebo [1].

Compte tenu de ce qui précède, on pourrait se demander s'il existe autre chose que des placebos dans la pharmacopée. Et l'on aurait tôt fait de se rassurer en évoquant quelques médicaments manifestement efficaces quelle que soit la foi qu'on place en eux. La vitamine C protège incontestablement du scorbut et l'insuline soulage les diabétiques les plus sceptiques. Mais, dans ce domaine, rien n'est aussi tranché qu'il y paraît au premier abord.

Ainsi, lors d'une expérience menée en 1962, les docteurs Harriet Linton et Robert Lang, après avoir dit aux sujets que l'étude allait porter sur les effets du LSD, leur administrèrent en fait un simple placebo. Une demi-heure après la prise, ceux-ci n'en commencèrent pas moins de ressentir les effets classiques : perte de contrôle, impression de saisir le sens profond de l'existence, et tutti quanti. Et ces « *trips* au placebo » se prolongèrent sur plusieurs heures [2].

Quelques années plus tard, en 1966, Richard Alpert — qui n'avait pas encore été exclu de Harvard — partit en Inde en quête de saints hommes susceptibles de lui ouvrir de nouvelles voies dans ses recherches sur le LSD. Il en rencontra plusieurs qui acceptèrent de tester sa drogue et la diversité des réactions s'avéra riche de sens. Un gourou trouva l'expérience agréable mais sans commune mesure avec ce que l'on pouvait obtenir par la méditation. Un lama tibétain se plaignit de n'y avoir récolté qu'un mal de tête.

1. Johnson et Goldfinger, *The Harvard Medical School Health Letter Book*, p. 418.
2. Hurley, *Investigations*, p. 10.

Mais la réaction la plus fascinante vint de celui qu'il dénicha dans les contreforts de l'Himalaya. Ayant à l'évidence affaire à une personne d'un certain âge, Alpert avait d'abord songé à ne lui donner qu'une dose minime, entre cinquante et soixante-quinze microgrammes. Mais devant l'insistance de l'homme, beaucoup plus intéressé par la boîte où il conservait ses doses de trois cent cinq microgrammes, l'Américain finit par céder et, à contrecœur, lui tendit l'une de ces dernières. Le vieillard la prit mais ne donna pas l'impression d'être satisfait. Avec une lueur amusée dans les yeux, il demanda s'il pouvait en avoir une autre, puis une troisième et déposa le tout (neuf cent quinze microgrammes : une dose massive pour n'importe qui. À titre de comparaison, celles utilisées par Grof tournaient autour des deux cents microgrammes) sur sa langue et avala.

Sidéré, Alpert redoubla d'attention, s'attendant à voir son cobaye vaciller sous le choc et battre l'air de ses bras. Mais rien de tel ne se produisit. Jusqu'au soir, le saint continua de vaquer à ses occupations, toujours aussi serein, sans autre manifestation que cet éclat dans les regards qu'il jetait de temps à autre sur l'Occidental. Le LSD n'avait apparemment aucun effet sur lui, ou si faible... Alpert en fut secoué, au point de renoncer aux hallucinogènes et, sous le nom de Ram Dass, de s'engager dans la voie mystique [1].

Un placebo peut donc avoir autant d'effet qu'une vraie drogue comme une vraie drogue rester incapable de produire le moindre effet. Pour paradoxal qu'il soit, le fait fut vérifié lors d'expériences avec les amphétamines. L'une d'elles porta sur vingt sujets répartis dans deux pièces. Dans la première,

1. Richard Alpert, *Be Here Now* (San Cristobal, N.M., Lama Foundation, 1971).

neuf reçurent des amphétamines tandis que le dixième se voyait administrer un barbiturique. Dans la seconde, ce fut l'inverse. Dans les deux situations, toutefois, le sujet isolé conforma son comportement à celui de ses compagnons. Dans la première pièce, il s'excita au lieu de s'endormir alors que, dans la seconde, il s'écroulait malgré l'amphétamine [1]. On peut également citer le cas d'un homme qui, accroché à un stimulant du nom de ritaline, vit ensuite sa dépendance transférée sur un placebo. Son médecin, qui avait pensé créer les conditions d'un sevrage facile en substituant au produit habituellement prescrit de simples pilules d'excipient sucré, eut la désagréable surprise de voir son patient dans l'incapacité de se passer de ces dernières [2].

Ces faits ne sont pas l'exclusivité du domaine expérimental. Les placebos jouent aussi un rôle important dans notre vie de tous les jours. Un café trop tardif est-il pour vous synonyme de nuit blanche ? Eh bien, des recherches ont montré qu'une injection de caféine n'empêche nullement de dormir une personne sensible à cet alcaloïde si elle est persuadée qu'on vient de lui administrer un sédatif [3]. Des antibiotiques vous ont-ils jamais permis de venir à bout d'un rhume ou d'un mal de gorge ? Si oui, c'est en vertu de l'effet placebo, les antibiotiques n'ayant d'efficacité que contre les infections bactériennes alors que tous les rhumes et la plupart des maux de gorge sont d'origine virale. La prise d'un médicament a-t-elle entraîné chez vous des effets

1. Lyall Watson, *Beyond Supernature* (New York, Bantam Books, 1988), p. 215 (trad. *Supernature : une nouvelle histoire naturelle du surnaturel*, Albin Michel, 1988 — J'ai lu, 1990.)

2. Ira L. Mintz, « A Note on the Addictive Personality », *American Journal of Psychiatry* 134, n° 3 (1977), p. 327.

3. Alfred Stelter, *Psy-Healing* (New York, Bantam Books, 1976), p. 8.

secondaires désagréables ? Sachez alors qu'au terme d'une étude portant sur un tranquillisant, la méphésine, 10 à 20 % des sujets testés souffrirent d'effets secondaires — nausées, démangeaisons, palpitations cardiaques, entre autres — qu'ils eussent pris le vrai médicament ou un banal placebo [1]. De même, des travaux plus récents sur un nouveau type de chimiothérapie ont enregistré une perte des cheveux chez 30 % des sujets appartenant au groupe de contrôle, c'est-à-dire chez ceux qui n'avaient absorbé qu'un placebo [2]. Donc, si parmi vos connaissances, quelqu'un suit une chimiothérapie, conseillez-lui d'être optimiste. Les pouvoirs de l'esprit sont incommensurables.

Outre l'aperçu qu'ils offrent sur ces pouvoirs, les placebos nous autorisent une approche plus holographique des relations entre l'esprit et le corps. Comme le fait remarquer Jane Brody dans la rubrique nutrition et santé qu'elle assure au *New York Times* : « l'efficacité des placebos apporte un soutien spectaculaire à la vision ''holistique'' de notre organisme, laquelle fait l'objet d'une attention de plus en plus soutenue dans les milieux de la recherche médicale. Pareille vision postule qu'esprit et corps réagissent en permanence l'un sur l'autre, trop étroitement enchevêtrés pour qu'il soit possible de les traiter comme des entités distinctes [3]. »

L'effet placebo peut également nous affecter à une bien plus vaste échelle qu'il n'est couramment admis ainsi que l'a mis en lumière une récente et fort

1. Thomas J. Hurley III, « Placebo Learning : The Placebo Experience as a Conditioned Response », *Investigations* 2, n° 1 (1985), p. 23.
2. O'Regan, *Institute of Noetic Sciences Special Report*, p. 3.
3. Cité dans Thomas J. Hurley III, « Varieties of Placebo Experience : Can One Definition Encompass Them All ? », *Investigations* 2, n° 1 (1985), p. 13.

troublante bizarrerie médicale. Il est peu probable qu'un téléspectateur américain ait échappé ces dernières années à la campagne de promotion de l'aspirine axée sur sa capacité à diminuer les risques d'accident cardiaque. Un solide corps de preuves devait fonder l'argument, les organismes de surveillance de la publicité s'avérant des plus tatillons dès qu'il s'agit de produits pharmaceutiques.

Le problème, c'est que l'aspirine ne semble pas avoir les mêmes effets en Angleterre. Six années d'enquête auprès de plus de cinq mille médecins britanniques n'ont pas dégagé la moindre réduction du risque cardiaque liée à l'aspirine [1]. Donc, ou bien les chercheurs se sont fourvoyés sur une rive ou l'autre de l'Atlantique, ou bien le fin mot de l'histoire réside dans une forme collective d'effet placebo. Quoi qu'il en soit, n'arrêtez pas de croire aux vertus prophylactiques de l'aspirine. Cela peut vous sauver la vie.

Les personnalités multiples et la santé

Une autre illustration du pouvoir de l'esprit sur le corps nous est donnée par les psychoses à personnalités multiples. Outre qu'elles présentent des structures d'ondes cérébrales différentes, les sous-personnalités d'un multiple sont psychologiquement distinctes l'une de l'autre de manière tranchée. Respectivement dotées d'un nom, d'un âge, d'aptitudes spécifiques, il n'est pas rare qu'elles aient leur propre écriture, leur sexe déclaré, leur contexte racial et culturel, leurs dons artistiques, leur langue étrangère parlée couramment et leur propre Q.I.

1. Daniel Seligman, « Great Moments in Medical Research », *Fortune* 117, n° 5 (29 février 1988), p. 25.

Encore plus remarquables sont les modifications biologiques survenant dans le corps d'un multiple quand il change de personnalité. Il est fréquent que le bon ou mauvais état de santé de l'une d'entre elles prenne mystérieusement fin quand c'est une autre qui émerge au premier plan. Le Dr Bennett Braun de l'International *Society for the Study of Multiple Personality* (Association internationale pour l'étude des Personnalités multiples) a constitué un dossier sur le cas d'un patient dont toutes les personnalités sauf une étaient allergiques au jus d'orange. Cet homme portait-il à ses lèvres un verre de jus d'orange quand l'une de ses personnalités allergiques était aux commandes qu'aussitôt son visage se couvrait de boutons. Mais appelait-il sa personnalité non allergique sur le devant de la scène que les boutons se résorbaient et qu'il pouvait boire son verre jusqu'à la dernière goutte [1].

Le Dr Francine Howland, psychiatre en poste à Yale spécialisée dans le traitement des personnalités multiples, rapporte une anecdote encore plus saisissante concernant l'un de ses patients qui s'était présenté à la consultation l'œil complètement fermé par un œdème dû à une piqûre de guêpe. Consciente des soins particuliers réclamés par cet état, elle avait appelé un collègue ophtalmologue qui, malheureusement, n'allait pouvoir recevoir l'homme que dans une heure. En attendant, celui-ci souffrait, et il fallait faire quelque chose. Une des personnalités étant du type « anesthétique », c'est-à-dire insensible à la douleur, Howland s'arrangea pour lui faire prendre le relais et, bien sûr, la douleur cessa. Quand vint l'heure du rendez-vous avec l'ophtalmologue,

1. Daniel Goleman, « Probing the Enigma of Multiple Personality », *New York Times* (25 juin 1988), p. C1.

l'œdème s'était résorbé. Plus rien à soigner. L'homme retourna chez lui sans traitement.

Mais la personnalité anesthétique finit par céder de nouveau la place à l'autre, à celle qui souffrait et avait un œdème. Le lendemain, le patient alla donc voir l'ophtalmologue qui ne savait toujours pas qu'il avait affaire à un cas de personnalités multiples. Juste après la consultation, le médecin appela Howland. « Il se demandait si sa mémoire ne lui jouait pas des tours », expliqua Howland, si je lui avais vraiment téléphoné hier, ou s'il n'avait fait que l'imaginer[1].

Les allergies ne sont pas les seuls éléments physiologiques avec lesquels les multiples soient en mesure de jongler. S'il restait quelques doutes quant au contrôle que peut exercer l'inconscient sur les effets d'une substance psychotrope, la sorcellerie pharmacologique des multiples en sonne le glas. En changeant de personnalité, un multiple ivre réussit à se dessoûler en l'espace de quelques secondes. Diverses personnalités affichent aussi des réactions d'une égale diversité à différentes substances. Braun signale un cas où cinq milligrammes de diazépam (un tranquillisant) suffisent pour calmer une personnalité alors que cent n'ont que peu d'effet, voire aucun, sur une autre. Il est fréquent qu'une ou plusieurs personnalités d'un multiple soient des enfants. Or, si un adulte absorbe le médicament et qu'un enfant prenne le relais, il peut très bien s'ensuivre une overdose. La résistance de certains multiples à l'anesthésie est tout aussi remarquable. On en a vu se réveiller sur la table d'opération parce qu'une de leurs sous-personnalités « réfactaire » était passée au premier plan.

Sont également sujets à variations d'une personnalité à l'autre les cicatrices, marques de brûlures,

1. Entretien privé avec l'auteur, 11 janvier 1990.

kystes et le fait d'être gaucher ou droitier. L'acuité visuelle peut changer, obligeant certains multiples à garder en permanence sur eux deux ou trois paires de lunettes différentes. Une personnalité peut être daltonienne et l'autre pas. Jusqu'à la couleur des yeux qui est susceptible de se modifier. On a même vu des femmes avoir leurs règles trois fois par mois, chaque sous-personnalité ayant son cycle. La phonologue Christy Ludlow cite le cas de personnalités aux structures vocales différentes, ce qui implique au niveau physiologique de radicales métamorphoses, l'acteur le plus doué gardant les siennes quand il change de voix[1]. Une multiple admise à l'hôpital pour diabète jeta le personnel médical dans la plus grande perplexité en ne donnant plus lieu à un tel diagnostic une fois qu'une de ses personnalités non diabétiques eut pris le relais[2]. On a enregistré des crises d'épilepsie cessant net à l'irruption d'une personnalité alternante, et le psychologue Robert A. Phillips Jr. signale même un cas où des tumeurs (il n'en précise toutefois pas le type) seraient apparues pour ensuite se résorber[3].

Les personnalités multiples jouissent en outre de facultés de récupération supérieures à la normale. On a noté plusieurs cas de rapidité stupéfiante dans la cicatrisation de brûlures au troisième degré. Mais le plus étrange est sans doute qu'il existe au moins un chercheur — le Dr Cornelia Wilbur, dont le traitement d'avant-garde de Sybil Dorsett est retracé dans le livre *Sybil* — pour être convaincu que les multi-

1. Richard Restak, « People with Multiple Minds », *Science Digest* 92, n° 6 (juin 1984), p. 76.
2. Daniel Goleman, « New Focus on Multiple Personality », *New York Times* (21 mai 1985), p. C1.
3. Truddi Chase, *When Rabbit Howls* (New York, E.P. Dutton, 1987).

ples ne vieillissent pas aussi vite que le commun des mortels.

Comment est-ce possible ? Il se peut qu'un début de réponse nous ait été donné par une personnalité multiple du nom de Cassandra lors d'un récent symposium consacré à ce type de pathologie. Elle attribue sa propre vitesse de récupération aux techniques de visualisation qu'elle pratique et à un phénomène qu'elle nomme *l'actualisation parallèle*. À tout instant, même si elles n'occupent pas le devant de la scène, ses personnalités de rechange n'en sont pas moins présentes, explique-t-elle, ce qui lui permet de penser sur plusieurs canaux à la fois, de pouvoir travailler simultanément à la rédaction de plusieurs documents, voire de « dormir » pendant que d'autres personnalités s'occupent de la cuisine ou du ménage.

En conséquence, ce que d'autres pratiquent deux ou trois fois par jour dans le cadre de la visualisation thérapeutique, Cassandra le fait vingt-quatre heures sur vingt-quatre. L'éventail de ses sous-personnalités comporte même une nommée Celese dotée d'une connaissance exhaustive tant de l'anatomie que de la physiologie et dont la seule fonction est d'assurer en permanence une méditation active sur le bien-être de leur corps commun. Cassandra estime que cette attention de tous les instants à sa santé lui donne un avantage considérable sur les gens normaux. Elle n'est pas la seule multiple à revendiquer des vertus similaires [1].

Nous sommes viscéralement déterministes, incapables d'envisager les choses autrement qu'inévitables. Portons-nous un regard négatif sur nous-mêmes et sur le monde que nous avons la conviction de n'en jamais changer, et si le diabète nous tracasse, nous

1. Thomas J. Hurley III, « Inner Faces of Multiplicity », *Investigations* 1, n°s 3/4 (1985), p. 4.

ne pensons pas un seul instant que le malaise pourra se dissiper parce que nous aurons pensé à autre chose ou qu'un événement nous aura mis de bonne humeur. Mais le phénomène des personnalités multiples s'inscrit en faux contre cette illusion en soulignant une fois de plus l'extrême influence de nos structures mentales sur nos fonctions biologiques. Si la psyché d'un individu présentant ce genre de troubles est une sorte d'hologramme à images multiples, il semble que le corps ne soit pas en reste et puisse passer d'un état biologique à l'autre aussi rapidement que défilent les cartes dans un jeu que l'on bat.

Les systèmes de régulation nécessaires à l'exercice de ces facultés défient l'imagination et font pâlir en comparaison le pouvoir qu'a l'esprit de faire disparaître nos verrues. La réaction allergique déclenchée par une piqûre de guêpe est un processus extraordinairement complexe et riche d'opérations diverses : entre autres l'activité structurée d'anticorps, la production d'histamine, la dilatation puis la rupture des vaisseaux sanguins et l'excessive libération de substances immunitaires. Par quelles manipulations mystérieuses l'esprit d'une multiple réussit-il à bloquer l'ensemble d'un tel processus ? Comment se fait-il que les effets de l'alcool et de toute autre drogue soient suspendus ou qu'un diabétique puisse présenter ou ne pas présenter les symptômes de son mal ? Pour le moment nous n'en savons rien et devons nous contenter de cette seule certitude : qu'un multiple entreprenne une thérapie et parvienne, de quelque manière, à reformer un tout, il continue de pouvoir passer d'une personnalité à l'autre, mais dirige désormais le processus [1]. Cela suggère en nous tous une

1. Thomas J. Hurley III, « Multiplicity & the Mind-Body Problem : New Windows to Natural Plasticity », *Investigations* 1, nos 3/4 (1985), p. 19.

même capacité de contrôler ces domaines. Et ce n'est toujours pas tout.

Grossesse, transplantation d'organes et l'art de puiser dans le pool génétique

Nous avons donc vu qu'une simple conviction quotidienne peut avoir un effet décisif sur l'organisme. Évidemment, la plupart d'entre nous sont dépourvus de la discipline mentale requise pour exercer un contrôle absolu sur leurs convictions, et c'est pourquoi les médecins prescrivent des placebos : pour que notre perception des choses cesse d'interférer avec les pouvoirs guérisseurs qui sont en nous. Acquérir ce contrôle va donc exiger que nous commencions par comprendre les différents types de croyances susceptibles de nous affecter, car chacun d'eux propose sa propre et unique voie d'accès à la plasticité des relations corps/esprit.

Les croyances culturelles

Il s'agit de celles qui nous sont imposées par la société. Les indigènes des îles Trobriand ignorent par exemple tout interdit sur les relations sexuelles avant le mariage mais une grossesse dans les mêmes conditions est fort mal vue. Ils n'ont recours à aucune forme de contraception et l'avortement n'est que très rarement — sinon jamais — pratiqué. Or, les grossesses hors mariage y sont pourtant presque inconnues. On peut en déduire qu'en raison de leurs convictions culturelles, les jeunes Trobriandaises s'empêchent inconsciemment d'être enceintes [1]. Il

1. Bronislaw Malinowski, « Baloma : The Spirits of the Dead in the Trobriand Island », *Journal of the Royal Anthropological Institute of Great Britain and Ireland* 46 (1916), pp. 353-430.

semble qu'un phénomène similaire joue dans nos civilisations. Qui de nous ne connaît pas de couple qui, après avoir vainement tenté des années durant d'avoir un enfant, finit par en adopter un. C'est alors que, dans les mois qui suivent, la femme tombe enceinte. Là encore, il semble que l'entrée tant attendue d'un enfant au foyer ait triomphé de l'inhibition bloquant, chez l'un des éléments du couple ou chez les deux, les mécanismes de la fertilité.

Les peurs que nous partageons avec les autres membres de notre communauté ont également un grand impact sur nous. Au XIXe siècle, la tuberculose faisait des ravages, puis au début des années 1880, le taux de mortalité qui lui était dû fit une chute spectaculaire. Que s'était-il produit ? Dans la décennie précédente, l'origine de la maladie était inconnue, ce qui la dotait d'une aura de terrifiant mystère. Mais, en 1882, le Dr Robert Koch découvrit le bacille qui porte à présent son nom. Sitôt que la nouvelle eut atteint le grand public, le taux de mortalité pour mille tomba de six à deux bien que l'élaboration d'un vaccin réellement efficace se soit encore fait attendre près d'un demi-siècle [1].

Il semble également que le facteur peur ait été décisif dans le taux de réussite des transplantations d'organe. Dans les années cinquante, celle d'un rein n'avait qu'un caractère de possibilité tentante. Puis un chirurgien de Chicago effectua ce qui lui parut être une greffe réussie. Il publia ses observations et il ne s'écoula pas longtemps avant que d'autres transplantations fussent tentées avec succès un peu partout dans le monde. Ce fut alors que la première s'avéra un échec. Le chirurgien qui l'avait pratiquée

1. Lyall Watson, *Supernature : une nouvelle...* (Albin Michel - J'ai lu).

s'aperçut que le rein, dès le départ, avait été rejeté par l'organisme. Trop tard pour enrayer le mouvement. Une fois les bénéficiaires de cette nouvelle technique persuadés de pouvoir s'y soumettre sans risque, ils y survivaient, et à un taux inespéré [1].

Les croyances qui s'incarnent dans notre comportement

Un autre mode de manifestation des croyances dans notre vie s'exerce au travers de nos comportements et attitudes. Des travaux ont montré que les dispositions de la future mère à l'égard de l'enfant qu'elle porte — et de la grossesse en général — sont en étroite corrélation avec d'éventuelles complications lors de l'accouchement ainsi qu'avec l'état de santé du nouveau-né [2]. De fait, au cours de la dernière décennie, une avalanche d'études ont abondamment démontré la participation de notre comportement général à une foule de pathologies. Les gens qui obtiennent des résultats élevés lors de tests destinés à mesurer leur agressivité ont sept fois plus de chances de mourir d'une crise cardiaque que ceux dont les résultats se situent autour de la moyenne [3]. Les femmes mariées bénéficient d'un système immunitaire plus solide que celles qui sont séparées ou divorcées, et celui des femmes mariées heureuses en ménage est littéralement à toute épreuve [4]. Les personnes atteintes de sida qui font montre d'un esprit combatif

1. Joseph Chilton Pearce, *The Crack in the Cosmic Egg* (New York, Pocket Books, 1974), p. 86 (trad. *La Fêlure dans l'œuf cosmique : comment construire de nouvelles réalités* (J'ai lu, 1991.)
2. Pamela Weintraud, « Preschool ? » *Omni* 11, n° 11 (août 1989), p. 38.
3. Kathy A. Fackelmann, « Hostility Boosts Risk of Heart Trouble », *Science News* 135, n° 4 (28 janvier 1989), p. 60.
4. Steven Locke, dans *Longevity* (novembre 1988), cité dans « Your Mind's Healing Powers », *Reader's Digest* (septembre 1989), p. 5.

résistent plus longtemps que celles dont l'attitude est passive[1]. Il en va de même des cancéreux[2]. Les pessimistes sont plus exposés aux coups de froid que les optimistes[3], et le stress diminue la réponse de l'organisme aux agressions[4] : ainsi ceux qui viennent de perdre leur conjoint enregistrent-ils fréquemment une recrudescence de leurs petits et grands malaises[5]. Mieux vaut interrompre là une liste qui risquerait de n'en plus finir.

Les croyances que nous exprimons par l'intermédiaire de notre volonté

Le type de croyances que nous avons examiné jusqu'alors peut se ranger dans la rubrique des croyances passives, de celles que nous nous laissons imposer par notre milieu culturel ou par l'état normal de nos pensées. Mais pour façonner et contrôler notre corps holographique, il nous est également possible d'avoir recours à une conviction consciente. Dans les années soixante-dix, Jack Schwartz, écrivain et conférencier né aux Pays-Bas, sidéra les chercheurs de divers laboratoires américains par sa capacité à contrôler volontairement ses processus biologiques internes.

Au cours d'expériences menées à la *Menninger Foundation* (Fondation Menninger), au *Langley Poter Neuropsychiatric Institute* (Institut neuro-

1. Bruce Bower, « Emotion-Immunity Link in HIV Infection », *Science News* 134, n° 8 (20 août 1988), p. 116.
2. Donald Robinson, « Your Attitude Can Make You Well », *Reader's Digest* (avril 1987), p. 75.
3. Daniel Goleman, dans le *New York Times* du 20 avril 1989, cité dans « Your Mind's Healing Powers », *Reader's Digest* (septembre 1989), p. 6.
4. Robinson, *Reader's Digest*, p. 75.
5. Signe Hammer, « The Mind as Healer », *Sience Digest* 92, n° 4 (avril 1984), p. 100.

psychiatrique Langley Poter) de l'université de Californie et dans d'autres établissements similaires, Schwartz étonna les médecins en se transperçant les bras de part en part avec des aiguilles de matelassier (le modèle géant de dix-huit centimètres) sans saigner ni sourciller, surtout sans la moindre de ces ondes bêta que suscite ordinairement la douleur dans le cerveau. Même le retrait des aiguilles n'occasionna aucun saignement. Les trous étaient par ailleurs étonnamment petits. En outre, Schwartz était en mesure de modifier à volonté la fréquence de ses ondes cérébrales, d'éteindre des cigarettes sur son corps sans se faire mal, voire de saisir à mains nues des braises ardentes. Il prétendait avoir acquis ces facultés en camp de concentration lorsqu'il lui avait fallu apprendre à contrôler la douleur pour supporter les terribles sévices infligés par les nazis. Selon lui, n'importe qui peut maîtriser les réactions de son organisme et être ainsi responsable de sa santé [1].

Assez bizarrement, en 1947, un autre Hollandais avait révélé des facultés similaires. Il s'appelait Mirin Dajo, et lors de démonstrations publiques données au Corso de Zurich, il avait laissé les spectateurs pantois. Un assistant le perçait d'un fleuret atteignant à l'évidence des organes vitaux, sans entraîner ni troubles ni douleur. Comme chez Schwartz, le retrait de l'arme n'était suivi d'aucun saignement. Seul un mince trait rouge marquait l'endroit où la lame était entrée puis ressortie.

L'exhibition de Dajo se révéla si éprouvante pour les nerfs que l'un des spectateurs fit une crise car-

1. John Raymond, « Jack Schwartz : The Mind Over Body Man », *New Realities* 11, n° 1 (avril 1978), pp. 72-76. Voir aussi « Jack Schwartz : Probing... but no Needles Anymore », *Brain/Mind Bulletin* 4, n° 2 (4 décembre 1978), p. 2.

diaque, entraînant pour Dajo l'interdiction officielle de se produire en public. Toutefois, un médecin suisse, Hans Naegeli-Osjord, eut vent des prétendues capacités du Hollandais et lui demanda s'il voulait bien se soumettre à un examen scientifique. Dajo accepta et, le 31 mai 1947, se présenta au centre hospitalier cantonal de Zurich. Assistaient à l'expérience, outre le Dr Naegeli-Osjord, le chirurgien-chef de l'hôpital : le Dr Werner Brunner, ainsi que de nombreux médecins, étudiants et journalistes. Dajo se mit torse nu et se concentra puis, devant toute l'assemblée, son assistant lui passa le fleuret au travers du corps.

Comme à l'accoutumée, pas une goutte de sang ne perla et Dajo resta souriant. Mais il était bien le seul. Les autres étaient pâles comme des statues. En toute logique, les organes vitaux de cet homme auraient dû être gravement touchés. Qu'il donnât l'impression d'être en pleine forme était presque plus que n'en pouvaient supporter les médecins. Incrédules, ils lui demandèrent s'il acceptait de passer une radio. Sans effort apparent, il leur emboîta le pas dans l'escalier qui menait au service de radiographie, le fleuret toujours planté dans son ventre. Les rayons X sonnèrent le glas d'une éventuelle supercherie : Dajo avait effectivement quelques pouces de bon acier au travers du corps. Finalement, au bout d'une bonne vingtaine de minutes, on retira le fleuret qui ne laissa que deux marques à peine visibles. Plus tard, Dajo se soumit à une expérience similaire à Bâle, se laissant même, à cette occasion, transpercer par les expérimentateurs. Le Dr Naegeli-Osjord devait par la suite raconter l'anecdote au physicien allemand Alfred Stelter qui lui consacra un chapitre de son livre, *Psy-Healing (La Guérison Parapsychologique*[1]).

1. Stelter, *Psy-Healing* (New York, Bantam Books, 1976), pp. 121-124.

De tels exploits dans le contrôle de soi ne sont pas l'apanage des Hollandais. Dans les années soixante, Gilbert Grosvenor, le président de la *National Geographic Society*, accompagné de son épouse Donna et d'une équipe de leurs photographes, se rendirent dans un village cingalais pour y vérifier l'authenticité des prétendus miracles d'un certain Mohotty. Enfant, ce Mohotty avait apparemment prié une divinité du nom de Kataragama de faire en sorte que son père fût lavé d'un soupçon de meurtre qui pesait sur lui ; en échange de quoi Mohotty s'engageait à faire tous les ans pénitence en l'honneur du dieu. L'innocence du père étant apparue aux yeux de tous, Mohotty, fidèle à sa parole, s'acquittait chaque année de la pénitence promise.

Elle consistait à marcher sur des braises, à s'enfoncer des brochettes dans les joues, à s'en transpercer les bras, des poignets jusqu'aux épaules, et à faire le tour d'une cour en tirant un énorme traîneau avec des cordes que des crochets fixaient à son dos. Comme le relatèrent plus tard les Grosvenor, les crochets avaient beau tendre à l'extrême la peau de Mohotty, pas une goutte de sang ne fut versée. Bien plus, quand on les ôta après la cérémonie, il apparut que ces crochets n'avaient pas laissé de trace. L'équipe du *National Geographic* prit des photos qui accompagnèrent l'article paru dans le numéro d'avril 1966 de la revue[1].

En 1967, le *Scientific American* publia un reportage sur une cérémonie similaire en Inde. Là, c'était chaque année une personne différente qui était choisie par la communauté locale. À l'issue d'un rituel complexe, on commençait par planter deux crochets —

1. Donna et Gilbert Grosvenor, « Ceylon », *National Geographic* 129, n° 4 (avril 1966).

du type de ceux qui servent à suspendre les quartiers de bœuf dans les boucheries — dans le dos de la victime. Les cordes que l'on passait ensuite par l'œilleton des crochets étaient attachées au timon d'une charrette que l'homme tirait alors à travers champs, offrande sacramentelle aux dieux et déesses de la fertilité. Comme à Ceylan, il n'y eut ni sang ni marque subsistant dans les chairs une fois les crochets retirés[1].

Nos croyances inconscientes

Comme nous venons de le voir, même si nous n'avons pas eu la chance d'être dotés de la maîtrise de soi d'un Dajo ou d'un Mohotty, accéder à cette puissance salutaire qui réside en nous reste possible à condition de passer outre l'épaisse armure de doute et de scepticisme dont s'est bardé notre esprit conscient. Se faire administrer un placebo à son insu est un des moyens d'y parvenir. L'hypnose en est un autre. À l'instar du chirurgien qui, dans le corps de son patient, se taille un chemin vers quelque organe interne pour en modifier l'état, l'hypnotiseur expérimenté plonge dans notre psyché pour nous aider à changer nos convictions les plus fondamentales : celles qui se tapissent dans notre subconscient.

D'innombrables études ont démontré de manière irréfutable qu'un individu sous hypnose est à même d'influer sur des processus habituellement tenus pour inconscients. Ainsi des facultés que nous avons vues être celles des multiples — contrôle des réactions allergiques et de la circulation sanguine, correction de la myopie — sont-elles monnaie courante chez les personnes en hypnose profonde. Il leur est également

1. D.D. Kosambi, « Living Prehistory in India », *Scientific American* 216, n° 2 (février 1967), p. 104.

donné de contrôler leur rythme cardiaque, la température de leur corps, leur sensibilité à la douleur, voire de faire disparaître certains types de taches de naissance. On peut aussi avoir recours à l'hypnose pour quelque chose qui, à sa manière, n'est pas moins remarquable que le fait de pouvoir, sans conséquence aucune, se passer un fleuret au travers du corps.

Ce « quelque chose » concerne une terrible affection héréditaire connue sous le nom de maladie de Brocq. Qui en est atteint voit son corps se couvrir d'une épaisse membrane cornée non sans ressemblance avec des écailles de reptile. L'épiderme peut ainsi perdre sa souplesse au point que le moindre mouvement y ouvre des craquelures sanguinolentes. Bon nombre des hommes-crocodiles jadis exhibés dans les foires étaient en réalité des victimes de ce mal qui, à cause des risques d'infection, ne leur laissait qu'une espérance de vie relativement faible.

La maladie de Brocq demeura incurable jusqu'en 1951, date à laquelle un adolescent de seize ans qui en présentait un stade avancé fut, en ultime recours, confiée à A.A. Mason, hypnothérapeute auprès du *Queen Victoria Hospital* de Londres. Voyant qu'il avait affaire à un sujet réceptif, Mason le plongea dès la première séance dans une transe profonde et lui expliqua que, son mal régressant, il serait bientôt guéri. Cinq jours plus tard, l'espèce de chitine qui emprisonnait le bras droit commença de se détacher par plaques, révélant en dessous la présence d'une peau neuve et saine. À l'issue du dixième jour, le bras entier avait retrouvé son aspect normal. Mason et son patient poursuivirent leur travail sur différentes parties du corps jusqu'à disparition complète de l'horrible carapace. Cinq années durant, le jeune homme ne connut pas de rechute, puis Mason le perdit de vue[1].

Le caractère exceptionnel de cette guérison vient de ce que la maladie de Brocq est d'origine génétique et qu'il ne suffit pas pour s'en débarrasser de contrôler des processus autonomes comme les structures de la circulation sanguine ou l'activité des diverses cellules du système immunitaire. Il est indispensable en pareil cas d'opérer plus haut dans la hiérarchie du système, au niveau de la programmation de l'A.D.N. Pour peu que nous ayons eu accès à la bonne strate de nos croyances, il semble donc que notre esprit soit à même de vaincre jusqu'au défectueux agencement de nos gènes.

Les croyances qui s'incarnent dans nos convictions d'ordre spirituel

De toutes les croyances, les plus puissantes pourraient bien être celles qui s'expriment au travers de la foi. En 1962, un Italien du nom de Vittorio Michelli, présentant une grosse tumeur cancéreuse à la hanche gauche, fut admis à l'Hôpital militaire de Vérone (fig. 11). Les examens donnèrent lieu à un diagnostic si désespéré que l'homme fut renvoyé chez lui sans traitement et que, dix mois plus tard, toute cette partie de son bassin s'était désintégrée, laissant le fémur flotter dans ce qui n'était plus qu'une masse de tissu spongieux sans consistance. Il se désagrégeait, littéralement. En désespoir de cause, il se rendit à Lourdes et se fit conduire à la source miraculeuse. (À cette époque, il portait un plâtre et sa liberté de mouvement était fort restreinte.) À peine entré dans l'eau, il se sentit comme traversé par une onde de

1. A.A. Mason, « A Case of Congenital Ichthyosiform », *British Medical Journal* 2 (1952), pp. 422-423.

Figure 11. La radio de 1962 montre une désagrégation du bassin de Vittorio Michelli due aux progrès de son sarcome. Il reste si peu d'os que le fémur nage dans une bouillie de tissus mous, rendus sur la radio par un voile gris.

Figure 12. Des bains dans la piscine de Lourdes firent de Michelli un miraculé. En six mois, son bassin se restaura complètement, ce que la médecine tient couramment pour impossible. Cette radio de 1965 montre l'articulation du fémur miraculeusement restaurée.

chaleur. Au sortir du bain, il avait retrouvé son appétit et acquis une impression d'énergie régénérée. Il renouvela plusieurs fois l'expérience puis rentra en Italie.

Un mois s'écoula, et sa croissante impression d'aller mieux fut telle qu'il insista auprès des médecins pour passer une nouvelle radio. Ils finirent par céder, découvrirent alors que la tumeur avait diminué. Intrigués par un processus si rapide, ils décidèrent d'en opérer un suivi systématique. Bien leur en prit car, une fois la tumeur entièrement résorbée, le tissu osseux entama à son tour un processus de régénération jusqu'alors tenu pour impossible par la majorité du corps médical. En l'espace de deux mois, Michelli put se lever et remarcher. Quelques années plus tard, son bassin s'était entièrement reconstitué (fig. 12).

Un dossier sur son cas fut transmis à la Commission médicale du Vatican (groupe de médecins de diverses nationalités appelés à donner leur avis sur ce genre de guérisons). L'examen des pièces soumises permit à la Commission de conclure officiellement qu'il s'agissait d'un miracle. Pour reprendre les termes de leur rapport : « Force nous est de constater une remarquable restauration de l'os et de la cavité iliaque. Les radiographies prises en 1964, 1965, 1968 et 1969 confirment qu'il s'est opéré une imprévisible et apparemment irréversible reconstitution du tissu osseux d'un type sans précédent dans les annales de la médecine*[1]. »

* Synchronicité des plus spectaculaires, alors que j'écrivais ces lignes, une lettre est arrivée par le courrier. J'y ai appris qu'une de mes amies vivant à Hawaii et atteinte d'un cancer qui lui avait rongé le bassin vient de bénéficier également d'une « inexplicable » reconstitution du tissu osseux. Elle aurait obtenu ce miracle en associant à la chimiothérapie des séances de méditation prolongées et des exercices de visualisation. Sa guérison a fait l'objet d'articles dans la presse locale.

1. O'Regan, *Institute of Noetic Sciences Special Report*, p. 9.

S'agissait-il d'une guérison miraculeuse dans le sens où elle aurait été contraire à toutes les lois connues de la physique ? La commission ne s'est pas prononcée sur ce point mais il ne semble exister aucune raison précise de croire que l'une ou l'autre de ces lois ait été violée. Il se pourrait plutôt que Michelli ait bénéficié d'un processus naturel qui, à ce jour encore, nous échappe. À l'évidence, compte tenu du fantastique éventail de possibilités thérapeutiques examinées dans les pages qui précèdent, bon nombre de voies d'interactions entre l'esprit et le corps restent à explorer.

Si un processus naturel encore inconnu est à l'origine de la guérison de Michelli, il convient de se demander pourquoi cette restauration du tissu osseux demeure l'exception et nous interroger sur ce qui, en l'occurrence, l'a déclenchée. La rareté du phénomène est peut-être due à ce qu'il requiert l'accès à des niveaux particulièrement profonds de la psyché, des niveaux pour ainsi dire jamais atteints dans l'exercice normal de la conscience. Que le recours à l'hypnose ait seul permis de vaincre la maladie de Brocq semble trouver là son explication. Quant à savoir ce qui a déclenché ce processus de rémission dans le cas Michelli, le rôle joué par les convictions dans maints exemples de plasticité corps/esprit laisse soupçonner la réponse. N'est-il pas envisageable que, de par sa foi dans le pouvoir miraculeux d'un pèlerinage à Lourdes, Michelli ait été, consciemment ou non, l'agent de sa propre guérison ?

Il y a de fortes chances pour que ce soit la croyance en une intervention divine et non la réalité de cette dernière qui s'avère décisive dans, pour le moins certaines occurrences, des prétendus phénomènes miraculeux. Rappelons-nous que Mohotty atteignait son exceptionnelle maîtrise de soi en priant

Kataragama ; or, à moins de croire nous-mêmes en l'existence d'une telle divinité, il semble que la meilleure explication de cette maîtrise soit la conviction profonde de Mohotty d'être protégé par elle. Et il en est probablement de même des miracles de la tradition chrétienne.

Parmi ces derniers, les stigmates retiendront notre attention. Si la plupart des érudits s'accordent sur la priorité de saint François d'Assise dans la manifestation des plaies de la crucifixion, c'est par centaines que, depuis sa mort, se sont comptés les stigmatisés. Quoiqu'il n'y ait pas deux ascètes pour exhiber les mêmes, tous ont en commun, aux mains et aux pieds, les plaies censées marquer l'emplacement des clous. Or, viendraient-ils de Dieu, ces stigmates n'auraient vraisemblablement pas un tel aspect. Comme le rappelle D. Scott Rogo, parapsychologue attaché à l'université John F. Kennedy d'Orinda, en Californie, c'est par les poignets que les Romains avaient coutume de suspendre les crucifiés ; des mains clouées n'auraient pas manqué de se déchirer sous le poids du corps[1].

En ce cas, pourquoi saint François et ses émules arboraient-ils leurs plaies au creux des paumes ? Parce que ainsi les représentaient les artistes depuis le VIIIe siècle. Que l'art ait eu une influence sur l'emplacement, voire sur la taille et la forme des stigmates, est l'évidence même dans le cas de Gemma Galvin, le stigmatisé italien décédé en 1903. Ses plaies étaient l'exacte réplique de celles de son crucifix.

Un autre chercheur convaincu de l'origine interne des stigmates fut Herbert Thurston, prêtre anglais à qui l'on doit plusieurs ouvrages sur les

1. D. Scott Rogo, *Miracles* (New York, Dial Press, 1982), p. 74.

miracles. Sa somme publiée après sa mort en 1952, *The Physical Phenomena of Mysticism (Les phénomènes physiques du mysticisme)*, énumère les divers motifs qui l'ont conduit à voir dans les stigmates un pur produit de l'autosuggestion. Que leurs formes, tailles et localisations varient d'un sujet à l'autre leur dénierait, selon lui, toute source commune dans les plaies réelles du Christ. De même, comparant les visions des stigmatisés et constatant leur peu de concordance, il en déduit qu'elles se réfèrent non à l'événement historique de la crucifixion mais à sa reconstitution par l'esprit des visionnaires. Et, de tous les faits qu'il relève, le plus significatif est sans doute le pourcentage étonnamment élevé de stigmatisés souffrant parallèlement d'hystérie, ce que Thurston interprète comme un nouvel indice que les stigmates sont à classer au nombre des effets secondaires induits par une psyché d'une sensibilité exacerbée et en proie à la confusion plutôt qu'à celui des marques visibles d'une quelconque illumination transcendantale. Au regard d'un tel constat, il n'est guère surprenant que, jusque dans certains milieux libéraux de la hiérarchie catholique, on ait pu considérer les stigmates comme de simples séquelles de la « contemplation mystique », être d'avis que l'esprit les forge de toutes pièces lors des périodes de méditation intense.

Si les stigmates sont dus à l'autosuggestion, il y a tout lieu d'élargir le champ de contrôle potentiel de l'esprit sur le corps holographique. À l'instar des plaies de Mohotty, les stigmates ont la capacité de cicatriser en un temps record, nouvel élément de preuve en faveur d'une plasticité quasi illimitée du corps humain que vient par ailleurs étayer l'aptitude de certains stigmatisés à développer des protubérances en forme de clou au centre de leurs plaies. Là encore, saint François d'Assise fut un pionnier en la matière. Selon Thomas de Celano, son biographe et l'un des témoins oculaires de ses stigmates : « On avait l'impression que des clous lui transperçaient mains et pieds. Aux sortes de billes visibles au creux de chaque paume correspondaient des excroissances de chair plus effilées sur le dos de la main, pareilles à des pointes de clous dépassant de la peau [1]. »

Saint Bonaventure, autre contemporain de saint François, précise que ces simulacres de clous étaient si nettement formés qu'il était possible de glisser le doigt par-dessous à l'intérieur des plaies. On doit en outre à Thomas de Celano un ultime détail quant à leur réalisme : il suffisait d'appuyer sur une extrémité pour voir instantanément saillir l'autre comme s'il s'agissait de vrais clous glissant à l'intérieur des chairs [2].

Therese Neumann, la célèbre stigmatisée bavaroise qui nous a quittés en 1962, présentait des excroissances semblables. Plusieurs médecins les examinèrent et leur trouvèrent une composition de type corné, constatant par ailleurs qu'elles traversaient d'un seul tenant mains et pieds. À la différence des plaies de saint François qui restaient ouvertes en permanence, celles de Therese Neumann cessaient par moments de saigner pour se recouvrir alors d'une sorte de membrane.

La liste des stigmatisés présentant des modifications en profondeur de leur corps ne se limite pas aux deux cas précédents. Le Padre Pio, mort en 1968, avait des stigmates qui lui traversaient les mains de part en part ; et la plaie qui s'ouvrait dans son flanc

1. Herbert Thurston, *The Physical Phenomena of Mysticism* (Chicago : Henry Regnery Company, 1952), pp. 120-129 (trad. *Les Phénomènes physiques du mysticisme*, éd. du Rocher, 1986.)

2. Thomas de Celano, *Vita Prima* (1229), cité par Thurston dans *Les Phénomènes physiques du mysticisme* (Rocher).

était si profonde que les médecins appelés à l'examiner hésitèrent à la sonder de peur de porter atteinte à ses organes internes. Les plaies que la bienheureuse Giovanna Maria Solimani — stigmatisée italienne du XVIIIe siècle — avait aux mains étaient également si profondes qu'on y pouvait glisser une clé. Elles ne s'infectaient jamais, ni même ne s'enflammaient — ce qui semble être la règle générale. Une autre stigmatisée du XVIIIe siècle, sainte Veronica Giulani, abbesse du couvent de Città di Castella en Ombrie, en avait une latérale *qui s'ouvrait et se fermait à volonté.*

Des images qui se projettent hors du cerveau

Le modèle holographique n'est pas sans avoir suscité l'intérêt des chercheurs soviétiques et notamment de deux psychologues, les docteurs Alexandre P. Dubrov et Benjamin N. Puskin, à qui l'on doit une abondante littérature sur le sujet. De leur point de vue, l'aptitude du cerveau à opérer un traitement par bandes de fréquences ne saurait constituer en soi la preuve que les images et pensées de l'esprit humain sont de nature holographique. Ils ont néanmoins suggéré où chercher une telle preuve, estimant que si l'on pouvait trouver un exemple de projection externe d'une image par l'esprit, ce dernier aurait amplement démontré son caractère holographique. Ou, pour reprendre leurs propres termes : « Scientifiquement observable, l'éjection de structures psychophysiques hors du cerveau offrirait une preuve directe de l'existence d'hologrammes cérébraux[1] ».

1. Alexander P. Dubrov et Veniamin N. Pushkin, *Parapsychology and Contemporary Science*, traduit par Aleksander Petrovich (New York, Consultants Bureau, 1982), p. 50.

En fait, pareille preuve semble nous avoir été fournie par sainte Veronica Giuliani. Dans les dernières années de sa vie, elle acquit la conviction que les symboles de la passion — une couronne d'épines, trois clous, une croix et une épée — s'étaient de quelque manière gravés sur son cœur. Elle les dessina et alla jusqu'à préciser leurs emplacements respectifs. Après sa mort, l'autopsie révéla tant la présence desdits symboles que leur conformité à la description faite par l'abbesse, ce que les deux médecins qui l'avaient pratiquée attestèrent par écrit et sous la foi du serment [1].

D'autres stigmatisés connurent des expériences similaires. Sainte Thérèse d'Avila eut la vision d'un ange qui lui perçait le cœur de son épée. Or, dans ce cœur, désormais exposé comme relique à Alba de Tormes en Espagne, la profonde entaille causée par l'épée miraculeuse est toujours visible [2]. Marie-Julie Jahenny, stigmatisée française du XIXe siècle, ne cessait d'avoir à l'esprit l'image d'une fleur. Celle-ci finit par apparaître sur sa poitrine et y demeura vingt années durant [3]. Mais il ne faudrait pas croire que ces phénomènes sont le privilège exclusif des stigmatisés. En 1913, une gamine de douze ans, qui demeurait dans un village non loin d'Abbeville, fit la une des journaux quand on découvrit qu'elle pouvait à volonté faire apparaître sur ses bras, jambes ou épaules des dessins représentant entre autres des chiens et des chevaux. Elle était également à même d'y faire s'inscrire des mots en réponse aux questions qu'on lui posait [4].

1. Thurston, *Les Phénomènes physiques du mysticisme* (Rocher).
2. *Ibid.*
3. Charles Fort, *The Complete Books of Charles Fort* (New York, Dover, 1974), p. 1022.
4. Voir ci-dessus n. 3, p. 203.

Il n'est pas douteux que ces phénomènes soient l'exemple d'une projection de structures psychophysiques hors du cerveau. À vrai dire, les stigmates eux-mêmes, surtout ceux impliquant la formation d'excroissances de chair simulant les clous, illustrent tout autant la manière dont le cerveau projette des images hors de lui-même pour les imprimer dans l'argile tendre du corps holographique. C'est à cette même conclusion qu'est parvenu Michael Grosso, professeur de philosophie au *Jersey City State College,* l'une des universités d'État du grand New York. Auteur prolixe sur les miracles, sa conscience professionnelle l'a envoyé en Italie où il a recueilli des informations de première main sur les stigmates du Padre Pio. « Un des fils conducteurs de mon travail, explique-t-il, est de considérer qu'il avait la capacité de transmuer symboliquement la réalité matérielle. En d'autres termes, le niveau de conscience sur lequel il opérait le rendait apte à infléchir l'aspect du monde physique à la lumière de certaines réalités spirituelles. Il s'identifiait par exemple aux plaies de la crucifixion de sorte que son corps, s'imprégnant de cette dimension symbolique, finissait peu à peu par en assumer la forme[1].

Il semble donc que, par le recours aux images, l'esprit soit en mesure de dicter au corps ce qu'il doit faire, y compris l'élaboration d'autres images. Des images naissant d'images. Deux miroirs se reflétant à l'infini. Telle semble être la nature de la relation corps/esprit dans l'univers holographique.

1. Entretien privé avec l'auteur, 3 novembre 1988.

Des lois aussi connues qu'ignorées

À l'orée de ce chapitre, je disais qu'au lieu d'y examiner les divers mécanismes dont l'esprit se sert pour contrôler le corps, j'allais avant tout m'attacher à cerner la portée d'un tel contrôle. Ce faisant, je n'avais nullement l'intention de nier ou de minimiser l'importance desdits mécanismes, essentiels qu'ils sont à notre compréhension des rapports entre l'esprit et le corps, chaque jour semblant apporter de nouvelles découvertes dans ce domaine.

J'en prendrai pour exemple l'intervention de Candace Pert, directrice du laboratoire de biochimie cérébrale du *National Institute of Mental Health* (Institut national de la santé mentale), lors d'un récent congrès de psycho-neuro-immunologie — science nouvelle traitant des interactions entre l'esprit (psycho), le système nerveux (neuro) et le système immunitaire (immuno). Elle y annonça que les cellules de ce dernier comportaient des récepteurs de neuropeptides. Les neuropeptides sont les molécules dont le cerveau se sert pour communiquer — son courrier en quelque sorte. En un temps, on n'imaginait pas pouvoir en trouver ailleurs que dans le cerveau, et la découverte de récepteurs (de boîtes aux lettres) sur les cellules de notre système immunitaire implique que celui-ci, loin d'être distinct du cerveau, en constitue un prolongement. Qu'on ait également décelé des neuropeptides dans d'autres parties de l'organisme a conduit Pert à s'avouer dans l'incapacité de marquer une frontière précise entre le cerveau et le restant du corps [1].

1. Candace Pert, en collaboration avec Harris Dienstfrey, « The Neuropeptide Network », dans *Neurimmunomodulation : Interventions in and Aging and Cancer*, Walter Pierpaoli et Novera Herbert Spector (New York, New York Academy of Sciences, 1988), pp. 189-194.

J'ai donc fait l'impasse sur cet aspect des choses, non seulement parce qu'examiner jusqu'à quel point l'esprit peut modeler et contrôler le corps me semblait mieux convenir au propos de cet ouvrage mais aussi par crainte des dimensions qu'il m'aurait fallu lui donner si j'avais voulu rendre compte en détail des processus biologiques impliqués dans l'interaction corps/esprit. Il y a quelques pages, abordant le sujet des miracles, j'affirmais que je ne voyais aucune raison précise de croire inexplicable dans le cadre de notre compréhension classique des lois de la physique la régénération du bassin de Michelli. Ce serait déjà moins vrai des stigmates, et totalement faux de toutes sortes de phénomènes paranormaux dont furent témoins par le passé des personnes dignes de foi et, plus récemment, divers biologistes, physiciens et autres chercheurs.

Dans ce chapitre, nous avons donc porté notre attention sur d'étonnantes choses dont l'esprit s'avère capable et qui, tout en restant plus ou moins au-delà de notre compréhension, ne semblent toutefois violer aucune des lois connues de la physique. Dans le suivant, nous en aborderons d'autres totalement rebelles aux approches classiques de la science. Là aussi, comme nous le verrons, le concept holographique semble néanmoins capable de nous apporter quelque éclairage. S'aventurer dans ces territoires va de temps à autre impliquer d'y trouver sous ses pas ce qui pourra de prime abord nous paraître un sol des plus instables, impliquer aussi d'y être en présence de phénomènes encore plus vertigineux et incroyables que la vitesse de cicatrisation des plaies de Mohotty ou que l'inscription de figures symboliques sur le cœur de sainte Veronica Giuliani. Mais une fois de plus nous aurons l'occasion de constater que, dans ces territoires, si intimidants soient-ils, la science n'en a pas moins commencé de frayer ses sentiers.

Les microsystèmes en acupuncture et le petit homme dans l'oreille

Avant de clore ce chapitre, il convient d'y joindre une ultime pièce en faveur de la nature holographique du corps humain. L'antique technique chinoise de l'acupuncture repose sur l'idée que tout élément interne — organe ou os — est relié à un point précis en surface. Activer ces points, que ce soit avec des aiguilles ou par quelque autre forme de stimulation, peut soulager, voire guérir, les maladies et déséquilibres affectant les parties de l'organisme qui leur sont connectées. Il existe plus d'un millier de ces points d'acupuncture, distribués le long de lignes imaginaires portant le nom de méridien. Tout en restant sujet à controverse, l'acupuncture est de plus en plus reconnue par le corps médical, et on y a même eu recours avec succès pour soigner les douleurs dorsales chroniques des chevaux de course.

Dans un ouvrage intitulé : *Traité d'Auriculothérapie* et paru en 1957, un médecin acupuncteur français, Paul Nogier*, publia sa découverte, outre le système traditionnel des méridiens, de deux sous-systèmes de points localisés chacun dans une oreille. Il en avait dressé la carte pour remarquer qu'une fois reliés ils dessinaient une sorte de planche anatomique représentant un être humain miniature, la tête en bas comme un fœtus (fig. 13). Nogier ignorait

* Les ouvrages de Paul Nogier sont disponibles chez Maisonneuve. On citera : *Introduction pratique à l'auriculothérapie* (1978) et *L'Homme dans l'oreille* (1979).

avoir été précédé d'environ quatre mille ans par les Chinois dont les planches relatives à ce qu'ils nommaient « le petit homme dans l'oreille » ne furent publiées qu'ultérieurement, alors que le médecin français avait déjà revendiqué la découverte.

Celle-ci est plus qu'un détail de la petite histoire de l'acupuncture. Le Dr Terry Oleson, psychobiolo-

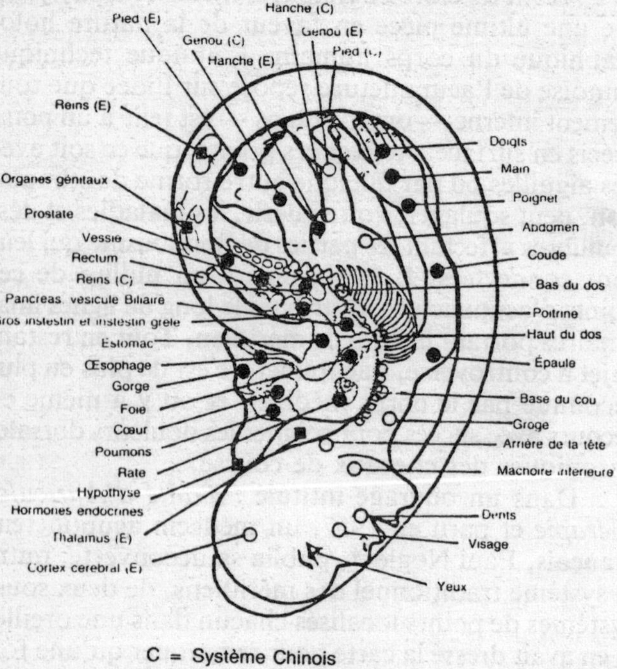

Figure 13. Le petit homme dans l'oreille. Des acupuncteurs ont découvert que les points d'acupuncture de l'oreille esquissaient la forme d'un être humain en réduction. Selon le Dr Terry Oleson de l'École de médecine de l'U.C.L.A., il se pourrait que ce soit parce que le corps est un hologramme, chacune de ses parties comportant en conséquence une image du tout.

giste à la *Pain Management Clinic* (Centre hospitalier de recherches sur la douleur) de l'École de médecine de l'université de Californie à Los Angeles, s'est aperçu que le microsystème auriculaire pouvait servir à établir un diagnostic précis de l'état général de l'organisme. Oleson a par exemple constaté que la charge électrique accrue de l'un des points situés dans l'oreille était généralement l'indice d'une pathologie (passée ou actuelle) dans le secteur correspondant. Une étude fut menée sur quarante patients dont on détermina préalablement par les méthodes traditionnelles quelle partie du corps était sujette à des douleurs chroniques. Puis, enveloppés dans un drap qui dissimulait les symptômes visibles de leur état, ils furent examinés par un acupuncteur dans l'ignorance totale des résultats de l'examen précédent et tenu de ne s'intéresser qu'à leurs oreilles. La comparaison des deux diagnostics révéla une concordance point par point dans une proportion légèrement supérieure à 75 %[1].

L'examen auriculaire peut également déceler des troubles du tissu osseux ou des organes internes. Un jour qu'Oleson pratiquait l'aviron, il remarqua sur l'oreille de son coéquipier un endroit où la peau était anormalement écailleuse. Ce point correspondait au cœur, lui avaient appris ses recherches, aussi suggéra-t-il à l'homme de vérifier l'état de celui-ci. Le médecin consulté le lendemain même diagnostiqua de fait un grave problème nécessitant d'urgence une opération à cœur ouvert[2].

1. Terence D. Oleson, Richard J. Kroening et David E. Bresler, « An Experimental Evaluation of Auricular Diagnosis : The Somatotopic Mapping of Musculoskeletal Pain at Ear Acupuncture Points », *Pain* 8 (1980), pp. 1347-1360.
2. Entretien privé avec l'auteur, 24 septembre 1988.

Oleson a également recours à la stimulation électrique des points d'acupuncture de l'oreille pour le traitement des douleurs chroniques, de l'obésité, des pertes de mémoire et de pour ainsi dire toutes les formes d'assuétude. Sur un groupe-test de quatorze toxicomanes auquel ses collègues et lui appliquèrent cette technique, douze ne mirent en moyenne pas plus de cinq jours à se débarrasser de leur besoin de drogue, les symptômes du sevrage étant réduits au minimum [1]. De fait, l'auriculothérapie s'est révélée être une méthode de désintoxication si rapide que, tant à Los Angeles qu'à New York, bon nombre de cliniques s'en servent pour le traitement des gens dépendants que l'on ramasse sur la voie publique.

Comment se fait-il que l'alignement de ces points épouse la forme d'un être humain miniature ? Selon Oleson, il faut en chercher la raison dans la nature holographique du couple corps/esprit. De même qu'en chaque fragment d'un hologramme est contenue l'image entière, chaque partie du corps est susceptible de contenir celui-ci dans sa totalité. « En toute logique », explique-t-il, l'hologramme auriculaire est relié à l'hologramme cérébral qui l'est lui-même à l'ensemble du corps. Notre action sur l'organisme à partir de l'oreille s'effectue par l'entremise de l'hologramme cérébral [2].

Oleson soupçonne ailleurs dans le corps l'existence d'autres microsystèmes d'acupuncture, suivi en cela par le Dr Ralph Alan Dale, directeur du Centre

1. Terence D. Oleson et Richard J. Kroening, « Rapid Narcotic Detoxification in Chronic Pain Patients Treated with Auricular Electroacupuncture and Naloxone », *International Journal of the Addictions* 20, n° 9 (1985), pp. 1347-1360.

2. Richard Leviton, « The Holographic Body », *East West* 18, n° 8 (août 1988), p. 42.

d'enseignement de l'acupuncture de Miami en Floride. Après avoir consacré ces vingt dernières années à une véritable chasse aux données théoriques et cliniques en provenance de Chine, du Japon et d'Allemagne, Dale a rassemblé de quoi suggérer la présence dans notre corps de dix-huit hologrammes de micro-acupuncture distincts, localisés entre autres sur les mains, aux pieds, aux bras, au cou, sur la langue et même sur les gencives. Il a comme Oleson l'impression que ces microsystèmes sont « des redondances holographiques de l'anatomie globale », et même la conviction que d'autres systèmes similaires attendent encore d'être découverts. Non sans parenté avec Bohm pour qui, en un sens, tout électron contiendrait l'ensemble du cosmos, Dale exprime l'hypothèse que chaque doigt — voire chaque cellule — comporte son propre microsystème d'acupuncture[1].

Dans un article sur les implications holographiques de ces micro-systèmes, Richard Leviton, collaborateur de la revue *East West*, estime que les techniques de médecine parallèle du type réflexologie — massage thérapeutique censé agir sur l'ensemble du corps par simple stimulation des pieds —, et iridologie — méthode de diagnostic par examen de l'iris — vont également dans le sens d'une vision holographique de l'organisme. Leviton concède que ces deux domaines de recherche n'ont encore rien donné de vraiment probant sur le plan expérimental (les travaux sur l'iridologie ont en particulier débouché sur des résultats des plus contradictoires), mais il lui semble que le modèle holographique permettrait de cerner le mode de fonctionnement de ces techniques si leur validité venait à être établie.

1. Voir n. 2, p. 190 (*op. cit.*, p. 45).

Selon Leviton, il pourrait même y avoir quelque chose du côté de la chiromancie, non de celle que pratiquent les diseuses de bonne aventure qui vous sollicitent dans la rue ou attendent le client dans leur cabine vitrée, mais de la chiromancie indienne plus de quatre fois millénaire. À l'origine de cette intuition, l'impression profonde que devait lui laisser sa propre rencontre avec un chiromancien indien vivant à Montréal et dont un doctorat de l'université d'Agra sanctionnait l'immense savoir en la matière. « Le paradigme holographique, explique Leviton, offre aux postulats de la chiromancie un cadre de référence extérieur à l'occultisme et, partant, moins controversé[1]. »

Si malaisé soit-il, en l'absence d'un contrôle en double aveugle, de porter un jugement sur la forme de chiromancie pratiquée par l'Indien de Leviton, il convient de signaler que la science commence à admettre que certaines données concernant notre corps sont inscrites dans les lignes et circonvolutions de nos mains. Herman Weinreb, un neurologue de l'université de New York, a constaté la plus grande fréquence d'un dessin d'empreinte digitale appelé *boucle ulnaire* chez les victimes de la maladie d'Alzheimer (fig. 14). Une étude portant, d'une part, sur cinquante sujets atteints de ce mal et, d'autre part, sur un nombre égal de sujets normaux révéla que trente-six personnes du premier groupe avaient cette boucle ulnaire sur au moins huit de leurs doigts alors qu'ils n'étaient que treize dans le groupe de contrôle. Ceux dont les dix doigts présentaient ce dessin se

1. Voir n. 2, p. 190 (*op. cit.*, pp. 36-47).

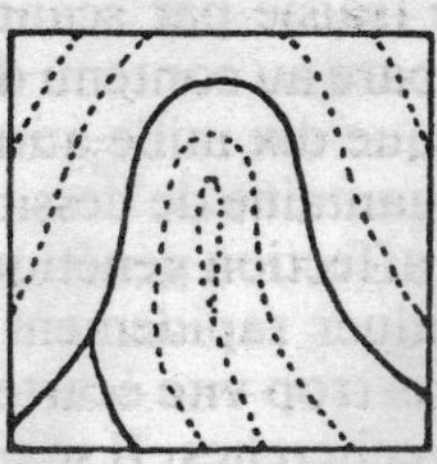

Figure 14. Des neurologues ont constaté que les personnes atteintes de la maladie d'Alzheimer présentaient plus fréquemment que la moyenne un dessin précis d'empreintes digitales connu sous le nom de *boucle ulnaire*. Ce sont pour le moins dix autres affections génétiques qui sont associées à divers signes présents dans la main. Ces découvertes plaident en faveur du modèle holographique quand il affirme que chaque partie du corps contient des données concernant l'ensemble de celui-ci.

répartissaient ainsi : quatorze dans le premier groupe et seulement quatre dans le second [1].

On sait maintenant qu'à dix formes courantes de handicap héréditaire — dont le syndrome de Down — correspondent des signes précis dans la main, et des médecins allemands ont désormais recours à ce savoir pour étudier les empreintes digitales des parents et déterminer si oui ou non il convient de soumettre une future mère à l'amniocentèse, procédé de dépistage génétique relativement risqué puisque impliquant l'insertion d'une aiguille dans l'utérus pour y prélever le liquide amniotique destiné à être analysé en laboratoire.

Des chercheurs de l'Institut dermatoglyphique de Hambourg ont même développé un programme informatique qui, sur la base d'une « photo » numé-

1. « Fingerprints, a Clue to Senility », *Science Digest* 91, n° 11 (novembre 1983), p. 91.

risée (saisie par scanner) de la main du patient, la compare au contenu de sa banque de données — soit quelque dix mille autres mains répertoriées selon la cinquantaine de dessins désormais associés à telle ou telle affection génétique — et se trouve ainsi à même d'évaluer rapidement les risques encourus [1]. Donc, ne pas trop vite écarter la chiromancie du champ de nos recherches. Il se pourrait que notre paume, avec ses lignes et circonvolutions, ait plus à nous apprendre sur notre moi global qu'il n'y semble à première vue.

Atteler les puissances du cerveau holographique

Tout au long de ce chapitre, deux messages prioritaires n'ont cessé de se faire entendre haut et clair. D'abord que dans l'optique du modèle holographique, le couple esprit/corps est en fin de compte incapable de faire la distinction entre les hologrammes neuraux dont le cerveau se sert pour appréhender la réalité et ceux qu'il plaque sur cette dernière quand il ne fait que l'imaginer. Grille de décodage ou variation libre, ces deux types d'hologrammes ont sur l'organisme humain des effets pareillement spectaculaires, et si puissants qu'ils sont à même de moduler le système immunitaire, de calquer ou de contrecarrer (voire les deux) ceux d'une drogue réputée irrésistible, de cicatriser des plaies en un temps record, de faire fondre des tumeurs, de prendre le pas sur notre programmation génétique et d'opérer sur notre substance vivante des métamorphoses pratiquement inconcevables. Tel est donc ce premier message :

1. Michael Meyer, « The Way the Whorls Turn », Newsweek (13 février 1989), p. 73.

chacun d'entre nous possède en lui la faculté — à quelque niveau, du moins — d'influer sur sa santé, de maîtriser les réactions de son corps et d'en modifier l'apparence de diverses manières qui, toutes, ne sont rien moins qu'époustouflantes. Nous sommes tous « des faiseurs de miracle » en puissance, des yogis à l'état latent, et il ressort clairement des points abordés dans les pages qui précèdent que nous aurions tout intérêt — en tant qu'individus comme en tant qu'espèce — de consacrer nettement plus qu'à l'heure actuelle nos efforts à l'exploration et à la maîtrise de ces talents cachés.

Le second message est que les éléments constitutifs de ces hologrammes neuraux sont aussi nombreux que subtils, allant des images sur lesquelles nous méditons à notre foi — que son objet soit d'ordre spirituel ou technologique — en passant par nos espoirs et par nos peurs, par les façons d'être et de penser de ceux qui nous soignent, par nos préjugés inconscients, par nos convictions enfin, tant personnelles qu'émanées de notre culture. Plus que de simples faits, ce sont là des repères de la plus haute importance, des flèches qui nous montrent ce dont il nous faut devenir conscients, ce dont il nous faut acquérir la maîtrise si nous voulons nous initier à la manière de libérer nos dons et d'en tirer parti. Il n'est pas douteux que d'autres facteurs soient à prendre en considération, que d'autres influences modèlent et circonscrivent ces facultés, car une chose doit désormais crever les yeux : dans un univers holographique où le plus petit changement d'attitude mentale peut marquer la différence entre la vie et la mort, où tout est lié et sur un mode si subtil qu'un rêve est à même d'entraîner l'inexplicable apparition d'un scarabée, où le risque d'être atteint d'une maladie peut s'inscrire dans nos mains sous forme de lignes et de tourbillons, nous avons toutes les raisons de soupçonner qu'il existe pour chaque effet une multitude de causes. Tout chaînon est le point d'attache d'une douzaine d'autres si tant est que, pour reprendre les termes de Walt Whitman : « Tout s'entrelace dans une immense similitude. »

Un foisonnement de miracles

> Les miracles ne violent pas les lois de la nature mais le peu que nous en savons.
>
> Saint Augustin

Chaque année, en mai puis en septembre, une foule immense se rassemble sur le parvis du *Duomo San Gennaro*, la cathédrale de Naples, pour y être témoin d'un miracle. Ce dernier s'opère dans une petite fiole dont le contenu, substance brunâtre à l'état solide, serait le sang de San Gennaro ou saint Janvier, décapité en 305 sous le règne de l'empereur Dioclétien, et qu'une servante, désireuse d'avoir une relique du martyr, aurait alors recueilli. Personne ne sait précisément ce qu'il en advint jusqu'à la fin du XIIIe siècle, date à laquelle il refit surface et où la fiole, enchâssée dans un reliquaire d'argent, fut exposée dans la cathédrale.

Le miracle se produit donc deux fois l'an quand, paraissant répondre aux clameurs de la foule, l'espèce de dépôt brunâtre se transforme en un liquide rouge vif et bouillonnant. Il est à peu près sûr que c'est du sang. Telle fut du moins la conclusion d'un groupe de savants de l'université de Naples qui, en 1902, put procéder à la spectroscopie du liquide en faisant passer un rayon de lumière au travers de la fiole. Hélas, compte tenu de l'ancienneté du reliquaire et, partant, de sa fragilité, les autorités ecclésiastiques se sont toujours opposées à son ouverture pour d'autres techniques d'analyse, si bien que le phénomène n'a jamais bénéficié d'une étude exhaustive.

Mais le caractère extraordinaire de l'événement ne se limite pas à pareille métamorphose. De temps à autre au cours de l'histoire (la première relation écrite d'une manifestation publique du miracle remonte à 1389), lors de la présentation du reliquaire à la foule, le sang refuse de se liquéfier. Si rare soit-il, un tel fiasco est de fort mauvais augure aux yeux des Napolitains. Par le passé, il précéda directement l'éruption du Vésuve et l'entrée dans la ville des armées de Bonaparte. Plus récemment, en 1976 et 1978, ce fut respectivement l'annonce du pire tremblement de terre qu'ait connu l'Italie et celle, à Naples même, de la victoire des communistes aux élections municipales.

La liquéfaction du sang de San Gennaro est-elle un miracle ? Il semble que la réponse soit positive, du moins dans le sens où les lois de la science à ce jour connues n'en sauraient rendre compte. Mais San Gennaro lui-même en est-il l'artisan ? Pour ma part, j'ai plutôt l'impression que c'est l'intense dévotion de la foule envers le saint — la foi qu'elle a en ses pouvoirs — qui opère le miracle. De fait, il se trouve que de simples médiums sont à même de reproduire la quasi-totalité des prouesses attribuées aux saints et autres faiseurs de prodiges de toutes les grandes religions, et on peut raisonnablement en déduire qu'à l'instar des stigmates, les miracles sont l'œuvre de forces latentes dans l'esprit de tout un chacun. Herbert Thurston, le prêtre à qui nous devons *Les Phénomènes physiques du mysticisme*, était conscient de cette similitude ; de là sa répugnance à accepter l'origine surnaturelle d'un miracle si elle devait exclure une explication de type paranormal. À l'appui d'une telle notion, il convient de rappeler que la renommée de bon nombre de stigmatisés, notamment du Padre Pio et de Therese Neumann, se fondait aussi sur leurs pouvoirs métapsychiques.

Parmi ces derniers, il en est un qui semble jouer son rôle dans les miracles : la psychokinésie ou PK*. Qu'il y ait modification de la matière dans le cas du sang de San Gennaro permet à coup sûr d'y suspecter l'intervention de la PK, mais Rogo la voit également à l'œuvre dans les stigmates, l'estimant responsable de quelques-uns de leurs aspects les plus spectaculaires. Selon lui, s'il est dans les capacités biologiques ordinaires de l'organisme d'induire une rupture des capillaires entraînant un saignement superficiel, la PK seule est apte à rendre compte du creusement presque instantané de plaies larges et profondes [1]. Qu'il ait ou non raison reste à prouver mais la psychokinésie est à l'évidence un facteur à ne pas négliger dans l'étude de certains phénomènes annexes observables chez les stigmatisés. Quand les plaies que Therese Neumann avait aux pieds se rouvraient — et quelle que fût la position de ces derniers — le sang coulait toujours en direction des orteils comme il l'aurait fait des plaies correspondantes du Christ

* Psychokinésie, ou psychocinèse, ou PK : action sur toutes les matières animées ou inanimées sans contact direct ou indirect, sans moyen physique, observable ou connu (déplacement, soulèvement, transport d'objet, etc.).

1. D. Scott Rogo, *Miracles* (New York, Dial Press, 1982), p. 79.

en croix. Cela veut dire que lorsqu'elle était assise dans son lit, le saignement s'effectuait vers le haut, allant ainsi à l'encontre de la force de gravité. Le fait eut de nombreux témoins, dont plusieurs G.I. stationnés en Allemagne après la guerre qui en profitaient pour vérifier la légende naissante. Un défi similaire aux lois naturelles de l'écoulement des liquides a été constaté chez d'autres stigmatisés [1].

Ce genre d'anecdotes ne peut que nous surprendre, notre vision du monde habituelle n'offrant nul contexte dans lequel insérer la psychokinésie. Il n'en irait pas de même, selon Bohm, si nous considérions l'univers comme un holomouvement. Et, pour illustrer sa pensée, il nous demande de réfléchir sur l'exemple suivant. Imaginez-vous dans la rue, tard la nuit, quand soudain, de nulle part, surgit une ombre. Votre première pensée peut être de l'identifier à un agresseur et de vous croire en danger. L'information véhiculée par cette pensée ne va pas manquer de susciter une gamme d'éventualités pour le proche avenir : fuir, être blessé, se battre... Il ne faudrait pas croire que la présence dans votre esprit de ces actions ou situations envisagées soit un processus purement mental. Il est indissociable d'une foule d'autres processus biologiques, excitation des nerfs, accélération du rythme cardiaque, décharge dans le sang d'adrénaline et autres hormones, tension accrue des muscles et ainsi de suite. À l'inverse, si votre première pensée a été de vous dire qu'il ne s'agissait que d'une ombre, il s'ensuivra un jeu tout différent de réactions mentales et biologiques. Du reste, point n'est besoin d'une ample réflexion pour

1. *Miracles,* p. 58 ; voir aussi Herbert Thurston, *Les Phénomènes physiques du mysticisme* (Rocher) et A.P. Schimberg, *The Story of Therese Neumann* (Milwaukee, Wis., Bruce Publishing Co., 1947).

s'apercevoir que nous réagissons parallèlement sur les deux plans, mental et biologique, à toute donnée de notre expérience.

Ce que Bohm veut que nous retenions de cet exemple, c'est que la possibilité de réagir au sens de quoi que ce soit, à l'interprétation que nous en donnons, n'est pas le privilège de la seule conscience. Le corps aussi est susceptible d'y répondre, et c'est là l'indice de la double nature, mentale et physique, de ce *sens*. Pareille conception du sens bouscule nos habitudes, car nous avons tendance à ne lui reconnaître d'effet que sur la réalité subjective, sur les pensées que nous avons en tête, et à n'y rien voir qui puisse susciter une réponse dans le monde des objets. « Le sens, dit Bohm, peut donc nous servir de lien ou de "pont" entre les deux rives du réel. Et un tel lien est indivisible du fait que l'information contenue dans la pensée, que nous sentons localisée sur la rive "mentale", s'accompagne d'une activité neurophysiologique, chimique et physique, laquelle est à l'évidence l'interprétation donnée de cette pensée sur la rive "matérielle"[1]. »

Bohm estime que d'autres processus de l'univers physique sont à même de fournir des exemples de sens objectivement actif. L'un d'eux serait le fonctionnement du microprocesseur d'un ordinateur. Celui-ci contient en effet des informations dont le sens est actif car déterminant quant à la manière dont l'électricité circule et se distribue dans la machine. Un autre exemple peut être trouvé dans le comportement des particules subatomiques. L'orthodoxie en physique considère que les ondes quantiques ont une action mécanique sur la particule, qu'elles en contrôlent les

1. David J. Bohm, « A New Theory of the Relationship of Mind and Matter », *Journal of the American Society for Psychical Research* 80, n° 2 (avril 1986), p. 128.

mouvements un peu comme les vagues d'un océan contrôlent ceux d'une balle de ping-pong flottant à sa surface. Mais Bohm n'a pas l'impression qu'une telle vision des choses puisse, par exemple, expliquer la danse coordonnée des électrons dans un plasma, pas plus que le mouvement ondulatoire de l'eau ne pourrait rendre compte d'une chorégraphie similaire des balles de ping-pong si celle-ci venait à être constatée. De son point de vue, la relation entre particule et onde quantique serait mieux décrite par la métaphore d'un navire en pilote automatique guidé par radar. L'onde quantique ne pousse pas plus l'électron que l'onde radar ne pousse le navire, mais dans les deux cas, l'onde fournit sur l'environnement des données dont électron et navire se servent pour évoluer par leurs propres moyens.

En d'autres termes, Bohm pense qu'il y a plus qu'une simple ressemblance entre l'esprit et l'électron, que ce dernier se présente par bien des aspects comme une entité hautement complexe, à cent lieues de la conception classique qui voudrait n'y voir qu'un point dénué de structure. L'usage actif que les électrons — et toutes les particules subatomiques, — font de l'information, tend à prouver que la capacité de réagir au sens n'est pas seulement caractéristique de la conscience mais de toute matière. Il s'agit là, dit-il, d'un bien commun intrinsèque et par là même porteur d'une explication possible des phénomènes psychokinétiques. « Sur cette base, la psychokinésie est susceptible de se faire jour si les processus mentaux d'une ou de plusieurs personnes sont centrés sur des significations en harmonie avec celles guidant les processus fondamentaux des systèmes physiques où cette PK est amenée à s'exercer [1]. »

1. Voir n. 1, p. 201.

Il est important de souligner qu'en pareil cas la psychokinésie ne serait pas due à un processus causal, à un enchaînement de causes et d'effets impliquant l'intervention de l'une ou l'autre des forces répertoriées par la physique classique. Il conviendrait plutôt d'y voir le résultat de quelque type de « résonance de sens » non locale, à moins que ce ne soit d'une sorte d'interaction non locale similaire — mais non pas semblable — à l'interconnexion non locale qui autorise une paire d'électrons jumeaux à se manifester avec le même angle de polarisation comme nous l'avons vu au deuxième chapitre (Des considérations techniques ont amené Bohm à juger la non-localité quantique insuffisante pour rendre compte de la télépathie ou de la PK ; selon lui, seul un approfondissement du concept, une sorte de super non-localité, permettrait d'appréhender ces phénomènes.)

Le lutin dans la machine

Un autre chercheur a formulé sur la PK des idées similaires à celles de Bohm, mais en les poussant plus loin. Il s'agit de Robert G. Jahn, professeur de technologie aérospatiale et doyen honoraire de l'École des sciences appliquées de l'université de Princeton. C'est tout à fait par hasard que Jahn a entamé un travail sur la psychokinésie. Ex-consultant auprès de la N.A.S.A. et du ministère de la Défense, son domaine de prédilection était à l'origine la propulsion dans le lointain espace. On lui doit, de fait, l'ouvrage qui fait référence en la matière : *Physics of Electric Propulsion (Physique de la propulsion électrique)*. Il ne s'était jamais intéressé au paranormal, n'y croyait même pas, quand une des étudiantes vint le trouver pour lui demander de superviser une expérience de psychokinésie qu'elle comptait effectuer dans le cadre d'un projet d'étude personnel. Sans grand enthousiasme, Jahn accepta, pour se trouver en présence de résultats tels qu'en 1979 il en vint à fonder le P.E.A.R., *Princeton Engineering Anomalies Research* (Laboratoire de recherche de Princeton sur les anomalies technologiques). Depuis, non content d'avoir établi l'existence de la PK sur des bases quasiment irréfutables, les chercheurs du P.E.A.R. ont rassemblé plus de données sur le sujet que quiconque aux États-Unis.

Pour une de leurs séries d'expériences, Jahn et son associée, la psychiatre Brenda Dunne, eurent recours à un générateur d'événements aléatoires, un G.E.A. Reposant sur des processus naturels imprévisibles comme la désintégration radioactive, cet appareil est à même de produire une séquence aléatoire de nombres binaires qui pourra, par exemple, se présenter sous cette forme : 1, 2, 1, 2, 1, 1, 2, 1, 1, 1, 2, 1. En d'autres termes, un G.E.A. est une sorte de pile ou face automatique capable de lancer sa pièce un nombre incalculable de fois en un temps très court. Comme chacun sait, lance-t-on mille fois de suite une pièce parfaitement équilibrée qu'on a autant de chances de la voir retomber sur pile que sur face. Sur chaque essai, on constate en réalité une légère variation de la probabilité dans un sens ou dans l'autre, mais plus leur nombre augmente, plus la pièce est lancée, plus on se rapproche d'un partage égal des chances.

L'expérience de Jahn et Dunne consista donc à installer des sujets devant un G.E.A. en leur demandant de se concentrer pour obtenir de la machine une fréquence anormalement élevée soit de « pile » soit de « face ». Plusieurs centaines de milliers d'essais permirent de conclure que les sujets, par leur seule concentration, exerçaient une influence — certes minime, mais statistiquement significative — sur les processus mis en œuvre par la machine. Et l'on fit également deux autres constatations. D'abord que la faculté d'exercer des effets PK, loin d'être l'apanage de quelques individus dotés de dons exceptionnels, était présente chez la majorité des sujets testés — ce qui suggère que la plupart d'entre nous possèdent à quelque degré des pouvoirs psychokinétiques. Ensuite, que d'un sujet à l'autre on obtenait de sensibles différences dans les résultats, des particularités telles que Jahn et Dunne en vinrent à les qualifier de « signatures »[1].

Une autre série d'expériences utilisa une sorte de flipper vertical de trois mètres de haut sur plus d'un mètre cinquante de large où, derrière la vitre, neuf mille billes de deux centimètres de diamètre dévalaient entre trois cent trente chevilles de plastique jusqu'aux dix-neuf godets disposés au bas de l'appareil pour les recevoir. Normalement, il en aboutissait plus au centre que sur les côtés, si bien que la distribution finale évoquait une courbe de Gauss*.

Les volontaires prirent place devant l'appareil comme précédemment devant le G.E.A., Jahn et Dunne leur assignant cette fois la tâche de dévier les billes vers les godets latéraux. De nouveau, un grand nombre d'essais mit en évidence leur aptitude à introduire une modification discrète mais sensible dans la répartition des billes. Avec le G.E.A., leur PK ne s'était exercée que sur des processus microscopiques, la décomposition d'une substance radioactive, mais le flipper géant les révélait capables d'exercer cette

1. Robert G. Jahn et Brenda J. Dunne, *Margins of Reality : The Role of Consciousness in the Physical World* (New York : Harcourt Brace Jovanovich, 1987), pp. 91-123 (trad. *Aux frontières du paranormal : le rôle de l'esprit sur la matière*, éd. du Rocher, 1991.)

* Courbe de Gauss : ou « courbe en cloche », à cause de sa forme.

même PK sur les objets de la vie quotidienne. Qui plus est, les « signatures » de ceux qui avaient déjà participé à l'autre expérience refirent surface, donnant à penser que, si les facultés psychokinétiques d'une personne donnée restaient inchangées quel que fût leur champ d'application, elles variaient d'individu à individu à l'instar de tout autre talent. Pour citer Jahn et Dunne : « Alors qu'il était raisonnablement possible de négliger de petits segments de ces résultats comme trop proches du comportement aléatoire pour justifier une révision des modèles dominants, ils manifestaient, pris dans leur ensemble, l'incontestable existence d'une aberration de proportions non négligeables[1]. »

Jahn et Dunne estiment que leurs découvertes pourraient expliquer la propension de certaines personnes à porter malheur aux machines, à les mettre hors service ou à en perturber le fonctionnement. Au nombre de ces calamités ambulantes, le physicien Wolfgang Pauli dont les compétences en la matière étaient si légendaires que ses collègues parlaient à leur propos d'« effet Pauli ». Il lui suffisait, dit-on, d'entrer dans un laboratoire pour qu'un appareil en verre explose ou qu'un instrument de mesure sensible se fende en deux. Pis, à une lettre l'informant qu'il ne pouvait heureusement pas être tenu pour responsable de la récente et mystérieuse désintégration d'un appareillage complexe puisqu'il n'était pas présent sur les lieux lors de l'incident, il répondit qu'à cet instant précis, il passait en train à proximité du laboratoire ! Selon Jahn et Dunne, le célèbre « effet Gremlin », cette tendance — si souvent rapportée par les pilotes et autres opérateurs de l'armée — des

1. Voir n. 1, p. 205.

pièces, pourtant testées avec soin, à connaître d'inexplicables défaillances ou anomalies au moment le plus absurdement inopportun serait un autre exemple d'activité PK inconsciente.

Si notre esprit peut se projeter hors de lui-même et modifier la trajectoire d'une cascade de billes ou le fonctionnement d'une machine, quelle étrange alchimie supposer pour rendre compte d'une pareille aptitude ? Jahn et Dunne estiment pour leur part que, tout processus physique connu se manifestant à la fois sous forme d'ondes et sous celle de particules, rien n'interdit de penser que cette dualité soit extensible au psychisme. Sous son aspect corpusculaire, la conscience serait alors localisée dans le cerveau mais elle n'en aurait pas moins, comme n'importe quel phénomène ondulatoire, la faculté d'influer sur des objets lointains. Nos deux chercheurs ont la conviction que la PK fait partie de ces effets à distance.

Mais loin d'en rester là, ils vont jusqu'à voir dans la réalité même le fruit d'une connexion entre les aspects ondulatoires de la conscience et les structures d'ondes de la matière. Toutefois, pas plus que Bohm, ils n'estiment profitable d'envisager en soi le monde physique ou la psyché, voire d'assimiler la PK au transfert d'une énergie de quelque type. « Peut-être le message est-il plus subtil », dit Jahn. « Il se pourrait que de tels concepts ne tiennent simplement pas la route, qu'on ne puisse raisonner avec profit sur des abstractions, l'univers d'un côté, la conscience de l'autre. Car, en définitive, la seule chose qui nous soit accessible, c'est l'enchevêtrement des deux[1]. »

Mais si la psychokinésie ne peut être conçue comme le transfert d'une énergie de quelque type,

1. Entretien privé avec l'auteur, 16 décembre 1988.

à quelle terminologie avoir recours pour mieux cerner cette interaction entre esprit et matière ? Exprimant de nouveau des vues parallèles à celles de Bohm, Jahn et Dunne suggèrent que la PK implique en fait un échange d'informations entre la conscience et le monde physique, échange qui ne serait pas tant assimilable à des courants croisés qu'à une *résonance* entre mental et matière. Il s'agit là d'une notion fondamentale qui n'avait pas échappé aux participants des expériences du P.E.A.R. Le facteur le plus fréquemment associé par eux à des résultats positifs étant d'avoir atteint comme un état de résonance avec la machine, qu'il en est un pour décrire ainsi : « Une immersion dans le processus où je disparaissais en tant que conscience individuelle. Je ne me sentais aucun contrôle direct sur l'appareil, plutôt une influence marginale venant de ce que nous étions sur la même longueur d'onde. C'est comme en canoë : si ça va où je veux, je vais avec ; sinon, je me manifeste, j'essaie de casser le mouvement et de lui tendre en même temps le mien pour qu'il l'attrape[1]. »

Comme Bohm, ils pensent que les concepts dont nous nous servons pour décrire le réel : électrons, longueur d'onde, conscience, temps, fréquence... ne sont que des « rubriques de classement des données » sans statut indépendant. Ils estiment aussi que les théories, la leur comprise, n'ont qu'une valeur de métaphore. S'ils ne s'identifient pas au modèle holographique — et, de fait, leur pensée diffère de celle de Bohm par bien des aspects — ils sont conscients des multiples chevauchements. « Dans la mesure où notre discours exprime une certaine confiance fondamentale dans le comportement de la mécanique

1. Jahn et Dunne, *Aux frontières du paranormal* (Rocher).

ondulatoire, il existe des points communs entre ce dont nous postulons la pertinence et le modèle holographique », dit Jahn. « La conscience y trouve la capacité d'opérer suivant les principes de la mécanique ondulatoire, ce qui lui ouvre, d'une manière ou d'une autre, le champ global de l'espace et du temps[1]. »

« En un sens, renchérit Dunne, le modèle holographique pourrait être perçu comme une voie d'accès au mécanisme par lequel la conscience interagit avec cette grandeur ondulatoire, originelle et sensible, pour la convertir en données utilisables. Par ailleurs, imaginer que la conscience individuelle ait ses propres structures d'onde permet de se représenter les choses — métaphoriquement, bien sûr — comme un laser d'une fréquence particulière entrant en intersection avec telle ou telle structure de l'hologramme cosmique[2]. »

Comme il fallait s'y attendre, les milieux scientifiques orthodoxes n'ont accueilli les travaux de Jahn et de Dunne qu'avec une extrême réticence même si certains secteurs commencent à en reconnaître la valeur. Le financement du P.E.A.R. est en grande partie assuré par la Fondation McDonnell et un article du *New York Times* a récemment été consacré aux travaux de nos deux chercheurs. Jahn et Dunne, pour leur part, ne se formalisent pas de vouer leur temps et leurs efforts à rechercher les paramètres d'un phénomène tenu pour inexistant par la plupart de leurs collègues. Comme dit Jahn : « Je n'ai jamais travaillé sur un sujet dont l'importance m'apparût si fondamentale[3]. »

1. Entretien privé avec l'auteur, 16 décembre 1988.
2. *Id.*
3. Steve Fishman, « Questions for the Cosmos », *New York Times Magazine* (26 novembre 1989), p. 55.

Psychokinésie sur une plus large échelle

Jusqu'à présent, les effets PK obtenus en laboratoire se sont limités à des objets de taille relativement restreinte, mais il semble qu'il y ait pour le moins quelques personnes capables d'apporter par psychokinésie de plus grands changements dans le monde physique. L'auteur de la célèbre *Histoire naturelle du surnaturel*, le biologiste Lyall Watson, a rencontré l'une d'entre elles dans cette quête du paranormal à laquelle il s'est livré sous toutes les latitudes. Il s'agissait de l'un de ces prétendus guérisseurs philippins mais, à la différence de ses collègues, celui-ci n'avait aucun contact physique direct avec ses patients. Il se contentait de placer la main à environ trente centimètres du corps de son patient, le doigt pointé sur un endroit précis où aussitôt apparaissait une entaille. Watson ne se borna pas à être le témoin oculaire de cette étrange chirurgie psychokinétique : sa main se trouva un jour sur le passage alors que le doigt du sorcier faisait un écart. Il en résulta une balafre dont la cicatrice est encore visible après bien des années [1].

La PK semblerait pouvoir aussi être utilisée contre les maladies osseuses, comme tendent à le montrer les travaux d'un médecin d'hôpital anglais passionné par les miracles, le Dr Rex Gardner. L'un des aspects les plus intéressants de son article de 1983 dans le très sérieux *British Medical Journal* est la mise en parallèle de guérisons miraculeuses contemporaines et de cas similaires relevés au XVIIe siècle par l'historien et théologien anglais Bède le Vénérable.

1. Entretien privé avec l'auteur, 25 novembre 1988.

L'un des miracles modernes a pour cadre une communauté de nonnes luthérienne de Darmstadt en Allemagne. Alors qu'elle travaillait à la construction d'une chapelle, l'une des sœurs passa au travers d'une dalle encore fraîche pour atterrir un étage plus bas à califourchon sur une poutre. À l'hôpital où on la transporta d'urgence, la radio révéla une fracture complexe du bassin et la procédure de soins classique en pareil cas lui fut appliquée. Toutefois, loin de faire confiance à cette seule forme de médecine, les nonnes entamèrent une veillée de prière qui dura toute la nuit. Puis deux jours plus tard, contre l'avis des médecins qui souhaitaient garder encore une semaine entière la patiente en traction, elles la ramenèrent au monastère. Le traitement par prières y fut poursuivi, assorti de séances d'imposition des mains. Ce fut alors qu'à la surprise générale, dès la première de ces séances, la nonne se leva, libérée de toute douleur et apparemment guérie. Quinze jours suffirent pour qu'elle fût complètement remise, en mesure de retourner à l'hôpital par ses propres moyens et de se présenter devant les médecins sidérés [1].

Bien que Gardner ne suggère aucune explication du miracle — pas plus que de tous ceux qu'il cite dans son article — la PK semble y avoir joué un rôle. On ne se remet pas d'une fracture du jour au lendemain. Même le bassin de Michelli mit plusieurs mois à se reconstituer. Il se pourrait donc que des pouvoirs psychokinétiques latents chez les nonnes se soient manifestés lors de cette première séance d'imposition des mains et de celles qui ont suivi.

1. Rex Gardner, « Miracles of Healing in Anglo-Celtic Northumbria as Recorded by the Venerable Bede and His Contemporaries : A Reappraisial in the Light of Twentieth-Century Experience », *British Medical Journal* 287 (décembre 1983), p. 1931.

Le miracle similaire dont Gardner a retrouvé la trace dans les chroniques anciennes se situe trois siècles auparavant en Angleterre, lors de la construction de l'église d'Hexgram, et met en scène l'évêque de la ville, le futur saint Wilfrid. L'un des maçons, un certain Bolhem, fit une chute spectaculaire. Il gisait, inerte et mourant, bras et jambes brisés, quand Wilfrid commença de prier pour lui puis demanda aux autres ouvriers du chantier de faire de même. Aussitôt, « le souffle de la vie revint » dans le corps du maçon dont la guérison fut rapide. Comme le miracle semble avoir attendu pour se produire que les autres maçons se soient joints aux prières de leur évêque, il n'est pas impossible que ce dernier ait seulement servi de catalyseur, voire que la PK inconsciente de tout le groupe en ait été le véritable artisan.

Le Dr William Tufts Brigham, conservateur du *Bishop Museum* d'Honolulu et botaniste réputé ayant consacré l'essentiel de ses loisirs à l'exploration du paranormal, rapporte un cas de fracture instantanément ressoudée. L'informateur était l'un de ses amis, un nommé Combs marié à la petite-fille d'une des plus puissantes *kahunas* (chamanes) de l'île et qui, lors d'une fête chez cette femme, en avait *de visu* constaté les pouvoirs.

L'un des invités s'était cassé la jambe en glissant. C'était assez grave pour qu'au spectacle de la peau distendue sur l'angle formé par les deux moitiés d'os, tout le monde fût d'avis de faire transporter l'homme à l'hôpital. Tout le monde sauf la *kahuna*. Elle s'agenouilla près du blessé, lui prit la jambe et la lui redressa tout en appuyant sur l'endroit où la cassure faisait saillie. Après avoir ainsi maintenu quelques minutes la pression de ses pouces tout en priant et méditant, elle se releva pour annoncer que la fête pouvait reprendre. De fait, l'homme à son tour se leva, fit un premier pas, puis un autre. Il était guéri. À voir sa jambe, on n'aurait jamais pu croire qu'elle avait souffert le moindre accident [1].

Psychokinésie collective dans la France du XVIIIe siècle

L'une des plus étonnantes démonstrations de psychokinésie — à coup sûr l'une des plus remarquables séries de miracles jamais consignées dans les archives — eut pour cadre le Paris de la première moitié du XVIIIe siècle. Le foyer en fut une secte puritaine catholique d'inspiration hollandaise connue sous le nom de Jansénistes et le déclencheur la mort d'un des leurs, le saint et vénéré François de Pâris. Qu'il n'y ait aujourd'hui presque plus personne pour avoir connaissance de ces miracles jansénistes ne doit pas nous faire oublier que l'Europe entière en parla pendant près d'un siècle.

Pour bien comprendre ce que furent ces miracles, il est indispensable de procéder à un bref rappel historique des événements qui précédèrent la mort du saint homme. Né au début du XVIIe siècle, le jansénisme s'était rapidement trouvé en fort mauvais termes tant avec l'autorité pontificale qu'avec la monarchie française. Bien qu'il s'écartât radicalement de la doctrine officielle de l'Église sur bon nombre de points, son succès s'avérait incontestable et il s'était très vite gagné des partisans dans les couches les plus modestes de la population. Mais, plus grave encore, le pape et le roi Louis XV, fervent catho-

1. Max Freedom Long, *The Secret Science Behind Miracles* (Tarrytown, N.Y. : Robert Collier Publications, 1948), pp. 191-192.

lique, s'accordaient à n'y voir qu'un protestantisme déguisé, d'où de constantes manœuvres de leur part pour saper le mouvement. L'un des obstacles à ces dernières — et aussi l'un des facteurs ayant contribué à la popularité du jansénisme — fut que les guides spirituels de la secte semblaient exceptionnellement doués pour les guérisons miraculeuses. Le pouvoir en place s'obstinant, il en résultait de violentes controverses dans tout le royaume de France. Puis vint le 1er mai 1727 : au plus fort de ce bras de fer entre la secte et les autorités, François de Pâris rendit son âme à Dieu et fut inhumé au cimetière Saint-Médard à Paris.

Sa réputation de sainteté était telle que l'on commença de se rassembler autour de sa tombe. Immédiatement, ce fut une explosion de guérisons miraculeuses. L'éventail des maux concernés allait des tumeurs malignes à la cécité en passant par l'arthrite, les ulcères, les rhumatismes, les hémorragies et fièvres persistantes, la paralysie et la surdité. Mais ce n'est pas tout. On vit ceux qui désormais campaient dans le cimetière saisis d'étranges spasmes, de convulsions qui les amenaient à se contorsionner aux limites du crédible. Ces crises se répandirent comme une traînée de poudre si bien qu'il y eut partout dans les rues des hommes et des femmes qui se tortillaient et gigotaient comme prisonniers de quelque enchantement.

C'était dans cet état de transe que les convulsionnaires, ainsi qu'on en vint à les appeler, manifestaient avec le plus grand éclat leurs talents. L'un d'eux était la faculté d'endurer sans rien ressentir un éventail presque inimaginable de tortures physiques. On pouvait les rouer de coups, projeter sur eux des objets massifs et contondants, les étrangler « sans qu'ils parussent en souffrir ni même qu'il en demeurât la plus petite trace de blessure ou de contusion ».

Ce qui fait de ces miracles un cas unique est qu'ils eurent littéralement des milliers de témoins. Et le rassemblement frénétique autour de la tombe du diacre Pâris n'eut rien d'un feu de paille. Des années durant, cimetière et rues avoisinantes ne désemplirent pas de jour comme de nuit, et deux décennies plus tard, ces miracles étaient encore sur toutes les lèvres. Pour juger de l'énormité du phénomène, sachons qu'en 1733, on consigna dans les archives que plus de trois mille volontaires étaient requis rien que pour assister les convulsionnaires, s'assurer entre autres que les femmes ne s'exposaient pas indécemment pendant leurs crises. Il en résulta que leurs facultés supranormales acquirent une réputation internationale et que l'on afflua de partout pour les voir. Toutes les strates de la société défilèrent au cimetière Saint-Médard et il n'y eut d'institution culturelle, gouvernementale ou religieuse qui n'y dépêchât ses représentants. Nous disposons donc, tant sur le mode officieux qu'officiel, d'une abondante documentation d'époque.

En outre, alors que nombre de témoins, tels les enquêteurs de l'Église, avaient tout intérêt à réfuter ces miracles jansénistes, ils ne purent qu'en confirmer la réalité (ce à quoi les autorités remédièrent ultérieurement en déclarant qu'il y avait bien eu prodige mais qu'ils étaient l'œuvre du démon auquel, en conséquence, les jansénistes étaient inféodés).

L'un d'entre eux, Louis-Basile Carré de Montgeron, membre du parlement de Paris, fut témoin d'assez de miracles pour en remplir quatre épais volumes qu'il publia en 1737 sous le titre : *La Vérité des Miracles*. Il y donne de multiples exemples de l'apparente insensibilité des convulsionnaires à la torture, dont celui d'une certaine Jeanne Maulet, âgée de vingt ans. Adossée à un mur de pierre, elle se fit administrer sur l'estomac cent coups d'une masse de quinze kilos par un volontaire pris dans la foule — « un homme d'une force exceptionnelle », précise le texte. Il convient de signaler que les convulsionnaires eux-mêmes demandaient que l'on exerçât sur eux ces sévices qui, de leur propre aveu, les soulageaient de l'atroce supplice de leurs spasmes. Pour se faire une idée de la violence des coups, Montgeron prit la masse et en fit l'essai sur le mur auquel la jeune fille s'était adossée. Il note dans son livre qu'« au vingt-cinquième coup, le moellon qu'il avait pris pour cible et qui avait commencé de bouger finit par se desceller complètement et tomba de l'autre côté du mur, y laissant un orifice large d'un bon demi-pied[1]. »

Montgeron décrit un autre miracle où une convulsionnaire faisait les reins cassés, ces derniers « soutenus » par la pointe acérée d'un pieu. Elle demandait alors qu'un bloc de vingt-cinq kilos fût hissé « le plus haut possible » au bout d'une corde et qu'on le laissât retomber sur elle. L'opération, répétée plusieurs fois, ne lui causait à l'évidence aucun trouble. Elle maintenait la position sans effort, n'était ni blessée ni mise à mal par la chute de la pierre et se relevait ensuite la peau du dos vierge de toute marque. Montgeron nota que, durant l'épreuve, elle ne cessait de hurler : « Plus fort ! Plus fort ![2] »

Rien ne semblait en fait pouvoir porter atteinte aux convulsionnaires. On pouvait les battre à coups

1. Louis-Basile Carré de Montgeron, *La Vérité des Miracles* (Paris, 1737), tome 1, p. 380, cité par H.P. Blavatski dans *Isis Unveiled*, tome 1 (New York, J.W. Bouton, 1877), p. 374 (trad. *Isis Dévoilée*, Adyar, 1974.)
2. *Ibid.*, p. 374.

de barre de fer, de chaîne, de madrier, ils restaient indemnes. Des hommes d'une force prodigieuse s'efforçaient en vain de les étouffer. Il y en eut pour être crucifiés sans en garder trace[1]. Mais le plus étonnant demeure leur invulnérabilité aux couteaux, épées et autres armes blanches. Montgeron cite le cas d'un convulsionnaire sur le ventre duquel on avait appliqué un poinçon que l'on tentait d'enfoncer à coups de marteau. La pointe refusait obstinément d'entrer dans les chairs cependant que l'homme, « avec tous les signes extérieurs de l'extase, criait : Ah ! Que ça me fait du bien ! Hardi, mon frère, frappe deux fois plus fort si tu le peux[2] ! »

L'invulnérabilité ne fut pas le seul don manifesté par nos jansénistes de Saint-Médard. Certains déployèrent celui de clairvoyance, devenant aptes à « découvrir des choses cachées ». D'autres purent lire les yeux bandés et l'on rapporte quelques cas de lévitation. l'un de ces derniers concerne un abbé Bescherand, originaire de Montpellier si « violemment soulevé en l'air » au cours de ses convulsions qu'il n'était pas question pour ceux qui l'entouraient de vouloir le retenir au sol[3].

Que nous ayons tout oublié de ces miracles ne signifie nullement qu'ils soient passés inaperçus de l'intelligentsia de l'époque. La nièce du penseur et mathématicien Blaise Pascal — lui-même janséniste notoire du siècle précédent — souffrait d'un grave ulcère à l'œil qui se résorba dans les heures qui suivirent sa visite à la tombe de François de Pâris. Quand

1. B. Robert Kreiser, *Miracles, Convulsions, and Ecclesiastical Politics in Early Eighteenth-Century Paris* (Princeton, N.J., Princeton University Press, 1978), pp. 260-261.

2. Charles Mackey, *Extraordinary Popular Delusions and the Madness of Crowds* (London, 1841), p. 318.

3. Kreiser, *Miracles, Convulsions, and...*, p. 174.

le roi Louis XV tenta sans succès de mettre fin à ces miracles en fermant le cimetière, Voltaire y alla de son célèbre sarcasme : « Dieu, par ordre du Roi, est interdit de miracle en ces lieux. » Et le philosophe écossais David Hume, nous a laissé dans ses *Essais Philosophiques* ce commentaire : « Il n'y eut certainement jamais plus grand nombre de miracles attachés à une personne que ceux dont on nous dit qu'ils furent accomplis sur la tombe du diacre Pâris. »

Quelle explication en donner ? Tout en se gardant de nier l'existence de la PK et des autres phénomènes paranormaux, Bohm préfère ne pas spéculer sur des faits précis comme les facultés paranormales des convulsionnaires. Mais une fois de plus, s'il faut prendre au sérieux la conviction d'un si grand nombre de témoins et à moins d'imaginer Dieu favorisant dans cette querelle les jansénistes contre l'Église officielle, on est amené à voir dans la PK une explication possible. Qu'un type de fonctionnement métapsychique soit à l'œuvre est également suggéré par l'émergence d'autres pouvoirs du même ordre — la clairvoyance en est un — à l'occasion des crises. En outre, nous avons déjà examiné de nombreux cas où une foi intense mâtinée d'hystérie a suscité l'émergence de forces issues des profondeurs de l'esprit. Or les convulsionnaires ne manquaient ni de l'une ni de l'autre. Plutôt que de provenir d'un seul et unique individu, les effets psychokinétiques pourraient donc trouver leur origine dans les foi et ferveur combinées de toutes les personnes présentes, ce qui rendrait compte de la vigueur inhabituelle des manifestations. L'idée n'est pas nouvelle. En 1920, le grand psychologue William McDougall de Harvard avait également émis l'hypothèse que les miracles religieux seraient en fait produits par la concentration des énergies médiumniques d'une foule importante d'adorateurs.

La PK expliquerait dans bien des cas l'apparente invulnérabilité des convulsionnaires. Dans celui de Jeanne Maulet, on serait fondé à croire qu'elle y avait inconsciemment recours pour bloquer l'énorme marteau à quelques millimètres de son ventre. Si les convulsionnaires se servaient ainsi de leur PK, contrôlaient chaînes, madriers et couteaux, en immobilisaient la course juste avant l'impact, on pourrait également y voir l'explication de cette étrange absence de marque ou de contusion. De même, chaque fois que quelqu'un tentait d'étrangler un janséniste, ses mains ne s'acharnaient peut-être que sur le vide alors qu'il les croyait en train de comprimer un cou.

Reprogrammer le projecteur de cinéma cosmique

Toutefois, la PK n'explique pas tout. Ainsi allons-nous devoir considérer le problème de l'inertie, à savoir la tendance d'un objet mobile à poursuivre sa trajectoire. Quand les vingt-cinq kilos d'un bloc de pierre ou d'une grosse poutre s'abattent vers leur point d'impact, ils véhiculent une énorme quantité d'énergie, et si ce mouvement est brutalement interrompu, il faut bien que cette énergie aille quelque part. Prenons l'exemple d'un chevalier médiéval en armure essuyant le choc d'une masse d'arme de quinze kilos. Que le métal de l'armure amortisse le coup n'empêchera pas notre homme d'être violemment secoué. Dans le cas de Jeanne Maulet, il semble que l'énergie ait, de quelque manière, contourné le corps de la convulsionnaire pour se transférer dans le mur derrière elle car, ainsi que le note Montgeron, ce dernier « vibrait à chaque impact ». Mais dans le cas de la femme qui, les reins cassés, supportait la chute réitérée sur son ventre d'un bloc de vingt-cinq kilos, les choses sont moins nettes. On se demande pourquoi elle n'était pas plaquée au sol comme un arceau de croquet ou pourquoi ceux qui recevaient un madrier par le travers du corps ne se retrouvaient pas les quatre fers en l'air. Bref, où allait se perdre toute cette énergie défléchie ?

Encore une fois, la vision holographique du réel nous propose une réponse. Selon Bohm, l'esprit et la matière ne sont que deux aspects d'une même réalité fondamentale, d'un « quelque chose » émanant de l'ordre implié. Certains chercheurs y voient l'indice que l'esprit pourrait ne pas se limiter à quelques modifications psychokinétiques dans le monde matériel. Grof estime par exemple que si la notion d'implié/explié décrit avec quelque pertinence le réel, « certains états de conscience inhabituels peuvent fort bien être conçus comme des passerelles vers l'ordre implié dont nous aurions alors une expérience directe avec capacité d'intervention. Il deviendrait en conséquence possible de modifier, dans l'œuf pour ainsi dire, des éléments du monde phénoménal[1]. » En d'autres termes, outre le pouvoir de déplacer des objets par PK, l'esprit aurait celui d'accéder au projecteur du film cosmique — à qui ces objets doivent en premier lieu leur existence — et d'en changer la programmation. Ainsi, non seulement les lois de la nature conventionnellement acceptées comme l'inertie pourraient être transgressées, mais l'esprit serait à même de remodeler le monde matériel d'une manière encore plus spectaculaire que ne l'implique la psychokinésie.

1. Stanislav Grof, *Beyond The Brain* (Albany, N.Y., State University of New York Press, 1985), p. 91.

À l'appui de cette théorie — ou de l'une de ses variantes — il convient de citer une autre faculté supranormale également manifestée tout au long de l'Histoire par diverses personnes : l'invulnérabilité au feu. Dans *Les Phénomènes physiques du mysticisme*, Thurston donne de nombreux exemples de saints gratifiés d'un tel pouvoir, l'un des plus célèbres étant saint Francis de Paula. Non seulement il lui était possible de saisir des braises à pleines mains mais, en 1519, lors de son procès en canonisation, il y eut huit témoins pour jurer l'avoir vu de leurs propres yeux entrer dans les flammes rugissantes d'un four nécessitant quelques réparations.

Il y a là un parallèle à faire avec l'histoire de Shadraq, Méshak et Abed-Nego telle qu'elle nous est rapportée dans l'Ancien Testament. Rentré victorieux du siège de Jérusalem, Nabuchodonosor fit ériger non loin de Babylone une statue à son image, ordonnant au peuple de l'adorer. Shadraq, Méshak et Abed-Nego, juifs déportés à qui l'on avait confié l'administration de la province, s'y refusèrent et le roi les fit jeter dans une fosse ardente portée à ce point de chaleur que ceux qui les y précipitèrent moururent brûlés. Mais pas eux. Si grande était leur foi que les flammes les épargnèrent, qu'ils en ressortirent indemnes sans y avoir laissé vêtements et cheveux, sans même en garder la moindre odeur de roussi. Il semble que mettre la foi au défi, comme Louis XV tenta de le faire avec les jansénistes, ait plus d'une fois suscité l'émergence des miracles.

Si les *kahunas* d'Hawaii ne se promènent pas dans de rugissantes fournaises, on les sait toutefois capables de marcher pieds nus sur des laves brûlantes. Brigham fit un jour la connaissance de trois d'entre eux qui s'engagèrent à réaliser cet exploit en sa présence. Il les suivit sur les pentes du Kilauea en éruption jusqu'au bord d'une coulée, large d'une cinquantaine de mètres, dont la surface était suffisamment refroidie pour ne pas céder sous les pas mais encore assez chaude pour être sillonnée de crevasses incandescentes. Les trois *kahunas* se débarrassèrent alors de leurs sandales et commencèrent de psalmodier les interminables prières qui allaient assurer leur protection une fois qu'ils se seraient engagés sur la pellicule à peine solidifiée.

En chemin, ils avaient proposé à Brigham d'étendre à lui cette immunité s'il désirait se joindre à eux. S'il avait courageusement accepté sur le moment, il n'en était plus de même à présent : agressé par le souffle brûlant qui montait des laves, il y réfléchissait à deux fois, voire à trois. « Le fin mot de l'histoire, note Brigham dans son compte rendu, c'est que je me suis assis et que j'ai refusé de retirer mes bottes ». Lorsque les *kahunas* eurent fini d'invoquer les dieux, le plus âgé s'engagea sur la lave et parcourut sans problème les cinquante mètres. Impressionné, mais toujours décidé à ne pas tenter l'expérience, Brigham se leva pour mieux observer la scène... pour se sentir en fait poussé dans le dos et forcé de courir s'il voulait garder son équilibre et ne pas s'étaler sur le sol brûlant.

Il courut donc. Et sa course le porta jusque sur l'autre rive de la coulée où il eut alors le loisir de constater qu'une de ses bottes n'avait plus de semelle et que le feu continuait de couver dans ses chaussettes. Miraculeusement, ses pieds n'avaient pas souffert. Les trois *kahunas* aussi étaient indemnes, et ils se tordaient de rire devant la mine décomposée de leur émule involontaire. « J'ai fait comme eux, note Brigham, soulagé que j'étais de n'y être pas resté. Je n'avais jamais éprouvé à ce point cette merveilleuse sensation d'être en vie. Sur l'expérience même, en fait, je n'ai pas grand-chose à dire. J'avais le visage et les mains agressées par la chaleur intense mais c'était presque comme si je ne sentais plus mes pieds [1]. »

Les convulsionnaires aussi étaient insensibles au feu. Marie Sonnet et Gabrielle Moler furent sans conteste les deux plus célèbres de ces « salamandres » humaines — le terme se référait alors aux élémentaux du feu, créatures surnaturelles proches des lézards et censées vivre dans les flammes. Marie Sonnet, nous rapporte Montgeron — pour avoir assisté à la scène — s'étendit un jour sur deux chaises au-dessus d'un lit de braise et y resta une demi-heure sans que son corps ou ses vêtements en fussent affectés. Un autre témoignage concerne un bain de pieds qu'elle aurait pris dans un brasero. Là, comme dans le cas de Brigham, le miracle ne se serait pas étendu aux chaussures et aux bas [2].

Plus sidérante encore était la prestation de Gabrielle Moler. Outre une invulnérabilité notoire à toute catégorie d'armes ou d'instruments de supplice, elle pouvait mettre la tête dans un four allumé et l'y tenir sans souffrir ni douleur ni lésion. Des témoins oculaires rapportent qu'il était ensuite presque impossible de toucher ses vêtements, tant ils étaient chauds, mais que ses cheveux, cils et sourcils ne gardaient aucune trace du traitement subi [3]. Il n'est pas douteux qu'elle ait mis de l'animation dans les soirées de l'époque.

Les jansénistes du cimetière Saint-Médard n'étaient pas les premiers convulsionnaires que la

1. Long, *The Secret Science behind Miracles*, pp. 31-39.
2. Frank Podmore, *Mediums of the Nineteenth Century*, vol 2 (New Hyde Park, N.Y., University Books, 1963), p. 264.
3. Vincent H. Gaddis, *Mysterious Fires and Lights* (New York, Dell, 1967), pp. 114-115.

France eût connus. Sur la fin du XVIIe siècle, quand Louis XIV décida de purger le pays de toute présence protestante, un groupe de résistants cévenols, les Camisards, montra les mêmes aptitudes. Dans un rapport officiel aux autorités ecclésiastiques dont il dépendait, l'un de leurs tortionnaires, l'abbé du Chayla, déplore l'impossibilité de sérieusement leur nuire quelle que fût la méthode employée. Ordonnait-il leur exécution que les balles des mousquets s'aplatissaient mystérieusement entre les vêtements et la peau. Leur chargeait-il les mains de braises qu'ils le supportaient sans douleur aucune. Et quand il eut l'idée de les envelopper de la tête aux pieds dans des linges imprégnés d'huile pour les rendre plus combustibles, ils s'obstinèrent à ne pas brûler [1].

Jugeant sans doute la démonstration insuffisante, Claris, le chef des Camisards, ordonna l'érection d'un bûcher du haut duquel il entonna un discours exalté. Puis, devant six cents témoins, il le fit allumer et continua de parler, cerné par les flammes. Quand celles-ci retombèrent, un Claris dont elles avaient épargné jusqu'aux vêtements et cheveux se dressait indemne au milieu des cendres. Des anecdotes similaires émaillent les mémoires qu'un autre chef camisard, Jean Cavalier, ultérieurement réfugié en Angleterre publia en 1707 sous le titre : *Un cri jailli du désert* [2]. Quant à l'abbé du Chayla, il fut tué par le insurgés cévenols lors d'un raid de représailles. Contrairement à certains de ceux qu'il traquait, il n'était pas invulnérable [3].

C'est par centaines que se comptent les témoi-

1. Blavatski, *Isis dévoilée* (Adyar).
2. Podmore, *Mediums of the Nineteenth Century*, p. 264.
3. Will et Ariel Durant, *The Age of Louis XIV*, vol. 13 (New York, Simon & Schuster, 1963), p. 73.

gnages dignes de foi concernant l'immunité au feu. Bernadette Soubirous y était insensible dans ses moments d'extase. En pareille occurrence, un jour, sa main vint à pendre si près d'une bougie allumée que la flamme lui léchait les doigts. Parmi les personnes présentes, le Dr Dozous, médecin municipal de Lourdes, eut la vivacité d'esprit de sortir sa montre, constatant ainsi l'écoulement d'une bonne dizaine de minutes avant que la visionnaire ne s'arrachât de sa transe et ne retirât sa main. Plus tard, il nota : « Je l'ai vu, de mes propres yeux vu. Mais, m'en aurait-on simplement fait le récit en me demandant d'y croire, que j'aurais sans nul doute éclaté de rire au nez de mon interlocuteur [1].

Le 7 septembre 1871, les lecteurs du *New York Herarld Tribune* tombèrent sur un article consacré à Nathan Coker, vieux forgeron noir d'Easton, dans le Maryland, qui saisissait à pleine main les pièces qu'il travaillait. En présence d'une commission comprenant plusieurs médecins, il avait mis à refroidir sous ses pieds nus un fer de pelle préalablement chauffé à blanc, en avait également léché le rebord, puis s'était versé dans la bouche du plomb fondu qu'il avait fait rouler entre ses mâchoires jusqu'à ce qu'il fût solidifié. Après chacun de ces prodiges, les médecins l'avaient examiné sans relever trace de brûlure [2].

En 1927, au cours d'une partie de chasse dans les montagnes du Tennessee, un médecin new-yorkais, K.R. Wissen, fit la connaissance d'un jeune homme de vingt ans jouissant d'une invulnérabilité similaire. Il le vit extirper du feu comme si de rien n'était des

1. Franz Werfel, *The Song of Bernadette* (Garden City, N.Y., Sun Dial Press, 1944), pp. 326-327.
2. Gaddis, *Mysterious Fires and Lights*, pp. 106-107.

morceaux de métal incandescents, et le garçon lui dit s'être découvert ce don par hasard en ramassant un fer à cheval brûlant dans la forge de son oncle, maréchal-ferrant[1]. La fosse emplie de braises où Mohotty descendit et qu'il parcourut en présence des Grosvenor et de l'équipe du *National Geographic* était longue de six mètres et il y régnait une température de 720°. Toujours à Ceylan, le professeur Leonard Feinberg de l'université de l'Illinois dit avoir assisté à un autre rituel du même type. Là, c'étaient des chaudrons incandescents que les participants portaient sur la tête sans paraître en souffrir. Un article de la *Psychiatric Quarterly* dû au Dr Berthold Schwarz fait état de pentecôtistes appalachiens capables de tenir leurs mains dans la flamme d'un chalumeau à acétylène[2]. Et autant s'arrêter, car la liste serait encore longue.

Les lois de la physique : de simples habitudes simultanément potentielles et actuelles

Tout comme il est difficile d'imaginer où passe l'énergie défléchie dans les cas de PK examinés plus haut, on a peine à comprendre où va celle que dégage un chaudron porté au rouge lorsqu'il trône sur la tête d'un Cingalais, en contact direct avec ses cheveux et la peau de son crâne. Mais posez que la conscience ait un accès tout aussi direct à l'ordre implié, le problème devient soudain beaucoup plus maniable. De nouveau, plutôt que d'avoir recours à une énergie encore inconnue ou quelque subtile perversion des

1. Voir n. 2, p. 225.
2. Berthold Schwarz, « Ordeals by Serpents, Fire, and Strychnine », *Psychiatric Quarterly* 34 (1960), pp. 405-429.

lois de la physique — un champ de force isolant, par exemple — opérant *à l'intérieur* du cadre perceptuel de la réalité, il convient de voir à l'origine du phénomène une activité s'exerçant sur un niveau plus fondamental d'où procède tant l'univers physique que les lois qui nous paraissent le régir.

Vue sous un angle différent, l'aptitude de la conscience à passer d'un bloc de réalité à un autre suggère que la règle en temps normal inviolable : « le feu consume la chair des créatures humaines » peut n'être, dans l'ordinateur cosmique, qu'un programme parmi d'autres — à ceci près qu'ayant si souvent tourné, il a fini par entrer dans les habitudes de la nature. Or, comme il est dit plus haut, la matière aussi est une sorte d'habitude selon le modèle holographique ; elle ne cesse de naître de l'implié, nouvelle à chaque instant à l'instar du jet auquel le constant renouvellement de l'eau donne sa forme. Peat qualifie par plaisanterie ce caractère répétitif des processus naturels de névrose de l'univers. « Névrosé, on a tendance à répéter les mêmes schémas sa vie durant comme s'il y avait un souvenir constitué duquel on finissait par ne plus pouvoir s'extirper », dit-il. « J'incline à penser que le comportement d'objets matériels comme une table ou une chaise n'est pas différent. Il y aurait une sorte de névrose de la matière qui engendrerait la répétition, mais avec quelque chose de bien plus subtil par-dessous, ne cessant de s'envelopper et de se développer. De ce point de vue, chaises et tables ne sont que formes récurrentes dans un flux qui constitue la réalité ultime même si nous avons tendance à ne voir que ses constantes[1]. »

De fait, étant donné que l'univers et les lois de

1. Entretien privé avec l'auteur, 17 juillet 1989.

la physique sont également des produits d'un tel flux, eux aussi demandent à être vus comme des habitudes. Que ces habitudes soient profondément inscrites dans la structure de l'holomouvement est l'évidence, mais des dons paranormaux telle l'immunité au feu sont l'indice qu'en dépit de leur constance, certaines des lois qui régissent le réel pourraient voir leur application suspendue. Il serait légitime d'en déduire que, loin d'être gravées dans la pierre, ces lois-là s'apparentent à des vortex de Shainberg, à des tourbillons d'une telle puissance d'inertie qu'elle s'oppose à leur dispersion dans l'holomouvement, qu'elle les y fige comme nos habitudes et convictions profondes sont figées dans nos pensées.

Quant à la proposition de Grof d'avoir recours aux états modifiés de conscience pour inscrire ce type de changements dans l'implié, la fréquence avec laquelle l'immunité au feu est associée à la foi intense et à la dévotion plaide en sa faveur. Ce qui prenait forme dans le chapitre précédent se précise : plus nos convictions sont enracinées en nous, saturées de charge émotionnelle, plus vaste est la transformation qu'il nous est possible d'opérer tant dans notre corps que dans le réel qui nous entoure.

Cela dit, on peut se demander quel rôle joue dans la création de notre réalité quotidienne une conscience déjà capable, fût-ce dans des circonstances exceptionnelles, d'introduire un tel changement. Sur ce point, les opinions divergent à l'extrême. Si Bohm avoue en privé que l'univers n'est pour lui que « pensée », qu'il ne conçoit pas de réalité extérieure à notre conscience [1], il préfère ne pas spéculer sur des cas mira-

1. Karl H. Pribram, « The Implicate Brain », dans *Quantum Implications*, textes choisis et présentés par Basil J. Hiley et F. David Peat (London, Routledge & Kegan Paul, 1987), p. 367.

culeux. Non moins réticent à s'exprimer sur des événements précis, Pribram reconnaît toutefois qu'il est convaincu de l'existence d'un certain éventail de réalités potentielles et de la relative liberté dont dispose la conscience quant au choix de celle qui va se manifester. « Je n'y vois pas d'explication, dit-il, mais l'univers est plein de dimensions qui nous échappent[1]. »

Plusieurs années d'expérience directe des miracles ont rendu Watson plus catégorique. « Je ne doute pas que la réalité soit pour une large part une construction de l'esprit. Sans parler en tant que physicien des particules ou même en tant que personne informée de ce qui se passe aux frontières de cette discipline, j'estime que nous avons la capacité de modifier dans ses fondements mêmes le monde qui nous entoure. » Lui dont on a connu en un temps l'enthousiasme pour le modèle holographique n'est plus du tout convaincu désormais qu'il puisse exister en physique une théorie apte à rendre compte des facultés paranormales de l'esprit[2].

Gordon Globus, psychiatre et philosophe chargé de cours à l'université d'Irvine en Californie, a une vision somme toute similaire à quelques différences près. Selon lui, la théorie holographique a raison d'affirmer que l'esprit élabore la réalité concrète à partir de matériaux puisés dans l'implié. Toutefois, très influencé par les travaux de l'ethnologue Carlos Castaneda, il estime, en contradiction totale avec Pribram, que la masse apparemment inépuisable des « réalités distinctes » dont Castaneda fit l'expérience

1. Entretien privé avec l'auteur, 8 février 1989 ; voir également Karl H. Pribram, « The Cognitive Revolution and Mind/Brain Issues », *American Psychologist* 41, n° 5 (mai 1986), pp. 507-519.
2. Entretien privé avec l'auteur, 25 novembre 1988.

sous la tutelle du sorcier yaqui Don Juan — et celle non moins vaste des réalités vécues par le rêveur ordinaire — suggèrent l'existence d'un nombre infini de réalités potentielles enveloppées dans l'implié. Qui plus est, du fait que les mécanismes holographiques auxquels le cerveau a recours pour construire notre réalité quotidienne sont identiques à ceux dont il use pour élaborer nos réalités oniriques et celles des états modifiés de conscience castanédiens, il pense que ces trois types de réalité sont fondamentalement issus du même moule [1].

La conscience crée-t-elle des particules subatomiques ou n'en crée-t-elle pas ? Telle est la question

Pareille divergence indique une fois de plus que la théorie holographique reste un concept en gestation, somme toute comparable à ces îles de l'océan Pacifique dont l'activité volcanique ne cesse de remodeler le rivage. Si tentés soient certains de voir dans cette absence de consensus matière à critique, il convient de se rappeler que la théorie de l'évolution de Darwin — l'un des modèles conceptuels les plus puissants et les plus efficaces élaborés à ce jour par la science — continue de faire l'objet de débats sans nombre quant à sa portée, son interprétation, ses mécanismes régulateurs et ses ramifications.

Cette divergence d'opinion est également révélatrice de la complexité du problème posé par les miracles. Jahn et Dunne ont encore une autre manière d'aborder le rôle joué par la conscience dans la

1. Gordon G. Globus, « Three Holonomic Approaches to the Brain », dans *Quantum Implications*, textes choisis et présentés par Basil J. Hiley et F. David Peat (London, Routledge & Kegan Paul, 1987).

création du quotidien. Bien qu'en désaccord avec l'une des prémisses de Bohm, elle mérite notre attention au regard des aperçus qu'elle est susceptible d'offrir sur les processus de mise en œuvre des miracles.

À la différence de Bohm, Jahn et Dunne estiment que les particules subatomiques n'ont de réalité distincte qu'à compter du moment où la conscience entre en jeu. « En physique des hautes énergies, j'ai la conviction que nous avons depuis longtemps dépassé le stade où notre examen portait sur la structure d'un univers passif », affirme Jahn. « Là où nous en sommes, l'interaction entre conscience et environnement se développe sur une telle échelle que, dans toute l'acception rationnelle du terme, nous créons la réalité [1]. »

Il s'agit là, nous l'avons vu, d'une conception qui tend à se généraliser dans les milieux de la physique quantique. Mais la position de Jahn et Dunne diffère sur un point majeur du courant principal de cette discipline. La plupart des physiciens rejetteraient en effet l'idée que l'interdépendance entre conscience et particules puisse servir à expliquer la PK, à plus forte raison les miracles. En fait, ces même scientifiques non seulement négligent les implications de ladite interdépendance, mais ils se comportent comme si elle n'existait pas. « Il s'est répandu chez les physiciens une vision quelque peu schizophrénique des choses », reconnaît le théoricien quantique Fritz Rorhlich de l'université de Syracuse. « D'un côté, ils acceptent l'interprétation classique de la physique quantique. De l'autre, ils insistent sur la réalité des

1. Entretien privé avec l'auteur, 16 décembre 1988.

systèmes quantiques quand bien même ces derniers échappent à l'observation[1]. »

Ce pas-question-d'y-réfléchir-même-si-je-sais-que-c'est-vrai conduit bon nombre de physiciens à ne pas même envisager les implications philosophiques des plus incroyables découvertes de la mécanique quantique. Comme le souligne N. David Mermin, cette race d'hommes de science se répartit en trois catégories : une petite minorité est troublée par lesdites implications philosophiques, un deuxième groupe a peaufiné ses motifs de ne pas l'être, motifs qui, hélas, tendent à rater la cible, un troisième enfin n'a aucune explication à fournir mais se refuse à dire pourquoi il n'est pas troublé. « Position à coup sûr inattaquable », commente Mermin[2].

Jahn et Dunne sont loin d'être aussi timorés. Ces particules, estiment-ils, les physiciens pourraient bien les créer au lieu de les découvrir. À l'appui de leur thèse, ils citent une particule récemment isolée, baptisée *anomalon* parce que ses propriétés varient de laboratoire en laboratoire. Imaginez-vous avec une voiture qui changerait de couleur et de forme si vous la prêtiez à votre voisin ! Ce fait curieux suggère apparemment que la réalité de l'anomalon dépend en fait de qui l'*invente*, dans le double sens de découvrir et créer[3].

La même impression se dégage de l'histoire d'une autre particule. Dans les années trente, butant sur un problème de radioactivité, Pauli proposa d'admettre une particule de masse nulle, le neutrino. Des

1. Malcom W. Browne, « Quantum Theory : Disturbing Questions Remain Unresolved », *New York Times* (11 février 1986), p. C3.
2. *Ibid.*
3. Jahn et Dunne, *Aux frontières du paranormal...* (Rocher) ; voir aussi Dietrick E. Thomsen, « Anomalons Get More and More Anomalous », *Science News* 125 (25 février 1984).

années durant, celui-ci n'allait avoir que cette existence théorique, puis, en 1957, les instruments le détectèrent. À date plus récente, les physiciens s'avisèrent que l'hypothèse d'un neutrino de masse non nulle permettrait de résoudre des problèmes encore plus épineux que celui auquel Pauli s'était vu confronté. S'étonnera-t-on alors qu'en 1980 on en ait trouvé dont la masse, négligeable certes, était quand même supérieure à zéro. Mais ce n'est pas tout. L'observation de ces neutrinos pesants resta longtemps le privilège exclusif des laboratoires soviétiques. Que les Américains aient fini par en isoler dans le dernier quart des années quatre-vingt n'a rien changé au mystère d'un comportement si partisan [1].

Est-il possible que les diverses propriétés manifestées par les neutrinos aient été dues, en partie du moins, aux attentes et contextes culturels différents des physiciens qui les traquèrent ? Si oui, cet état de choses soulève une question du plus haut intérêt. En admettant que les physiciens ne découvrent pas le monde subatomique mais le créent, pourquoi certaines particules comme l'électron semblent-elles dotées d'une réalité stable indépendante de l'observateur ? En d'autres termes, pourquoi un étudiant de première année ignorant tout de l'électron est-il à même de lui trouver les mêmes caractéristiques qu'un physicien chevronné ?

Une réponse pourrait être que nos perceptions n'ont pas pour unique fondement les messages que nous adressent nos cinq sens. D'autant qu'une telle

1. Christine Sutton, « The Secret Life of the Neutrino », *New Scientist* 117, n° 1595 (14 janvier 1988), pp. 53-57 ; voir également « Soviet Neutrinos Have Mass », *New Scientist* 105, n° 1446 (7 mars 1985), p. 23 et Dietrick E. Thomsen, « Ups and Downs of Neutrino Oscillation », *Science News* 117, n° 24 (14 juin 1980), pp. 377-383.

hypothèse, si fantastique qu'elle paraisse, est en mesure de constituer en sa faveur un dossier conséquent. Mais avant d'aller plus loin, j'aimerais vous parler d'un fait dont je fus témoin dans le milieu des années soixante-dix. Mon père avait requis les services d'un hypnotiseur professionnel pour animer une petite fête qu'il donnait chez nous et à laquelle j'étais convié. Après avoir rapidement évalué la sensibilité à son art des personnes présentes, l'hypnotiseur choisit pour sa première expérience un ami de mon père, Tom. Il va sans dire que ce dernier ne l'avait jamais vu auparavant.

Tom se révéla de fait un excellent sujet ; en quelques secondes, l'hypnotiseur l'eut plongé dans une transe profonde et embraya sur la procédure standard de l'hypnotisme de salon. D'abord convaincu de la présence d'une girafe dans la pièce, Tom ouvrit de grands yeux. Puis, avec délice, il croqua dans la pomme de terre qui lui était présentée comme une pomme fruit. Et ainsi de suite, jusqu'au clou de la soirée. Après avoir dit à Tom qu'au réveil, sa fille Laura lui serait parfaitement invisible, il invita l'adolescente à se placer juste en face de son père. Puis l'hypnotiseur réveilla Tom et lui demanda s'il voyait Laura.

Tom promena ses yeux sur la pièce et rien n'y transparut lorsqu'ils passèrent sur la jeune fille qui avait peine à se retenir de rire. « Non », dit-il. On lui demanda s'il en avait la certitude, et il confirma sa réponse alors même que Laura en était à pouffer bruyamment. Puis l'hypnotiseur alla se placer derrière la jeune fille — donc en grande partie dérobé aux regards de Tom — et sortit de sa poche un objet. Personne dans la pièce ne put voir ce dont il s'agissait car il le plaqua aussitôt au creux des reins de Laura. Il demanda ensuite à Tom d'identifier l'objet.

Tom se pencha comme s'il examinait le fond du ventre de sa fille et dit que c'était une montre. L'hypnotiseur fit signe que oui et lui demanda s'il pouvait lire ce qui était écrit sur la montre. Tom plissa les yeux comme pour déchiffrer de très petits caractères et, outre le nom du propriétaire (qui se trouvait n'être connu de personne dans la pièce), lut l'inscription dont il était suivi. L'hypnotiseur révéla alors qu'il s'agissait bien d'une montre et la fit passer entre toutes les mains pour que chacun pût vérifier que Tom avait correctement lu l'inscription.

Quand, plus tard, je m'entretins avec Tom, il me confirma la totale invisibilité pour lui de sa fille. À son réveil, il n'avait eu sous les yeux que l'hypnotiseur tenant une montre au creux de sa paume ; n'étaient les explications données par celui-ci à la fin de la séance, Tom continuerait d'ignorer qu'il avait perçu une réalité différente de celle qui faisait consensus.

De toute évidence, aucune information transmise par ses cinq sens n'avait pu lui donner sa perception de la montre. Sur quoi se fondait-elle, en ce cas ? Sur des renseignements qu'il aurait puisé par télépathie dans l'esprit d'un autre — en l'occurrence dans celui de l'hypnotiseur, seul en mesure de les lui fournir ? C'est une explication possible. L'aptitude des sujets sous hypnose à lire les pensées d'autrui a été plus d'une fois constatée. Il s'agit d'un phénomène sur lequel le physicien britannique, sir William Barrett, a mené une série d'expériences décisives avec une fillette. Après l'avoir hypnotisée, il lui dit qu'elle allait avoir dans la bouche le goût de tout ce qu'il mettrait dans la sienne. « Debout derrière l'enfant, dont j'avais dûment bandé les yeux, je pris une pincée de sel et la plaçait sur ma langue. Aussitôt, elle cracha en s'écriant : “Pourquoi me faites-vous manger du sel ?" Je fis un autre essai avec du sucre. "C'est meilleur", dit-elle. Interrogée sur son impression exacte, elle répondit : "Sucré". Puis les essais portèrent sur de la moutarde, du poivre, du gingembre, etc., qui furent respectivement nommés et, semble-t-il, goûtés par la fillette au moment où je les mettais dans ma propre bouche[1]. »

Dans son ouvrage, *Expériences sur l'influence à distance*, le physiologiste soviétique Leonid Vasiliev cite des travaux allemands des années cinquante ayant abouti aux mêmes découvertes. Le sujet hypnotisé (une femme) ne s'y contentait pas de goûter ce qui entrait en contact avec la langue de l'hypnotiseur, elle détournait la tête quand une lampe était braquée sur les yeux de celui-ci, éternuait lorsqu'il inhalait une bouffée d'ammoniaque, entendait le tic-tac de la montre qu'il portait à son oreille et avait mal quand il se piquait avec une aiguille — le tout dans des conditions qui lui interdisaient d'obtenir quelque information que ce fût par l'exercice normal de ses sens[2].

Notre faculté de puiser dans les perceptions d'autrui ne se limite pas aux états hypnotiques. La désormais célèbre série d'expériences que menèrent au *Stanford Research Institute* (S.R.I.) (Institut de recherches de l'université de Stanford) les physiciens californiens Harold Puthoff et Russel Targ mit en évidence chez presque tous les sujets ce que nos deux chercheurs baptisèrent « vision à distance » : c'est-à-dire la faculté de décrire avec précision ce que voyait

1. S. Edmunds, *Hypnotism and the Supernormal* (London, Aquarian Press, 1967), cité par Lyall Watson dans *Histoire naturelle du supernaturel* (Laffont, 1974), p. 238.
2. Leonid L. Vassiliev, *Experiments in Distant Influence* (New York, E.P. Dutton, 1976).

vision à distance

ailleurs et au même instant une autre personne participant à l'étude. À quelques exceptions près, chacun n'eut qu'à se détendre pour que l'image se formât dans son esprit[1]. L'expérience, reproduite avec succès dans plusieurs dizaines de laboratoires de par le monde tend à montrer la vision à distance comme la plus répandue, peut-être, de ces facultés latentes qui sont les nôtres.

Le laboratoire de Princeton est de ceux qui ont confirmé les découvertes de Puthoff et de Targ. Lors d'une étude, Jahn a même tenu le rôle du sujet récepteur, s'efforçant de capter ce qu'un collègue observait à Paris, ville où il n'avait jamais mis les pieds. Outre l'image d'une rue animée, Jahn eut dans l'esprit celle d'un chevalier en armure. À son retour, l'émetteur déclara s'être arrêté devant un bâtiment administratif orné de statues à la gloire des grandes figures militaires de l'Histoire de France. L'une d'elles représentait un chevalier en armure[2].

Il semble que nous ayons là encore un autre mode d'interconnexion profonde entre les êtres, ce qui n'a rien de si étrange dans un univers holographique. En outre, ces interconnexions peuvent s'établir alors même que nous n'en avons pas conscience. Ainsi a-t-on signalé des cas où la secousse électrique administrée à telle personne était enregistrée par les instruments branchés sur telle autre dans une pièce voisine[3]. Braquer une lampe sur les yeux d'un sujet entraîne parfois un sursaut dans l'E.E.C. d'un

1. Voir Russel Targ et Harold Puthoff, *Mind-Reach* (New York, Delacorte Press, 1977).

2. Fishman, « Questions for the Cosmos », *New York Times Magazine* (26 novembre 1989), p. 55 ; voir aussi Jahn et Dunne, *Margins of Reality*, p. 187.

3. Charles Tart, « Physiological Correlates of Psi Cognition », *International Journal of Neuropsychiatry* 5, n° 4 (1962).

deuxième sujet totalement indépendant du premier[1]. Certaines études ont même détecté au plétysmographe — sensible indicateur du fonctionnement du système nerveux autonome — des modifications de pression sanguine dans le doigt d'une personne à l'instant même où, dans une autre pièce, celui d'un « émetteur » tombait sur un nom connu de lui dans une liste n'en comportant pour ainsi dire aucun[2].

Compte tenu de notre interconnexion profonde et de notre aptitude à construire, comme Tom, des réalités parfaitement convaincantes à partir de données reçues via cette dernière, qu'arriverait-il si deux ou plusieurs sujets sous hypnose tentaient de forger la même réalité imaginaire ? La question a trouvé sa réponse dans une expérience menée par Charles Tart, professeur de psychologie au *Davis Campus* de l'université de Californie. Tart y avait fait la connaissance de deux étudiants, Anne et Bill, très avancés en hypnose tant comme sujets que comme opérateurs. Anne hypnotisa donc Bill qui à son tour l'hypnotisa. Tart ne doutait pas que le rapport déjà puissant entre hypnotiseur et hypnotisé dût sortir renforcé de cette procédure inhabituelle.

Il avait raison. Si le monde sur lequel s'ouvrirent les yeux d'Anne et de Bill dans cette transe partagée présenta d'abord l'aspect d'une grisaille informe, celle-ci ne tarda pas à céder la place à d'éblouissantes couleurs et ils se retrouvèrent sur une plage d'une beauté surnaturelle. Le sable y semblait de pur diamant et la mer avait l'effervescence et les reflets du champagne cependant que, ponctuant le rivage, des cristaux géants palpitaient d'une lumière

1. Targ et Puthoff, *Mind-Reach*, pp. 130-133.
2. E. Douglas Dean, « Pletysmograph Recordings of ESP Response », *International Journal of Neuropsychiatry* 2 (septembre 1966).

interne. Tart ne pouvait certes voir ce que voyaient Anne et Bill mais, à les entendre, il comprit très vite qu'ils étaient *en train de vivre la même réalité hallucinatoire*.

Anne et Bill s'étaient déjà lancés dans l'exploration de ce nouveau monde, nageant dans ses eaux de champagne et courant d'un rocher à l'autre pour en examiner l'étrange et lumineuse texture. Hélas pour Tart, ils cessèrent également de parler, ou du moins sur un mode qui lui fût audible puisque à sa question sur le motif d'un tel silence ils répondirent qu'ils continuaient pour leur part d'échanger leurs impressions. Sans doute quelque espèce de communication paranormale s'était-elle établie entre eux, pensa Tart.

Séance après séance, Anne et Bill poursuivirent cette création commune d'univers toujours différents, et toujours aussi réalistes, accessibles aux cinq sens et se déployant dans les trois dimensions de l'espace, bref, obéissant aux mêmes lois que celui qu'ils connaissaient à l'état de veille. En fait, Tart finit par s'apercevoir que ces mondes leur donnaient même l'impression d'être plus réels que cette pâle version de la réalité dont la plupart d'entre nous ont à se satisfaire. Comme il l'explique : « Gardant le souvenir de conversations dont les bandes ne portaient pas trace, il leur parut que de tels moments avaient dû correspondre à une immersion totale dans cet autre réel [1] ».

Ces mondes constituent de remarquables exemples de réalités holographiques — constructions tridimensionnelles nées d'un tissu d'interconnexions,

1. Charles T. Tart, « Psychedelic Experiences Associated with a Novel Hypnotic Procedure, Mutual Hypnosis », dans *Altered States of Consciousness* (New York, John Wiley & Sons, 1969), pp. 291-308.

nourries par le flux constant de la conscience et, en définitive, aussi malléables que les processus de pensée qui les ont engendrées. Bon nombre de leurs caractéristiques mettaient en évidence pareille plasticité. Bien que tridimensionnel, l'espace y était plus souple que celui de la réalité quotidienne, se dotant parfois d'une élasticité qu'Anne et Bill n'arrivaient pas à définir en termes clairs. Plus étrange encore, si habiles fussent-ils au modelage de ces mondes extérieurs partagés, ils oubliaient fréquemment d'y introduire leur propre corps et se contentaient le plus souvent de n'être qu'un visage ou une tête planant en surplomb du décor. Anne rapporte que Bill, une fois, lui demanda de lui donner la main. « Il m'a fallu d'urgence m'en créer une [1]. »

Comment s'acheva cette expérience de mutuelle hypnose ? Tristement. Que ces visions spectaculaires eussent quelque réalité, voire plus que celle de tous les jours, en arriva à terrifier Anne et Bill au point qu'ils y mirent fin. Bill renonça même à l'hypnose.

L'interconnexion extrasensorielle qui permit à Anne et Bill d'élaborer cette réalité commune pourrait presque être vue comme une sorte d'effet de champ qui se serait établi entre eux, comme un « champ de réalité », pourrait-on dire. On se demande ce qui aurait pu se passer lors de cette fête chez mon père si nous avions tous été hypnotisés ? Pour peu que notre lien ait été assez profond, tout porte à croire que plus personne n'aurait vu Laura. Nous nous serions élaboré le champ de réalité d'une montre, en aurions déchiffré l'inscription, aurions été totalement convaincus de la réalité de ce que nous percevions.

1. Voir n. 1, p. 239.

Si la conscience joue un rôle dans la création des particules subatomiques, il est possible que notre regard sur leur comportement crée lui aussi des « champs de réalité » de quelque ordre. Si Jahn peut voir dans sa tête l'armure que son ami a sous les yeux à Paris, pourquoi ne pas se dire que tous les physiciens de par le monde sont en interconnexion inconsciente et, dans une forme d'hypnose partagée, s'accordent à créer les caractéristiques de l'élection qu'ils observent ? Une autre propriété insolite de l'hypnose vient à l'appui de cette thèse. À la différence d'autres états modifiés de conscience, elle n'est associée à aucun tracé E.E.G. inhabituel. Physiologiquement parlant, l'état mental avec lequel l'hypnose offre la plus grande ressemblance est la conscience d'un sujet éveillé. Est-ce à dire que cette conscience éveillée n'est rien d'autre qu'une forme d'hypnose et que nous ne cessons jamais de puiser dans des champs de réalité ?

Il se pourrait que cette description cerne d'assez près la vérité, pense le Nobel Brian Josephson. Comme Globus, celui-ci prend très au sérieux les travaux de Castaneda qu'il s'efforce de relier à la physique quantique. La réalité objective émanerait du fonds mémoriel collectif de l'humanité alors que les anomalies, ce que Don Juan montre à Castaneda, par exemple, seraient des manifestations de la volonté individuelle[1].

La conscience pourrait ne pas être l'unique artisan des champs de réalité. Les expériences de vision à distance ont montré la possibilité de décrire des lieux éloignés en l'absence de tout observateur humain sur

1. John P. Briggs et David F. Peat, *Looking Glass Universe* (New York, Simon & Schuster, 1984), p. 87.

place[1]. Pareillement, identifier le contenu d'une boîte scellée prise au hasard dans un lot de ses semblables — ce qui semble réduire sérieusement les risques de transmission de pensée — est à la portée de certains sujets[2]. Il s'ensuit que nous faisons plus que puiser dans l'esprit d'autrui. C'est dans la réalité même que nous allons parfois à la pêche aux renseignements. Cela n'a rien d'étrange, si l'on se rappelle que, dans un univers holographique, la conscience imprègne toute matière et que la « signifiance » s'exerce activement dans les deux domaines, mental et physique.

Bohm estime que l'ubiquité du sens offre une explication possible tant de la télépathie que de la vision à distance. Toutes deux pourraient constituer de simples formes différentes de psychokinésie. De même que la PK est une résonance de sens acheminée d'un esprit vers un objet, la télépathie reproduit le phénomène entre deux esprits et la vision à distance d'objet à esprit. « Quand s'établit une harmonie ou résonance de sens, explique-t-il, l'action s'exerce dans les deux directions, si bien que la signifiance d'un système éloigné pourra produire chez l'observateur une sorte de psychokinésie inverse qui lui transmettra l'image de ce système[3]. »

Jahn et Dunne partagent son point de vue. S'ils jugent indispensable la présence d'une conscience en interaction avec son environnement pour qu'il y ait réalité, leur définition de cette conscience n'est pas trop étroite. Dans leur idée, ce peut être n'importe

1. Targ et Puthoff, *Mind-Reach*, pp. 130-133.
2. Russell Targ, *Research in Parapsychology* (Metuchen, N.J., Scarecrow, 1980).
3. Bohm, « A New Theory... », *Journal of the American Society for Psychical Research* 80, n° 2 (avril 1986), p. 132.

quoi qui génère, reçoit ou utilise de l'information. Peuvent ainsi prétendre à la conscience les animaux, virus, cellules de l'ADN, mais aussi les ordinateurs et autres prétendus objets inanimées, tous susceptibles d'avoir les qualifications requises pour prendre part à la création du réel [1].

S'il en est ainsi et que nous puissions obtenir des données non seulement dans l'esprit de nos congénères mais aussi par accès direct à l'hologramme vivant du réel, la psychométrie — cette faculté d'être informé sur l'histoire d'un objet à son seul contact — trouve également un début d'explication. Loin d'être inanimé, ce genre d'objet est imprégné de sa propre forme de conscience. Plutôt que « chose » existant indépendamment du restant de l'univers, c'est un aspect de la corrélation générale, naturellement relié aux pensées de quiconque entre en contact avec lui, relié à la conscience omniprésente dans tout animal ou objet jamais associé à son existence, relié via l'implié à son propre passé, relié enfin à l'esprit du psychométreur qui l'a en main.

Il y a des choses que l'on peut avoir pour rien

Les microphysiciens jouent-ils un rôle dans la création des particules ? À ce jour, la question n'a pas encore été tranchée, mais notre faculté d'entrer en liaison l'un avec l'autre à divers niveaux et de susciter la manifestation de réalités non moins réelles en apparence que le réel de référence de l'état de veille n'est pas le seul indice qu'il puisse en être ainsi. Le miraculeux est là pour nous montrer que nous n'avons qu'à peine commencé d'entrevoir nos talents

1. Jahn et Dunne, *Aux frontières du paranormal* (éd. du Rocher).

dans ce domaine. Penchons-nous donc sur un cas rapporté par Gardner. En 1982, Ruth Coggin, médecin anglais exerçant au Pakistan, reçut la visite d'une jeune femme de trente-cinq ans prénommée Kamro, enceinte de huit mois et dont des saignements, par moments doublés de douleurs abdominales avaient attristé la grossesse. Elle refusa l'examen en hôpital que lui conseillait Coggin mais dut s'y résoudre deux jours plus tard, quand elle fut admise en urgence suite à la reprise, ininterrompue cette fois, de l'hémorragie.

Lourde perte de sang, constata Coggin, et un inquiétant gonflement des pieds et de l'abdomen. Le lendemain, Kamro saigna de nouveau. La césarienne parut s'imposer. À peine Coggin eut-il entaillé l'utérus qu'un flot de sang noir s'en répandit et, bien vite, il fallut se résoudre à l'évidence : la coagulation ne s'opérait pas. Le bébé, une petite fille, naquit en bonne santé, mais une anémie fatale menaçait la mère. Le litre de sang que Coggin se débrouilla pour trouver s'avéra insuffisant. Sans autre solution, elle s'en remit à la prière.

« Nous priâmes avec la patiente, écrit-elle, après lui avoir parlé de ce Jésus auquel nous avions adressé nos propres prières avant l'opération, et expliqué qu'il s'agissait d'un grand guérisseur. Nous n'avions pour notre part aucune inquiétude, ajoutai-je, j'avais déjà vu Jésus faire des miracles dans des circonstances similaires. Il allait la sauver[1]. »

L'attente commença.

Kamro continua de perdre son sang mais son état général, au lieu d'empirer, se stabilisa. Le soir venu Coggin pria de nouveau avec sa patiente qui saignait toujours mais ne s'en souciait plus. Quarante-huit

1. Gardner, « Miracles of Healing... », *British Medical Journal* 287 (décembre 1983), p. 1930.

heures après l'opération, les collagènes se remirent au travail, l'hémorragie cessa et Kamro récupéra très vite. Dix jours plus tard, elle rentra chez elle avec son bébé.

Quoique n'ayant disposé d'aucun moyen de la mesurer, Coggin évaluait la perte de sang de Kamro largement supérieure aux réserves normales plus le malheureux litre de la perfusion. Ce que Gardner confirma après examen du dossier, à son tour sensible au caractère anormal du phénomène puisque nulle fabrication de cellules sanguines ne pouvait s'effectuer assez vite pour compenser une pareille perte. Conclusion, et non des moins troublantes : ce sang neuf de Kamro autorisait un retour en force du concept de génération spontanée.

On avouera que le pouvoir de créer péniblement une ou deux particules infinitésimales n'a rien d'extraordinaire au regard de la production des cinq à six litres de sang nécessaires au circuit fermé de la machine humaine. Et ce qu'il est possible de tirer de l'air du temps ne semble pas se limiter au sang. En juin 1974, au cours d'un séjour à Timor, petite île à l'extrême est de l'archipel indonésien, Watson tomba sur un autre cas tout aussi vertigineux de génération spontanée. Bien qu'il ait eu pour intention première de rendre visite à un célèbre *matan do'ok* — personnage capable de faire pleuvoir à sa guise — il remit la chose à plus tard quand on lui raconta qu'un démon — un *buan* en langue locale — particulièrement actif semait la panique dans une maison d'un village voisin.

Un couple marié y vivait avec ses deux enfants — famille indonésienne typique au teint sombre et aux cheveux bouclés — ainsi que la jeune demi-sœur célibataire du mari, Alin, que sa peau claire et ses traits fins rapprochaient du type chinois, d'où l'absence de prétendants. La voyant traitée avec non moins d'indifférence par son demi-frère et par l'ensemble de la maisonnée, Watson ne douta pas qu'elle fût la source des phénomènes.

Ce soir-là, un certain nombre d'incidents émaillèrent leur dîner sous le toit de branchages. D'abord le petit de huit ans assis à côté de Watson poussa un cri, lâcha son bol, et fixa le dos de sa main qui se couvrait de sang. Watson la lui prit et y vit comme une morsure — que l'enfant toutefois n'avait pu s'infliger puisque ces marques correspondaient par leur taille à des dents d'adulte. Alin, vilain petit canard comme toujours, était à l'autre bout de la pièce en train de s'occuper du feu quand l'événement s'était produit. Alors que Watson était toujours penché sur les plaies du gamin, la flamme de la lampe vira soudain au bleu, répandant un éclat presque insoutenable, et il se mit à neiger du sel dans les plats. « Non pas sous forme de grosse averse, explique Watson. Il y avait là une lenteur tout intentionnelle, et cela dura suffisamment pour me laisser le temps de lever la tête et de m'apercevoir que le sel semblait se matérialiser à hauteur d'œil, comme une sorte de nappe flottant à un peu plus d'un mètre en surplomb de la table. »

Watson se recula d'un bond mais le spectacle n'était pas terminé. Un martèlement sonore monta de la table qui commença d'osciller. Tout le monde s'en écarta. Elle dansait à présent comme le couvercle d'un coffre contenant un animal sauvage et finit par basculer sur le côté. La première réaction de Watson fut d'imiter ses hôtes et de sortir en courant. Puis il se reprit et retourna dans la maison chercher l'indice de quelque subterfuge. Il n'en trouva pas[1].

1. Lyall Watson, *Beyond Supernature* (New York, Bantam Books, 1988), p. 189-191 (trad. *Supernature : une nouvelle histoire naturelle du surnaturel*, Albin Michel, 1988 - J'ai lu, 1990.)

Ce qui s'était produit dans cette modeste demeure indonésienne est un exemple classique de *poltergeist*, esprit frappeur de la tradition allemande qui, aux apparitions spectrales, préfère les bruits et déplacements d'objets. Ces phénomènes s'attachant généralement plus aux personnes — Alin, en l'occurrence — qu'aux lieux, bon nombre de parapsychologues y voient la mise en œuvre de facultés psychokinétiques inconscientes. Il n'est pas jusqu'aux matérialisations *ex nihilo* qui n'aient une longue et illustre histoire dans les annales de la recherche sur la question. Dans son ouvrage désormais classique : *Can We Explain the Poltergeist ? (Peut-on expliquer les poltergeists ?)* A.R.G. Owen, maître de conférence en mathématiques au Trinity College de Cambridge, cite, dans une période allant de l'an 530 à l'époque contemporaine, plusieurs cas où des objets ont surgi du néant [1]. À noter, toutefois, qu'il s'agit le plus souvent de petits cailloux et non de sel.

Au tout début de cet ouvrage, j'ai précisé que j'avais une expérience personnelle de bon nombre des phénomènes paranormaux dont il traite, et que je n'hésiterai pas à y faire appel. Aussi avouerai-je que je suis loin d'ignorer ce qu'a pu ressentir Watson devant le déchaînement d'énergie psychokinétique auquel il assista dans cette petite maison indonésienne, et ce, pour la simple raison que celle de mon enfance (où nous venions d'emménager après que mes parents l'eurent construite de leurs propres mains) fut le théâtre d'événements similaires. Du fait que l'esprit frappeur abandonna la maison familiale pour me suivre à l'université et qu'il semble avoir, depuis, calqué son comportement sur mes états d'âme

1. A.R.G. Owen, *Can We Explain the Poltergeist ?* (New York, Garret Publications, 1964).

— brutal ou mauvais quand je suis en colère ou dépressif, espiègle et gouailleur quand ça va mieux dans ma tête — je n'ai jamais douté que les poltergeists actualisent en fait le potentiel psychokinétique inconscient de la personne au voisinage de laquelle ils se manifestent.

Ainsi, en période faste, j'avais quelquefois la surprise de trouver au réveil mes chaussettes artistiquement disposées sur les plantes vertes ; mais si j'avais le cafard, des petits objets volaient dans la pièce ou se cassaient. Au cours des années, tant moi que mes proches — parents ou amis — nous avons été les témoins d'un large éventail de phénomènes télékinétiques. J'ai récemment appris par ma mère que les poêles et casseroles avaient même commencé à valser dans la cuisine vers l'époque où je faisais mes premiers pas, soit bien avant les pluies de gravier de mes six ans auxquelles je faisais remonter les manifestations de l'esprit frappeur dans mon livre : *L'Univers : Dieu ou hasard.*

Je ne fais pas ces révélations à la légère, conscient que je suis de leur étrangeté au regard de l'expérience commune et du scepticisme qu'elles rencontreront dans certains milieux. Je me sens néanmoins tenu d'en parler, estimant d'une importance vitale que nous tentions de cerner de tels phénomènes plutôt que de les balayer sous un coin du tapis.

Toutefois, je dois reconnaître, et non sans émoi, que mon propre poltergeist a de temps à autre consenti à matérialiser des objets. J'avais six ans quand il le fit pour la première fois : une pluie de gravier s'abattit une nuit sur le toit de notre maison. Un peu plus tard, j'eus à m'y réfugier pour échapper à une averse de petits cailloux et de tessons de verre aux bords arrondis comme ceux qu'on trouve sur une plage. En de rares occurrences, ce furent divers objets au nombre desquels des pièces de monnaie, un collier et diverses broutilles non moins hétéroclites. En général, hélas, il ne m'était pas donné d'observer ces matérialisations, je n'assistais qu'à leurs conséquences, telle cette platée de spaghettis (sans sauce) qui échoua sur ma poitrine, un jour que je m'accordais une petite sieste dans mon appartement new-yorkais. Seul dans une pièce aux portes et fenêtres closes, sans le moindre signe qu'on y ait cuisiné ces spaghettis ou qu'on y soit entré pour me les lancer, j'en vins à conclure que, pour une raison ou une autre, ils n'avaient achevé leur course sur moi qu'après avoir surgi du néant au beau milieu de la pièce.

Il m'est néanmoins arrivé de surprendre des objets en train de se matérialiser. Ainsi, en 1976, alors que je travaillais dans mon bureau, lever les yeux m'amena à surprendre l'apparition, juste au-dessous du plafond, d'un petit objet brunâtre qui aussitôt piqua vers le sol pour atterrir à mes pieds. Je le ramassai et m'aperçus qu'il s'agissait d'un galet de verre comme ceux qui entrent dans la fabrication des bouteilles de bière. Cela n'avait rien d'aussi spectaculaire qu'une pluie de sel de plusieurs secondes mais j'en tirai l'enseignement que ce genre de choses étaient possibles.

De nos jours, les plus célèbres phénomènes de matérialisation sont l'œuvre de Sathya Saï Baba, un saint homme de soixante-quatre ans vivant dans l'État d'Andhra Pradesh au sud de l'Inde. On ne compte plus les témoins oculaires de ses capacités à produire bien plus que du sel et quelques cailloux. Ce sont des bagues et autres bijoux qu'il fait apparaître et distribue ensuite à la ronde, ainsi que l'inépuisable réserve de friandises diverses qu'il prend visiblement plaisir à matérialiser. D'entre ses mains se déversent également d'énormes quantités de *vibhouti*, la cendre sacrée. Des milliers de personnes ont assisté à ces prodiges, et parmis elles des scientifiques de diverses disciplines et des illusionnistes, sans qu'on y ait jamais décelé le moindre subterfuge. L'un de ces témoins est le psychologue Erlendur Haraldsson de l'université de Reykjavik, en Islande.

Haraldsson a passé plus de dix ans à étudier Saï Baba et il a récemment publié le résultat de ses observations dans un ouvrage intitulé *Des miracles modernes : Rapport d'enquête sur les phénomènes parapsychologiques relatifs à Sathya Saï Baba.* Tout en se reconnaissant incapable de prouver l'authenticité des phénomènes en question, il y fournit une masse d'indices qui plaident fortement en faveur de leur caractère paranormal.

Nous commencerons par le fait que Saï Baba puisse matérialiser sur demande des objets précis. Un jour qu'Haraldsson et lui conversaient à propos d'éthique et de spiritualité, il fit remarquer que vie quotidienne et vie spirituelle avaient à « croître de concert comme un double *rudraksha* ». Haraldsson voulut savoir ce dont il s'agissait mais ni le saint ni l'interprète ne connaissait le terme anglais. Saï Baba aurait bien aimé poursuivre son exposé mais Haraldsson insistait. « Alors, avec quelque impatience, je le vis refermer son poing et l'agiter une ou deux secondes. Puis il le rouvrit et se tourna vers moi. "C'est ça", dit-il, en me montrant une espèce de gland, un double *rudraksha*, donc. Des fruits gemellaires comme il arrive parfois aux oranges et aux pommes de l'être. »

Saï Baba accepta de lui laisser la double graine mais demanda à la revoir d'abord. « Il la prit cette fois entre ses deux mains, souffla dessus et, lorsqu'il les rouvrit, le double *rudraksha* était protégé par deux hémisphères d'or fermés par une chaînette de même métal. Surmontant le bijou, une croix sertie d'un petit rubis et percée d'un trou permettait de le porter en médaillon [1]. Haraldsson apprit plus tard que ces graines constituaient une forme de tératologie végétale d'une extrême rareté. Plusieurs botanistes locaux consultés avouèrent n'en avoir jamais vu. Et s'il finit par en dénicher un spécimen mal formé chez un marchand de Madras, celui-ci en exigeait presque deux mille francs en monnaie locale. Un orfèvre londonien attesta l'excellente teneur, vingt-deux carats, de l'or matérialisé par le saint.

Ce genre de présents n'a rien d'exceptionnel. Saï Baba offre souvent des bagues, bijoux et autres objets d'orfèvrerie aux foules qui chaque jour lui rendent visite et le vénèrent. Il est également à même de faire apparaître d'énormes quantités de nourriture, et les divers mets qui se matérialisent entre ses mains sont encore tout grésillants, si brûlants qu'il est parfois impossible de les prendre. De ces mains — des pieds aussi — ruissellent sirops et huiles aux suaves senteurs qui ne laissent aucune trace poisseuse sur la peau, grains de riz délicatement ciselés à l'effigie du dieu Krishna, fruits hors saison (tour de force dans cette région reculée sans électricité, ni système de réfrigération) ou anormaux, telle cette pomme qui, pelée, se révéla poire pour moitié.

La production de cendres sacrées n'est pas moins étonnante. À chaque traversée des foules qui se pressent pour le voir, de prodigieuses quantités de *vibhouti* émanent de ses mains. Il en répand partout, au creux des paumes et des récipients qui se tendent

1. Erlendur Haraldsson, *Modern Miracles : An Investigative Report on Psychic Phenomena Associated with Sathya Sai Baba* (New York, Fawcett Columbine Books, 1987), pp. 26-27.

pour les recueillir, sur son sillage qui reste marqué de longues traînées sinueuses. Une simple promenade autour de l'ashram en produit de quoi remplir plusieurs tonneaux. Lors d'une visite, accompagné du Dr Karl Osis — directeur de recherches à l'*American Society for Psychical Research* (Société américaine de recherches parapsychologiques) — Haraldsson assista en direct à la genèse de ces cendres. Laissons-lui la parole : « Il avait la main ouverte, tournée vers le sol. Il lui imprima un petit mouvement circulaire et une substance grise se matérialisa juste sous sa paume. Le Dr Osis, mieux placé que moi, vit que le premier aspect présenté par cette substance était celui de granules qui se désintégraient ensuite au moindre contact (et n'auraient évidemment pas manqué de le faire plus tôt dans l'hypothèse d'une manipulation) [1]. »

On peut d'office exclure l'hypnose de masse ou l'hallucination collective puisque Saï Baba se laisse filmer lors de ces démonstrations en plein air et que ses faits et gestes s'impriment sur la pellicule. Vont également à l'encontre d'une forme quelconque de supercherie la production d'objets précis, l'extrême rareté de certains, la température des aliments et la générosité quantitative des matérialisations. Haraldsson insiste sur le fait qu'une éventuelle simulation de ces pouvoirs n'a jamais reçu l'ombre d'une preuve. En outre, voilà près d'un demi-siècle — il avait quatorze ans la première fois — que Saï Baba matérialise les objets les plus divers, ce qui rend témoignage tant à l'abondance de sa production qu'à sa réputation jamais démentie. D'où les sort-il ? Du néant ? Jusqu'à ce jour la question reste sans réponse mais Haraldsson a d'ores et déjà précisé sa position.

1. Voir n. 1, p. 251.

Selon lui, les démonstrations de Saï Baba sont un rappel de « l'énorme potentiel que chacun d'entre nous pourrait bien receler à l'état latent[1] ».

Dans son *Autobiographie d'un yogi*, Paramahansa Yogananda (1893-1952) — qui fut le premier saint homme indien d'envergure à s'installer en Occident — décrit ses rencontres avec un certain nombre d'ascètes capables de matérialiser des fruits hors saison, de la vaisselle précieuse, diverses choses... et ce, note Yogananda, sans que de tels pouvoirs — ou *siddis* — soient obligatoirement l'indice d'un haut degré d'élévation spirituelle chez ceux qui les possèdent. « Le monde n'est que du rêve concrétisé », dit-il. « Tout ce en quoi votre esprit si puissant place une foi suffisamment intense advient instantanément[2]. » Ces ascètes auraient-ils accès au gigantesque océan d'énergie cosmique qui s'étend selon Bohm dans chaque centimètre cube d'espace vide ?

Une autre série de matérialisations non moins remarquables — et non moins attestées sinon plus que celles de Saï Baba par Haraldsson — est due à Therese Neumann qui, outre les stigmates, offre un exemple d'*inedia*, à savoir la faculté supranormale de survivre sans s'alimenter. Tout commença en 1923, quand elle « transféra » sur son propre corps le mal qui rongeait la gorge d'un jeune prêtre pour, des années durant, ne plus absorber que des liquides, puis en 1927 renoncer à toute forme de nourriture et même à l'eau. Quand l'évêque de Regensburg dont elle dépendait apprit qu'elle avait cessé de s'alimenter, il dépêcha une commission d'enquête à son domicile. Du 14 au 29 juillet 1927, et sous la surveillance d'un

1. Voir n. 1, p. 251.
2. Paramahansa Yogananda, *Autobiography of a Yogi* (Los Angeles, Self-Realisation Fellowship, 1973), p. 134.

médecin, le Dr Seidl, quatre infirmières franciscaines suivirent chacun de ses mouvements. Nuit et jour, elles l'observèrent, mesurèrent et pesèrent l'eau qu'elle utilisait pour se rincer la bouche. Elles firent bon nombre de constatations insolites. Therese Neumann n'allait pratiquement plus à la selle. En six semaines, elle ne réclama qu'une fois le bassin et un certain Dr Reismanns, examinant les excréments, y trouva seulement un peu de bile et quelques mucosités, pas la moindre trace de nourriture. Aucun signe de déshydratation non plus, bien que le corps humain subisse, par jour, dans l'air exhalé, une perte en eau moyenne de quatre cents grammes et presque autant par les pores. Son poids restait constant ; bien que l'hémorragie dont s'accompagnait chaque semaine l'ouverture des stigmates variât entre quatre et cinq litres de sang, elle reprenait les kilos correspondants au plus tard dans les deux jours qui en suivaient la fermeture.

À l'issue de l'enquête, ni le Dr Seidl ni les sœurs ne doutaient que la Bienheureuse se fût totalement abstenue de manger et de boire pendant les quatorze derniers jours. Le test était concluant car si l'on peut tenir deux semaines sans nourriture, il est rare de pouvoir dépasser la fin de la première en se privant totalement d'eau. Contraintes qui, toutefois, ne semblaient guère peser sur Therese Neumann : au cours des trent-cinq années qui suivirent, elle ne devait plus jamais absorber ni solide ni liquide. On est donc en droit de penser qu'en sus du sang matérialisé pour compenser la perte due aux stigmates, elle se dotait également de l'eau et des autres éléments nutritifs nécessaires à sa survie et à sa bonne santé. Son cas n'est pas unique. Thurston donne dans *Les Phénomènes physiques du mysticisme* plusieurs exemples de stigmatisés ayant cessé de boire et de s'alimenter sur de très longues périodes.

Des matérialisations de ce type sont peut-être plus banales que l'on ne l'imagine. Que des statues, des icônes, des peintures, voire des roches dotées d'une importance historique ou religieuse se mettent à saigner est monnaie courante dans les écrits traitant du miraculeux. Et l'on ne compte plus les Vierges et autres saints versant des larmes. Une quasi-épidémie de *madones en pleurs* déferla sur l'Italie en 1953[1]. Rappelons-nous enfin que les disciples de Saï Baba furent à même de montrer à Haraldsson des photos où l'on voyait suinter les cendres des mains de leur gourou.

Modifier le tableau du tout au tout

En un sens, les matérialisations constituent le plus grand défi possible à notre représentation classique du réel car si nous parvenons, au prix de quelque effort, à intégrer des phénomènes comme la PK dans notre vision courante du monde, la création *ex nihilo* d'un objet ébranle jusqu'aux fondements de cette vision. Nous ne sommes pourtant pas au bout de nos surprises ; l'esprit est capable de bien d'autres exploits. En effet, les miracles que nous avons examinés jusqu'à présent ne concernaient que des éléments constitutifs du réel, de simples « pièces ». On y voyait des personnes déplacer par psychokinésie certaines de ces pièces (des objets), en modifier d'autres (des lois de la nature) pour s'immuniser contre le feu ou, encore une fois, ne matérialiser que des morceaux

1. Rogo, *Miracles*, p. 173.

l'Alchimiste et l'étudiant : modifier en or, influer sur le cours d'une bille en faisant corps avec l'objet.

de réalité sous forme de sel, de sang, de cailloux, de gemmes, de cendres, d'aliments et de larmes. Mais si le réel est un tout, pourquoi les miracles semblent-ils n'en affecter que des parties ?

Expressions des capacités latentes de notre psychisme, les miracles prennent naturellement la forme que nous leur imprimons, programmés que nous sommes à ne voir que le côté fragmenté du monde. Il s'ensuit que si nous n'étions pas aussi imprégnés de ce mode de pensée, si notre vision du monde était autre, les miracles seraient probablement différents. Plutôt que d'accumuler les témoignages sur ceux qui se bornent à modifier certains aspects du réel, nous ferions mieux d'en chercher où s'opère une métamorphose globale de ce dernier. On a déjà répertorité quelques miracles répondant à cette définition, mais ils restent rares et posent à nos idées reçues sur la réalité un défi plus vaste encore que les matérialisations.

Lyall Watson en cite un. Celui d'une autre jeune Indonésienne, Tia, dotée d'un pouvoir ; mais son pouvoir, à la différence de celui d'Alin, ne semblait pas être l'expression d'une faculté paranormale inconsciente. Il était parfaitement conscient et contrôlé, plongeant ses racines dans la liaison naturelle de la jeune femme aux forces qui sommeillent en chacun de nous. Bref, Tia était une chamane assistant à l'éveil de ses dons. Watson eut à maintes reprises l'occasion de la voir à l'œuvre. Ainsi fut-il témoin de guérisons miraculeuses et la vit-il, un jour qu'elle faisait assaut de pouvoir avec l'imam du village, mettre le feu au minaret de la mosquée par la seule force de son mental.

Mais l'une des plus impressionnantes démonstrations dont il devait garder le souvenir eut lieu quand il tomba par hasard sur Tia en grande conversation avec une petite fille dans l'ombre d'un bosquet de *kénaris*. Trop loin pour l'entendre, il pouvait toutefois deviner à ses gestes qu'elle essayait d'expliquer à l'enfant quelque chose d'important. Son air frustré disait assez qu'elle n'y arrivait pas. Elle finit par avoir une idée, apparemment, et entama une danse étrange.

Fasciné, Watson la vit tendre la main vers les arbres ; sans que les mouvements de la jeune femme fussent vraiment discernables, il en émanait une aura hypnotique. Puis elle fit quelque chose qui causa un choc à Watson, le sidéra totalement. À cause d'elle de toute évidence, le bosquet venait de s'évanouir. Pour reprendre les termes de Watson : « Elle qui, un instant auparavant, dansait à l'ombre des *kénaris* se tenait à présent dans la claire lumière du soleil[1].

Quelques secondes plus tard, le bosquet réapparut. Le bond que fit alors la petite fille et sa réaction première qui fut d'aller toucher les arbres ne laissèrent aucun doute à Watson sur le fait que l'expérience avait été partagée. Mais Tia, apparemment décidée à mettre les points sur les i, continua encore un moment de faire clignoter le bosquet entre présence et absence. Elle et la petite fille s'étaient prises par les mains ; elles dansaient et riaient, tout à la joie de ce prodige. Watson s'éloigna ; la tête lui tournait.

En 1975 — j'étais alors en dernière année à l'université d'État du Michigan — j'eus une expérience d'une profondeur similaire par le défi qu'elle posait à notre conception courante du réel. J'avais invité l'un de mes professeurs au restaurant et la conversation roulait sur les implications philosophiques des

1. Lyall Watson, *Gifts of Unknown Things* (New York, Simon & Schuster, 1976), pp. 203-204 (trad. *Je reviens de l'inconnu*, Albin Michel, 1977.)

expériences de Carlos Castaneda, en particulier sur un incident qu'il nous relate dans *Voyage à Ixtlan*. De nuit dans le désert à la recherche d'un esprit, Don Juan et lui tombent sur une créature ressemblant à un veau mais avec des oreilles de loup et un bec d'oiseau. La bête, recroquevillée sur elle-même, hurle comme si elle était à l'agonie.

Au premier instant de panique succède chez Castaneda la certitude que ce qu'il voit ne peut être réel ; sa vision se modifie et il constate que l'esprit mourant n'est rien de plus qu'une branche morte agitée par le vent. Tout fier de sa découverte, il en fait part à son maître et le vieux sorcier yaqui, comme à son habitude, le rabroue. Ils avaient réellement eu affaire à un esprit, lui dit-il, mais qui s'était transformé en branche sitôt qu'on avait douté de son existence. Les deux manifestations, conclut-il, n'en étaient pas moins aussi réelles l'une que l'autre.

À mon professeur, j'avouai être intrigué par cette affirmation que deux réalités s'excluant puissent coexister ; il me semblait y voir l'explication possible d'un bon nombre d'événements paranormaux. Plus tard, au sortir du restaurant, une petite promenade nous parut convenir à la douceur de cette nuit d'été. Nous poursuivions notre conversation quand je pris soudain conscience d'un groupe qui nous précédait de quelques mètres. Des étrangers dont je ne reconnaissais pas la langue, et passablement éméchés à en juger par leur comportement. Détail insolite sous ce ciel dégagé, l'une des femmes était équipée d'un parapluie vert.

Alors que nous retenions nos pas pour restaurer la distance, cette femme commença de se retourner sans cesse vers nous, traçant dans l'air de grands cercles avec son accessoire incongru dont la pointe manqua plusieurs fois de nous atteindre. Nous ralentîmes encore mais, à l'évidence, l'inconnue cherchait à capter notre attention. Son but atteint, elle prit le parapluie à deux mains et le brandit au-dessus de sa tête pour, dans un geste théâtral, le jeter à nos pieds.

Nous le fixions, bouche bée, nous interrogeant sur le motif de cet acte, quand quelque chose de remarquable se produisit. Le parapluie « clignota » — c'est la meilleure approximation que j'en puis donner — comme la flamme d'une bougie quand elle vacille avant de s'éteindre. Ce faisant, il émit un bruit étrange, comme si on avait froissé de la Cellophane, puis, dans un éblouissement d'étincelles multicolores, ses extrémités se rétractèrent, sa couleur se modifia, et, à l'issue du processus, nous eûmes devant nous une espèce de bâton noueux d'un gris brunâtre. L'espace de quelques secondes, ma stupéfaction m'interdit tout commentaire. Ce fut mon professeur qui rompit le silence. Elle avait cru que l'objet manipulé par cette femme était un parapluie, me dit-elle d'une voix blanche. Je lui demandai alors si elle avait vu quelque chose d'extraordinaire se produire ; elle hocha la tête. Le lendemain, nous avions consigné nos versions respectives et la seule différence notable était le terme de « grésillement » employé par mon professeur pour décrire ce que j'avais perçu comme un bruit de Cellophane froissée.

Quelle signification en donner ?

L'incident soulève un certain nombre de questions qui restent pour moi sans réponse. Je ne sais toujours pas qui étaient ces gens qui ont jeté à nos pieds le parapluie ni s'ils étaient même conscients de la métamorphose dont celui-ci allait être l'objet, quoique le cérémonial étrange et apparemment délibéré de la femme donne à penser qu'ils en avaient quelque idée. Tant mon professeur que moi-même étions à ce point sidérés par la transformation magique du parapluie en bâton que, le temps que nous reprenions nos esprits pour le leur demander, ils avaient déjà disparu. Enfin, j'ignore le pourquoi de l'événement, sinon que notre conversation sur Castaneda concernant un cas similaire avait un évident rapport avec lui.

Je ne sais même pas à quoi je dois le privilège de vivre tant d'expériences paranormales hormis que l'exceptionnel capital de dons parapsychiques qui m'a été légué à la naissance n'y est sans doute pas étranger. Dès l'adolescence, j'ai commencé de rêver en détail et avec un réalisme étonnant des événements qui allaient plus tard se produire. Je savais souvent sur les gens des choses que je n'étais pas censé savoir. À dix-sept ans, j'ai spontanément développé la faculté de voir l'aura des animaux et des gens, et je reste, jusqu'à ce jour, souvent à même de parler à quelqu'un de son état de santé en me fiant aux dessins et nuances du halo de lumière qui l'entoure. Mais j'insiste sur le fait que nous sommes tous doués d'une manière ou d'une autre. Certains sont des artistes-nés, d'autres ont le génie de la danse. Pour ma part, il semble que l'alchimie dont je suis issu m'ait donné la vertu de provoquer des transmutations du réel, de catalyser, je ne sais comment, les forces requises pour précipiter les phénomènes paranormaux. Je ne m'en plains pas — j'y suis redevable de trop d'intuitions sur ce qui nous baigne — mais je ne sais vraiment pas pourquoi.

Ce que je sais, en revanche, c'est que cet « incident du parapluie », comme j'en suis venu à l'appeler, introduisait dans le réel une modification radicale. Dans ce chapitre, nous avons successivement abordé des miracles impliquant des remaniements toujours plus importants dans la structure des choses. Ainsi la PK est-elle plus facile à cerner qu'une friandise ou une graine surgissant du néant, et de même la matérialisation d'un simple objet que la disparition d'un pan entier du paysage — en l'occurrence un bosquet — ou que des gens bizarres capables de transformer un parapluie en bâton, d'opérer une métamorphose de la matière. De tels incidents ne font que suggérer avec une force croissante que la réalité est *stricto sensu* un hologramme, une inscription du tout.

La question se pose alors différemment. S'agit-il, comme le pense Bohm, d'un hologramme relativement stable sur d'assez longues périodes de temps et auquel la conscience ne peut apporter que des modifications minimes ? Ou d'un hologramme n'ayant qu'une apparence de stabilité, donc susceptible, en certaines circonstances, d'être remanié, voire entièrement refondu, et presque à l'infini, comme le suggèrent les miracles ? Certains chercheurs ayant épousé la cause holographique penchent pour la dernière interprétation. Ainsi, Grof ne se contente pas de prendre au sérieux les matérialisations et autres phénomènes paranormaux extrêmes, il voit la réalité même comme une complexe nébuleuse soumise à l'autorité subtile de la conscience. « Le monde n'a pas nécessairement la solidité que nos perceptions lui prêtent [1] », dit-il.

Le physicien William Tiller, directeur du Département des sciences physiques de l'université de Stanford, lui-même rallié au modèle holographique, partage cette opinion. Le réel pourrait se comparer, selon lui à l'« *holodeck* » d'un épisode de *Star Trek*. Il s'agit d'une sorte de scène sur laquelle il est possible d'obtenir une simulation holographique de presque

1. Entretien privé avec l'auteur, 9 février 1989.

n'importe quel type de réalité, depuis la forêt vierge jusqu'à la mégapole bourdonnante d'activité. Simulation rectifiable à volonté : on peut y matérialiser la lampe dont la présence s'impose comme en ôter une table superflue. Tiller voit le monde comme une espèce d'*holodeck* suscité par l'« intégration » de toutes les créatures vivantes. « Nous l'avons créé pour être le véhicule de notre expérience, explique-t-il, produisant parallèlement les lois qui le gouvernent. Dès que nous butons sur les limites de notre compréhension, nous avons donc toute latitude de modifier ces lois, avec pour conséquence que notre exploration du monde physique s'accompagne d'une pure et simple création continue de celui-ci [1]. »

S'il a raison, si l'univers est un gigantesque *holodeck*, matérialiser un anneau d'or ou faire clignoter un bosquct de *kénaris* entre présence et absence n'a plus rien d'étrange. Il n'est pas jusqu'à l'incident du parapluie qu'il ne faille considérer comme une simple aberration temporaire dans cette simulation holographique que nous appelons la réalité de tous les jours. Nous avions beau, mon professeur et moi-même, ne pas nous connaître cette faculté, la passion avec laquelle nous parlions de Castaneda a fort bien pu amener les profondeurs de notre être à modifier l'hologramme du réel pour le rendre plus conforme à nos préoccupations du moment. Compte tenu de ce qu'affirme Ullman, à savoir que notre psychisme tente sans cesse de nous apprendre des choses qui nous échappent à l'état de veille, il se pourrait que sa part inconsciente soit programmée pour, de temps à autre, accomplir ce genre de miracles et nous donner ainsi un aperçu de la vraie nature

1. Entretien privé avec l'auteur, 17 octobre 1988.

du réel, bref, pour nous montrer que ce monde forgé par nous de toutes pièces offre en fin de compte un champ créatif non moins infini que la réalité vécue en songe.

Dire que l'intégration, la fusion active de tous les êtres vivants est à l'origine du réel revient presque à voir l'univers comme un lieu où se superposent divers champs de réalité. S'il en est ainsi, on comprend mieux pourquoi la réalité de certaines particules comme les électrons offre une apparence de fixité relative alors que d'autres, comme les *anomalons*, semblent nous mettre en présence d'un état plus malléable du réel. Il se pourrait que les champs de réalité actuellement perçus comme des électrons se soient intégrés à l'hologramme cosmique à une époque fort lointaine, peut-être même longtemps avant que l'humanité n'ait à son tour pris part à cette fusion active du tout. Les électrons seraient en conséquence si profondément incrustés dans l'hologramme qu'ils ne seraient plus aussi sensibles à l'influence de la conscience humaine que d'autres champs de réalité plus récents. Parallèlement, que les *anomalons* varient de laboratoire en laboratoire s'expliquerait par le fait qu'ils constituent des champs de réalité plus récents, encore empreints d'indifférenciation initiale et d'incertitude quant à leur identité. En un sens, ils sont de même nature que la plage de diamants baignée par une mer de champagne que les sujets des expériences de Tart perçurent d'abord sous forme de grisaille mal dégagée de l'implié.

Pareille notion permet également de comprendre que l'aspirine participe à la prévention des crises cardiaques aux États-Unis mais qu'il n'en aille pas de même dans les îles Britanniques. Là aussi, on pourrait avoir affaire à un champ de réalité trop récent pour être pleinement efficace. La capacité de matérialiser du sang semble également ressortir à ces champs de réalité comparativement jeunes. Rogo note qu'il faut attendre le XIVe siècle pour trouver mention d'un miracle lié au sang — en l'occurrence, celui du San Gennaro napolitain — et que le silence antérieur des archives pourrait fort bien traduire la pure et simple absence de précédent. Mais, une fois établie la possibilité de ce miracle, l'accès au champ de réalité ainsi ouvert devenait plus simple, ce qui explique l'abondance des cas signalés par la suite.

De fait, si l'univers s'apparente à un *holodeck*, tout ce qui donne l'impression d'être stable et éternel — depuis les lois de la physique jusqu'à la composition des galaxies — doit être considéré comme autant de champs de réalité, de feux follets ni plus ni moins réels que les structures porteuses d'un vaste rêve partagé. Il faudra voir toute permanence comme illusoire et n'attribuer d'éternité qu'à la conscience, à la conscience globale de l'univers vivant.

Il existe bien sûr une autre possibilité : que ces champs de réalité n'aient de pertinence qu'au regard des seules anomalies comme l'incident du parapluie et que le monde dans son ensemble soit toujours aussi stable et réfractaire à l'influence de la conscience qu'on nous a appris à le croire. Le problème d'une telle hypothèse est l'impossibilité d'en apporter la preuve. La seule pierre de touche dont nous disposons pour déterminer la réalité de quelque chose — mettons d'un éléphant mauve qui fait irruption dans votre salon — est de vérifier si nous ne sommes pas les seuls à le voir. Mais une fois admise la possibilité que deux ou plusieurs personnes puissent créer du réel — qu'il s'agisse d'un parapluie transformiste ou d'un bosquet de *kénaris* enclin à disparaître — nous n'avons plus aucun moyen de prouver que les autres objets du monde matériel ne sont pas des constructions de l'esprit. Tout n'est alors qu'une question de philosophie personnelle.

Or, en matière de philosophie personnelle règne une extrême diversité. Jahn tend à ne qualifier de réel que ce qui résulte des interactions de la conscience. Laissons-lui la parole : « La question de savoir s'il existe ou non une "réalité extérieure" est purement abstraite. Or, en l'absence de toute vérification possible d'une abstraction, à quoi bon tenter d'en établir un modèle[1]. » Globus qui, pour sa part, admet volontiers que la réalité n'est que pure construction de la conscience, préfère penser qu'il existe un monde au-delà de la bulle captée par nos perceptions. « Je m'intéresse aux belles théories, dit-il. Et toute belle théorie postule l'existence de son objet[2]. » Il reconnaît toutefois qu'il s'agit là d'un parti pris, d'une simple hypothèse de travail impossible à justifier par des moyens empiriques.

Quand à moi, le résultat de mes propres expériences m'amène à penser comme Don Juan quand il déclare : « Nous sommes des "percipients". Nous sommes une conscience ; nous ne sommes pas des objets ; nous sommes dénués de solidité. Nous sommes sans limites. Le monde des objets et du solide ne constitue qu'un moyen d'effectuer notre passage sur terre dans les meilleures conditions. Ce n'est qu'une description créée pour nous aider. Notre tort, ou plutôt celui de notre esprit rationnel, est d'oublier qu'il s'agit seulement d'une description, avec pour conséquence de piéger la globalité de nous-même dans

1. Entretien privé avec l'auteur, 16 décembre 1988.
2. Judith Hooper et Dick Teresi, *The Tree-Pound Universe* (New York, Dell, 1986), p. 300.

un cercle vicieux dont nous avons rarement l'occasion d'émerger dans le courant de notre vie humaine[1].

En d'autres termes, il n'existe de réalité ni au-dessus ni au-delà de ce qui est créé par la fusion active de toutes les consciences, et l'univers holographique est potentiellement modelable par l'esprit sur des modes virtuellement illimités.

S'il en est ainsi, les lois de la physique et la substance des galaxies ne sont pas les seuls objets qu'il faille concevoir comme des champs de réalité. Notre corps aussi — véhicule de notre conscience dans cette vie — doit être vu comme ni plus ni moins réel que des *anomalons* ou que le scintillant rivage d'une mer de champagne. Ou, comme le formule un autre tenant du concept holographique, le psychologue Keith Floyd du *Virginia Intermont College* : « Contrairement à ce que tout un chacun tient pour un savoir acquis, il se pourrait que ce ne soit pas le cerveau qui distille la conscience mais plutôt celle-ci qui nous en présente une image, comme elle nous en présente une de la matière, de l'espace, du temps... bref, de tout ce qu'il nous plaît de traduire en termes d'univers physique[2]. »

Nous touchons peut-être au plus troublant, car notre conviction profonde de la réalité objective de notre corps physique, de son caractère solide, rend extrêmement difficile à manier le concept que nous-mêmes puissions n'être que des feux follets. Mais tout semble prouver qu'il en est ainsi. Entre autres, un phénomène souvent associé à la sainteté : la *bilo-*

1. Carlos Castaneda, *Tales of Power* (New York, Simon & Schuster, 1974), p. 100 (trad. *Histoires de pouvoir*, Gallimard, 1975.)

2. Marilyn Ferguson, « Karl Pribram's Changing Reality », dans *The Holographic Paradigm*, Ken Wilber Dir (Boulder Col. : New Science Library, 1982), p. 24 (trad. *Le paradigme holographique*, éd. du Jour, 1985.)

cation, c'est-à-dire la faculté de se trouver en deux endroits à la fois. Saï Baba y est passé maître, selon Haraldsson. De nombreux témoins déclarent l'avoir vu claquer des doigts, disparaître, puis se rematérialiser instantanément une centaine de mètres plus loin. Des faits de ce genre suggèrent au plus haut point que nos corps ne sont en rien des objets, plutôt des projections holographiques susceptibles d'être « éteintes » en un lieu et « allumées » ailleurs, sans plus de difficulté que pour faire disparaître et réapparaître une image sur un écran vidéo.

Autre pièce à verser au dossier du concept holographique et de la nature immatérielle du corps, les phénomènes produits par un médium islandais : Indridi Indridason. En 1905, dans l'effervescence intellectuelle suscitée par la récente autonomie de l'île, d'éminents savants locaux décidèrent de se pencher sur le paranormal, et Indridason fut l'un des sujets choisis. À l'époque, frais débarqué de son village natal, il n'avait guère d'expérience dans le domaine parapsychologique, mais il eut tôt fait de se révéler exceptionnellement doué. À de spectaculaires démonstrations de PK, il associait la faculté d'entrer en transe en un temps très court. Mais le plus étrange était que, dans cet état, il arrivait que diverses parties de son corps se dématérialisent. Sous le regard ébahi des savants, une main ou un bras disparaissait totalement pour ne redevenir visible que dans les quelques secondes précédant le réveil du médium [1].

Voilà qui nous offre de nouveau un aperçu prometteur sur les facultés susceptibles de sommeiller au fond de chacun de nous. L'approche scientifique

1. Erlendur Haraldsson et Loftur R. Gissurarson, *The Icelandis Physical Medium : Indridi Indridason* (London, Society for Psychical Research, 1989).

classique de l'univers est parfaitement incapable, avons-nous vu, d'expliquer les divers phénomènes inventoriés dans ce chapitre et n'a donc d'autre choix que les ignorer. Il n'en reste pas moins que, si des chercheurs comme Grof et Tiller ne se fourvoient pas et que l'esprit soit réellement à même d'intervenir au niveau de l'ordre implié — c'est-à-dire de la plaque photosensible d'où naît l'hologramme que nous nommons l'univers —, d'être par conséquent libre de créer n'importe quelle réalité ou loi du monde physique, non seulement ces miracles sont possibles mais il n'est rien qui, virtuellement, ne le soit.

L'apparente matérialité du monde ne serait alors qu'une faible part de ce qui est accessible à nos perceptions. Et, bien que nous soyons pour la plupart prisonniers de notre description courante de l'univers, certaines personnes ont la capacité de porter leurs regards au-delà des apparences. Dans le prochain chapitre, nous nous intéresserons à quelques-uns de ces heureux élus et parlerons de ce qu'ils voient.

Voir en mode holographique

> « Nous autres, humains, nous nous voyons faits de "matière solide". En réalité, le corps physique est pour ainsi dire le produit final de subtils champs d'information qui le modèlent comme ils modèlent toute matière physique. Ces champs sont des hologrammes qui se modifient dans le temps [et sont] hors de portée de nos sens ordinaires. C'est là ce que perçoivent les clairvoyants quand ils parlent des halos colorés de forme ovoïde — ou auras — qui entourent notre corps physique. »
>
> Itzhak Bentov
> *Stalking the Wild Pendulum*
> *(Univers vibratoire et conscience)*

Il y a quelques années, je marchais dans la rue avec une amie quand un panneau attira mon attention. Une interdiction de stationner, un *No parking* blanc sur fond rouge, et que rien ne semblait différencier de ceux qui jalonnent les rues de nos grandes villes, mais je n'arrivais plus à détacher mon regard, regard absent en l'occurrence puisque je n'y vis toujours rien jusqu'au moment où mon amie s'écria : « Il y a une faute sur ce panneau ! » Je fus tiré de cet état bizarre et, sous mes yeux, le I du mot PARKING se transforma en E.

Habitué à voir le mot orthographié correctement, mon esprit avait — spontanément et sans daigner m'en avertir — substitué à ce que je voyais ce qui aurait dû être. Il apparut que mon amie avait aussi inconsciemment rectifié la faute dans un premier temps, d'où sa surprise, sensible dans sa voix, quand elle s'était aperçue que le mot était mal orthographié. Nous poursuivîmes notre promenade, mais j'y pensais toujours. Je venais de m'apercevoir que le couple œil/cerveau n'a pas la fiabilité d'un appareil photo, qu'il retouche le monde avant de nous en livrer l'image.

Les neurophysiologues, en revanche, en sont depuis longtemps conscients. Lors de ses premiers travaux sur la vision, Pribram découvrit que les données visuelles qu'un singe reçoit par l'intermédiaire de ses nerfs optiques ne sont pas directement transmises au cortex visuel mais préalablement filtrées par d'autres secteurs du cerveau[1]. De nombreuses études ont montré qu'il en est de même chez l'homme. À leur entrée dans le cerveau, les messages optiques sont remaniés par nos lobes temporaux avant que notre cortex visuel en prenne connaissance. Il semble que moins de la moitié de ce que nous « voyons » soit effectivement fondé sur des données captées par nos yeux, le reste provient de ce que nous nous attendons à voir (et peut-être d'autres sources, les champs de réalité par exemple). Sans nier que les yeux soient des organes de la vision,

1. Karl Pribram, « The Neurophysiology of Remembering », *Scientific American* 220 (janvier 1969), pp. 76-78.

il faut bien comprendre que celui qui voit, c'est le cerveau.

Sans doute est-ce la raison pour laquelle un vieil ami peut s'être rasé la moustache sans que cela nous frappe, et notre appartement nous donner parfois l'impression d'avoir subtilement changé pendant les vacances. Dans les deux cas, habitués à réagir à ce que nous pensons être là, nous ne voyons pas toujours ce qui en fait s'y trouve.

Une preuve plus spectaculaire encore du rôle joué par l'esprit dans la création des choses vues est à chercher dans la prétendue tache aveugle de l'œil. Au centre de la rétine, à l'endroit où le nerf optique se connecte à l'œil, nous aurions une tache aveugle dépourvue de photorécepteurs. La figure 15 (p. 272) en donne une rapide démonstration.

Pourtant, quand nous regardons le monde autour de nous, que ce soit une feuille de papier vierge ou un tapis persan aux motifs complexes, nous sommes totalement inconscients qu'il existe des trous béants dans notre vision. Le cerveau comble ces manques avec autant d'art qu'un bon tailleur reprisant une pièce de tissu défectueuse. Et le plus remarquable est qu'il restaure si subtilement la tapisserie de notre réalité visuelle que nous ne nous rendons même pas compte qu'il le fait.

Ce phénomène nous confronte à une question des plus troublantes. Si nous voyons moins de la moitié de ce qui est sous nos yeux, qu'y a-t-il là que nous soyons incapables de voir ? Comment se fait-il qu'un E mis pour un I dans un mot en caractères de quinze centimètres ou ce qui se projette sur notre tache aveugle puisse totalement nous échapper ? La technologie de pointe nous fournit quelques réponses. Les toiles d'araignée, par exemple, qui nous semblent d'un gris terne, nous savons que les yeux des insectes,

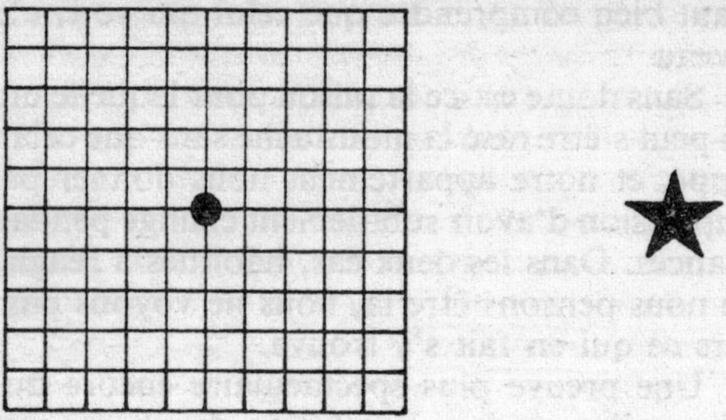

Figure 15. Pour avoir une idée de la manière dont le cerveau construit ce que nous percevons comme réel, tenez l'illustration à la hauteur des yeux et fixez le cercle au centre de la grille avec votre œil droit. Maintenant, avancez et reculez lentement le livre jusqu'à ne plus voir l'étoile (entre 25 et 40 cm). L'étoile disparaît parce qu'elle passe sur votre tache aveugle. Maintenant, fermez l'œil droit et regardez l'étoile. Même mouvement du livre jusqu'à ce que ce soit le cercle qui disparaisse. Notez que la grille demeure. C'est notre cerveau qui l'imprime parce qu'il sait — ou pense — qu'elle est là.

sensibles aux ultraviolets, les voient parées d'une séduisante palette de couleurs vives. Idem pour les néons qui n'émettent pas une lumière continue mais un clignotement juste un peu trop rapide pour que nous puissions le surprendre. Effet stroboscopique qui ne saurait, en revanche, passer inaperçu des abeilles, lesquelles ont précisément besoin de pouvoir survoler à toute vitesse un pré et d'en distinguer cependant chaque fleur au passage.

Mais la réalité garde-t-elle le voile sur d'autres aspects d'une égale importance, des aspects qui, en dépit de notre avance technologique, continueraient de nous échapper ? Le modèle holographique suggère une réponse affirmative. Rappelons-nous que, selon Pribram, le réel dans sa globalité n'est pas autre chose qu'un *espace de fréquences* et que notre cerveau s'y comporte comme une espèce de lentille convertissant ces fréquences en images, en ce monde des apparences que nous qualifions d'objectif. Tout en ayant commencé par étudier les fréquences auxquelles nos sens ont accès, sonores et lumineuses, Pribram réserve à présent cette expression — et celles qui lui sont apparentées, « domaine des fréquences » ou « domaine fréquentiel », etc., aux systèmes d'interférences dont est constitué l'ordre implié.

Il estime qu'il peut y avoir dans cet « espace de fréquences » toutes sortes de choses que nous ne voyons pas, des objets que notre cerveau a pris l'habitude de nous présenter pour traduire la réalité visuelle. Selon lui, lors de leurs expériences transcendantales, les mystiques y ont fugitivement accès. « L'expérience mystique prend tout son sens quand on peut formuler mathématiquement cet aller-retour entre le monde ordinaire, le domaine des "images-objets" et celui des "fréquences[1]" ».

Le champ énergétique humain

Un des phénomènes mystiques qui, semble-t-il, implique la capacité de voir les aspects fréquentiels de la réalité est sans nul doute la perception de l'aura, ou champ énergétique humain. L'idée d'un champ subtil d'énergie entourant le corps de tout homme, d'une enveloppe de lumière comparable à un halo, mais située juste au-delà de notre seuil ordinaire de perception, est repérable dans bon nombre de traditions. En Inde, des textes sacrés vieux de plus de cinq mille ans font état d'une énergie vitale qu'ils nom-

1. Judith Hooper, « Interview : Karl Pribram », *Omni 5*, n° 1 (octobre 1982), p. 172.

ment *prana*. En Chine, c'est depuis le troisième millénaire avant notre ère que le terme de *qi* désigne l'énergie qui se propage le long des méridiens d'acupuncture. La Kabbale, courant philosophique de la mystique juive qui prit son essor au VIe siècle, parle de *nefish* et enseigne qu'une bulle ovoïde de lumière irisée enveloppe le corps humain. Dans leur livre, *Future Science (La Science de l'Avenir)*, l'écrivain John White et le parapsychologue Stanley Krippner dressent la liste des quatre-vingt-dix-sept cultures pour qui l'aura est une réalité à laquelle chacune donne, par ailleurs, un nom différent.

Plusieurs de ces cultures sont convaincues que l'aura d'un individu hautement développé sur le plan spirituel acquiert une brillance qui la rend accessible aux perceptions normales, ce qui explique qu'un si grand nombre de traditions — chrétienne, chinoise, japonaise et tibétaine entre autres — représentent leurs saints avec un halo ou quelque autre symbole circulaire autour de la tête. Thurston consacre un chapitre entier de son monumental ouvrage sur les miracles aux phénomènes lumineux chez certains saints catholiques. Il convient par ailleurs de se souvenir que Therese Neumann et Saï Baba ont été vus nimbés de lumière et qu'à la clarté du grand mystique soufi Hazrat Inayat Khan, décédé en 1927, il était parfois possible, dit-on, de lire la nuit[1].

En temps normal, toutefois, le champ énergétique humain n'est visible que pour ceux chez qui s'est développée la faculté spéciale de le voir. Si ce don peut être inné, il arrive qu'on s'en trouve spontanément doté à quelque moment de son existence — ce fut mon cas —, ou encore qu'il résulte de la longue

1. Wil van Beek, *Hazrat Inayat Khan* (New York, Vantage Press, 1983), p. 135.

et persévérante pratique d'une discipline, le plus souvent spirituelle. La première fois que je vis distinctement comme un voile de lumière autour de mon bras, je crus à de la fumée et vérifiai aussitôt si ma manche n'avait pas pris feu. Il n'en était rien, bien sûr. Très vite, je pris conscience que cette lumière nimbait mon corps entier comme celui de tout un chacun.

À en croire certaines écoles de pensée, le champ énergétique humain comporterait plusieurs couches distinctes, conception à laquelle, personnellement, je ne puis m'opposer ni souscrire, n'ayant jamais vu d'aura que d'une seule pièce. Ces couches correspondraient à des corps énergétiques tridimensionnels occupant le même espace que le corps physique, l'impression de strates venant de ce que chacun d'eux déborde légèrement du précédent.

Bon nombre de médiums soutiennent que ces couches, ou corps subtils, sont au nombre de sept et toujours moins denses, de plus en plus difficiles à percevoir donc. Pour les quatre premiers, une terminologie commune s'est imposée : éthérique, astral ou émotionnel, mental, causal ou intuitif. On estime en général que le corps éthérique — le plus proche du corps physique à tous égards — en est une sorte d'épure énergétique impliquée dans la mise en forme et la bonne marche de sa croissance. Comme leurs noms le suggèrent, les trois corps suivants sont en rapport avec les processus émotionnels, mentaux et intuitifs. Les trois derniers voient encore leur nom varier suivant les écoles, mais on s'accorde à les relier à l'âme et aux fonctions spirituelles supérieures.

Les textes yogis, et bon nombre de médiums, décrivent notre corps doté de centres spéciaux, points de focalisation de l'énergie subtile qui, outre leur connexion avec les glandes endocrines et les principaux relais du système nerveux, auraient une extension dans le champ énergétique. Leur aspect tourbillonnaire les font ressembler, vus de face, à des vortex d'énergie ; la tradition indienne leur a d'ailleurs donné le nom de chakras, « roues » en sanscrit, terme que nous avons gardé.

Le chakra-couronne, important chakra qui prend sa source au sommet de notre crâne, est en correspondance avec l'éveil spirituel. Les clairvoyants ont coutume de le décrire comme un petit cyclone agitant la région supérieure de l'aura. C'est le seul que je puisse nettement distinguer, mes facultés restant de toute évidence trop rudimentaires pour me permettre de voir les autres. D'une taille qui varie entre dix et trente centimètres, il peut néanmoins les dépasser quand la personne est d'humeur joviale, onduler et bondir comme la flamme d'une bougie quand elle danse. Je me suis souvent demandé si ce n'était pas là ce que décrit saint Luc quand il parle des langues de feu qui, le jour de la Pentecôte, apparurent sur la tête des apôtres.

Le champ énergétique humain n'est pas toujours bleuté. Il lui arrive de présenter diverses couleurs et, s'il faut en croire certains médiums, l'intensité ou le caractère trouble de ces dernières et leur emplacement dans l'aura seraient en rapport avec l'activité du sujet, avec sa santé, avec son état mental et émotionnel. Personnellement, je n'en vois que de temps à autre et suis encore moins souvent à même de les interpréter. Une fois de plus, je ne suis pas un spécialiste dans ce domaine.

Il est une personne en revanche qui a porté ces facultés à leur plus haute expression : la thérapeute Barbara Brennan. Physicienne de formation, spécialiste des perturbations électriques de l'atmosphère, elle commença par travailler pour la N.A.S.A., au

Goddard Space Flight Center (Centre de vol spatial Goddard), qu'elle quitta ensuite pour se lancer dans l'expertise-conseil. Une première intuition de ses pouvoirs latents lui était venue dans l'enfance quand, marchant dans les bois les yeux bandés, elle avait découvert qu'elle était capable d'éviter les arbres par la simple perception de leur champ énergétique au bout de ses mains tendues. Mais ce ne fut que plusieurs années après être passée professionnelle qu'elle commença de voir un halo de lumière colorée autour de la tête des gens. Passé la surprise initiale et le scepticisme qui l'accompagna, Brennan entreprit de cultiver cette faculté naissante et finit par prendre conscience de ses dons exceptionnels de guérisseuse.

Non seulement elle distinguait avec une extraordinaire netteté les chakras, couches et autres structures subtiles du champ énergétique humain, mais il lui était possible d'établir un diagnostic médical d'une étonnante précision sur la base de ce qu'elle voyait. Ainsi, à une femme dont elle venait d'examiner l'aura, parla-t-elle d'un utérus à problèmes pour s'entendre répondre par l'intéressée que son médecin était parvenu aux mêmes conclusions sur des troubles qui avaient déjà entraîné une fausse couche. En fait, plusieurs spécialistes consultés avaient recommandé l'hystérectomie, d'où sa visite à Brennan pour avoir un avis supplémentaire. Brennan lui dit que si elle s'offrait un mois de congé pour prendre bien soin d'elle, tout irait mieux après. Le conseil s'avéra excellent. Un mois plus tard, la femme eut confirmation par son médecin traitant du retour à la normale de son utérus. Dans l'année qui suivit, elle donna le jour à un vigoureux petit garçon [1].

1. Barbara Ann Brennan, *Hands of Light* (New York, Bantam Books, 1987), pp. 3-4 (trad. *Le Pouvoir bénéfique des mains*, Sand, 1993.)

Brennan fut également à même de s'apercevoir qu'un homme était pratiquement impuissant parce qu'il s'était brisé le coccyx à l'âge de douze ans. La pression exercée sur la colonne vertébrale par cet os qui ne s'était jamais remis en place avait entraîné un dysfonctionnement sexuel majeur [1].

Il semble y avoir bien peu de choses que Brennan ne puisse déceler au simple examen du champ énergétique de ses patients. Selon elle, le tout début d'un cancer se traduirait dans l'aura par la présence d'une nuance gris-bleu tirant ensuite vers le noir à mesure qu'évolue la maladie. En phase terminale, des taches blanches apparaîtraient dans ce noir. Présentant l'aspect d'éclaboussures, comme surgies d'un volcan en éruption, ces taches seraient le signe d'une métastase en cours. Des drogues comme l'alcool, le cannabis et la cocaïne auraient un effet non moins néfaste sur la brillance et la qualité des couleurs de l'aura, engendrant ce que Brennan nomme des « mucosités éthériques ». À un client sidéré, elle fut un jour en mesure de dire avec quelle narine il avait coutume de sniffer sa cocaïne au vu de la grisaille permanente que les mucosités éthériques entretenaient dans la partie du champ correspondant à ce côté de son visage.

Les médicaments non plus ne sont guère appréciés par l'aura et entraînent souvent la formation de taches sombres dans la partie située au niveau du foie. Des substances particulièrement actives comme celles employées en chimiothérapie provoquent un véritable « encrassement » général du champ, et Brennan affirme avoir même décelé dans l'aura d'un patient qui, plus de dix ans auparavant, avait passé une radio

1. *Le Pouvoir bénéfique des mains*, p. 4.

de la colonne vertébrale, des traces de la teinture radio opaque prétendument neutre qu'on lui avait alors injectée. Toujours à l'en croire, l'état psychologique d'une personne aurait son reflet dans son champ énergétique. Celui d'un psychotique en puissance serait hypertrophié dans sa région supérieure et celui d'un individu aux tendances masochistes, d'une texture grossière et dense, tirant plus vers le gris que vers le bleu. Une approche trop rigide de la vie rendrait également l'aura grisâtre et grossière, mais aurait en outre pour effet de concentrer l'essentiel de l'énergie sur ses bords externes.

Brennan prétend que certains troubles proviennent en fait de déchirures, blocages et déséquilibres dans l'aura, et qu'en remodelant manuellement ou au contact de son propre champ énergétique les secteurs défectueux, elle est à même de favoriser les processus d'autoguérison du malade. Ses dons exceptionnels sont loin d'être passés inaperçus. Pour Élisabeth Kübler-Ross, la célèbre psychiatre et thanatologue suisse, elle est « probablement l'un des meilleurs praticiens du monde occidental en matière de thérapie spirituelle[1]. » Bernie Siegel n'est pas moins élogieux : « Les travaux de Barbara Brennan sont une ouverture pour l'esprit. Ses conceptions sur le rôle joué par la maladie et sur la manière dont s'opère la guérison cadrent à coup sûr avec mon expérience[2]. »

Physicienne de formation, Brennan s'est intéressée de très près à la description du champ énergétique humain dans le cadre rigoureux de sa discipline d'origine. Elle estime en conséquence que le concept cher à Pribram d'un domaine de fréquences situé

1. et 2. Voir n. 1, p. 277.

au-delà du champ de notre perception normale constitue à ce jour le meilleur modèle scientifique dont nous disposions pour appréhender le phénomène en question. Laissons-lui la parole : « Dans la perspective d'un univers holographique, de telles manifestations — l'aura et les puissances salvatrices requises pour en manipuler les énergies — émergent de fréquences transcendant l'espace et le temps. De par leur omniprésence et leur simultanéité potentielles, leur transmission ne s'avère nullement nécessaire[1]. »

Que le champ énergétique humain soit partout et qu'il garde un caractère non local tant que la perception humaine ne l'a pas extirpé du domaine des fréquences est mis en évidence par le fait que Brennan se soit découverte capable de voir et d'interpréter l'aura de personnes éloignées de plusieurs kilomètres. Le record de distance atteint à ce jour par une de ces lectures d'aura s'effectua dans le cadre une conversation téléphonique entre New York et l'Italie. Barbara Brennan aborde ce point, ainsi que nombre d'aspects de ses remarquables facultés, dans son récent et fascinant ouvrage : *Hands of Light (Le Pouvoir bénéfique des mains).*

Le champ énergétique de la psyché humaine

Un autre de ces médiums exceptionnellement doués qui, outre leur capacité de voir l'aura, sont à même d'en distinguer les détails, exerce à Los Angeles la profession de « psycho-conseil en champ énergétique humain ». Il s'agit de Carol Dryer. Elle prétend avoir été en mesure de voir l'aura des gens

1. Voir n. 1, p. 277.

aussi loin que remontent ses souvenirs, et, de fait, il lui aurait même fallu un certain temps pour comprendre que cette faculté n'était nullement le lot commun de l'espèce humaine. Son ignorance à cet égard ne fut pas sans lui causer quelques problèmes dans son enfance quand elle parlait à ses parents de détails intimes concernant leurs amis, détails dont rien n'avait apparemment pu lui donner connaissance.

Carol Dryer gagne donc sa vie comme médium et, ces quinze dernières années, ce sont plus de cinq mille personnes qui ont défilé dans son cabinet. Elle a en outre la faveur des médias, sa clientèle comptant bon nombre de célébrités telles Tina Turner, Madonna, Rosanna Arquette, Judy Collins, Valerie Harper et Linda Gray. Mais pareilles références dans le monde du showbiz, si prestigieuses soient-elles, ne rendent que faiblement compte de la réelle envergure de son talent. De fait, viennent aussi la consulter des physiciens, des journalistes de renom, des archéologues, des juristes et des hommes politiques. Elle a plus d'une fois mis ses talents au service de la police et il n'est pas rare de la voir conseiller des médecins, des psychologues et des psychiatres.

Si la présence physique du consultant lui semble préférable, Dryer peut comme Brennan exercer son art à distance. Les yeux bandés, elle continue de voir le champ énergétique d'une personne, ayant même plutôt l'habitude de les fermer durant les séances afin de mieux se concentrer sur la seule aura. Ce qui ne veut pas dire qu'elle s'en fasse une représentation mentale. « C'est toujours en face de moi, comme si j'étais au cinéma ou au théâtre, explique-t-elle. C'est aussi réel que le décor de la pièce où je suis. Plus réel, en fait, et plus haut en couleur [1]. »

1. Entretien privé avec l'auteur, 13 novembre 1988.

En revanche, l'aura ne lui apparaît pas avec la stratification précise décrite par d'autres clairvoyants. Bien souvent, même, ce sont jusqu'aux contours du corps physique qui lui échappent. « Celui-ci peut s'inscrire dans ma vision, mais rarement bordé par le corps éthérique plutôt que par l'aura ou le champ énergétique qui les entoure. Si je suis à même de le voir, ce corps éthérique, c'est presque toujours parce qu'il présente des manques ou des déchirures empêchant l'aura de former un tout. En conséquence, je n'en ai jamais qu'une perception incomplète, et l'image qui me vient à l'esprit pour le décrire est celle de draps ou de rideaux déchirés. Quant à l'origine de ces trous, elle est à chercher le plus souvent dans des traumatismes, blessures, maladies, bref, dans quelque type d'expérience dévastatrice. »

Mais, mis à part le cas particulier du corps éthérique, Dryer dit que les couches de l'aura, au lieu de présenter à sa vue l'aspect objectif de celles d'un gâteau d'anniversaire, sont plutôt vécues comme des modifications de texture et d'intensité de sa propre perception visuelle. Elle évoque à ce propos des eaux de températures différentes qui tour à tour vous baignent lorsque vous nagez en pleine mer. « Plutôt que de faire appel à des concepts rigides comme celui de couches, j'ai tendance à envisager le champ énergétique en termes de mouvements et de vagues d'énergie. C'est comme si les divers niveaux et dimensions de l'aura se télescopaient dans ma vision. En aucun cas je n'y perçois d'étagement net. »

Ce qui ne veut pas dire que sa saisie du champ énergétique humain soit moins détaillée que celle de Brennan. Elle y relève une vertigineuse abondance de motifs et de structures : de kaléidoscopiques nuages de couleur injectés de lumière, des images complexes, des formes miroitantes et d'arachnéennes flamboyances. Mais tout le monde n'est pas sur un pied d'égalité en la matière. Selon Dryer, les gens ternes ont une aura qui ne l'est pas moins. Et, inversement, les personnalités complexes se signalent par la richesse et l'intérêt de leur champ énergétique. « L'aura d'un individu lui est aussi personnelle que ses empreintes digitales, dit-elle. Je n'en ai jamais vu deux qui soient rigoureusement semblables. »

Toujours comme Brennan, Dryer peut établir un diagnostic médical sur simple examen de l'aura et régler à volonté sa vision pour que les chakras lui apparaissent. Mais elle a un don particulier, celui de sonder jusque dans ses tréfonds la psyché du consultant et d'être ainsi à même de lui fournir un rapport extraordinairement précis sur ses forces et faiblesses, sur ses besoins, sur son état général au plan tant émotionnel que psychologique et spirituel. Ses compétences dans ce domaine sont telles qu'il en est pour comparer une seule séance avec elle à six mois de psychothérapie. Nombreux sont ceux qui, dans sa clientèle, estiment qu'elle a transformé leur vie du tout au tout, ce dont rendent compte ses classeurs débordant de lettres de remerciements dithyrambiques.

Je suis personnellement en mesure de me joindre à ce concert enthousiaste. Quand je l'ai consultée pour la première fois — et bien qu'à l'époque nous fussions pratiquement des étrangers l'un pour l'autre — elle a dit sur moi des choses ignorées même de mes amis les plus intimes. Il ne s'agissait pas de vagues platitudes mais de jugements précis et circonstanciés touchant à mes talents, vulnérabilités et dynamismes personnels. À l'issue des deux heures que dura la séance, j'eus la conviction que son regard n'avait pas fait qu'embrasser ma personne physique mais qu'elle n'ignorait plus rien de la structure énergétique de mon psychisme. J'ai également eu le privilège de parler avec une bonne vingtaine de ses clients — pour le moins d'écouter les enregistrements de leurs séances — et j'ai découvert que l'exceptionnel degré de justesse de ses perceptions faisait la quasi-unanimité.

Des médecins voient l'aura

Que la médecine orthodoxe se refuse à reconnaître l'existence de l'aura n'implique pas qu'il en aille de même des praticiens. Entre autres membres du corps médical prenant au sérieux le champ énergétique humain, il convient de citer la neurologue et psychiatre Shafica Karagulla. Docteur en médecine et en chirurgie, diplômée de l'université américaine de Beyrouth, Shafica Karagulla acquit sa formation en psychiatrie auprès du célèbre sir David K. Henderson du *Royal Edimburgh Hospital for Mental and Nervous Disorders* (Hôpital royal neuropychiatrique d'Edimbourg). Trois ans et six mois durant, elle fut également l'assistante de Wilder Penfield, le neurochirurgien canadien dont les travaux décisifs sur la mémoire devaient lancer tant Pribram que Lashley dans leur quête.

Sceptique au départ, elle ne tarda pas à réviser son attitude après avoir rencontré plusieurs personnes capables d'examiner le champ énergétique des sujets qui leur étaient soumis et d'en tirer un diagnostic médical correct. Cette faculté de voir l'aura des gens, Karagulla la nomme *Perception Hyper-Sensorielle, ou PHS*. Dans le courant des années soixante, elle entreprit de vérifier si des membres du corps médical en étaient également dotés, et dans quelle proportion. Elle commença par tâter le terrain parmi ses amis et collègues mais le démarrage fut lent.

Même ceux à qui la rumeur prêtait ce don se montraient peu désireux de la rencontrer. Aussi fut-ce comme patiente qu'elle en vint à prendre rendez-vous avec l'un des médecins qui, à plusieurs reprises, avait éconduit l'enquêtrice.

À peine entrée dans son cabinet, au lieu de le laisser établir son diagnostic sur la base d'un examen classique (auscultation, palpation, etc.), elle le mit au défi d'avoir recours à sa perception hypersensorielle. Conscient d'être acculé, le praticien céda. « Parfait, dit-il, restez où vous êtes. Et ne me dites rien. » Il la regarda un moment, puis se lança dans un rapide tour d'horizon de son état de santé, décrivant au passage une pathologie interne qui allait finir par exiger une intervention chirurgicale et dont un auto-examen préalable l'avait pour sa part avertie. « Un sans faute, conclut-elle, et dans les moindres détails[1]. »

À mesure qu'elle développa son réseau de contacts, ses rencontres avec de tels médecins se multiplièrent, rencontres qui forment le fonds de son ouvrage : *A Breakthrough to Creativity (Une percée vers la créativité).* La plupart d'entre eux, inconscients de l'existence d'autres individus dotés de dons similaires, se croyaient uniques, voire anormaux. Ils n'en décrivaient pas moins systématiquement ce qu'ils voyaient comme un « champ énergétique » ou un « changeant réseau de fréquences » enveloppant le corps et l'imprégnant. Certains distinguaient les chakras mais, ignorant le terme, en parlaient comme de « tourbillons d'énergie répartis le long de la colonne vertébrale et connectés au système endocrinien ou exerçant sur lui quelque influence ». Et tous, à de

1. Shafica Karagulla, *Breakthrough to Creativity* (Marina Del Rey, Calif., De Vorss, 1967), p. 61.

rares exceptions près, gardaient le secret sur ces facultés de crainte que leur réputation professionnelle n'en pâtît.

Karagulla a la délicatesse de ne les citer dans son livre que par leur prénom, mais elle ne fait pas mystère qu'il s'agit parfois de chirurgiens réputés, de titulaires d'une chaire de médecine à l'université Cornell, de chefs de service dans un grand hôpital ou de la clinique Mayo. « Constater à quel point ces facultés PHS étaient répandues dans le corps médical ne cessait de me surprendre, écrit-elle. Pour la plupart, ces médecins ne savaient trop que penser de leurs dons mais, y trouvant une aide précieuse au diagnostic, ils s'en servaient. Il n'était d'État qui n'offrît son contingent, et bien que sans contact les uns avec les autres, ignorant même leur existence respective, ces médecins n'en décrivaient pas moins des expériences similaires. » Ainsi conclut-elle son rapport : « Quand des personnes dignes de foi font indépendamment état du même type de phénomènes, il est grand temps que la science en prenne connaissance[1]. »

Tous les professionnels de la santé ne sont pas radicalement opposés à ce qu'on les sache dotés de facultés paranormales. Le Dr Dolores Krieger, professeur à l'École d'Infirmières de l'université de New York, est l'exemple du contraire. Son intérêt pour le champ énergétique humain naquit de sa participation à une série de travaux sur les pouvoirs d'Oscar Estebany, un guérisseur hongrois de renommée mondiale. Lorsqu'elle découvrit que cet Estebany pouvait faire grimper le taux d'hémoglobine de certains patients par simple manipulation de leur champ énergétique, elle entreprit d'en apprendre plus sur les

1. Voir n. 1, p. 285.

mystérieuses énergies concernées. Elle se plongea dans l'étude du *prana* des chakras, de l'aura, et finit par devenir l'élève de Dora Kuntz, autre clairvoyante bien connue. Guidée par cette dernière, elle apprit à sentir les blocages dans le champ énergétique et à les soulager par des passes manuelles.

Les méthodes de Kuntz offrant à l'évidence d'immenses possibilités médicales, Krieger décida de les transmettre à d'autres. Toutefois, consciente de la connotation négative de termes tels qu'*aura* et *chakra* pour bon nombre de gens dans la profession, elle choisit de rebaptiser la technique « toucher thérapeutique ». Le premier cours où elle introduisit cet enseignement s'adressait à des élèves de dernière année de l'École d'Infirmières et s'intitulait : « Aux frontières de l'assistance aux soins : la mise en œuvre du potentiel pour une interaction de champ thérapeutique. » Tant le cours que la technique présentée connurent un succès tel que, depuis lors, c'est à des milliers d'infirmières que Krieger n'a cessé d'enseigner le toucher thérapeutique, au point qu'on y a désormais recours dans les hôpitaux du monde entier.

Par ailleurs, de nombreuses études ont démontré l'efficacité de cette technique. Ainsi, le Dr Janet Quinn, professeur à l'université de Columbia, en Caroline du Sud — où elle assure également la codirection d'une unité de recherches paramédicales — a voulu vérifier si le toucher thérapeutique était en mesure de faire baisser le taux d'anxiété des cardiaques. Pour ce faire, elle élabora un protocole d'expérience en double aveugle où des infirmières rompues à cette technique en faisaient bénéficier un premier groupe de patients tandis que d'autres, sans formation préalable, se contentaient d'imiter leurs gestes au-dessus des corps d'un groupe témoin. À peine cinq minutes après le début de la séance, Quinn put constater que le taux d'anxiété des cardiaques réellement traités avait déjà chuté de 17 % alors que celui de l'autre groupe demeurait inchangé. Cette étude devait fournir la matière à l'article principal de la page des sciences du *New York Times*, du 26 mars 1985.

Autre professionnel de la santé dont les conférences ne cessent de traiter du champ énergétique humain : W. Brugh Joy, cardiologue et pneumologue de l'université de Los Angeles. Joy, qui est diplômé tant de Johns Hopkins que de Mayo, eut la révélation de ses dons en 1972, alors qu'il examinait un patient. Sa particularité fut qu'au lieu de voir l'aura, il commença par en avoir seulement la sensation tactile. « Le garçon que j'auscultais avait à peine plus de vingt ans et il était au mieux de sa forme. Quand ma main arriva au niveau du plexus solaire, au-dessus du creux de l'estomac, elle rencontra comme une masse d'air chaud. Ça donnait l'impression d'émaner du corps, perpendiculairement à celui-ci, sur une hauteur d'environ un mètre. Une sorte de colonne d'une dizaine de centimètres de diamètre[1]. »

Joy devait s'apercevoir que tous ses patients présentaient un rayonnement tangible et pareillement cylindrique non seulement au niveau du diaphragme mais à celui de divers autres points du corps. Toutefois, il lui fallut attendre de tomber sur un vieux texte hindou traitant du système énergétique humain pour comprendre qu'il avait découvert, ou plutôt redécouvert, les chakras. Comme Brennan, Joy voit dans le modèle holographique la meilleure aide possible à la compréhension du champ énergétique humain. Et lui

1. W. Brugh Joy, *Joy's Way* (Los Angeles, J.P. Tarcher, 1979), pp. 155-156.

aussi estime latente chez tout un chacun la capacité de percevoir l'aura. « Je crois, dit-il, qu'atteindre des états de conscience élargis n'est qu'une question de réglage du système nerveux central sur des perceptions qui n'ont jamais cessé d'être les nôtres mais dont la mise en œuvre s'est trouvée bloquée par notre conditionnement mental externe[1]. »

Pour apporter la preuve de ce qu'il avance, Joy passe à présent le plus clair de son temps à apprendre aux autres à développer chez eux la sensibilité au champ énergétique humain. Au nombre de ses élèves, il convient de citer Michael Crichton*, dont les romans, *La Variété Andromède* et *Sphère*, ont été des best-sellers, et qui fut le réalisateur de *Coma* et de *L'Attaque du train postal*. Dans sa récente autobiographie, *Travels (Voyages)*, Crichton — titulaire d'un diplôme de l'École de médecine de Harvard — explique comment il apprit à sentir puis, en fin de compte, à voir le champ énergétique humain grâce à l'enseignement de Joy et de quelques autres de ses pareils. L'expérience devait opérer sur lui une transformation profonde. « Il n'y a là aucune place pour l'illusion, écrit-il. De toute évidence, cette énergie corporelle est un phénomène authentique de quelque nature[2]. »

Des structures holo-chaotiques

Que les médecins fassent de moins en moins mystère de leurs facultés paranormales n'est pas le

1. *Ibid.*, p. 48.
* Sa célébrité est désormais planétaire puisqu'il est l'auteur de *Jurassic Park* (paru chez Laffont et Pocket), que Spielberg a porté à l'écran.
2. Michael Crichton, *Travels* (New York, Knopf, 1988), p. 262.

seul changement intervenu depuis l'enquête de Karagulla. Ces vingt dernières années, Valerie Hunt, kinésithérapeute et enseignante en kinésiologie à l'université de Los Angeles, a développé une technique de vérification expérimentale de l'existence du champ énergétique humain. Que l'homme soit un être électromagnétique, la science médicale en est depuis longtemps consciente ; tant l'enregistrement d'électrocardiogrammes pour mesurer l'activité électrique du cœur que celui d'électro-encéphalogrammes pour mesurer celle du cerveau sont désormais des pratiques de routine. Hunt a pour sa part découvert qu'un électromyographe, appareil utilisé pour enregistrer l'activité électrique des muscles, rendait également compte de la présence du champ énergétique humain.

Bien que les recherches de Hunt ait, à l'origine, concerné les mouvements des muscles chez l'homme, elle en vint à s'intéresser au champ énergétique après avoir fait la connaissance d'une danseuse qui prétendait s'aider du sien dans la pratique de son art. Hunt eut donc l'idée de relever des électromyogrammes des muscles de cette femme tandis qu'elle dansait et d'étudier parallèlement l'effet produit par des guérisseurs sur l'activité électrique musculaire de leurs patients. Ses recherches finirent par inclure des personnes capables de distinguer l'aura, et ce fut alors qu'elle obtint des résultats hautement significatifs.

La fréquence normale de l'activité électrique du cerveau se situe entre 0 et 100 cycles par seconde (cps) avec des maxima dans le premier tiers de la bande. Celle des muscles monte fréquemment aux alentours de 225 cps, et les mesures prises sur le cœur donnent environ 250 cps, mais c'est là le plafond de cette activité électrique associée aux fonctions biologiques. À ce stade, elle s'aperçut que les électrodes de l'électromyographe captaient un champ d'énergie plus champ d'énergie

subtil qu'à l'ordinaire, d'amplitude moindre mais dont les fréquences allaient de 100 à 1 600 cps quand elles ne poussaient pas plus haut leurs pointes. En outre, au lieu d'émaner du cerveau, du cœur ou d'un muscle, cette activité électrique s'intensifiait au-dessus des zones traditionnellement associées aux chakras. « C'était tellement excitant que j'y ai passé la nuit, dit-elle. Le modèle scientifique auquel j'avais jusqu'alors souscrit restait tout simplement muet devant ces résultats [1]. »

Elle découvrit également qu'à chaque couleur détectée par clairvoyance dans l'aura d'une personne correspondait une courbe de fréquence qu'elle apprit à lui associer et dont un oscilloscope donnait une traduction sur l'écran. Nombre de séances furent alors consacrées au contrôle de ces correspondances, et il y en eut une, mémorable, où huit clairvoyants purent simultanément comparer leurs perceptions à celles de leurs collègues et au tracé généré par l'oscilloscope. « Ce fut un sans faute », exulte Huant [2].

Une fois confirmée l'existence du champ énergétique humain, Hunt ne tarda pas à comprendre que le modèle holographique s'offrait comme un moyen de cerner celui-ci, l'aspect fréquentiel du champ énergétique (comme de tout système électromagnétique émanant du corps) n'étant pas le seul point de comparaison possible avec un hologramme. Comme l'information dans ce dernier, de tels systèmes ont une distribution globale dans le corps. Ainsi une électrode appliquée sur un orteil permettra-t-elle d'obtenir un électro-encéphalogramme. De même un électrocardiogramme peut être prélevé sur le seul petit doigt.

1. Ronald S. Miller, « Bridging the Gap : An Interview with Valerie Hunt », *Science of Mind* (octobre 1983), p. 12.
2. Entretien privé avec l'auteur, 7 février 1990.

L'amplitude est certes plus grande à proximité du cœur mais fréquence et structure restent identiques en tout point du corps. Hunt estime qu'il s'agit là d'une fait particulièrement significatif. Si chaque portion de ce qu'elle nomme la « réalité de champ holographique » de l'aura comporte certains aspects du champ énergétique global, aucune n'est cependant la copie conforme de sa voisine. C'est à ces différences d'amplitude que le champ doit de ne pas être un hologramme statique ; elles le dynamisent et règlent son flux.

Une des plus étonnantes découvertes de Hunt est probablement l'apparente correspondance de certaines facultés paranormales à des bandes de fréquences précises dans le champ énergétique de qui en est doté. Elle savait déjà qu'un sujet à la conscience essentiellement centrée sur le monde matériel génère un champ énergétique dont les fréquences tendent à rester basses, à ne pas décoller sensiblement des 250 cps où plafonne l'activité électrique de l'organisme. Elle allait s'apercevoir que médiums et guérisseurs affichent des fréquences grosso modo comprises entre 400 et 800 cps, et que ceux qui entrent en transe et semblent n'être que les vecteurs d'entités qui les dépassent sautent tout simplement la bande de fréquences précédente pour opérer dans celle, étroite, des 800/900. « Ils n'ont aucune envergure parapsychique, explique-t-elle. Ils sont à la frontière de leur champ, plaqués contre elle. C'est étroit. Limité. À peu de chose près, ils ne sont littéralement plus dans le coup[1]. »

Quant aux fréquences supérieures à 900 cps, elles correspondent à ce que Hunt nomme les personnalités

1. Entretien privé avec l'auteur, 7 février 1990.

mystiques. À la différence des médiums à transe qui, bien souvent, ne font que véhiculer l'information, les mystiques ont la sagesse nécessaire pour en tirer parti. Ils sont conscients de l'interdépendance de toutes choses au niveau cosmique et gardent cependant le contact avec chaque plan de l'expérience humaine. Ancrés dans la réalité de tous les jours, ils n'en ont pas moins accès à toute la gamme du paranormal bien que les fréquences de leur champ se hissent largement au-delà des bandes correspondant à ces facultés. Sur un électromyogramme modifié (le modèle standard ne détecte que des fréquences inférieures à 20 000 cps), Hunt en a relevé montant jusqu'à 200 000 cps dans le champ de certains sujets. C'est assez troublant car la tradition prête souvent aux personnes spirituellement évoluées des « vibrations plus intenses » qu'au commun des mortels. Les chiffres obtenus par Hunt, pour peu qu'ils correspondent à quelque chose, semblent corroborer cette affirmation.

Une autre de ses découvertes concerne la récente théorie du chaos. Comme son nom le laisse entendre, celle-ci s'intéresse aux phénomènes chaotiques, c'est-à-dire aux processus à ce point aléatoires qu'ils semblent défier toute loi. Prenons l'exemple de la fumée dégagée par la mèche d'une bougie que l'on vient d'éteindre. Elle commence par monter sous forme d'un mince filet rectiligne, puis la structure se brise pour faire place à des turbulences. Ces dernières sont dites chaotiques, les lois de la physique s'avérant incapables de prédire leur comportement. Parmi les autres phénomènes chaotiques, on peut citer les mouvements de l'eau quand elle se fracasse au pied d'une cascade, les fluctuations électriques apparemment désordonnées qui se déchaînent dans le cerveau d'un épileptique en crise et les perturbations de l'atmosphère sur la zone de contact entre deux masses d'air de température et pression différentes.

Au cours de la dernière décennie, la science a découvert que bon nombre de ces phénomènes ne sont pas aussi désordonnés qu'ils le paraissent, qu'on y décèle fréquemment des structures et régularités cachées. Rappelons-nous à ce propos que Bohm nie l'existence du désordre ; il n'y aurait selon lui qu'une hiérarchie infinie d'ordres de plus en plus subtils. On s'est également doté d'instruments mathématiques pour traquer ces régularités sous-jacentes dans les phénomènes chaotiques. L'un de ces instruments est un type spécial d'analyse mathématique permettant l'affichage graphique des données observées sur l'écran d'un ordinateur. Le phénomène chaotique en question est-il exempt de structure cachée, de régularité invisible, le tracé reste plat. Mais dans le cas contraire, ce qui se dessinera sur l'écran présentera quelque ressemblance avec ces motifs spiralés que les enfants confectionnent en dévidant des fils colorés autour des clous dont ils ont préalablement garni un bout de planche. Les formes obtenues ont reçu le nom d'« attracteurs étranges » parce que les lignes qui les composent semblent irrésistiblement attirées vers des points précis de l'écran, comme on pourrait considérer que les fils sont « attirés » par l'agencement de clous autour duquel on les dévide.

Quand Hunt eut recours à l'oscilloscope pour visualiser le champ énergétique, elle s'aperçut que ce dernier subissait des modifications constantes. Tantôt il se manifestait par grosses concentrations, tantôt il s'estompait ou ne subsistait qu'à l'état parcellaire. Pour aléatoires qu'elles lui aient paru au premier abord, ces fluctuations devaient, Hunt le sentait intuitivement, comporter un ordre caché. Comprenant que l'analyse chaotique pouvait révéler si son intuition correspondait ou non à une réalité, elle requit les services d'un mathématicien. Ils commencèrent par soumettre à l'ordinateur quatre secondes de données électrocardiographiques pour voir ce qui se passerait et obtinrent un tracé plat. Puis ils réitérèrent l'expérience avec la même quantité de données mais provenant cette fois d'un électro-encéphalographe, puis d'un électromyographe. L'analyse de l'E.E.G. donna aussi un tracé plat, celle de l'E.M.G. une courbe légèrement renflée mais toujours pas d'attacteur étrange. Même des données recueillies dans les basses fréquences du champ énergétique humain n'aboutirent sur l'écran qu'à un tracé plat. Toutefois, quand l'analyse porta sur les très hautes fréquences de ce même champ, Hunt et son mathématicien décrochèrent le gros lot. « On n'avait sans doute jamais vu de structure chaotique aussi dynamique », soutient-elle[1].

Il s'ensuit que, pour aléatoires qu'elles nous paraissent, les modifications kaléidoscopiques dont le champ énergétique est le théâtre sont en fait ordonnées sur un plan supérieur, qu'elles ont un sens, un dessein, qu'il en émane une structure. « Ce n'est jamais exactement la même, explique Hunt. C'est d'une telle complexité, d'un tel dynamisme. Je l'ai baptisée structure holo-chaotique[2]. »

Ellc y voit la première structure chaotique découverte dans un système électrobiologique de quelque envergure. Notons que si des chercheurs en ont récemment repéré dans des électro-encéphalogrammes, l'enregistrement de ces derniers avait réclamé plusieurs minutes et un nombre important d'électrodes alors que c'est sur deux ou trois secondes de données provenant d'une seule électrode que Hunt obtenait

1. Entretien privé avec l'auteur, 7 février 1990.
2. *Ibid.*

les siens. Il semble donc que, tant par la quantité d'informations que par le dynamisme et la complexité de l'organisation, le champ énergétique humain soit même incomparablement supérieur à l'activité électrique du cerveau.

Un champ énergétique humain, de quoi est-ce fait ?

Hunt ne pense pas que le champ énergétique humain soit un phénomène strictement électromagnétique quelque aspect qu'il en ait. « On a plutôt l'impression d'avoir affaire à une réalité plus complexe, sans nul doute sous-tendue par un type d'énergie encore inconnu de nous [1]. »

Mais encore ? L'une des meilleures pistes à suivre est celle ouverte par les médiums qui parlent presque tous de plus hautes fréquences, de vibrations plus subtiles qu'à l'accoutumée dans le couple énergie/matière. Compte tenu de la singulière compétence au diagnostic de certains d'entre eux, nous ferions peut-être bien de ne pas négliger leur témoignage. D'autant que l'universalité d'une telle perception — jusqu'aux plus anciens textes de l'Inde qui affirment que l'aura vibre sur une fréquence supérieure à celle de la matière ordinaire — est vraisemblablement l'indice que les médiums touchent là du doigt un fait capital concernant le corps énergétique.

Toujours selon ces textes, la matière est composée d'*anu*, d'atomes, les énergies vibratoires subtiles se situant *paramanu*, par-delà l'atome. Concept à creuser car Bohm estime aussi qu'au niveau subquantique, donc par-delà l'atome, bon nombre

1. Valerie V. Hunt, « Infinite Mind », *Magical Blend*, n° 25 (janvier 1990), p. 22.

d'énergies subtiles attendent encore d'être appréhendées par la science. S'il avoue ne pouvoir se prononcer sur l'existence ou non du champ énergétique humain, il n'en commente pas moins la possibilité en ces termes : « L'ordre implié comporte plusieurs niveaux de subtilité. Serions-nous à même de porter notre attention sur ces niveaux que nous en verrions plus qu'il ne nous est communément donné d'en voir[1]. »

Il convient de noter qu'en fait, c'est la nature exacte de n'importe quelle sorte de champ qui nous échappe. Comme fait remarquer Bohm : « Qu'est-ce qu'un champ électrique ? Personne n'en sait rien[2]. » Chaque nouveau type de champ découvert commence par nous paraître mystérieux. Puis nous lui donnons un nom, nous nous habituons à lui et nous nous efforçons d'en décrire les propriétés. Le mystère semble alors se dissiper, mais en fait, que nous l'ayons qualifié de gravitationnel, d'électrique ou de n'importe quel autre adjectif, nous continuons d'en ignorer la nature exacte. Comme nous l'avons vu dans un précédent chapitre, nous ne savons même pas ce que sont des électrons, nous ne sommes qu'en mesure de décrire leur comportement. Et puisque notre définition du champ énergétique humain a toutes les chances de s'établir dans les mêmes termes, il est d'une importance capitale de multiplier les recherches du type de celles de Hunt si nous voulons progresser dans la compréhension de son comportement.

1. Entretien privé avec l'auteur, 28 octobre 1988.
2. Robert Temple, « An Interview with David Bohm », *New Scientist* (11 novembre 1982), p. 362.

Des images en relief dans l'aura

Si ces énergies d'une subtilité exceptionnelle forment le tissu du champ énergétique humain, il est douteux que leurs caractéristiques aient grand-chose à voir avec celles des énergies que nous manipulons d'ordinaire. La non-localité de l'aura est un premier exemple de ces propriétés singulières mais il convient d'en citer une autre — et des plus holographiques ; celle de se présenter sous l'aspect d'un brouillard énergétique, parfois même de se peupler d'images en trois dimensions. De fait, il n'est pas rare que les médiums voient flotter dans le champ énergétique de personnes des « hologrammes » de ce type. Le plus souvent, il s'agit d'idées ou d'objets particulièrement présents dans les pensées du sujet. Selon certaines traditions occultes, ces images émaneraient de la troisième strate de l'aura, du corps mental, mais tant que nous n'aurons pas les moyens de confirmer ou d'infirmer cette assertion, il faudra nous en tenir aux témoignages de ceux pour qui ces images sont visibles.

Ainsi, Beatrice Rich qui, à l'instar de bon nombre de médiums hors pair assista très tôt à l'émergence de ses dons. Encore fillette, il lui arrivait de voir des objets se déplacer de leur propre chef et, plus tard, elle se découvrit sur les gens la connaissance de détails que rien ni personne n'avait pu lui révéler. Artiste à ses débuts, elle finit par décider, devant l'impressionnante puissance de ses facultés paranormales, de leur consacrer tout son temps et donne à présent des consultations pour une clientèle allant de la simple ménagère au directeur d'entreprise. Des articles lui ont été consacrés dans des publications aussi diverses que *New York Magazine, World Tennis* et *New York Woman.*

Il est fréquent que des objets lui apparaissent à proximité de ses clients. Une fois, ce furent des plats, cuillères et fourchettes en argent qu'elle vit évoluer autour de l'un d'eux. Encore novice en matière de phénomènes psychiques, elle en fut surprise et commença par ne pas comprendre le pourquoi d'une telle vision. Puis elle questionna son client, et apprit qu'il s'occupait d'import-export, précisément de ces ustensiles dont son aura semblait peuplée. Expérience décisive. Son regard sur le monde en fut à jamais modifié.

Carole Dryer n'est pas en reste d'anecdotes similaires. Lors d'une consultation, elle vit tourner des pommes de terre autour de la tête d'une cliente. Non moins étonnée que Rich dans un premier temps, elle finit par demander à la femme si ces tubercules avaient pour elle une signification particulière. La cliente éclata de rire et lui tendit sa carte. « Elle appartenait à l'*Idaho Potato Board*, explique Dryer, un groupement local de producteurs de pommes de terre[1]. »

Loin de se borner à flotter dans l'aura, les images peuvent également prendre la forme d'extensions spectrales du corps physique. Ainsi Dryer reçut-elle un jour la visite d'une femme dont les bras et les mains semblaient maculés d'une substance intermédiaire entre l'ouate et la boue. Compte tenu de l'impeccable et coûteuse élégance de sa consultante, elle ne put imaginer comment ce genre de matière visqueuse pouvait être présent dans ses pensées. À sa question, la femme lui répondit qu'elle était sculpteur et venait, le matin même, d'essayer une nouvelle sorte de pâte à modeler qui lui avait collé à

1. Entretien privé avec l'auteur, 13 novembre 1988.

la peau exactement comme la substance décrite par Dryer.

J'ai moi aussi vécu une expérience de ce genre. Un jour que, travaillant sur un roman fantastique où il était question de loups-garous (certains lecteurs auront peut-être deviné que j'aime écrire des ouvrages de fiction inspirés du folklore), j'étais plongé dans mes pensées, je pris conscience qu'il se formait autour de moi l'image d'une de ces créatures. Je tiens à préciser qu'il s'agissait d'un phénomène purement visuel et que je n'avais pas le moins du monde l'impression de me transformer en loup-garou. Mais cette espèce d'hologramme qui m'enveloppait le corps était d'un réalisme tel que je distinguais chaque poil du bras velu qui venait de se matérialiser autour du mien, que je voyais comment les ongles saillaient de cette patte bestiale dans laquelle était enchâssée ma main. Réalisme criant mais qui restait incrédible à cause de sa semi-transparence, du fait que je continuais à voir ma peau lisse et blanche sous le cuir du monstre. Ce qui aurait pu me plonger dans des abîmes de terreur ne m'effraya pas du tout. J'étais seulement fasciné par le spectacle...

Ce qui fait tout le sel de l'histoire, c'est qu'à l'époque Carol Dryer était mon invitée et qu'elle entra dans la pièce alors que j'étais encore dans mon spectral costume de loup-garou : « Tiens ! lança-t-elle aussitôt. Tu dois être à fond dans ton roman parce que tu es devenu l'un de tes personnages. » Comparant nos perceptions du phénomène, nous découvrîmes qu'elles se recoupaient point par point. De fil en aiguille, nous en vînmes à parler d'autre chose et l'apparition peu à peu s'estompa.

Des films dans l'aura

Ce ne sont pas toujours des images fixes que les médiums perçoivent dans le champ énergétique. Rich affirme y voir souvent comme un petit film en surimpression. « Il m'apparaît, à droite ou à gauche du visage et légèrement en retrait, une réplique miniature de la personne vaquant à ses occupations quotidiennes. Quand je leur en parle, mes clients confirment la justesse et la précision de ma vision. Je les vois au bureau, je puis dire à quoi ressemble leur patron. Je vois aussi à quoi ils ont pensé et ce qui leur est arrivé ces six derniers mois. Récemment, j'ai décrit son intérieur à une cliente ; je lui ai dit que j'y voyais des flûtes et des masques accrochés au mur. "Faux", m'a-t-elle rétorqué. J'ai insisté, lui ai de nouveau dépeint ce mur avec ses instruments de musique — une majorité de flûtes — et ses masques. "Suis-je bête !" s'est-elle écriée. "C'est ma maison de campagne"[1]. »

Dryer aussi voit des sortes de films en trois dimensions dans le champ énergétique des gens. « En couleurs, le plus souvent, mais il arrive que ce soit comme des tirages sépia ou des ferrotypes. Leur scénario tourne en général autour de la personne et leur durée varie de cinq minutes à une heure. Les plans sont incroyablement détaillés. Quand je vois quelqu'un dans une pièce décorée de plantes d'appartement, je suis à même d'en donner le nombre, de compter les feuilles de chacune ou les briques du mur sur lequel elles se détachent. Je ne me lance toutefois dans cet inventaire que s'il offre quelque pertinence[2]. »

1. et 2. Entretien privé avec l'auteur, 18 octobre et 13 novembre 1988.

Pour ce qui est de la justesse des visions de Dryer, je puis fournir un témoignage personnel. J'ai toujours été très organisé, et même d'une précocité extrême en la matière. Un jour, par exemple, alors que j'avais cinq ans, après avoir consacré plusieurs heures au rangement de mes jouets dans un placard, assignant à chacun une place précise sur les étagères, je suis allé chercher ma mère et l'ai priée de ne pas toucher à cette disposition méticuleuse qui m'avait pris tant de temps. Par la suite, chaque fois qu'elle la raconta, l'anecdote ne manqua jamais d'amuser la famille. Or, il se trouve qu'entre autres événements de ma vie, lorsque je la consultai pour la première fois, Carol Dryer me décrivit celui-ci à mesure qu'elle en voyait défiler les images dans mon aura. Elle non plus ne put, ce faisant, se retenir de rire.

Si Dryer compare ces images à des hologrammes, c'est qu'en choisir une et se concentrer sur elle semble entraîner un effet de zoom. « Mettons qu'une scène retienne mon attention dans le petit film qui m'est projeté au-dessus de l'épaule de la personne ; je la vois soudain se déployer et occuper toute la pièce. Et c'est alors que j'ai le sentiment qu'il s'agit d'un hologramme parce que j'ai vraiment l'impression de n'avoir qu'un pas à faire pour entrer dans la scène. Si je ne suis pas directement impliquée dans ces situations, elles se produisent en ma présence. À peu de choses près, c'est comme si j'étais avec la personne dans un film en trois dimensions, dans un hologramme animé[1]. »

La vision holographique de Dryer ne se limite pas aux événements concrets de l'existence. Les ima-

1. Entretien privé avec l'auteur, 13 novembre 1988.

ges qu'elle voit dans l'aura correspondent souvent à des opérations de l'inconscient — lequel, comme chacun sait, s'exprime par symboles et métaphores. C'est cette langue particulière de l'inconscient qui donne à nos rêves leur tour mystérieux et absurde, avec pour conséquence que son apprentissage permet de les déchiffrer. D'autant qu'il n'y a pas que les rêves qui soient écrits ainsi. Ceux qui ont quelque habitude de cette langue de la psyché — le psychologue Erich Fromm parle à son propos d'une « langue oubliée », perdue qu'en est la clé pour la plupart d'entre nous — repèrent sa présence dans d'autres créations humaines tels les mythes, les contes de fées et les visions mystiques.

Quelques-uns des hologrammes animés que Dryer voit dans l'aura sont également écrits dans cette langue de symboles et présentent des ressemblances avec les messages métaphoriques du rêve. Nous savons à présent que l'activité de l'inconscient, loin de se cantonner au rêve, s'exerce à tout moment. Dryer est à même de dépouiller les gens de leur moi de l'état de veille pour porter son regard sur le fleuve d'images qui roule incessamment dans les profondeurs de leur être. Tant la pratique que ses dons innés font qu'elle lit maintenant dans l'inconscient à livre ouvert. « Les disciples de Jung m'aiment bien », dit-elle.

D'autant qu'elle est à l'abri des faux-sens. « Une image qui n'a pas reçu la bonne interprétation reste collée dans le champ énergétique. Je ne la vois s'effacer qu'une fois la cliente au courant de ce qu'elle a besoin de savoir [1]. » Et ce, dit-elle, parce que c'est l'inconscient de cette dernière qui choisit les images

1. Entretien privé avec l'auteur, 13 novembre 1988.

et en contrôle le défilement. Dryer pense en effet comme Ullman que la psyché s'efforce en permanence d'apprendre au soi conscient comment être plus sain, plus heureux, comment s'élever spirituellement.

Cette faculté d'observer et d'interpréter les mouvements les plus intimes du psychisme est pour une large part à l'origine des profondes métamorphoses qu'elle opère chez bon nombre de ses clients. La première fois qu'elle me décrivit ces images dont mon aura lui présentait la succession, j'eus l'étrange sensation qu'elle me parlait d'un de mes rêves, à ceci près qu'il se serait agi d'un rêve que je n'aurais pas encore fait. À mesure qu'elle y repéra des symboles et me les expliqua, cette fantasmagorie, qui n'avait d'abord été que mystérieusement familière, se dota d'une logique où je reconnus les machinations de mon être intérieur, tant celles que je pouvais accepter que d'autres nettement moins avouables. Les travaux de médiums tels que Rich et Dryer mettent donc en évidence l'extraordinaire quantité d'informations fournie par le champ énergétique. On se demande s'il n'y faudrait pas voir le motif pour lequel Hunt, dans ses analyses de l'aura, obtint sur écran des structures chaotiques aussi prononcées.

Cette aptitude à distinguer des images dans le champ énergétique humain n'est pas nouvelle. Voilà près de trois siècles, le grand mystique suédois Emmanuel Swendenborg parlait déjà d'une « substance ondulatoire » dont il voyait les gens nimbés et dans laquelle leurs pensées lui apparaissaient sous forme d'images qu'il nommait des « portraits ». Commentant le fait que la plupart ne puissent percevoir cette substance, il écrit : « Je voyais ces pensées comme des corps solides entourés d'une sorte d'onde. Mais rien n'atteint les sensations [normales] de l'homme, excepté ce qui est au milieu et semble solide[1]. Il voyait aussi des portraits dans sa propre aura : « Penser à quelqu'un de ma connaissance le faisait paraître devant moi sous son aspect habituel mais, tout autour, comme par vagues successives, je voyais tout ce que j'avais su et pensé de lui depuis l'enfance[2]. »

Bilan holo-physique

Dans le champ, il n'y a pas que la fréquence qui soit distribuée sur le mode holographique. Le capital de données individuelles qu'il renferme serait également accessible, selon certains médiums, dans chacune de ses parties. Comme le souligne Brennan : « L'aura ne se contente pas de représenter l'ensemble de l'être, elle le contient[3]. » Opinion partagée par le psychiatre californien, Ronald Wong Jue. Ancien président de l'*Association for Transpersonal Psychology* (Association de psychologie transpersonnelle), ce clairvoyant de haut niveau a découvert que les « structures énergétiques » consubstantielles au corps physique portaient en elles l'histoire entière de la personne. « Le corps est une sorte de microcosme, un univers en soi, reflétant les différents facteurs que tout homme doit prendre en compte et qu'il lui faut intégrer.

Comme Dryer et comme Rich, Jue a connaissance des grands moments de la vie d'un individu par des films qui les lui retracent, mais au lieu de lui appa-

1. George F. Dole, *A View from Within* (New York, Swendenborg Fondation, 1985), p. 26.
2. George F. Dole, « An Image of God in a Mirror » dans *Emanuel Swendenborg : A Continuing Vision*, Robin Larsen Dir. (New York, Swendenborg Fondation, 1988), p. 376.
3. Brennan, *Le pouvoir bénéfique des mains* (Sand).

raître dans l'aura de la personne, ces films semblent se projeter en lui sur une sorte d'écran intérieur tandis que ses mains se promènent sur le corps du sujet, qu'il le psychomètre littéralement. Pareille technique lui permet, dit-il, de déterminer rapidement quels scénarios émotionnels, éléments noyaux et structures relationnelles prédominent dans la vie d'un individu, et il n'est pas rare qu'il l'applique à ses patients pour épauler le processus thérapeutique. « Je tiens en fait cette technique d'un confrère, Ernest Pecci. Il la nommait "lecture du corps". Plutôt que de me référer au corps éthérique et à ce genre de choses, j'ai choisi le modèle holographique comme cadre explicatif et l'ai donc rebaptisée "Bilan holo-physique"[1]. »

Outre l'usage qu'il en fait dans sa pratique médicale, Jue anime des séminaires d'enseignement de cette technique.

Vision radioscopique

Dans le dernier chapitre, nous avons exploré la possibilité que le corps, loin d'avoir quelque solidité, ne soit guère plus qu'une sorte d'image holographique. Or il est une autre faculté qui vient à l'appui de cette thèse : celle, commune à bien des clairvoyants, de franchir la barrière cutanée pour plonger son regard à l'intérieur du corps. De fait, qui est déjà gratifié d'une vision de l'aura n'a souvent qu'à la régler pour en faire ce scanner naturel et distinguer os et organes sous forme de brumes colorées.

Au cours de ses recherches, Karagulla fut amenée à rencontrer bon nombre de personnes — appar-

1. Entretien privé avec l'auteur, 13 septembre 1988.

tenant ou non au corps médical — qui avaient ce type de vision. « Pour la psychiatre que je suis », note-t-elle juste avant son premier entretien avec l'une de ces personnes, un chef d'entreprise qu'elle désigne par ce seul prénom : Diane, « me retrouver en face de quelqu'un capable de "voir" en moi va réclamer un bouleversement complet de mes habitudes[1] ».

Karagulla soumit Diane à une interminable série de tests, lui présentant patient sur patient et requérant chaque fois d'elle un diagnostic instantané. Ainsi, une aura qu'elle voyait « affaiblie » et « terriblement fragmentée » lui ayant fait suspecter une pathologie grave, Diane passa en vision interne et constata de fait un blocage intestinal au niveau de la rate. À sa grande surprise, d'ailleurs, puisque la personne concernée ne présentait aucun des symptômes habituellement associés à ce type de problèmes. Toutefois, lorsque elle alla voir son médecin et qu'une radio fut prise, ledit blocage apparut dans le secteur même où Diane l'avait localisé. Trois jours plus tard, une intervention chirurgicale mit fin à la menace.

Une autre série de tests eut pour cadre les consultations publiques d'un grand hôpital new-yorkais, ce qui permit de contrôler la justesse des diagnostics établis par Diane en se référant aux dossiers médicaux correspondants. Ainsi, après avoir examiné une patiente inconnue d'elle et de Karagulla, Diane fit état d'une absence d'hypophyse (glande logée dans les profondeurs du cerveau), d'un fonctionnement apparemment défectueux du pancréas, d'une pathologie mammaire à présent guérie mais probablement responsable de ce que la femme n'avait pas de seins, d'un acheminement insuffisant de l'énergie à partir de la taille et de problèmes dans les membres infé-

1. Karagulla, *Breakthrough to Creativity*, p. 39.

rieurs. La lecture du dossier révéla, de fait, une ablation chirurgicale de l'hypophyse suivie d'un traitement hormonal assez mal toléré par le pancréas, une double mastectomie consécutive à un début de cancer et une opération du dos destinée à soulager des douleurs aux jambes causées par un pincement de la moelle épinière. À cette occasion, les nerfs avaient été touchés, d'où certaines difficultés que cette femme avait pour vider sa vessie.

Cas sur cas montrèrent que Diane pouvait sans le moindre effort plonger ses regards dans les profondeurs du corps physique. Elle ne cessa de fournir des rapports détaillés sur l'état des organes internes, de constater la présence ou l'absence de diverses glandes, de déterminer le degré de paresse des intestins ou de fragilité des os. « Si j'étais dans l'incapacité de vérifier ce qu'elle me disait du corps énergétique des patients, conclut Karagulla, je ne manquais pas d'être frappée par l'étroite correspondance entre chacune de ses observations concernant leur organisme et ce qu'en disait la médecine officielle[1]. »

Brennan, qui n'est pas moins douée pour sonder l'intérieur du corps humain, a baptisé cette compétence « vision interne » ; elle y a eu recours pour le diagnostic d'un vaste éventail de cas médicaux allant des fractures aux cancers en passant par les fibromes. Elle prétend pouvoir fréquemment dire ce qu'il en est d'un organe au simple vu de sa couleur : ainsi un foie en bonne santé se reconnaît-il à son beau rouge foncé alors que l'hépatite et la chimiothérapie le font respectivement tirer sur des brun-jaune et des brun-vert. À l'instar d'autres médiums dotés de cette vision interne, Brennan peut la régler jusqu'à distin-

1. Voir n. 1, p. 307, *op. cit.*, p. 132.

guer des structures microscopiques comme des virus ou des cellules sanguines.

Et cette vision interne, j'en garantis l'authenticité pour être en contact avec plusieurs de ces médiums. Dryer est de leur nombre. Une fois, elle ne fit pas que déceler chez moi le dysfonctionnement d'un organe, elle accompagna son diagnostic d'une information d'une tout autre nature. Il y a quelques années, ma rate s'étant signalée, j'avais décidé de recourir à des exercices quotidiens de visualisation, de me la représenter belle et saine, baignée de salvatrice lumière et tutti quanti. Hélas, je ne suis guère patient ; quand ça ne marche pas du premier coup, je m'énerve. Le lendemain, en termes vigoureux, je prévins donc ma rate qu'elle ferait mieux d'en passer par mes vues. L'incident était resté du pur domaine de la pensée ; je ne tardai pas à l'oublier.

Quelques jours plus tard, croisant Dryer, je lui demandai de regarder si rien ne clochait dans mon corps (tout en m'abstenant d'en dire plus sur mes problèmes de santé). Comme on peut s'y attendre, ma rate lui sauta aux yeux, puis elle s'interrompit dans sa description, confuse. « Il y a vraiment quelque chose qui n'a pas plu à ta rate », l'entendis-je murmurer ; et soudain elle comprit : « Tu ne lui aurais pas crié dessus, par hasard ? » J'avouai, honteux. « Ne t'avise pas de recommencer. Elle croyait t'obéir en tombant malade. Inconsciemment, tu lui donnais de mauvaises directives. Et puis tu t'es mis à crier. Et maintenant, elle est complètement perdue. » Elle secoua la tête, soucieuse. « On ne se met jamais en colère contre ses organes. Il ne faut leur adresser que des messages positifs. »

Ce n'est pas seulement l'habileté de Dryer à voir dans le corps des gens que révèle l'anecdote, mais aussi, et surtout peut-être, que ma rate ait une sorte de conscience, de vie mentale, qui lui soit propre. J'ai tout de suite pensé à Candace Pert avouant son incapacité à marquer la frontière entre corps et cerveau, mais me suis également demandé si chaque élément de ma réalité physique — mon squelette, mes muscles, mes glandes, mes organes et mes cellules — n'aurait pas sa forme particulière d'intelligence. Si notre corps est vraiment holographique, il se peut que la remarque de Pert aille plus loin qu'on ne le pense, et que la conscience du tout soit vraiment dans chacune de ses parties.

Vision interne et chamanisme

Dans certaines cultures chamaniques, la vision interne est l'une des facultés requises pour devenir chaman. Ainsi, chez les Araucans des pampas du Chili et de l'Argentine, enseigne-t-on aux futurs chamans les prières qui en favoriseront l'éclosion, diagnostiquer et guérir les maladies entrant dans leurs fonctions principales [1]. Les chamans australiens parlent à son sujet d'« œil fort » ou de « voir avec le cœur [2] ». Les Jivaros de la forêt amazonienne l'acquièrent par l'absorption d'un breuvage à base d'*ayahuasca*, une liane dotée de propriétés hallucinogènes. Selon Michael Harner, ethnologue de la *New School for Social Research* (Nouvelle école de recherches en sociologie), centre spécialisé dans les

1. D. Scott Rogo, « Shamanism, ESP, and the Paranormal », dans *Shamanism*, Shirley Nicholson Dir. (Wheaton Illin. Theosophical Publishing House, 1987), p. 135 (trad. *Anthologie du chamanisme : Vers une conscience élargie de la réalité*, Éd. du Mail, 1991.)

2. Michael Harner et Garry Doore, « The Ancient Wisdom in Shamanic Culture », dans l'*Anthologie du chamanisme* précédemment citée.

études chamaniques, l'*ayahuasca* permet au chaman jivaro de « voir à l'intérieur du corps du patient comme s'il était en verre[1] ».

De fait cette aptitude à « voir » la maladie — que ce soit par une vision radioscopique de l'organe atteint ou parce qu'une sorte d'hologramme métaphorique de la maladie en question apparaît au sorcier sous forme d'image tridimensionnelle d'une créature démoniaque et repoussante à l'intérieur ou à proximité du corps de son patient — est universellement attesté dans ce type de traditions. Mais d'où qu'elle émane, la notion de vision interne a toujours les mêmes implications. Construction énergétique, le corps pourrait, en définitive, ne pas être plus substantiel que le champ d'énergie dans lequel il s'insère.

Le champ énergétique : épure cosmique

L'idée que le corps physique corresponde seulement à un degré de densité plus grand du champ énergétique humain, qu'il ne faille y voir qu'une sorte d'hologramme restitué par les systèmes d'interférences de l'aura, expliquerait tant l'extraordinaire pouvoir thérapeutique de l'esprit que le contrôle qu'il exerce sur le corps en général. Comme il n'est pas rare que la manifestation d'une pathologie dans le champ énergétique précède de plusieurs semaines, voire de plusieurs mois, sa concrétisation physiologique, bon nombre de médiums estiment que les maladies prennent naissance dans ce champ, réalité

1. Michael Harner, *The Way of the Shaman* (New York, Harper & Row, 1980), p. 17 (trad. *Chamane ou les secrets d'un sorcier indien d'Amérique du Nord*, Albin Michel, 1982. Paru chez Pocket dans la collection « L'Âge d'Être », sous le titre *La voie spirituelle du chamane*.)

par conséquent plus fondamentale et somme toute comparable à une épure où notre corps irait chercher ses directives structurelles. En d'autres termes, le champ énergétique d'un individu pourrait bien être la version d'un ordre implié à laquelle son corps se réfère.

Ce serait une explication au fait que les patients étudiés par Achtenberg et Siegel aient « visualisé » leur maladie plusieurs mois avant que celle-ci ne se déclare. La médecine est pour l'heure impuissante à expliquer comment fonctionne l'imagerie mentale, mais si nous considérons que nos pensées dominantes se concrétisent presque instantanément sous forme d'images dans l'aura et que cette dernière est l'épure que notre corps prend pour guide et modèle, on comprend mieux que s'imaginer malade, même inconsciemment, et ne cesser de réinscrire par là même dans notre champ la pathologie correspondante revienne à en programmer la manifestation physique.

Pareillement, ce même lien dynamique entre imagerie mentale, champ énergétique et organisme pourrait bien être l'une des raisons de l'efficacité des techniques de visualisation dans le traitement des affections purement somatiques. Il n'est même pas interdit d'y voir l'explication des excroissances en forme de clou que présentent les mains des stigmatisés dont la méditation se concentre sur l'image du Christ en croix. Notre vision scientifique ordinaire est bien incapable de rendre compte d'une telle anomalie biologique mais, encore une fois, prière et recueillement sont parfaitement à même de repasser si souvent au bleu ces images sur l'épure de notre champ que notre corps est pratiquement forcé de leur donner forme.

Richard Gerber, un médecin de Detroit qui a passé ces douze dernières années à explorer les implications médicales de ces champs d'énergie subtile dont nous serions le foyer, se range parmi ceux qui croient que c'est l'esprit qui modèle la matière et non l'inverse. « Le corps éthérique, dit-il, est une sorte de gabarit holographique sur lequel notre corps physique se moule pour croître et se développer [1]. »

Gerber estime que la hiérarchie de couches distinctes perçue dans l'aura par certains clairvoyants aurait son rôle à jouer dans les relations dynamiques entre pensée, champ énergétique et corps physique. Tout comme ce dernier est subordonné à l'éthérique, l'éthérique le serait à l'astral/émotionnel, l'astral/émotionnel au mental et ainsi de suite, chaque corps servant de modèle à celui qu'il coiffe. Il en résulte que plus subtile est la couche où se manifeste une image, plus grande est sa capacité de guérir ou de remodeler le corps. « Du fait que c'est le corps mental qui alimente en énergie le corps astral/émotionnel, lequel à son tour l'achemine aux corps éthérique et physique, on obtiendra des résultats plus nets, et surtout plus permenants, en intervenant au plus haut niveau possible [2].

Le physicien William Tiller partage son point de vue. Il estime que « penser, c'est créer des formes sur le plan mental des choses et que la pathologie prend toujours naissance dans une modification du dessin à ce niveau mais qu'elle attend pour se manifester ouvertement d'avoir été recopiée, de s'être pour ainsi dire matérialisée plus bas dans cette hiérarchie du plus subtil au plus dense ». Selon lui, la fréquence des rechutes viendrait de ce que la médecine classique ne traite la maladie qu'à son stade terminal, et

1. Richard Gerber, *Vibrational Medicine* (Santa Fe, N.M., Bear & Co, 1988), p. 115.
2. *Ibid.*, p. 154.

la seule solution pour les éviter serait de s'occuper du champ énergétique. Jusque-là, bon nombre de traitements « ne sauraient avoir d'effets à long terme parce que l'hologramme de base aux niveaux mental et spirituel n'a pas été modifié[1] ».

Élargissant sa réflexion, Tiller nous propose même de voir à l'origine de l'univers un champ d'énergie subtile qui se serait progressivement densifié par un processus similaire. Dans son optique, Dieu pourrait avoir créé le monde sous forme de prototype divin, d'Idée au sens platonicien du terme. À l'instar de l'image que Brennan, Dryer et leurs pareils voient flotter dans le champ énergétique du consultant, il y aurait là un patron dont le report s'effectuerait sur des niveaux de moins en moins subtils du champ énergétique cosmique et y modèlerait « une série d'hologrammes », le dernier seul correspondant à l'univers matériel que nous connaissons[2].

Vérifiée, une telle théorie impliquerait une nouvelle dimension holographique du corps humain puisque chacun d'entre nous y offrirait l'aspect d'un univers en réduction. En outre, si nos pensées entraînent la formation d'images holographiques non seulement dans notre propre aura mais sur les niveaux d'énergie subtile de la réalité même, la manière dont l'esprit humain s'y prend pour opérer quelques-uns des miracles cités au chapitre précédent perd de son mystère. Il n'est même pas interdit d'y voir l'explication des synchronicités — il s'agit, rappelons-le, d'images et de processus jaillis des plus intimes profondeurs de notre psyché qui s'incarnent dans la

1. William A. Tiller, « Consciousness, Radiation, and the Developing Sensory System », cité dans *The Psychic Frontiers of Medicine*, Bill Schul Dir. (New York, Ballantine Books, 1977), p. 95.
2. *Ibid.*, p. 94.

réalité extérieure. De nouveau, il se pourrait que nos pensées, qui affectent en permanence les niveaux d'énergie subtile de l'univers holographique, déclenchent ces cascades de coïncidences quand leur charge émotionnelle est exceptionnellement forte, comme c'est le cas en période de crise ou de mutation, circonstances apparemment propices à l'émergence des synchronicités.

Une réalité à laquelle on prend part

Toutefois, il ne faudrait pas croire que de tels processus aient pour condition *sine qua non* la stratification rigide des champs d'énergie subtile de l'univers. Ils restent opérants même en l'absence de couches distinctes. À vrai dire, compte tenu de leur extrême sensibilité à nos pensées, la prudence s'impose quand nous cherchons à nous faire une idée de l'organisation et de la structure de ces champs d'énergie subtile. Ce que nous pensons d'eux pourrait en fait les modeler.

Tel serait alors le motif du désaccord entre clairvoyants quant à l'existence de couches distinctes dans l'aura. Ceux qui y croient amèneraient ces champs à se présenter sous cette forme, et il se pourrait même que le sujet observé participe au processus. Brennan est très claire à ce propos, soulignant que plus ses clients ont une compréhension précise de la différence entre chaque couche, plus celles-ci sont marquées. Elle dénie à ce qu'elle voit toute valeur absolue, et n'est pas étonnée que, du sixième au quatrième siècle avant notre ère, les auteurs des tantras — textes hindous de tradition yogi — n'aient systématiquement perçu que trois couches dans le champ énergétique humain.

La permanence de ces structures forgées de toutes pièces — et par inadvertance — n'est pas moins remarquable. Des siècles durant, les hindous ont cru que chaque chakra comportait un caractère sanscrit inscrit en son centre. Or, le chercheur japonais Hiroshi Motoyama, psychiatre à qui l'on doit la mise au point d'une technique de mesure du rayonnement électrique des chakras, dit s'être intéressé au sujet parce que sa mère, bien que sans culture, avait le don inné de voir ces chakras. Toutefois, elle ne cessait d'être troublée que celui du cœur lui apparût toujours porteur de ce qu'elle interprétait comme le dessin d'un bateau à voile renversé. Le mystère se dissipa quand Motoyama commença ses recherches et reconnut dans la description de sa mère la lettre *yam* que la tradition indienne associait au chakra du cœur [1]. Certains comme Dryer voient également des caractères sanscrits dans les chakras ; d'autres non. La seule explication semble être que ceux qui les perçoivent sont, pour quelque motif, réceptifs à des structures holographiques que les croyances de l'Inde ancienne ont fini par imprimer dans le champ énergétique humain.

Étrange à première vue, un tel phénomène n'est pourtant pas sans précédent. Nous savons qu'un des principes de base de la physique quantique est que, loin d'explorer un réel préexistant, nous participons à sa création. Il se peut donc qu'à mesure que nous portons notre attention sur des niveaux de réalité subatomiques sans cesse plus profonds — niveaux où semblent résider les énergies subtiles de l'aura — la nature consensuelle et de coparticipation du réel s'accentue. Il nous faut donc garder une extrême

1. Hiroshi Motoyama, *Theories of the Chakras* (Wheaton Illin. Theosophical Publishing House, 1981), p. 239.

prudence et ne pas affirmer avoir découvert telle ou telle structure ou propriété du champ énergétique humain alors que nous risquons d'en avoir tout simplement suscité l'émergence.

Esprit et champ énergétique humain

Il n'est pas dénué de signification qu'une étude du champ énergétique humain débouche précisément sur cette même conclusion qui fut celle de Pribram après qu'il eut découvert que le cerveau convertissait en fréquences les données immédiates de la perception sensorielle : la double nature de notre réalité. D'une part, celle où nous aurions un corps concret, localisable dans l'espace et dans le temps, d'autre part, celle où nous ne saurions prétendre à plus de substance qu'un miroitant nuage d'énergie dont la localisation reste passablement ambiguë. Pareil constat n'est pas sans soulever quelques questions. Entre autres : Que devient l'esprit dans tout ça ? On nous avait appris à y voir une production du cerveau, la sécrétion de cette glande d'un type spécial, mais si cette dernière, comme l'ensemble de l'organisme, est un hologramme, la partie la plus dense d'un continuum de champs énergétiques d'une subtilité croissante, en quoi cela nous renseigne-t-il sur la nature de l'esprit ? Les recherches sur le champ énergétique humain nous proposent une réponse.

Une découverte récente, due aux neurophysiologues Benjamin Liber et Bertram Feinstein du *Mount Zion Hospital* (Hôpital de la montagne de Sion) de San Francisco a causé quelque émoi dans la communauté scientifique. Libet et Feinstein ont mesuré le temps nécessaire à une sensation, en l'occurrence un contact sur la peau, pour atteindre le cerveau sous sa forme première de signal électrique. On demanda également au sujet d'appuyer sur un bouton dès qu'il aurait conscience d'avoir été touché. Nos deux chercheurs constatèrent que le cerveau accusait réception du stimulus 0,0001 seconde après son émission alors que le délai était porté à 0,1 seconde pour la réponse par pression sur le bouton.

Toutefois, fait remarquable, il s'écoula presque une demi-seconde avant que le sujet ne déclare avoir senti quelque chose et décidé d'enfoncer le bouton, ce qui voulait dire que cette décision avait été prise par son inconscient. Dans cette course de vitesse, la conscience du sujet faisait figure de lanterne rouge. Le plus troublant fut que, d'un bout à l'autre de l'expérience, il n'y eut pas un sujet testé pour se rappeler avoir, par pur réflexe, appuyé sur le bouton quelques dixièmes de seconde avant d'en faire le choix conscient. De quelque manière, leur cerveau les berçait de la consolante illusion qu'ils avaient agi en connaissance de cause alors qu'il n'en était rien [1]. Des chercheurs en vinrent à se poser des questions sur l'existence d'un libre arbitre. D'autant que des études ultérieures montrèrent qu'une seconde et demie avant que nous ayons « décidé » de mouvoir l'un nos muscles — pour lever le doigt, par exemple — notre cerveau a d'ores et déjà commencé de former les signaux requis pour l'exécution du geste [2]. Encore une fois, qui prend les décisions ? Le conscient ou l'inconscient ?

Hunt a poussé plus loin l'enquête et découvert que le champ énergétique répondait encore plus vite

1. Richard M. Restak, « Is Free Will a Fraud ? », *Science Digest* (octobre 1983), p. 52.
2. *Ibid.*

aux stimuli que le cerveau. Le branchement parallèle d'un électromyographe et d'un électro-encéphalographe sur les sujets testés lui a révélé un net retard du second dans l'enregistrement de brusques variations sonores et lumineuses. Que fallait-il en conclure ? « À mon sens, dit-elle, nous avons surestimé le rôle actif du cerveau dans les relations qu'un être humain entretient avec le monde. Ce n'est qu'un ordinateur particulièrement performant. Mais dès qu'on aborde la créativité, l'imagination, la spiritualité, bref, toutes ces facettes de l'activité mentale, leur partie ne semble pas du tout se jouer dans le cerveau. L'esprit n'est pas dans le cerveau. Il est dans ce bon Dieu de champ[1]. »

Dryer aussi a constaté cette anticipation par l'aura des réponses de la conscience. Il s'ensuit qu'au lieu de guetter les réactions de ses clients sur leur visage, elle ferme les yeux et se concentre sur leur champ. « Je vois les couleurs de celui-ci se modifier pendant que je parle et cela m'évite d'avoir à leur demander ce qu'ils pensent de mon interprétation. Si elles sont fumeuses, par exemple, c'est qu'ils n'ont pas compris[2]. »

Si l'esprit n'est pas dans le cerveau mais dans le champ énergétique imprégnant celui-ci comme il imprègne le corps entier, il n'est pas étonnant que des Dryer et autres clairvoyants de même niveau aient accès dans l'aura à une telle masse d'informations sur la psyché de leur client. Cela explique aussi que ma rate, un organe qui n'est pas spécialement associé à la pensée en temps normal, puisse avoir sa propre forme rudimentaire d'intelligence. De fait, si

1. Entretien privé avec l'auteur, 7 février 1990.
2. Entretien privé avec l'auteur, 13 novembre 1988.

l'esprit est dans l'aura, il se peut que notre conscience, ce qui chez nous pense et ressent, déborde largement les frontières de notre corps. Nous verrons que les indices en faveur d'une telle thèse sont légion.

Mais auparavant, portons notre attention sur un autre point. Il n'y a pas que la solide matérialité de notre corps physique qui soit illusoire dans un univers holographique. Bohm estime que le temps lui-même n'a rien d'un absolu, qu'il ne fait que se déployer hors de l'ordre implié. Notre division linéaire du temps en passé, présent et futur pourrait bien n'être une fois de plus qu'une construction de l'esprit. Dans le prochain chapitre, nous examinerons ce qui vient nourrir une telle vision des choses ainsi que ses implications pour notre existence dans l'« ici et maintenant ».

Espace/temps

Le chamanisme et les domaines de recherche dont émane un même mystère offrent une pertinence croissante par les idées nouvelles qu'ils proposent sur le mental et sur l'esprit. Ils nous parlent d'une vaste extension du domaine conscient, de la croyance, du savoir et même de ce que le monde accessible à nos sens n'est qu'une simple illusion. Il n'y a là que des ombres, disent-ils, et cet instrument tridimensionnel que nous nommons notre corps n'est que le réceptacle, la provisoire demeure de « Quelque Chose » d'infiniment plus grand, d'infiniment plus ouvert que ce corps, et qui constitue la matrice du vivant dans sa réalité.

Holger Kalweit,
Dreamtime and Inner Space
(Temps du rêve et espace intérieur)

De l'esprit et du temps

> La « demeure » de l'esprit, comme de toute chose, est l'ordre implié. À ce niveau, qui est celui de la plénitude fondamentale du manifesté, le temps linéaire n'a plus cours. Le domaine de l'implié en déborde les frontières. Les instants cessent de s'égrener comme les perles d'un chapelet.
>
> Larry Dossey
> *Recovering the Soul*
> *(Retrouver son âme)*

Son regard se fixa dans le vide et la pièce où il était s'estompa jusqu'à la transparence, cédant la place à une scène issue de la haute antiquité. Il se trouvait dans la cour d'un palais. Devant lui se tenait une très jolie jeune femme au teint mat dans la tombée diaphane d'une robe immaculée, son cou, ses poignets, ses chevilles gainés d'or, et l'ébène de ses lourdes tresses majestueusement ramassé sous une haute tiare carrée. Plus il la regardait, plus il sentait affluer en lui les informations sur sa vie. Il savait qu'elle était égyptienne, fille de prince, pas du pharaon toutefois.

Elle était mariée : l'homme lui apparut, mince, des traits fins sertis dans un déferlement de petites nattes.

C'était comme un film, dont il pouvait même accélérer le défilement. Il passa en revue la vie de cette femme et la vit mourir en couches, ralentit alors pour observer l'interminable et complexe opération de l'embaumement, suivit le cortège funéraire, assista à la mise au tombeau, puis les images s'estompèrent et le décor de la pièce ressurgit.

Notre observateur s'appelait Stefan Ossowiecki. C'était un Polonais né en Russie, l'un des clairvoyants les plus doués de ce siècle. Nous sommes en 1935, le 14 février. Ce qui vient de susciter cette vision d'un passé lointain ? Un morceau de pied humain pétrifié.

Ossowiecki se révéla si apte à la psychométrie des objets qu'il finit par attirer l'attention de Stanislas Poniatowski, professeur à l'université de Varsovie, l'un des plus éminents ethnologues que comptait alors la Pologne. Poniatowski lui soumit un échantillonnage de silex et autres outils de pierre trouvés dans des fouilles. La plupart de ces *lithics* — c'est le terme anglais — ne payaient pas de mine : n'importe qui les aurait pris pour de vulgaire cailloux. Poniatowski en connaissait l'âge et l'origine pour les avoir fait identifier par des experts. Bien sûr, il ne dévoila pas à Ossowiecki le contenu de ses fiches.

Pas un seul ne résista au clairvoyant. Il les data tous avec exactitude, décrivit la civilisation dont ils étaient la trace, donna l'emplacement de leur découverte. Sur ce dernier point, il y eut à plusieurs reprises divergence avec les informations de Poniatowski, mais ce furent toujours ces dernières et non le clairvoyant qui se révélèrent dans l'erreur.

Ossowiecki avait une routine de travail : il prenait l'objet en main et se concentrait jusqu'à sentir s'obscurcir la pièce et même de son propre corps, jusqu'à ne presque plus avoir conscience de leur existence. Le transfert s'opérait, et il se retrouvait à l'intérieur d'une représentation tridimensionnelle et animée du passé. Il avait la faculté de se mouvoir dans ce film et d'en observer certains détails de plus près, son regard se déplaçant alors comme pour suivre les mouvements d'objets réellement présents sous ses yeux.

Il voyait le cadre naturel où vivaient ces gens, ainsi que leurs demeures. Une fois, après avoir tenu en main un outil de pierre magdalénien — civilisation paléolithique qui s'épanouit en France du quinzième au dixième millénaire avant notre ère —, Ossowiecki annonça à Poniatowski que les femmes de cette époque avaient des coiffures d'une complexité extrême. Sur le moment, cela parut absurde, mais la découverte ultérieure de figurines féminines magdaléniennes devait en donner confirmation.

De séance en séance, Ossowiecki donna une bonne centaine de renseignements de ce type, des détails du passé, inconnus à l'époque, mais qui s'avérèrent par la suite. Ainsi expliqua-t-il que les hommes préhistoriques se servaient de lampes à huile, et ce bien avant que l'on en découvrît en Dordogne ayant exactement les formes et dimensions qu'il avait décrites.

Il dessina ce qu'il voyait : le gibier dont ces peuples se nourrissaient, leurs huttes, leurs cérémonies funéraires. De ces croquis aussi, l'archéologie ne manqua jamais de prouver la justesse[1].

1. Voir Stephan A. Schwartz, *The Secret Vaults of Time* (New York, Grosset & Bunlap, 1978) (Trad. *Les Cavernes secrètes du temps : l'archéologie psychique*, Laffont, 1980) ; Stanislas Poniatowski, « Parapsychological Probing of Prehistoric Culture » dans *Psychic Archaeology*, J. Goodman Dir. (New York, G.P. Putnam & Sons, 1977) ; Andrzey Borzmowski, « Experiments with Ossowiecki », *International Journal of Parapsychology* 7, n° 3 (1965), pp. 269-284.

Le travail de Poniatowski avec Ossowiecki n'est pas unique dans les annales des sciences humaines. Norman Emerson, professeur d'anthropologie culturelle à l'université de Toronto et vice-président fondateur de la *Canadian Archaeological Association* (Association archéologique canadienne), a également exploré la possibilité d'employer des clairvoyants pour compenser le mutisme des vestiges. Ses recherches se sont centrées sur un camionneur, George McMullen. Comme Ossowiecki, McMullen avait la faculté de « psychométrer » des objets et d'en user comme support de voyance pour évoquer des scènes du passé. Mais il lui était également possible de se brancher sur telle ou telle époque en se contentant de visiter un site archéologique correspondant. Il le parcourait de long en large, le temps d'effectuer ses relevés, puis commençait à décrire le peuple et la civilisation qui s'y étaient en un temps épanouis. En pareille occasion, Emerson vit une fois McMullen arpenter un carré de terrain nu qui était selon lui l'emplacement d'une maison commune iroquoise. Emerson délimita l'endroit et, six mois plus tard, y exhuma les vestiges de l'ancien édifice [1].

Sceptique au début de l'expérience, Emerson dut néanmoins s'incliner devant les dons de McMullen. « J'ai la conviction (affirma-t-il en 1973, lors d'un congrès annuel réunissant la fine fleur de l'archéologie canadienne) d'avoir été renseigné sur des objets ou sites archéologiques par un informateur médium qui me transmettait ces données sans faire apparemment le moindre usage conscient du raisonnement logique. » Il conclut son intervention en expliquant que, selon lui, les démonstrations de McMullen ou-

1. J. Norman Emerson, « Intuitive Archaeology », *Midden* 5, n° 3 (1973).

vraient « un ensemble de perspectives nouvelles » en archéologie, et qu'il convenait de donner la priorité aux recherches concernant une utilisation accrue des médiums dans ce domaine[1].

De fait, la *rétrocognition* — c'est-à-dire le pouvoir qu'ont certaines personnes de modifier la focale de leur attention et de plonger leurs regards dans le passé — a été plus d'une fois conformée par les chercheurs. Lors d'une série d'expériences menées au cours des années soixante, W.H.C. Tenhaeff, directeur de l'Institut de Parapsychologie de l'université d'Utrecht, et Marius Valkhoff, doyen de la section des Beaux-Arts de l'université de Witwatersrand, à Johannesburg en Afrique du Sud, s'aperçurent que le grand médium hollandais, Gerard Croiset, était à même de psychométrer jusqu'au plus petit fragment d'os et d'en décrire avec justesse le cadre d'origine[2]. Le docteur Lawrence LeShan, psychiatre new-yorkais lui aussi passé du scepticisme à la foi, a effectué des expériences similaires avec la célèbre médium américaine Eillen Garret[3]. En 1961, lors de l'assemblée générale annuelle de l'*American Anthropological Association* (Association anthropologique américaine), l'archéologue Clarence W. Weiant révéla qu'il n'aurait jamais découvert Tres Zapotes — site universellement tenu pour l'un des hauts lieux de l'archéologie précolombienne en Amérique centrale — sans l'aide d'un médium[4].

1. J. Norman Emerson, « Intuitive Archaeology : A Psychic Approach », *New Horizon* 1, n° 3 (1974), p. 14.
2. Jack Harrison Pollack, *Croiset the Clairvoyant* (New York, Doubleday, 1964).
3. Lawrence LeShan, *The Medium, the Mystic, and the Physicist* (New York, Ballantine Books, 1974), pp. 30-31.
4. Stephan A. Schwartz, *The Secret Vaults of Time* (New York, Grosset & Bunlap, 1978), pp. 226-237. (Trad. *Les Cavernes secrètes du temps : l'archéologie psychique*, Laffont, 1980) ; voir aussi Clarence W. Weiant, « Parapsychology and Anthropology », *Manas* 13, n° 15 (1960).

Stephan A. Schwartz — ex-membre de l'équipe de rédaction du *National Geographic* et qui continue d'animer au *Massachussets Institute of Technology* (M.I.T., Institut de technologie du Massachussets) le séminaire « Innovation, Technologie et Société » du secrétariat à la Défense — estime pour sa part que la rétrocognition n'est pas seulement une technique valable mais qu'il va en résulter dans la vision scientifique un changement aussi radical que ceux qui ont suivi les découvertes de Copernic et de Darwin. Schwartz est à ce point passionné par le sujet qu'il a publié une histoire exhaustive du partenariat entre clairvoyants et archéologues sous le titre : *The Secret Vaults of Time (Les Cavernes secrètes du temps).* « Depuis trois quarts de siècle, l'archéologie psychique est une réalité, y affirme-t-il. Cette nouvelle approche a beaucoup fait pour démontrer que le cadre de référence spatio-temporel dont dépend la vision panmatérialiste de l'univers n'est en aucune manière l'inébranlable édifice que veulent y voir la plupart des hommes de science[1]. »

Le passé comme hologramme

Psychométrie et rétrocognition donnent à penser que le passé n'est pas perdu mais qu'il continue d'exister sous une forme accessible aux perceptions humaines. Si notre vision de l'univers n'autorise nullement cet état de choses, il n'en va pas de même du modèle holographique. La notion « bohmienne », d'un flux du temps émanant d'une série constante de développements et de réenveloppements, suggère

1. Schwartz, *op. cit.*, pp. 314 et 326.

qu'en se réenveloppant dans le passé, le présent ne cesse pas pour autant d'exister mais retourne en fait dans la réserve cosmique de l'implié. Ou plutôt, ainsi que l'énonce Bohm : « Le passé reste actif dans le présent comme une sorte d'ordre implié[1]. »

Si la conscience, comme il le suggère, trouve également sa source dans l'implié, on peut en déduire qu'esprit humain et enregistrement holographique du passé coexistent déjà dans le même domaine, qu'ils sont pour ainsi dire voisins. Accéder au passé n'exigerait donc qu'un léger déplacement de perspective. Les voyants du type McMullen ou Ossowiecki pourraient n'être que des individus naturellement doués pour effectuer ce genre de déplacement mais, encore une fois, comme il en est de tant d'autres facultés dites paranormales, le concept holographique suggère qu'un tel talent pourrait être latent chez chacun d'entre nous.

L'hologramme nous dote également d'une métaphore pour appréhender la manière dont le passé est stocké dans l'implié. Si chaque phase d'une action quelconque, mettons une femme en train de faire une bulle de savon, est enregistrée sous forme d'une séquence d'images dans un hologramme multivues, chaque image devient un plan d'un film. S'il s'agit d'un hologramme en lumière blanche — dont le support est une émulsion holographique n'exigeant pas de laser pour restituer son image — l'observateur qui se déplace devant la plaque, modifiant ainsi l'angle sous lequel il la regarde, aura l'impression de voir l'image animée en trois dimensions d'une femme occupée à souffler une bulle de savon. En d'autres termes, d'images fixes qui se déplient puis se replient

dossier Akashique

1. Entretien privé avec l'auteur, 28 octobre 1988.

naîtra une sensation de continuité, partant de l'illusion du mouvement.

Qui n'est pas coutumier des hologrammes pourrait voir dans les divers stades de la formation de cette bulle des événements transitoires qui, une fois perçus, cessent d'être présents, mais tel n'est pas le cas. L'intégralité de l'événement reste enregistrée dans l'hologramme et l'illusion de son déploiement dans la durée résulte simplement du changement de perspective de l'observateur. Il en irait de même du passé, suggère la théorie holographique. Enregistré dans l'hologramme cosmique, il ne saurait sombrer dans l'oubli.

La tridimensionnalité des scènes auxquelles on accède s'inscrit également dans ces similitudes riches de sens entre rétrocognition et hologramme. Rich, qui est également dotée de facultés rétrocognitives, affirme savoir ce qu'Ossowiecki veut dire quand il qualifie ses visions de réelles. « C'est comme si la scène prenait le dessus, explique-t-elle. Ça s'impose. Et dès que ça a commencé de se déplier, on en fait partie. C'est comme si j'étais en deux endroits en même temps. J'ai beau savoir que je suis assise entre quatre murs, je ne m'en déplace pas moins dans cet autre décor [1]. »

Tout aussi holographique est la non-localité d'un tel don. Ces médiums sont à même d'accéder au passé d'un site archéologique, qu'ils soient sur place ou à des kilomètres. En d'autres termes, le passé enregistré ne semble pas l'être en un lieu précis. Comme l'information dans un hologramme, l'enregistrement est non local : on peut y accéder de n'importe quel point du cadre spatio-temporel. L'aspect non local

1. Entretien privé avec l'auteur, 18 octobre 1988.

du phénomène est également sensible dans le fait que certains médiums n'ont même pas besoin d'objets à psychométrer pour se brancher sur le passé. Il suffisait au célèbre clairvoyant américain, Edgar Cayce, de s'étendre chez lui sur un divan et d'entrer dans un état voisin du sommeil pour avoir accès aux époques les plus lointaines. Au réveil, il notait ce qu'il avait vu et nous a laissé un panorama de l'histoire humaine qui s'est plus d'une fois révélé d'une troublante justesse. Sa localisation de la communauté essénienne de Qumran, assortie de commentaires sur son rôle historique, a précédé de onze ans la découverte des Manuscrits de la mer Morte, précisément dans des grottes surplombant Qumran[1].

Il n'est pas inutile de noter que bon nombre de rétrocognitifs distinguent également l'aura. Ainsi la mère du petit Ossowiecki pensa-t-elle longtemps que des gouttes dans les yeux allaient finir par le débarrasser des bandes colorées qu'il voyait autour des gens. Quant à McMullen, un seul regard sur votre champ énergétique ne lui laissait plus rien ignorer de votre état de santé. La rétrocognition pourrait donc être liée à la faculté de voir les aspects subtils et purement vibratoires du réel. Le passé ne serait qu'une quantité d'informations supplémentaire encodée dans le domaine des fréquences cher à Pribram, un élément de ces systèmes d'interférences cosmiques que la plupart d'entre nous occultent mais qu'un petit nombre réussit à épouser et convertir en images de type holographique. « Peut-être, dit Pribram, qu'au stade holographique — dans le domaine fréquentiel

1. Voir Glenn D. Kittler, *Edgar Cayce on the Dead Sea Scrolls* (New York, Warner Books, 1970).

— il n'existe pas de différence notable entre aujourd'hui et quatre millénaires en arrière[1]. »

Des fantômes remontés du passé

Qu'un enregistrement holographique du passé reste consigné dans les ondes cosmiques et qu'il soit de temps à autre possible à l'esprit humain de l'en extraire s'offre également comme l'explication de certains phénomènes de hantise, d'autant que la plupart des apparitions ont précisément l'aspect d'un hologramme. S'il est une théorie pour voir dans ces spectres l'âme ou l'esprit d'une personne décédée, loin s'en faut que les témoignages la confirme. Ainsi, *Phantasms of the Living (Les spectres du vivant)*, deux épais volumes remarquablement bien documentés publiés par la *Society for Psychical Research* (Société de recherches parapsychologiques) de Londres, cite de nombreux cas d'objets ou de paysages fantômes. Entre autres, cet attelage qu'un officier britannique et sa famille virent arriver au ralenti pour s'immobiliser au beau milieu de leur pelouse, apparition d'un réalisme tel que le fils de l'officier, s'approchant, crut distinguer une femme dans la pénombre du carrosse. Il n'en eut jamais la certitude ; la vision s'évanouit sans laisser trace ni de roue ni de sabots[2].

Quelle est la fréquence exacte de ce genre d'expériences ? On n'en sait trop rien mais, en Angleterre

1. Marilyn Ferguson, « Quantum Brain-Action Approach Complements Holographic Model », *Brain-Mind Bulletin*, hors série de mise à jour (1978), p. 3.
2. Edmund Gurney, F.W.H. Myers et Frank Podmore, *Phantasms of the Living* (London, Trubner's, 1886).

et aux États-Unis, diverses études ont montré que c'est 10 à 17 % de la population nationale qui ont un jour ou l'autre été témoins d'une apparition. Le phénomène pourrait donc être plus banal qu'on ne le pense[1].

L'idée que certains événements laissent plus profondément que d'autres leur empreinte holographique sur le réel est confortée par la nette attirance des apparitions pour les lieux où la violence, tant physique qu'émotionnelle, a été portée à son comble. Les récits de hantise sont pleins de victimes revenant hanter l'endroit où elles furent assassinées, d'anciens champs de batailles où les morts se relèvent et reprennent le combat. On pourrait en déduire qu'à l'instar des bruits et images, les émotions ressenties lors d'un événement sont enregistrées dans l'hologramme cosmique. De nouveau, il semble que ce soit l'intensité émotionnelle de ces scènes qui les fassent ressortir dans l'enregistrement. On peut y voir l'explication de l'involontaire lecture qu'en font des personnes dénuées de facultés paranormales.

Et une fois de plus, la majeure partie de ces phénomènes semblent moins dus à des âmes en peine incapables de s'arracher au monde d'ici-bas qu'à des coups d'œil fortuits sur l'enregistrement holographique du passé. Du moins est-ce l'impression qui se dégage des travaux sur le sujet, entre autres de ceux qui vont maintenant retenir notre attention. En 1907, plus ou moins poussé par le poète William Butler

1. Voir J. Palmer, « A Community Mail Survey of Psychic Experiences », *Journal of the American Society for Psychical Research* 73 (1979), pp. 221-251 ; H. Sidgwick et autres participants au colloque, « Report on the Census of Hallucinations », *Proceedings of the Society for Psychical Research* 10 (1948), pp. 25-422 ; D.J. West, « A mass Observation Questionnaire on Hallucinations », *Journal of the American Society for Psychical Research* 34 (1948), pp. 187-196.

Yeats, un ethnologue de l'université de Los Angeles spécialisé dans l'étude des phénomènes religieux, W.Y. Evans-Wentz, s'embarqua pour les vieilles terres celtiques, à savoir l 'Irlande, l'Écosse, le pays de Galles, les Cornouailles et la Bretagne française. Il y passa deux ans à recueillir les témoignages de personnes qui prétendaient avoir rencontré des fées, gnomes, lutins ou autres créatures surnaturelles. Il s'était lancé dans cette étude parce que Yeats lui avait fait remarquer qu'avec la substitution des valeurs du XXe siècle aux vieilles croyances, ce genre de rencontres se faisaient si rares qu'il était grand temps de consigner ces traditions vouées à disparaître.

Alors qu'il allait de village en village, interrogeant les pittoresques vieillards, habituels dépositaires d'un tel savoir, Evans-Wentz commença par constater que les présences signalées dans les landes et ravines mouchetées de clarté lunaire n'étaient pas systématiquement de petite taille. Certaines ne différaient du commun des mortels que par l'étrange lumière qui les baignait et par leur costume, presque toujours de haute époque.

Qui plus est, ces membres du peuple-fée avaient plutôt coutume de se manifester à l'intérieur ou aux alentours de sites archéologiques — tumulus, menhirs, forteresses du VIe siècle et autres — et se livraient à des occupations caractéristiques de ces temps révolus. Evans-Wentz recueillit le témoignage de personnes auxquelles étaient apparus des chasseurs vêtus à la mode élisabéthaine, des cortèges de créatures spectrales évoluant aux abords d'un château fort en ruine, ou sonnant les cloches sur l'emplacement d'une église dont il ne restait rien. Manifestement, l'une de leurs activités favorites était la guerre. Dans son livre *The Fairy-Faith in Celtic Countries* (La croyance au peuple-fée dans les pays celtiques), c'est par dizaines que se comptent les récits dépeignant le choc brutal de cavaliers en armure dans la clarté blafarde de la lune à son plein ou la lande envahie de soldats en uniforme colorés. Si ces affrontements tantôt se déroulaient dans un silence étrange tantôt emplissaient l'air de leur fracas, il arrivait aussi — et c'étaient peut-être là les « apparitions » les plus fascinantes — qu'on les entendît sans les voir.

Evans-Wentz en conclut qu'une part au moins de ces témoignages se rapportaient, non à des êtres surnaturels qui auraient hanté ces contrées, mais à des sortes d'images récurrentes d'événements qui s'y étaient déroulés par le passé. « Il existe une mémoire de la nature, écrit-il, jetant l'ébauche d'une théorie, quelque support psychosensible présent dans l'atmosphère terrestre où s'impriment les actes des hommes, voire des phénomènes naturels d'une certaine intensité. Quand sont réunies des conditions pour l'heure inexplicables, des personnes normales, sans don particulier, peuvent assister à la restitution de ces enregistrements comme à une projection de diapositives, souvent même comme s'il s'agissait d'un film[1]. »

Quant au motif de la rareté croissante de ces rencontres, Evans-Wentz allait s'en faire une idée grâce à la remarque d'un de ses informateurs, un très vieux monsieur qui était peut-être le doyen de l'île de Man et se nommait John Davies. Après lui avoir transmis son immense savoir relatif aux apparitions du petit peuple, celui-ci ajouta : « Avant, quand il n'y avait pas encore l'instruction dans l'île, on était plus nombreux à en voir ; maintenant, nous ne sommes plus qu'une poignée[2]. » Instruction impliquant ana-

1. W.Y. Evans-Wentz, *The Fairy-Faith in Celtic Countries* (Oxford, Oxford University Press, 1911), p. 485.
2. *Ibid.*, p. 123.

thème sur la croyance au peuple-fée, on est en droit de penser que c'est le changement d'attitude à l'égard de celui-ci qui a fait s'atrophier ces facultés rétrocognitives autrefois largement répandues chez les habitants de l'île de Man. Là encore nous touchons du doigt l'énorme pouvoir de nos croyances dans le choix de ce que nous allons manifester, de notre extraordinaire potentiel et de ce qui va rester en deçà de nos perceptions.

Mais, que nos croyances en autorisent la projection ou qu'elles amènent notre cerveau à les censurer, il semble bien que l'existence de ces archives « holofilmées » ne puisse plus être niée. L'aire celtique n'a pas le privilège exclusif de ce genre de manifestations. L'Inde a ses visions de soldats des temps anciens rangés en ordre de bataille [1]. À Hawaii, elles sont monnaie courante au point d'être mentionnées dans les guides touristiques. Il va sans dire que ce sont alors des guerriers polynésiens qui, à la lueur des torches, marchent au combat dans leur manteau de plumes et la massue à la main [2]. Des armées fantômes s'affrontaient déjà entre le Tigre et l'Euphrate du temps des Assyriens, s'il faut en croire certains fragments de textes qui nous sont parvenus [3].

De temps à autre, des historiens réussissent à identifier ces faits ainsi rejoués. Le 4 août 1957, à quatre heures du matin, deux Anglaises en vacances dans un village de pêcheurs du sud de la France,

1. Charles Fort, *New Lands* (New York, Boni & Liveright, 1923), p. 111.
2. Voir Max Freedom Long, *The Secret Science behind Miracles* (Tarrytown, N.Y. : Robert Collier Publications, 1948), pp. 206-208.
3. Collectif, *Ghost* (Alexandria, Virg., Time-Life Books, 1984), p. 75.

Puys, furent réveillées par une fusillade. Elles se ruèrent à la fenêtre : rien d'anormal, des rues désertes, une mer calme, un ciel serein. La *British Society for Psychical Research* (Société britannique de recherches parapsychologiques) fit son enquête ; de fait, les archives gardaient trace, en date du 19 août 1942, d'un raid allié sur les positions allemandes de Puys. Il semble que ces deux femmes aient été tirées de leur lit par un enregistrement vieux de neuf ans[1].

Bien que la sombre intensité de ces événements leur donne un relief particulier dans le paysage holographique il ne faudrait pas oublier que, dans le miroitant hologramme du passé, les joies de l'humanité, ses hautes lumières, ne sont pas moins accessibles. C'est à une bibliothèque de tout ce qui fut que nous avons affaire, et apprendre à nous diriger dans ses travées, à fouiller dans le trésor de sa mémoire, peut porter notre connaissance de nous-mêmes et de l'univers à des sommets dont nous n'avons pas même encore osé rêver. Un jour viendra peut-être où la métaphore de Bohm prendra corps, où nous serons à même de faire tourner le réel entre nos doigts comme une belle pierre, de contrôler ce qui doit se manifester ou rester invisible et d'appeler les images de notre passé d'un geste aussi banal que celui d'enfoncer quelques touches sur un clavier pour lancer un programme. Mais poursuivons, car une approche holographique du concept de temps s'avère encore bien plus riche d'implications.

1. Collectif, *Strange Stories, Amazing Facts* (Pleasantvile, N.Y., Reader's Digest Association, 1976), pp. 384-385.

L'avenir holographique

Si déconcertant soit-il d'avoir accès à l'ensemble du passé, ce n'est rien auprès de l'idée que l'hologramme cosmique puisse être une passerelle vers l'avenir. Il n'en est pas moins fortement vraisemblable que nous puissions prévoir l'avenir comme revoir le passé.

Il s'agit là d'un fait d'expérience corroboré par des centaines d'études. Dans les années trente, J.B. et Louisa Rhine découvrirent que des sujets étaient à même de deviner quelles cartes allaient être tirées au hasard d'un jeu avec un taux de réussite nettement supérieur à la probabilité normale d'une chance sur trois millions[1]. Quarante ans plus tard, Helmut Schmidt, physicien aux usines Boeing de Seattle, inventa un appareil qui lui permettait de tester l'exactitude de prédictions concernant le comportement de particules subatomiques. Avec trois sujets et sur plus de soixante mille essais, il obtint des résultats dans une probabilité du milliard contre un[2].

Au *Dream Laboratory* (Laboratoire du rêve) du *Maimonides Medical Center* (Centre médical Maïmonide), les travaux de Montague Ullman et de ses collaborateurs, le psychologue Stanley Krippner et le chercheur Charles Honorton, ont pratiquement établi que le rêve est également susceptible de fournir des données précognitives tout à fait précises. Les sujets y passèrent huit nuits et, chaque soir, on leur

1. J.B. Rhine, « Experiments Bearing on the Precognition Hypothesis : III. Mechanichaly Selected Cards », *Journal of Parapsychology* 5 (1941).

2. Helmut Schmidt, « Psychokinesis », dans *Psychic Exploration : A Challenge to Science*, Edgar Mitchell et John White Dir. (New York, G.P. Putnam's Sons, 1974), pp. 179-193.

demanda de rêver à l'image qui, le lendemain, leur serait montrée à l'issue d'un tirage au sort. Alors qu'Ullman et ses collègues avaient borné leurs espoirs à une bonne réponse dans la semaine, ils eurent la surprise d'en voir certains réitérer cinq fois l'exploit.

Au réveil, l'un d'eux raconta par exemple qu'il avait rêvé d'un « grand immeuble en béton » dont un « malade » tentait de s'échapper. Un malade en blouse blanche comme un médecin, et qui « n'avait pas été plus loin que le porche ». Il se trouva que le lendemain on tira au sort *Le couloir de l'hôpital de Saint-Rémi*, de Van Gogh, une aquarelle où un patient, seul au bout d'un triste et monumental couloir d'hôpital, s'apprête à disparaître par une porte logée sous une arcade[1].

Les expériences de vision à distance que Puthoff et Targ menèrent au *Stanford Research Institute* (S.R.I. Institut de recherche de l'université de Stanford) révélèrent qu'outre la capacité de décrire les lieux éloignés où se trouvaient au même instant les expérimentateurs, les sujets testés pouvaient également décrire ceux où ces mêmes personnages allaient se rendre dans l'avenir avant même que lesdits lieux eussent été choisis. Ainsi demanda-t-on à un sujet exceptionnellement doué, Hella Hammid, photographe professionnelle, de décrire l'endroit où Puthoff allait se trouver d'ici une demi-heure. Elle se concentra, puis déclara le voir entrer « dans un triangle de métal noir plus grand que lui » ; elle n'avait pas idée de ce que c'était mais percevait un couinement régulier « à peu près toutes les secondes ».

Dix minutes avant cette prédiction, Puthoff avait commencé de tourner pour une demi-heure dans le

1. Montague Ullman, Stanley Krippner, Alan Vaughan, *Dream Telepathy* (New York, Macmillan, 1973).

secteur de Menlo Park et de Palo Alto. La demi-heure écoulée — donc bien après la perception du triangle noir par Hella Hammid — il sortit de sa poche dix destinations différentes dans leurs enveloppes scellées. Un générateur automatique lui donna le numéro de celle à choisir. À l'intérieur, l'adresse d'un petit jardin public où, en y entrant, il tomba sur une balançoire — le triangle de métal noir — et alla s'y asseoir. Puis il se balança et l'engin se mit à couiner en rythme [1].

Ces découvertes de Puthoff et Targ sur la vision précognitive à distance ont été confirmées par de nombreux laboratoires de par le monde, y compris par le centre de recherches de Jahn et Dunne à Princeton. Sur un échantillonnage de 366 séances, Jahn et Dunne constatèrent que, dans 62 % des cas, les sujets étaient en mesure de fournir des renseignements précis sur des situations futures [2].

Encore plus spectaculaires sont les résultats des célèbres « tests du fauteuil », la série d'expériences mise au point par le médium hollandais Gerard Croiset. L'expérimentateur commençait par choisir au hasard un fauteuil sur le plan d'une grande salle de spectacle ou de tout autre lieu susceptible d'abriter un événement public. La salle pouvait être située dans n'importe quelle ville de la planète mais on excluait les manifestations publiques pour lesquelles les places sont attribuées à l'avance. Puis, sans lui avoir révélé la situation ou le nom de la salle, non plus que la nature de l'événement, l'expérimentateur

1. Russel Targ et Harold Puthoff, *Mind-Reach* (New York, Delacorte Press, 1977), p. 116.
2. Robert G. Jahn et Brenda J. Dunne, *Margins of Reality* (New York, Harcourt Brace Jovanovich, 1987), pp. 160, 185 (trad. *Aux frontières du paranormal : Le Rôle de l'esprit sur la matière*, Rocher, 1991.)

demandait à Croiset de décrire la personne qui allait occuper ce siège lors de cette soirée.

Sur une période de vingt-cinq ans, en Europe comme en Amérique, de nombreux enquêteurs soumirent le Hollandais aux rigueurs du test du fauteuil et le découvrirent presque toujours capable de donner une description précise et détaillée des personnes qui allaient s'y asseoir, jusqu'à préciser leur sexe, les vêtements qu'ils portaient, leur profession, voire des incidents sur leur passé.

Le 6 janvier 1969, par exemple, dans le cadre d'une étude menée par le Dr Jule Eiseibud, maître de conférences à l'École de médecine de l'université du Colorado, Croiset fut contacté chez lui à Utrecht en Hollande à propos d'une place pour un événement devant avoir lieu le 23 du même mois. Il répondit que la personne qui allait occuper ce fauteuil serait un homme mesurant un mètre soixante-quinze avec des cheveux bruns coiffés en arrière, une dent du bas en or et une cicatrice sur le gros orteil gauche ; c'était un scientifique. Il partageait son temps entre la recherche pure et les applications industrielles. De temps à autre, il tachait sa blouse en manipulant un produit chimique verdâtre. Le 23 janvier 1969, celui qui s'installa à cette place dans ce qui se révéla être un auditorium de Denver correspondait presque parfaitement à la description de Croiset. La seule divergence était sa taille : non pas un mètre soixante-quinze mais un mètre soixante-seize[1].

1. Jude Eisenbud, « A Transatlantic Experiment in Precognition with Gerard Croiset », *Journal of American Society for Psychological Research* 67 (1973), pp. 1-25 ; voir aussi W.H.C. Tenhaeff, « Seat Experiment with Gerard Croiset », *Proceedings Parapsychologie* 1 (1960), pp. 53-65, et U. Timm, « Neue Experiments mit dem Sensitiven Gerard Croiset », *Z.F. Parapsychologia und Grezgeb. dem Psychologia* 9 (1966), pp. 30-59.

Et la liste n'est pas close.

Quelle explication donner de ces découvertes ? Celle de Bohm — que l'esprit ait accès à l'ordre implié — semble satisfaire Krippner [1]. Puthoff et Targ estiment que l'interconnexion non locale de la physique quantique joue un rôle dans les phénomènes de précognition, et Targ a soutenu qu'au cours d'une expérience de vision à distance, l'esprit du sujet se projette dans une sorte de « soupe holographique », dans une dimension dont tous les points sont interconnectés à l'infini non seulement dans l'espace mais aussi dans le temps [2].

Le Dr David Loye, psychiatre et ancien membre des Écoles de médecine de Princeton et de l'université de Los Angeles partage ce point de vue. « Pour qui se confronte à l'énigme de la précognition, la théorie du mental holographique développée par Bohm et Pribram est apparemment celle qui offre à ce jour les meilleurs espoirs de progrès vers la solution cherchée », déclare-t-il. Loye, qui est actuellement le directeur-adjoint de l'*Institute for Future Forecasting* (Institut de Prévision du Futur), en Californie du Nord, sait de quoi il parle. Voilà maintenant deux décennies qu'il se penche sur la précognition et sur tout ce qui touche à l'art de prédire, s'attachant à élaborer des techniques qui permettent aux gens d'entrer en contact avec leur propre conscience intuitive de l'avenir [3].

La nature quasi holographique de bon nombre d'expériences précognitives est un nouvel indice que la capacité de prévoir l'avenir puisse trouver là son

1. Marilyn Ferguson, *Bulletin*, p. 4.
2. Entretien privé avec l'auteur, 26 septembre 1989.
3. David Loye, *The Sphinx and the Rainbow* (Boulder, Col., Shambala Publications, 1983).

explication. Comme dans la rétrocognition, les informations précognitives se présentent souvent à ceux qui les reçoivent sous forme d'images tridimensionnelles. Ainsi, le médium d'origine cubaine, Tony Cordero, prétend que ses visions de l'avenir ressemblent à des films qui lui seraient projetés dans la tête. L'un des premiers auxquels il assista, tout gosse, retraçait la prise de pouvoir communiste à Cuba. « J'ai dit à mes parents que j'avais vu des drapeaux rouges flotter partout sur l'île, qu'il allait falloir quitter le pays et que des membres de notre famille allaient être fusillés, raconte-t-il. C'est que j'avais réellement vu ces gens dos au mur, que j'avais senti l'odeur de la poudre et entendu claquer les détonations. J'avais eu l'impression d'y être, à ceci près que si je pouvais tout voir et tout entendre, personne autour de moi ne paraissait remarquer ma présence. C'était comme de voyager dans le temps ou quelque chose du genre[1]. »

Relatant leurs expériences, ces médiums ont recours aux mêmes termes que Bohm. Ainsi Garrett décrit-elle la clairvoyance comme « une perception particulièrement aiguë de certains aspects de la vie en train d'être vécue ; du fait que cette perception s'exerce à des niveaux où le temps forme un tout *indivis et global*, il n'est pas rare que l'objet ou l'événement soit vu en succession rapide dans ses divers états passé, présent et futur[2] ».

1. Bernard Gittelson, *Intangible Evidence* (New York, Simon & Schuster, 1987), p. 174.
2. Eileen Garrett, *My Life as a Search for the Meaning of Mediumship* (London, Ryder & Company, 1949), p. 179.

Nous sommes tous des précognitifs

Si, comme le pense Bohm, la conscience humaine coule de source impliée, pareille faculté d'accéder à l'avenir ne peut qu'être générale. Omettrait-on de citer en faveur de cette thèse les résultats obtenus par Jahn et Dunne avec des gens normaux en vision à distance précognitive, nous continuerions d'avoir l'embarras du choix, tant sont nombreux les faits divers et découvertes expérimentales qui la confirment. En 1934, par exemple, Edith Lyttelton, animatrice à la BBC, membre de la formation Balfour — qui tenait alors le haut du pavé politique et social en Angleterre — et présidente de la *British Society for Psychical Research* (Société britannique de recherches parapsychologiques), invita les auditeurs à lui envoyer le récit de leurs expériences en matière de perception paranormale. Elle fut littéralement noyée sous le courrier au point que, même après élimination des témoignages non confirmés, il resta de quoi remplir un volume entier sur la question [1].

Des enquêtes menées par Louisa Rhine ont pareillement révélé que, de toutes les facultés paranormales, la précognition était la plus fréquente [2].

Il ressort par ailleurs de ces études que les visions précognitives sont — en majorité — tragiques, les prémonitions d'événements malheureux étant quatre fois plus nombreuses que celles d'événements heureux. Les décès pressentis dominent, puis viennent ensuite,

1. Edith Lyttelton, *Some Case of Prediction* (London, Bell, 1937).
2. Louisa E. Rhine, « Frequency of Types of Experience in Spontaneous Precognition », *Journal of Parapsychology* 18, n° 2 (1954) ; voir également « Precognition and Intervention », *Journal of Parapsychology* 19 (1955) et *Hidden Channels of the Mind* (New York Sloane Associates, 1961).

dans l'ordre décroissant les accidents et les maladies[1]. Le motif semble évident. Nous sommes si parfaitement conditionnés à croire impossible toute perception de l'avenir que nos facultés naturelles dans ce domaine restent latentes. À l'instar de cette énergie surhumaine que certains individus déploient dans l'urgence d'une situation où leur vie même est menacée, de telles facultés ne filtrent à la conscience qu'en période de crise — à proximité d'un mourant, quand le danger guette nos enfants ou des êtres qui nous sont chers, etc. Que notre compréhension « sophistiquée » du réel soit responsable de notre inaptitude à saisir et à utiliser la vraie nature de notre relation au temps est mis en évidence par le fait que les représentants de cultures primitives obtiennent presque toujours de meilleurs résultats aux tests de perception extrasensorielle que les prétendus civilisés[2].

Autre indice de ce que nos compétences précognitives innées ont été reléguées dans les limbes de l'inconscient : l'étroite corrélation entre la prémonition et l'activité onirique. Des études ont montré que 60 à 68 % des phénomènes de prescience se produisent au cours du rêve[3]. Que nous ayons banni de notre conscience superficielle la faculté de prévoir

1. E. Douglas Dean, « Precognition and Retrocognition » dans *Psychic Exploration*, Edgar D. Mitchell et John White Dir. (New York, G.P. Putnam's Sons, 1974), p. 136.

2. Voir A. Foster, « ESP Tests with American Indian Children », *Journal of Parapsychology* 7, n° 94 (1943) ; Dorothy H. Pope, « ESP Tests with Primitive People », *Parapsychology Bulletin* 30, n° 1 (1953) ; Ronald Rose et Lyndon Rose, « Psi Experiments with Australian Aborigenes », *Journal of Parapsychology* 15, n° 122 (1951) ; Robert L. Van de Castle, « Anthropology and Psychic Research » dans *Psychic Exploration*, et « Psi Abilities in Primitive Groups », *Proceedings of the Parapsychological Association* 7, n° 97 (1970).

3. Ian Stevenson, « Precognition of Disasters », *Journal of American Society for Psychological Research* 64, n° 2 (1970).

l'avenir ne l'empêche pas de rester présent et active dans les couches profondes de notre psyché.

Les cultures tribales en sont persuadées, de même que les traditions chamaniques lorsqu'elles insistent sur l'importance du rêve dans le déchirement des voiles du futur. Jusqu'à nos plus anciens écrits qui rendent hommage à la puissance prémonitoire des songes, et nous citerons entre autres le texte biblique où Pharaon rêve de vaches, de sept grasses puis de sept maigres. L'antiquité de telles traditions est le signe que cette extrême fréquence de la précognition onirique est due à bien autre chose qu'à notre scepticisme ordinaire à l'égard de tels phénomènes. La proximité entre l'inconscient et le royaume intemporel de l'implié y joue sans doute son rôle. Plus enfoui dans la psyché que celui de l'état de veille — et par conséquent plus proche de l'océan premier où passé, présent et futur roulent leurs flots confondus — le moi du rêve pourrait être une voie d'accès plus directe à ce que réserve l'avenir.

Quel qu'en soit le motif, on ne sera donc pas surpris que d'autres techniques d'accès à l'inconscient suscitent des phénomènes de prescience. Dans les années soixante, Karlis Osis et l'hypnotiseur J. Fahler constatèrent que les sujets sous hypnose obtenaient des résultats nettements supérieurs à la moyenne aux tests de précognition [1]. D'autres études ont confirmé depuis cette libération des pouvoirs psi par l'hypnose [2]. Toutefois, nulle statistique n'aura jamais l'impact d'un exemple pris dans la vie de tous les jours. Dans son livre, *The Future is Now : The Signi-*

1. Karlis Osis et J. Fahler, « Space and Time Variables in ESP », *Journal of American Society for Psychological Research* 58 (1964).

2. Alexander P. Dubrov et Veniamin N. Pushkin, *Parapsychology and Contemporary Science*, traduit par Aleksandr Petrovich (New York, Consultants Bureau, 1982), pp. 93-104.

fiance of Precognition (Aujourd'hui l'avenir : Ce que signifie la précognition), Arthur Osborn fait état d'une expérience à laquelle se prêta une actrice française, Irène Muza. Aux expérimentateurs qui, après l'avoir endormie, lui demandaient ce qu'elle pouvait leur dire sur son propre avenir, elle répondit : « Ma carrière sera brève, et ma fin si atroce que je n'ose la raconter. »

Surprise et malaise, au point qu'on décida de n'en rien dire à la jeune femme et même de lui implanter une suggestion posthypnotique pour qu'à son réveil elle ne gardât nul souvenir de cette funeste prophétie.

Quelques mois plus tard, son coiffeur renversa par mégarde un liquide inflammable sur un poêle brûlant. Les cheveux et vêtements de l'actrice prirent feu ; transformée en torche vivante, elle mourut peu après son transfert à l'hôpital des suites de ses brûlures [1].

Holosauts de foi

Le cas d'Irène Muza soulève une question capitale. Connaître le sort auquel la vouait sa propre prédiction l'en eût-il préservée ? Autrement dit, l'avenir est-il figé, déterminé une fois pour toutes, ou garde-t-on la possibilité de le modifier ? À première vue, l'existence même des phénomènes précognitifs semble faire pencher la balance vers la première hypothèse. Ce serait alors passablement désespérant. Si l'avenir est un hologramme dont chaque détail est d'ores et déjà fixé, notre libre arbitre est un mirage

1. Arthur Osborn, *The Future Is Now : The Signifiance of Precognition* (New York, University Books, 1961).

et ce serait sans rien y comprendre que, marionnettes entre les mains du destin, nous danserions sur un air écrit d'avance.

Par bonheur, il semble qu'il n'en soit rien. La littérature regorge de catastrophes évitées parce que prévues, de cas où des personnes se sont abstenues de prendre un avion qu'elles « savaient » devoir s'écraser ou sont intervenues de justesse pour sauver leurs enfants de la noyade en les « sentant » s'aventurer dans un courant. Le naufrage du *Titanic* a fait l'objet de dix-neuf prémonitions dont les récits nous sont parvenus. Certaines furent le fait de passagers qui en tinrent compte et survécurent, d'autres de passagers qui se noyèrent pour n'y avoir pas prêté attention, d'autres encore de personnes n'entrant dans aucune de ces deux catégories[1].

Ce genre d'incidents suggère que l'avenir n'est pas tracé de manière rigide, qu'il est plastique et susceptible d'être modifié. Ce qui n'est pas sans poser un problème car, dans ce flux incessant, où Croiset va-t-il chercher la description de la personne qui, dix-sept jours plus tard, s'assiéra dans tel fauteuil ? Et comment expliquer qu'un événement futur puisse à la fois être et ne pas être ?

Il se peut que Loye nous donne la réponse. Car, si le réel est à ses yeux un gigantesque hologramme dans lequel passé, présent et futur sont inscrits une fois pour toutes, du moins jusqu'à un certain point, il ne s'agit pas d'un exemplaire unique. Un foisonnement d'entités holographiques similaires flotterait

1. Ian Stevenson, « A Review and Analysis of Paranormal Experiences Connected with the Sinking of the *Titanic* », *Journal of American Society for Psychological Research* 54 (1960), pp. 153-171 ; voir aussi du même auteur « Seven more Paranormal Experiences Associated with the Sinking of the *Titanic* », *Journal of American Society for Psychological Research* 59 (1965), pp. 211-225.

dans les eaux intemporelles et spatiales de l'implié, s'y livrant à un incessant chassé-croisé digne de créatures unicellulaires. « On peut également voir dans ces entités holographiques des mondes parallèles », estime Loye.

En conséquence, la prédétermination d'un univers holographique donné serait totale et toute prescience le concernant résulterait d'une réceptivité à l'avenir de ce seul hologramme. Mais il arrive aussi qu'à l'instar des amibes, nos hologrammes s'interpénètrent, fusionnent ou se divisent, convergent ou s'évitent en bons globules protoplasmiques d'énergie qu'ils sont. Pareille bousculade, dont nous essuyons de temps à autre les contrecoups, pourrait bien être à l'origine de nos prémonitions. Et quand, sur la base de ces dernières, nous croyons modifier l'avenir par nos actes, nous ne faisons que bondir d'un hologramme à l'autre. Loye nomme ces bonds des « holosauts », et il estime que nous leur devons tant notre liberté que nos intuitions[1].

Bohm rend compte de la même situation en termes légèrement différents. « Quand une vision prémonitoire amène des gens à ne pas prendre le bateau ou l'avion qui va effectivement faire naufrage ou s'écraser, ce qu'ils ont vu n'était pas l'avenir réel mais quelque chose qui, implié dans le présent, était en passe de s'explier pour former l'avenir en question. En fait, le futur entrevu par eux différait du futur réel en ce qu'ils le modifiaient. J'estime donc préférable de voir dans ces phénomènes, s'ils ont une existence, des projections de l'avenir dans l'ordre implié du présent. Comme dit le poète, l'ombre de ce qui est sur le point de se produire s'étend déjà

1. Loye, *The Sphinx and the Rainbow*, pp. 158-165.

sur le présent, une ombre portée jusque dans les profondeurs de l'ordre implié[1]. »

Chacun à sa manière, Bohm et Loye tentent apparemment d'exprimer la même chose : que l'avenir est un hologramme assez substantiel pour être perçu mais dont la malléabilité reste suffisante pour que nous puissions le modifier. D'autres ont eu recours à des métaphores différentes pour rendre compte de ce qui semble être la même idée fondamentale. Ainsi Cordero décrit-il l'avenir comme une tornade en formation, plus concrète et plus inévitable à mesure qu'elle se rapproche et se charge de vitesse acquise[2]. Ingo Swann — médium avec lequel furent obtenus des résultats impressionnants lors de nombreux travaux, dont ceux de Puthoff et de Targ sur la voyance à distance — parle pour sa part de l'avenir comme d'un ensemble de possibilités en voie de cristallisation[3]. Les *kahunas* hawaiiens, dont la réputation de précognitifs n'est plus à faire, voient également l'avenir comme un fluide engagé dans un processus de cristallisation, et ils croient cette dernière plus avancée pour ce qui est des grands événements mondiaux et de ceux qui s'offrent comme des repères dans la vie d'un individu : mariage, accident, mort[4].

Lcs prémonitions qui ont — comme on le sait aujourd'hui — précédé en grand nombre tant l'assassinat de Kennedy que la guerre de Sécession (George Washington lui-même eut la vision d'une guerre civile future concernant de quelque manière « l'Afrique », la notion que tous les hommes sont « frères » et le

1. Entretien privé avec l'auteur, 28 octobre 1988.
2. Gittelson, *Intangible Evidence*, p. 175.
3. *Ibid.*, p. 125.
4. Long, *The Secret Science behind Miracles*, p. 165.

mot « Union[1] ») semble corroborer cette tradition kahuna.

Qu'il existe, conformément au postulat de Loye, une multitude d'avenirs holographiques distincts et que notre choix entre les événements qui vont se manifester et ceux qui s'en abstiendront s'effectue par simple passage d'un hologramme à l'autre n'est pas sans comporter d'autres implications. Préférer tel ou tel avenir holographique revient pour l'essentiel à le créer. Comme nous l'avons vu, bon nombre d'observations suggèrent que la conscience joue un rôle majeur dans la création de l'« ici et du maintenant ». Mais si l'esprit peut s'aventurer par-delà les frontières du présent et arpenter à l'occasion le brumeux paysage du futur, faut-il penser que nous puissions avoir part à la création des événements qui le jalonnent ? En d'autres termes, coups du sort et chances insignes sont-ils vraiment les fruits du hasard ou modelons-nous littéralement notre propre destin ? Il y a — semble-t-il, et c'est remarquable — de troublants indices que la solution numéro deux soit la bonne.

L'ombreuse substance de l'âme

Le Dr Joel Whitton, professeur de psychiatrie à la faculté de Médecine de Toronto, a lui aussi eu recours à l'hypnose pour étudier ce que les gens pensaient inconsciemment d'eux-mêmes. Toutefois, au lieu de leur poser des questions sur leur avenir, Whitton, avant tout spécialisé en hypnose clinique et titulaire d'un diplôme de neurobiologie, les inter-

1. Shafica Karagulla, *Breakthrough to Creativity* (Marina Del Rey, Calif., De Vorss, 1967), p. 206.

rogeait sur leur passé, sur leur lointain passé, pour être exact. Depuis quelques décennies, tranquillement, sans faire de bruit, Whitton a constitué un énorme dossier en faveur de la réincarnation.

Le sujet n'est pas facile à traiter. On a dit tant d'idioties que le seul mot de réincarnation provoque une réaction de rejet. La plupart des gens ne se rendent pas compte qu'en sus (on devrait même dire : en dépit) des déclarations fracassantes de nos célébrités et des réincarnations de Cléopâtre qui monopolisent l'attention des médias, des recherches sérieuses ont été menées. Voilà maintenant quelques décennies qu'un certain nombre (encore restreint mais sans cesse croissant) de chercheurs s'occupent de rassembler un impressionnant corpus d'observations sur le sujet. Whitton est l'un d'eux.

Observation n'est pas synonyme de preuve, et cet ouvrage n'a pas pour objet de prouver la réincarnation. En fait, on voit mal ce qui pourrait en constituer la preuve irréfutable.

Les découvertes en la matière ont plutôt le visage de possibilités troublantes entrant en pertinence dans notre propos. Autant leur accorder le maximum d'ouverture d'esprit.

Les travaux de Whitton sont fondés sur un simple fait hautement surprenant : les souvenirs des personnes hypnotisées se rapportent souvent à ce qui semble être des vies antérieures. Chez plus de 90 % des sujets, révèlent certaines études [1], ce qui en fait

1. H.N. Banerjee cite dans *Americans Who Have Been Reincarnated* (New York, Macmillan Publishing Company, 1960), p. 195, une enquête due à James Parejko, professeur de philosophie à la Chicago State University, dégageant que, sur 100 sujets hypnotisés, 93 manifestaient un savoir susceptible de se rapporter à une existence antérieure. Whitton a pour sa part constaté la présence de tels souvenirs chez l'ensemble de ses sujets.

un phénomène largement observé dont même les sceptiques ne songent pas à contester l'existence. Ainsi, le manuel de psychiatrie *Trauma, Trance and Transformation (Traumatisme, Transe et Transformation)* conseille aux praticiens de ne pas s'inquiéter de la remontée spontanée de ce type de souvenirs chez leurs patients. Si l'auteur leur nie toute réalité, rejetant l'idée que l'on puisse renaître, il n'en constate pas moins leur remarquable potentiel thérapeutique[1].

C'est dire que la discussion porte avant tout sur le sens à donner au phénomène. Nombreux sont ceux qui n'y voient qu'affabulation ou construction de l'inconscient, et sans nul doute est-ce plus d'une fois le cas, en particulier lors des séances de « régression » menées par un hypnotiseur peu au fait du protocole à suivre pour éviter ce genre de parasitage. Mais on relève aussi de nombreux cas de souvenirs apparemment exempts de tout caractère fantasmatique et remontés sous la direction d'un guide expérimenté. Les témoignages recueillis par Whitton appartiennent à cette dernière catégorie.

Pour conduire ses recherches, Whitton commença par constituer un groupe noyau d'une trentaine de personnes aussi diversifiées que possible, du routier au cybernéticien, certaines croyant à la réincarnation, d'autres n'y croyant pas. Puis il les hypnotisa une par une et passa littéralement des milliers d'heures à retranscrire ce qu'elles lui avaient révélé de leurs prétendues vies antérieures.

Le simple survol de ces archives s'avéra fascinant. Par le haut degré de concordance entre les expériences relatées, déjà. Tous les sujets faisaient état de nombreuses vies passées, jusqu'à vingt ou vingt-

1. M. Gerald Edelstein, *Trauma, Trance, and Transformation*, (New York, Brunner/Mazel, 1981).

cinq dans certains cas. Cependant, il semble qu'on atteignait un seuil limite lorsqu'on parvenait au stade de régression de ce que Whitton nomma « les existences d'homme des cavernes », le stade où il devenait impossible de distinguer une vie de celles qui l'encadraient [1]. Tous s'accordaient également pour nier à l'âme une polarité sexuelle précise, et plusieurs, pour le temps d'une existence au moins, avaient appartenu au sexe opposé. On faisait enfin l'unanimité sur la finalité de la vie qui était d'évoluer et d'apprendre, et sur le fait que la pluralité des existences favorisait ce processus.

Il apparut aussi à Whitton que ces souvenirs avaient de fortes chances de se rapporter vraiment à des vies antérieures. Une de leurs caractéristiques était la capacité passablement insolite de jeter une lumière nouvelle, dans la vie quotidienne des sujets, sur toutes sortes d'événements et d'expériences jusque-là sans rapport apparent. Ainsi ce psychologue qui, né au Canada et y ayant grandi, n'en était pas moins doté d'un inexplicable accent britannique. Il souffrait en outre d'une peur irrationnelle de se casser la jambe, était incapable de prendre l'avion, éprouvait une fascination obsessionnelle pour la torture et se rongeait les ongles jusqu'au sang. Adolescent, peu après s'être débattu avec les pédales d'unc voiture lors d'un cours de conduite, il avait eu l'énigmatique et brève vision d'une pièce où il se trouvait en présence d'un officier nazi. Sous hypnose, il se rappela avoir été pilote dans la R.A.F. pendant la Seconde Guerre mondiale. Son avion avait essuyé le feu de l'ennemi lors d'une mission et une balle avait traversé le fuselage, lui brisant la jambe. Il avait

1. Michael Talbot, « Lives between Lives : An Interview with Dr. Joel Whitton », *Omni WholeMind Newsletter* 1, n° 6 (mai 1988), p. 4.

perdu le contrôle des commandes au pied et s'était posé en catastrophe. Puis, capturé par les Allemands et torturé (on lui avait arraché les ongles), il était mort peu après [1].

Outre qu'une fois exhumé le souvenir traumatisant qui les bloquait dans une vie antérieure, bon nombre de sujets amorçaient un processus de guérison physique et mentale, l'exceptionnelle exactitude historique des détails fournis sur les périodes correspondantes s'avérait significative. Certains se mettaient même à parler des langues inconnues d'eux jusqu'alors. Ainsi, revivant ce qui avait tout l'air d'être une vie antérieure de Viking, un biologiste du comportement hurla des mots que des linguistes identifièrent par la suite comme du norois, c'est-à-dire du vieux norvégien [2]. Après régression jusqu'à une vie dans la Perse ancienne, le même homme se mit à couvrir les feuilles de papier à sa disposition d'une écriture arachnéenne de type sémitique ; un orientaliste devait y reconnaître du pehlevi sassanide, langue d'une civilisation qui domina la région d'Alexandre à la conquête arabe [3].

Mais sa plus remarquable trouvaille, Whitton devait la faire lors des régressions entre deux vies, dans cet éblouissant royaume de lumière « où l'espace et le temps tels que nous les connaissons n'ont plus cours [4]. Selon ses informateurs, ce royaume avait en partie pour fonction de permettre de *préparer votre existence suivante, de littéralement tracer les grandes lignes de ce qui allait vous arriver*. Mais il n'était pas question d'y jouer les bonnes fées à son propre

1. Joel L. Whitton et Joe Fisher, *Life between Life* (New York, Doubleday, 1986), pp. 116-127.
2. *Ibid.*, p. 154.
3. *Ibid.*, p. 156.
4. Entretien privé avec l'auteur, 9 novembre 1987.

bénéfice. Whitton découvrit que, dans ce royaume de l'entre-deux, on se retrouvait dans un état de conscience inhabituel caractérisé par une extrême lucidité sur soi et un sens moral accru. En outre, l'être n'y possédait plus la capacité de se dissimuler ses manquements et méfaits sous de fausses motivations. Il se voyait sans fard. Pour distinguer cet état de la conscience ordinaire, Whitton propose le terme de « métaconscience ».

Préparer sa prochaine existence s'effectuerait donc dans une perspective éthique. L'homme choisirait de renaître avec ceux dont il avait fait ses victimes dans d'autres vies afin d'avoir l'occasion de réparer ses torts. L'homme se ménagerait également l'agréable rencontre des « âmes-sœurs » avec lesquelles il compte approfondir de vie en vie une relation d'amour et d'enrichissement mutuel. L'homme se programmerait enfin des événements « accidentels » pour bénéficier de certaines leçons dont il sent la nécessité. Un sujet explique que cette préparation lui avait évoqué « le minutieux montage d'une sorte de mécanisme où il aurait inséré certaines pièces en vue d'effets précis[1] ».

Effets qui n'étaient pas toujours agréables. Lors d'une régression au stade métaconscient, une femme qui avait été victime d'un viol à trente-sept ans, révéla s'être délibérément programmé ce traumatisme avant d'entamer son incarnation présente. Elle avait jugé nécessaire, expliqua-t-elle, de se l'infliger à cet âge pour se forcer à « changer du tout au tout », briser ainsi le cercle infernal des répétitions et acquérir une compréhension plus profonde et plus positive du sens de la vie[2]. Un autre sujet, affligé d'une pathologie

1. *Life between Life*, p. 43.
2. *Ibid.*, p. 47.

rénale qui mettait ses jours en danger, découvrit qu'il s'était choisi cette maladie pour expier les fautes d'une de ses vies antérieures. Toutefois, il eut également la révélation que mourir d'une maladie rénale ne faisait nullement partie du scénario et qu'avant d'entamer sa vie présente il s'était programmé une rencontre avec quelque chose ou quelqu'un qui l'aiderait à se souvenir d'un tel fait et lui permettrait de s'arracher tant à sa culpabilité qu'au mal qui en était l'expression. Fidèle à la parole qu'il s'était donnée, il entra peu après le début des séances avec Whitton dans un processus quasi miraculeux de rémission totale[1].

Tous ceux qui travaillèrent avec Whitton ne montrèrent pas le même empressement à connaître l'avenir que leur moi métaconscient leur avait réservé. Plusieurs, exerçant une censure sur leurs propres souvenirs, lui demandèrent l'implantation d'une suggestion posthypnotique : celle de ne rien se rappeler du contenu des séances. Comme ils s'en expliquèrent, ils ne voulaient pas être tentés de modifier le scénario que leur moi métaconscient avait écrit pour eux[2].

Il y a là une idée passablement étonnante. Non content d'être averti de la tournure générale de notre destin, notre inconscient ne nous pousserait-il pas vers ses échéances ? Les recherches de Whitton ne sont pas le seul indice que ce puisse être le cas. Une statistique portant sur vingt-huit catastrophes ferroviaires survenues aux États-Unis a permis au parapsychologue William Cox de dégager, ces jours-là, une diminution significative du nombre des usagers

1. et 2. *Life between Life*, pp. 152-153 et p. 52.

du rail par rapport à la fréquentation enregistrée les mêmes jours dans les semaines précédentes[1].

Ce contact suggère que nous pourrions tous être en permanence et consciemment branchés sur le futur, et que nos décisions reposeraient en fait sur les informations que nous y puisons, certains d'entre nous choisissant d'éviter l'accident, d'autres peut-être — comme cette femme qui s'était programmé un traumatisme au seuil de la quarantaine ou cet homme la souffrance expiatoire d'une maladie des reins — optant pour une expérience négative afin d'accomplir d'autres desseins tout aussi inconscients. « En y apportant le plus grand soin ou au petit bonheur, nous choisissons nos contingences d'ici-bas », dit Whitton. « Le message de la métaconscience est que rien dans la vie d'un homme n'est jamais fortuit ou inadéquat. Du point de vue objectif qui est le nôtre dans l'entre-deux, toute expérience humaine est une question de cours à la grande école du cosmos[2]. »

Il faut noter que la tenue par l'inconscient de ce genre d'agenda ne signifie pas qu'un déterminisme absolu régisse nos vies, que tout destin soit inévitable. Le fait que plusieurs sujets de Whitton lui demandèrent d'effacer le souvenir de ce qu'ils révélaient sous hypnose implique que l'avenir n'est que grossièrement esquissé et qu'il est toujours possible d'en modifier le dessin.

Whitton n'est pas le seul chercheur qui, se penchant sur la réincarnation, ait fini par acquérir la conviction que l'inconscient joue dans notre existence un rôle plus actif qu'il n'y paraît. Le Dr Ian Stevenson, enseignant en psychiatrie à l'École de médecine

1. William E. Cox, « Precognition : An Analysis I and II », *Journal of the American Society for Psychical Research* 50 (1956).
2. Whitton et Fisher, *Life between Life*, p. 186.

de l'université de Virginie, a consacré plus de trente ans à la collecte des récits que, sans recours à l'hypnose, de très jeunes enfants font de ce qui semble être des vies antérieures.

Selon lui, des souvenirs de ce type sont relativement fréquents à cet âge, au point d'avoir posé de sérieuses difficultés à l'équipe chargée de traiter les milliers de témoignages dignes de considération que l'enquête recueillit de par le monde. En général, c'est entre deux et trois ans que les enfants commencent à parler de leur « autre vie » et de citer à cette occasion une foule de noms : le leur, ceux de leurs parents, voisins, amis, celui de l'agglomération où ils vivaient, ainsi que la description de leur maison, de la profession qu'ils exerçaient, des circonstances de leur mort, voire certains détails connus d'eux seuls comme l'endroit où ils avaient caché leur argent avant de mourir ou, lorsqu'il y avait eu meurtre, l'identité de leur assassin[1].

Il n'est pas rare que la précision des souvenirs permette à Stevenson de retrouver dans les archives la trace de l'individu auquel ils correspondent et de vérifier ainsi leur exactitude. Il a même emmené quelques enfants sur les lieux de leur incarnation passée, constatant alors qu'ils n'avaient aucune difficulté à s'orienter dans ce décor qui aurait dû leur être étranger, à reconnaître leur ancienne demeure, les objets qui leur avaient appartenu et leur ancien entourage.

À l'instar de Whitton, Stevenson a rassemblé une énorme masse de données en faveur de l'existence

1. Voir Ian Stevenson, *Twenty Cases Suggestive of Reincarnation* (Charlottesville, Virg. : University Press of Virginia, 1974) (Trad. *Vingt cas suggérant le phénomène de la réincarnation*, Éd. Sand, 1985) ; *Cases of the Reincarnation Type* (Charlottesville, Virg. : University Press of Viriginia 1974), tome 1-4, et *Children Who Remember Previous Lives* (Charlottesville, Virg. : University Press of Virginia, 1987).

de la réincarnation et la publication de ses découvertes en est déjà au sixième volume[1]. Il n'a fait que vérifier l'importance fondamentale de l'inconscient dans la genèse de notre caractère et de notre destin.

Ainsi a-t-il confirmé ce que nous avait appris Whitton sur la fréquence des renaissances en compagnie de personnes que nous avons déjà connues lors d'existences précédentes et sur le fait que nos choix soient souvent guidés par l'amour, la culpabilité ou le sentiment d'avoir une dette à régler[2]. Pour lui aussi, l'arbitre de notre destin n'est pas le hasard mais la responsabilité individuelle. Il s'est aperçu en effet que, si les conditions matérielles varient parfois considérablement d'une existence à l'autre, il n'en va pas de même des centres d'intérêt, aptitudes, comportements et principes moraux. Criminel dans la vie précédente, on sera porté dans celle-ci à la violence et aux actes illégaux ; doux et généreux, on le restera. Stevenson en conclut que ce ne sont pas les pièges extérieurs de l'existence dont il convient de se méfier mais de ceux que nous tendent au fond de nous-mêmes nos joies, nos peines, toutes les « croissances intérieures » de la personnalité.

Le plus significatif fut de ne découvrir aucun indice convaincant d'un quelconque « karma de rétribution » ou châtiment cosmique de nos fautes. « À la lumière des témoignages recueillis, écrit-il, il ne semble exister aucun juge extérieur de notre conduite, aucune entité qui nous transporterait d'une existence à l'autre en fonction de nos mérites. Si ce monde est, pour reprendre le vers de Keats, ''une vallée où se

1. Voir n. 1, p. 358.
2. Ian Stevenson, *Children Who Remember Previous Lives* (Charlottesville, Virg. : University Press of Virginia, 1987), pp. 240-243.

forge l'âme'', c'est nous-mêmes qui en sommes les forgerons[1]. »

L'enquête de Stevenson a également porté au premier plan un phénomène qui était resté occulté dans les travaux de Whitton, quelque chose qui s'inscrit comme l'une des plus spectaculaires manifestations du pouvoir qu'a l'inconscient de modeler les circonstances de notre vie. Il a découvert que la précédente incarnation d'un individu pouvait exercer une influence sur l'aspect physique de celui-ci. Ainsi, les petits Birmans dont les souvenirs se rapportaient à la vie de pilotes américains ou britanniques abattus au-dessus de leur pays au cours de la Seconde Guerre mondiale étaient-ils plus pâles de teint et de chevelure que leurs congénères[2].

Il a même relevé des cas où les traits particuliers d'un visage, la déformation d'un pied ou quelque autre signe distinctif se retrouvaient d'une existence à l'autre[3]. La plupart du temps, il s'agissait de blessures physiques qui, lors de l'incarnation suivante, réapparaissaient sous forme de cicatrices ou de taches de naissance. À titre d'exemple, on peut citer ce garçon mort égorgé qui gardait une longue marque rouge autour du cou[4]. Cet autre, aussi, qui se rappelait avoir mis fin à ses jours en se tirant une balle dans la tête, balle dont on reconstituait aisément la trajectoire, deux taches de naissance violacées marquant respectivement l'endroit où elle était entrée et celui où elle était ressortie[5]. Un dernier cas enfin : un

1. Voir note 2 p. 359, *op. cit.*, pp. 259-260.
2. Ian Stevenson, *Vingt cas suggérant le phénomène de la réincarnation*, Sand.
3. *Ibid.*.
4. *Ibid.*.
5. Sylvia Cranston et Carey Williams, *Reincarnation A New Horizon in Science, Religion and Society* (New York, Julian Press, 1984), p. 67.

garçon né avec ce qui, jusqu'au détail des points de suture, ressemblait à une cicatrice chirurgicale à l'emplacement précis où sa précédente incarnation avait été opérée[1].

Des « coïncidences » de ce genre, Stevenson en a relevé par centaines, au point que le mémoire qu'il est en train de rédiger sur le phénomène devrait exiger une publication en quatre volumes. Très souvent, l'accès qu'il a pu avoir au dossier d'hospitalisation (et/ou au rapport d'autopsie) des individualités d'origine lui a permis de vérifier, outre l'existence de ces lésions, leur localisation précise à l'endroit où les individualités actuelles présentent des taches de naissance ou des difformités. Il y voit non seulement une pièce majeure à verser au dossier de la réincarnation mais l'indice qu'il pourrait y avoir comme un corps intermédiaire non physique chargé du transfert de ces marques. « Il me semble, écrit-il, que les blessures qui s'inscrivent dans la chair d'un individu modifient parallèlement une sorte de double qui, le moment venu, sert de gabarit pour l'élaboration d'une nouvelle apparence physique où ces marques accidentelles sont reportées sous forme naturelle[2]. »

Cette hypothèse d'un « corps-gabarit » fait écho à celle de Tiller qui voit dans le champ énergétique humain un patron holographique dictant au corps ses formes et structures. En d'autres termes, nous aurions affaire à une épure en trois dimensions, une armature sur laquelle se modèlerait le corps physique. Notons par ailleurs que les découvertes de Stevenson ne font que renforcer l'idée que nous ne sommes, au

1. *Reincarnation A New Horizon in Science...*, p. 260.
2. Ian Stevenson, « Some Questions Related to Cases of the Reincarnation Type », *Journal of the American Society for Psychical Research*, p. 407.

fond, que des images, des constructions holographiques, élaborées par la pensée.

Il a également fait observer que, si les résultats de ses travaux semblent faire de nous les créateurs de notre propre vie et, dans une certaine mesure, de notre propre corps, notre participation au processus est si passive qu'elle peut être qualifiée de presque involontaire. Ce sont des couches profondes de la psyché qui semblent opérer ces choix, des couches dont les liens majeurs se tissent avec l'implié. Comme il l'explique : « Des niveaux d'activité messagère autrement plus enfouis que ceux qui régulent notre respiration ou notre digestion doivent gérer ces processus[1]. »

Pour éloignées de l'orthodoxie que soient bon nombre des conclusions de Stevenson, sa réputation d'enquêteur exhaustif et minutieux lui a gagné le respect de certains milieux traditionnellement sceptiques. Ainsi des publications scientifiques aussi exigeantes sur le sérieux de leurs articles que l'*American Journal of Psychiatry (Bulletin américain de Psychiatrie),* le *Journal of Nervous and Mental Disease (Bulletin des Maladies mentales et nerveuses)* et l'*International Journal of Comparative Sociologie (Bulletin international de Sociologie comparée)* lui ont-elles ouvert leurs pages. Et, commentant l'une de ses études, le prestigieux *Journal of the American Medical Association (Bulletin de l'Association des Médecins américains)* a pu écrire qu'il avait « avec un soin extrême et sans passion de mauvais aloi, recueilli une série de témoignages détaillés difficilement interprétables sur toute autre base que la réincarnation... Ainsi a-

1. Stevenson, *Children*, p. 255.

t-il mis à la disposition des chercheurs une masse de données qu'il ne leur est plus possible de négliger[1]. »

Tout se fonde sur la pensée

Comme il en est de tant d'autres « découvertes » examinées dans cet ouvrage, la notion qu'il y ait une part inconsciente et même spirituelle de nous-mêmes qui puisse franchir les barrières du temps et prendre en main notre destin se retrouve dans bon nombre de traditions chamaniques. Selon les Bataks d'Indonésie, ce qui survient dans la vie d'un individu est déterminé par son âme, ou *tondi*, laquelle se réincarne et reproduit chaque fois, dans ce nouveau corps qui l'héberge, non seulement le comportement mais les caractéristiques physiques de son ancien moi[2]. Les Indiens Ojibwas sont également persuadés que tout homme a son existence écrite d'avance par un esprit ou une âme invisible et qu'elle lui est progressivement révélée de manière à favoriser sa croissance et son développement. Meurt-on sans être arrivé au bout de ce que l'on avait à apprendre, le corps spirituel se réincarne pour achever la tâche[3].

Pour les *kahunas*, cet aspect invisible porte le nom d'*aumakua*, ou « moi supérieur ». À l'instar de la métaconscience de Whitton, il s'agit de cette part

1. *Journal of the American Medical Association* (1er décembre 1975), cité par Cranston et Williams dans *Reincarnation...*

2. J. Warneck, *Die Religion der Batak* (Gottingen, 1909), cité par Kalweit dans *Dreamtime and Inner Space : The World of the Shaman* (Boulder, Col., Shambala, 1984), p. 23.

3. Basil Johnston, *Und Manitu erschuf die Welt. Mythen und Visionen der Objiwa* (Cologne, 1979), cité par Kalweit dans *Dreamtime and Inner Space : The World of the Shaman* (Boulder, Col., Shambala, 1984), p. 25.

de la personne qui, bien qu'inaccessible à sa conscience ordinaire, n'en a pas moins connaissance de ce qui, dans l'avenir, est déjà fixé, « prévu ». À cette part de nous-mêmes, nous sommes également redevables de notre destin, à ceci près qu'elle n'est pas seule en cause dans l'élaboration de celui-ci. Comme bon nombre d'autres chercheurs cités dans cet ouvrage, les *kahunas* voient dans les pensées des réalités matérielles, des objets faits d'une substance énergétique subtile désignée par l'expression *kino mea*, « substance physique ombreuse ». De ce fait, nos souhaits, nos craintes, nos projets, nos soucis, nos culpabilités comme nos rêves et nos envolées imaginatives, loin de s'évanouir une fois que notre esprit en a accouché, se métamorphosent en formes-pensées qui vont grossir le tas de fibres brutes dans lequel puise notre moi supérieur pour nous tisser un avenir.

La plupart des gens n'exercent aucun contrôle sur leurs pensées ; ils ne cessent de bombarder leur *aumakua* d'un mélange hétéroclite et contradictoire de projets, d'espoirs et de peurs. Le moi supérieur en est perturbé, d'où sa tendance à produire des vies tout aussi désordonnées et semées d'aléas. Les *kahunas* de haut niveau, qui communiquent directement avec leur moi supérieur, ont, paraît-il, le pouvoir d'aider les gens à remodeler leur avenir. Dans le même esprit, on estime d'une importance capitale que chacun prenne le temps, aussi fréquemment que possible, de penser à sa vie et de visualiser en termes concrets ce qu'il souhaite qu'il lui arrive. Que l'on acquière, ce faisant, une certaine maîtrise sur les événements de son existence n'a rien d'étonnant puisque cela revient à fournir consciemment à celui qui la tisse des matériaux adéquats [1].

1. Long, *The Secret Science behind Miracles*, pp. 165-169.

Non sans évoquer Tiller, Stevenson et leur hypothèse d'un corps intermédiaire subtil, les *kahunas* soutiennent que le corps physique est moulé sur un gabarit fait de cette substance ombreuse. De nouveau, il est question de ces *kahunas* qu'une harmonie exceptionnelle avec leur moi supérieur dote du pouvoir de remodeler la substance ombreuse — donc, le corps physique — des gens et d'opérer ainsi des guérisons miraculeuses[1]. Nous y voyons pour notre part un parallèle intéressant avec certaines de nos conclusions sur le rôle joué par les images et la pensée dans la détérioration, le maintien ou le rétablissement de la santé.

La tradition tantrique tibétaine n'ignore pas cette « substance » de nos pensées, la nomme *tsal* et estime que toute action mentale génère des ondes de cette mystérieuse énergie. Elle considère l'univers entier comme une production de l'esprit, créée et animée par le *tsal* collectif de tous les êtres. La plupart des gens n'ont pas conscience de posséder un pouvoir de cette sorte, prétendent les tenants de cette tradition, parce que l'esprit du commun des mortels fonctionne « comme une petite mare isolée du grand océan ». Seuls de grands yogis, versés dans les techniques d'accès aux couches profondes de l'esprit, sont consciemment capables d'utiliser ces formes. L'un des moyens qu'ils ont d'y parvenir est de visualiser sans cesse ce dont ils souhaitent la création. Les textes tantriques tibétains sont prolixes en exercices de visualisation — ou *sadhanas* — pour atteindre ce but, et les moines de certaines sectes, dont celle des Kagyupas, passaient jusqu'à sept ans dans la solitude la plus

1. *The Secret Science behind Miracles*, p. 193.

complète d'une caverne ou d'une pièce murée à perfectionner leurs facultés dans ce domaine [1].

Les soufis persans du XIIe siècle ont également souligné l'importance de la visualisation pour infléchir ou remodeler le destin et, dans leurs écrits, la subtile matière de la pensée porte le nom d'*alam al-mithal*. Comme bon nombre de clairvoyants, ils étaient convaincus que l'homme est doté d'un corps subtil contrôlé par des centres énergétiques assimilables aux chakras. Ils concevaient également le réel comme un étagement de plans d'existence d'une subtilité croissante, les *hadarat*. Le niveau directement contigu à celui du monde sensible constituait une sorte de réalité de référence où l'*alam al-mithal* des pensées de tout un chacun se concrétisait sous forme d'idées-images qui finissaient par déterminer sa trajectoire de vie. L'originalité des soufis en la matière était de voir le chakra du cœur, l'*himma*, comme l'agent actif d'un tel processus, si bien que contrôler ce centre énergétique revenait à contrôler sa destinée [2].

Edgar Cayce aussi a parlé des pensées comme de choses tangibles, simplement constituées d'une forme plus fine de matière. Dans l'état d'hypnose où il se plongeait, il avait d'ailleurs coutume de répéter à ses clients que leurs pensées modelaient leur destin, que, pour reprendre ses termes, « la pensée est le fondateur ». Dans cette optique, le processus mental peut se comparer au parcours d'une araignée autour de sa toile, chaque cercle bouclé y ajoutant

1. John Blofield, *The Tantric Mysticism of Tibet* (New York, E.P. Dutton, 1970), p. 84 (trad. *Le Bouddhisme tantrique du Tibet*, Seuil, 1978) ; voir aussi Alexandra David-Néel, *Mystiques et magiciens du Tibet* (Paris, Plon).

2. Henry Corbin, *L'imagination créatrice dans le soufisme d'Ibn Arabi* (Paris, 1958, rééd. Flammarion, 1977).

un nouveau fil. De la même manière, disait Cayce, nous créons à chaque instant de notre vie les images et structures qui vont donner forme et force à notre avenir[1].

Paramahansa Yogananda conseillait à ses disciples de visualiser l'avenir qu'ils souhaitaient et de le charger d'« énergie de concentration ». Comme il le soulignait, « la visualisation adéquate par l'exercice de la concentration et du pouvoir de la volonté nous permet de concrétiser nos pensées, non seulement sous forme de rêves ou de visions dans le domaine mental, mais aussi comme des expériences tangibles dans celui de la matière[2].

Il se trouve que ces notions sont présentes dans un vaste éventail de sources diverses. « Nous sommes ce que nous pensons, dit le Bouddha. Tout ce que nous sommes s'éveille avec nos pensées. C'est par elles que nous créons le monde[3]. » « Comme agit l'homme, ainsi devient-il, et selon ses désirs se forge son destin », affirme, six siècles avant notre ère, la Brihadarankaya Upanishad[4]. « Tout dans la Nature n'est pas entre les mains du Destin car l'âme est dotée d'un principe qui lui est propre », écrit le néoplatonicien Jamblique autour de l'an 300[5]. « Demandez, et l'on vous donnera », est-il dit dans

1. Hugh Lynn Cayce, *The Edgar Cayce Reader. Vol. II* (New York, Paperback Library, 1969), pp. 25-26 ; voir aussi Noel Langley, *Edgar Cayce on Reincarnation* (New York, 1967) (trad. *Edgar Cayce et la Réincarnation*, éd. de Mortagne, 1982-1987, J'ai lu, 1989, p. 45.)

2. Paramahansa Yogananda, *Man's Eternal Quest* (Los Angeles, Self-Realisation Fellowship, 1982), p. 238.

3. Thomas Byron, *The Dammapada : The Sayings of Buddha* (New York, Vintage Books, 1976), p. 13.

4. *The Upanishads*, trad. par Swami Prabhavananda et Frederick Manchester (Hollywood, Calif., Vedanta Press, 1975), p. 177.

5. Jamblique, *Les mystères d'Égypte*, texte établi et traduit par E. des Places (Paris, Les Belles Lettres, 1966), p. 200.

l'Évangile, et aussi : « Si vous avez la foi, rien ne vous sera impossible[1]. » Enfin, comme l'écrit Rabbi Steinsaltz, cabaliste contemporain, dans son traité, *Thirteen-Petaled Rose (La Rose aux treize pétales)* : « La destinée d'un homme est en rapport avec ce qu'il crée et accomplit par lui-même[2]. »

L'indice de quelque chose de plus profond

Ainsi, la notion que nos pensées sont les artisans de notre destin reste des plus actuelles. Il n'est qu'à voir le succès des manuels de mieux-être dont elle constitue l'idée centrale comme le *Creative Visualisation (Techniques de la visualisation créative)* de Shakti Gawain et le *You Can Heal Your Life (Vous avez le pouvoir de vivre en bonne santé)* de Louise L. Hay. Cette dernière, qui s'est guérie d'un cancer en modifiant ses structures mentales, dirige par ailleurs des stages de formation à ses techniques qui ne désemplissent pas. On retrouve également la même philosophie imprégnant bon nombre de « révélations spirituelles » grand public comme *A Course of Miracles (À l'école des miracles)* de Marianne Williamson et les *Livres de Seth* de Jane Roberts.

Jusqu'à d'éminents psychologues qui la revendiquent. Jean Houston, qui fut en un temps la présidente de l'*Association for Humanistic Psychology* (Association de Psychologie humaniste) et dirige à présent la *Foundation for Mind Research* (Fondation pour la Recherche sur l'Esprit) de Pomona, dans

1. Matthieu VII, 7 ; XVII, 20.
2. Rabbi Adin Steinsaltz, The Thirteen-Petaled Rose (New York, Basic Books, 1980), pp. 64-65 (trad. *La Rose aux treize pétales : introduction à la Cabale et au Judaïsme*, Albin Michel, 1989.)

l'État de New York, disserte longuement sur le concept dans son livre : *The Possible Human (Le Potentiel humain)*. Houston y décrit aussi divers exercices de visualisation, dont un qu'elle intitule : Orchestrer le cerveau et faire son entrée dans l'Holovers [1].

Autre ouvrage ayant amplement mis à contribution le modèle holographique pour étayer l'idée d'un remodelage possible de notre avenir par les techniques de visualisation, le *Changing Your Destiny (Transformez votre destin)* de Mary Orser et Richard A. Zarro. On notera que Zarro est le fondateur de Futureshaping Technologies, une société qui organise des séminaires sur l'application du « *futureshaping* », le modelage du futur, aux entreprises et compte parmi ses clients tant Panasonic que le groupe bancaire I.B.C.A. [2].

L'ex-astronaute Edgar Mitchell, le sixième homme à avoir marché sur la Lune — explorateur aussi chevronné de l'espace du dedans que de l'autre — a suivi la même voie. En 1973, il fonda l'*Institute of Noetic Sciences* (Institut des Sciences noétiques), une organisation qui a son siège en Californie et se consacre à la recherche sur ces pouvoirs de l'esprit dont nous parlons. Vingt ans après, l'institut est toujours au mieux de sa forme et, au nom des projets qu'il a en chantier, on peut citer une étude d'envergure sur le rôle joué par l'esprit dans les guérisons miraculeuses et rémissions spontanées, une autre sur celui de la conscience dans la création d'un avenir positif à l'échelle planétaire. « Nous créons notre

1. Jean Houston, *The Possible Human* (Los Angeles, J.P. Tarcher, 1982), pp. 200-205.
2. Mary Orser et Richard A. Zarro, *Changing Your Destiny* (Sans Francisco, Harper & Row, 1989), p. 213.

propre réalité, explique Mitchell, parce que celle de nos émotions les plus intimes — de notre subconscient — nous place dans des situations propres à nous dispenser un enseignement. Nous les vivons comme de drôles de choses qui nous arrivent, comme la rencontre de ces gens dont nous avons à apprendre. Ainsi créons-nous les circonstances de notre vie à un niveau très profond, métaphysique et subconscient [1]. »

Faut-il voir un simple engouement passager dans la faveur actuelle dont jouit cette idée que nous sommes les auteurs de notre propre destin, ou sa présence dans tant de cultures et d'époques différentes est-elle l'indice de quelque chose de plus profond, le signe qu'il s'agit d'une vérité qu'intuitivement l'humanité a toujours reconnue ? La question reste pour l'heure sans réponse, mais un univers holographique — univers dans lequel l'esprit participe au réel et où la substance la plus intime de notre psyché est à même de s'enregistrer sous forme de synchronicité dans le monde objectif — n'exclut nullement la notion que nous soyons également les artisans de notre destin. Elle la rend même fort probable.

Trois ultimes pièces à conviction

Avant de conclure, trois dernières pièces méritent un examen attentif. Chacune, pour n'être pas décisive, n'en offre pas moins un aperçu appréciable sur d'autres facultés transcendant le temps que pourrait avoir la conscience dans un univers holographique.

1. Florence Graves, « The Ultimate Frontier : Edgar Mitchell, the Astronaut-Turned-Philosopher Explores Star Wars, Spirituality, and How We Create Our Own Reality », *New Age* (mai/juin 1988), p. 87.

Rêves de masse, rêves d'avenir

Un autre chercheur que son travail sur les vies antérieures a conduit à penser que l'esprit avait son mot à dire dans le destin d'un individu est la regrettée Dr Helen Wambach de San Francisco. Sa méthode consistait à hypnotiser de petits groupes, les faire régresser à des périodes données, puis leur soumettre un questionnaire établi d'avance et portant sur des sujets aussi variés que leur sexualité, leurs habitudes vestimentaires, leurs occupations, les ustensiles dont ils se servaient pour les repas, etc. Sur trente-neuf années d'enquête dans le domaine des vies passées, elle hypnotisa des milliers de personnes et rassembla une jolie collection de trouvailles impressionnantes.

L'une des critiques formulées à l'égard de la réincarnation est que les gens ne semblent se rappeler que leur vie antérieure de personnage historique ou, pour le moins, célèbre. Wambach a montré qu'il n'en était rien. Plus de 90 % de ses sujets se remémoraient des vies de paysan, de gens du petit peuple, ou de chasseurs-cueilleurs primitifs quand l'époque s'y prêtait. Moins de 10 %, donc, avaient des souvenirs d'aristocrates, et pas un seul sujet ne se rappelait avoir été célèbre. De tels résultats s'inscrivaient en faux contre l'assimilation des récits de vies antérieures à des délires compensatoires [1]. Il y avait aussi l'extraordinaire justesse des détails historiques, parfois des moins connus. Ainsi, des sujets ayant régressé au XVIIIe siècle déclaraient se servir de fourchettes à trois dents mais, passé 1790, ils commençaient d'en décrire qui en avaient quatre, reflétant avec exactitude l'évolution

1. Helen Wambach, *Reliving Past Lives* (New York, Harper & Row, 1978), p. 116.

historique de l'ustensile. La même précision était observable quand il s'agissait des vêtements, des chaussures, du type de nourriture, etc.[1].

La grande découverte de Wambach fut cependant d'un autre ordre : elle constata qu'elle pouvait également faire *progresser* ses sujets jusqu'à des vies futures. Les descriptions obtenues pour les prochains siècles s'avérèrent si fascinantes qu'elle entreprit d'étudier ces progressions à une vaste échelle, en France et aux États-Unis. Hélas, elle devait décéder avant d'avoir mené le projet à son terme, mais l'un de ses anciens collaborateurs, le psychologue Chet Snow, a pris le relais et, achevant l'enquête, en a récemment publié les résultats dans un livre intitulé : *Mass Dreams of the Future. (Comment nous rêvons massivement notre avenir.)*

Au traitement, les récits des deux mille cinq cents personnes ayant participé au projet avaient révélé plusieurs caractéristiques dignes d'attention. D'abord, on notait que tous les sujets s'accordaient sur la spectaculaire diminution de la population terrestre dans l'avenir. Bon nombre d'entre eux n'avaient même plus trouvé de corps physiques pour les héberger aux différentes périodes spécifiées. Quant à ceux qui avaient pu poser leur âme, ils confirmaient cet état de fait pour l'avoir constaté.

Ensuite, il se dégageait une nette répartition en quatre catégories selon le type d'avenir rencontré. Un premier groupe décrivait un monde stérile et sans joie où la plupart des gens vivaient dans des stations spatiales, portaient des tenues métallisées et se nourrissaient d'aliments de synthèse. Un autre, les « New Age », revenait avec le sentiment qu'on y vivrait des

1. *Reliving Past Lives,* pp. 128-134.

vies plus sereines et plus près de la nature, en harmonie l'un avec l'autre, se consacrant à l'étude et à son propre développement spirituel. Les « High-Tech City » parlaient d'un triste avenir robotisé où l'on allait vivre dans des mégapoles souterraines ou protégées par des dômes. Un dernier groupe, enfin, s'était retrouvé dans la peau de survivants de la catastrophe, peut-être nucléaire, qui allait ravager le monde dans l'intervalle. L'avenir les verrait habiter les lieux les plus divers, des villes en ruines aux cavernes en passant par les fermes isolées ; ils allaient porter des vêtements cousus à la main et le plus souvent taillés dans des peaux de bêtes. La chasse assurerait d'ailleurs l'essentiel de leur subsistance.

Quelle explication en donner ? Snow se tourne vers le modèle holographique pour avoir une réponse et, comme Loye, estime qu'une telle répartition suggère l'existence d'avenirs potentiels, d'univers holographiques — encore appelés « holovers » — en formation constante dans les brumes du destin. Mais comme d'autres chercheurs travaillant sur les vies passées, il est également convaincu que nous sommes les seuls artisans de notre destin, tant sur le mode individuel que collectif, et que ces quatre scénarios sont en fait un aperçu des divers avenirs potentiels que l'humanité dans son ensemble est en train de se créer.

Donc, selon Snow, plutôt que de construire des abris antiatomiques ou de gagner des régions du monde qui seront épargnées par le « grand chambardement » que prédisent certains, nous devrions consacrer plus de temps à croire en un avenir meilleur et à le visualiser. Il cite la Commission planétaire — des millions de personnes qui, sous les latitudes les plus diverses, ont accepté de passer une heure, tous les vingt-cinq décembre de douze à treize heures GMT, à prier et à méditer pour la paix dans le monde et pour sa guérison — comme un pas dans la bonne direction. Snow est formel : « Si, collectivement, nous modelons en permanence notre réalité matérielle future par nos actions et pensées, il est grand temps d'ouvrir les yeux sur ce que nous nous avons d'ores et déjà créé. Les quatre types de Terre dégagés par l'enquête nous proposent un choix clair. Que voulons-nous pour nos petits-enfants ? Où aimerions-nous peut-être un jour nous réincarner ? [1] »

Modifier le passé

Mais le remodelage du réel par la pensée humaine pourrait n'être pas réservé au seul avenir. Lors du congrès annuel de 1988 de la *Parapsychological Association* (Association parapsychologique) Helmut Schmidt et Marilyn Schiltz annoncèrent que plusieurs expériences qu'ils avaient menées donnaient à penser que l'esprit pourrait être également capable de modifier le passé. Pour l'une de ces expériences, ils avaient enregistré mille séquences sonores différentes par un procédé informatique d'échantillonnage aléatoire. Chaque séquence comportait cent sons de durée variable, certains agréables, d'autres non, en nombre sensiblement égal comme le veulent les lois de la probabilité lors de ces sélections aléatoires. On en avait ensuite envoyé une copie sur cassette à des sujets qui devaient l'écouter en s'efforçant d'augmenter par psychokinésie la durée des sons plaisants et de restreindre celle des bruits. Puis on leur demandait de faire savoir au laboratoire sur quelles séquences ils étaient intervenus. Schmidt et Schiltz examinaient alors l'original. Dans bon nombre de cas, les séquences signalées comportaient des plages de

1. Chet B. Snow et Helen Wambach, *Mass Dream of the Future* (New York, McGrave-Hill, 1989), p. 218.

sons agréables sensiblement plus longues que les interludes cacophoniques. En d'autres termes, il semblait que les sujets eussent exercé leur PK à rebroussetemps pour perturber le processus aléatoire de l'enregistrement dont leur cassette n'était que la copie.

Un autre test de Schmidt et Schiltz porta sur des séquences de cent sons distribués sur quatre notes en mode aléatoire. On demandait au sujet d'accroître la proportion d'aigus. La même PK rétroactive fut constatée. À noter que, découverte incidente, l'effet PK des sujets pratiquant régulièrement la méditation s'avéra nettement supérieur à celui des non-méditants, ce qui suggère une fois de plus que le contact avec l'inconscient est la clé donnant accès dans la psyché à ce qui structure notre réel [1].

Pareille capacité de modifier par psychokinésie des événements qui se sont *déjà* produits est passablement dérangeante tant notre programmation profonde à voir le passé figé comme un insecte dans l'ambre nous empêche d'imaginer qu'il puisse en être autrement. Mais dans un univers holographique où le temps est une illusion, le réel une simple vue de l'esprit, nous ferions peut-être mieux de nous y habituer.

Une promenade dans les jardins du temps

Si vertigineuses que soient les deux notions que nous venons d'exposer, elles pâlissent en comparaison de la dernière catégorie d'anomalies temporelles qui va faire l'objet de notre attention. Le 10 août 1901, deux professeurs d'Oxford, Anne Moberly, principal du *St Hugh's College*, et son adjointe, Eleanor Jourdain, se promenaient dans les jardins du Petit

1. Henry Reed, « Reaching into the Past with Mind over Matter », *Venture Inward* 5, n° 3 (mai/juin 1989), p. 6.

Trianon à Versailles lorsqu'elles virent une sorte de miroitement se superposer à la verdure environnante. Le phénomène dissipé, elles se retrouvèrent dans un ailleurs, entourées de personnages portant perruque et vêtus de costumes du XVIIIe siècle. Dans cet environnement pastel régnait une agitation singulière. Soudain, un personnage d'une rare laideur, le visage marqué par la petite vérole, s'approcha des deux femmes ébahies et leur enjoignit de s'éloigner au plus vite. Elles le suivirent le long d'un rideau d'arbres jusqu'à un jardin où flottaient des accents mélodieux. Une dame de la noblesse y peignait une aquarelle.

Puis la vision s'évanouit et le jardin reprit son aspect normal, sans qu'on pût toutefois douter de la spectaculaire métamorphose qu'il venait de subir. En effet, lorsqu'elles se retournèrent, les deux femmes s'aperçurent qu'un vieux mur de pierre barrait à présent le chemin qu'elles avaient emprunté pour venir. Dès leur retour en Angleterre, elles mirent à contribution la bibliothèque d'Oxford qui leur apporta la certitude d'avoir été transportées cent neuf ans plus tôt, le jour même où le peuple de Paris avait saccagé les Tuileries et massacré la garde suisse — d'où l'agitation constatée — et d'avoir rencontré l'aquarelliste Marie-Antoinette en personne. L'expérience était si frappante qu'elles en consignèrent le récit. Le manuscrit atteignit les dimensions d'un livre et fut soumis à la *British Society for Psychical Research* (Société britannique de recherches parapsychiques)[1].

L'aventure d'Anne Moberly et d'Eleanor Jourdain est significative en ce qu'il s'agit de bien autre chose que d'une simple vision rétrocognitive. Elles

1. Anne Moberly et Eleanor Jourdain, *An Adventure* (London, Faber, 1904) (trad. *Les fantômes de Trianon*, Monaco, éd. du Rocher, 1959.)

sont vraiment retournées dans le passé, y ont fait des rencontres et se sont promenées dans des jardins tels qu'ils étaient un peu plus d'un siècle auparavant. Que l'on ait peine à y croire n'empêche pas qu'il est peut-être encore plus difficile d'imaginer le motif qui les aurait poussées à inventer une histoire dont elles ne devaient retirer aucun bénéfice et qui, à n'en pas douter, a dû mettre en péril leur réputation universitaire.

D'autant que tant les jardins du Petit Trianon que ceux des Tuileries allaient encore se signaler à l'attention de la *British Society for Psychical Research*. Les premiers lorsqu'en mai 1955, un notaire londonien et son épouse y rencontrèrent des personnages apparemment sortis de ce même XVIIIe siècle, les seconds quand le personnel d'une ambassade dont les fenêtres donnaient sur eux attestèrent les avoir vus régresser dans le temps[1]. Chez nous, aux États-Unis, Gardner Murphy, ex-président de l'*American Psychological Association* (Association des Psychologues américains) et de l'*American Society for Psychical Research* (Société américaine de recherches parapsychologiques) a relevé un cas similaire : une Mrs Buterbaugh qui, par la fenêtre de son bureau de l'université Weysleyan du Nebraska, vit et entendit soudain le campus comme cinquante ans en arrière, sans allées bourdonnantes d'activité, sans pléthore de bâtiments corporatifs ; à leur place une prairie à perte de vue et le bruissement des arbres dans la brise d'un été depuis longtemps révolu[2].

La frontière entre présent et passé est-elle inconsistante au point que retourner dans ce dernier ne

1. Andrew Mackenzie, *The Unexplained* (London, Barker, 1966), cité par Ted Holiday, The Goblin Universe (St. Paul, Minn., Llewellyn Publications, 1986), p. 96.
2. Gardner Murphy et H.L. Klemme, « Unfinished Business », *Journal of the American Society for Psychical Research* 60, n° 4 (1966), p. 5.

présente, pour peu que soient réunies les conditions propices, pas plus de difficulté qu'une promenade dans un jardin ? Pour l'heure nous n'en savons rien. Mais, dans un monde moins constitué de corps solides qui se déplacent dans l'espace et le temps que d'immatériels hologrammes d'énergie pure entretenus par des processus en corrélation pour le moins partielle avec la conscience humaine, il se pourrait que ce genre d'excursion ne soit pas aussi impossible qu'il y paraît.

Et si nous sommes perturbés par l'idée que notre esprit et même notre corps sont beaucoup moins soumis qu'il n'y paraît aux entraves du temps, rappelons-nous la terreur d'une humanité convaincue d'avoir un sol plat sous ses pieds devant l'idée d'une Terre ronde. Il doit ressortir de ce chapitre que nous sommes toujours des enfants quand il s'agit d'appréhender la réelle nature du temps. Et comme tout un chacun au seuil de l'âge adulte, il nous faut rejeter nos peurs et nous confronter à la réalité du monde. Car dans un univers holographique où tout naît des moirures de l'énergie, c'est bien plus que notre compréhension du temps qui doit changer. D'autres brasillements traversent le paysage, d'autres profondeurs restent à sonder.

Se déplacer
dans le super-hologramme

Le réel holographique ne devient expérimentalement accessible qu'à compter du moment où la conscience est affranchie de toute dépendance à l'égard du corps physique. Aussi longtemps qu'elle lui reste liée, qu'elle en épouse les modalités sensorielles, le réel holographique n'est au mieux qu'une construction de l'intellect. Il faut être libéré du corps pour en avoir une expérience directe. C'est pourquoi les mystiques parlent de leurs visions avec tant de certitude et de conviction alors que ceux qui n'ont pas eu personnellement accès à ce royaume demeurent sceptiques ou indifférents.

Dr Kenneth Ring
Life at Death
(Sur la frontière de la vie)

Il n'y a pas que le temps qui soit illusoire dans un univers holographique. Il se pourrait que l'espace aussi soit un pur produit de nos perceptions. Certes, le concept est plus dur à saisir : ici, pas d'analogie facile sur laquelle se rabattre, d'univers non möbien ou d'avenir cristallisé. Nous sommes à ce point conditionnés à penser en termes d'espace qu'il nous est même difficile d'entrevoir le simple fait d'exister dans un univers dont cette notion serait absente. Néanmoins, l'évidence demeure : en définitive, nous pourrions n'être guère plus liés à l'espace qu'au temps.

Les sorties du corps en sont un puissant indice. Il s'agit de moments où la conscience active semble se détacher du corps physique, acquérant la capacité de se transporter en d'autres lieux. Ces OBE *(Out-of-body Experiences)* bénéficient du témoignage de personnes appartenant à toutes les époques et à tous les styles de vie. Aldous Huxley, Goethe, D.H. Lawrence, August Strindberg et Jack London n'ont pas fait mystère des leurs ; l'Égypte et la Chine les ont connues, ainsi que les traditions nord-amérindiennes, les philosophes grecs, les alchimistes médiévaux, l'archipel océanien, l'Inde, les juifs et les musulmans. Dans un tableau comparatif de quarante-quatre cultures non occidentales, Dean Shiels n'en a trouvé que trois pour ne pas croire aux OBE [1]. Le même genre d'étude sur 488 sociétés, soit 57 % des sociétés connues, a permis à l'ethnologue Erika Bourguignon de dégager que 437 d'entre elles, 89 % donc, avaient au moins une tradition concernant l'OBE [2].

Jusqu'aux travaux les plus récents qui confirment l'extension du phénomène. Dernièrement, les cas relevés par un géologue de l'université d'Aberdeen féru de parapsychologie, le Dr Robert Crooc-

1. Dean Shield, « A Cross-Cultural Study of Beliefs in out-of-the Boddy Experiences », *Journal of the Society for Psychical Research* 49 (1978), pp. 697-741.
2. Erika Bourguignon, « Dreams and Altered State of Consciousness in Anthropological Research », dans *Psychological Anthropology*, F.L.K. Hsu Dir. (Cambridge, Mass., Schenkman, 1972), p. 418.

kall, ont permis la publication d'un dossier de neuf tomes sur le sujet. Dans les années soixante, sur une population de 115 étudiants de Cambridge, Celia Green, directrice de l'Institut de recherches psychophysiques d'Oxford, recueillit 19 % de « Oui » à la question : « Êtes-vous déjà sorti de votre corps ? » Pour leur part, les 380 étudiants du groupe témoin d'Oxford répondirent à 34 % par l'affirmative[1]. 8 % des 902 adultes sondés par Haraldsson avouaient au moins une OBE dans leur vie[2]. En 1980, c'est un taux de 20 % que le Dr Harvey Irwin relève chez ses 177 élèves d'une université australienne[3]. Dans l'ensemble, il en ressort qu'un sur cinq d'entre nous sait ce qu'est une OBE pour en avoir fait l'expérience à un moment de sa vie. Que certaines enquêtes ramènent ce chiffre à un pour dix n'empêche pas le phénomène d'être beaucoup moins rare qu'on ne le pense.

Le plus souvent spontanée, l'OBE typique tend à survenir au cours du sommeil, de la méditation, des anesthésies, fièvres et autres états de souffrance traumatisante (bien que ce puisse être dans n'importe quel type de circonstances). La personne a soudain la sensation réaliste de quitter son corps. Il n'est pas rare qu'elle se retrouve flottant au-dessus de celui-ci avant de prendre conscience qu'il lui est possible de se transporter ailleurs. Quel effet cela fait-il d'être affranchi des contingences physiques et de contempler d'en haut sa propre enveloppe matérielle ? Lors d'une enquête datée de 1980 et portant sur 339 cas de voyage astral, les docteurs Glen Gabbard de la

1. Celia Green, *Out-of-the Body Experiences* (Oxford, England, Institute of Psychophysical Research, 1968).
2. D. Scott Rogo, *Leaving the Body* (New York, Prentice-Hall, 1983), p. 5.
3. *Ibid.*

Fondation Menninger de Topeka, Stuart Twemlow de l'Hôpital des Vétérans de cette même ville et Fowler Jones du Centre Médical Universitaire du Kansas constatèrent que 85 % des sujets qualifiaient l'expérience d'agréable et même de joyeuse pour plus de la moitié [1].

Je connais cette impression pour avoir fait une OBE spontanée dans mon adolescence. Passé le choc initial de me retrouver à quelques centimètres sous le plafond de ma chambre, dominant mon corps endormi, ce fut avec une pure jouissance que je mis à profit cette faculté nouvelle de traverser les murs pour aller faire un tour au-dessus de l'endroit où nous habitions. Durant ce vol nocturne, je suis même tombé sur un livre de bibliothèque égaré par une voisine qui, le lendemain, sur mes indications, fut en mesure de le récupérer. J'ai décrit cette expérience en détail dans *L'univers : Dieu ou hasard*.

Il est assez significatif que Gabbard, Twemlow et Jones, dressant le profil type des personnes ayant vécu des sorties du corps, les aient trouvées psychologiquement normales et, dans l'ensemble, très bien adaptées. Lorsqu'en 1980, lors du congrès annuel de l'*American Psychiatric Association* (Association des Psychiatres américains), ils exposèrent à leurs confrères les conclusions de leur enquête, ce ne fut pas sans souligner qu'il fallait rassurer les patients sur la banalité des OBE et leur conseiller quelques ouvrages sérieux traitant du phénomène : cela pouvait

1. Stuart W. Twemlow, Glen O. Gabbard et Fowler C. Jones, « The Out-of-body Experience : I. Phenomenology ; II. Psychological Profile ; III. Diferential Diagnosis ». Documents distribués lors de la Convention de 1980 de l'American Psychiatric Association). Voir également, des mêmes auteurs, « The Out-of-body Experience : A Phenomenological Typology Based on Questionnaire Responses », *American Journal of Psychiatry* 139 (1982), pp. 450-455.

même s'avérer plus « thérapeutique » qu'un traitement classique. Ils laissaient même entendre que les « patients » s'adresseraient avec plus de profit à un professeur de yoga qu'à un psychiatre[1] ! »

Il n'en reste pas moins qu'en ce domaine les statistiques n'auront jamais la force de conviction d'un témoignage direct. Ainsi, Kimberly Clark, assistante sociale dans un hôpital de Seattle, ne prit au sérieux les OBE qu'après sa rencontre avec Maria, une patiente qui, admise quelques jours auparavant, venait de faire un arrêt du cœur. On était aussitôt intervenu avec succès mais, l'après-midi même, Clark était passée la voir, pensant la trouver folle d'angoisse à l'idée d'avoir frôlé la mort de si près. De fait, Maria était dans tous ses états, mais pour un autre motif.

Il lui était arrivé une chose des plus étranges. Après que son cœur eut cessé de battre, elle s'était retrouvée contemplant depuis les hauteurs de la salle de réanimation les médecins et infirmières qui s'activaient autour d'elle. Puis, dehors, dans l'allée menant aux urgences, quelque chose avait attiré son attention. Et le simple fait de se projeter mentalement là-bas l'y avait transportée* : à présent, c'était de l'extérieur qu'elle voyait l'hôpital. Continuant de « penser son chemin » de cette manière, elle s'était hissée jusqu'au niveau du troisième étage pour y tomber « nez à nez » avec une chaussure de tennis. Celle-ci n'était plus de la première jeunesse, avait-elle remarqué, l'orteil y ayant percé un trou dans le tissu. Plusieurs autres détails l'avaient frappée, tel le lacet coincé sous le talon. Son récit achevé, Maria pria Kimberly d'aller vérifier s'il n'y avait pas une vieille

1. *Op. cit.*, n. 1, p. 382.
* Le texte dit exactement : « aussitôt qu'elle "se pensa" là-bas, elle *fut* là-bas ». *(N.d.T.)*

chaussure sur la corniche. Elle voulait en avoir le cœur net, savoir si son expérience correspondait ou non à une réalité.

Intriguée bien que sceptique, Clark sortit jeter un premier coup d'œil mais, d'en bas, ne vit rien. Aussi gagna-t-elle le troisième étage, entrant dans chaque chambre pour regarder par des fenêtres si étroites qu'il lui fallait s'écraser le nez contre la vitre si elle voulait ne fût-ce que distinguer le bord de la corniche. Elle finit par en trouver une d'où la tennis était visible, mais pas sous un angle qui permît d'y vérifier l'existence d'un trou au niveau du petit orteil ou de tout autre détail décrit par Maria, existence confirmée une fois récupérée l'épave. « Elle n'avait pu la voir ainsi qu'en flottant devant la façade, les yeux à quelques centimètres de la corniche », affirme Clark qui, depuis, est convaincue de la réalité des OBE [1].

Les OBE au cours d'un arrêt cardiaque sont assez fréquentes pour que Michael B. Sabom, cardiologue à l 'hôpital des Vétérans d'Atlanta et professeur à l'Emory University, las d'entendre ses patients « lui débiter de telles sornettes », décidât de régler la question une fois pour toutes. Il répartit en deux groupes ses récidivistes de l'arrêt du cœur, d'une part les trente-deux qui disaient être sortis de leur corps pendant qu'on s'efforçait de les ranimer et, de l'autre, les vingt-cinq n'ayant aucun souvenir d'une expérience de ce type. Aux premiers, il demanda de décrire l'intervention qui les avait rendus à la vie et à laquelle ils avaient prétendument assisté, aux seconds, d'en imaginer le déroulement.

1. Bruce Greyson et C.P. Flynn, *The Near-Death Experience* (Chicago : Charles C. Thomas, 1984), cité par Stanislas Grof dans *The Adventure of Self-Discovery* (trad. *Les Nouvelles dimensions de la conscience*, Rocher.)

Dans ce dernier groupe, vingt semèrent leur reconstitution de grossières erreurs, trois s'en tirèrent correctement mais sans entrer dans les détails, deux n'avaient pas la moindre idée de ce qui s'était passé. Dans l'autre, en revanche, à vingt-six descriptions correctes mais générales s'en ajoutèrent six d'une richesse et d'une précision exceptionnelle. Sabom fut, pour sa part, très impressionné par celle où était décrit étape par étape le bouche-à-bouche dont s'était accompagné le massage cardiaque. Il en conçut le projet d'explorer plus avant le phénomène et n'est désormais pas moins convaincu que Clark de sa réalité. « Il semble n'y avoir, dit-il, dans le cadre des perceptions normales, aucune explication plausible de la justesse de ces descriptions. L'hypothèse d'une sortie du corps est simplement ce qui cadre au mieux avec les données disponibles [1]. »

Pour s'être spontanément produites chez de tels patients, les OBE n'en sont pas moins l'expression d'une faculté dont certaines personnes ont suffisamment acquis la maîtrise pour être à même de quitter leur corps à volonté. L'un des plus célèbres est un ancien homme de radio et de télévision, Robert A. Monroe. Quand il eut sa première OBE, sur la fin des années cinquante, il se crut menacé par la folie et voulut se faire soigner. On ne lui trouva rien d'anormal, mais il continua d'avoir ses étranges expériences, et en resta perturbé au plus haut point. Finalement, il apprit d'un ami psychologue que les yogis indiens passaient le plus clair de leur temps hors de leur corps et cessa de se révolter contre ce don qui lui était échu. « Je n'avais guère le choix, se rappelle-t-il, c'était passer le restant de mes jours sous

1. Michael B. Sabom, *Recollections of Death* (New York, Harper & row, 1982), p. 184. (trad. *Souvenirs de la mort*, Laffont, 1983.)

sédatifs, ou en apprendre assez sur cet état pour être à même de le contrôler[1]. »

Dès lors, Monroe commença de tenir un journal, notant soigneusement ce que lui apprenaient ses expériences. Il se découvrit capable de traverser des corps solides et de parcourir en un clin d'œil de grandes distances par le simple fait de se projeter mentalement où il voulait se rendre. Il constata que les autres étaient rarement conscients de sa présence, même si l'incrédulité des amis auxquels il rendait visite dans cet « état second » ne résistait pas à sa description détaillée de leurs vêtements et de leurs activités du moment. Enfin, il s'aperçut qu'il n'était pas seul dans sa quête puisqu'il lui arrivait de croiser d'autres voyageurs désincarnés. À ce jour, l'inventaire de ses observations lui a déjà fourni matière à deux livres fascinants : *Voyages hors du corps* et *Fantastiques expériences de voyage astral*.

On a également étudié les OBE en laboratoire. Le parapsychologue Charles Tart, travaillant avec une voyageuse astrale expérimentée qu'il se borne à nommer Miss Z, en a obtenu l'identification correcte de nombres à cinq chiffres écrits sur un bout de papier inaccessible autrement qu'en état de sortie hors du corps[2]. Lors d'une série d'expériences menées dans les locaux new-yorkais de l'*American Society for Psychical Research* (Société américaine de recherches parapsychologiques), Karlis Osis et la psychologue

1. Jean-Noël Bassior, « Astral Travel », *New Age Journal* (novembre/décembre 1988), p. 46.

2. Charles Tart, « A psychophysiological Study of Out-of-Body Experiences in a Selected Subject », *Journal of the American Society for Psychical Research* 62 (1968), pp. 3-27. *Newsletter of the American Society for Psychical Research* 14 (1972) ; voir également Karlis Osis, « Out-of-Body Research at the American Society for Psychical Research » dans *Mind beyond the body*, D. Scott Rogo Dir. (New York, Penguin, 1978), pp. 162-169.

Janet J. Mitchell découvrirent plusieurs sujets doués manifestement capables de « se transporter* » jusque dans ces locaux depuis divers points du pays et de donner une description précise d'un vaste échantillonnage d'images-cibles au nombre desquelles des objets disposés sur une table, des dessins géométriques colorés juchés sur des étagères au ras du plafond et des illusions d'optiques inobservables autrement qu'en collant son œil au minuscule oculaire d'un appareil spécial[1]. Le Dr Robert Morris, directeur de recherches à la *Psychical Research Foundation* (Fondation pour la recherche parapsychologique) de Durham, en Caroline du Nord, a même eu recours à des animaux pour détecter ce genre de visites. Ainsi s'aperçut-il au cours d'une expérience que le chat du sujet testé, Keith Harary, cessait de miauler pour se mettre à ronronner chaque fois qu'il sentait dans la pièce la présence invisible de son maître[2].

Les OBE : un phénomène holographique

Considérés dans leur ensemble, ces témoignages s'avèrent apparemment sans équivoque. On a beau nous rabâcher que nous pensons avec notre cerveau, ce n'est pas toujours le cas puisque, dans des circonstances précises, notre conscience — ce qui en nous pense et perçoit — peut s'affranchir de notre corps physique et néanmoins continuer d'exister

* Littéralement « voler » *(N.d.T.)*.

1. Karlis Osis, « New ASPR Research on Out-of-Body Experiences », *Newsletter of the American Society for Psychical Research* 14 (1972), voir également du même auteur. « Out-of-Body Research at the American Society for Psychical Research » dans *Mind beyond the Body*, D. Scott Rogo Dir. (New York, Penguin, 1978), pp. 162-169.

2. D. Scott Rogo, *Psychic Breakthroughs Today* (Wellingborough, Great Britain, Aquarian Press, 1987), pp. 163-164.

presque en n'importe quel lieu où elle choisit de le faire. Notre approche scientifique courante est impuissante à rendre compte du phénomène mais celui-ci devient beaucoup plus maniable dans le cadre du concept holographique.

Rappelons-nous que, dans un univers holographique, la localisation est en soi illusoire. De même que l'image holographique d'une pomme n'est pas plus ici que là sur la plaque où elle s'est enregistrée, nul objet d'un univers structuré sur ce mode n'a d'emplacement défini ; tout y est non local, en dernière analyse, conscience incluse. De ce fait, cette dernière a beau nous paraître située à l'intérieur de notre crâne, il se pourrait que, dans certaines circonstances, on puisse tout aussi aisément la localiser à un angle du plafond, à la verticale d'une pelouse, voire dans le voisinage immédiat d'une chaussure de tennis abandonnée sur la corniche au troisième étage d'un hôpital.

Si la notion de conscience non locale semble difficile à saisir, le rêve peut encore une fois nous fournir une analogie précieuse. Imaginez-vous visitant en songe une exposition. Vous êtes là parmi les gens, examinant chaque œuvre d'art, et votre conscience vous semble localisée dans la tête de celui que vous êtes en rêve. Mais où est-elle en réalité ? Une rapide analyse va vous la révéler dans chaque élément du rêve, dans le restant du public, dans les œuvres exposées, dans l'espace même où se déploie le rêve. Dans un univers onirique, la localisation est à l'évidence une illusion puisque tout — les gens, les objets, l'espace, la conscience et ainsi de suite — émerge d'une réalité plus profonde et plus fondamentale qui est celle du rêveur.

Autre caractéristique étonnamment holographique de l'OBE, la plasticité de la forme adoptée par le sujet au sortir de son corps physique. Il s'agit parfois d'un autre corps qui, pour être d'une substance plus diffuse, n'en est pas moins l'exacte réplique du premier. Par le passé, ce phénomène a conduit certains chercheurs à postuler que tout être humain aurait son « double », thème dont la littérature offre maints exemples.

Toutefois, de récentes découvertes ont mis en évidence des faits ne cadrant pas avec une telle hypothèse. Certaines OBE font état d'un double nu alors que d'autres sujets se voient dans des corps habillés de pied en cap. Il se pourrait donc que le double ne soit pas une réplique énergétique permanente du corps physique mais une sorte d'hologramme susceptible d'adopter plus d'une forme. À l'appui de cette dernière hypothèse, le fait que ces espèces de fantômes à leur image ne soient pas le seul aspect pris par les gens durant leur OBE. Nombreux sont ceux qui s'y décrivent comme des boules de feu, d'informes nuages d'énergie, voire comme parfaitement invisibles.

Il est même vraisemblable que l'apparence prise quand on sort de son corps soit le corollaire de nos croyances et de nos attentes. Dans *The Mystical Life*, le livre qu'il publia en 1961, le mathématicien J.H.M. Whiteman révèle qu'avec au minimum deux OBE par mois pendant la majeure partie de sa vie adulte, il a pu consigner le récit de plus de deux mille expériences. Il avoue aussi s'être toujours senti une âme de femme prisonnière d'un corps d'homme et n'avoir guère été surpris, par conséquent, de se retrouver parfois dans des formes correspondant à sa vraie nature. Bien qu'il en ait endossé beaucoup d'autres, y compris celles d'enfants, il en conclut que les convictions conscientes et inconscientes sont en la matière des facteurs déterminants [1].

Monroe partage cette opinion et soutient que ce sont nos « habitudes mentales » qui, en pareil cas, nous dictent notre apparence. Nous sommes si accoutumés à vivre avec un corps pour véhicule que nous avons tendance à le reproduire même si nous en sortons. Dans une veine similaire, il se demande si ce ne serait pas la gêne que certaines personnes éprouvent à être nues qui, inconsciemment, les pousse à se modeler des vêtements quand elles choisissent de rester sous forme humaine. « En fait, nous pourrions bien modifier à volonté ce corps de rechange », dit-il [2].

Quelle est donc notre véritable apparence, si tant est que nous en ayons une, quand nous sommes dans cet état désincarné ? Monroe a découvert qu'après avoir rejeté les déguisements cités plus haut, nous gardons pour seule réalité celle d'un « système vibratoire [composé] de plusieurs fréquences en interaction et résonance [3] ». Là encore, on voit poindre le modèle holographique. Pareille constatation n'apporte-t-elle pas une preuve supplémentaire qu'à l'instar de toute chose dans un univers de cet ordre, nous ne sommes en définitive qu'un phénomène fréquentiel converti par notre esprit en formes holographiques variées ? On peut y voir aussi un argument en faveur de ce que Hunt affirme en conclusion de ses travaux : que le siège de la conscience n'est pas le cerveau mais un

1. J.H.M. Whiteman, *The Mystical Life* (London, Faber & Faber, 1961).

2. Robert A. Monroe, *Journeys Out of the Body* (New York, Anchor Press / Doubleday, 1971), p. 183 (trad. *Le Voyage hors du corps*, Rocher, 1989.)

3. Robert A. Monroe, *Far Journeys* (New York, Doubleday, 1985), p. 64 (trad. *Fantastiques expériences de voyage astral*, Laffont, 1990.)

champ énergétique plasmoholographique qui imprègne le corps physique et le déborde.

L'aspect que nous prenons lors des sorties du corps n'est pas, dans cette expérience, le seul trait révélateur de plasticité holographique, les chercheurs ont toujours été troublés que, parallèlement aux détails d'une rare justesse dont les voyageurs doués sèment leurs descriptions, ce genre de littérature offre un nombre égal d'erreurs flagrantes. Ainsi, lors de ma propre OBE, le titre du livre sur lequel j'étais tombé m'avait semblé vert vif mais, lorsque, de retour dans mon corps physique, je suis allé le récupérer, ce fut pour constater qu'il était noir. Il arrive que le voyageur décrive correctement une pièce et les personnes qui s'y trouvent, à ceci près qu'il en compte une de trop. Parfois, c'est un divan qu'il perçoit à la place d'une table.

Le concept holographique nous suggère que de telles personnes n'auraient pas encore pleinement développé la faculté de convertir les fréquences perçues dans l'état désincarné en copie conforme des hologrammes de la réalité consensuelle. En d'autres termes, le tout nouveau jeu de sens dont dépend maintenant leur saisie du monde est encore gauche et peu performant dans l'art de vêtir le domaine fréquentiel d'un semblant d'objectivité.

D'autant que cette perception sensorielle non physique est entravée par le peu de foi que nous plaçons en elle. Nombre de voyageurs expérimentés ont constaté que, dès qu'ils se sentaient plus à l'aise dans leur nouveau corps, ils se découvraient la faculté de « voir » dans toutes les directions à la fois sans avoir à tourner la tête. Une telle vision circulaire, normale en OBE, avait donc à lutter, même quand ils étaient dans cet état désincarné, contre leur habitude de ne croire voir qu'avec leurs yeux.

Et la censure semble s'étendre à notre usage normal des sens. Sauf chez ceux qui se débrouillent pour avoir cette vision extra-rétinienne. Le Dr David Eisenberg de l'École de médecine de Harvard a récemment cité le cas de deux écolières de Pékin dont la peau des aisselles est assez sensible pour leur permettre de déchiffrer des mots et d'identifier des couleurs [1]. Et, au siècle dernier, Lombroso s'est penché sur celui d'une petite aveugle qui voyait avec le bout de son nez et le lobe de son oreille gauche [2]. Dans les années soixante, appelée à donner son avis sur le cas d'une paysanne russe, Rosa Kuleshova, dont on lui avait signalé le pouvoir de lire le journal et de regarder des photos avec l'extrémité des doigts, la prestigieuse Académie des Sciences soviétique conclut à son authenticité. Une simple détection des diverses quantités de chaleur accumulée naturellement restituées par des couleurs différentes était exclue : même sous une plaque de verre chauffée, Kuleshova continuait de pouvoir lire son journal en noir et blanc [3]. Elle devint célèbre au point de faire l'objet d'un article dans *Life* [4].

Résumons-nous, il semble que nous aussi ne soyons pas limités aux seules perceptions de nos yeux physiques. Ce que la vision à distance et la capacité

1. David Eisenberg, avec la collaboration de Thomas Lee Wright, *Encounters with Qi* (New York, Penguin, 1987), pp. 79-87.
2. Frank Edwards, « People Who Saw without Eyes », *Strange People* (London, Pan Books, 1970).
3. A. Ivanov, « Soviet Experiments in Eyeless Vision », *International Journal of Parapsychology* 6 (1964) ; voir ausi M. M. Bongard et M.S. Smirnov, « About the "Dermal Vision" of R. Kuleshova », *Biophysics* 1 (1965).
4. A. Rosenfeld, « Seing Colors with the Fingers », *Life* (12 juin 1964) ; pour un rapport plus détaillé sur le cas Kuleshova et sur la vision extra-rétinienne en général, voir Sheila Ostrander et Lynn Shroeder, *Psychic Discovery Behind the Iron Curtain* (New York, Bantam Books, 1970), pp. 170-185.

de Tom, l'ami de mon père, à lire des petits caractères sur une montre au travers du corps de sa fille nous avaient déjà appris. On ne peut s'empêcher de se demander s'il n'y faut pas voir un indice de plus que la réalité soit *maya*, illusion, et que notre corps physique — comme l'absolu représenté pour nous par sa physiologie — soit une construction holographique de nos perceptions à peine plus réelle que le corps de rechange des OBE. Il se peut que notre accoutumance à ne concevoir de vision que rétinienne nous ait interdit le plein emploi de nos facultés sensorielles.

Un autre aspect non moins holographique des OBE est l'absence de frontière nette entre avenir et passé qui les caractérise. Ainsi Osis et Mitchell purent-ils constater que lorsque le Dr Alex Tanous, éminent médium et voyageur de l'astral du Maine, leur rendait visite sous forme désincarnée et tentait de décrire des objets disposés sur une table, il avait tendance à les confondre avec ceux qui, trois jours plus tard, allaient occuper la même place[1]. On pourrait en déduire que l'OBE donne accès à l'un de ces niveaux subtils dont parle Bohm, une dimension où l'on est plus proche de l'implié, plus proche donc de ce niveau du réel où cesse toute distinction entre passé, présent et avenir. Il semble qu'au lieu de se brancher sur les fréquences encodant le présent, l'esprit de Tanous en ait accroché d'autres contenant des informations sur l'avenir. Il n'avait pas fait la différence et les avait intégrées à son hologramme du réel.

Une autre anecdote concernant Tanous tend à prouver que sa perception de la pièce, loin d'être une simple vision précognitive entièrement située à l'intérieur de son crâne, constituait un phénomène holo-

1. Rogo, *Psychic Breakthroughs Today*, p. 161.

graphique. Au jour prévu pour une OBE de notre voyageur, Osis demanda à la médium new-yorkaise chirstine Whiting de rester dans la pièce et de décrire toute « présence » qui pourrait s'y manifester. Bien qu'elle ne sût qui allait venir ni quand, Whiting vit clairement Tanous, vêtu du velours à grosses côtes et de la chemise de coton blanc qu'il portait au même instant chez lui dans le Maine[1].

Harary aussi a fait, hors de son corps, des incursions dans l'avenir et confirme que ces expériences n'ont qualitativement rien à voir avec la précognition. « Elles en diffèrent en ce que je suis alors totalement extérieur à l'espace et au temps, dans une sorte de lieu sombre qui finit par déboucher sur une scène illuminée du futur », explique-t-il. Lors de ces visites, il lui arrive même de voir celui qu'il sera plus tard se profiler dans le décor, et c'est là que la corporéité de l'expérience devient patente. Car lorsque ces événements dont il a été le témoin finissent par se produire, *il a également la sensation que son moi de voyageur de l'astral est présent à ses côtés*. « Comme si je me sentais "dernière" moi, dit-il, comme si nous étions deux. » Voilà qui ravale au rang d'expériences banales les impressions de déjà vu[2].

On signale aussi des sorties hors du corps à destination du passé. Le dramaturge suédois August Strindberg, grand voyageur de l'astral, en décrit une dans *Légendes*. Elle se produisit alors que Strindberg était au cabaret en compagnie d'un ami qu'il exhortait à ne pas renoncer à la carrière militaire. Un incident qui, un soir dans une autre taverne, les avait tous deux concernés lui parut servir son argumentation ;

1. Rogo, *Psychic Breakthroughs Today*.
2. Janet Lee Mitchell, *Out-of-Body Experience* (New York, Ballantine Books, 1987), p. 81.

il allait l'évoquer quand « il perdit conscience » et se retrouva dans cet autre lieu en train de revivre l'incident. Cela dura quelques instants puis, sans transition, il fut à nouveau dans son corps présent [1]. On peut évidemment rapprocher de ces OBE temporelles les cas cités au précédent chapitre de clairvoyants ayant eu la sensation d'être présents dans les scènes historiques qu'ils décrivent, voire de les surplomber comme en état désincarné.

De fait, quand on se penche sur l'abondante documentation dont bénéficie désormais le phénomène, on est frappé par les similitudes entre ces descriptions d'OBE et les caractéristiques que nous avons fini par associer au concept d'univers holographique. Outre définir ces états comme situés hors de l'espace et du temps, en un lieu où la pensée se concrétise sous forme d'hologrammes, la conscience s'y révélant pur système de fréquences, Monroe fait observer qu'en OBE la perception visuelle semble moins naître d'une « réflection d'ondes lumineuses » que d'une « impression de rayonnement ». À se demander si sortir de son corps n'est pas entrer dans l'espace de fréqucnccs cher à Pribram [2]. Et il n'est pas le seul voyageur de l'astral qui fasse allusion à cette qualité fréquentielle de son autre état. Ainsi un Français, Marcel-Louis Forhan, a-t-il consacré l'essentiel du livre qu'il publia sous le pseudonyme d'Yram : *Pratique de la projection astrale*, à décrire les propriétés ondulatoires et apparemment électromagnétiques de la dimension visitée. D'autres ont disserté sur le sens d'unité cosmique que l'on éprouve dans cet

1. August Strinberg, *Legendes* (1912) cité par Colin Wilson dans *The Occult* (New York, Vintage Books, 1973), pp. 56-57 (trad. *L'Occulte*, Lebaud, 1990.)
2. Monroe, *Le Voyage hors du corps* (Rocher).

état, le résumant par des expressions comme « Tout est tout » et « Je suis ça[1]. »

Si holographique que soient les OBE, elles ne sont que le rivage du continent abordé quand on en vient à une expérience plus directe du niveau fréquentiel de la réalité. Alors que ces sorties du corps ne concernent qu'une frange de l'humanité, il est une autre circonstance dans laquelle nous sommes tous appelés à entrer en contact avec le domaine des fréquences. Lorsque nos pas nous portent jusqu'à ces frontières d'une terre inexplorée dont nul voyageur jamais ne revint. Car, n'en déplaise à Shakespeare, quelques voyageurs en sont revenus, et ce qu'ils nous en disent abonde en détails qui, une fois de plus, sont particulièrement holographiques.

Les expériences de mort imminente

De nos jours, il n'est pratiquement personne qui n'ait entendu parler des NDE (Near Death Experiences), ou EMI (Expériences de Mort Imminente) au cours desquelles des sujets, ressuscités après avoir été déclarés cliniquement « morts », affirment avoir quitté leur corps physique pour pénétrer plus ou moins loin dans ce qui semblait être le royaume de l'au-delà. Dans nos civilisations occidentales, ces phénomènes n'ont vraiment percé qu'en 1975, date de parution du best-seller de Raymond A. Moody, *La vie après la vie*, où ce psychiatre et docteur en philosophie exposait le résultat de ses recherches. Peu après, Elisabeth Kübler-Ross révélait avoir travaillé sur des protocoles similaires et recueilli les mêmes

1. Whiteman, *The Mystical Life*, cité par Mitchell dans *Out-of-Body Experience*, p. 14.

observations. De fait, alors qu'un nombre croissant de chercheurs commençaient à rassembler des données sur les NDE, il apparut de plus en plus clairement qu'outre leur incroyable fréquence — huit millions d'Américains d'âge adulte, soit une personne sur vingt, en auraient fait l'expérience, d'après un sondage Gallup de 1981 —, elles pourraient bien être à ce jour le plus solide argument en faveur d'une vie après la mort.

Comme l'OBE, la NDE semble être un phénomène universel. Tant le *Livre des Morts* tibétain du VIIIe siècle que son homonyme égyptien d'il y a deux mille cinq cents ans nous en donnent une description détaillée. Dans le dixième livre de *La République*, Platon cite le cas d'un soldat grec, Er, ressuscité quelques secondes avant qu'on n'allumât son bûcher funéraire. Il aurait, déclara-t-il, quitté son corps et gagné le pays des morts par un « passage ». Bède le Vénérable, érudit anglais du haut Moyen Âge, rapporte un cas semblable dans son *Histoire de l'Église et du Peuple d'Angleterre*, et Carol Zaleski, maître de conférence à Harvard, souligne dans son récent ouvrage, *Otherworld Journey*, que les récits de NDE abondent dans la littérature médiévale.

Il n'y a pas non plus de caractéristiques démographiques précises attachées à ce type d'expériences. Des études ont montré l'absence de relation avec l'âge, le sexe, la situation matrimoniale, les revenus, la classe sociale, le niveau d'éducation, ni même avec les options religieuses, morales, philosophiques ou spirituelles et les pratiques qui les accompagnent, ni même encore avec la taille de la communauté à laquelle on appartient ou la situation géographique de cette dernière. La NDE frappe comme la foudre : n'importe qui, n'importe quand et n'importe où. Le dévot n'y est pas plus enclin que l'athée.

L'un des aspects les plus intéressants du phénomène est la grande uniformité des récits. Il semble qu'il y ait un scénario type de NDE :

> Le mourant se retrouve soudain hors de son corps, flottant à mi-hauteur dans la pièce et témoin de ce qui s'y passe. Quelques instants plus tard, il se déplace à grande vitesse dans l'obscurité ou le long d'un tunnel. Puis il aborde un royaume d'éblouissante lumière où il reçoit le chaleureux accueil de parents et amis précédemment décédés. Il n'est pas rare qu'une musique sublime baigne l'atmosphère et que les paysages — moutonnement de prairies, vallées remplies de fleurs et ruisseaux miroitants — passent en beauté ceux qu'il a jamais pu voir sur terre. Dans ce monde de lumière, où il est inaccessible à la peur et à la souffrance, le sentiment qui le submerge est amour, joie et paix mêlés. Vient à sa rencontre un « être de lumière », parfois plusieurs, dont émane une infinie compassion et qui le pressent de « revoir sa vie », d'en opérer la rétrospective. Captivé par cette expérience d'une réalité supérieure, le patient finit par n'avoir d'autre désir que de rester en ce monde. Mais l'être lui dit que le moment n'est pas encore venu, le persuade en conséquence de retourner à sa vie terrestre et de réintégrer son corps.

Il ne faut voir là, répétons-le, qu'un scénario type, les NDE ne comportant pas nécessairement l'ensemble des éléments décrits ci-dessus. Il peut en manquer certains comme d'autres peuvent s'y ajouter. On relève également des variantes symboliques. Si les cultures occidentales tendent à représenter l'accès à l'après-vie sous forme de tunnel, il en est qui le voient comme une route ou une étendue liquide à franchir.

D'étonnantes correspondances n'en sont pas moins flagrantes dès que l'on passe en revue des récits de toute époque et de toute origine. Ainsi, la vision panoramique de l'existence, trait présent dans tant de NDE contemporaines, apparaît déjà dans le *Livre des Morts* égyptien, puis dans celui du corpus tibétain. On le retrouve chez Platon avec Er comme dans les écrits du yogi indien Patanjali. Par ailleurs, l'enquête entreprise en 1977 par Karlis Osis et Erlandur Haraldsson n'a fait que confirmer l'existence de constantes. Comparant les récits d'à peu près neuf cents visions au seuil de la mort recueillies tant aux États-Unis qu'en Inde par des médecins et autres soignants, ces deux chercheurs ont constaté qu'en dépit de divergences culturelles — l'assimilation, par exemple, de l'être de lumière au Christ ou à Dieu le Père chez les Américains et, en Inde, à une figure de la mythologie locale — le « noyau » des expériences restait identique et correspondait aux descriptions recueillies par Moody et Kübler-Ross[1].

Que l'orthodoxie scientifique tienne les NDE pour hallucinations pures n'empêche pas que tout porte à croire qu'il n'en est rien. Les sorties du corps inhérentes aux NDE montrent le sujet à même de décrire ce qui n'a pu être perçu par un usage normal des sens. Moody cite ainsi le cas d'une femme quittant son corps au cours d'une intervention chirurgicale et gagnant la salle d'attente pour y voir sa fille affublée de vêtements mal assortis. Dans sa hâte, la bonne avait habillé l'enfant avec ce qui lui était tombé sous la main, et elle fut très étonnée quand la mère — qui, ce jour-là, n'avait pas vu la fillette — lui en fit par la suite la remarque[2]. Plus loin, il évoque le

1. Karlis Osis et Erlendur Haraldsson, « Deathbed Observations by Physicians and Nurses : A Cross-Cultural Survey », *Journal of the American Society for Psychical Research* 71 (juillet 1977), pp. 237-259.

2. Raymond A. Moody, Jr. avec la collaboration de Paul Perry, *The Light Beyond* (New York, Bantam Books, 1988) (trad. *La Lumière de l'au-delà*, Laffont, 1988 - J'ai lu, 1990, p. 25.)

cas de cette autre femme qui, pendant sa NDE, se transporta dans le hall de l'hôpital et y entendit son beau-frère dire à un ami qu'il allait probablement devoir annuler un voyage d'affaires pour assister aux funérailles de sa belle-sœur. Quand il lui rendit visite après sa résurrection, quel ne fut pas son étonnement de s'entendre reprocher d'avoir été si prompt à l'enterrer[1].

Un meilleur exemple encore de cette acuité des perceptions lors de la décorporation dont s'accompagnent les NDE nous est donné par le cas de ces gens qui, aveugles depuis des années, cessent de l'être dans cet état. Kübler-Ross en a rencontré plusieurs et les a longuement interrogés. « A notre grande surprise, écrit-elle, nous leur découvrions la capacité de décrire la forme et la couleur des vêtements ainsi que les bijoux des personnes présentes[2]. »

Mais de toutes, les plus vertigineuses sont à coup sûr les NDE et visions du seuil de la mort qui mettent en scène deux ou plusieurs individus. Ainsi cette femme qui, arrivant au bout du tunnel et allant aborder le royaume de lumière, croisa un ami qui en revenait. Il était mort mais avait été « renvoyé », lui dit-il au passage par télépathie. À son tour « renvoyée », elle apprit à son réveil que cet ami avait effectivement eu un arrêt du cœur dans les mêmes heures qu'elle sa NDE[3].

Et l'on ne compte plus les cas où, de retour de l'autre monde, le sujet s'étonne d'y avoir vu quelqu'un... pour apprendre qu'on lui en a caché la

1. Raymond A. Moody, *La Lumière de l'au-delà*.
2. Elisabeth Kübler-Ross, *On Children and Death* (New York, Macmillan, 1983), p. 208.
3. Kenneth Ring, *Life at Death* (New York, Quill, 1980), pp. 238-239 (trad. *Sur la frontière de la vie*, Laffont, 1982.)

mort ou que la nouvelle n'avait pas encore eu le temps de lui parvenir[1].

Et s'il reste le moindre doute, l'ultime argument contre l'assimilation des NDE à des phénomènes hallucinatoires est qu'elles s'accompagnent d'électro-encéphalogrammes au tracé plat. En temps normal, quand une personne parle, pense, rêve, etc., son EEG rend compte d'une activité cérébrale intense. Tout se voit sur un EEG, même les hallucinations, excluant que des NDE en soient, quand elles surviennent lors de morts cliniques, marquées par un EEG au tracé plat.

Bref, un regard sur l'ensemble de ces données — banalité du phénomène, absence de caractéristiques démographiques, universalité du scénario de base, capacité de ceux qui en témoignent de décrire et de savoir des choses sur lesquelles leurs perceptions normales n'ont pu que rester muettes, occurrence de ces NDE parallèlement à des EEG au tracé plat — et la conclusion s'impose : ni hallucinations ni autre forme de pieux mensonge sécrétée par un métabolisme aux abois *mais incursions dans un niveau de réalité totalement différent*.

C'est également à cette conclusion que sont parvenus bon nombre de chercheurs dont le Dr Melvin Morse, pédiatre exerçant à Seattle, dans l'État de Washington. Le premier contact de Morse avec la NDE fut une jeune noyée de sept ans. La fillette avait été repêchée les pupilles fixes et dilatées, sans réflexes musculaires ni réaction de la cornée. En termes médicaux, cela correspondait au niveau trois sur l'Échelle de Glasgow, un coma si profond qu'il ne laissait pratiquement aucun espoir. Contre toute attente,

1. Kübler-Ross, *On Children and Death*.

pourtant, la fillette en sortit ; et quand Morse passa la voir, elle l'accueillit en lui disant qu'elle le reconnaisait, qu'elle l'avait vu penché sur son corps inanimé. Aux questions de Morse, elle répondit qu'après avoir quitté son corps, elle était passée par un tunnel qui l'avait menée au paradis et qu'elle y avait rencontré le « Père Céleste ». Normalement, elle n'aurait pas dû être là, lui avait-il dit, et elle pouvait choisir de rester ou de repartir. Rester l'avait tentée, mais quand il lui avait précisé qu'en ce cas elle ne reverrait plus sa mère avant longtemps, elle s'était ravisée... et réveillée.

Morse n'y crut guère mais resta fasciné. À compter de ce jour, il entreprit d'apprendre tout ce qui pouvait l'être sur le sujet. Travaillant à l'époque pour un transporteur aérien de l'Idaho qui assurait les urgences d'un hôpital, il trouva l'occasion de parler avec des jeunes rescapés. Sur une période de dix ans, il interrogea nombre d'enfants qui avaient survécu à un arrêt cardiaque et tous lui répétèrent la même chose. On se retrouvait hors de son corps autour duquel on voyait s'activer les médecins, puis on passait par un tunnel. On était accueilli à l'autre bout par un être lumineux qui vous laissait le choix de repartir ou vous en donnait gentiment l'ordre.

Morse restait sceptique. Dans sa quête de plus en plus désespérée d'une explication logique, il se jeta sur toute la littérature concernant les effets secondaires des drogues administrées en pareil cas, fit le tour des interprétations psychologiques... En vain, rien ne semblait coller. « Puis un jour, dans une revue médicale, je suis tombé sur un long article où l'auteur essayait d'expliquer la NDE par divers tours de passe-passe du cerveau. À cette époque, j'avais déjà longuement étudié la question. Aucune des explications avancées par ce chercheur ne me paraissait satisfaisante. Je finis par me rendre à l'évidence : il avait négligé l'explication la plus simple de toutes, à savoir que les NDE sont réelles. Il n'avait pas envisagé la possibilité que l'âme puisse réellement voyager [1].

Moody lui fait écho, se dit convaincu par vingt années de recherches que les personnes ayant vécu des NDE ont eu certainement accès à un autre plan du réel. La majorité des chercheurs s'intéressant au phénomène partagent selon lui son opinion. « J'ai parlé avec presque tous ceux qui étudient la NDE dans le monde entier. Je sais que la plupart d'entre eux croient, au fond d'eux-mêmes, que la NDE procure un aperçu de la vie après la vie. Toutefois, en tant que scientifiques ou membres du corps médical, ils ne possèdent toujours aucune « preuve scientifique » du fait qu'une partie de nous continue à vivre après la mort du corps. Ce manque de preuve les empêche de déclarer leurs véritables convictions en public [2]. »

Commentant les résultats du sondage effectué en 1981 par sa firme, George Gallup confirme : « Les chercheurs qui, en nombre toujours croissant, se sont penchés sur ces récits de visions aux abords de la mort ont très vite senti un type de contact avec un domaine de réalité extradimensionnel. Notre propre enquête, la plus récente et la plus vaste entreprise à ce jour, révèle à son tour un faisceau de convergences tendant à prouver la réalité d'une sorte de supra-univers parallèle au nôtre [3].

1. Moody et Perry, *La Lumière de l'au-delà* (J'ai lu), p. 120.
2. *Ibid.*, p. 175.
3. George Gallup Jr. avec la collaboration de William Proctor, *Adventure in Immortality* (New York, MacGraw-Hill, 1982), p. 31.

NDE et modèle holographique

Ce sont là de surprenantes conclusions, mais peut-être y a-t-il encore plus lieu de s'étonner que la communauté scientifique, à quelques exceptions près, les ait traitées par le mépris, se refusant même à jeter un œil sur le vaste corpus de témoignages qui les avait pour ainsi dire dictées à nos chercheurs. Les motifs d'une telle attitude sont complexes et multiples. Il se trouve déjà qu'il n'est pas bien vu dans ces milieux d'examiner sérieusement des phénomènes risquant d'induire l'existence du spirituel. Comme nous le constations au début de cet ouvrage, les croyances sont des drogues qui ne vous lâchent pas facilement. Une autre raison mentionnée par Moody est le préjugé largement répandu chez les hommes de science qu'une idée n'a ni valeur ni pertinence si elle ne peut recevoir de preuve expérimentale. Une troisième est que le réel, tel qu'il est perçu par la science classique, n'offre pas la moindre place aux NDE.

Il se pourrait toutefois que ce dernier motif pose moins de problèmes qu'il n'y paraît. Bon nombre de chercheurs dans ce domaine ont en effet souligné que le modèle holographique offrait un cadre conceptuel pour de telles expériences. L'un d'eux, le Dr Kenneth Ring, professeur de psychologie à l'université du Connecticut — l'un des premiers qui ait appliqué l'analyse statistique et les techniques d'enquête standardisée à l'étude des NDE —, consacre une bonne part du livre qu'il fit paraître en 1980, *Life at Death (Sur la frontière de la Vie)*, à un plaidoyer en faveur d'une interprétation holographique du phénomène. En fait, il y voit carrément un nouvel exemple d'incursion dans les bandes de fréquences supérieures du réel.

Sa conviction se fonde sur les nombreux aspects singulièrement holographiques des NDE telles que les sujets les révèlent. Ceux-ci décrivent en effet l'au-delà comme tissé de « lumière », de « vibrations plus intenses », employant même le terme de « hautes fréquences » ; ils évoquent parfois la musique céleste qui accompagne souvent ces expériences, parlent alors de sons d'une plus grande « complexité vibratoire » que ceux d'ici-bas — bref, tout un ensemble d'observations dont Ring ne doute pas qu'elles soient l'indice révélateur, lors de la mort, d'un déplacement de la conscience du monde ordinaire des apparences vers un plan où le réel se manifeste sur le mode plus holographique de la fréquence pure. Que la lumière baignant cet autre monde soit souvent décrite comme incomparablement plus intense qu'il n'est possible sur terre mais sans pour autant blesser les yeux apporte, selon lui, de l'eau au même moulin. Un autre trait que Ring juge indéniablement holographique est la manière dont sont perçus le temps et l'espace au cours des NDE. Dans la dimension que les sujets abordent, ces notions n'auraient plus cours. « Je me suis retrouvé dans un espace, dans un temps où, si l'on peut dire, c'était la négation de l'espace et du temps », s'efforce d'expliquer l'un d'eux[1]. « Ça ne pouvait qu'être hors du temps et de l'espace », dit un autre. « Ça leur était nécessairement étranger, vu qu'il n'y a pas moyen de l'exprimer dans ces termes[2]. » Compte tenu que l'espace et le temps n'ont plus cours dans le domaine fréquentiel et que toute localisation y perd son sens, c'est précisément ce que l'on peut s'attendre à trouver si les NDE s'accom-

1. Ring, *Sur la frontière de la vie* (Laffont).
2. *Ibid.*, pp. 97-98.

pagnent d'un état de conscience holographique, conclut Ring.

Mais si l'imminence de la mort nous fait entrer dans des fréquences du réel supérieures à celles qui nous sont coutumières, comment se fait-il que nous y distinguions toujours des objets ? Ring répond que cela pourrait venir de ce que notre esprit — dont OBE et NDE suggèrent clairement l'indépendance à l'égard du cerveau — fonctionne sur le mode holographique. En présence de ces « très hautes » fréquences baignant le seuil de l'au-delà, il continuerait de faire ce qu'il sait faire et les convertirait en monde des apparences. Ou, pour reprendre les termes mêmes dans lesquels il s'exprime : « Ce royaume est, à mon sens, constitué de structures mentales en interaction. Ces structures, ou "formes-pensées", se combinent pour donner naissance à un système d'interférences comparable à celui des deux faisceaux d'ondes lumineuses qui viennent frapper l'émulsion photosensible. Et ces images nées de l'interaction des formes-pensées n'ont pas motif d'être restituées avec un moindre réalisme que leurs cousines holographiques par le laser de lecture[1]. »

Ring n'est pas le seul à penser ainsi. Dans son intervention lors du congrès de 1989 de l'*International Association for Near-Death Studies* (Association internationale pour l'étude des phénomènes de mort imminente), le Dr Elizabeth W. Fenske, psychiatre exerçant en cabinet à Philadelphie, déclara voir elle aussi les NDE comme des séjours dans le domaine holographique des très hautes fréquences. Elle partage avec Ring l'hypothèse selon laquelle les paysages, les fleurs, les personnages — bref, tout le décor

1. Voir n. 1, p. 405, *op. cit.*, p. 247.

pseudo-matériel de l'après-vie — seraient façonnés par des structures mentales en interaction (ou interférence). « Je crois que nous en sommes arrivés, dans notre domaine de recherche, à ne plus pouvoir aisément faire la distinction entre lumière et pensée. Les expériences de mort imminente manifestent un état de la matière où ces deux notions se recouvrent », fait-elle remarquer [1].

Hologrammes qui êtes aux Cieux

Outre ceux dont Ring et Fenske font état, les NDE révèlent bon nombre d'autres traits incontestablement holographiques. Comme les voyageurs de l'astral, ceux qui abordent ces régions frontières se sont auparavant dépouillés de leur corps de chair et s'y présentent sous l'une ou l'autre de ces deux formes : brouillard énergétique ou hologramme anthropomorphe élaboré par la pensée. Dans ce dernier cas, qu'une telle apparence soit pure création mentale est souvent l'évidence même pour celui qui en est pourvu. Ainsi un rescapé de l'au-delà nous explique-t-il qu'émergeant de son corps de chair, il ressemblait à « une espèce de méduse » qui s'était mollement laissée choir au sol comme une bulle de savon. Puis cette matière ectoplasmique, en expansion rapide, avait pris forme humaine, précisément celle d'un homme nu. Gêné par la présence de deux femmes dans la pièce, notre patient avait alors senti s'opérer une nouvelle métamorphose et s'était retrouvé décemment vêtu. Notons au passage que l'esprit aurait pu s'épargner ce dernier travail, les deux femmes n'ayant

1. Entretien privé avec l'auteur.

jamais donné l'impression d'avoir été témoins de quoi que ce fût[1].

Que nos sentiments et désirs les plus intimes soient à l'origine des formes que nous adoptons dans l'au-delà est mis en évidence par tous ces récits où l'on voit des gens, cloués depuis des années dans un fauteuil roulant, se retrouver dans des corps sains, libres de leurs mouvements, capables de courir et de danser, des amputés récupérer presque systématiquement le ou les membres manquants, des vieillards se présenter « là-haut » dans un corps jeune. Par ailleurs, que les enfants s'y voient comme des adultes, ce qui pourrait refléter une aspiration à « grandir », naturelle à cet âge, peut encore signifier plus symboliquement que notre âme est fréquemment plus vieille que nous ne le pensons.

Le soin apporté par l'esprit à l'élaboration de ces hologrammes de synthèse peut s'avérer remarquable. Ainsi l'homme qui, gêné par sa nudité, se matérialisa des vêtements le fit jusqu'au détail des coutures et d'un impeccable repassage[2] ! De même, cet autre, qui examina ses mains alors qu'il était en NDE, rapporta les avoir vues « faites de lumière avec de minuscules structures internes ». De plus près, il distingua « les délicates volutes de ses empreintes digitales et des tuyaux de lumière qui montaient le long de ses bras[3] ».

Certains aspects des recherches de Whitton ont ici leur pertinence. Quand il faisait régresser ses sujets jusqu'aux stades intermédiaires entre deux vies, les récits obtenus comportaient presque systématique-

1. F.W.H. Myers, *Human Personality and Its Survival of Bodily Death* (London, Longmans, Green & Co., 1904), pp. 315-321.
2. *Ibid.*, p. 408.
3. Moody et Perry, *La Lumière de l'au-delà* (J'ai lu), p. 17.

ment les traits classiques des NDE : passage par un tunnel, entrée dans un merveilleux royaume baigné de lumière où vous accueillaient les parents ou « guides » qui vous y avaient précédé, rencontre avec des êtres de lumière et rétrospective instantanée de l'existence. Sur ce dernier point, l'apport des expériences de Whitton était original puisque, selon ses sujets, l'objectif principal de cette rétrospective était de rafraîchir la mémoire du défunt pour lui permettre de tracer plus consciemment les grandes lignes de sa prochaine existence, planification à laquelle les exhortaient sans contrainte les êtres de lumière.

Tout comme Ring, après avoir étudié ces témoignages, Whitton en conclut que les formes et structures perçues dans l'après-vie étaient des formes-pensées créées par l'esprit. « La célèbre formule de Descartes : "Je pense, donc je suis", n'a jamais mieux convenu qu'à cet état intermédiaire », dit-il. « Il n'est d'expérience existentielle sans pensée[1]. »

Cela se vérifie dès qu'on examine la forme assumée par les sujets de Whitton dans l'état intermédiaire. Plusieurs déclarent ne pas en avoir de précise à moins de se livrer à quelque forme d'activité mentale. « L'un d'eux m'a décrit la situation en disant que s'il s'arrêtait de penser, il se fondait dans la masse d'un nuage infini, n'en était plus qu'une parcelle totalement indifférenciée, mais qu'il redevenait lui-même dès que les idées recommençaient à défiler dans sa tête[2]. » Il y a là comme une étrange réminiscence de ce dont s'aperçurent les deux sujets en hypnose mutuelle de l'expérience de Tart : qu'ils n'avaient

1. Joel L. Whitton et Joe Fischer, *Life between Life* (New York, Doubleday, 1986), p. 32.

2. Michael Talbot, « Lives between Lives : An Interview with Joel Whitton », *Omni WholeMind Newsletter* 1, n° 6 (mai 1988), p. 4.

pas de mains à moins de les *penser*. Au début, l'apparence corporelle assumée dans l'entre-deux par les sujets de Whitton n'offre guère de différence avec celle de leur incarnation précédente, mais à mesure qu'ils y prolongent leur séjour, elle se teinte de toutes ces autres vies dont ils ont maintenant souvenir et se transforme en hologramme composite[1]. Cette entité intégrale a un nom distinct de tous ceux qu'elle a portés dans ses existences physiques successives, un nom dont les sujets de Whitton ne purent même donner une idée de la prononciation, leurs cordes vocales s'y refusant[2].

À quoi ressemblent nos visiteurs de l'au-delà quand ils ont négligé de s'élaborer un simili-corps holographique ? Bon nombre déclarent n'être conscients d'aucune forme, se sentir « eux-mêmes », être « leur pensée ». D'autres font état d'impressions plus précises, parlent de « nuage coloré », de « brume iridescente », de « champ ou de structure énergétique », termes ou expressions qui, une fois de plus, suggèrent que nous sommes de simples phénomènes fréquentiels, les systèmes d'interférences induits par quelque énergie vibratoire inconnue repliée dans la matrice immense du domaine des fréquences. Certains témoins assurent avoir été composés, outre de vibrations lumineuses colorées, d'un agencement d'ondes sonores. « J'ai pris conscience que chaque chose, chaque personne, a une gamme précise de sons comme elle a sa palette de couleurs », explique une femme de l'Arizona qui a fait sa NDE sur la table d'accouchement. « Imaginez-vous avançant sans effort au sein de toutes les couleurs du spectre avec les suaves sonorités des autres qui se mêlent aux

1. Entretien privé avec l'auteur, 9 novembre 1987.
2. Whitton et Fischer, *Life between Life*, p. 35.

vôtres et leur renvoient des harmoniques lorsque vous les touchez ou que vous croisez leur route ; vous aurez une idée de ce qu'est le monde invisible. » Elle en a rencontré plus d'un dans l'après-vie qui ne s'était matérialisé que sous forme d'un brouillard de couleurs et de sons, et estime probable que les harmonies célestes perçues en NDE soient dues à ce chœur où chaque âme tient sa voie[1].

En accord avec Monroe, il est des récits de NDE pour évoquer une espèce de vision circulaire en état désincarné. Après s'être demandé de quoi il avait l'air, un témoin se retrouva brusquement en train de se voir de dos[2]. Et Robert Sullivan, chercheur amateur de Pennsylvanie spécialisé dans les NDE de combattants, s'est entretenu avec un vétéran de la Seconde Guerre mondiale qui se rappelait avoir conservé cette faculté un certain temps après le retour dans son corps physique. « Il avait un champ de vision à trois cent soixante degrés à un moment où il courait, pris sous le feu de mitrailleuses allemandes », explique Sullivan. « Non seulement il voyait devant lui pendant qu'il courait, mais il voyait aussi les tireurs qui essayaient de l'abattre dans le dos[3]. »

Tout savoir et tout de suite

Autre élément de NDE comportant maints traits d'un hologramme : la revue de l'existence. Si Ring y voit « le phénomène holographique par excellence », Grof et Joan Halifax évoquent ce modèle

1. Myra Ka Lange, « To the Top of the Universe », Verture Inward 4, n° 3 (mai/juin 1988), p. 42.
2. F.W.H. Myers, *Human Personality and Its Survival of Bodily Death*.
3. Moody et Perry, *La Lumière de l'au-delà* (J'ai lu), pp. 149-150.

dans *Human Encounter with Death* (Rencontre de l'homme avec la mort), et des chercheurs, dont Moody, ont noté la fréquence du terme pour qualifier l'expérience [1].

De fait, il suffit de lire les descriptions de ces rétrospectives de l'existence pour y constater le retour des mêmes adjectifs visant à rendre ce que ce film avait de panoramique, d'enveloppant, de tridimensionnel, à définir l'extraordinaire acuité de son réalisme. « Comme si on était dedans », dit un témoin. « Chaque instant revécu dans ses moindres détails sensoriels. Chacun des instants de votre vie entière. Et tous ces instants dans l'espace d'un instant [2]. » « Tout était bizarre. Je réassistais à ces scènes, m'y sentais retourné, et c'était si rapide. Et en même temps assez lent pour me laisser le temps de les revivre », dit un autre [3].

Lors de ces rappels instantanés et panoramiques, les sujets retrouvent intactes les émotions, les joies et les peines dont se sont accompagnés les événements de leur vie. Ils vont même jusqu'à revivre celles de tous les êtres qu'ils ont été amenés à croiser, à sentir le bonheur éprouvé en leur présence comme la souffrance de ceux à qui, volontairement ou non, ils ont nui. Et rien ne semble assez futile pour être omis dans ces revues de l'existence. Revivant un épisode de son enfance, une femme fut soudain submergée par le sentiment de perte et d'impuissance de sa jeune sœur à qui elle venait alors d'arracher un jouet.

Mais il n'y a pas que des actes, a découvert

1. Raymond A. Moody Jr., *Reflections on Life after Life* (New York, Bantam Books, 1978), p. 38 (trad. *Lumières nouvelles sur la vie après la vie*, Laffont, 1978.)
2. Whitton et Fischer, *Life between Life*, p. 39.
3. Raymond A. Moody Jr., *Life after Life* (New York, Bantam Books, 1976) (trad. *La vie après la vie*, Laffont - J'ai lu.)

Whitton, susceptibles d'entraîner le remords à ce stade des NDE. Ses sujets sous hypnose font état de la tristesse qui les assaille dans l'entre-deux au souvenir de leurs rêves écroulés, de ces objectifs qu'ils n'ont pu atteindre.

Car la vie intérieure est également rejouée dans ce flash-back global. Rêveries et pensées, visages entrevus pour ne plus jamais quitter votre mémoire, ce qui vous fit rire et vos chagrins d'enfant, votre ravissement au musée devant une toile, tout défile dans votre esprit en une fraction de seconde. Comme le résume un visiteur de l'au-delà : « Pas même tes pensées ne se sont perdues. Toutes les pensées étaient là [1]. »

La rétrospective de l'existence n'est donc pas holographique de par son seul aspect tridimensionnel mais aussi de par la prodigieuse capacité de stockage des données qu'elle trahit. Elle l'est également d'une tierce manière. Comme l'« aleph » des cabalistes, ce point mythique de l'espace et du temps qui contient tous les autres, elle embrasse en son unique instant tous les instants. Jusqu'à la simple faculté de la percevoir qui est holographique, le fait qu'on puisse suivre un défilement à la fois incroyablement rapide et assez lent cependant pour que le détail de chaque plan soit visible. Comme l'exprime un témoignage de 1821, c'est la faculté « de saisir simultanément le tout et chaque partie [2] ».

Il se trouve que cet épisode des NDE offre une ressemblance marquée avec les Jugements des Morts tels que les décrivent maints textes sacrés des grandes religions, entre autres des Égyptiens ou de la

1. Moody, *Lumières nouvelles sur la vie après la vie* (J'ai lu).
2. Ce voyageur de l'astral de 1821 était la mère de l'écrivain anglais Thomas De Quincey qui décrivit l'expérience dans ses *Confessions d'un mangeur d'opium*.

tradition judéo-chrétienne, mais avec une différence capitale. Les régressés de Whitton et les rescapés de l'au-delà sont formels : *ils ne sont jamais jugés par les êtres de lumière*, ne sentent en eux qu'amour et compréhension. *Le seul jugement qui advienne est un jugement sur soi, dicté par la culpabilité du sujet et par son repentir.* Il arrive que les êtres de lumière se posent en guides, en conseillers, mais toujours sur un mode non autoritaire, leur seule préoccupation étant de transmettre un enseignement.

Cette totale absence de rétribution cosmique ou de justice divine distribuant châtiments et récompenses reste l'un des aspects des NDE suscitant les plus vives controverses au sein des religions constituées. Ce n'en est pas moins l'un des traits les plus fréquemment attestés. Quelle explication en donner ? Moody en voit une, aussi simple que polémique. Il se pourrait que la bienveillance de l'univers dépasse de loin nos espérances.

Cela ne veut pas dire que le laxisme règne dans cette revue de l'existence. Encore une fois, NDE et régressions s'accordent à montrer celui qui entre dans le royaume de lumière doté d'un état de conscience supérieur, ou métaconscience, marqué par une extrême lucidité quant aux réflexions qu'il s'inspire.

On aurait également tort de croire que les êtres de lumière ne proposent aucune valeur. Il ne semble au contraire y avoir d'expérience où ils n'insistent sur deux points. L'importance de l'amour, d'abord. Encore et encore, ils répètent le même message : nous devons apprendre à substituer l'amour à la haine, apprendre à aimer plus, à mieux aimer, apprendre à pardonner et à aimer sans conditions, et apprendre qu'en retour, *nous aussi sommes aimés*. Cela semble être le seul critère moral en vigueur chez ces entités. Même la sexualité cesse de susciter l'op-

1° AMOUR

Charpon : idem

probre que nous autres humains sommes si enclins à lui attacher. L'un des sujets de Whitton rapporte qu'après avoir vécu plusieurs incarnation introverties et dépressives, on l'avait orienté vers la préparation d'une vie de femme amoureuse et sensuelle afin d'équilibrer le développement de son âme[1]. Il semble que la compassion soit pour les êtres de lumière le baromètre de la grâce, et que, de temps à autre, celui qui leur demande conseil, ne sachant s'il a bien ou mal agi, se voit opposer une question à la sienne : L'as-tu fait par amour ? Est-ce l'amour qui t'a motivé ?

C'est pourquoi nous sommes ici-bas, disent-ils, pour apprendre que l'amour est la clé. Ils sont conscients qu'il ne s'agit pas d'une mince entreprise, mais insistent sur son caractère de nécessité capitale pour notre existence tant biologique que spirituelle, et à un degré que nous n'avons peut-être pas même commencé à soupçonner. Même les enfants reviennent des frontières de l'au-delà avec ce message imprimé dans leur conscience. Il nous suffira de citer les paroles d'un petit garçon qui, renversé par une voiture, avait visité le royaume de l'après-vie, escorté par deux personnages vêtus d'une robe « très blanche » : « J'ai appris là-haut que le plus important, c'est d'aimer pendant qu'on est encore en vie[2]. »

La seconde valeur sur laquelle les êtres mettent l'accent est la connaissance. Il est fréquemment question du plaisir que semble leur donner, dans la revue de la vie, l'émergence d'un délai impliquant savoir ou apprentissage. Certains sujets se voient ouvertement conseiller de se mettre en quête de connaissances une fois qu'ils auront regagné leur corps

1. Whitton et Fischer, *Life between Life*, pp. 42-43.
2. Moody et Perry, *La Lumière de l'au-delà* (J'ai lu), p. 63.

physique, surtout de celles qui concernent leur développement personnel ou l'accroissement de leur faculté d'aider autrui. D'autres reviennent avec le souvenir qu'« apprendre constitue un processus permanent qui se prolonge après la mort » et que « le savoir est l'une des rares choses que l'on soit à même d'emporter dans l'au-delà ».

Cette prééminence du savoir dans l'après-vie s'affirme d'une autre manière. Certains sujets ont constaté que leur simple présence dans ce royaume de lumière les mettait de plain-pied avec *l'ensemble* du savoir, les modalités d'accès à celui-ci restant cependant soumises à variations. C'est parfois la réponse à une question que l'on se pose. Ainsi cet homme à qui il suffisait de s'interroger dans un domaine, sur ce que c'était qu'être insecte, par exemple, pour l'apprendre de l'intérieur, comme s'il en était un [1]. Et cet autre qui donne de son expérience la description suivante : « Qu'une question se forme dans votre esprit, et la réponse se présente *immédiatement*. C'est aussi simple que cela. Et il peut s'agir de n'importe quelle question. Même si on n'a pas la moindre notion sur le sujet, même s'il dépasse vos capacités intellectuelles. La lumière vous donne simultanément la réponse et les moyens de la comprendre [2]. »

Certains disent n'avoir même pas besoin de poser une question pour avoir accès à cette banque de données infinie. Alors qu'ils assistent à la rétrospective de leur vie, c'est tout le savoir du monde qui est présent en eux, tout ce qui a pu s'offrir à la connaissance et qui s'y offrira du début des temps jusqu'à

1. Voir n. 2, p. 415, *op. cit.*, p. 46.
2. Kenneth Ring, *Heading Toward Omega* (New York, William Morrow, 1985), pp. 58-59. (Trad. *En route vers Oméga*, Laffont, 1991.)

leur fin. Il en est aussi pour avoir cette omniscience après que l'être de lumière a fait un geste comme celui d'agiter la main. D'autres encore, plutôt que d'avoir acquis ce savoir, disent *se l'être rappelé*, puis en avoir presque tout oublié sitôt retournés dans leur corps physique — amnésie apparemment universelle chez ceux qui sont gratifiés de ce genre de vision [1]. Quelles qu'en soient les modalités, il semble donc qu'une fois dans l'au-delà, il ne soit plus nécessaire d'entrer dans un état de conscience modifié pour avoir accès au domaine informatif transpersonnel et en interconnexion infinie dont les patients de Grof firent l'expérience.

Holographique de par les aspects que nous venons d'examiner, cette vision d'un savoir total l'est aussi en ce que les données s'y présentent par « gros morceaux » s'enregistrant d'une seule pièce dans la pensée. En d'autres termes, plutôt que de s'égrener sur le mode linéaire comme les mots d'une phrase ou les séquences d'un film, tous les faits, les détails, les images et les éléments d'information font irruption dans la conscience sur le mode simultané. Un témoin parle à ce propos de « paquets de pensées [2] ». Monroe fait état d'explosions de données similaires et les nomme « balles de pensée [3] ».

En fait, quiconque est doté de facultés psychiques un peu plus développées que la moyenne reconnaîtra dans ce processus la manière dont il capte ce qu'il « voit ». Ainsi m'arrive-t-il quand je rencontre un inconnu (parfois même à la simple audition de

1. Voir Ring, *En route vers Oméga* (Laffont), p. 199, Moody, *Lumières nouvelles sur la vie après la vie* (J'ai lu) et Moody et Perry, *La Lumière de l'au-delà* (J'ai lu), p. 46.
2. Moody et Perry, *La Lumière de l'au-delà* (J'ai lu), p. 46.
3. Monroe, *Fantastiques expériences de voyage astral* (Laffont).

son nom) de recevoir dans l'esprit l'une de ces balles d'informations ; elles concentrent des traits majeurs du psychisme de la personne et de son masque émotionnel, un diagnostic de son état de santé, voire des scènes de son passé. Je dois être particulièrement doué pour essuyer celles des gens qui traversent un état de crise. Ainsi cette femme récemment rencontrée dont j'ai tout de suite su qu'elle songeait au suicide. Tout de suite aussi, j'ai su pourquoi. Comme chaque fois en pareille situation, j'ai engagé avec elle une conversation que j'ai prudemment acheminée vers les pouvoirs de l'esprit. Elle y paraissait réceptive. Aussi l'ai-je confrontée à ce que je savais d'elle, l'amenant à m'en parler. Je ne l'ai pas quittée avant d'avoir obtenu la promesse qu'elle se mettrait en quête d'une forme d'aide psychologique professionnelle plutôt que de s'obstiner dans la funeste solution qu'elle avait trouvée à ses problèmes.

Pareille manière d'être informé n'est pas très différente de celle qui s'observe en rêve. Il n'est pratiquement personne qui ne se soit rêvé dans une situation dont il savait tout d'entrée. Vous rêvez par exemple de votre arrivée à une réception, et vous savez aussitôt qui la donne et à quelle occasion. Il en est de même des inspirations qui vous viennent. Ce sont là de modestes expériences de l'effet « balle de pensée ».

Du fait que ces éruptions de matière psychique se manifestent sous forme de blocs non linéaires, il me faut quelquefois un certain temps pour les traduire en mots. À l'instar des gestalts psychologiques vécues par ceux qui connaissent des expériences transpersonnelles, elles sont holographiques en ce sens qu'elles constituent des « ensembles » instantanés avec lesquels notre esprit temporellement vectorisé doit se débattre un moment avant d'en débrouiller l'écheveau et de les convertir en arrangement séquentiel de parties distinctes.

Quel aspect prend la connaissance quand elle est contenue dans ces balles de pensée captées en NDE ? Il semble que toutes les formes de communication soient observées : sons, images mobiles et tridimensionnelles proches des hologrammes, et même télépathie, ce qui, selon Ring, serait une autre preuve que le monde de l'après-vie est « un domaine d'existence sous le règne de la pensée [1] ».

Un lecteur attentif ne manquera pas de se demander pourquoi la quête du savoir est d'une telle importance dans l'existence d'ici-bas si nous devons atteindre l'omniscience dans l'après-vie ? À cette question, ceux qui ont fréquenté le seuil de la mort répondent, sans pour autant l'affirmer mais sur la base d'une impression profonde, qu'il pourrait y avoir rapport avec le but de l'existence et la capacité de chacun à se porter vers les autres et à les aider.

Plans d'existence et pistes temporelles parallèles

Comme Whitton, bon nombre de chercheurs qui se sont penchés sur les NDE ont également découvert que notre vie fait l'objet d'une planification préalable, du moins jusqu'à un certain point, et qu'à cette planification nous prenons une part active. Plusieurs aspects de l'expérience le mettent en évidence. Ainsi n'est-il pas rare que celui qui se présente au seuil de la mort s'entende dire que « son temps n'est pas encore venu ». Ring souligne que les termes mêmes de l'expression impliquent l'existence d'une sorte de

1. Ring, *Sur la frontière de la vie* (Laffont).

« plan de vie [1] ». Il est également clair que les sujets jouent un rôle dans la formulation de ce destin ne serait-ce que parce que le *choix* de rester ou de repartir leur est souvent laissé. Dans certains cas, même, il leur est permis de retourner ici-bas alors que leur temps est réellement venu. Moody cite celui d'un homme qui se mit à pleurer en comprenant qu'il était mort. Il avait peur que sa femme ne puisse élever seul leur neveu. L'être de lumière lui dit alors que, puisqu'il ne demandait rien pour lui-même, ce retour lui était accordé [2]. Il le fut aussi à cette femme dont le prétexte de n'avoir pas assez dansé fit rire l'être de lumière [3].

Que notre avenir soit pour le moins partiellement esquissé ressort aussi d'un phénomène décrit par Ring comme des « souvenirs anticipés ». La connaissance exhaustive immédiate peut s'accompagner d'un aperçu sur la suite de l'existence. Un cas particulièrement frappant nous est offert par cet enfant à qui fut révélé qu'il se marierait à vingt-huit ans et aurait deux enfants. Il se vit ou plutôt se vécut lui-même à cette époque dans la maison qui allait être la sienne et le regard qu'il promena sur le décor tomba sur un mur derrière lequel il savait y avoir quelque chose de bizarre dont la nature lui échappait totalement. Des années plus tard, après que chacune de ces prédictions se fut tour à tour réalisée, il se retrouva dans le décor et la situation de sa NDE et comprit que ce qu'il avait jadis senti derrière le mur était le système de chauffage à air pulsé, technique qui, alors, n'avait pas encore vu le jour [4].

1. Ring, *Sur la frontière de la vie* (Laffont).
2. Moody, *La vie après la vie* (J'ai lu).
3. Moody et Perry, *La Lumière de l'au-delà* (J'ai lu), p. 23.
4. Ring, *En route vers Oméga* (Laffont).

Un autre souvenir anticipé des plus étonnants est celui d'une femme à qui l'on montra, sur la fin de sa NDE, une image de Moody. On lui donna également le nom de cet homme en précisant que « quand le moment serait venu », elle lui raconterait son histoire. Cela se passait en 1971, et Moody n'avait pas encore publié *La Vie après la vie*. Son nom comme son visage ne disaient encore rien à personne. Le moment « vint » pourtant quatre ans plus tard, quand les Moody emménagèrent dans la rue même où habitait cette femme et que, le jour de Halloween, Moody junior, « terrorisant » le voisinage avec ses copains comme le veut la coutume, frappa à sa porte. Quand elle sut comment il s'appelait, elle lui dit d'informer son père qu'elle voulait lui parler, et c'est ainsi que Moody apprit l'histoire qu'il rapporte dans *La Lumière de l'au-delà*[1].

Certains témoignages semblent confirmer l'hypothèse de Loye sur divers univers holographiques parallèles, des sortes de pistes du temps. Il arrive qu'une NDE soit le théâtre d'une vision de l'avenir du sujet, mais *seulement s'il continue dans la voie suivie jusqu'alors*. Ainsi pouvons-nous citer le cas unique de cette femme à qui fut révélé un cours tout autre de l'histoire planétaire : celui que cette histoire aurait pris en l'absence de certains événements aux alentours de l'époque où vécut le philosophe et mathématicien grec Pythagore, il y a donc trois mille ans. Si ces événements (dont le témoin s'est toujours refusé à dévoiler l'exacte nature) ne s'étaient pas produits, nous vivrions à présent dans un monde de paix et d'harmonie marqué par l'absence des guerres de religion et de la figure du Christ[2]. Voilà qui suggère

1. Moody et Perry, *La lumière de l'au-delà* (J'ai Lu), p. 33.
2. Ring, *En route vers Oméga* (Laffont).

dans un univers holographique de bien étranges lois de l'espace et du temps.

Même ceux qui ne reviennent pas du seuil de la mort avec la certitude d'avoir un rôle à jouer dans leur destin n'y ont pas moins acquis une claire compréhension de ce qu'est l'interconnexion holographique entre tout. Comme l'exprime un sexagénaire dont la NDE dura le temps d'un arrêt cardiaque : « Une des choses que j'ai apprises, c'est que nous faisons partie d'un grand tout, de l'univers vivant. Si nous pensons pouvoir faire du tort à une autre personne ou à une autre forme du vivant sans nous faire du tort à nous-mêmes, nous nous trompons lourdement. Maintenant, quand je regarde une forêt, une fleur ou un oiseau, je me dis : "C'est moi, cela fait partie de moi." Nous sommes reliés à tout ce qui existe, et si nous envoyons de l'amour par l'intermédiaire de ces liens, alors nous sommes heureux [1]. »

On peut toujours manger, mais cela n'a rien d'obligatoire

L'aspect création mentale holographique de ces expériences de mort imminente est visible de mille autres façons. Une fillette rapporte qu'il lui suffisait, dans l'au-delà, de vouloir de la nourriture pour qu'il s'en matérialise aussitôt mais qu'elle aurait parfaitement pu se passer de manger, ce qui souligne une fois de plus la ressemblance entre la réalité de l'après-vie et une illusion de type holographique [2]. Même le langage symbolique de la psyché se dote d'une forme

1. Moody et Perry, *La Lumière de l'au-delà* (J'ai lu), p. 45.
2. Ian Stevenson, *Children Who Remember Previous Lives* (Charlottesville, Virg., University Press of Viriginia, 1970), p. 110.

« objective ». Ainsi l'un des sujets de Whitton explique-t-il que la femme qui allait devenir le personnage central de sa vie suivante lui était apparue mi-rose, mi-cobra. On lui avait demandé de réfléchir sur le sens du symbole et il avait découvert que lui et cette femme s'étaient déjà aimés dans deux autres vies, et qu'elle avait chaque fois été la cause directe de sa mort. Dans cette dimension intermédiaire, elle lui était donc présentée, non sous forme humaine, mais sous celle d'une sorte d'hologramme exprimant sa double nature archétypale et tragique [1].

Le cas n'est pas unique. Hazrat Inayat Khan disait que, dans les « réalités divines » où le transportaient ses extases, les entités qu'il rencontrait étaient mi-animales, mi-humaines. Non moins conscient de leur caractère symbolique que le sujet de Whitton, Khan estime que l'animal représente les qualités de l'être concerné. Ainsi, une figure à tête léonine symboliserait une puissante énergie de type solaire, celle d'un être mercurien, plus astucieux, ayant les traits d'un renard. Ce pourrait être, selon lui l'intuition d'antiques civilisations, comme celle des Égyptiens qui représentaient les dieux présidant à l'après-vie avec une tête de chacal ou d'ibis [2].

La propension du réel à se modeler en structures holographiques reflétant les pensées, les désirs et les symboles qui nous habitent explique que nous soyons enclins à percevoir les êtres de lumière sous forme de déités, le Christ ou les anges dans les traditions occidentales, les saints ou les dieux dans celle de l'Inde. La plasticité des royaumes des Cieux décrits suggère qu'une telle apparence extérieure pourrait

1. Whitton et Fischer, *Life between Life*, p. 43.
2. Wil van Beck, *Hazrat Inayat Khan* (New York, Vantage Press, 1983), p. 29.

n'être ni plus ni moins réelle que la nourriture qui se matérialisait quand la petite fille en avait envie, le symbole d'amour et de mort chez le sujet de Whitton, les vêtements ectoplasmiques que s'automodela ce voyageurs gêné de se retrouver nu hors de son corps. Cette même plasticité expliquerait toutes les divergences culturelles offertes par les NDE ; elles expliqueraient aussi pourquoi, si le tunnel reste le mode d'accès privilégié au royaume de lumière, il en est qui passent un pont, accèdent en barque à une autre rive ou suivent simplement un chemin. De nouveau se dégage une image du réel comme pure interaction de structures mentales, et l'éventualité que le décor même de l'existence réponde aux conceptions et aux attentes de celui qui la vit.

Le moment est venu d'insister sur un point. Le corps entier des arguments présentés dans ce livre converge vers l'évidence que notre propre plan d'existence pourrait n'être pas très différent de ces royaumes de l'après-vie, pour insolites qu'ils nous paraissent. À nous aussi, avons-nous vu, cette même intégralité du savoir est accessible, au prix d'une quête un peu plus ardue, c'est tout. Pour nous aussi se déchire de temps à autre le voile de l'avenir et nous trouvons-nous confrontés à la fantasmatique nature de l'espace et du temps. Et nous aussi sommes en mesure de remodeler notre apparence, si ce n'est parfois la réalité qui nous entoure, en fonction de ce que nous croyons ou voulons. Ce n'est peut-être pas donné d'emblée et à chaque fois comme dans ces plans du réel où l'esprit règne, mais c'est une entreprise qui reste à la portée de celui qui consacre du temps et un effort persévérant à l'éveil de ses facultés. De fait, les prouesses de Saï Baba tendent à montrer que nous sommes capables de matérialiser nourriture et objets à volonté. De même l'*inedia* de

Therese Neumann est là pour nous convaincre que nous n'avons pas besoin de manger pour vivre tant ici-bas que dans l'au-delà des expériences de mort imminente.

À vrai dire, il semble qu'entre ce monde et l'autre, la différence soit de degré plutôt que de nature. Tous deux sont des rendus holographiques de l'interaction entre la conscience et son environnement, ainsi que le soulignent Jahn et Dunne. En d'autres termes, notre réalité semble être une version plus figée du royaume de l'après-vie. Il y faut un peu plus de temps à nos convictions pour remodeler les chairs en forme de clous comme chez les stigmatisés et au langage des symboles pour se manifester au-dehors sous forme de synchronicité. Mais cela se fait, lent fleuve inexorable, et dont la persistante présence nous enseigne que nous ne sommes qu'au tout début de la compréhension de cet univers qui est le nôtre.

Les approches de la mort selon d'autres sources

Inutile d'être à l'article de la mort pour voir s'ouvrir le royaume de l'après-vie. À l'évidence, cette dimension peut être atteinte au cours des OBE, et l'œuvre de Monroe abonde en descriptions d'amis défunts rencontrés sur ces autres plans du réel [1]. Mais le plus doué de ces voyageurs de l'astral qui fréquentèrent l'au-delà reste le mystique suédois Emmanuel Swedenborg. Né à Stockholm, le 29 janvier 1688, Swedenborg fut le Léonard de Vinci de son époque. Il commença par s'intéresser aux sciences naturelles et à la musique, y adjoignit bientôt les mathéma-

1. Monroe, *Le Voyage hors du corps* (Rocher).

tiques et surtout l'astronomie. Il parlait une dizaine de langues et fut graveur, homme d'affaires, politicien, occupant ses loisirs à construire microscopes et montres. On lui doit une théorie des couleurs, l'invention d'une machine volante, d'un appareil sous-marin, et des écrits abordant les sujets les plus divers — métallurgie, technique minière, commerce et économie, physique, chimie, anatomie — qu'il ne quittait qu'après y avoir apporté des intuitions d'une étonnante modernité.

Un esprit universel donc qui, à l'orée de la cinquantaine, va développer la faculté d'entrer dans des transes profondes au cours desquelles il abandonne son corps pour visiter ce qui lui semble être des mondes célestes où il rencontre des « anges » et des « esprits ». Il commença de publier le récit de ses visions et en acquit une telle renommée que la reine lui demanda de trouver pourquoi son défunt frère avait négligé de répondre à une lettre qu'elle lui avait envoyée quelque temps avant sa mort. Il promit de poser la question et revint le lendemain avec un message qui, dut reconnaître la reine, comportait des détails connus d'elle seule et du défunt. Swedenborg devint coutumier de ce genre de services qu'il rendait à qui lui demandait son aide. Ainsi cette veuve qui apprit de lui comment ouvrir le tiroir secret d'un meuble où son époux avait rangé des papiers dont elle avait désespérément besoin. L'anecdote fit le tour de l'Europe et inspira au philosophe allemand, Emmanuel Kant, de consacrer tout un ouvrage à Swedenborg : *Les songes d'un visionnaire expliqués par ceux de la métaphysique*.

Mais le plus surprenant dans ces récits est leur extraordinaire correspondance avec nos modernes descriptions de NDE. Ainsi Swedenborg parle-t-il d'un tunnel ombreux et d'un royaume où l'accueillaient des esprits bienveillants, de paysages d'une beauté inimaginable ici-bas, d'un lieu où n'avaient plus cours ni le temps ni l'espace, d'une lumière intense rayonnant d'amour et d'êtres de lumière, du sentiment de paix et de sérénité dont il s'était senti baigné [1]. On lui avait permis d'assister à l'arrivée de nouveaux défunts ; il les avait vus procéder à la rétrospective de leur existence, à ce qu'il appelait « l'ouverture du Livre des Vies ». Il confirme que l'âme revoit « tout ce qu'elle a été, tout ce qu'elle a fait » durant sa vie terrestre, mais ajoute un détail qui lui est propre. En effet, les données révélées lors de l'ouverture du Livre des Vies sont enregistrées, selon lui dans le système nerveux du corps spirituel de la personne. Il en résulte que l'« ange » chargé d'aider à cette rétrospective le fait en lisant pour ainsi dire le corps entier du sujet « en commençant par l'extrémité des doigts [2] ».

Swedenborg fait également référence à des balles de pensées par le truchement desquelles communiqueraient ces anges ; elles ne sont pas très différentes, dit-il, des « portraits » qu'il voit dans la « substance ondoyante » dont sont enveloppés le gens. À l'instar des NDE modernes, il décrit ces instantanés de savoir télépathique comme des idéogrammes où l'information est codée sur un mode si dense que chaque signe, chaque image ouvre sur un bon millier de sens. Ces portraits peuvent également se présenter sous forme de tableaux qui se succèdent sur un rythme aussi lent que complexe : « Sur plusieurs heures,

1. Voir Leon S. Rhodes, « Swedenborg and the Near-Death Experience », dans *Emanuel Swedenborg : A Continuing Vision*, collectif rassemblé par Robin Larsen (New York, Swedenborg Foundation, 1988), pp. 237-240.
2. Wilson Van Dusen, *The Presence of Other Worlds* (New York, Swedenborg Foundation, 1974), p. 75.

parfois, et dans un enchaînement si subtil qu'il forçait l'admiration [1]. »

Mais, encore une fois, Swedenborg se démarque de l'expérience commune en précisant que ses anges usaient, outre des portraits, d'une langue manipulant certains concepts inaccessibles à l'intellect humain. D'où le recours aux portraits pour donner de ces concepts une réplique, pâle certes, mais compréhensible par nous [2].

Les visions de Swedenborg confirment également quelques aspects moins fréquemment cités des NDE. S'il l'on peut se passer de manger dans l'au-delà, explique-t-il, c'est que l'on y est nourri de savoir [3]. Une conversation entre des esprits ou des anges s'accompagne d'une concrétisation parallèle et permanente de leurs pensées sous forme d'images symboliques tridimensionnelles le plus souvent animales. Il cite l'exemple d'anges qui, parlant d'amour et d'affection, suscitaient l'apparition « de beaux animaux comme des agneaux... Mais venaient-ils à s'entretenir de mauvais sentiments que les portraits défilant autour d'eux étaient ceux de bêtes féroces, nuisibles ou répugnantes tels des tigres, des ours, des loups, des scorpions, des serpents et des souris [4]. » Et, bien que ce trait soit absent des descriptions modernes, Swedenborg fait état de sa surprise en découvrant que certains esprits célestes sont originaires d'autres planètes, ce qui ne laisse pas de nous surprendre sous la plume d'un homme né voilà plus de trois siècles [5] !

Mais le plus troublant dans toutes ces obser-

1. Emanuel Swedenborg, *The Universal Human and Soul-Body Interaction*, texte établi et traduit en anglais par George F. Dole (New York, Paulist Press, 1984), p. 43.

2. Notes 2, 3, 4, 5 se référer à la note ci-dessus.

vations du mystique suédois reste qu'elles semblent se référer à des propriétés holographiques du réel. Ainsi affirme-t-il que les créatures humaines, bien que distinctes les unes des autres en apparence, sont en interconnexion généralisée dans ce qu'il définit comme une unité cosmique. Chacun de nous est même un ciel en miniature, selon lui, le microcosme — comme l'est l'ensemble de l'univers physique — d'une réalité supérieure d'ordre divin. Nous l'avons également vu décrire cette réalité visible sous-jacente comme une substance ondulatoire.

De fait, plusieurs de ceux qui se sont penchés sur l'œuvre monumentale de Swedenborg n'ont pas manqué d'y relever de nombreuses rencontres avec les théories de Bohm et de Pribram. L'un de ces érudits est le Dr George F. Dole, professeur de théologie à la *Swedenborg School of Religion* de Newton, dans le Massachussets. Dole, diplômé de Yale, d'Oxford et de Harvard, voit dans la conception d'un univers perpétuellement créé et nourri par un double flux de nature ondulatoire, l'un émanant du Ciel, l'autre de notre propre âme ou esprit, l'un des principes fondamentaux sur lesquels repose la pensée du Suédois. « Rassemblons ces images, dit Dole, et nous ne manquerons pas d'être frappés par la ressemblance avec un hologramme. De fait, nous sommes constitués par la convergence de deux flux, tous deux issus du divin mais l'un par voie directe alors que l'autre a fait le détour par notre milieu. Que cet afflux permanent soit un phénomène ondulatoire nous autorise donc à considérer que chacun d'entre nous est le lieu où se rencontrent ces ondes, bref, ni plus ni moins qu'un système d'interférence [1]. »

1. George F. Dole, « An Image of God in a Mirror », dans *Emanuel.*

Swedenborg était également persuadé qu'en dépit de ce qu'il avait d'insubstantiel et d'éphémère, le Ciel de ses visions correspondait à un niveau du réel plus fondamental que celui de notre monde physique. C'est, dit-il, la source archétypale d'où procède toute forme de notre monde terrestre avant de finir par s'y résorber. Voilà qui n'est pas très éloigné des conceptions que Bohm exprime en termes d'implié et d'explié. Swedenborg rejoint par ailleurs ce dernier en estimant que la différence entre ce monde et celui de l'après-vie est une différence de degré, pas de nature, et que le monde matériel n'est qu'une version figée de la réalité céleste élaborée par la pensée. La substance qui engendre tant le Ciel que la Terre « se répand par paliers successifs » du Divin, écrit-il. « Et sur chaque palier, elle se fait plus grossière et plus vague, se ralentit, devient par conséquent plus visqueuse et plus froide[1]. »

La transcription que Swedenborg donna de ses visions atteint presque les vingt volumes et, sur son lit de mort, quand on lui demanda s'il y avait un point sur lequel il désirait se rétracter, il répondit sans hésiter : « Je n'ai jamais rien écrit qui ne fût aussi vrai que ce que vous avez présentement sous vos yeux. Me l'eût-on permis que j'en aurais dit plus. La mort vous ouvrira les portes de ce royaume : vous le découvrirez par vous-même et nous pourrons alors en parler plus amplement[2]. »

1. Voir n. 1, p. 429.
2. Theophilus Parsons, *Essays* (Boston, Otis Clapp, 1845), p. 225.

Le pays du non-où

Swedenborg n'est pas la seule figure du passé qui ait eu la faculté de sortir de son corps pour gagner des plans de réalité plus subtils. Les soufis persans du XIIe siècle ont également mis à profit les transes profondes où les plongeaient leurs techniques de méditation pour visiter le « pays où les esprits demeurent ». Et, une fois de plus, le parallèle est frappant entre ce qu'ils en disent et les témoignages dont ce chapitre est rempli. Ainsi prétendent-ils que l'on est doté dans cet autre royaume d'un « corps subtil » et que l'exercice des sens ne requiert pas toujours l'emploi des « organes spécifiques » de ce corps. C'est une dimension peuplée de maîtres spirituels, les imams ; du reste, on lui donne parfois le nom de « pays de l'Imam caché ».

Ce monde serait formé selon eux de la seule substance subtile de l'*alam al-mithal*, la pensée. L'espace même — proximité, distance, lointains — naîtrait de la pensée. Mais cela ne signifie pas que cette contrée de l'Imam caché soit irréelle, qu'il s'agisse d'un monde fait de pur néant. Ni qu'il soit la création d'un seul esprit. Il s'agit plutôt d'un plan d'existence suscité par l'imagination d'une multiplicité d'êtres et doté de ses dimensions, de ses paysages, de ses forêts, de ses montagnes et même de ses cités, bref d'une réalité qui lui est propre. Dans leurs écrits, les soufis ont apporté chacun leur pierre à l'éclaircissement de cette notion. Elle reste cependant si étrangère à l'Occident que le regretté Henry Corbin, de l'École des Hautes-Études de la Sorbonne, qui fut une autorité mondialement reconnue en matière d'islam iranien, s'est trouvé contraint de forger le néologisme *imaginal* pour rendre compte de ce monde né de l'imagination et néanmoins aussi réel que la réalité physique. « Des années durant, explique-t-il, j'ai été amené à lire et traduire des textes arabes et persans dont j'aurais incontestablement trahi le sens en me contentant du mot *imaginaire*[1]. »

De cette nature imaginable du royaume de l'après-vie découle naturellement pour les soufis que *l'imagination est une faculté perceptive*. Voilà qui jette un nouvel éclairage sur ce qui a pu doter d'une main un sujet de Whitton quand il s'est mis à penser et sur le puissant impact des visualisations tant sur notre santé que sur notre constitution physique. Cela apporte aussi de l'eau au moulin des soufis qui pensaient que la visualisation — par eux nommée « prière créatrice » — était à même de modifier l'armure, voire de retisser entièrement la toile de notre destin.

Dans une notion qui fait écho aux ordres implié et explié de Bohm, les soufis estimaient qu'en dépit de son évanescence apparente, cet autre royaume était la matrice d'où procède l'univers physique. Il n'est matériel qui n'émane du spirituel, disait-il, même si les plus avancés d'entre eux restaient parfois perplexes devant ce à quoi donne accès la méditation et l'absorption dans les profondeurs de la psyché, devant cette dimension intérieure « qui, finalement, enveloppe, entoure, ou contient, ce qui était précédemment extérieur et visible[2] ».

On n'aura pas manqué d'y reconnaître une nouvelle référence aux propriétés holographiques non locales du réel. Chacun d'entre nous contient, selon

1. Henry Corbin, « Mundus Imaginalis ou l'imaginaire et l'imaginal », *Cahiers internationaux du Symbolisme* 6 (Bruxelles, 1964), pp. 4-26. L'auteur se réfère précisément à la page 4 d'une traduction anglaise (Golgonooza Press, Ipswich, 1976).
2. *Ibid., op. cit.*, p. 7.

les soufis, l'ensemble des sphères célestes, chacun les concentre en lui, en est l'emplacement. Plutôt que de chercher la réalité spirituelle quelque part, mieux vaut comprendre que ce « quelque part » est en nous. C'est pourquoi l'un d'entre eux, Sohrawardi, rebaptise *Na-koja Abad,* « pays du Non-où » ce pays de l'Imam caché, soulignant qu'il se situe « hors des dimensions de l'espace sensible[1] ».

L'idée n'est pas nouvelle ; on la trouve déjà dans « le royaume des cieux est en nous » du christianisme. En revanche, cette référence explicite aux aspects non locaux des niveaux subtils de la réalité est, quant à elle, parfaitement inédite. Encore une fois, il est suggéré que celui qui se décorpore pourrait n'aller nulle part mais se contenter de modifier l'illusoire et malléable hologramme du réel, s'octroyant ainsi l'expérience d'un voyage ailleurs. Dans un univers holographique, de fait, la conscience n'est pas seulement partout, elle est aussi hors tout.

Certains récits de NDE semblent faire allusion à cette appartenance du royaume de l'après-vie aux tréfonds non locaux de la psyché. Mourir, c'est se promener en soi », explique un garçon de sept ans[2], et Bohm propose pour sa part une interprétation non locale de la transition entre cette vie et la suivante : « Pour l'heure, l'ensemble de notre processus de pensée nous dit de concentrer notre attention sur ce monde, faute de quoi nous serions même incapables de traverser une rue, par exemple. Mais la conscience n'en continue pas moins de résider dans l'illimité, par-delà l'espace et le temps, à des niveaux toujours plus subtils de l'ordre implié. Il s'ensuit que s'enfoncer assez dans l'épaisseur du présent peut conduire là où

1. *Ibid., op. cit.,* p. 5.
2. Kübler-Ross, *On Children and Death*, p. 222.

s'efface toute distinction entre cet instant et celui qui va suivre. L'expérience de la mort pourrait être d'atteindre ce point où s'abolit toute différence. Parallèlement, le contact avec l'éternité s'effectue dans l'instant présent mais avec la pensée pour médiateur. C'est une simple question d'attention[1]. »

Des images de lumière intelligentes et coordonnées

Que l'on puisse avoir accès à des plans plus subtils du réel par un déplacement au niveau de la seule conscience est également l'un des postulats du yoga. Nombre de pratiques ressortant à cette tradition furent d'ailleurs spécifiquement conçues dans l'optique d'apprendre aux gens à effectuer ce genre de déplacements. Là encore, ceux qui y parviennent nous décrivent un paysage désormais familier. Nous prendrons pour exemple Sri Yukteswar Giri, saint homme indien peu connu mais entouré d'un immense respect, qui décéda à Puri en 1936. Evans-Wentz, qui le rencontra dans les années vingt, parle d'un homme « de commerce agréable et d'une exceptionnelle grandeur de caractère » tout à fait « digne de la vénération que lui vouaient ses disciples[2] ».

Sri Yukteswar semble avoir été particulièrement doué pour de telles navettes entre ce monde et l'autre, et il décrit l'au-delà comme un univers « composé de subtiles et diverses vibrations colorées et lumineuses » et « mille fois plus vaste que le cosmos matériel ». Il en parle aussi comme d'un monde dont la beauté

1. Entretien privé avec l'auteur, 28 octobre 1988.
2. Paramahansa Yogananda, *Autobiography of a Yogi* (Los Angeles, Self-Realisation Fellowship, 1973), p. VIII.

surpasse infiniment tout ce que peut nous offrir notre propre domaine d'existence, constellé de « lacs d'opale, de mers scintillantes et de rivières irisées ». Du fait que cette dimension « vibre plus fort dans la lumière créatrice de Dieu », son climat y est en permanence des plus serein, sans autre intempérie que d'occasionnelles « neiges d'éblouissante blancheur et pluies de lumières polychromes ».

Ceux qui résident dans ce merveilleux royaume peuvent se doter du corps de leur choix et utiliser n'importe laquelle de ses parties pour « voir ». Ils peuvent également matérialiser n'importe quel fruit ou aliment qu'ils désirent bien qu'ils soient « libérés de toute nécessité de se nourrir » autrement que de « la seule ambroisie d'un savoir éternellement mis à jour ».

Ils communiquent entre eux par séquences télépathiques d'« images lumineuses », se délectent de « l'immortalité de l'amitié », mettent en œuvre « l'indestructibilité de l'amour », souffrent mille morts de « toute faute commise dans la perception ou la transmission de la vérité » et, confrontés à la foule des parents, conjoints et amis qu'ils ont acquis au cours de leurs « différentes incarnations terrestres » avec pour conséquence de ne savoir à qui vouer de préférence leur affection, apprennent à « les aimer tous d'un amour égal et divin ».

Mais quelle est la quintessence de notre réalité une fois que nous avons pris demeure dans ce pays de lumière ? À cette question, Sri Yukteswar donne une réponse aussi simple qu'holographique. Dans ce royaume où il n'est besoin de manger ni même de respirer, où une seule pensée peut matérialiser « un jardin entier de fleurs odorantes » et où toute blessure physique est « instantanément guérie pour peu que nous en ayons le désir », nous sommes tout simplement « des images de lumière intelligentes et coordonnées[1] ».

La lumière, encore et toujours

Sri Yukteswar n'est pas le seul maître indien qui ait recours à une terminologie quasiment holographique pour décrire les plans subtils de la réalité. Il convient également de citer Sri Aurobindo Ghose, penseur, homme d'action et mystique que ses compatriotes placent aussi haut que Ghandi. Né en 1872 dans une famille de la haute société indienne, il fit ses études en Angleterre et y acquit très vite une réputation de prodige. Il parlait couramment l'anglais, le hindi, le russe, l'allemand et le français, lisait les Grecs dans le texte et n'était pas moins à son aise avec le sanscrit des époques les plus lointaines. Venir à bout d'une caisse de livres en un jour n'avait rien d'un exploit pour lui, non plus que de réciter textuellement n'importe quelle page prise au hasard. Son pouvoir de concentration est passé dans la légende. Il restait parfois toute une nuit à étudier sans modifier d'un iota sa posture, et ce, en dépit des incessantes agressions des moustiques.

Comme Ghandi, il milita dans le mouvement nationaliste, n'excluant pas toujours la violence, à la différence de ce dernier, et ses activités séditieuses lui valurent une année de prison qu'il consacra au travail littéraire, à la méditation et aux exercices de yoga. De fait, l'athée moderniste qu'il avait été en Angleterre était en train de retrouver Dieu en lui-même et dans la philosophie de ses ancêtres depuis

1. Voir n. 2, p. 434, *op. cit.*, pp. 475-497.

qu'un *saddhu*, un yogi errant, avait guéri son frère d'une maladie promise à une issue fatale. Ce fut le tournant de sa vie ; par la méditation et la pratique, il allait apprendre à devenir, pour reprendre ses termes : « un explorateur des plans de conscience ». Ce n'eut rien d'une tâche facile et l'un des plus terribles obstacles qu'il eut à vaincre pour atteindre son but fut la difficulté d'imposer le silence au torrent de mots et de pensées qui ne cesse de creuser son lit dans la conscience de tout un chacun. Quiconque a essayé de se vider l'esprit de toute pensée, ne fût-ce qu'une ou deux secondes, sait de quelle périlleuse entreprise il s'agit. Semée d'obstacles et pourtant nécessaire, indispensable même s'il faut en croire l'insistance des textes sur ce point. Sonder les subtiles profondeurs de la psyché, ces proximités de l'implié, réclame à l'évidence un sérieux déplacement de l'attention, comme dirait Bohm. Ou, pour reprendre les termes d'Aurobindo, « de découvrir en nous ces terres nouvelles » et d'abord « d'apprendre à se détacher des anciennes ».

Il lui fallut trois ans pour obtenir ce silence et accomplir sa traversée intérieure, mais ce fut pour aborder ces mêmes contrées que tous les Marco Polo de l'esprit visitèrent, un royaume au-delà de l'espace et du temps, « tissé de couleurs vibrant à l'infini » et peuplé d'être immatériels déjà si loin sur la voie de la Conscience que nous ne sommes à côté d'eux que des enfants. Ces êtres, explique-t-il, peuvent prendre n'importe quelle apparence, figure de saint pour le chrétien, divinité pour l'hindouiste, bien que leur but ne soit nullement de tromper, simplement de se rendre plus accessible « à telle ou telle conscience ».

Selon lui, leur manifestation la plus proche de la vérité leur donne un aspect « purement vibratoire ». Dans sa *Synthèse des Yogas*, Aurobindo compare cette capacité d'apparaître indifféremment sous l'un ou l'autre de ces aspects, corps solide ou vibration, à la dualité corpusculaire/ondulatoire découverte par la « science moderne ». Il fait également remarquer que, dans ce royaume de lumière, on n'est plus restreint à une acquisition « point par point » de l'information mais que l'on absorbe celle-ci par « vastes masses » et qu'un seul regard permet d'embrasser « des larges portions de l'espace et du temps ».

À vrai dire, il est parfois difficile de distinguer les intuitions d'Aurobindo des conclusions auxquelles sont arrivés Bohm et Pribram. Ainsi considère-t-il que la plupart d'entre nous sont dotés d'un « écran mental » qui les empêche de voir par-delà le « voile de la matière ». Mais il suffit, dit-il, d'apprendre à dissiper ce voile pour constater que tout est composé de « vibrations lumineuses d'intensités diverses ». La conscience étant pareillement constituée selon lui de vibrations, il estime que toute matière est à quelque degré consciente. À l'instar de Bohm, il va même jusqu'à considérer la psychokinésie comme une conséquence directe de cette conscience relative de la matière. En serait-elle dénuée qu'aucun yogi ne pourrait déplacer un objet par le pouvoir de son esprit faute de lien possible entre l'objet et lui.

Plus « bohmiennes » encore sont ses remarques sur la plénitude et la fragmentation. Il pense en effet que « ces vastes et lumineux royaumes de l'Esprit » ont par-dessus tout à nous apprendre que les distinctions sont illusoires et qu'en dernier ressort les choses forment un tout interconnecté. C'est un point sur lequel il revient sans relâche dans ses écrits, soutenant que seule une chute dans des niveaux de réalité dont l'intensité vibratoire ne cesse de s'affaiblir engendre cette soumission de plus en plus forte à une véritable « loi de fragmentation ». Nous fragmentons le monde parce que notre plan d'existence se situe dans les basses vibrations de la conscience et du réel, et cette fâcheuse tendance nous empêche de vivre pleinement les états de conscience intenses, la joie et l'amour qui sont la norme dans ces dimensions supérieures et plus subtiles.

La conviction de Bohm qu'un univers fondamentalement indivis et entier ne laisse pas place au désordre est partagée par Aurobindo qui l'étend à la conscience. Un seul point de l'univers en serait-il dénué que l'ensemble basculerait dans le non-conscient. Percevoir un caillou sur le bord de la route ou un grain de sable sous notre ongle comme inanimé n'est encore une fois qu'une illusion née de notre accoutumance à la fragmentation.

Cette compréhension de la plénitude amena Aurobindo à prendre conscience comme Bohm du caractère relatif de toute vérité, de ce qu'il y a d'arbitraire à vouloir distinguer des « choses » dans le continuum sans faille de l'holomouvement. Convaincu que toute tentative de réduire l'univers à des faits absolus s'agençant en doctrine immuable ne conduit qu'à des distorsions, il a clairement pris ses distances avec les religions établies, ne cessant sa vie durant de répéter que la spiritualité authentique n'était le fait d'aucune organisation ou clergé mais celui de la présence de l'Esprit en chacun de nous :

> Il faut nous dégager non seulement des pièges du mental et des sens mais aussi de ceux du penseur, du théologien et du fondateur d'église, des traîtres filets de la Parole et des chaînes de l'Idée. Tout cela est en nous, prêt à dresser autour de l'esprit un mur de formes. Mais il nous faut toujours transgresser de telles frontières, toujours renoncer au moins pour le plus, au fini pour l'infini. Nous devons nous pré-

> parer à progresser d'illumination en illumination d'expérience en expérience, d'état de l'âme en état de l'âme... Et il faut même se détacher de ces vérités sur lesquelles notre prise est la plus ferme car elles ne sont qu'expressions et formes de l'Indicible, lequel ne saurait être limité à quelque forme ou expression que ce soit [1].

Mais si, en dernier ressort, le cosmos n'est qu'un inextricable enchevêtrement de vibrations multicolores, quelles sont ces formes que nous y percevons ? Que nommons-nous réalité matérielle ? Rien qu'« une masse de lumière stable », répond Aurobindo [2].

Survie dans l'infini

C'est un tableau remarquablement cohérent du réel que nous dépeignent nos témoins des approches de la mort, et que corroborent les plus grands mystiques de par le monde. De fait, pour étonnants et insolites qu'ils soient aux yeux de ceux d'entre nous appartenant à des civilisations prétendument plus avancées, ces niveaux subtils font presque office de sentiers battus dans les cultures traditionnelles. Ainsi le Dr E. Nadisvara Nayake Thero, ethnologue, dégage-t-il de son étude d'une communauté d'aborigènes australiens où il a séjourné le concept du « temps du rêve », dimension qui ne diffère en rien de ces autres plans d'existence décrits dans les NDE et que leurs chamanes atteignent par la transe. C'est le royaume de l'après-vie et l'élu y est à même de

1. Satprem, *Sri Aurobindo ou l'aventure de la conscience* (Réimp. Buchet-Chastel, 1993).
2. *Ibid.*

converser avec les morts, d'avoir accès sur l'instant à la totalité du savoir. C'est également un plan sur lequel l'espace et le temps, comme toute autre limitation de la vie terrestre, cessent d'avoir cours et où l'on est directement confronté à l'infini. Les aborigènes en parlent souvent comme une « survie dans l'infini [1] ».

Holger Kalweit, ethnopsychologue allemand diplômé dans les deux constituants de sa discipline, va plus loin que Thero. Expert en chamanisme et passionné par les NDE, Kalweit souligne que c'est pratiquement *l'ensemble* des traditions chamaniques qui fait état d'un vaste royaume extradimensionnel où, débarrassé des contingences matérielles telles la faim et la peur, on accomplirait une rétrospective de l'existence sous la direction d'entités spirituelles supérieures et dans le cadre d'un paysage d'une extrême beauté. Il se trouve en effet que l'accès à l'au-delà ne se contente pas d'être l'exigence préalable à toute initiation chamanique, qu'elle en est bien souvent le facteur déclenchant. Ainsi Sioux et Senecas d'Amérique du Nord, Yakoutes de Sibérie, Guajiros d'Amérique du Sud, Zoulous, Kikouyous du Kenya, Mu Dang de Corée, Mentawaï d'Indonésie et Eskimos Caribous ont tous des traditions se rapportant à des chamanes qui le sont devenus après qu'une maladie leur eut mis un pied dans la tombe.

Toutefois, à la différence de nos témoins occidentaux que l'expérience laisse pour le moins désorientés, ces chamanes semblent entreprendre l'exploration de ces régions avec une connaissance

1. E. Nadisvara Nayake Thero, « The Dreamtime, Mysticism, and Liberation : Shamanism in Australia » dans *Shamanism*, collectif rassemblé par Shirley Nicholson (Wheaton Illin. Theosophical Publishing House, 1987), pp. 223-232.

infiniment plus vaste de leur géographie et la capacité d'y retourner à volonté. Pourquoi ? Parce que ce genre d'expériences est une réalité quotidienne dans ces cultures, répond Kaweit. Alors que nos sociétés refoulent toute pensée ou mention de la mort, qu'elles ont vidé le réel de son contenu mystique par la définition strictement matérielle qu'elles se sont acharnées à en donner, les peuples dit primitifs gardent un contact permanent avec la nature psychique de la réalité et sont en conséquence plus à même de comprendre les lois qui gouvernent ces mondes du dedans, explique Kalweit, bien plus experts que nous à se diriger sur ces terres [1].

Cette familiarité des peuples chamaniques avec les régions intérieures de l'être est tout à fait nette dans la relation que nous donne l'ethnologue Michael Harner de son séjour d'étude en 1960 chez les Conibos — tribu indienne de la haute Amazonie péruvienne — pour le compte de l'*American Museum of Natural History* (museum américain d'Histoire naturelle). Quand il commença d'enquêter sur leurs croyances religieuses, on lui répondit qu'un réel savoir sur le sujet ne saurait être acquis que par l'absorption d'un breuvage, le « vin d'âme », à base d'*ayahuasca*, puissant hallucinogène extrait d'une liane de la forêt. Il accepta... et se retrouva en OBE sur divers plans du réel peuplés par ce qui semblait être les dieux et démons de la mythologie conibo. Sous les sourires mauvais d'entités à tête de crocodile, il vit une « essence énergétique » s'élever de sa poitrine pour rejoindre un vaisseau dont la proue figurait un dragon et dont les marins à la chevelure d'ébène avaient une allure crétoise ou égyptienne — cependant qu'il

1. Holger Kalweit, *Dreamtime and Inner Space* (Boston, Shambala Publications, 1984), pp. 12-13.

sentait se répandre en lui ce qu'instantanément il assimila à l'engourdissement progressif de sa propre mort.

Le plus spectaculaire fut quand une volée de créatures émergea de son dos. Elles ressemblaient à de petits dragons qui grouillèrent un moment autour de lui puis « projetèrent » ce qui était selon eux la « véritable » histoire de la Terre. Dans une sorte de « langage-pensée », ils lui expliquèrent qu'ils étaient à l'origine de la vie sur cette planète ainsi que des grandes étapes de son évolution. Car ils ne peuplaient pas seulement le corps des hommes mais celui de toute vie, et n'avaient déclenché cette prolifération de formes vivantes que pour se dissimuler d'un ennemi qui les guettait depuis l'espace. (Harner fait remarquer qu'à l'époque, en 1961, leur ressemblance avec l'ADN lui avait échappé, faute de connaissances dans le domaine.)

À l'issue de ce déferlement de visions, Harner alla trouver un vieil aveugle, chamane réputé, pour lui en faire le récit. L'homme l'écouta, hochant la tête de temps à autre comme au souvenir d'un des nombreux voyages qu'il avait effectués dans le monde des esprits, puis quand l'ethnologue en arriva aux créatures qui prétendaient être les vrais maîtres de la Terre, il eut un sourire amusé.

— C'est ce qu'ils disent, corrigea-t-il. En fait, leur règne ne s'étend que sur les Ténèbres extérieures.

« J'étais sidéré, dit Harner. Ce vieux chamane aux pieds nus semblait tout connaître sur ces mondes dont, pour ma part, je n'avais jusqu'alors pas même soupçonné l'existence. » Mais il n'était pas au bout de ses surprises. Racontant son expérience à deux missionnaires du voisinage, il eut de nouveau la nette impression de parler à des initiés et apprit en effet que certaines de ses descriptions recoupaient celles de l'Apocalypse qu'en bon athée il n'avait bien sûr jamais lue[1]. Il semble donc que le vieux Conibo n'ait pas été le seul à s'engager sur ces sentiers que devait plus tard, et sur un mode plus trébuchant, parcourir Harner. Certaines visions et « voyages célestes » des prophètes de nos traditions monothéistes pourraient bien correspondre à des incursions chamaniques dans le royaume du dedans.

Ce que nous avons eu tendance à considérer comme folklore insolite, mythologie charmante mais naïve, serait-il la cartographie sophistiquée de ces niveaux subtils du réel ? La réponse ne peut qu'être affirmative selon Kalweit. « À la lumière de nos récentes et révolutionnaires découvertes sur la mort et ses approches, il n'est désormais plus question de voir dans les religions tribales et dans leur conception de l'au-delà un tissu de superstitions primitives », explique-t-il. « Mieux vaudrait nous habituer à l'idée que les chamans nous ont largement précédés dans les sciences de la psyché[2]. »

Un incontestable rayonnement spirituel

Dernière pièce en faveur de la réalité des NDE, la transformation profonde qu'elles opèrent chez ceux qui les vivent. De fait, les chercheurs ont constaté que ces derniers, dans leur grande majorité, reviennent de l'au-delà plus optimistes, plus indulgents et moins concernés par les possessions matérielles, l'extraordinaire accroissement de leur capacité

1. Michael Harner, *The Way of the Shaman* (New York, Harper & Row, 1980, pp. 1-8. (Trad. *Chamane, ou les secrets d'un sorcier indien d'Amérique du Nord*, Albin Michel, 1982. À paraître chez Pocket dans la collection « L'Âge d'Être » sous le titre : *La Voie du chamane*.)
2. Kalweit, *Dreamtime and Inner Space*, pp. 13, 57.

d'amour restant le changement le plus spectaculaire. Des maris indifférents se font tendres et chaleureux, des bourreaux de travail acceptent de se détendre et de consacrer du temps à leur famille alors que, brusquement, des introvertis sortent de leur coquille. Ce peut être à ce point radical qu'il est fréquent d'entendre dire dans l'entourage de la personne qu'il ne s'agit plus du même homme ou de la même femme. On a même vu des criminels renoncer à leur comportement asocial et des prédicateurs qui avaient toujours l'enfer à la bouche remplacer leurs menaces de châtiment éternel par un message d'amour et de compassion.

La vie s'oriente alors vers la spiritualité. Outre la conviction de l'immortalité humaine, on ramène de l'au-delà un sentiment plus intense de l'intelligence et de la bienveillance imprégnant le monde d'ici-bas et cette perception de l'amour ne vous quitte plus. On n'en devient pas pour autant plus religieux. Confirmant la distinction d'Aurobindo entre religion et spiritualité, des études ont montré qu'à la suite des NDE, cette dernière seule s'épanouit, et au détriment de la première dans la majeure partie des cas. On constate en effet chez l'ensemble des sujets une ouverture accrue à des notions extérieures à la confession d'origine telles la réincarnation ou les religions orientales chez des sujets de tradition judéo-chrétienne [1].

Cette nouvelle panoplie d'intérêts s'étend souvent à d'autres secteurs. Ainsi note-t-on la fascination marquée des personnes ayant vécu des expériences de mort imminente pour les sujets abordés dans cet ouvrage, en particulier pour le paranormal et la physique moderne. L'un des témoins interrogés par Ring, conducteur d'engins de son état et n'ayant jamais manifesté le moindre intérêt pour les études ou les

1. Ring, *En route vers Oméga* (Laffont), p. 91.

livres, fit au cours de sa NDE l'expérience de l'omniscience instantanée. Bien qu'incapable au retour de se rappeler le contenu de sa vision, il commença d'avoir de plus en plus fréquemment à l'esprit des termes de physique. Ainsi, quelque temps après son expérience, se réveilla-t-il un matin avec le mot *quantum* sur les lèvres. Un peu plus tard, il proféra mystérieusement : « Max Planck... vous n'allez pas tarder à entendre parler de lui », puis ce furent des bribes d'équations et des symboles mathématiques qui remontèrent dans ses pensées.

Ni lui ni son épouse ne connaissaient la signification du mot *quantum* ni ne savaient qui était Max Planck (universellement considéré comme le père fondateur de la physique quantique), et ce, jusqu'au jour où notre homme se décida à franchir les portes d'une bibliothèque pour en avoir le cœur net. Ayant alors découvert qu'il ne s'agissait pas de charabia, il se mit à dévorer, outre des livres sur la physique moderne, tout ce qui lui tombait sous la main concernant la métaphysique, la parapsychologie, le développement de la conscience... et finit même par s'inscrire à l'université. Dans une lettre à Kenneth Ring, sa femme tente ainsi de décrire la métamorphose de son époux :

> « Il lui arrivait souvent de dire des mots que personne n'avait jamais prononcés chez nous — qui n'étaient même pas de l'anglais, parfois — mais il en connaissait le sens dans le contexte de cette théorie de la lumière... Il parlait de choses qui allaient plus vite que la lumière et j'avais du mal à suivre... Il prenait un livre sur le sujet mais savait déjà la réponse et me donnait l'impression de percevoir plus encore... [1] »

1. Voir n. 1, p. 445, *op. cit.*, p. 191.

Il convient d'ajouter que l'expérience éveilla également chez cet homme diverses facultés paranormales, ce qui n'a rien d'exceptionnel. En 1982, Bruce Greyson, psychiatre à l'université du Michigan et directeur de recherches à l'*International Association for Near-Death Studies* (Association internationale pour l'étude des phénomènes de mort imminente), soumit à un questionnaire — spécialement conçu pour dégager cet effet secondaire des NDE — soixante-neuf rescapés de l'au-delà. On constata un net accroissement de la perception extrasensorielle et autres phénomènes connexes[1]. Phyllis Atwater, simple femme au foyer de l'Idaho qui entama des recherches sur le sujet après sa propre NDE, a obtenu des résultats similaires auprès des dizaines de témoins sur qui porta son enquête. « Télépathie et pouvoir de guérir sont parmi les acquis les plus communs, affirme-t-elle. Ainsi que le ''souvenir'' d'événements futurs. Compte tenu de l'abolition de l'espace et du temps au cours de ce genre d'expériences, tout y est vécu en détail, avec pour conséquence que l'événement, quand il se présente, est immédiatement reconnu[2]. »

Moody voit dans cette modification aussi profonde que positive de la personnalité l'une des meilleures preuves que les NDE sont bien des transferts sur un plan spirituel de la réalité. Ring est également de cet avis : « Au cœur des NDE complètes, on découvre un rayonnement spirituel indéniable », explique-t-il, « La nature spirituelle qui caractérise

1. Bruce Greyson, « Increase in Psychic and Psi-Related PHenomena Following Near-Death Experiences », *Theta*, mentionné dans Ring, *En route vers Oméga*, p. 180.

2. Jeff Zaleski, « Life after Death. Not Always Happily-Ever-After », Omni Whole Mind Newsletter 1, n° 10 (septembre 1988), p. 5.

l'expérience centrale est si impressionnante, si irrésistible, qu'elle imprime sur le champ et pour toujours à la personne qui la vit une façon d'être entièrement nouvelle[1]. »

Les NDE ne sont pas le seul domaine de recherche où l'on en vienne à reconnaître l'existence de cette dimension et la composante spirituelle de l'être humain. Brian Josephson, prix Nobel 1973 pour ses travaux sur la supraconductivité, ne doute pas qu'il en soit ainsi. Sa longue pratique de la méditation l'amène à penser qu'il est possible, par ce biais, d'avoir un aperçu de ces niveaux de réalité plus subtils auxquels, selon toute vraisemblance, la mort finira par nous donner accès[2].

En 1985, à la *Georgetown University*, lors d'un symposium portant sur l'éventualité d'une survie à la mort biologique, le physicien Paul Davies manifesta une ouverture d'esprit similaire : « Nous nous accordons tous — pour autant qu'il soit question de créatures humaines — à voir dans l'esprit un produit de la matière ou, plus exactement, à penser qu'il s'exprime au travers de la matière (de notre cerveau, pour être précis). Ce que nous apprend la réalité quantique, c'est que la matière ne peut atteindre une existence concrète, clairement définie, qu'en conjonction avec la pensée. Bref, si le mental est structure plutôt que substance, il est susceptible d'assumer toute une palette d'aspects[3]. »

Même la psycho-neuro-immunologue Candace

1. Ring, *En route vers Oméga*, Laffont, p. 65.
2. John Gliedman, « Interview with Brian Josephson », *Omni* 4, n. 10 (juillet 1982), pp. 114-116.
3. P.C.W. Davies, « The Mind-Body Problem and Quantum Theory », dans *Proceedings of the Symposium on Consciousness and Survival*. Collection rassemblée par John S. Spong (Sausalito, Calif., Institute of Noetic Sciences, 1987), pp. 113-114.

Pert, qui participait également au symposium, jugea l'idée intéressante : « J'estime important de prendre conscience que l'information est stockée dans le cerveau, et que rien n'interdit de penser que cette information puisse se transformer en autre chose ressortissant à une autre dimension. Où va l'information une fois détruites les molécules (la substance) dont elle est constituée ? Rien ne se perd, rien ne se crée, loi de la matière dont il faut peut-être déduire que le flux des données biologiques ne saurait s'interrompre avec la mort et se métamorphoserait en réalité d'un autre ordre[1]. »

N'est-il pas envisageable que ce qui est pour Bohm le niveau implié du réel soit en fait le royaume de l'esprit, la source de rayonnement spirituel à laquelle les mystiques de toutes les époques se sont abreuvés ? Lui-même n'écarte pas cette hypothèse. L'implié « pourrait aussi bien s'appeler Idéal, Esprit, Conscience », écrit-il avec un prosaïsme typique. Séparer les deux — esprit et matière — est du domaine de l'abstraction. Au ras du réel, il n'y a que l'unité[2]. »

Qui sont les êtres de lumière ?

Les remarques qui précèdent émanant en général de physiciens plutôt que de théologiens, on ne peut que se demander si l'intérêt manifesté par les sujets de Ring pour la physique moderne ne serait pas le signe de quelque chose de plus profond. Si, comme

1. Candace Pert, « Neuropeptides, the Emotions and Bodymind », dans *Proceedings of the Symposium on Consciousness and Survival*, pp. 113-114.
2. David Bohm et Renee Weber, « Nature as Creativity », *ReVision* 5, n° 2 (automne, 1982), p. 40.

Bohm le suggère, nous assistons aux premières incursions de cette science dans des domaines jusqu'alors réservés à la seule mystique, n'est-il pas envisageable que les êtres peuplant le royaume de l'après-vie aient d'ores et déjà pris de l'avance à ce propos ? Ne serait-ce pas l'origine de cette insatiable soif de connaissance manifestée par ceux qui ont vécu une NDE ? Ne mettrait-on pas à profit leur séjour dans l'entre-deux pour les préparer — et préparer ainsi par procuration l'humanité entière, à quelque prochaine convergence entre science et spiritualité ?

Reportons à plus tard l'examen de cette éventualité pour nous poser d'abord une question essentielle. Si l'existence de dimensions supérieures n'est plus discutable, quels en sont les paramètres ? En termes plus précis, qui sont ces êtres que l'on y rencontre ? À quoi ressemble leur société, leur civilisation, osera-t-on dire ?

Il est difficile de s'en faire une idée. Quand Whitton interrogea ses sujets sur l'identité des conseillers de l'entre-deux les réponses, quand il en obtint, eurent un caractère élusif. « Il semblait s'agir d'entités ayant bouclé leur cycle d'incarnation ici-bas [1]. »

Des centaines de voyages dans le royaume du dedans et un tour d'opinions auprès de ses confrères en OBE n'ont guère plus avancé Monroe. « Quels qu'ils soient, [ces êtres] ont la capacité de rayonner d'une chaleur amicale qui appelle une entière confiance », fait-il observer. « Percevoir nos pensées s'avère être un jeu d'enfant pour [eux] et toute l'histoire de l'humanité leur est accessible dans les moindres détails. » Mais lui aussi avoue son ignorance quant à l'identité ultime de ces entités non matérielles, si ce n'est que leur priorité semble être

1. Entretien privé avec l'auteur, 9 novembre 1987.

« de se montrer d'une sollicitude sans réserve à l'égard des créatures humaines auxquelles elles se trouvent associées[1] ».

Il n'y a pas grand-chose d'autre qui puisse être dit sur les civilisations de ces royaumes subtils hormis que ceux qui ont le privilège d'y séjourner sont unanimes à en évoquer les cités d'une céleste et somptueuse splendeur. Rescapés de l'au-delà, yogis, chamanes sous *ayahuasca*... tous décrivent ces mystérieuses métropoles avec une remarquable cohérence. Certaines avaient même un nom pour les soufis du XIIe siècle habitués à s'y rendre.

Si leur trait le plus frappant semble être l'exceptionnelle lumière qui en émane, il n'est pas rare que les descriptions insistent également sur l'exotisme de leur architecture et sur leur beauté si sublime que les mots — ainsi qu'il en est pour bien d'autres aspects de ces dimensions impliées — sont impuissants à la traduire. S'y efforçant néanmoins, Swedenborg écrit de l'une d'elles que c'était un endroit « d'une saisissante conception architecturale et atteignant un tel sommet esthétique que l'on avait la tentation d'y voir la source et la demeure de l'Art en soi[2]. »

Ceux qui sont admis à visiter ces cités mentionnent souvent le nombre exceptionnel d'écoles et autres édifices en rapport avec l'acquisition des connaissances dont elles sont pourvues. Ainsi la plupart des sujets de Whitton se rappellent-ils avoir passé au moins un certain temps de l'intervalle entre deux vies à étudier dans de vastes palais du savoir dotés de bibliothèques et de salles de séminaires[3]. Les relations de NDE sont également riches d'épisodes où

1. Monroe, *Le Voyage hors du corps* (Rocher).
2. Dole, « An Image of... » dans *Emanuel Swedenborg*, p. 44.
3. Whitton et Fischer, *Life between Life*, p. 45.

les êtres de lumière montrent au nouvel arrivant les « écoles », « bibliothèques » et « centres d'enseignement spirituel [1] ». On trouve même dans des textes tibétains du XVIIe siècle certaines références à de vastes cités dévolues au savoir qu'il n'est possible d'atteindre qu'en s'enfonçant « dans les occultes profondeurs de l'esprit ». Il se peut — du moins est-ce l'avis d'Edwin Bernbaum, universitaire californien spécialisé dans les études sanscrites — que la communauté de Shangri-La imaginée par James Hilton dans son célèbre roman, *Horizon perdu*, lui ait été inspirée par une de ces légendes tibétaines* [2].

Le seul problème est que, dans un monde imaginal, de telles descriptions n'ont guère de sens. En

1. Voir par exemple Moody, *Nouvelles lumières sur la vie après la vie*, pp. 13-14 et Ring, *En route vers Oméga* (Laffont), p. 71.

* Tout au long de mes études, tant secondaires que supérieures, j'ai fréquemment rêvé avec un réalisme extrême que j'assistais à des cours traitant de spiritualité dans une université d'une insolite beauté appartenant à quelque sublime contrée située hors de ce monde. Il ne s'agissait pas de ces rêves angoissés qui naissent du refus de la réalité scolaire mais d'épisodes extraordinairement agréables où, affranchi de la gravité, je flottais d'un amphithéâtre à l'autre pour entendre des conférences sur le champ énergétique humain et sur la réincarnation. Au cours de ces rêves, il m'est arrivé de rencontrer des gens que j'avais connus ici-bas mais qui étaient morts, et d'autres qui se présentaient comme des âmes sur le point de renaître. Depuis, comble d'étrangeté, il m'a été donné de connaître plusieurs personnes — le plus souvent dotées de facultés psychiques supérieures à la normale — qui, à cette même période de leur existence, avaient fait les mêmes rêves (l'un d'eux, un Texan du nom de Jim Gordon, clairvoyant des plus doués, en restait si perplexe qu'il demandait souvent à sa mère éberluée pourquoi il lui fallait passer sa vie à l'école, y aller le jour avec les autres enfants pour y retourner la nuit pendant son sommeil). Il convient de remarquer que Monroe et beaucoup d'autres chercheurs dans le domaine des OBE considèrent ces rêves d'envol ou de lévitation comme d'authentiques sorties du corps dont le souvenir se serait estompé au réveil, ce qui m'amène à me demander si nous ne sommes pas au moins quelques-uns admis à fréquenter de notre vivant ces universités immatérielles. S'il se trouve un lecteur pour avoir vécu de telles expériences, je lui serai reconnaissant de m'en faire part.

2. Edwin Bernbaum, « The Way to Shambhala » (New York, Anchor Books, 1980), pp. XIV, 3-5.

effet, comment déterminer si ces spectaculaires architectures dont nous parlent explorateurs de l'au-delà et voyageurs de l'astral sont des réalités ou de simples constructions allégoriques. Ainsi, tant Moody que Ring signalent des cas où ces « écoles de spiritualité » visitées par les témoins ne sont pas simplement des cathédrales du savoir au sens figuré mais qu'elles sont *littéralement faites de connaissance*[1]. Cette étrange tournure suggère que l'accès à ces édifices pourrait correspondre à la rencontre avec quelque chose de si étranger à l'entendement humain — dynamique et vivante nébuleuse de pur savoir, peut-être, ou encore aspect pris par l'information une fois qu'elle s'est, selon la formule de Candace Pert, *métamorphosée en réalité d'un autre ordre* — bref, à ce point différent que l'esprit ne peut le traiter qu'après l'avoir traduit en représentation holographique d'un bâtiment ou d'une bibliothèque.

La même chose est vraie des êtres rencontrés dans ces dimensions subtiles : leur apparence ne nous renseigne en rien sur ce qu'ils sont. Ainsi George Russell, devin irlandais du début du siècle qui fut également un grand voyageur de l'astral rencontra bon nombre d'« êtres de lumière » au cours de ce qu'il nommait ses incursions dans le « monde intérieur ». Quand on lui demanda de les décrire, telle fut sa réponse :

> Le premier que j'ai vu m'est resté gravé en mémoire, et tout autant la manière qu'il eut de m'apparaître. Il y eut d'abord comme un éblouissement de lumière, puis la conscience que cette dernière prenait source dans la partie supérieure d'une haute silhouette opalescente et translucide qui était en train

1. Moody, *Nouvelles lumières sur la vie après la vie*, p. 14 et Ring, *En route vers Oméga* (Laffont), p. 91.

de se former dans l'air. Une sorte de feu électrique qui semblait rayonner du cœur. Autour de sa tête et dans sa lumineuse chevelure cascadant et vibrant comme de vivantes flammèches d'or, on sentait comme des ailes, ruissellement de lumière qui s'écoulait tout autour de l'apparition. Puis elle se dissipa, me laissant une extraordinaire impression de légèreté, de joie et d'extase[1].

Monroe soutient d'autre part qu'au bout d'un certain temps qu'il est en présence d'une de ces entités immatérielles, celle-ci se dépouille de son apparence. Son regard ne perçoit plus rien bien qu'il continue de sentir « le rayonnement qui est l'essence de l'entité[2] ». De nouveau la question se pose : quand un explorateur de ces dimensions internes rencontre un être de lumière, s'agit-il d'une réalité ou d'une construction allégorique ? La réponse est bien sûr qu'il participe des deux puisque dans un univers holographique toute apparence est illusion, hologramme né de l'interaction entre la conscience et son objet, mais une illusion fondée, comme nous rappelle Pribram, sur quelque chose qui n'en est pas moins là. Tels sont les dilemmes auxquels nous sommes confrontés dans un univers à nous sensible sous forme explicite sans jamais cesser d'avoir sa source dans l'indicible de l'impliqué.

Le cas n'est toutefois pas aussi désespéré qu'il y paraît puisque ces images holographiques forgées par notre esprit dans le royaume de l'après-vie semblent avoir pour le moins quelque rapport avec ce qu'elles sont chargées de traduire. Ainsi un nuage de pur savoir sera-t-il converti en école ou en biblio-

1. W.Y. Evans-Wentz, « The Fairy-Faith in Celtic Countries » (Oxford, Oxford University Press, 1911), p. 61.
2. Monroe, *Le Voyage hors du corps* (Rocher).

thèque, la femme avec qui l'on a eu des relations d'amour et de mort en figure symbolique mi-rose mi-cobra et les consciences bienveillantes immatérielles peuplant les royaumes subtils en lumineuses projections des archétypes angéliques.

Pour ce qui est de l'identité de ces êtres en dernier ressort, nous pouvons déduire de leur comportement qu'ils sont en avance sur nous, tant par l'ancienneté que par la sagesse, et qu'ils ont un lien d'amour d'une extrême profondeur avec l'espèce humaine. Quant à savoir s'il s'agit de dieux, d'anges, d'âmes ayant achevé leur cycle de réincarnation ou de quelque autre forme de conscience inaccessible à l'entendement humain, la question reste entière. Il y aurait quelque présomption à pousser plus loin les spéculations dans ce domaine, des siècles d'histoire ayant échoué à leur apporter des solutions définitives. Par ailleurs, ce serait négliger l'avertissement d'Aurobindo sur le danger de convertir les intuitions spirituelles en dogmes religieux. À mesure que la science versera des pièces au dossier, il n'est pas douteux que l'on parvienne à cerner de plus près la réponse. Mais jusque-là, répétons-le, la question de savoir qui sont ces êtres et ce qu'ils sont reste ouverte au champ des possibles.

ÊTRE DE LUMIÈRE = AMOUR + PUR SAVOIR

L'univers omnijectif (: imaginal : réalité floue)

L'au-delà n'est pas le seul endroit où l'on puisse se trouver face à des apparitions de type holographique modelées par nos croyances. Il semble qu'en certaines occasions, ces expériences soient accessibles sur notre plan d'existence. Le philosophe Michael Grosso estime que les apparitions miraculeuses de la Vierge Marie pourraient être des projections de ce genre suscitées par les convictions collectives de l'humanité. Dans ces apparitions mariales, il en est une au parfum singulièrement holographique : celle de Knock, en Irlande, à la fin du siècle dernier. En 1879, quatorze personnes virent dans le pré qui jouxtait l'église trois silhouettes lumineuses étrangement immobiles et y reconnurent Marie, Joseph et Jean l'Évangéliste (ce dernier à son étroite ressemblance avec une statue du saint conservée dans un village voisin). Leur réalisme était tel que les témoins n'eurent qu'à s'approcher pour être à même de lire le titre du livre que tenait Jean. Toutefois, lorsqu'une des femmes voulut embrasser Marie, ses bras se refermèrent sur le vide. « Ils avaient l'air si réels, si vivants, que je ne pouvais comprendre pourquoi mes mains ne sentaient pas ce que mon regard percevait si distinctement », écrivit plus tard cette femme [1].

Autre manifestation mariale impressionnante par son caractère holographique, la non moins célèbre série d'apparitions de la Vierge à Zeitoun, en Égypte. La première eut pour témoins deux mécaniciens musulmans qui virent la silhouette lumineuse de Marie debout sur le rebord de la coupole centrale d'une église copte, dans une banlieue pauvre du Caire. Trois années durant, des images tridimensionnelles de la Sainte Famille allaient chaque semaine apparaître au-dessus du sanctuaire.

À la différence de celles de Knock, les apparitions de Zeitoun n'étaient pas statiques et adressaient des saluts à la foule qui se massait pour les voir. Elles n'en comportaient pas moins bon nombre d'aspects holographiques, dont celui d'être systématiquement précédées par un vif éclair de lumière puis d'exiger

1. Jacques Vallée, *Passport to Magonia* (Chicago, Henry Regnery Co., 1969), p. 134.

un temps de mise au point pour passer du flou vibratoire à la forme voulue. Elles s'accompagnaient souvent de colombes « de pure lumière » qui prenaient leur essor sur de grandes distances sans jamais battre des ailes. Mais le plus caractéristique fut qu'au bout de trois ans, alors que l'intérêt qu'elles suscitaient commençait à décliner, on vit ces formes s'estomper, pour se réduire dans les derniers temps à des lambeaux de brume vaguement phosphorescents. Toujours est-il qu'au plus fort de leur manifestation, elles avaient eu des centaines de témoins et qu'on les avait abondamment photographiées. « J'ai interrogé bon nombre de ces témoins et quand on les écoute, on a du mal à s'arracher de l'esprit que ce qu'ils décrivent est une sorte de projection holographique », explique Grosso [1].

Dans le défi à la pensée que constitue son livre, *The Final Choice (Le Choix final)*, Grosso dit avoir conclu de son examen des faits qu'il ne s'agissait pas d'apparitions réelles du personnage historique de Marie mais de projections holographiques suscitées par l'inconscient collectif. Il est intéressant de noter que le silence n'y est pas toujours de règle. À Fatima ou à Lourdes, la Vierge a parlé, et son message fut toujours le même : l'apocalypse nous menace si nous ne réformons pas nos voies. Grosso y voit l'expression de ce que notre inconscient collectif est fortement perturbé par le violent impact de la science moderne sur la vie des hommes et sur l'écologie de la planète. Bref, nos rêves collectifs cherchent à nous avertir que nous courons peut-être au suicide.

Grosso n'est pas le seul à considérer la foi comme le facteur de concrétisation de ces projections.

Apparitions mariales => expression holographiques de notre inconscient

1. Entretien privé avec l'auteur, 3 novembre 1988.

(collectif) qui nous envoie un message tel dans le rêve

Ainsi Rogo rappelle-t-il qu'en 1925, lors de la construction de l'église copte de Zeitoun, le philanthrope qui finançait les travaux rêva que la Vierge lui annonçait son apparition dans l'édifice une fois que celui-ci serait terminé. Pour quelque motif, elle ne fut pas au rendez-vous mais la communauté entière garda le souvenir de la prophétie. « *Il existait donc une tradition vieille de quarante ans assurant que l'église allait faire l'objet d'une apparition miraculeuse* », explique Rogo. « Cette présence dans les pensées peut avoir progressivement élaboré dans l'église une "épure" psychique de la Vierge, une concentration d'énergie qui allait grossir et finir par déborder en 1968 dans la réalité matérielle[1]. » J'ai moi-même suggéré dans des écrits antérieurs une explication similaire des apparitions mariales[2].

Il se pourrait que certains ovnis soient également des phénomènes holographiques de quelque type. Lorsque, sur la fin des années quarante, on commença de signaler leur présence, les chercheurs ayant accepté de s'intéresser aux témoignages et constaté que pour le moins quelques-uns méritaient d'être pris au sérieux présumèrent que la réalité de ces mystérieux objets correspondait à leur apparence, qu'il s'agissait effectivement d'appareils pilotés ou téléguidés originaires de civilisations plus avancées, vraisemblablement extraterrestres. Pourtant, à mesure que les rencontres avec des ovnis se firent plus fréquentes — et surtout celles où s'établissait un contact direct avec leurs passagers — il fallut se rendre à

1. D. Scott Rogo, *Miracles* (New York, Dial Press, 1982), pp. 256-257.
2. Michael Talbot, « UFOs : Beyond Real and Unreal », dans *Gods of Aquarius*, collectif réuni par Brad Steiger (New York, Harcourt Brace Jovanovieh, 1976), pp. 28-33.

l'évidence que ces visiteurs ne venaient sans doute pas du fin fond de l'espace.

Certaines caractéristiques du phénomène semblent de fait infirmer l'hypothèse extraterrestre, et tout d'abord sa fréquence : les apparitions se chiffrant par milliers, comment croire qu'elles puissent toutes correspondre à des visiteurs venus d'autres planètes. Par ailleurs, les occupants de ces mystérieux véhicules n'ont souvent rien de ce que l'on pourrait attendre de formes de vie étrangères : la plupart des témoins décrivent des créatures humanoïdes qui respirent notre air sans craindre apparemment de contracter nos maladies, qui sont parfaitement adaptées à la gravité de cette planète ainsi qu'au rayonnement électromagnétique de son soleil, dont le visage s'anime de toute une palette d'expressions reconnaissables et qui parlent couramment notre langue, bref, un ensemble de traits certes possibles mais fort peu vraisemblables chez d'authentiques extraterrestres.

D'autant qu'ils n'en ont pas non plus le comportement. Plutôt que de se poser sur la pelouse de la Maison Blanche, ils choisissent d'apparaître à de simples fermiers ou à des automobilistes en difficulté. S'il leur arrive de suivre des avions militaires, ce n'est jamais pour les attaquer. Leurs évolutions dans le ciel ont des dizaines, voire des centaines de témoins, mais l'idée d'entrer en rapport avec nos gouvernements ne les effleure apparemment pas. Même absence de logique dans les contacts rapprochés. Ainsi l'enlèvement, le plus spectaculaire d'entre eux, s'accompagne-t-il fréquemment d'un examen médical dont les ravis sont à même d'exhiber les traces. On serait en droit d'attendre d'une civilisation que son avance technologique autorise à parcourir d'incommensurables distances dans l'espace des méthodes un peu plus subtiles d'acquisition des données, sans franchissement de la barrière cutanée ni contact physique d'aucune sorte, et pour le moins sans que nombre de témoins puissent légitimement se considérer comme des victimes du phénomène.

Enfin — et comble d'étrangeté — leur comportement même n'est pas celui des corps physiques. Sur écran radar, on en a observé qui effectuaient des virages à quatre-vingt-dix degrés sur une vitesse acquise proprement prodigieuse — cabriole dont un objet matériel ne saurait sortir entier. Leur taille est sujette à variations et ils peuvent se dissoudre instantanément dans le néant, surgir de nulle part, voire changer de forme (faculté partagée par leurs occupants). Bref, à cent lieues de celui des objets du monde physique, leur manière de se comporter présente en revanche d'étranges similitudes avec ce que nous n'avons cessé de mieux cerner au cours de cet ouvrage. L'astrophysicien Jacques Vallée, l'un des chercheurs en ufologie les plus respectés de par le monde et dont le personnage de LaCombe dans le film *Rencontres du troisième type* est largement inspiré, a récemment affirmé : « C'est celle d'une image, voire d'une projection holographique[1]. »

ovnis

À mesure que les propriétés non matérielles et holographiques des ovnis sont devenues de plus en plus manifestes aux yeux des chercheurs, certains de ces derniers en ont conclu que, plutôt qu'être originaires d'autres systèmes stellaires, ces mystérieux objets venaient d'autres dimensions, d'autres plans du réel (on notera cependant que tous ne partagent pas ce point de vue et que l'ancienne théorie de

2 types de provenance selon moi !

1. Jacques Vallée, *Dimension : A Casebook of Alien Contact* (Chicago, Contemporary Books, 1988), p. 259. (Trad. *Autres dimensions : chronique des contacts avec un autre monde* (Laffont, 1989 - J'ai lu, 1991).

1. D'autres dimensions
2. D'autres planètes

l'origine extraterrestre des ovnis garde ses tenants). D'autant que la nouvelle laisse dans l'ombre beaucoup d'autres caractéristiques insolites du phénomène, tels ce contact officiel que les ovnis nous refusent et les aberrations de leur comportement.

De fait, cette inadéquation de l'explication *extra*-dimensionnelle, du moins dans sa formulation initiale, n'est que plus flagrante à mesure que l'éclairage se porte sur ces autres aspects. L'un d'eux, troublant au possible, est l'évidence croissante que ces rencontres avec des ovnis sont des expériences de nature plus subjective — ou psychologique — que réellement objective. Ainsi, le célèbre « voyage interrompu » de Betty et Barney Hill, l'un des rapports les plus fournis dont nous disposions sur un enlèvement à bord d'un ovni, aurait toutes les caractéristiques d'un authentique contact avec une civilisation extraterrestre si le commandant de l'appareil n'y avait été sanglé dans un uniforme nazi. Or ce détail, incongru dans l'hypothèse de visiteurs venus d'ailleurs, se révèle en revanche lourd de sens envisagé dans le cadre d'un événement de nature psychologique, apparenté aux rêves et hallucinations, à ces champs d'expérience qui allient richesse symbolique et ruptures de logique déconcertantes[1].

L'aspect onirique, voire surréaliste, de certaines rencontres est encore plus marqué. Il en est où les extraterrestres chantent des rengaines absurdes ou bombardent les témoins de projectiles bizarres, tels que des pommes de terre, et d'autres qui démarrent dans le relatif prosaïsme d'un enlèvement pour se terminer en virée psychédélique dans une succession de réalités dantesques. On cite également des cas où

1. John G. Fuller, « The Interrupted Journey » (New York, Dial Press, 1966), p. 91.

l'apparence humanoïde des visiteurs dissimule en fait une morphologie d'oiseau, d'insecte géant ou de créature fantastique du même acabit.

Pas plus tard qu'en 1959 — l'ufologie en était encore à ses balbutiements — la composante psychologique et archétypale du phénomène n'avait pas échappé à Jung, lui inspirant l'hypothèse que les « soucoupes volantes » étaient des projections de l'inconscient collectif, une sorte de mythe moderne en gestation. En 1969, alors que l'idée faisait son chemin, Vallée lui donna un nouvel impact en faisant remarquer dans son texte décisif, *Passeport pour Mahagony*, que l'on avait peut-être affaire à de nouveaux habillages d'anciens mythes tant le phénomène évoquait diverses traditions folkloriques, des elfes et gnomes de la vieille Europe aux anges des récits médiévaux en passant par les êtres surnaturels des légendes amérindiennes.

Ainsi, dit Vallée, le comportement imprévisible de nos visiteurs modernes aurait pour précédent celui non moins fantasque des lutins et des fées de la tradition celte, des divinités scandinaves et de la figure du rusé chez les Indiens d'Amérique. Réduits à leurs archétypes sous-jacents, tous ces phénomènes sont l'émanation d'un vaste et même « quelque chose » qui modifie son apparence en fonction de la culture et de l'époque où il se manifeste et n'a jamais cessé d'accompagner l'espèce humaine depuis l'aube des temps. Mais de quoi s'agit-il ? Dans *Passeport pour Mahagony*, Vallée laisse la question sans réponse, se bornant à noter que ce quelque chose doit être intelligent, intemporel et, selon toute vraisemblance, à l'origine de la pensée mythique[1].

1. Vallée, *Passport to Magonia*, pp. 160-162.

Qu'en est-il alors des ovnis et des autres phénomènes qui leur sont liés ? Vallée se refuse à écarter l'éventualité qu'ils soient l'expression de quelque intelligence non humaine extraordinairement avancée, à ce point supérieure à nous que sa logique n'est qu'absurdité à nos yeux. Mais s'il en est ainsi, comment se fait-il que, de Mircea Eliade à Joseph Campbell, tant de spécialistes de la pensée mythique y voient comme une expression organique et nécessaire de l'humanité, un sous-produit de notre existence au même titre que la langue et l'art ? Pouvons-nous accepter que la psyché collective de l'espèce humaine soit stérile au point de n'avoir élaboré ses mythes qu'en réponse à une intelligence extérieure ?

Toutefois, si les ovnis et phénomènes associés sont de pures projections psychiques, quelle explication donner des traces tangibles de leur passage, de ces empreintes dans le sol et de ces cercles carbonisés marquant les lieux de leur atterrissage, du signal distinct qu'ils inscrivent sur les écrans radars et des incisions, des cicatrices et autres séquelles de l'examen médical que les personnes enlevées rapportent avoir subi à leur bord ? Dans un article paru en 1976, j'exposais que des phénomènes de ce type sont difficiles à classer parce que l'on cherche à les faire entrer de force dans un tableau du réel foncièrement erroné [1]. La physique quantique ayant montré qu'esprit et matière étaient intimement liés, les ovnis et phénomènes associés pourraient bien être un signe de plus de cette absence ultime de division entre les mondes physique et psychique. Nés de la psyché collective, *ils n'en sont pas moins réels*. En d'autres termes, c'est un phénomène qui n'est ni subjectif ni

1. Talbot, *op. cit.*

objectif mais « omnijectif », terme qui m'a paru refléter cet état inhabituel d'existence (j'ignorais alors que Corbin avait déjà forgé celui d'« imaginal » pour définir, dans le seul contexte du soufisme, ce même statut d'une réalité floue).

Ce point de vue semble désormais rallier la majorité des chercheurs. Ainsi Ring a-t-il récemment soutenu que les rencontres avec des ovnis sont des expériences imaginales proches non seulement des NDE mais aussi de ces réalités mythiques auxquelles les chamanes ont accès lors de l'ascension dans les dimensions subtiles. Bref, il y voit une nouvelle preuve de ce que le réel est un hologramme multicouche engendré par l'esprit [1].

« Je m'aperçois que je suis de plus en plus attiré par des cadres théoriques qui, en plus d'accepter et de prendre en compte la réalité de ces expériences, tentent d'embrasser d'un seul regard des domaines habituellement étudiés par tel ou tel type de spécialiste, dit-il. Ainsi a-t-on tendance à enfermer le chamanisme dans l'ethnologie, les ovnis dans ce que recouvre le terme ufologie. Parapsychologues et médecins se penchent sur les NDE cependant que Grof aborde l'expérience psychédélique sous l'angle d'une psychologie transpersonnelle. Il y a toutefois de bonnes raisons d'espérer que l'imaginal nous ouvre des perspectives non plus rivées sur l'individualité de ces diverses expériences mais sur leurs points communs et les rapports qu'elles entretiennent [2]. » Ring est si convaincu de ces liens profonds entre des phénomènes d'apparence disparate qu'il a récemment obtenu d'effectuer une enquête comparative portant

1. Kenneth Ring, « Toward An Imaginal Interpretation of "UFO Abductions" », *ReVision* 11, n° 4 (printemps 1989), pp. 17-24.
2. Entretien privé avec l'auteur, 19 septembre 1988.

sur des témoins de rencontres avec des ovnis et sur des rescapés de l'au-delà.

Le Dr Peter Rojcewicz, un folkloriste de la *Juilliard School* de New York, est également arrivé à la conclusion que les ovnis sont omnijectifs. Il estime en fait le temps venu pour ses confrères de prendre conscience que les phénomènes examinés par Vallée dans *Passeport pour Mahagony* ont de fortes chances d'être aussi réels que symboliques des processus qui s'opèrent dans les tréfonds de la psyché humaine. « Il existe un continuum d'expériences où le réel et l'imaginaire se diffusent imperceptiblement l'un dans l'autre », affirme-t-il, reconnaissant que ce continuum est une pièce de plus à verser au dossier de l'unité bohmienne de toutes choses et estimant qu'à la lumière de cet imaginal/omnijectif, il n'est plus défendable que les fokloristes continuent à n'y voir que de simples croyances[1].

De nombreux autres chercheurs dont Vallée, Grosso et Whitley Strieber, auteur du best-seller *Communion* et l'une des plus célèbres victimes des ovnis de par la cohérence de son témoignage, partagent également ce point de vue omnijectif sur la nature du phénomène. Ainsi qu'il l'expose, ces rencontres rapprochées « pourraient être notre première réelle découverte quantique dans l'univers macroscopique : l'observer, ce serait en créer l'actualité concrète avec son sens, sa définition et une conscience qui lui est propre[2] ».

Bref, on constate chez les chercheurs une convergence croissante autour de la notion que l'imaginal

1. Peter M. Rojcewicz, « The Folklore of the "Men in Black" : A Challenge to the Prevailing Paradigm », *ReVision* 11, n° 4 (printemps 1989), pp. 5-15.
2. Whitley Strieber, *Communion* (New York, Beech Tree Books, 1987), p. 295.

Mais comment expliquer ces aéroports aztèques?

ne saurait se confiner au domaine de l'après-vie ou aux visions des chamanes mais qu'il déborde sur l'apparente solidité de ce monde. Les anciens dieux ont ramené leurs célestes nefs jusque dans les eaux de la génération cybernétique, à cela près qu'ils ont troqué leurs barques à proue de dragon contre des soucoupes volantes et le casque de leur chevelure d'ébène contre celui des ufonautes. Peut-être aurions-nous dû prévoir depuis longtemps cet « épanchement du songe dans la vie réelle », cette diffusion de l'au-delà dans l'ici-bas, ne pas rester sourds à l'avertissement d'Orphée, le musicien poète de la mythologie grecque : « Que restent verrouillées les portes de l'Hadès, derrière s'y presse un peuple de songes. »

Pour significative que soit cette prise de conscience — que l'univers n'est pas objectif mais omnijectif, que juste au-delà des frontières de notre sécurisant voisinage s'ouvre une immensité autre, une contrée numineuse (un paysage spirituel en quelque sorte, part intégrante de notre propre psychisme mais aussi *terra incognita*) — elle ne jette toujours aucune lumière sur le plus insondable des mystères. Comme le fait remarquer Carl Raske, du Département des Hautes-Études de l'université de Denver : « Dans un cosmos omnijectif où les ovnis ont leur place au même titre que les quasars, les elfes et les ondines, déterminer le statut véridique ou hallucinatoire de ces apparitions s'avère vain. La question n'est pas tant de savoir si elles existent ou sur quel plan d'existence, mais pour quel but ultime[1]. »

En d'autres termes, qui sont ces êtres en définitive ? De nouveau, comme pour les entités ren-

1. Karl Raschke, « UFOs : Ultraterrestrial Agents of Cultural Deconstruction », dans *Cyberbiological Studies of the Imaginal Component in the UFO Contact Experience*, p. 24.

contrées sur le seuil de la mort, il ne semble pas y avoir de réponse tranchée. À une extrémité du spectre, des chercheurs tels Ring et Grosso penchent vers l'idée qu'en dépit d'empiètements sur le monde matériel ces phénomènes sont avant tout des projections psychiques. Ainsi Grosso y voit-il, comme dans les apparitions mariales, un nouveau signe de notre inquiétude sur le seuil d'une ère nouvelle. « Les ovnis et autres phénomènes extraordinaires témoignent de perturbations profondes dans l'inconscient collectif de l'espèce humaine[1]. »

À l'autre extrémité, on trouve ces chercheurs qui maintiennent que leurs caractéristiques archétypales n'empêchent pas les ovnis d'être plutôt les manifestations d'une autre conscience que la simple projection de nos états psychiques. Raschke, par exemple, est d'avis qu'il s'agit « de matérialisations holographiques émanées d'une dimension conjointe de l'univers » et que cette interprétation « doit à coup sûr prendre le pas sur l'hypothèse d'une projection psychique, laquelle ne résiste pas à l'examen attentif des descriptions remarquablement cohérentes, complexes et réalistes que les ravis font des "visiteurs" et de leurs "astronefs"[2]. »

Vallée aussi se range dans ce camp : « J'estime que le phénomène des ovnis est l'un des modes *symboliques* par lesquels une forme d'intelligence d'une complexisté inouïe s'efforce de communiquer avec nous. Rien n'indique qu'elle soit extraterrestre. Bien au contraire, il semble de plus en plus évident

1. Michael Gross, « UFOs and the Myth of the New Age », in *Cyberbiological Studies of the Imaginal Component in the UFO Contact Experience*, ed. Dennis Stillings (St. Paul, Minn., Archaeus Project, 1989), p. 81.
2. Raschke, in *Cyberbiological Studies*, p. 24.

qu'elle [est originaire] *d'autres dimensions qui se situent par-delà l'espace-temps*, d'un *multivers* qui nous englobe et qu'en dépit de témoignages accumulés depuis des siècles nous nous refusons obstinément à voir [1]. »

Pour ma part, je pense qu'il n'existe probablement pas d'explication capable de rendre compte à elle seule de tous les aspects du phénomène considéré. L'apparente immensité des niveaux subtils du réel fait que j'ai plutôt tendance à croire les domaines vibratoires supérieurs virtuellement diversifiés à l'infini. Bien que l'abondance des apparitions signalées aille à l'encontre de leur origine extraterrestre — compte tenu de l'obstacle posé par les incommensurables distances séparant la Terre et le système solaire des autres étoiles de la galaxie — il n'est pas impossible que dans un univers holographique, un univers dans lequel une infinité de réalités distinctes peuvent occuper le même espace que notre propre monde, il faille non seulement cesser d'y voir un point d'arrêt mais y reconnaître le signe éventuel de l'insondable foisonnement de la vie dans le superhologramme.

À vrai dire, nous manquons tout simplement des données nécessaires pour évaluer le nombre des espèces immatérielles partageant avec nous l'espace qui nous entoure. Que le cosmos physique puisse se révéler Sahara écologique n'interdit pas que les étendues non soumises à l'espace et au temps de notre cosmos interne puissent être aussi riches de vie que la forêt tropicale et les récifs coralliens. Après tout, la recherche sur les NDE et sur les expériences chamaniques ne nous a menés que sur les marches de ce royaume dérobé derrière les brumes. Nous n'avons toujours

1. Jacques Vallée, *Dimensions : A Casebook of Alien Contact* (Chicago, Contemporary Books, 1988), pp. 284-289.

aucune idée de l'immensité de ses continents ni du nombre d'océans et de chaînes de montagnes qu'il comporte.

Et si nous avons la visite d'êtres aussi insubstantiels et polymorphes que nos corps de rechange en OBE, il n'est guère surprenant qu'ils se manifestent à nous dans une caméléonesque diversité d'apparence. En fait, il se pourrait que notre esprit bute à ce point sur leur aspect réel qu'il y substituerait l'image holographique que ses banques de données sont aptes à lui fournir. De même que nous convertissons les êtres de lumière des NDE en figures religieuses et des nébuleuses d'information pure en édifices destinés à la conservation ou à la transmission du savoir, nous pourrions être les seuls responsables de la manière dont les ovnis et ce qu'ils recouvrent se manifestent à nous.

Il convient de noter que la réalité de ces êtres doit être bien étrange pour que nous ayons à plonger dans les profondeurs de notre mémoire ethnique et de l'inconscient mythologique pour trouver les symboles susceptibles de leur donner une forme acceptable. Une prudence extrême s'impose donc dans l'interprétation de leurs actes. Ainsi les examens médicaux constituant l'épisode central de tant de récits d'enlèvements pourraient n'être qu'une représentation symbolique de ce qui se passe en réalité. Plutôt que de sonder le corps physique des ravis, n'est-il pas envisageable que ces intelligences immatérielles examinent quelque partie de notre être n'entrant dans aucune de nos catégories classiques, peut-être l'anatomie subtile de notre moi énergétique, voire notre âme ? Telles sont les questions qu'il est nécessaire de se poser si ces phénomènes sont effectivement une manifestation omnijective de quelque intelligence extérieure à l'humanité.

Par ailleurs, s'il est possible que la foi des gens de Knock et de Zeitoun en arrive à susciter l'existence d'une image lumineuse de la Vierge, que le psychisme des physiciens entre en interférence avec la réalité d'un neutrino et que des yogis comme Saï Baba fassent surgir du néant des objets matériels, pourquoi ne pas accepter que nous puissions nous trouver confrontés à la projection holographique de nos croyances et de nos mythes. Pour le moins quelques-unes des expériences dites paranormales seraient à verser dans cette rubrique.

Ainsi l'histoire nous enseigne-t-elle que Constantin et ses soldats virent dans le ciel une gigantesque croix de feu, phénomène qui a de fortes chances d'être la projection psychique des émotions d'une armée dont allait dépendre la christianisation du monde païen à la veille de cette mutation historique. Et sans doute faut-il ranger dans la même catégorie la célèbre apparition des anges de Mons en Belgique où, lors de la Première Guerre mondiale, plusieurs centaine de soldats britanniques engagés dans une bataille apparemment perdue furent galvanisés par la vision de saint Georges conduisant dans le ciel un escadron d'anges.

Que les contacts avec des ovnis et autres expériences constitutives d'un folkore correspondent en fait à un vaste éventail de phénomènes incluant probablement tout ce qui précède ne fait aucun doute à mes yeux. Je nourris depuis longtemps l'idée que les deux explications n'ont rien pour s'exclure. Il se peut que la croix de feu de Constantin ait été la manifestation de quelque intelligence extradimensionnelle. En d'autres termes, quand nos émotions et croyances atteignent un point d'intensité tel qu'il en résulte une projection psychique, il n'est pas impossible que nous ouvrions une porte entre ce monde et l'autre.

Peut-être ces intelligences ne peuvent-elles se manifester et interagir avec nous que dans ces moments où la force de nos convictions leur créent une sorte de niche.

Il se peut qu'un autre concept de la physique moderne présente ici quelque pertinence. Une fois reconnu que la conscience est l'agent par lequel une particule atomique comme l'électron peut surgir à l'existence, il ne faudrait pas conclure d'emblée que nous sommes les seuls à jouer un rôle dans ce processus créateur, nous prévient le physicien John Wheeler de l'université du Texas. Certes, nous créons des particules subatomiques — et l'univers entier par conséquent — mais nous sommes aussi leur création. L'un crée l'autre dans ce que Wheeler appelle une « cosmologie par auto-référence [1] ». À la lumière de ce concept, s'il est envisageable que les ovnis et leurs passagers soient des archétypes émanés de l'inconscient collectif de l'espèce humaine, nous-mêmes sommes peut-être des émanations similaires de leur propre inconscient collectif. Nous pouvons avoir des racines aussi profondes dans leurs processus psychiques qu'ils en ont dans les nôtres. Point de vue dont Strieber se fait également l'écho quand il dit que l'univers de ses ravisseurs et le nôtre « gravitent l'un autour de l'autre » dans un acte de communion cosmique [2].

La palette d'événements que nous rangeons dans la catégorie des rencontres avec des ovnis peut également comprendre des phénomènes avec lesquels nous ne sommes pas encore très familiarisés. Ainsi les chercheurs qui y voient une forme de projection

1. John A. Wheeler, Charles Misner et Kip S. Thorne, *Gravitation* (San Francisco, Freeman, 1973).
2. Strieber, *Communion*, p. 295.

psychique posent-ils systématiquement comme opérateur de cette dernière la conscience ou l'inconscient collectif de l'humanité. Or, nous avons vu dans cet ouvrage qu'un univers holographique exclut le confinement du psychisme au seul cerveau. Que Carol Dryer ait été en mesure de communiquer avec ma rate et de m'informer que celle-ci avait mal pris mon comportement agressif à son égard montre clairement que chaque organe de notre corps a sa propre et unique forme d'activité mentale. Des psycho-neuro-immunologues pensent qu'il en est de même des cellules de notre système immunitaire et, selon certains physiciens dont Bohm, il conviendrait d'étendre cette hypothèse de travail aux particules subatomiques. Si bizarre que cela puisse paraître, quelques aspects des phénomènes de type ovni pourraient correspondre à des projections de ces « pensées » collectives. Certains traits de l'épisode des petits dragons dans l'expérience de Michael Harner sous *ayahuasca* suggèrent qu'il ait pu être en présence d'une sorte de manifestation visuelle de l'intelligence de la molécule d'ADN. Dans la même veine, Strieber a émis l'hypothèse que les ovnis et leurs occupants soient en fait « l'apparence que revêt la force de l'évolution quand elle est en contact avec le conscient d'un individu [1] ». Il n'est pas question d'écarter une seule de ces possibilités. Dans un univers que la conscience imprègne jusque dans ses tréfonds, il n'est animal, végétal, voire matière inanimée qui ne puisse participer à la création de ces phénomènes.

Ce qui ne fait aucun doute, c'est que dans un univers holographique où le distinct n'a plus cours et où les processus internes de la psyché peuvent

1. Entretien privé avec l'auteur, 8 juin 1988.

déborder sur ce qui nous entoure et en modifier l'apparence, le réel n'est guère plus qu'un rêve de masse partagé. Cette teinte onirique est encore plus sensible dans les dimensions supérieures de l'existence, sujet sur lequel ont abondamment disserté bon nombre de traditions. Ainsi le *Livre des morts* tibétain ne cesse-t-il d'insister sur l'étroite ressemblance du royaume de l'après-vie avec les univers du songe, et la référence aborigène au temps du rêve va bien sûr dans le même sens. Une fois entérinée cette notion que la réalité, à tous ses niveaux, est omnijective et dotée d'un même statut fondamental, celui du rêve, la question se déplace et devient : De qui est-ce le rêve ?

Sur ce point, mythologies et religions sont presque unanimes : c'est celui d'une intelligence divine unique. Le rêveur n'est autre que Dieu. Védas et textes yogi ne cessent d'affirmer que l'univers est un songe de la divinité. La tradition chrétienne exprime le même sentiment quand elle nous voit comme des pensées dans l'esprit de Dieu ou, pour reprendre l'image de Keats, tel des séquences de son « long rêve immortel ».

Mais ce songe est-il bien celui d'une divinité personnelle extérieure à nous ? N'est-il pas concevable que ce soit la conscience collective de toutes choses qui nous rêve ? Celle des électrons, des quarks, des papillons, des holothuries, des étoiles à neutrons, bref de toutes les formes d'intelligence humaines ou non qui s'épanouissent dans l'univers ? Une fois de plus nous nous heurtons aux barreaux de nos propres limitations conceptuelles car, dans un univers holographique, pareille question n'a pas de sens. Nous ne pouvons nous demander si la partie crée le tout ou si c'est l'inverse pour la simple raison que le tout *est* la partie, que tous deux sont une seule et même chose. Que nous nous bornions à parler de « conscience collective de toutes choses » ou que nous y accrochions l'étiquette « Dieu », rien n'aura changé. Ce qui engendre et nourrit l'univers est un acte d'une créativité à ce point formidable et indicible qu'elle ne saurait être réduite à de tels termes. De nouveau, il s'agit d'une cosmologie par auto-référence ou, pour reprendre l'éloquente formulation des boshimans du Kalahari : « C'est le rêve en train de se rêver. »

Retour au temps du rêve

> « De tous les êtres vivants l'homme est le seul qui ait atteint ce point où il ne sait plus pourquoi il existe. Il ne se sert plus de son cerveau et n'a plus souvenir du savoir secret de son corps, de ses sens et de ses songes. Il n'a plus recours à la connaissance que l'esprit a déposé en chacun et n'en a même pas conscience. Et c'est là ce qui lui fait prendre, aveugle et trébuchant, cette route vers nulle part. Une grande route qu'il se fraye au bulldozer et dont il lisse l'asphalte pour être plus vite au bout, à ce qu'il l'y attend, au grand trou de néant ouvert pour l'engloutir. C'est une bien belle autoroute et bien roulante. Mais je sais où elle mène. Je l'ai vu, de mes yeux vu, j'étais présent dans ma vision. Et j'en frémis encore. »
>
> Lame Deer (Daim boiteux) Chamane lakota.
> *Lame Deer Seeker of Vision*
> *Lame Deer, Chercheur de Visions.*

Et maintenant, vers quels horizons va nous entraîner le modèle holographique ? Avant de tenter d'y répondre, nous aimerions revenir sur l'état antérieur de la question. Tout au long de ces pages, nous en avons constamment parlé comme d'une théorie nouvelle, et à juste titre dans la mesure où il s'agit de sa première présentation dans un contexte scientifique. Toutefois, il n'a pu vous échapper qu'elle semble avoir été pressentie sur bon nombre de ses aspects par des traditions remontant parfois à la plus haute antiquité. Et il y a lieu de penser que nous sommes loin d'être les premiers à voir l'univers, sinon comme un hologramme, du moins doué de propriétés holographiques.

Ainsi, la notion bohmienne d'une interface entre deux ordres fondamentaux, l'implié et l'explié, se retrouve dans un nombre appréciable de pensées traditionnelles. Le bouddhisme tibétain donne à ces deux aspects les noms de vide et de non-vide. Le non-vide est la réalité dans sa manifestation, le vide, comme l'ordre implié, le berceau de tout ce qui est dans l'univers et s'en déverse en un « flux illimité ». Il n'en reste pas moins que le vide seul est réel et que toutes les formes du monde objectif sont illusoires et ne doivent leur semblant d'existence qu'au flux incessant entre les deux ordres [1].

Qualifié de « subtil », d'« indivisible » et d'« exempt de traits distinctifs », le vide est en fait indescriptible de par sa plénitude sans faille [2]. Et le non-vide lui-même n'offre guère plus de prise aux mots car, en lui aussi, conscience, matière et tout ce qu'il plaît à chacun d'y voir forment un tout indissoluble. Ce qui nous précipite dans un paradoxe, car pour illusoire qu'il soit par nature, le non-vide n'en contient pas moins une « infinie complexité d'uni-

1. John Blofield, *The Tantric Mysticism of Tibet* (New York, E.P. Dutton, 1970), pp. 61-62 (trad. *Le Bouddhisme tantrique du Tibet*, Seuil, 1978.)
2. Garma C.C. Chuang, *Teachings of Tibetan Yoga* (Secaucus, N.J., Citadel Press, 1974), p. 26.

vers » n'entamant en rien son statut de réalité indivise. Ainsi que l'expose John Blofeld, dans la droite ligne de la pensée tibétaine : « Un univers ainsi constitué n'inclut rien qui ne s'interpénètre, il en est du non-vide comme du vide : la partie *est* le tout [1]. »

La même tradition semble préfigurer certaines conceptions de Pribram. Selon Milarépa, yogi tibétain du XIe siècle qui fut l'un des plus célèbres saints du lamaïsme, notre inaptitude à saisir le vide vient de ce que notre inconscient — ou, pour reprendre ses termes, notre « conscience intime » — est beaucoup trop « conditionné » dans ses perceptions. Pareil conditionnement ne fait pas que nous empêcher de voir ce qui est pour Milarépa « la frontière entre esprit et matière » et pourrait correspondre au domaine des fréquences, il est également la cause de ce que, débarrassé de notre corps dans l'état intermédiaire, nous nous empressons d'en former un autre. « Dans l'invisible royaume des cieux... le mental est le grand coupable de par les illusions qu'il tisse », écrit-il, conseillant à ses disciples de pratiquer « la vision parfaite » pour concrétiser cette « Réalité absolue [2] ».

L'ultime indivisibilité de la matière ne fait également aucun doute pour le bouddhisme zen dont l'objectif principal est d'apprendre à percevoir ce tout. Dans *Games Zen Masters Play (À quoi jouent les maîtres du zen ?)* — et en des termes qui semblent sortis d'un article de Bohm —, Robert Sohl et Audrey Carr expliquent : « La confusion entre la nature indivise du réel et les compartiments conceptuels du lan-

1. John Blofield, *Le Bouddhisme tantrique du Tibet* (Seuil).
2. *La Vie de Milarépa*, version fr. de la traduction anglaise d'Evans-Wentz (Maisonneuve, 1980) — *Milarépa, ses méfaits, ses épreuves, son illumination*, trad. J. Bacot (Fayard, 1972).

gage constitue l'ignorance fondamentale dont le Zen cherche à nous arracher. L'ultime réponse aux questions de l'existence ne saurait être trouvée dans les concepts et systèmes philosophiques intellectuels mais au niveau d'une expérience non conceptuelle directe [du réel][1]. »

L'ordre implié correspond au Brahman de la pensée indienne[2]. Qualifié de sans forme, il n'en est pas moins source de toute forme émergeant dans un flux sans fin au niveau du visible pour aussitôt s'y résorber[3]. Si Bohm se contente de ne pas récuser le terme esprit pour désigner ce niveau du réel, l'hindouisme le qualifie sans ambages de pure conscience. Plutôt qu'une forme plus subtile de matière, il y voit une réalité si fondamentale que, dans sa cosmologie, c'est la matière qui émerge de la conscience et non l'inverse. Comme il ressort des *Védas* : le monde sensible accède à l'existence par cette double puissance qu'a la conscience de « voiler » et de « projeter[4] ».

Réalité secondaire, création d'une conscience qui se dérobe, l'univers matériel est irréel et transitoire. Comme il est dit dans la *Svetasvara Upanishad* : « Il faut savoir que la Nature est *maya*, illusion, que Brahman est l'illusionniste et que ce monde est peuplé d'êtres qui prennent part à sa présence[5]. » La *Kena Upanishad* y voit quant à elle « une incessante métamorphose, n'adoptant forme humaine que pour,

1. Reginald Horace Blyth, *Games Zen Master Play*, éd. Robert Sohl et Audrey Carr (New York, New American Library, 1976), p. 15.
2. Margaret Stutley, *Hinduism* (Wellingborough, G.B., Aquarian Press, 1985), pp. 9, 163.
3. Swami Prabhavananda et Frederick Manchester (trad.) *The Upanishads* (Hollywood, Cal., Vedanta Press, 1975), p. 197.
4. Sir John Woodroffe, *The Serpent Power* (New York, Dover, 1974), p. 33.
5. Stutley, *Hinduism*, p. 27.

l'instant suivant, l'échanger contre celle d'un brin d'herbe [1] ».

Parce que tout se déploie, dans cette vision des choses, de l'irréductible plénitude de Brahman, le monde y est globalité ininterrompue, et c'est encore une fois *Maya* qui nous empêche de percevoir qu'en définitive rien n'est distinct de rien. « La *maya* tranche dans l'unité de la conscience, fait que l'objet est perçu comme autre que le moi, et ainsi de suite jusqu'à la multitude des objets dans l'univers », explique sir John Woodroffe. « Pareille objectivité ne se maintient, poursuit-il, qu'aussi longtemps que la conscience (de l'humanité) reste voilée ou contractée. Mais, à l'ultime fondement de toute expérience, la divergence a disparu, car en lui réside, masse indifférenciée, tant l'expérimentateur que l'expérience et que l'expérimenté [2] ».

Le même concept se retrouve dans la pensée juive. Leo Schaya, commentant la tradition kabalistique, écrit que « la création entière est une projection fallacieuse des aspects transcendantaux de la Divinité puisque tout reflet du réel, si lointain soit-il, si fragmentaire et si transitoire, conserve nécessairement quelque chose de sa cause [3] ». Que la création mise en branle par le Dieu de la Genèse soit une illusion est inscrit dans la langue même du texte sacré. *Le Zohar* — commentaire ésotérique de la Thora datant du XIIIe siècle — fait remarquer que le verbe *bara* (il créa) implique la création d'une illusion [4].

1. Stutley, *Hinduism*, pp. 27-28.
2. Woodroffe, *The Serpent Power*, pp. 29, 33.
3. Leo Shaya, *The Universal Meaning of the Kabbalah* (Baltimore, Md, Penguin, 1973), p. 67.
4. Shaya, *The Universal Meaning...*, p. 67.

Le chamanisme n'est pas étranger au concept holographique. Ainsi, pour les *kahunas* d'Hawaii, tout est relié à tout dans l'univers, et à l'infini comme dans une sorte de toile d'araignée gigantesque. Conscient de cette interconnexion générale, le chamane se tient au centre, à même d'agir en tout point du réseau. (Il est curieux que la notion de toile se retrouve associée au concept de *maya* dans la pensée indienne[1] comme dans la nôtre quand nous parlons d'un « tissu d'illusions ».)

Les aborigènes d'Australie semblent répondre à la notion bohmienne d'une conscience issue de l'implié avec leur croyance que la véritable source de l'esprit se situe dans la réalité transcendantale du temps du rêve. Les gens normaux ne s'en rendent pas compte et voient leur conscience intérieure à leur corps. Mais les chamanes savent qu'il n'en est rien, ce qui leur donne accès à des niveaux de réalité plus subtils[2].

Les Dogons du Mali pensent également que le monde matériel est issu d'un niveau de réalité plus fondamental et que, perpétuellement, il s'en écoule pour s'y résorber aussitôt. Selon la formule d'un vieux sage dogon : « Tirer l'eau du puits, puis la lui rendre... ainsi va le monde[3]. »

La double notion d'implié et d'explié se retrouve en fait dans la quasi-totalité des traditions chamaniques. Pour citer le remarquable livre de Douglas

1. Serge King, « The Way of the Adventurer » in *Shamanism*, éd. Shirley Nicholson (Wheaton, Ill., Theosophical Publishing House, 1987), p. 226.

2. E. Nadisvara Nayake Thero, « The Dreamtime, Mysticism, and Liberation : Shamanism in Australia » dans *Shamanism*, Shirley Nicholson Dir. (Wheaton Illin. Theosophical Publishing House, 1987), pp. 223-233.

3. Marcel Griaule, *Conversations with Ogotemmeli* (London, Oxford University Press, 1965), p. 108.

Sharon : *Wizard of the Four Winds : A Shaman's Story* (Le sorcier des Quatre Vents : Biographie d'un chamane) : « Le chamanisme, dans quelque société qu'on l'observe, a probablement pour concept central que, sous-tendant toute forme visible dans le monde, qu'elle soit animée ou inanimée, il existe une essence vitale d'où toutes ces formes émergent et dont elles sont nourries. Et que tout finit par retourner à cet inconnu transpersonnel, mystérieux et indicible [1]. »

Chandelle et laser

L'une des plus fascinantes propriétés de la technique holographique est à coup sûr la distribution non-locale de l'image à la surface du support. Nous avons vu que, selon Bohm, l'univers serait organisé sur ce même principe de non localité qu'il tente de nous faire comprendre par l'expérience de pensée des deux moniteurs et du poisson. Nombreux sont ceux qui, par le passé, semblent avoir également reconnu, ou intuitivement perçu, cet aspect du réel. Les soufis du XIIe siècle l'exprimaient en disant que « macrocosme et microcosme sont une seule et même chose », version antérieure du poème où Blake dit « voir tout un monde dans un grain de sable [2] ». Des penseurs grecs comme Anaximène de Millet, Pythagore, Héraclite et Platon, les gnostiques, le philosophe juif pré-chrétien Philon d'Alexandrie et Maï-

1. Douglas Sharon, *Wizard of the Four Winds : A Shaman's Story* (New York, Free Press, 1978), p. 49.
2. Henry Corbin, *L'imagination créatrice dans le soufisme d'Ibn Arabi* (Paris, 1958 - Rééd. Flammarion, 1977).

monide au Moyen Âge... tous ont fait leur cette notion de microcosme et de macrocosme.

À l'issue d'une vision de type chamanique des niveaux plus subtils du réel, le semi-légendaire prophète égyptien Hermès Trismégiste eut recours à une formulation légèrement différente, précisant que l'une des clés majeures de la connaissance était la compréhension « que le dehors ne diffère pas du dedans ni le plus petit du plus grand[1] ». Idée reprise par les alchimistes médiévaux — pour qui Hermès Trismégiste fut une sorte de saint patron — dans leur devise : « Ce qui est en haut est comme ce qui est en bas. » Pour évoquer la même correspondance entre microcosme et macrocosme, la *Visvasara Tantra* hindouiste s'exprime en termes plus directs et affirme simplement : « C'est ici et c'est ailleurs[2]. »

La non-localité se manifeste encore plus nettement dans la formulation que donne du même concept le sorcier sioux Black Elk. Au sommet du *Harney Peak* dans les Black Hills, il eut une « grande vision » qui, dit-il, « me fit voir plus que je n'en puis dire et saisir plus que je n'en vis, car ce que mon regard embrassait sur ce mode sacré, c'étaient les formes de toutes choses dans l'esprit et la forme de toutes ces formes telles qu'elles participaient à l'existence d'un être unique ». L'une des plus profondes révélations qu'il retira de cette rencontre avec l'indicible fut que *Harney Peak* était le centre du monde. Toutefois, pareil honneur n'était pas réservé à ce seul sommet puisque Black Elk dit aussi : « N'importe où est le centre du monde[3]. » Plus de vingt-cinq

1. Brian Brown, *The Wisdom of the Egyptians* (New York, Brentano's, 1923), p. 156.
2. Woodroffe, *The Serpent Power*, p. 22.
3. John J. Neihardt, *Black Elk Speaks* (New York, Pocket Books, 1972), p. 36.

siècles auparavant, le philosophe grec Empédocle avait résumé cette même altérité fondamentale du divin dans une formule que Pascal devait reprendre quand il écrit de la réalité des choses : « C'est une sphère infinie dont le centre est partout ; la circonférence nulle part[1]. »

Conscients des limitations du langage, certains penseurs des temps anciens eurent recours à des métaphores plus sophistiquées dans leur tentative de communiquer ce qu'ils percevaient des propriétés holographiques du réel. À cette fin, l'auteur de l'*Avatamsaka Sutra* de la tradition hindouiste compare l'univers au vaste filet de perles que la légende dit servir de dais au palais du dieu Indra et « dont l'agencement est tel que si l'on en regarde une [perle], on y voit toutes les autres se refléter. » Et l'auteur de la *sutra* d'ajouter ce commentaire : « Pareillement, chaque objet de ce monde n'est pas seulement lui-même mais implique l'existence de tous les autres et se ramène en fait à les contenir tous[2]. »

Fa-Tsang, fondateur au VIIe siècle de l'école de pensée bouddhiste Hua-yen, use d'une image remarquablement proche pour exprimer l'ultime interpénétration de toutes choses. Fa-Tsang, qui soutenait que l'ensemble du cosmos était implicite dans chacune de ses parties (et qui en voyait aussi le centre partout), comparait l'univers à des pierres précieuses disposées dans l'espace de sorte que chacune reflétât toutes les autres à l'infini[3].

À l'impératrice Wu qui déclarait ne pas com-

1. Blaise Pascal, *Pensées* (Fragment sur « La Disproportion de l'homme ». Liasse XV du manuscrit).
2. Sir Charles Eliot, *Japanese Buddhism* (New York, Barnes & Noble, 1969), pp. 109-110.
3. Alan Watts, *Tao : The Watercourse Way* (New York, Pantheaon Books, 1975), p. 35.

prendre sa métaphore et lui demandait de l'éclaircir, il répondit en plaçant une bougie au centre d'une pièce remplie de miroirs. Ceci, expliqua-t-il à sa souveraine, représente la relation de l'Un au multiple. Puis il substitua à la bougie un cristal au poli parfait et tout le décor de la pièce s'y refléta. Et cela, poursuivit-il, la relation du multiple à l'Un. À l'instar de Bohm insistant sur la nécessité de voir dans l'univers non tant un hologramme qu'un holomouvement, Fa-Tsang émit une réserve sur l'aspect statique de son modèle, soulignant qu'il ne reflétait en rien le dynamisme et l'incessante mobilité de l'interconnexion cosmique entre tout dans l'univers[1].

Bref, longtemps avant l'invention de l'hologramme, de nombreux penseurs avaient déjà pressenti l'organisation non locale du réel et chacun à sa manière s'était efforcé d'exprimer cette intuition. Il convient de noter que leurs tentatives, si primitives ou « poétiques » que puissent les juger ceux d'entre nous qui jonglent avec les arcanes de la technologie, n'en ont pas moins eu plus d'importance qu'il n'y paraît. Tout porte à croire, par exemple, que Leibniz, le grand mathématicien et philosophe allemand du XVIIe siècle, n'était pas sans connaître la pensée de l'école Hua-yen, et certains y ont vu l'origine de sa conception d'un univers constitué d'entités fondamentales, baptisées par lui « monades », dont chacune s'offrait comme un reflet du tout et ne pouvait être définie que par ses rapports avec les autres monades. Or, et c'est là où le rapprochement s'avère riche de sens, il se trouve que le monde est également

1. F. Franck, *Books of Angelus Silesius* (New York, Random House, 1976), cité par Stanislav Grof dans *Beyond the Brain* (Albany, N.Y., SUNY Press, 1985), p. 76.

redevable à Leibniz du calcul intégral et que, sans le calcul intégral, Dennis Gabor n'aurait jamais inventé l'holographie.

L'avenir du concept holographique

Ainsi, une très vieille idée, qui semble avoir trouvé pour le moins quelque expression dans presque toutes les traditions philosophiques, métaphysiques et religieuses de la planète, boucle-t-elle son circuit. Mais si ces anciennes intuitions ont pu conduire à l'invention de l'hologramme, et l'invention de l'hologramme à la formulation par Bohm et Pribram de leur modèle holographique, vers quelles nouvelles percées, quelles nouvelles découvertes, le modèle holographique peut-il nous mener ? Déjà, bon nombre de possibilités se profilent à l'horizon.

L'holophonie

Reprenant le modèle holographique du cerveau proposé par Pribram, le neurophysiologue argentin Hugo Zuccarelli a récemment mis au point une nouvelle technique d'enregistrement revenant à créer dans l'univers du son ce que sont les hologrammes dans celui de la lumière. Relevant la curieuse propriété de l'oreille humaine d'émettre du son, Zuccarelli vit dans ces ondes naturelles l'équivalent acoustique du « laser de référence » utilisé en holographie et fonda sur ce principe une technique d'enregistrement proprement révolutionnaire qui restitue les sons avec un réalisme et un relief supérieur même à ce qui peut être obtenu par la stéréophonie la plus perfectionnée. Ce nouveau son porte un nom : l'holophonie[1].

1. « Holophonic » Sound Broadcasts Directly to Brain », *Brain/Mind Bulletin* 8, n° 10 (30 mai 1983), p. I.

Au sortir de l'auditorium où il vient d'entendre l'un des enregistrements réalisés par Zuccarelli, un journaliste du quotidien londonien *The Times* écrit : « J'ai jeté un œil sur les chiffres lumineux de ma montre pour être sûr d'être effectivement où j'étais. J'entrendais des gens approcher par-derrière alors que j'étais assis dos au mur, et en moins de dix minutes, j'eus l'impression de voir dans la salle des silhouettes, matérialisations des voix sur la bande. C'est du cinéma sonore, total et multidimensionnel[1]. »

Du fait que cette technique repose sur le propre traitement holographique du son par le cerveau, elle semble avoir le même pouvoir d'abuser l'oreille qu'un hologramme de tromper l'œil. Il n'y a donc pas lieu de s'étonner si vous vous mettez à remuer les pieds parce que l'enregistrement vous donne l'impression que quelqu'un marche juste devant, ou si vous rejetez la tête en arrière au bruit de l'allumette que l'on vient apparemment de vous gratter sous le nez (certains en sentent même l'odeur). Point remarquable, du fait que son traitement n'a rien à voir avec celui d'un enregistrement stéréophonique classique, le son holophonique garde son étrange relief même acheminé par un seul écouteur de votre casque. Le principe holographique dont cette caractéristique est l'illustration explique probablement pourquoi être sourd d'une oreille n'empêche pas qu'on puisse repérer la source d'un bruit sans avoir à tourner la tête.

Plusieurs grands de la musique actuelle, dont Paul McCartney, Peter Gabriel et Vangelis, ont contacté Zuccarelli, intéressés par son procédé, mais pour des motifs évidents, il n'a pas encore dévoilé toutes les données nécessaires à la pleine compréhension de sa technique.

1. « European Media See Holophony as a Breakthrough », *Brain/Mind Bulletin* 8, n° 10 (30 mai 1983), p. 3.

Résoudre quelques énigmes en chimie

Le chimiste Ilya Prigogine a récemment fait observer que la notion bohmienne d'ordre implié/explié pouvait éventuellement rendre compte de certaines anomalies rencontrées dans sa discipline. La science a longtemps tenu pour une des lois les plus absolues de l'univers que les choses tendaient toujours vers un plus grand état de désordre. Si vous lâchez votre chaîne stéréo du haut de l'*Empire State building*, il n'y a pas la moindre chance qu'en s'écrasant sur le trottoir elle s'ordonne et se transforme en magnétoscope. Elle tendra plutôt, en vertu de ladite loi, vers le plus grand désordre d'un boîtier de plastique fracassé vomissant ses entrailles de circuits imprimés.

Prigogine a découvert que ce n'était pas toujours vrai pour tout dans l'univers. Il cite certains produits chimiques qui, mélangés, s'agencent sur un mode plus ordonné, et non l'inverse. Il a baptisé ces générations spontanées de systèmes ordonnés « structures dissipatives ». Avoir éclairci quelques-uns de leurs mystères lui valut le prix Nobel. Mais comment quelque chose de neuf et de plus complexe peut-il soudain émerger à l'existence ? Ou, en d'autres termes, d'où viennent ces structures dissipatives ? Prigogine et quelques autres ont suggéré que, loin de surgir du néant, elles pourraient fort bien nous révéler la présence d'un niveau d'ordre plus profond dans l'univers. Elles pourraient fort bien être des aspects charnières du réel, de l'implié en train de s'explier [1].

1. Ilya Prigogine et Yves Elskens, « Irreversibility, Stochasticity and Non-Locality in Classical Dynamics » dans *Qantum Implications*, Collectif rassemblé par Basil J. Hiley et F. David Peat (London, Routledge & Kegan Paul, 1987), p. 214 ; voir également « A Holographic Fit ? », *Brain/Mind Bulletin* 4, n° 13 (21 mai 1979), p. 3.

Si c'est le cas, les implications pourraient être immenses, et conduire, entre autres, à une meilleure compréhension de la manière dont ces nouveaux niveaux de complexité — comme certaines attitudes ou structures de comportement — peuvent se manifester dans la conscience humaine, voire comment la plus troublante de toutes les complexités, la vie, a pu naître sur terre il y a de cela plusieurs milliards d'années.

De nouvelles races d'ordinateurs

Dernièrement, le modèle holographique a fait son entrée dans l'univers de l'informatique. Par le passé, les ingénieurs estimaient que la meilleure façon d'obtenir un ordinateur plus performant était simplement d'en accroître la taille. Mais, depuis cinq ou six ans, des chercheurs ont élaboré une nouvelle stratégie et, plutôt que de construire des monstres monolithiques, certains d'entre eux se sont mis à connecter des dizaines de petites machines en « réseaux neuraux » offrant une plus grande ressemblance avec la structure biologique du cerveau humain. Récemment, Marcus S. Cohen, de l'université du Nouveau-Mexique, a fait remarquer que des processeurs reposant sur le passage d'ondes lumineuses interférantes au travers de « filtres holographiques multiplex » seraient en confirmité plus étroite avec la structure neurale du cerveau [1]. Dans la même veine, la physicienne Dana Z. Anderson de l'université du Colorado a récemment montré comment l'utilisation de filtres holographiques permettait d'élaborer des « mémoires

1. Marcus S. Cohen, « Desing of a New Medium for Volume Holographic Information Processing », *Applied Optics* 25, n° 14 (15 juillet 1986), pp. 2288-2294.

optiques » autorisant une lecture associative des données[1].

Pour excitantes que soient de telles applications, ce ne sont que les ultimes raffinements de l'approche mécaniste de l'univers, des progrès qui ne sortent pas du cadre matériel de la réalité. Mais nous avons vu que le plus extraordinaire postulat du concept holographique est que la matérialité de l'univers pourrait n'être qu'une illusion et la réalité physique une infime partie d'un vaste cosmos sensible et non physique. Si c'est le cas, quelles implications en tirer pour l'avenir ? Par où commencer pour vraiment pénétrer les mystères de ces dimensions plus subtiles ?

L'urgence d'une restructuration fondamentale de la science

À l'heure actuelle, la science est, sans conteste, l'un des meilleurs outils dont nous disposons pour explorer les facettes inconnues du réel. Toutefois, quand il s'agit d'expliquer les dimensions psychiques et spirituelles de l'existence humaine, il n'est pas rare qu'elle soit incapable d'atteindre la cible. Manifestement, donc, si nous voulons la voir accomplir des progrès dans ce domaine, il nous faut la restructurer de fond en comble. Mais qu'est-ce à dire ?

À l'évidence, une première étape indispensable est d'accepter l'existence de ces phénomènes psychiques et spirituels. Willis Harman, président de l'*Institute of Noetic Sciences* (Institut des sciences noétiques) et ex-participant aux travaux du *Stanford Research Institute International* (Institut international

1. Dana Z. Anderson, « Coherent Optical Eigenstate Memory », *Optic Letters* 11, n° 1 (janvier 1986), pp. 56-58.

de recherches de l'université de Stanford), estime qu'une telle reconnaissance est capitale non seulement pour la science moderne mais pour la simple survie de la civilisation humaine. Harman, qui n'a cessé de revenir dans ses écrits sur l'urgence d'une refonte de notre approche scientifique, est même étonné que cette reconnaissance n'ait pas encore eu lieu. « Pourquoi ne pas poser que tous les types d'expériences ou de phénomènes signalés au cours des âges et dans l'ensemble des cultures ont une valeur faciale qui ne saurait être niée ? », demande-t-il[1].

Comme il est dit plus haut, cette non-reconnaissance tient, en partie du moins, au préjugé que la science occidentale entretient contre de tels phénomènes, mais les choses ne sont pas aussi simples. Considérons par exemple les souvenirs de vies antérieures émergeant sous hypnose. Qu'ils se rapportent pour de bon à des vies passées n'a pas encore été prouvé mais le fait demeure : la conscience humaine se caractérise par une propension naturelle à susciter pour le moins des *pseudo-souvenirs* d'incarnations précédentes. Or, il s'agit d'un fait qui n'apparaît jamais dans le discours orthodoxe de la psychiatrie. Pourquoi ?

À première vue, on serait tenté de répondre que c'est simplement parce que la plupart des psychiatres n'y croient pas, mais il n'en est pas toujours ainsi. Brian L. Weiss, par exemple, qui est diplômé de l'École de médecine de Yale et actuellement responsable du service de psychiatrie du *Mount Sinai Medical Center* de Miami, dit que la publication en 1988 de son livre, *Many Lives, Many Masters (Bien des*

1. Willis W. Harman, « The Persistant Puzzle : The Need for a Basic Restructuring of Science », *Noetic Sciences Review* n° 8 (automne 1988), p. 23.

vies, bien des maîtres) — dans lequel il expose comment il est passé, en matière de réincarnation, du scepticisme à la foi après qu'un de ses patients lui eut spontanément parlé sous hypnose de ses vies passées — lui a valu, de la part de ses confrères, un déluge de lettres et de coups de téléphone où ceux-ci avouaient partager en secret ses convictions. « Et ce n'est que la partie émergée de l'iceberg, à mon avis », déclare Weiss. « Il y a des psychiatres pour m'écrire qu'ils pratiquent la thérapie par régression dans l'intimité de leur cabinet depuis dix à vingt ans et que « ne le dites à personne, mais... » Bref, bon nombre de scientifiques sont ouverts à cette idée mais ne voudront jamais l'admettre[1]. »

De même, au cours d'une conversation récente avec Whitton, quand je lui demandai son sentiment sur l'éventualité ou non d'une reconnaissance de la réincarnation par les milieux scientifiques, j'obtins cette réponse : « Je crois que c'est déjà fait. Mon expérience de ces gens m'a appris qu'il leur suffisait de s'informer vraiment sur la question pour y croire. Les témoignages recueillis sont assez convaincants pour emporter presque naturellement l'adhésion intellectuelle[2]. »

Une récente enquête sur les phénomènes parapsychiques semble confirmer l'opinion de Weiss et de Whitton. Après avoir reçu l'assurance que leur anonymat serait respecté, 58 % des 228 psychiatres ayant accepté de répondre (bon nombre d'entre eux à la tête d'un service hospitalier ou titulaires d'une chaire en Faculté de Médecine) se déclarèrent d'avis qu'« une compréhension des phénomènes parapsy-

1. « Interview : Brian L. Weiss, M.D. », *Venture Inward* 6, n° 4, (juillet/août 1990, pp. 17-18).
2. Entretien privé avec l'auteur, 9 novembre 1987.

chiques » était nécessaire au futur psychiatre ! 44 % reconnurent qu'à leur sens, les facteurs de cet ordre avaient une importance dans le processus de guérison [1].

Il apparaît donc que la peur du ridicule est un obstacle aussi grand, sinon plus, que le simple scepticisme à la prise en compte par la science officielle avec le sérieux qu'elles méritent des recherches dans ce domaine. Il nous faut plus de pionniers comme Weiss et Whitton (et comme les milliers de courageux chercheurs dont nous avons commenté les travaux dans ces pages) pour exposer haut et clair leurs découvertes et convictions profondes. Bref, ce dont nous avons besoin, c'est d'un Galilée de la parapsychologie.

Un autre aspect de cette restructuration nécessaire doit être l'élargissement de ce qu'on entend par preuve scientifique. Les phénomènes psychiques et spirituels ont joué un rôle significatif dans l'histoire de l'humanité, participant à l'élaboration de quelques-uns des traits les plus fondamentaux de notre culture. Mais comme il n'est pas simple de les contraindre à se manifester dans des conditions de laboratoire, la science a tendance à n'en pas tenir compte.

Pis encore, consent-on à les étudier que c'est le plus souvent pour en isoler et répertorier des aspects mineurs. Ainsi, l'une des rares découvertes concernant les OBE dont on ait reconnu la valeur *scientifique* est la modification des ondes cérébrales lorsque le sujet quitte son corps. Pourtant, la lecture de

1. Stanley R. Dean, C.O. Plyler, Jr., and Michael L. Dean, « Should Psychic Studies Be Included in Psychiatric Education ? An Opinion Survey », *American Journal of Psychiatry* 137, n° 10 (octobre 1980), pp. 1247-1249.

récits comme ceux de Monroe convainc assez que, si ces expériences sont réelles, leurs implications s'avèrent susceptibles d'un impact aussi grand sur le destin de l'humanité que la découverte de l'Amérique par Christophe Colomb ou l'invention de la bombe atomique. De fait, quiconque a l'occasion de voir travailler un clairvoyant de haut niveau se sait en présence de quelque chose qui n'apparaîtra jamais dans les froides statistiques de R.H. et Louisa Rhine.

Cela ne veut pas dire que le travail de Rhine soit dénué d'importance mais, quand un grand nombre de gens se mettent à rapporter les mêmes expériences, l'aspect anecdotique des récits doit également être pris en considération. Il ne saurait être question d'écarter ces témoignages sous prétexte de difficultés à les étayer par des données rigoureuses. Comme dit Stevenson : « Je préfère des fondamentalités probables à des banalités prouvées [1]. »

Il convient de noter que c'est une attitude entérinée pour d'autres phénomènes naturels mieux acceptés. La théorie du Big Bang — comme quoi l'univers serait né d'une explosion primordiale et unique — ne semble pas être remise en question par la majorité du milieu scientifique. Ce qui est étrange car, s'il y a de bonnes raisons de croire à sa justesse, elle n'en reste pas moins non prouvée. Mais qu'un psychologue s'intéressant aux expériences de mort imminente déclare sans ambages que le royaume de lumière auquel ont eu accès ceux qui lui en parlent est en fait une autre dimension du réel, et ce sera la levée de boucliers contre une affirmation sans preuves. De plus en plus étrange, car les bonnes raisons d'y croire là aussi ne manquent pas. En d'autres

1. Ian Stevenson, *Children Who Remember Previous Lives* (Charlottesville, Virg., University Press of Virginia, 1987), p. 9.

termes, la science accepte le probable sur certaines fondamentalités, mais seulement si elles entrent dans la catégorie de ce qu'il est de bon ton de croire et pas dans celle des convictions qui vous déconsidèrent. Ce « deux poids, deux mesures » doit être éliminé si l'on veut voir la science opérer quelques percées significatives dans l'étude des phénomènes psychiques et spirituels.

Il est avant tout crucial que la science mette un terme à sa fascination amoureuse pour l'objectivité — à cette idée que la nature réclame d'être étudiée sur un mode détaché, avec une froideur analytique excluant toute passion — pour adopter une approche où elle s'investisse et participe de l'intérieur. De nombreux chercheurs, dont Harman, ont souligné l'importance d'un tel changement d'attitude ; nous avons d'ailleurs vu sa nécessité courir comme un leitmotiv tout au long de ce livre. Dans un univers où la réalité d'une particule subatomique dépend de la manière dont l'envisage un physicien, où le comportement du médecin détermine l'efficacité d'un placebo, où l'expérimentateur modifie mentalement les opérations d'une machine et où l'imaginal peut déborder sur la réalité physique, il n'est plus possible de feindre la distance avec l'objet de notre étude. Un univers holographique et omnijectif où il n'est rien qui ne soit part intégrante d'un continuum sans faille interdit désormais toute objectivité stricte.

C'est particulièrement vrai dès que l'on se penche sur les phénomènes psychiques et spirituels, et telle semble être la raison de l'échec de certains laboratoires dans les expériences de vision à distance alors que les résultats obtenus par d'autres sont proprement spectaculaires. Dans le domaine du paranormal, de nombreux chercheurs ont d'ores et déjà troqué cette objectivité impossible contre une prise en compte plus lucide des facteurs dits subjectifs. Constater que la présence de personnes en état d'ébriété faussait les résultats amena Valerie Hunt à leur interdire l'accès du laboratoire au moment des mesures. Dans le même esprit, Dubrov et Pushkin ont découvert que la reproduction d'une expérience due à d'autres parapsychologues était plus assurée de réussir si l'on hypnotisait l'ensemble des sujets présents. Il semble en effet qu'en évitant toute interférence avec des pensées conscientes, les résultats gagnent en « netteté[1] ». Pour étranges que puissent nous paraître aujourd'hui de telles pratiques, on peut s'attendre à les voir constituer les procédures opératoires classiques d'une science enfin décidée à percer les secrets de l'univers holographique.

Par ailleurs, passer de l'objectivité à la participation va sans doute modifier le rôle des artisans de la science. À mesure qu'il deviendra de plus en plus flagrant que c'est l'*expérience* d'observer qui importe et pas le seul acte de l'observation, on peut logiquement s'attendre à ce que les chercheurs cessent progressivement de se placer en dehors de ce qu'ils étudient pour le vivre. Ainsi que l'expose Harman : « Un désir de se transformer pourrait être la caractéristique essentielle du savant de l'avenir[2]. »

Il y a tout lieu de penser que ce changement soit en cours. Ainsi, au lieu d'observer ce qui arrivait aux Conibos lors des consommations rituelles du vin d'âme à base d'*ayahuasca*, Harner y participa. On n'ira certes pas demander à chaque ethnologue de prendre un tel risque, mais il lui faudra être cons-

1. Alexander P. Dubrov et Veniamin N. Pushkin, *Parapsychology and Contemporary Science*, traduit par Aleksandr Petrovich (New York, Consultants Bureau, 1982), p. 13.
2. Harman, *Noetic Science Review*, p. 25.

cient que le jeu peut en valoir la chandelle, que l'on y apprend bien plus qu'en restant sur la touche, son carnet de note à la main.

Le succès de Harner laisse penser qu'au lieu de recueillir des témoignages sur les NDE et les OBE, nos chercheurs du futur trouveront un moyen d'effectuer eux-mêmes ces transferts sur des plans d'existence plus subtils. Déjà, dans le domaine des rêves lucides, il s'est presque généralisé de ne travailler que sur ses propres expériences. Des techniques nouvelles vont se développer, ouvrant des voies différentes et plus performantes à l'exploration des cercles intérieurs de l'être. Ainsi Monroe — même s'il ne s'agit pas d'un scientifique dans la stricte acception du terme — a élaboré des séquences rythmiques dont l'écoute favorise les sorties du corps. On lui doit également la fondation d'un centre de recherches dans les *Blue Ridge Mountains,* le *Monroe Institute of Applied Sciences* ; il assure y avoir formé des centaines de personnes à des OBE sur commande. Sont-ce là les précurseurs d'un temps où le journal du soir détaillera les exploits de « psychonautes » au même titre que ceux des astronautes ?

Un bond dans l'évolution vers une conscience supérieure

Il se peut que la Science ne soit pas la seule puissance qui nous fraye un passage vers le pays du « non-où ». Dans *En route vers Oméga*, Ring souligne la haute probabilité que les NDE soient de plus en plus fréquentes. Rappelons-nous qu'être provisoirement ravi au royaume de la mort est souvent l'amorce d'une vocation de chamane dans les civilisations traditionnelles. La métamorphose spirituelle consécutive à nos modernes NDE n'est pas moins spectaculaire. La personnalité de ceux qui les vivent voit croître ses capacités d'amour, de compassion ainsi que d'unité avec les forces du psychisme. Ring en conclut que nous assistons peut-être à une « *chamanisation de l'humanité moderne*[1] ». Mais s'il en est ainsi, pourquoi ? Notre auteur estime que la réponse est aussi simple que riche d'implications : ce dont nous sommes témoins, c'est d'« *un bond dans l'évolution de l'humanité entière vers un stade supérieur de conscience* ».

Et les NDE pourraient bien ne pas être le seul facteur de mutation qui fasse irruption des profondeurs de la psyché collective. Les apparitions de la Vierge au siècle dernier auraient la même signification selon Grosso, et de nombreux chercheurs, dont Rakshe et Vallée on une interprétation similaire de la recrudescence des témoignages concernant les ovnis ces trente dernières années. Ring est d'ailleurs de ceux qui ont souligné que ces rencontres du troisième type ressemblent en fait à des initiations chamaniques et pourraient être en conséquence un autre indice de cette chamanisation de l'humanité présente. Strieber va dans le même sens : « Qu'il soit d'origine naturelle ou manifestation de créatures intelligentes, le phénomène des ovnis me semble à l'évidence correspondre à un saut exponentiel d'une espèce à l'autre. J'irai jusqu'à suspecter que nous surprenons l'évolution en train de se faire[2].

Si de telles spéculations cernent la vérité, à quel dessein répond ce pas dans l'évolution ? Il semble y

1. Kenneth Ring, « Near-Death and the UFO Encounters as Shamanic Initiations : Some Conceptual and Evolutionary Implications », *ReVisions* 11, n° 3 (hiver 1989), p. 16.
2. Richard Daab et Michael Peter Langevin, « An interview whith Whitley Strieber », *Magical Blend* 25 (janvier 1990), p. 41.

avoir deux réponses. Bon nombre d'anciennes traditions parlent d'un temps où l'hologramme de la réalité physique était bien plus malléable qu'à présent, beaucoup plus proche de ce réel sans forme et fluide que nous décrivent les NDE. Ainsi, les aborigènes d'Australie évoquent-ils le souvenir d'une époque où le monde entier appartenait au temps du rêve. Edgar Cayce leur fait écho quand il affirme que la Terre se présentait « à l'origine comme des formes-pensées issues d'elles-mêmes sur le mode correspondant à leur désir… puis était venue la matérialité *stricto sensu* par injection de l'Esprit dans la matière [1].

Les aborigènes soutiennent qu'un jour viendra où la terre se résorbera dans le temps du rêve, et on peut se demander si apprendre à manipuler l'hologramme du réel ne pourrait pas accélérer la réalisation de leur prophétie. Une expérience croissante de ce que Jahn et Dunne nomment l'interface entre la conscience et son environnement va peut-être restituer pour nous à la réalité sa souplesse d'origine, sa souplesse et sa sensibilité si bien que nous aurons besoin d'en savoir beaucoup plus qu'à l'heure actuelle pour ne pas risquer la catastrophe. Il n'est pas impossible que ce soit l'un des buts auxquels réponde l'apparente émergence en notre sein de processus évolutifs.

D'anciennes traditions affirment que l'humanité n'a pas son origine sur Terre et que notre vraie demeure est en Dieu ou, pour le moins, dans quelque royaume immatériel et paradisiaque du Pur Esprit. Ainsi un mythe hindou décrit-il l'apparition de la conscience humaine sous forme d'une ride ayant soudain décidé de quitter l'océan de la « conscience

1. Lytle Robinson, *Edgar Cayce's Story of the Origin and Destiny of Man* (New York, Berkley Medallion, 1972), pp. 34, 42.

en soi, sans temps, sans espace, infinie, éternelle[1]. S'éveillant à elle-même mais se fermant simultanément à l'illimité dont elle était issue, elle bascula dans l'isolement et la séparation. Loye a suggéré que l'expulsion d'Adam et Ève du Paradis pourrait être une autre version du même mythe, un souvenir de la façon dont la conscience, quelque part dans son passé insondable avait quitté sa demeure de l'implié, oubliant son appartenance à la plénitude indivise de l'univers[2]. Dans cette vision des choses, la Terre est une cour de récréation dans laquelle nous sommes « libres de jouir de notre incarnation tant que nous ne perdons pas de vue sa nature foncière de simple projection holographique d'une... dimension d'ordre supérieur »[3].

En ce cas, ces foyers d'évolution qui se déclarent un peu partout dans notre psyché collective pourraient être la sonnerie du réveil, la claironnante annonce que notre « véritable royaume » est ailleurs et que nous y pouvons retourner à la seule condition de le vouloir. La présence des ovnis n'aurait pas d'autre motif selon Strieber et quelques autres : « À mon sens, ils sont probablement là pour nous aider à naître à ce monde immatériel dont ils sont originaires. J'ai l'impression que l'univers physique n'est qu'un infime instant dans un contexte infiniment plus vaste et que la réalité se développe fondamentalement sur un mode non matériel. Plutôt que de voir la réalité physique à la source de l'être, j'aurais tendance

1. Extrait du Lanvakara Sutra cité par Ken Wilbur dans *The Holographic Paradigm* (Boulder, Col., New Science Library, 1982), p. 161 (trad. *Le Paradigme holographique*, éd. du Jour, 1985.)

2. David Loye, *The Sphinx and the Rainbow* (Boulder, Col., Shambala Publications, 1983), p. 156.

3. Terence McKenna, « New Maps of Hyperspace », *Magical Blend* 22 (avril 1989), pp. 58-60.

à faire précéder l'incarnation matérielle par l'émergence de l'être en tant que conscience[1]. »

L'écrivain Terence McKenna, autre avocat de la première heure du modèle holographique, renchérit :

> Ce qui semble concerné, c'est qu'entre le moment où l'homme prend conscience de l'existence de l'âme et l'accomplissement du potentiel apocalyptique, il s'écoule environ cinquante mille ans. Nous vivons, à n'en pas douter, les ultimes secondes de cette crise — laquelle implique la fin de l'histoire, notre départ de cette planète et notre triomphe sur la mort. Nous sommes en fait en train de grignoter la distance qui nous sépare du plus radical événement qui puisse survenir dans une écologie planétaire ; quand la vie s'affranchit de la noire chrysalide de la matière[2].

Bien sûr, ce ne sont là que spéculations. Mais que nous soyons à la veille d'un passage décisif, comme le suggèrent Strieber et McKenna, ou que cette ligne de partage des eaux soit encore à quelque distance dans l'avenir, il est manifeste que nous sommes engagés sur quelque sentier d'évolution spirituelle. Compte tenu de la nature holographique de l'univers, il est tout aussi évident que quelque chose comme l'une ou l'autre des deux éventualités évoquées ci-dessus nous attend quelque part et en quelque moment.

Et à moins de présumer qu'un tel affranchissement de la matière constitue la fin de l'évolution humaine, il y a lieu de croire que ce royaume imaginal et plus malléable de l'au-delà est à son tour le seuil d'autre chose. Ainsi Swedenborg nous révèle-

1. Daab et Langevin, *Magical Blend* 25, pp. 41.
2. McKenna, *Magical Blend* 22, p. 60.

t-il que, par-delà le ciel qu'il visita, se profilait un autre espace si brillant et dépourvu de forme pour ses perceptions qu'il n'y voyait qu'« un ruissellement de lumière »[1]. Certaines relations de NDE décrivent également ces royaumes d'une subtilité croissante. « Il existe de nombreux autres plans de plus en plus élevés, si bien que pour retourner vers Dieu, pour atteindre le niveau où Son Esprit a sa demeure, il nous faut nous dépouiller à chaque stade jusqu'à ce que notre propre esprit soit réellement libre », explique l'un des sujets de Whitton. « On n'a jamais fini d'apprendre... De temps à autre, il nous est donné d'entrevoir ces plans supérieurs dans leur luminosité de plus en plus intense[2]. »

Certains pourront s'effrayer de cet aspect de plus en plus fréquentiel des choses à mesure que l'on s'enfonce dans l'implié, et c'est un sentiment bien compréhensible. À l'évidence, nous demeurons des enfants qui nous accrochons à nos cahiers de coloriage parce que nous ne sommes pas encore assez sûrs de nous pour dessiner à main levée. De fait, s'immerger dans ce ruissellement de lumière dont parle Swendenborg doit revenir à vivre une expérience au LSD d'une fluidité totale. Or nous ne sommes pas assez mûrs ni n'avons un contrôle suffisant de nos émotions, de nos comportements et de nos croyances pour affronter les monstres que notre psyché ne manquera pas de susciter. Si notre pensée est AMOUR, il n'y a plus de monstres

Mais peut-être est-ce pour nous former à une telle confrontation que de petites doses d'univers omnijectif nous sont administrées ici-bas sous la

1. Emanuel Swedenborg, *The Universal Human and Soul-Body interaction*, texte établi et traduit par George F. Dole (New York, Paulist Press, 1984), p. 54.
2. Joel L. Whitton et Joe Fischer, *Life between Life* (New York, Doubleday, 1986), pp. 45-46.

forme de rencontres bénignes avec l'imaginal tels que les ovnis et autres phénomènes similaires.

Et peut-être est-ce la raison pour laquelle les êtres de lumière ne cessent de nous répéter que notre but dans la vie est d'apprendre.

Car nous accomplissons, de fait, un voyage de chamane, enfants que nous sommes, luttant pour devenir des techniciens du sacré. Nous y apprenons comment aborder cette plasticité qui est part et parcelle d'un univers où l'esprit et le réel constituent un continuum, et d'un tel voyage se dégage un enseignement par-dessus tout. Aussi longtemps que nous serons terrifiés par l'absence de forme et l'ahurissante liberté de l'au-delà, nous continuerons à rêver un hologramme confortablement solide et bien défini.

Mais il nous faut garder à l'esprit l'avertissement de Bohm : ces casiers conceptuels dans lesquels nous répartissons les données de l'univers à fin d'analyse sont notre propre création. Ils n'ont pas d'existence « extérieure » pour le simple motif que nul « extérieur » ne saurait être dissocié de l'indivise totalité : le Brahman. Ainsi, chaque fois que nous commençons à nous sentir à l'étroit dans l'un ou l'autre jeu de ces casiers, nous devons être prêts à les quitter, à progresser d'état de l'âme en état de l'âme, pour reprendre les termes d'Aurobindo, et d'illumination en illumination. Car le but de notre existence semble être aussi simple qu'illimité.

Comme disent les aborigènes, nous ne faisons qu'apprendre à survivre dans l'infini.

Photocomposition :
TÉLÉ-COMPO - 61290 BIZOU

Achevé d'imprimer en décembre 1994
sur les presses de l'Imprimerie Bussière
à Saint-Amand (Cher)

POCKET - 12, avenue d'Italie - 75627 Paris Cedex 13
Tél. : 44-16-05-00

— N° d'imp. 3272. —
Dépôt légal : janvier 1995.

Imprimé en France